小说珍藏版

作家出版社

大宅門

郭宝昌 著

图书在版编目（CIP）数据

大宅门 / 郭宝昌著. -- 北京：作家出版社，
2023.10
ISBN 978-7-5212-2397-2

Ⅰ.①大… Ⅱ.①郭… Ⅲ.①长篇小说－中国－当代
Ⅳ.①I247.5

中国国家版本馆CIP数据核字（2023）第143349号

大宅门

作　　者：郭宝昌
责任编辑：韩　星
装帧设计：今亮后声 · 张今亮　核漫
封面题字：张　仃
出版发行：作家出版社有限公司
社　　址：北京农展馆南里10号　　　邮　　编：100125
电话传真：86-10-65067186（发行中心及邮购部）
86-10-65004079（总编室）
E-mail:zuojia@zuojia.net.cn
http://www.zuojiachubanshe.com
印　　刷：北京盛通印刷股份有限公司
成品尺寸：152×230
字　　数：602千
印　　张：45.75
版　　次：2023年10月第1版
印　　次：2023年10月第1次印刷
ISBN 978-7-5212-2397-2
定　　价：168.00元（精）

郭宝昌

1940 年生，北京人，毕业于北京电影学院五九级导演系。曾在广西电影制片厂、深圳电影制片厂任导演、编剧，创作有电影《神女峰的迷雾》《雾界》《春闺梦》以及电视剧《大宅门》《淮阴侯韩信》《大老板程长庚》等多部影视作品。近年仍从事着影视、文学、京剧、话剧的创作及戏曲理论方面的研究。

悲剧小说的诞生

——长篇小说《大宅门》序言

李　陀

1

我一直在等待一本小说，里面的人物一个个向我走来，我不但能听得见他们的哭笑和叫喊，看得见他们眼神里的烦恼和得意，而且个个愿意和我诉说自己内心的幽思，无论是好的还是坏的，美好的还是黑暗的，就像他们是我一墙之隔的邻居，狎昵的密友，甚至似乎是我熟悉的家人——这些人于是不再是小说的“文学人物”，而是我生活圈子里的“真人”。

现在它来了，郭宝昌的长篇小说《大宅门》。

2

还是先说它的人物。

这部小说的人物塑造有一个很不平常的特点：其中每一个人物都是悲剧人物，在作家用文字织就的这画廊——一个最典型最有老北京特色的老宅子——里的男男女女、老老少少，上上下下，一百三四十个人，没有一个人不是悲剧色彩浓烈的悲剧形象；不必说白家里的白景琦、二奶奶白文氏、杨九红这些主要人物，即使是其中的几个小丑式的喜剧人物，其灵魂里难以平息的乖戾和贪婪，一生中屡败屡斗又屡斗屡败的恶行，也无不带有悲剧因素。这带来了一般长篇小说没有的艺术风格和美学特质：小说中这一百多个悲剧形象，使得这部小说从整体上有一种强烈的只有舞台演出才能有的戏剧感，以及渗透于其中的悲剧因素，这些要素弥漫在、渗透在作品的每一个情节、每一个人物、每一个细节里——可以说，小说和戏剧这两种不同的写作，竟然奇迹一样在《大宅门》中共存，作品由此获得一种独特的悲剧品格和美学特征，这是我在小说史上没有看到过的一种写作。

3

不过，有读者会不同意我的这些意见，而且，可以很容易地举出四十集电视剧《大宅门》和这部小说的许多相似，并且认为小说《大宅门》不但是电视剧的改写和翻版，而且有自我抄袭，或是偷巧的嫌疑。然而，如果小说的写作本来是在前，而电视剧的创作和拍摄其实是在小说之后呢？如果这两个作品的创作实际上是“同时”进行的呢？

其实，随着电视剧的热播，一些剧迷通过相关报道和传闻，多少都知道了，小说的写作确实是在电视剧前。2021 年生活·读书·新知三联书店出版了郭宝昌的散文集《都是大角色》，其中一篇篇以人带史，很有《史记》写人兼写史作风的文字，其实是作家的家史，可是书里有一段“爱信不信”的文字，节外生枝，专门回顾了《大宅门》的写作过程，有兴趣做研究的读者和批评家应该看一看。原来，这部小说的写作有一个漫长的曲折历史，前前后后，写成又毁，毁了又写，二十四年中四易其稿，不仅都没有完成（其间还有一次是电影剧本），而且“一字都没留下”。直到 1995 年，这场写作灾难史才终于收了尾——获得了有正式编制的电影导演身份之后，郭宝昌用几个月时间，一鼓作气完成了四十集电视剧《大宅门》的剧本，于 2000 年投入制作，2001 年播出。

这距离他第一次拿起笔写《大宅门》已经过去了三十八年。

就小说写作而言，这样的艰难和曲折虽然罕见，却不是绝无仅有，不过，一部小说的写作和一部电视剧有这种孪生关系，就需要读者、批评家给予特别的注意：一个具有电影导演身份的作家，当他把一个小说的完整构思改写 / 转化为影视作品，然后又把这个影视作品再次改写 / 转化为小说形态的文学作品的时候，我们应该怎么看这种改写和转化？怎么看这两个形态不同的文本？在电影史上，一身具有作家和导演双重身份的艺术家并不少，20 世纪法国新浪潮运动就引发了“作家电影”这一思潮，其中阿兰・罗伯－格里耶、玛格丽特・杜拉斯都是代表人物，往近了说，德国的彼得・汉德克，还有刚去世不久才华横溢的藏族作家、导演万玛才旦等等，在“跨界写作”里也都有突出的表现。不过，郭宝昌的“跨界写作”还是与以往这些作家有很大的不同之处。通常我们知道或熟悉的跨界作家，一般在其开始构思、着手创作的过程里，都是依照文字语言特有的叙述优势先写作小说，然后依照视觉艺术需要做改编或改写，最后完成影视作品的“写作”，也就是说，在两界之间有一个通常说的“再创作”的环节，因此，这个“跨”的过程必然要对原作的构思、主题、人物形象，都不得不做些较大的甚至是很大的改变。可是这往往会给原作带来种种遗憾甚至扭曲。《大宅门》情形则不同：小说和电视剧在“跨”的过程中基本没有“再创作”。我们对照小说和电视剧，不感觉其间有通常跨界创作难以避免的那种陌生和隔阂，它们有似“孪生”——它们就是“孪生”。不仅如此，有兴趣的读者 / 观众，还可以在阅读和观看中，满足于两个不同媒介的文本互相诠释的乐趣。很显然，这是一种充满实验性的新的写作实践。新世纪以来，影视文化和网络文化一下子获得了一种爆发式的迅猛发展，同时，以文字为主要媒介的各种书写文化形式，在这个发展中落入一种灾难式的境遇里，且遭受到种种钳制、榨取、压迫和破坏，这不能不造成将影响人类未来的文化生态的严重危机。四面楚歌，八面受敌，小说将如何生存？小说写作如何才能够不被淹没或吞噬？小说如何保持自己在认识世界方面所具有的任何其他形式都不可能取代的优势和独特的意义？在今天，恐怕读者、作家和批评家都需要思考这些问题。而郭宝昌《大宅门》的写作实践，于此刻是不是为我们带来了一些新经验和新思路？

琢磨郭宝昌的写作，我们还不能不注意到，他成长历史中有一些其他作家所没有的特点，一是他对传统戏剧尤其是京剧艺术的热爱和熟悉，再就是他对视觉形式特别是电影艺术的热爱和熟悉。这里用“熟悉和热爱”这样的词，其实不很准确，因为他实际上不仅仅是这两种艺术门类里的大行家，而且在这两个领域中都做过非常先锋的实验，一个是用京剧大师程砚秋先生的同名剧作做题材，另起炉灶拍摄的戏曲电影《春闺梦》，一个是京剧版的《大宅门》。这两个作品，一个是电影，一个是京剧，一个是影像的想象空间，一个是戏剧表演的舞台空间，但是它们的制作都充满了极具先锋特色的实验性。这在戏曲电影《春闺梦》里表现得尤为突出。在一篇序言里对这部作品即使做简单的介绍，也会占用太多的篇幅，但我愿意提醒对郭宝昌小说写作有研究兴趣的读者和批评家，有必要从两方面注意《春闺梦》的创作：一是这部“戏曲电影”，和我们以往常见到的那种用纪录片方式拍摄的以舞台为中心的戏曲电影，从概念到语言，都有根本的不同；另一方面，从某种意义上说，《春闺梦》是一部“纯粹”的电影，而且由于有摄影师侯咏的默契合作，它还是一部对电影的当代观念和电影语言做了重要探索的先锋电影。这里要提醒一下，这部电影的创作时间是2004年，这时候20世纪80年代曾经火光冲天的先锋热，早已灰飞烟灭。因此，郭宝昌不仅是京剧和电影这两种艺术的行家，还是个勇敢的实验家，当他拿起笔写小说的时候，它们不可能不对作家产生深刻的影响。

4

结果是小说中出现了另一个路数的写作。

当我写下“小说中出现了另一个路数的写作”这个断语的时候，是有些犹豫的，另一个路数，那是什么路数？它真够得上是“另一路”？作为一个一辈子以小说批评为职业的人，明白做这种论断是冒险的。但是我愿意冒这个险，试一试。

困难在哪里？80年代出现了“先锋小说”之后，文学批评已经很习惯以写作是否有某种创新，来评价小说的写作，即使先锋性已经不再是衡量作品“重量”的首要标准，它依然是十分重要的批评准则；另一方面，近些年的文学批评经过对“重写文学史”的深刻检讨之后，有一个重要发展，是重新估量和评价50年代以及新中国成立后革命文艺的历史成就，这不仅带来新的批评观念和新的批评话语，而且为文学批评生产了一套新的方法、概念和术语，当代文学批评正处于一个重要的拐点。然而，讨论郭宝昌《大宅门》的写作，我们很难从这两个方面任何一面进入，因此，究竟如何解释这“另一路”的写作，似乎在迫使批评也要考虑是不是走另一路？

在一定意义上，现代汉语解放了中国人的小说写作。因为有了现代汉语，构成小说叙事的必需要素不仅大大增加，而且是几何级数地增加。其中之一，是文字语言对现实世界物质性的表现，一下子获得了无比丰富的可能性，准确一点说，就是新白话小说获得了一种新的语言肌理，使得书写文字能够以足够的质感来具体地形容、描摹人和物，让现实世界在语言世界中获得可以“触摸”的物质性。这绝不是小说写作的技术手段的丰富，也不是作家在写作方法上获得了更多的自由，真正重要的是，小说的叙述由此获得了旧小说、章回小说所不具有的新的统一性，一种建立在新的语言肌理基础上的统一性。怎么讲故事？怎么刻画人物？怎么结构一个长篇的叙述？作家对现实的认识发生了什么样的变化？这一切，都不仅显示现代汉语由此成为新文学发展一个不可或缺的条件，而且让文学整体一下子跨入了一个新时代。但是，这也带来了很多新的问题，如新小说的写作，不知不觉就与章回体形式的旧小说拉开了很大的距离——传统章回体小说，毫无例外的都是以人物塑造做最高的美学追求，而其刻画人物的基本手段是对话，也是小说得以结构组织起来的中枢和关键，无论其整体还是局部。简单说，新白话小说中极为重要的语言肌理的质感，对传统小说的写作，就不是一个不可或缺的必要条件。如《红楼梦》第四十九回"琉璃世界白雪红梅 脂粉香娃割腥啖膻"里，雪的描写可以说至关重要，可是曹雪芹怎么写的？是说宝玉出门"四顾一望，并无二色，远远的是青松翠竹，自己却如装在玻璃盒内一般。于是走至山坡之下，顺着山脚刚转过去，已闻得一股寒香拂鼻。回头一看，恰是妙玉门前栊翠庵中有十数株红梅如胭脂一般，映着雪色，分外显得精神，好不有趣"。拢共不过百余字。读这段雪景，读者会感受到十足的诗意，但它明显缺少对一场大雪有质感的细致描绘，对今天的读者，这本来是绝对必需的。可是，这种匮乏对这一回中的人物刻画和叙事可有半点损伤吗？丝毫没有。读《红楼梦》，恐怕很少有人会觉出它的语言肌理有什么不足，觉得缺少了质感这个要素，相反，我们往往对这种缺少完全不在意。说到底，不仅是《红楼梦》，其实传统章回小说都是如此：人物的对话才是这类写作的最基本的、最基础的语言手段，是故事和叙述的灵魂。因此，习惯章回小说的人，不会察觉在阅读的感受和鉴赏中有来自这方面的困扰。这就提出了一个对于当代写作非常重要的问题：我们今天还可以不可以像曹雪芹那样写小说？换句话说，在现代汉语的语言环境里，作家还能不能继承并且发展传统古典小说那样的写作？

绕了一个圈子，我现在可以回到郭宝昌的写作上来——读者是不是觉得，他的小说的写法和我们古典的传统写作，有着很明显的继承关系？是不是觉得，这个长篇在结构上、叙事上、人物刻画的手法上，和传统的章回小说有种种暗合之处？这难道是偶然的吗？

当然不是。

只要换一种眼光看这部长篇，我以为很容易看出《大宅门》叙事的发展，主要靠的是对话，是小说中的连绵不断的独立和半独立的对话，形成人物外在行为和内心活动的动力，使得人物个个都“活”了起来。不过，设想一下，如果今天对一位作家建议，完全用对话——也就是基本不依赖“白话文”提供的几乎是无限多的语言方便——来写一个长篇小说，会如何？我想他或她一定很为难，同时立刻会反问：为什么要这样做？这有必要吗？现在，郭宝昌的《大宅门》摆在了这里，它是一个很结实的证明：在今天，作家激活中国古典小说以对话来主导、统治叙事的写作传统，原来是完全可能的。不过，为回答那个反问，我们必须关心另一个问题，郭宝昌这写作到底有没有为当代现代小说写作提供什么新东西？

这需要细致的分析和讨论，我这里只能很粗略地说一些看法。

5

一部作品，作家笔下许多人物都具悲剧色彩，特别是其人生命运最后都有一个不可避免的或悲惨或悲凉的结局，使得整部作品都笼罩在一种悲剧气氛之中，这在现代小说里固然不多见，可还是有。但是像《大宅门》一样，几十万字的一个大作品，一百几十个人物，不但每个人物都是悲剧人物，而且从白颖园、白景琦和二奶奶、杨九红这些主要人物到白玉婷、武贝勒、王喜光、槐花，以及詹王府里的上上下下等次要人物和小人物，个个都不可避免地卷入到大大小小的悲剧冲突之中，这就罕见了——从结构角度来看，《大宅门》整部小说其实是由大小几十个悲剧组织起来的，只不过这些悲剧被组织得井然有序：有重要线索，有次要线索，有时候是两条主要线索并行发展，有时候几条线索多头并进，其中有的人世界很大，大到联系着时代的风云变幻，也有不少人的世界很小很小，小得那么猥琐、可怜，可同样走向毁灭。回顾长篇小说史，这样的小说形态实在不多见。不过更值得研究的是，它的悲剧形态并不是仅仅来自其主题和内容，而且还来自形式——在某种意义上可以说，《大宅门》是多重大小悲剧的集合，但它的叙述仍然是严格的小说叙述。如果我们不认真琢磨这个作品，很难想象作家是怎么做到的？不过，一旦做仔细的分析，就不难发现这“秘密”还是要从小说对话这个关节说起。设想一下，如果郭宝昌不是在他的写作里，如传统的章回小说那样，给予对话一个主导、统治叙事的绝对位置，让对话元素上升为结构小说的主要机制和框架，借以生成事件和行动，他能够在《大宅门》里装置、组织如此复杂的戏剧冲突吗？此外，让对话和小说叙事的关系产生这样重大的改变，我认为还需要一个前提条件：充分重视“白话文”运动为现代汉语提供的口语属性这一异常宝贵的财富——它在各种类型的书面文体中有不同表现，对此当代批评研究得并不够——并且以这种口语属性做媒介，对小说中对话这一要素的美学功能做一番必要的改造。而《大宅门》正是做了这个改造。郭宝昌的写作，一方面，让人物之间的对话不但与现代人日常的生活用语密切融合，而且与故事里的日常生活密切融合，另一方面，还最大限度地让对话向戏剧形式靠拢，让每一个对话单元都具有类似舞台戏剧对话那样的精练和密度。这就为叙事创造了一个条件，一个足够的空间，使整个小说能够由纵横交错的几十个大小悲剧来构成。我认为文学批评要注意到，这不能看作某种叙述形式个别的新尝试、新探索，而是把它上升到理论层面，看作当代写作尝试对现代汉语环境下的小说叙事实行了一次改造，一个看来是“倒退”式的改造。不过，这里说“倒退”，不仅是因为它唤醒了人们对章回小说的记忆，还因为在现代小说史的视野里，如此处理对话和叙事关系的写作，不只是少而又少，顺便也是强调，需要“倒退”的时候，作家要有勇气倒退。

在我阅读范围里，这么做比较成功的，有一篇，是海明威的一个短篇小说《白象似的群山》。那是关于一对青年男女的美国故事，一个虚伪的猥琐男如何哄骗女友打胎的故事。无论就内容来说，还是就形式来说，我都觉得它是海明威最有创意的一篇写作，也是他作品里我最喜欢的一个。这个小说不仅对话主导了叙事，而且很有戏剧性，只不过其戏剧意味是淡淡的——淡到像笼罩在他们头上的一层淡雾——一层层的对话都着重表达人物的微妙心理活动，微妙里还带有一股温情；这可能是因为中产阶级的写作一旦把解剖刀对准自己，就情不自禁地手发软，还有可能是海明威的大男子主义的阴影笼罩在整个对话当中，情不自禁地尽可能扭曲那女孩子的心灵。

6

把话说回来。关于《大宅门》的写作，还有一个方面我们不能不注意：由于郭宝昌熟悉影视和戏剧的创作，在这两个艺术领域都有丰富的实践，因此，他的文学想象也具有跨界的特征。读他的小说，与我们以往的阅读经验有很大差别：小说的很多章节都类似一场一场的“戏”，其中不少章节都有相对的独立性，如果我们愿意，可以把它们略加改动，就能成为舞台话剧中的某一幕中的一场完整的戏，或者，把小说中某一条冲突线索给予独立，改写为一个完整的舞台剧——话剧不必说，就是改编为一台有独立主题的戏曲演出，也不会有太大的困难。小说《大宅门》的叙述结构和对话的这种紧密关系，让我们可以猜想，作家在拿起笔写作的时候，他的激情和构思，一定都是跟着“话”走的，不过这些“话”，不是我们今天很熟悉的现代和当代小说里各种各样的“话”，例如细致的环境描写和风景写真、心理活动的暴露和侦问、叙述人的激情议论和忍不住的抒情，以及多角度的叙述、间接引语的各种运用等等（这些因素郭宝昌也不是完全拒绝，但非常节制，往往都是用于叙述必需的过渡手段），而是连绵不断的对话，以及对话所带动的事件和行动，只不过，它们是同时具有现实生活日常性和舞台戏剧性双重品格的对话。对于许多作家来说，以这种有“双重品格”的对话来贯穿和控制小说叙事，是有很大难度的，但郭宝昌由于在跨界上有特殊优势，如此跟着“话”走，反而造就了一种尽可能消除或抑制欧化倾向的、向着章回体回归的写作路数。此外，还要说一下的是，这种叙事的另一个特点是，它依赖的媒介虽然是文字，但却有很强的视觉性，那些戏剧性的对话，以及场面、情景中的现场感和亲历性，都使读者在阅读中可以“看见”，以至可以把这小说当作一作长篇电影剧本，或者分集的电视剧剧本来读——郭宝昌给电视剧和长篇小说都命名为《大宅门》，恐怕不但是有意的，而且是怀有深意的。我甚至好奇，如果让他回顾并且分析自己的创作过程，在他心里涌现的，到底是文字还是影像？他是不是能说得清？

7

不过，《大宅门》最值得注意的，是它的悲剧形态。

过去我们在严格意义上讲悲剧，大多数都是说戏剧，不过20世纪之后情形有变化，批评家开始讨论小说中的悲剧写作，认为悲剧不一定是戏剧形式所专有的美学属性，例如《安娜·卡列尼娜》就可以看作小说形式的悲剧。以这样眼光再看《大宅门》，这部小说正是一部悲剧小说。这么看，不完全是由于小说中一百多个人物中，没有一个人不是命运乖舛的悲剧形象，而是由于这些悲剧人物，以及他们命运中的福祸凶吉，有着一个明确的共同的指向，那就是他们和以白家大院为代表的旧时代/旧中国必然死亡的历史命运有着不可分割的一体关系；时代的衰亡不是小说中故事的背景，也不是故事里经受各种各样精神折磨的人物的生活环境——大宅门故事的悲剧性，在于其中每一个人的命运，都是这个时代趋向死亡的细节，都是旧中国正在死亡的一个溃伤，就像一棵正在枯死的老树，无论其中的人上人，还是人下人，无论是树干还是细枝，整体都在死亡。

在这个意义上，我认为《大宅门》的写作，是一个带有古典品质的悲剧小说的写作。不过，这里有一些问题需要展开：悲剧小说是一种新出现的写作吗？无论对它做什么样评价或是判定，自然要涉及悲剧和悲剧性，但是这要和以往西方文学和美学中的悲剧概念拉开距离：西人在其学术传统的不同阶段，对悲剧和悲剧性概念都有不同的定义和解释，或者与古希腊英雄的命运乖蹇相关，以英雄的悲剧激发怜悯和恐惧的情感，以净化人的心灵，或者从人本主义出发，强调个人价值和社会之间不可调和的冲突，强调个人价值的毁灭，但不管怎样分歧，这些解释基本都以接受或者衔接古典戏剧美学理论作为基础，然后反过来，努力对悲剧、悲剧性、悲剧形象这些概念进行某种突破，以求建立新的悲剧理论。但无论如何，假如悲剧小说是个新东西，且由于小说和戏剧之间有根本差异，属于不同的媒介，那么我们在美学上或写作实践上，是不是需要重新辨别它们之间的差异？甚至另起炉灶，对悲剧小说的悲剧性概念进行重新的阐述，展开另外的一些思考和讨论？以《大宅门》来说，其中的人物虽然贵贱不一，可都是普通人，既不负有改造时代的大使命，也不为琢磨人生价值的哲学意义而苦恼万分，可如前所述，他们每个人的悲剧命运，都不仅是一个旧时代死亡的一部分，而且同时还是自我毁灭的动力。如此，这是什么悲剧？不是值得好好想一想吗？

8

讨论《大宅门》的悲剧形态，可以从很多方面入手。

这个长篇小说的“原型”，是北京乐家老药铺，可它不仅是一个“药铺”，而且是一个世领皇恩且与皇室王公都有着紧密人脉、有着数百年沉浮历史的大家族，不过，郭宝昌的写作依照自己的构思对这素材做了裁量，把推动悲剧故事发展的主要因果线索，集中于家族内部伦理关系的恩恩怨怨，以及其中人物或悲凉或悲惨的命运沉浮上。在旧中国瓦解的大历史中，家庭伦理秩序的瓦解，是非常重要的一个领域，也往往是社会斗争、家庭斗争最激烈的领域。在现代文学史里，写这个瓦解是一个老主题，自晚清以来，特别是五四时期以来，有关这个题材的写作是一个很大的潮流，构成五四文学发展的重要组成部分，其中很多作品都已经成为经典。不过，值得注意的是，自进入改革时期之后，这一类的写作虽然相对数量不多，其中有些作品却表现了某种乡愁式的怀旧情结，甚至于在一些以乡土农村为题材的作品里，其主题恰恰是对以旧道德伦理思想为核心的封建意识形态的怀念和招魂。

作家郭宝昌的小说，则是完全不一样的写作。

白家大宅门里的故事，以一场一场充满激情也充满悲情的家庭戏，演义了这个大家庭里的一百几十口人，不管是白家的家里人还是家外人，不管是统治者还是被统治者，不管是高贵人还是卑贱人，一个个如何卷入了一场持续不断、激烈冷酷的事关捍卫家族伦理秩序的冲突之中，而且，个个身不由己，都在这冲突中争当卫道者——即使其中有人已经沦为冲突的牺牲品，可是非但不觉悟，相反，被牺牲的人仍然或直接或间接积极去参与其实是折磨自己、残害自己的家族斗争，甚至以性命相博去捍卫正在残害自己的卫道者，捍卫大宅门的伦理秩序。这是一场混战，但是其复杂的背后却有情理可寻。以二奶奶白文氏和七爷白景琦来说，他们并不是通常意义上的“坏人”，可也绝不是“好人”，如果硬要从好和坏去说，这母子俩可以说，都是有“好”有“坏”，既“好”又“坏”——郭宝昌成功地描绘了两个性格十分复杂的文学形象——一方面，他们都有鲜明的个性，不从众、不流俗、不循规蹈矩，在一定的意义上，还都是敢于向既有秩序挑战的异议分子，都有过反抗家族伦理秩序的很大胆的作为：二奶奶不但独自一人敢于对封建伦理秩序的核心父权制发难，并且成功地打败了男人阵营夺取了家族的统治权，而白景琦则罔顾世代相传的尊卑次序，在婚姻上一再抗命，竟至敢于把妓女杨九红娶回家中，可是另一方面，当两个人以维系家族统治的当权派地位出现的时候，母亲和儿子都是铁石心肠的卫道者，一变平日里菩萨般的慈眉善目，对于不甘心遵守大宅门伦理秩序的家人，乃至奴仆，不仅态度十分冷血，而且手段蛮横凶狠，被惩罚被践踏的弱者是不是蒙冤，是不是无辜，平日里受什么屈辱，内心里有什么痛苦，在他们卫道逻辑的天平上，轻如鸿毛。古往今来，以大时代变迁中社会道德思想和伦理制度变革为题材的文学作品不少，尤其是五四时期和30年代的作家，创作了很多印证这种时代大变迁的文学形象，其中有些人物已经融入当代人的现实生活，而且构成人的精神世界的一个时隐时现的魅影，时不时暗中作祟。郭宝昌笔下所创作的二奶奶白文氏和七爷白景琦这母子两个人物，无论其形象所承载的沉重的历史内涵，还是艺术刻画上的复杂丰富，都不但是对这个传统的承接和发展，也对当代文学作出了别具意义的贡献。

不过，说到人物塑造，小说《大宅门》写作的另一个不能忽略的成就，是以杨九红为代表的女性系列形象的塑造。一部小说里有这么多的女性形象，而且在作家笔下色调斑斓的画廊里，几乎每一个人都善良、率直、聪慧——这不能不让读者联想到《红楼梦》里大观园中的女性——但又个个都性格独立，敢作敢为，都是个性鲜明的独特形象，这在当代文学写作里又是不多见的。说《大宅门》是悲剧小说，说它其实是在演义一场大时代变迁中社会道德思想和伦理制度变革中的大戏剧，郭宝昌创造的这些女性人物，才是戏中最有悲剧性也最生动活跃的角色，杨九红、白佳莉、白玉婷、黄春、香伶、香秀、槐花，她们每一个人，都是不屈于命运的叛逆者，可她们各自选择的反抗方式，每一种都有心理畸形，都带着不理智的怨愤，都从一开始就注定最后一定会失败，除了证明自己还有对尊严的渴望之外，这些反抗都是悲剧。但正是她们的失败，凸显了大宅门这个封建堡垒中性别压迫的深刻，说明如果没有一场翻天覆地的革命，在父权统治的性别压迫和性别政治所织就的天罗地网里，女性无论进行什么样的抗争和反抗，她们都难以实现被尊重、有尊严，相反，都只能是一种可怜的没有希望的道德诉求。

9

最后，我还想就《大宅门》写作的语言再说几句。

写老北京，一个很大的困难，是怎么处理小说的语言。“北京话”，是一种非常有地方特色的方言，它长时期和国家的“官话”有着非常亲密的关系，在 1949 年新中国成立之后，它又和通行全国的“普通话”有了同样紧密的关系，这对中国作家的当代写作产生了重要影响。其中之一，是很多人认为北京作家在小说写作上比较占便宜，比较容易解决小说写作中的种种困难。其实不然。一个作家如果在语言上有足够的敏感，有特别的音乐的耳朵，他又厌烦了当下通行于书面语里那种干净的声音，想让自己的写作别求新声，想让读者在自己的故事里听到带有地方特色的另一种音乐，他马上就会发现，这是非常非常难的。因为今天相当欧化的汉语书面语，不但早已改造了而且还在继续改造着我们的小说语言，当代的书写系统建起了一道严实的石墙，已经不太容许掺入方言这种杂质。郭宝昌当然也遇到了这困难，何况，他讲的基本是“老北京”的故事，老北京的“北京话”和今天的“北京话”，又很不相同——可偏偏就有人愿意用自己的头，去撞这道石墙，而且，居然撞开了。小说《大宅门》的语言里充满了“北京话”，或者“北京味儿”的“话”，它是那么从容自然，就像弥漫在空气里的一种草木的香气，你并不会特别注意，可呼吸在其中，给你的感觉就完全不一样。这不容易啊，作家是怎么做到的？那还是请读者去读小说吧。前几年，上海作家金宇澄发表了一部长篇小说《繁花》，其语言也是非常有创造性地、可以说几乎是没有一点磕碰痕迹地融入了上海方言元素，于是上海人和上海社会就在读者面前呈现出另一个面貌，又熟悉又好看。其实读者不妨把这两部小说都看看，其生活，其人物，其语言，正好一北一南，且其情趣大异。

10

一个作家，花一辈子的时间就写了一部小说，这是对文学什么样的忠诚？想到这些，我其实有更多话可以说，可还是暂且打住。

第一章

刮了一天的大风，到晚傍晌才慢慢儿地歇了。大概是刮累了，尘土狼烟把路上的人都刮得像土猴儿似的，头发眉毛上像打了一层黄霜。北京城一到春季天儿，隔三岔五地就有这么一刮。风一停，城南平安路上行人也多起来。路西边一溜大灰山墙占了大半条街，这是白府的院墙。白家府门朝向南，是京城有名的白家老号“百草厅”白家的府第。

白家今天有件喜事，二房头的白家老二白颖轩的媳妇白文氏要生了，其实这是白文氏的二胎。头胎没落下，按景字辈大排行是老三，可不到一周就得了急病夭折了。有了前车之鉴，白文氏生二胎阖府上下就都紧张起来了。

这是光绪六年（按阳历是一八八〇年）惊蛰那一天，各房头的女眷都跑到二房院里来帮忙。

白家这座宅院说起来真是老宅了，有两百多年了吧。先祖创业是乾隆年间的事儿，据说是走街串巷、摇铃过市的游医。一进大门，迎面一座大影壁，是个大三合院，北屋是三间大敞厅，家族开会、议事、接待各方来客都在这里，东西厢房都是备客人用的。

绕过影壁，穿过敞厅，是一条又长又宽的甬道。尽头是一溜八扇屏门，过屏门上房院是敞敞亮亮的五间大北房，是老爷子白萌堂的书房和卧室。再往后院，就是两层小楼的祖先堂和后花房了。甬路两侧各有两个四合院，三个房头颖园、颖轩、颖宇各占一院，还有一个院子是厨房和下人们住的。

这会儿，二房院里有点乱，折腾了快两个时辰，二奶奶白文氏就是生不下来，急得大奶奶白殷氏和三奶奶白方氏在堂屋里乱转。姑奶奶白雅萍急得直骂接生婆子："太笨！赶快想辙啊！""没辙，没辙！使劲！"接生婆子无奈地喊着。精疲力竭的二奶奶正鼓足最后一点力气，可这孩子就是生不下来。

从挂着厚厚门帘的里屋，传出二奶奶嘶哑的喊叫声。白殷氏焦急地冲着里屋大声问道："怎么啦？生不下来？"白雅萍在屋里语无伦次地喊："费了劲儿了！使劲，使劲呀！刘奶奶，你扶住那边儿，按住喽！"话音未落，又传出二奶奶凄厉的喊叫声。

六岁的景泗和弟弟景陆莽莽撞撞跑进来，被白殷氏一把揪住，骂道："你俩来起什么哄？滚！"不由分说将二人搡了出去。随着二奶奶的一声惨叫，里屋的白雅萍大喊一声："生下来了！"顿时周遭一切都静了下来。白殷氏和白方氏松了一口气，坐到椅子上。雅萍在里屋接着喊道："是个小子！"

沉寂中，白方氏奇怪了，怎么没动静了？生下来怎么不哭啊？里间，接生婆子抱着已擦干净了的孩子也纳闷，这孩子为啥不哭呀？雅萍正给二奶奶盖被子，忙说不哭不行，他不喘气，打！打屁股！接生婆子拍了孩子屁股两下，孩子没反应。雅萍急道："使劲儿拍！"接生婆子有点下不去手。"我来！"雅萍从接生婆子手中抱过孩子，狠狠拍了两下，孩子突然"嗬嗬"似乎笑了两声，雅萍一惊，望着接生婆子，以为听错了。接生婆子也奇怪地东张西望，不知哪里出的声儿。雅萍又用力拍了一下，孩子果然又"嗬嗬"笑了两声。雅萍大惊，与接生婆子面面相觑，雅萍惊恐地看了孩子一眼，突然将孩子丢在炕上，转身就向外屋跑。

二奶奶白文氏见状一惊，不知道出了什么事，忙问道："怎么了？""他……他……"接生婆子有点儿不知说什么好。

雅萍跑到堂屋还在发愣，半晌一言不发，大奶奶忙站起问道："怎么了？"

雅萍两眼发直，喃喃地说："这孩子不哭，他……他笑！""胡说！"三奶奶根本不信。三人一起进了里屋，接生婆子惶惑地抱起孩子。

大奶奶指着孩子的屁股说："怎么会不哭呢？打呀！"二奶奶心疼地喃喃着说："轻着点儿……"三奶奶发着狠说："不要紧，使劲打！"接生婆子狠狠在孩子屁股上打了一巴掌。

孩子大声地"嗬嗬"笑了两声。屋里的人全都听清了，整个儿目瞪口呆。躺在炕上的二奶奶也分明听到了这"嗬嗬"一笑，长叹一声说："唉！我这是生了个什么东西？"

甭管生了个什么东西，总得先去禀告老爷子，白雅萍匆忙向后院花房跑去。一面大斜坡的玻璃窗，阳光灿烂。花房靠里放着一个大书案，案首放着一盆盛开的含笑。两个听差正伺候老爷白萌堂作画，这是他唯一的爱好，从不玩花鸟鱼虫，每每写字作画都特别专注，不许任何人打搅。白萌堂将毛笔含在口中咬了咬，习惯了。每作完画，总是满嘴的黑。

雅萍风风火火来到花房门前，把门的听差将她拦住说："萍姑奶奶，您不能进去，老爷作画，谁都不能进。"雅萍说："我有急事。"听差的仍挡着说："那也不行……搅了老爷作画，我们得挨板子！""挨板子我替你！"雅萍推开听差的，一掀草帘子进了花房就说："爸，给您道喜，您又得了个孙子。"白萌堂仍在作画，似无所闻。雅萍提高了声音喊道："爸，二奶奶生了，是个小子！"白萌堂突然回身将笔狠狠地掷向雅萍，雅萍吓了一跳，忙向后躲，毛笔打在裙子上，染了一块墨迹。

白萌堂满嘴是墨，气呼呼地说："谁叫你进来的？出去！"

"二奶奶生了个小子。"雅萍见怪不怪，并不在意。"生就生了吧！"

白萌堂似乎也不在意，又拿起一支毛笔。

“听我把话说完了成不成，这孩子生下来不会哭，光笑。”

听了雅萍这句话，白萌堂一愣说：“打呀，照屁股上使劲打！”雅萍说：“越打笑得越厉害。”白萌堂认真了，缓缓走到雅萍前，纳闷地说：“有这事？奇了。颖轩呢？”听差的在旁应道：“二爷在柜上支应着呢。”

白萌堂又问，颖园呢？听差的回说，大爷去宫里太医院还没回来，一个都不在家。见白萌堂放下笔，听差的又说，三爷去安国办药，喜子昨儿先回来了，说三爷今儿一准儿到家。白萌堂吩咐，去柜上把老二颖轩叫回来，告诉他生了个儿子，当爸爸了。

“生下来就笑，有点意思！奇了！”白萌堂自言自语地走到书案前，顺手拉过一张宣纸，提笔饱蘸浓墨，在纸上写了三个大字“白景琦”。

所谓的柜上，就是京都乃至全国驰名的中药铺“百草厅白家老号”。老号在前门外一条喧闹的商业街，路两边挨排着一间间铺面。百草厅五开间的门脸儿，“百草厅白家老号”牌匾悬在正中。抓药的、等药的、买丸药的，都悄没声儿的，大堂里人不少但十分肃静，敲戥子声和用铜杵砸药声有节奏地响着。

靠窗的坐堂先生正给一位老者诊脉，说话声音都很低。抓药的伙计正看着一个方子，对柜台外等候的中年人道：“先生，您这方子里有十八反，我不敢抓，请过这边儿来。”伙计走出柜台与中年人来到坐堂先生前，将方子交给坐堂先生。坐堂先生看了看笑道：“这种方子，敢下十八反的药，京城里只有两位敢开，一位是太医院的魏大人，一位是我们柜上的白大爷。”中年人笑了：“您圣明，正是魏大人开的方子。”坐堂先生对伙计道：“抓吧，没错。”

二爷白颖轩正在后药场刀房里教伙计切片。要说白家哥儿仨里头，用外人的话说，二爷最窝囊，话少，说起话来慢条斯理，比常人要慢上好几拍；可论医术，论学问，他可是顶了尖儿的。老爷子说他外拙内秀，是不差的。闷头干活儿，从不掺和儿家里的任何乱事。谁都知道二房所有的事都是二奶奶拿主意，不管是高兴了还是郁闷了，二爷拿起烟袋锅闷哧闷哧地抽上几袋，得嘞，该干什么干什么。二奶奶虽然嫌他窝囊，也就嘴上数落数落，打心眼儿里心疼他。二爷憨厚老实，没一点儿坏心眼儿，是个靠得住的男人。

二爷知道就在这几天，老婆要生了，知道自己插不上手，也帮不了忙，可心里还是不踏实，边干活边惦记着二奶奶今儿个是不是该生了。一抬头只见前堂大查柜赵显庭走进了屋，告诉他詹王府的管家安福来了，请二爷过去给老福晋看病，捎带着也给大格格看看，她俩近日身子骨儿都不好。二爷一愣，慢腾腾说："怎么不请大爷过去？每次都是他去，老福晋最信得过他。"赵显庭说："您忘了？大爷进宫了，今儿他在太医院当值，回不来。"二爷点点头，说："我这就去。"

大爷白颖园自幼聪慧，二十五岁进宫当差，拿了太医院的腰牌。京城里的王公贵族，宅门府第都少不了他的足迹。最难得的是，只要看病，无论贫富一视同仁。因医结缘的穷朋友，也不在少数。他已经有了三个儿子一个女儿，老大白景怡已经五岁了。

这天白颖园从宫里出来的时间晚了点，有位前朝同治爷的嫔妃偶染小恙，耽误了一会儿。陈三儿驾着马车，在东华门路口等大爷。大爷一上车，陈三儿就赶着马车一路小跑着往家奔。走到齐家胡同，只见一个老太太倒在路边，旁边围着三四个行人。颖园忙叫陈三儿勒住马，吩咐说："你瞧瞧去，那老太太怎么了？"陈三儿无所谓地说："嗨！不是饿的就是急病啦，甭管她啦，走咱们的吧。"

颖园没理陈三儿，自己跳下车向老太太走去。陈三儿在后面喊道："大爷，这事儿多了，您管不过来。"颖园走到老太太跟前蹲下身，把手指放到老太太手腕上，为她号起脉，陈三儿也跟了过来。

围观的人七嘴八舌地议论着说："怕是不行了，有出的气儿没进的气儿啦。"

"也不知是哪家的老太太。"

忽然，颖园回身对陈三儿说：“搭车上去！”陈三儿皱着眉说：“我说大爷，管这闲事干什么？又不是咱们……”颖园厉声地催促道：“快点儿！”

陈三儿见大爷动了怒，忙弯腰抱起老太太向马车走去，急急忙忙奔了百草厅。白颖园亲自给老太太把了脉，开好方子就走了。老太太依着靠窗的椅子，慢慢醒转，她看见身旁小桌上摆着三包草药，推辞着说：“不行，这药我不能拿，我这穷老婆子吃不起药。”赵显庭安慰着说：“老太太放心，我们东家有规矩，凡是看不起病的穷人，一律不许收钱，这药您拿着。”老太太惶恐地望着赵显庭问：“这……行吗？”坐堂先生说：“先吃这三剂，见好不见好十天以后您再来一趟，可千万别再一个人儿出门儿了。”老太太直抹眼泪，喃喃地说：“叫我说什么好哇。”

百草厅大门口，颖园将一锭银子交给陈三儿，嘱咐说：“用我的车把老太太送回家去，把这五两银子给她家里人，一定送到家，千万别再出事。”府上听差的跑进门，兴奋地告诉大爷：“二奶奶生了，是个小子，请二爷回去看看。”赵显庭走过来说：“刚才詹王府来人请大爷，大爷不在，二爷先过去了。”

好多年了，每次去詹王府看病，都是大爷去，二爷颖轩也就去过一两回。王府的老福晋喜欢大爷，倒不是二爷医术不灵，二爷性子太蔫，话少木讷。老福晋是个喜欢热闹的人，和大爷聊得来。

颖轩有日子没来过王府了，给老福晋把过脉，忙退了出来，到客厅开方子。他告诉总管安福，老福晋只不过是偶感风寒，吃两服药调剂一下就会好的。安福接过方子，又叫二爷去给大格格看看脉，大格格近日精神不大好，胃口也不好，请过两位大夫，也说不出所以然。

颖轩奇怪了，问道：“格格不是前朝同治爷的嫔妃吗，不在宫里呀？”安福忙说：“那是二格格。这位大格格从蒙古老家来京刚一年多，您没见过。”颖轩随安福来到大格格卧室。大丫头将卧室门帘打起，安福道：“您先请，我去看看王爷回来了没有。”说罢管自离去。颖轩进卧室后来到床前，坐到春凳上。大格格从帐中伸出了右臂，颖轩忙垫上手枕，小心翼翼地号上了脉。

堂屋里，大丫头打起门帘，四个小丫头端着果碟鱼贯而入，在圆几上摆好了四干四鲜八个果碟。大丫头又将笔墨纸砚在书案上放好，准备着大夫开方子。

颖轩聚精会神地号了一会儿脉，忽然惊讶地望了一眼帐中，又回过头认真地把脉，心中有底地面露微笑，心想："前边几位大夫怎么连喜脉都没号出来呢？"

白萌堂的夫人白周氏坐在椅子上听算命的吴瞎子为景琦批八字，大爷颖园提着一盒点心走了进来，将点心盒子放在桌上，叫了声妈。白周氏兴冲冲地说："老大，我正叫吴先生给老二那小子批八字呢，你也听听。"颖园打开点心盒子说："是，是，您先吃块点心，我今儿特意到'兰馨斋'给您买的。"白周氏瞥了一眼道："不吃，吴先生你接着说。"只听吴瞎子说："这位小少爷生下来不会哭，无泪则无水，生下来就笑，主心火旺，火克金，遇金必刚，遇水则兴……"

颖园没眼力见儿，拿出一块点心送到白周氏前说："妈，您尝一口。"白周氏不耐烦地叫道："哎呀……不吃，不吃！"颖园是个脸皮薄、心思重的主儿，他为难地举着点心僵在了那里，木呆呆地听到吴瞎子还在说着："……要火克水浇，逢煞星才能够发达……"

从安国办药刚刚回来的三爷白颖宇掀帘走了进来，笑嘻嘻跟屋里的人一一打了招呼，他手中也提了一盒点心走到桌前。白周氏看了他一眼问："你从安国回来？""是。"颖宇顺手拉过方凳坐到白周氏身旁，将点心盒放到桌上，顺眼看到了大爷的那盒点心，便不客气地推到一旁，打开了自己的点心盒。白周氏说："快听听，老二生的那小子命不错。"

白颖宇是老太太白周氏最宠的小儿子，从小骄纵惯了，心眼儿多，会来事儿，猴儿精猴儿精的，无论大小事从不吃亏。他媳妇白方氏也是事事不让人，白府的人都管她叫“小辣椒”。白方氏生了俩儿子，从景字辈，大排行是老二景双，老五景武。不管这位三爷有多浑，对老太太是真孝顺，做事从不违逆老太太的意思。吃什么好的，都想着老太太。三爷嘴又甜，又会哄人儿，就这一条，上上下下没有不服的。

老太太爱吃点心，特别是点心吃完以后撒下的碎末儿，老太太说比点心本身好吃。可老太太有个毛病，你越让她吃，她越不吃，说最不爱吃点心了。三爷太知道老太太的脾气，故意拿起一块点心尝了一口，皱着眉头说：“嗯？什么味儿，加桂花了？有这么做点心的吗？妈，您尝尝。”老太太接过点心咬了一口说：“傻小子，哪是桂花，馅里加了蜂蜜，你就不懂了，这是按宫里的做法做的。”

颖宇恭维着说：“自然老太太见得多，这是兰馨斋的点心，花样忒多，您尝尝这块儿，我是不懂。”老太太又吃了一口：“这是鸡油做的，拌的是砂糖……”颖园在一旁看了个干瞪眼，从自己盒中拿出了一块，忍不住地递上去说：“妈，您尝尝我这块儿……”老太太突然脸一变，不耐烦地说：“不吃，不吃！我最不爱吃点心，拿走！”颖宇幸灾乐祸地望着，颖园一转身气哼哼地拿起点心盒子向门外走去。

老太太又转向吴瞎子说道：“吴先生你接着说。”颖宇插话说：“我听说那孩子生下来不哭光笑，这可奇了，恐怕不是好兆头。”

老太太不爱听了：“难道还是什么不祥之兆吗？”吴瞎子忙插嘴道：“不能这么说，此乃一生衣食无亏、逢凶化吉之兆。”

老太太忙应和道：“老三，听见了吗？吉兆！”白颖宇也忙附和着说：“是，是，吉兆。”他心里话，说什么都行，只要老太太高兴。

颖园抱着点心盒子站在院里发愣，一听差的走来请大爷去柜上一趟。“嗯！”颖园顺手将点心盒子塞到听差的手中。听差的一愣，问道：“这……给谁呀？”颖园一瞪眼气呼呼地说：“扔喽！倒喽！喂狗去！”说罢转身走了出去。听差的一时不知所措，惶恐地说：“是，是，喂狗，喂狗！”

在怎么哄老太太高兴这方面，大爷比三爷是差得天上地下。三爷一回到屋，就坏笑着跟老婆说：“你还不知道老太太那脾气，越叫她吃她越不吃，得哄她才行，结果把大哥气得说‘扔喽，喂狗去’。”

白方氏说：“要不怎么叫傻大爷呢，你还不知道吧？昨儿晚上，大爷不知道抽什么风，给老太太买了个夜壶。”

“瞎说八道吧？”

“蒙你干什么。他专门定做的，大长口的夜壶，把老太太气得呀给摔了个粉粉碎。”

“这孝顺得可过了头了。”颖宇说着将一把银票交白方氏，“收起来。”

“你发横财了？”

“每回去安国办药都是二哥，谁知道他私吞了多少。谁也不是傻子，反正都是公中的银子。”

“万一叫老爷子查出来……”

“没事儿！”

“小心点儿好！别看大哥傻，账上的事儿，柜上的事儿，他可一点儿也不傻。”

“没钱穷叽咕，有了钱又害怕，告诉你，能搂就搂点儿吧，今年家里净出邪行事儿……看见没有？二哥的儿子生下来就笑，老太太还高兴呢，这就是不祥之兆，不定出什么事儿呢！”

王爷在府门口下了马车，向门口走去，总管车老回忙迎了上来。詹王爷看了看门前停放的另一辆马车，就知道白家大爷来了。白家赶车的狗宝抱着鞭杆儿跳下车，向王爷行了个礼。车老回忙说：“是白家二爷来了，大爷进宫过不来。”詹王爷要见见二爷道个谢，听差的忙报了进去。颖轩开好了方子，放下笔，听见帘子响，回头只见詹王爷走了进来。

詹王爷拱了拱手问：“您就是白二爷吗？”

颖轩虽来过王府，可从未见过王爷，忙上前两步说：“颖轩给王爷请安。”

詹王爷上前扶了一下，客气地说：“坐坐。”二人刚落座，詹王爷便问道：“我们老福晋的病？”二爷忙说：“王爷放心，不过偶感风寒，吃了药发发汗就好了。”“每次都是大爷来……今天头一次见您，瞧您用药，果然医道精明，老回……”王爷说着转身命车老回去取谢仪，“二爷初次来，要给双份儿。”车总管应声离去，显然王爷先给老福晋请过安，看过二爷的方子了。

颖轩忙站起身说：“不敢，不敢，吃了药见好才算数。”

詹王爷又问：“大格格的情形，您看……”

颖轩笑容满面地忙说：“提起大格格的病，我这儿得给您道喜了。”

詹王爷一愣，问道：“噢？这话从何说起？”

颖轩兴冲冲地说：“大格格是喜脉。”

“喜脉？”詹王爷惊讶地望着颖轩。

“不错，恭喜王爷要抱孙子了。”颖轩没有注意詹王爷已经慢慢地沉下了脸，他站起身，审视地望着颖轩，颖轩有些不知所措。突然，詹王爷“哼”了一声拂袖而去。颖轩不知道出了什么事，一时手足无措，仆人丫头们也相继跟出了屋。颖轩莫名其妙地望着，感觉情形不对，忙着向外走，想找人问问怎么回事。忽见四个丫头进门将果碟尽皆撤去，又鱼贯而出。

颖轩大惊，忙走到屋外，见院内已空无一人，惊慌地望着四周。只见安福走过，忙拦住问道：“安爷，刚才王爷是怎么了？”

安福一甩手道：“您还不快走！”

“我怎么得罪王爷了？”

“别问了，快走吧您！”

“这车马费还没给我！”

“您还要车马费？等着吧您！”安福又匆匆离去。颖轩茫然地望着空空的院落，留也不是，走也不是。

此时，白府上上下下都还等着二爷回来吃饭，给他道喜呢。白萌堂吩咐总管胡加力：“今儿大喜，添人进口，叫各房不论大小全到厅上来吃饭。”胡总管站在台阶下忙答应着去了。敞厅中，酒和凉菜早已经摆好了，府上各房头的大人和孩子们全都到齐了。白萌堂看了看，问老二怎么还没回来。颖宇冒冒失失地说：“别是出什么事儿了吧？”老太太不高兴了，说道：“又胡说，去看个病能出什么事儿？”颖宇忙改了口说：“我是说怕车坏到半路了，或许叫王爷留下吃饭了什么的。”白萌堂不放心，吩咐派个人去接。

天擦黑了，颖轩仍傻乎乎地站在詹王府院内张望，见一丫头端着饭菜走向北屋，忙迎上前拦住问：“请问车总管上哪儿去了？”丫头理也不理，绕过他进了北屋。“嘿……怎么没人理我这碴儿了？”颖轩做梦也没想到出大事了。

车总管带着七八个兵丁从大门走出来，四下一看往前一指说：“那儿！”狗宝抱着鞭杆子正坐在车辕子上打瞌睡，车老回等人走到车前，一个兵丁猛地将狗宝从车上拉下，狗宝大惊。“砸！”随着车老回一声吼，兵丁们一拥而上，挥舞利斧长刀砍向车围子，车架子立即散了。一个大个子兵丁一把夺过狗宝手中鞭子，反手向他脸上抽了一鞭杆子，狗宝疼得捂着脸跑到墙根儿。辕马惊恐地嘶叫扬蹄，两个兵丁拉住辕马，大个子兵丁将长长的匕首向马刺去。随着辕马的尖声嘶叫，四五个兵丁也同时将匕首刺向马身。车已散架，马已倒地，兵丁们仍在发泄似的砸着。狗宝吓得直发抖，目瞪口呆，顺着墙根儿往下溜。

满腹疑团的白颖轩从里面走出门道，胆怯地停住了，只见七八个兵丁怒目而视，他也不知为什么，忙低下头往外走。白颖轩出了大门，又见车老回站在台阶上冷眼望着他。颖轩情知不妙，紧走了几步，从车老回面前下了台阶，走向自己马车，一抬头惊呆了，只见马已死，车已毁，一片狼藉。颖轩惊愕地回头望着王府门口，满脸杀气的车老回正冷笑着。颖轩惊恐地回过头去找狗宝。只见狗宝蹲在墙角哆嗦成一团儿，颖轩忙问：“出什么事儿了？”“孙子王八蛋才知道出什么事了！您瞧！”狗宝指着脸上一道青紫伤痕。

颖轩愤怒地回头望着，硬着头皮向门口走去，想问个究竟。兵丁们又要向前拥，被车老回抬手止住，车老回缓缓地下了两层台阶。

颖轩害怕地停住了，声音颤抖着问：“车总管，我怎么你们了？”

车老回没有回答，凶狠地望着颖轩。奉命来接白颖轩的秉宽急急忙忙赶到了，眼前的一切，把他也吓着了。愣怔片刻，秉宽忙走到狗宝前悄声询问，狗宝委委屈屈地说着。秉宽深知这不是讲理的地方，忙走到颖轩面前，拉他下了台阶，劝道：“走吧，二爷，家里等着您哪，走吧！”他硬拉着二爷走了。

天黑了，厅里点上了吊灯，却还不见颖轩回来。等着吃饭的两桌人都默默地坐着，不时看着厅外。白萌堂背着手在廊子上不安地走来走去，不时望着大门口。老太太悄声地说：“老爷，甭等了，先吃吧！”白萌堂没有回头，说道：“再等会儿，今儿是他大喜的日子，一定等他回来。”

另一桌，坐在桌旁的雅萍怀中的小宝突然一声大哭，奶妈忙起身：“姑奶奶，该喂奶了。”雅萍接过孩子背身走到活屏后去喂奶，孩子们已等得不耐烦，景双、景武在偷偷吃菜。老太太道：“要不叫孩子们先吃，都饿了。”“也好。”白萌堂话音刚落，见秉宽小跑着进了院子，立刻松了口气：“回来了，吃吧！”

“老爷！”秉宽边叫边走上台阶，到白萌堂前低声嘀咕了几句，白萌堂抬头一惊。只见颖轩与狗宝匆匆进了院子，走到台阶下垂头丧气地站住了，白萌堂忙走下台阶，问出了什么事儿。

狗宝满脸惊慌地说：“马杀了，车也砸了，您瞧把我打的。”

白萌堂诧异地问：“到底是为了什么？”

颖轩低着头说：“不知道！”

“糊涂！”白萌堂怒冲冲地说，“杀了马砸了车，还不知道出了什么事儿？”

厅里的人都站了起来，颖宇突然大叫："没了王法了，依仗着是皇亲国戚，就敢这么欺负人。秉宽，带上人，我去把詹王府砸喽！"白萌堂喝道："老三！"颖宇不言声儿了，白萌堂转向颖轩说："先去看看你媳妇儿子去，等你吃饭。""是！"颖轩答应了一声向厅后走去。

二爷还没回屋，二奶奶已经全打听明白了。大丫头银花一掀帘子，颖轩满面愁容地走了进来。躺在炕上的二奶奶忙挣扎坐起，正和她说着话儿的胡总管忙站起退到一边。二奶奶说："回来啦，快看看你儿子，老爷给起名儿叫景琦。"颖轩俯身看熟睡的儿子，看着看着，忽然回身坐到炕沿儿上捂着脸哭起来。二奶奶忙道："我都知道了，哭有什么用？到底怎么得罪他们了？不能无缘无故地杀你的马、砸你的车呀！"颖轩抽着鼻子只是摇头，说不出个所以然。银花忙递上一块湿手巾。

"行了，先去吃饭吧……"二奶奶劝慰道，"大喜的日子别哭丧着脸，装着高兴点儿会不会？""会！"颖轩擦着眼泪转身向外走。

胡总管赶忙也跟着要走，却被二奶奶叫了回去，嘱咐道："这事儿一定要查明白喽，不能糊里糊涂受这个气，以后二爷在街面儿上还怎么做人？"

胡总管说："是，是！詹王府虽是皇亲国戚，素来与咱们府上不错，二爷又是头一回去，怎么会这么不给面子呢？会不会是二爷触犯了他们王府的什么规矩了？"

"那也不该下这么狠的手。"二奶奶说，"明儿一早儿北京城就得传遍了。"

"我和王府的车总管还有一面之交，我去打听打听。"胡总管说完，忙往前厅去了。

本是贺喜的一顿饭，全家人吃得都不痛快，二爷自始至终哭丧着脸，他还真不会装得高兴点儿。吃完饭，大家正乱哄哄起身，雅萍刚奶完孩子才坐下来吃，只有颖宇仍在喝酒。白萌堂点点手说："老二，你来一下。"颖轩跟着白萌堂转过活屏。

颖宇看看人们已走，对雅萍道："姐，我就知道这孩子生下来就笑不是好兆头，出事了吧？"

"喝你的酒吧，少胡说八道！笑不比哭吉利？"

"行了吧，姑奶奶，你见谁家的孩子生下来不会哭光笑？"

"吴瞎子都说了，是吉兆！"

"吉兆，吉兆！吴瞎子的话你也信？拣好听的说呗！走着瞧，往后还不定出什么事儿呢。"

雅萍把眼一瞪斥道："你再胡说八道，我大耳刮子抽你！"

"得得，我满嘴胡吣。"颖宇自顾自地喝起来。

来到北屋，白萌堂听颖轩详细地说了一遍问诊的经过，百思不得其解地道："既是喜脉，王爷应该高兴才是，怎么会拂袖而去呢？"颖轩委屈地说："我也闹不清楚。""是不是你看错了脉？""那不会，詹王爷看了我给老福晋用的药，还直夸奖我，说要给我双份儿的车马费。""这就怪了！你没坏他们的什么规矩吧？""我连宫里都常出常进，规矩我是全懂的。"

白萌堂觉出来这事儿有点麻烦，叫了胡总管来，让他想个法子打听一下。胡总管说已经约了詹王府的总管车老回，明天见面。白萌堂说："这事儿非同小可，他们府上的二格格是同治爷的嫔妃，虽说同治爷不在了，可他们势力还在，务必要打听明白。"

第二天一大早儿，胡总管就到了范记茶馆。这个茶馆地处平安路口，是个二荤铺，是卖苦力的人吃饭歇脚之地，可也预备了清净的单间，留给有点儿身份的人吃饭喝茶。上午人还不多，门前冷清清的。胡总管站在门口，见车老回带个跟班儿的走来，忙迎上前，寒暄一番后，二人走进茶馆。

一进前堂，就见中间桌旁坐着武贝勒贵武，身后坐着拐子等几个打手，他斜靠在椅子上，一条腿放在桌上。车老回忙打了个招呼："哟，武贝勒，您早哪，怎么上这儿来了？"贵武一动没动，满不在乎地说："等一个人儿。”车老回忙向胡总管介绍：“武贝勒，我们王爷的外甥。”胡总管打了个千儿：“武贝勒！”贵武爱搭不理地“嗯”了一声。“白府的总管，我们说点事儿。”车老回说罢和胡总管向靠里的一个单间走去。

忽然，前堂门口帘子一掀，走进一个人来，虽是一身当差的打扮，一双眼却炯炯有神，他是神机营的季宗布。一进屋，季宗布便死死盯住贵武，贵武板起脸也一动不动地盯住季宗布。片刻后，季宗布走到贵武前拉了把椅子坐下。二人依旧斗鸡般相互对视着，终于，贵武先开了口：“昨儿你打了我的人！”季宗布质问：“他干吗要欺负人家孤儿寡母？”贵武说：“碍着你什么了？”季宗布说：“你知道我就好个打抱不平。”贵武指了指身后站的人问：“今儿我带人来了，你说怎么办吧？”这两边分明是约好了在这儿茬架的。

前堂火药味儿十足，单间里也不平静，车老回已经不客气地训斥上胡总管了：“胡爷，您府上这位二爷，我说句不好听的话，整个儿一半吊子！”

“您这话我不太明白。”

“您知道我们王爷的二格格是同治十年进的宫，做了嫔妃……我们王爷带着一家子进了京，只在蒙古老家留下大格格一个人儿料理家务……”

“哟，这可头一回听说，一直以为王爷就一位千金。”

“直到去年才把大格格接到京里来，这一耽误错过了亲事，成了二十九岁的老姑娘。她还没成亲呢，怎么会有喜脉？”车老回说到这里，停住话头，望着胡总管。胡总管着实吃了一惊，一时不知说什么好。突然，外边传来了吵闹声。

贵武手指着季宗布说：“季宗布，今儿个给哥儿几个赔个礼、道个歉，咱们各走各的路……你今儿要是不赔礼……”

“我今儿不赔礼！”季宗布不动声色地打断了贵武的话。

贵武一下儿坐直了身子，威胁道：“那我可不客气了。”

前来上茶点的范掌柜见势不妙，忙上前劝道：“武贝勒，武贝勒，别伤了和气，都是朋友，有话好说。”

“范掌柜，不就怕砸了你的破桌子板凳、茶壶茶碗吗？”说着，贵武从怀中掏出一包银子扔到桌上。银包落到桌上，碎银子散落了出来。“我赔！”季宗布不屑地望着。

“不是这个意思……”范掌柜话未说完，被贵武一把推开，扭脸儿叫道：“拐子！”拐子从后面蹿上前来。范掌柜又拦道：“诸位都是神机营当差的，抬头不见低头见……”拐子凶狠地将范掌柜推开，跨步上前出手便抓，季宗布一把抓住拐子的手腕，突然站起身左手抄住拐子的腰，用力一提。拐子被腾空扔起，重重落在桌子上，“咔嚓”一声桌子被砸塌了，碟碗乱飞，滚了一地。贵武大惊，后面的三个人也不敢上前了。季宗布又平静地坐回椅子上端起了盖碗茶。

听到外间闹腾声，车老回一掀帘探出了身道：“干什么呢？打架上外头去！”

拐子趴在地下捂着腰。贵武看着拐子不满地骂道：“真他妈㞞！”季宗布挑衅地问：“怎么着，武贝勒试试？”

“我不试，我打不过你，季宗布！有人能收拾你！”贵武等边说边匆匆走出了茶馆，拐子爬起来也溜了出去……季宗布悠闲地喝上了茶。

车老回走回单间，胡总管诚恳地说：“明白了，怪不得王爷生气，二爷实在荒唐。”车老回得理地说：“您想想，王爷不动点儿厉害的，万一这话传出去，我们王爷的脸往哪儿搁？没出阁的姑娘怀了孕，这不是往我们王爷脸上抹黑吗？”

胡总管站起来向车老回深深一揖，赔礼说：“我这儿先赔罪了，我立马儿回去回老爷的话，您看这事儿怎么圆个场？”车老回显得很大度，摆摆手说：“不必了，事儿都过去了，看来二爷的医术实在差得远，倒是以后要小心点儿。”

“恐怕二爷也不敢再行医了，车爷回府务必在王爷面前多多美言。”

“胡爷您太客气了。”

按说这事儿到这儿也就算了了，可白萌堂听了胡总管的陈述，脸色沉重地背起手看着窗外，自言自语道："那是哪儿出了错儿呢？"

"甭管他了，"胡总管接着说，"您亲自去趟王府赔个礼，这事儿就算圆上了。"

白萌堂转过身来说："就这么圆上了，我死不瞑目。我白萌堂一辈子不做糊涂事！他砸的不光是车和马，砸的是白家上百年的老牌子！北京城里已经没有不知道的了，白家栽给了詹王府！不光老二以后无法露面，祖上的脸面也丢尽了！宫里、柜上怎么交代！"

"我看还是以息事宁人为好！"

"先把事情查清楚了再说。"

"查清楚了又能怎么样？詹王府咱们惹不起！"

白萌堂大怒："我偏要惹！你别说了！"

胡总管叹了口气低声道："老爷……退一步海阔天空……"

白萌堂斩钉截铁地说："退一步？为什么要退一步？白家老号每进一步有多难，我凭什么要退一步？他就是砸碎了我这把老骨头，我也不能退！"

第二章

每次从安国办药回来，账房跟库房都要跟办药的东家对一次账，这次三爷回来就不见人了。二爷只好代劳，可没想到账却对不上。管库的和账房的闹得脸红脖子粗，差点儿没打起来，整个一笔糊涂账。二爷从账房口中也听出来了，问题出在采购药材的东家身上，说白了是三爷白颖宇从中做了手脚，可谁也不愿捅破这张窗户纸。

二爷有什么辙？抓瞎了，只好匆匆赶回家找大哥商量，请大哥颖园出面。谁知大哥板着个脸并不当回事，只是说："我知道了。"颖轩急了，说道："大哥，这事你不能不管，管库的跟账房先生打起来了，他对不上账啊！"颖园不耐烦了："我都知道了。""知道了你不管？三弟这次去安国办药，弄成了烂摊子！""这事你别插手，叫大头儿、二头儿来找我，你往我身上推。""两万多两银子对不上账，明明是三弟他……""我兜着就是了。"

白殷氏在里屋听哥俩争执，一撩门帘走了出来，抱怨说："你能回回儿都兜着吗？这事不说清楚了，赶明儿是你背黑锅……""你知道什么，少插嘴！"颖园不待白殷氏说完，便训斥道。"咱们大房替三房往里垫了多少银子了……"白殷氏管自说下去。颖园大声呵斥道："住嘴！我们哥儿俩说话你掺和什么？”白殷氏愤愤不平地一甩帘子又回了里屋。

“大嫂说得对，你不能老兜着，你把老三惯坏了……”颖轩诚恳地劝道。颖园面露无奈地说：“我还不是顾全大局，这事叫爸爸知道就麻烦了。唉，心里明白就行了，别往外说，跟谁都别说。”兄弟俩正说着，胡总管在院里喊：“二爷，老爷叫您去一趟。”“去吧，别跟爸说这件事儿。”颖园拍了拍颖轩肩头。

见了老爷子，颖轩果然没提三弟的事，三言两语又说到了詹王府。白萌堂劈头一句：“你知道不知道，人家是个没出阁的大姑娘。”颖轩一脸苦相，低着头嘟囔说：“她没出阁的大姑娘怀了孕，碍着我什么了？又不是我弄的，喜脉就是喜脉。”白萌堂沉吟着说：“你说是喜脉，可万一……”颖轩猛地抬起头说：“没什么万一！要说什么不常见的疑难病症，没准儿出个错儿什么的，喜脉我都号错了，还能吃这碗饭吗？”

颖轩的话句句在理，白萌堂心里一下子明白了，点点头说：“嗯……那就是说，这位大格格不守规矩，王爷一点儿不知道，反倒砸咱家的牌子。老二，这事儿不管跟谁都不准再提，跟家里的人也不准再提，懂不懂？”颖轩似懂非懂地点了点头。白萌堂若有所思地说：“你先受点儿委屈吧，我自有道理。”

第二天，跟谁都没打招呼，白萌堂到马号要了辆车，直奔了詹王府。白萌堂下了马车，与捧着礼物的两个听差刚走进大门，便与正走出的姚大夫相遇。姚大夫忙施礼道：“白爷！”白萌堂问：“姚大夫，这是给哪位看病？”“给大格格，您这是……”姚指了指听差捧的礼物。白萌堂忙说：“二小子出了错儿，我来赔礼，您看大格格得的什么病？”姚大夫十分为难地应付着道：“好像是……大概……也没什么病，我医道太浅，说不准，说不准，您请，您请！”说罢，慌忙走了。白萌堂望着姚大夫的背影微微一笑，似乎明白了，大步直奔客厅。

詹王爷一向敬重白萌堂，亲自迎到了大客厅，王爷之子詹瑜恭敬地在一旁侍立。白萌堂把礼物放在桌上说：“请王爷看在我的分儿上，就饶犬子这一回。”詹王爷微微一笑，大度地说：“事情已经过去了，不必再提，这么重的礼，我可不能收。”白萌堂十分谦恭地说：“承蒙王爷宽宏大量，已经是感激不尽，这不是礼，是孝敬老福晋的，给老福晋请安。”詹王爷客气地点了点头说：“那就多谢了，老福晋吃了二爷的药已经大见好，不过你们二爷……”白萌堂忙充满歉意地说道：“犬子初出茅庐，医道上还没入门，功力尚浅，竟敢到王爷府上来献丑，实在是不自量力，我想亲自给大格格把把脉。”“那就有劳了，我宫里还有事就不陪了。”詹王爷说着便站起身，白萌堂亦随着站起。“詹瑜，你陪陪白爷。”詹王爷对儿子吩咐罢，管自离去。

詹瑜应声后，引领着白萌堂来到大格格卧室。大格格将手伸出帐子外，放在小枕头上。白萌堂急忙把手指按了上去，神情兴奋而紧张。他微微闭上了眼，蹙起了眉头，稍许，心中便有了底。还用废话吗？喜脉！这种脉象还用什么高深的医术吗？白萌堂嘴角露出了一丝不易察觉的冷笑。

外厅里，四个丫头端四干四鲜八个果盘鱼贯而入，将果盘放到圆几上。白萌堂与詹瑜从内室走出，说道：“没什么大病，不过是腹中长了痞块儿，吃几服化解的药自然就好了。”白萌堂坐到桌前，桌上早已摆好文房四宝。白萌堂拿起了笔，装作漫不经心地问：“大格格来北京有多少日子了？”詹瑜说：“我姐姐来了有一年多了。”白萌堂又问：“嗯，还是水土不服。怎么会你二姐先出了阁，大姐反而落在了后面？”詹瑜说：“我二姐送进宫去的时候还小，既是进宫就顾不得大小先后了。”白萌堂点了点头说：“按这个方子先吃五剂，一个月以后我再来。”白萌堂虽也号出了喜脉，且不动声色，心里也有了打算。

喜脉，这喜从何而来呢？就得说到和季宗布打架的武贝勒了。这货在茶馆落了下风心里不服，又约了几位武师，找上季宗布，结果连武贝勒本人，都被打了个一佛出世，二佛升天。他龇牙咧嘴找到大爷白颖园，给弄了些跌打损伤的丸药，嘴里骂骂咧咧的：“季宗布这小子手真黑，这下子真把我摔着了。”

武贝勒趴在榻上，有一搭没一搭地问：“哎，我问问你，你们怎么得罪了詹王爷了？”白颖园淡淡地说：“您也听说了？”“北京城没有不知道的了。”“不提也罢！”“我舅舅那人是个带兵打仗的，性子忒野。到底是为了什么？”

“我二弟也够呛！他哪儿知道大格格是大姑娘，愣给号出一个喜脉来。”

武贝勒一惊，噌的一下翻身坐起又闪了腰：“哎哟！我这腰！”

颖园吓了一跳，忙道：“怎么了，怎么了？吓我一跳！趴下，趴下。”

武贝勒缓缓躺下问：“喜脉？真的假的？”

颖园不解地说：“你着什么急呀！这事说不清，按说不是，人家是个大姑娘！”

武贝勒十分关注地问：“这事儿怎么着了？”

“还能怎么着，我们认倒霉吧！”颖园奇怪地问，“您怎么了？出一脑袋汗。”

“没怎么，腰疼，疼得我直冒汗。”武贝勒真给惊出一身冷汗，甭说，大格格的事肯定和他有牵连。他得打听个实信儿，得找白颖轩问问究竟号出了个什么脉。

颖轩见老爷子从詹王府回来，忙上前问究竟，白萌堂也不多说什么，将写好的一个方子交给颖轩。颖轩接过一看愣了，不解地说：“怎么，您……您用的都是安胎的药？”

“不错！明明是喜脉，自家的闺女做了丑事，反倒砸咱们白家的牌子！医不可欺！白家的牌子是祖宗传下来，济世的根本。个人栽了跟头无所谓，可‘白家老号’栽不起这跟头。半年之内见分晓，老二，你长点心眼儿好不好？”

颖轩惶惑地“啊”了一声，他不知道老爷子葫芦里卖的什么药。

白萌堂嘱咐道：“这方子的事，绝不能传出去！”“没事儿我跟人说这个干什么？”二爷慢条斯理地嘟囔说。“跟你说话真费劲，整个儿一个书呆子！”白萌堂知道二儿子一向窝囊，没好气地杵巴了他两句。

为了办景琦满月的喜事，胡总管约了双喜班的班主定堂会的事。五六个各行的生意人听到信儿，都跑到茶馆来向里张望着。白家要大办喜事是个不可多得的好机会。胡总管正与常班主定戏码儿，常班主接过戏单子看了看问：“戏码儿就这么定了？”胡总管认真嘱咐说：“定了，包银还按老例儿。常班主，满月那天大概要请詹王爷过来，千万别出错！”“错不了。”常班主忙问道，“怎么着，跟王爷那边讲和了？”胡总管轻松地说：“本来就是一场误会，早没事儿了。”“那好，我告退了，外边儿好些人等着呢。”常班主说罢走了出去。

常班主刚出屋子，外面的人就拥进来说：“胡总管，小号刚从南边进的鲜货……”“胡总管，这回这点心我可包下了……”胡总管高声道：“一个一个地说，别乱……”

景琦满月这天，影壁前搭起了戏台，台上正演《跳加官》。院里坐满了贺喜的宾客。敞厅外，二奶奶抱着满月的景琦走到活屏后，将孩子交给奶妈，奶妈绕过活屏又将景琦递给白萌堂，客人们围了上来反把颖轩挤到了一边儿。客人们七嘴八舌地说：“开开眼，叫我看看这不会哭的孩子。”“笑一个，笑一个，听说一生下来就会笑。”身上穿水衣，脸上化了妆的颖宇挤了进来说：“大侄子！今儿三叔给你唱一出《红鸾禧》。”宾客们一起起哄。白萌堂十分高兴地说：“等这孩子周岁的时候，大伙儿还得来啊！”

一个丫头走到颖轩前低声说了句什么，颖轩来到活屏后，问等在那里的白二奶奶：“什么事儿？”

“詹王爷来了吗？”

“没有。”

“请了没有？”

“请了。”

“那怎么没来？”

“八成有事儿吧！”

“不对，咱们家的堂会，王爷从来没漏过，你去赔礼了吗？”

“没有，爸爸去了。他不叫我去，还送了重礼。”

“去了就行了。”

“礼是赔了，事儿可没完。”

二奶奶一惊，忙问：“什么意思？”

颖轩神秘地笑而不答，二奶奶察觉他藏着小九九，逼问道：“为什么？”颖轩慢条斯理地说：“别问，爸爸不叫说。”

“跟我也不能说？”

“跟你……也不能说。”

二奶奶语气凝重地说：“不能再惹事了。爸爸那人瞧着明白，其实糊涂得很……”

雅萍一手抱着一个孩子转过活屏走来，奶妈在后面跟着。二奶奶忙过去接过景琦说：“哎哟，姑奶奶，别把孩子闪着。”雅萍说：“宫里升平署的王公公来了，他要跟三爷唱一出《红鸾禧》。”

敞厅院南客房改成了临时化妆间，挂满了行头，双喜班的艺人们在化妆、穿行头。太监王喜光正在勾脸，颖宇走来说：“怎么着王公公，串串词儿？”王喜光笑道：“三爷，台上见吧，您多替我兜着点儿就行了。”颖宇说：“说什么哪？谁不知道您是老佛爷跟前儿的红人儿啊！升平署的角儿！”

武贝勒早早的就来了，走进屋一眼看见了王喜光，忙走过来说：“王喜光，小兔崽子，跑这儿串戏来了？”两人见面从来就没正经话，王喜光笑嘻嘻地说：“贵武，你这个小王八蛋，老没见你了。”“贝勒爷串一出？”颖宇在一旁道。贵武说：“我歇了吧。这腰还没好利落呢。”“你们神机营这些日子闹得有点儿不像话，听说把人家茶馆砸了？”王喜光有一搭没一搭地问着。“这点儿屁事儿也传到宫里去了？”武贝勒根本没当回事。

“为了一个娘儿们你们犯得上吗？”王喜光说着一脸不屑。“王公公，一提女人，你可就不顶劲了，你哪知道这里头的乐呀！”贵武是当着矬人说短话，颖宇在旁忙打断道：“嘿！这是怎么说话呢？”王喜光拉下了脸道：“你小子，跟我吊猴儿！”贵武打了自己脸一下赔罪说：“得得，我这儿满嘴跑舌头胡嚼呢！二爷呢？”颖宇说：“在前边儿听戏呢吧！”

贵武没去听戏，他是专门来找颖轩打听大格格的事。他悄悄溜到颖轩屋问起砸车杀马的事，颖轩却什么也不说。贵武死死盯着颖轩，他却只顾低头抽着旱烟袋。贵武察言观色地问：“怎么了你？跟霜打了似的。我问你话哪！”颖轩还是低头不语，抽完一袋又装了一袋。贵武试探地说：“看这意思，你真是号错了脉！”“唉……”颖轩一声长叹。贵武怀疑着问：“二爷，这事儿我可觉着不对，凭你的医术，喜脉能号错了？你跟我说实话……”

里屋二奶奶和雅萍正哄着孩子睡觉，二人悄声嘀咕，却注意地听外面说话。“我现在说话还有谁能信，我都臭了大街了！”颖轩满是怨恨的声音传进里屋。“我信！王爷虽然是我舅，也得讲个理儿，跟我说实话，兄弟给你出气！”贵武忙不迭地接道。颖轩道：“我爸爸不叫我乱说……”

“颖轩，前院那么忙，你不去看看！”二奶奶太知道颖轩的脾气了，听话茬儿就知道不妙。就颖轩那点儿城府，贵武绕兑几句就能把他的话全套出来。于是，她赶紧在里间搭了话。外屋的颖轩并未领会二奶奶话里的深意，说道：“我这就去，这儿说话呢！”贵武感觉有事了，接茬问：“你爸爸去王府赔礼，怕不是真心实意吧？”

颖轩一愣，说道：“这叫什么话。”

“二爷，你信不过我？”

“跟你说句心里话吧，我不是信不过你……王爷有权有势，我们惹不起，我认栽了，可早晚有一天……”

"颖轩！"二奶奶一撩帘走出里屋，她必须出面了，厉声道，"大喜的日子，来了那么多客人，你不在前边儿照应，在这儿没完没了地瞎扯什么？"

颖轩猛然醒悟，忙道："这就去，这就去！"说着起身向外走。贵武横了二奶奶一眼，也忙跟着走出去。二奶奶走到窗前担心地向外望着，贵武追到院子里，仍不甘心地说："怎么了？二奶奶这不明摆着轰我吗？"

"她轰你干什么？"

"我舅舅得罪了你们，我又没得罪！"

"走吧，听戏去！"

贵武拦住了颖轩去路，追问道："你到了儿也没把话说完哪？"

"你管这闲事干什么？"

"你横竖叫我弄明白了啊！"

"我……我都不明白，你还想明白……"颖轩顿了一下，不再说话，快步走出院门。

"哎，我说二爷，你别跟我……"贵武听罢先是一愣，更觉话里有话，急忙追了出去。

趴在窗前向外看的二奶奶和雅萍都不禁摇摇头，二奶奶无可奈何地说："你说我们这口子是不是缺心眼儿？什么话跟我都不说，倒去跟外人说。"雅萍说："这位贝勒爷不是个好东西，留点儿神！"忽然，听差的在院里喊："姑老爷来了，请姑奶奶过去呢！"

二奶奶捶了雅萍一拳，笑着说："你看，三天摸不着你，他就五脊六兽的了，快去吧！"

雅萍一肚子牢骚："我就不爱回家，我们那口子，整个儿一个艮萝卜辣葱，浑身上下没一点热乎气儿。还有那位老爷子，当了翰林院的编修，出来进去没个笑脸，你说我回去干什么？"二奶奶同情地望着她没言声儿。沉静中，不时传来听戏的叫好声，大概前院戏台上的《红鸾禧》快收场了。

一直到堂会唱完，詹王爷也没来，可也没出什么事儿。两府照样来往，好像什么事都没发生过。

转眼儿夏天到了。王府后园子荷花池里绿荷漂浮，花苞欲放，从墙外传来卖水车的吱扭声和卖冰盏儿的敲着铜盅的吆喝声。回廊上，贵武与大格格在悄声低语，突然大格格站起急步向前走去，贵武忙起身拦住，两人充满敌意地对视着。慢慢地，贵武眼神有些慌乱，大格格扭头不再看贵武。“你说这事儿怎么办吧？”贵武有些心虚地试探着问。大格格猛回头咄咄逼人地问：“你问谁呢？”两人又互相对视着，贵武打破僵局，急促地说：“万一要不是呢？”

“万一要是呢？”

“好几个大夫都看过了，不都说不是吗？”

“那是他们吓怕了！”

“大格格！”大丫头沿着廊子走来，“大爷请您过去看病。”

“不去！”

“都等了半天了。”

“不去！告诉他我没病！”大丫头站着没动。大格格没好气儿地问：“站着等什么？等着领赏哪？”

贵武忙答言道：“你跟她撒什么气！”他转头对丫头说：“你先去吧，说大格格这就到。”

大格格转身又坐下了。贵武低声下气地劝道：“去吧，啊？去看看，只有好处没坏处。”

按例，白萌堂接手了来王府出诊的活儿，每月要给大格格号一次脉，换个方子。白萌堂若无其事地和詹瑜正在赏玩一个哥窑笔洗，等着大格格来。白萌堂道：“这是南宋哥窑所出，小开片，稀世珍品啊！”

门帘一响，只见大格格走进来，注视着白萌堂。詹瑜随白萌堂站起道：“姐，白先生等了半天了。”白萌堂有些过分谦恭地弯了弯腰说：“不客气！”大格格并不招呼，两眼死盯着白萌堂。白萌堂似乎不经意地打量了一下大格格，迅速地看了一眼她的腹部。大格格像是敏感觉察到了这一切，转身向里屋走去。詹瑜将白萌堂让进里屋，大丫头将小枕头放在茶几上退了出来。

白萌堂伸了伸手示意大格格把手放上来，大格格却一动未动，两眼死盯着白萌堂。白萌堂脸上那一丝几乎很难察觉的冷笑，慢慢收死，也死盯着大格格。大格格眼中显出了一丝哀怨和乞求的神色，她从白萌堂的眼神中分明地感觉到一种似冰窖般的冷。白萌堂似乎不忍再看，掩饰地低头咳了两声。

大格格缓缓将手放在了小手枕上，白萌堂没有抬头，也缓缓将手放了上去。大格格两眼毫不放松地捕捉着白萌堂脸上的变化，忽然扭过头去闭上了眼。白萌堂号脉的手指轻轻动了一下，迅速抬眼望着大格格，嘴角又泛起一丝难以察觉的冷笑。大格格睁开眼缓缓回过头，两眼失神地望着白萌堂。两个人似乎都在估摸着对方的心思，又似乎都有些举棋不定，有种挖空心思也难以击中对方的无力感……

天儿转凉了，渐渐地，家里人都把这事儿淡忘了，只有一个人心里始终不踏实，就是二奶奶白文氏。她总是隐隐约约地觉得要出什么事儿，终于忍不住了。

颖轩铺好了纸，正在磨墨准备写字，二奶奶抱着孩子站在他身边问："你跟我说实话。"

"不都说了嘛！"

"没有！爸爸每次去王府看病回来，都怎么跟你说的？"颖轩看了一眼二奶奶，不耐烦地低下头磨墨，二奶奶拉了拉颖轩的胳膊。颖轩心烦地道："干什么？"

"爸是怎么打算的？"颖轩不语，拿起笔准备写字，笔刚一落，二奶奶又拉他一把。毛笔在纸上画了一个大墨道子。颖轩不悦地道："你看，你看。”

二奶奶把孩子往颖轩怀中一塞，颖轩忙抱住。

“我去找爸去！”

“你别去，好像我跟你说了什么似的。”

“那你说！”

“哎呀……爸不叫对外人说！”

“我是外人吗？真没见过你这么死性的人！”

“爸爸说……早晚叫詹王府赔咱们的车和马！”

“这么说大格格怀孕是真的了？”

“当然是真的，爸爸一直给她下的安胎的药！”颖轩说着又把孩子塞给二奶奶。

“我怕的就是这个！你想想，北京城没有人不知道你号错了脉栽到了王府，王府要是赔了车和马，那不跟把大格格的丑事全抖搂出来一样吗？”

“爸爸就是要争这口气！”

“这不是争气，这是结仇！”

“爸的脾气你也知道，谁的话他也听不进去！”

“这个仇结不得，我得跟他说！”

二奶奶岂不知老爷子的脾气，可事关重大，她不能不说了。

白萌堂正在院里用药箅子捞鱼虫喂鱼，大鱼缸里游着七八条大金鱼。二奶奶走过来问安，劝说道：“我觉得居家过日子，总该以息事宁人为好。”

“这不是居家过日子！这是我祖上的名声，药铺的信誉！”

“王府的势力咱们怎么斗得过？这会儿詹家已经乱了，何必再难为他们呢？”

“晚了！这孩子她想生也得生，不想生也得生，由不得她了！”

“她生她的，咱们假装不知道不就结了，何必要赔车赔马？”

“这口气我憋了半年多了，就等这一天呢！怎么着？我假装不知道？没那么便宜！”

“老爷子，小不忍则乱大谋。”

白萌堂急了，大叫：“我最讨厌这个‘忍’字！遇事都要忍，什么大事也做不成！”二奶奶仍分辩道：“那也得看什么事。放过他们这一次，他们就老欠着咱们的人情，可真要结下了仇，今后……”胡总管走来，见白萌堂发脾气便远远地站住了。

白萌堂大怒道：“你怎么敢教训我？”

二奶奶吓了一跳，忙说：“我怎么敢教训您呢，我是想……”

“你想？且轮不到你想呢！”白萌堂气得用力撩着鱼缸里的水，“你个女人家懂什么？”白萌堂突然抓起一条金鱼摔到地上，金鱼在地上乱蹦。胡总管吓得直往后退。

“人家都骑到我脖子上拉屎了，我还得下跪不成！你是哪家的媳妇，啊？替人家说话……”白萌堂见胡总管来了，不好当着下人的面训斥儿媳妇，口气放缓和了些：“行了，你去吧！”二奶奶弯腰捡起了地上的金鱼放到缸里，低头看着鱼缸没有动，白萌堂喘着粗气不知说什么好，抬头问胡总管有什么事。胡总管答道：“詹王府的瑜爷来了，在公事房候着呢。”

“要看病叫他找大爷。”

“不是看病，说有事要找您。”

白萌堂与二奶奶都是一愣，白萌堂立即两眼放光，猜出了八九，说道：“詹王府的日子怕是不太好过了吧，我这就去。去把二爷叫来。”白萌堂兴奋地快步走去。鱼缸内，二奶奶放回去的那条金鱼已经死了，漂浮在水面上。二奶奶有了不祥的预感，担心地望着远去的白萌堂。

公事房内，詹瑜一脸的愠色：“我就是想请教一下，白爷给我姐姐的脉是怎么号的？”颖轩站在一旁，不安地来回看着二人，白萌堂故意惊讶地问：“怎么了？错了吗？”詹瑜狠狠地道：“错了！”白萌堂趁势反问："既然是我错了，那么，我们老二给令姐号的脉就是对的了？"詹瑜一愣，呆呆地望着白萌堂，没法接茬儿了。

白萌堂得意地望了一眼颖轩，颖轩有些紧张地来回望着二人。白萌堂又挑衅地望着詹瑜，詹瑜泄气地慢慢低下头。白萌堂咄咄逼人地问："怎么不说话，我们父子二人总该有一个是对的？"詹瑜仍低着头道："看来，二爷是对的。"白萌堂更加理直气壮地问："既然老二是对的，何以要砸他的车，杀他的马？"

詹瑜慢慢站了起来，直望着白萌堂道："白爷，您这是有意设的陷阱？"白萌堂讥讽道："打住，打住！令姐六个多月的身孕怕是瞒不住了吧！肚子越来越大，这种陷阱我们是设不来的。"詹瑜愤愤地质问："可您当时为什么不说实话？"白萌堂揶揄道："哎呀，詹大爷，我们白家有多少车够你们砸、有多少马够你们杀的？"詹瑜自知理亏地低下了头说："我只求您一件事，有什么办法能把这胎打下来？"颖轩完全没有了敌对的情绪，充满同情地望着詹瑜。白萌堂不咸不淡地说："晚了，现在打胎不光孩子完了，大人也保不住。"

詹瑜急了："您这叫我姐姐今后有什么脸见人？"

白萌堂针锋相对地问："你砸我们车的时候，有没有想过我们怎么做人？"

詹瑜完全绝望了："我求求您了，别把这事儿说出去，更不能叫王爷知道！"

白萌堂道："那就看你们自己瞒得住瞒不住了。"

詹瑜忙道："好在王爷带兵去了新疆，只要您不往外说就行了。"

颖轩忙接上话："放心，我们不会……"

白萌堂瞪了颖轩一眼，颖轩不敢往下说了。

白萌堂道："可以，可有个条件。"

詹瑜恭顺地道："您说吧。"

"赔我家老二的车和马！"

詹瑜又急了："这不等于告诉人家我姐姐出事儿了吗？"

白萌堂冷笑道："既然这样，就没什么可商量的了。"詹瑜困惑地望着白萌堂。白萌堂得意地望着詹瑜起身送客："詹大爷，请吧！"詹瑜缓缓起身快步出了屋，望着詹瑜的背影，白萌堂高声道："等孩子满月的时候，我一定去讨杯喜酒！"

立春这天，北京城很少见地下了一场雪，不大。詹王府大门紧闭，院里一片白雪皑皑。王府里里外外好像气氛不太对，大格格就要临盆了。她满头是汗，忍着剧痛咬着嘴唇不敢叫出声，嘴角滴出了血。詹瑜站在床前焦急地望着。大格格挺着大肚子，两手死死抓住丫头的胳膊，全身扭动着，丫头惊慌地把小枕头塞到大格格面前说："咬枕头，咬枕头！"大格格咬住枕头。

詹瑜忍不住说："我去叫产婆子来吧，瞒不住了！"

大格格把小枕头扔到了一边，张着嘴大喘气："那个……没良心的……到底上哪儿去了？"

"我都找遍了，我快把北京城翻个底儿朝上了。"

"神机营呢？"

"那儿我能不去吗！"

"你再去找，他不能不管我！"

"姐，你死了心吧！他明明是有意躲起来了。"

"他……他不是那种人，他不会不管我。噢！疼死我了！"

"你以为男人都是什么好东西？你怎么会看上他？"

"我够难受的了，你别站在这儿……恶心我，出去！"詹瑜没有动，充满同情地望着大格格，他心疼这个老姐姐。

大格格突然抓起小枕头奋力扔向詹瑜，大喊："出去！""喊什么？"詹瑜向后退了一步，"王爷从新疆就要回来了，怎么交代？能瞒过去吗？"

大格格发泄地叫道："回来就回来……我谁也不想瞒……本来是该

我进宫的。我额娘死得早，他就拿我不当人，是他把我耽搁了，我就生给他看！”

詹瑜惊慌地望着丫头和院外道：“你胡说什么？叫人家听见像什么话！”

院子里，五六个丫头仆役站在廊子上指指画画说着悄悄话，听着屋里隐约传出大格格的喊声：“谁爱听谁听，我用不着瞒！”

过了片刻，大格格痛苦地呻吟着说：“我受够了……弟弟……你要是我的亲弟弟，你去找他来，叫他带我走，我永远不回这个家。我求求你了。”詹瑜百感交集地望着大格格，既同情又无奈。

“啊……”大格格又一次痛苦地喊叫着。院子里的丫头、仆役们仍在偷偷议论，詹瑜突然开门走出，怒斥道：“都站在这儿干什么？滚！”众人吓了一跳，忙四散而去，詹瑜又怒吼起来：“站住！王爷回来谁也不许说，谁说出去，我就拉了谁的舌头！”整个王府都紧张起来，陷入了莫名的恐慌之中。

其实白家的颖轩和二奶奶也都紧张着呢，总有一种不祥的预感。老爷子像没事人一样，踏踏实实等着出事儿，还跑街上叫了一辆卖豆汁儿的车子，把大人孩子们都叫出来喝豆汁儿。白萌堂抱着景琦站在车旁，用小勺喂景琦喝，颖轩站在一旁端着碗乐。白萌堂吆喝着说：“豆汁儿敞开喝，一人再给俩焦圈儿。”卖豆汁的大叫：“好咧！喝儿哟……豆汁儿。”白萌堂高兴地说：“叫你们一人喝一肚歪！”门口台阶上雅萍抱着小宝，和二奶奶的头靠得很近，说着悄悄话，像看热闹似的说笑着。

白萌堂边喂着景琦边道：“嘿，你们瞧嘿！这小子真喝，还喝得挺香！雅萍，过来，给我那外孙子喝点儿！”雅萍笑着说：“我们儿子不喝，又酸又臭！”二奶奶推着玉芬说：“你去喝！”玉芬往后一躲，说道：“我也不喝，又酸又臭！”白萌堂少有地这么高兴：“哼，没口福。瞧我这孙子，这才是地道的北京人，还不懂事呢，就爱喝豆汁儿！孙子！多喝点儿！气死他们。”景琦抿着小嘴，喝得有滋有味儿。

二奶奶低声地问雅萍："你刚才说的是真的吗？"

雅萍也压着声音道："大奶奶亲口对我说的还有错！"

"这么大的事儿，她怎么也不告诉老爷子？"

"她说大爷不叫她说。"

"大爷太憨，越这样，三爷越没了忌怕……一个家，外边多难都不怕，怕就怕家里人自己拆。这事儿我得跟老爷子说！"

"哎哎哎，你可别说是我说的啊，老三我倒不怕，可那位……"雅萍说着回头冲身后一努嘴，三奶奶白方氏在忙着照顾孩子喝豆汁儿。雅萍用下巴指了指道："那位三奶奶，出了名的'小辣椒'，你们家的事儿我不掺和。"

"行了吧，姑奶奶！哪件事儿你不掺和，家里的人就数你能！"

"老三确实闹得不像话，这一趟他至少私吞了一万多银子！"

二人说着话，只见胡总管匆忙走到白萌堂前低声说了些什么。白萌堂猛地抬起头问："真的吗？"

"真的。"

"哼！"白萌堂两眼放出异样的光，"詹王爷回来了吗？"

"回来了！"

"回来得真是时候。"白萌堂抑制不住地兴奋，"二奶奶来抱抱孩子！老二，跟我去詹王府！"颖轩放下碗道："我去备车。"

"不用！"白萌堂故意大声地喊着，"今儿咱们爷儿俩溜达着去，可要坐着车回来！走！"

看着他们离去，二奶奶的心一下子悬了起来，想叫又没敢叫，该出事谁也拦不住，往后还有安宁的日子吗？

詹王爷确实从新疆回来了，他正把带回的东西给老福晋看，桌上摆满了玉器、毯子、羔皮等等新疆的土特产。"这个羔皮给额娘做件新皮袄，这件给大格格……"詹王爷环顾不见大格格，问道："怎么不见大格格，等会儿叫她一块儿来吃饭。”站在一旁的詹瑜强作镇定地说道：“是，她这些日子身子不太好。”老福晋叹了口气：“这孩子从小身子骨挺好的，怎么一到京城，成了这样儿？我也好些日子没见她了，去叫她来！”

詹瑜站着没动，掩饰地整理着桌上的东西。“你听见没有？”詹王爷大声催促着。“是！”詹瑜面显难色，勉强答应着，手里有些慌乱。詹王爷看出不对，问道：“怎么了，她怎么了？”老福晋也不放心了：“算了，她有病，别折腾她了，咱们过去看看她。”詹瑜慌忙拦道：“用不着，用不着，她挺好的。”詹王爷更加疑心，说道：“刚才说有病，怎么这么一会儿又挺好的了？”詹瑜张口结舌无言以对，有点儿乱了方寸。

詹王爷感觉到有事儿，说道：“额娘歇着吧，我去看看。”詹瑜更慌了：“您先吃饭吧，还是我去叫。”詹王爷愈发疑惑地望着詹瑜。“王爷！”安福跑来报，“白府的老爷来给您请安。”詹王爷一时没反应过来，问道：“哪个白府？”安福道：“百草厅的白爷。”詹瑜一惊，知道要坏事了。詹王爷奇怪地问：“他来干什么？请到西客厅吧。”

白萌堂望见王爷，一步上前双手一拱道：“王爷远赴新疆，一去半年，辛苦了。”

詹王爷回礼道：“给皇上效力，说不上什么辛苦。没想到我这儿刚进门儿您就来了，一定有什么事吧？”

白萌堂刚一落座，便一脸假笑地拱了拱手：“特来给王爷道喜。”站在一旁的颖轩忐忑不安地低着头。詹王爷奇怪地问：“道喜？有什么喜事吗？”詹瑜吓得手直发抖，事已至此，拦是拦不住了。白萌堂直击要害地说：“府上大格格生了一对双伴儿，您是又得外孙子又得外孙女，这不是大喜吗？”

詹王爷完全没听明白，莫名其妙地望着白萌堂，又转头望詹瑜，詹瑜的声音有些抖了：“白爷，您这是干什么？”

白萌堂越发地不依不饶，放开了说：“道喜！去年春天我们老二给大格格号过脉，已经给您道过喜了！”

“简直是无理取闹，你们二位敢情是到我这儿来讹诈吗……岂有此理！”詹王爷站起，向门外走去。

詹瑜趁势上前道：“您到后面歇着吧，不要听他胡说，我来处置。”

白萌堂寸步不让，起身拦住了王爷：“慢！”詹王爷不情愿地站住了，气咻咻地望着白萌堂。

白萌堂点了点头：“我明白了。大概王爷刚回府，还一点儿消息不知道。请王爷到大格格房中看一看，就知道了。”

这下子詹王爷有点儿明白了，忙询问地回头望詹瑜。

詹瑜只好耍赖了：“没有的事！你们二位不要再胡闹了。”接着回头大声道：“送客！”

白萌堂没有动，说道：“这事恐怕瞒不住了吧？”

詹王爷知道事态严重了，转头目光犀利地又望詹瑜。詹瑜心虚地躲避着父亲的目光，不敢正视。

白萌堂笑嘻嘻地坐回椅子上说道：“王爷请吧，我们爷儿俩在这儿恭候。”

詹王爷来回看着白萌堂和詹瑜，终于转身大步走出客厅，詹瑜慌忙跟上。

白萌堂胸有成竹、不无得意地招呼颖轩：“老二，坐下，咱们喝茶。”颖轩知道事儿闹大了，不安地坐下。白萌堂悠闲地端起茶碗。

王爷急匆匆走进大格格房院，詹瑜心惊胆战地跟在后面，知道要出大事了。忽然从里面传来婴儿的哭声，詹王爷猛地停住了脚步。他惊愕地望着北屋的门窗，又慢慢转头扫视，站在院内的丫头、差役们都惶恐地低下了头。詹瑜低着头，下颌低到了前胸，大冬天脑门惊出了一层汗。

詹王爷茫然地回头望向门窗，仿佛是在回应他，从屋里传出婴儿顽强的哭声。詹王爷迈着沉重的步子缓缓前行。站到门前，他又回头望了一眼。只见院中的仆人们仍低着头，詹瑜低着头原地没动。詹王爷回身猛地一脚踹开了房门，婴儿哭声大作。他慢慢走向里屋，猛力一把拽掉门帘，愤怒地望着。只见大格格的床上放着帐子，婴儿的哭声从里面传出。他急步走到床前，猛地拉下了帐子——两个婴儿并排躺着。

大格格靠在床头惊讶却毫不惧怕地望着詹王爷。

詹王爷怒不可遏地望着大格格，大格格反而平静地望着父亲。詹王爷探身伸手抓住大格格胸衣襟，猛地将她拽下床来用力一甩。倒在地上的大格格见詹王爷眼露凶光，伸手要去抓啼哭的婴儿，突然不顾一切地翻身跃起猛地扑上前，抱住詹王爷向旁边死命一推，詹王爷毫无防备，倒退几步仰面摔倒在地。

詹瑜冲到门口惊呆了。只见大格格两眼放出凶光，已经是一副拼命的架势。詹瑜忙扶起詹王爷，还没站稳，大格格又扑上来，又撞又打。詹王爷狼狈地跑出了屋，詹瑜死死拦住大格格不让追出。詹王爷大叫：“来人！把她捆上！疯了！简直疯了！”仆人们跑进来七手八脚拉住仍在挣扎的大格格。

大格格哭叫着：“你敢动我孩子一下，我就跟你拼了！”

詹王爷站在门外，惊愕地望着室内。安福匆匆跑来，为难地望着詹王爷。屋内传出婴儿哭，詹王爷心不在焉地望了一眼安福。安福胆怯地喃喃着说：“王爷……白家那爷儿俩死赖着不走，说叫王爷……赔……叫王爷……”詹王爷不耐烦地问：“啊？”安福怯生生地说：“叫王爷赔他的……”詹王爷知道白萌堂今儿干什么来了，恶狠狠地道：“赔他的车和马！”

王爷是个讲究人，他认输了。

第三章

雪化了，满街的泥泞，一辆华丽的马车停在詹王府门口。白萌堂带着颖轩昂首阔步走出大门走向马车，不无得意地欣赏着，车老回、安福、兵丁、仆役们跟了出来，站在台阶上愤愤地看着。白萌堂走到车前拿起鞭子，黑马突然昂首掴蹄。白萌堂大叫：“老二，拉住马别松手！”颖轩奔到马前抓住马嚼子，黑马昂首嘶鸣。白萌堂突然用鞭杆抽黑马，黑马又一次发出高昂的嘶鸣。白萌堂狠抽着叫道：“你还不服气！你神气什么？”台阶上的车老回怒目而视，听出了白萌堂的弦外之音。

颖轩奋力拉住马嚼子，黑马一阵乱晃，白萌堂连抽几下，喊道：“你服不服？你服不服？”车老回忍无可忍愤怒地下了两级台阶，仆役们也拥下来。黑马不动了，白萌堂尽情地逞着一时之快，大声呵斥：“不知好歹的畜牲！”车老回哪里受过这样的屈辱，可王爷有话在先，他不敢造次。

王爷对车老回前次的砸车杀马很不以为然，他只好强压着怒火，把辫子用力一甩缠到脖子上。白萌堂叫颖轩上车，颖轩走过来说：“我来赶吧！”白萌堂得意洋洋地道：“今儿老爷我心里痛快，要亲自赶车！”白萌堂一跃上了车，车老回和仆役们咬牙切齿地干瞪眼。白萌堂甩了两个响鞭，回头狂笑两声：“哈哈……”马车扬长而去，雪地上留下两条深深的辙印。

新马车停在了老宅大门口，一家大小围着马车兴高采烈议论纷纷，孩子们乱跑乱叫着。颖宇举着一挂长鞭炮，白萌堂手持香火点鞭炮。颖轩大叫：“把孩子抱进去，别吓着他！”正要点鞭炮的白萌堂大叫：“干吗？叫他听听吓不死！”二奶奶抱着孩子冷冷地看着，她一点儿也高兴不起来。看着这新车新马，二奶奶满眼都是不祥之兆。詹王府会善罢甘休吗？那一身皇家荣耀的詹王爷认输了吗？往后呢？会怎么样？行医的草民如何是皇族的对手？

鞭炮点燃，火花飞舞。

白萌堂兴奋不已地望着，二奶奶抱紧了景琦，景琦竟睡着了，遂对身边的白殷氏说：“快瞧这孩子，邪了门儿了，这么大声还睡得挺香。”白殷氏凑近看着景琦说：“这孩子没一样不个别！”白萌堂从来没这么痛快过，大叫：“这车甭往马号里赶，在这儿摆它一天一夜！”这明摆着是向詹王府示威。

天黑得早，詹王爷憋了一肚子气，把前前后后的事仔细地想了想，大格格出了这么大的事，竟全然不知，白家的人固然过分了，可毕竟是自家出了丑事。他在灯下心烦意乱地翻看着手中的五六张药方子，竟然发现这些方子用的全是安胎补气的药！詹王爷真是佩服白爷的勇敢和心计，只是觉得他太不光明正大。车老回又绘声绘色地描述了白萌堂赶车时那副得意的样儿，王爷冲着桌灯只是发呆。

突然，王爷转过头吩咐说，把大格格那两个孩子立即送到乡下去，随便送给个什么人，要多给点银子。他叫车老回亲自跑一趟，处理完孩子以后还得辛苦一趟，把大格格送回蒙古老家去，不能再留在京城。车老回走了，詹王爷回过头又冲着桌灯发起呆来，是哪个坏小子吃了豹子胆敢坏了大格格？

柴房里大格格被捆着，披头散发地蜷缩在地上，她衣着单薄，脸上身上到处是鞭打的伤痕，冻得浑身发抖。王爷拿着一根马鞭子坐在一张凳子上凶狠地望着大格格，詹瑜胆战心惊地站在一旁。没有点灯，王爷脚下有个炭火盆，闪着昏黄的光。詹王爷凶狠地问："说不说？那个坏杂种是谁？"

大格格有气无力地靠着墙，眼里闪着倔强的光，没有回答。詹王爷用马鞭指了指大格格的脸，威胁地说："说不说？"大格格只是发抖，颤声说："我冷。"詹王爷没有听清，问道："什么？"詹瑜想尽快把王爷支走，说道："您刚回来，先回去歇着吧，以后再问。"詹王爷突然回头大喝一声："你跪下！"詹瑜吓得忙跪到地下。詹王爷吼道："她不说你说，你是知道的！"詹瑜当然知道，可他不愿意说，只是低头不语，詹王爷见了，气不打一处来，没头没脑用鞭子狠抽詹瑜。

大格格性子烈，敢做敢当，她知道弟弟太无辜了，大叫："别，别打他！别打他！"詹王爷住了手，怒道："你不说，我就打他！"大格格一点儿底气都没有地说着谎："他……他不知道！"詹王爷又挥舞着马鞭下手越来越狠，死命打詹瑜。詹瑜咬牙忍着，一声不吭，希望能替姐姐分担一些痛苦。

大格格心疼弟弟，更不想连累他，哀求着说道："别打了，别打了……"詹王爷又住了手，怒道："说！"大格格两眼无神地望着地下，为了弟弟不受皮肉之苦，她不能不说了："是……是……贵武。""是他……这个畜生！"詹王爷颇为吃惊，狠狠骂道，再无二话，大步走了出去。

詹瑜忙起身冲到大格格前，帮她解开身上的绳子，扶到炭火盆前，脱下自己的皮袍围在她身上说："快烤烤火。"

大格格急切地问："我的孩子呢？"

詹瑜只能以实相告："送走了，王爷叫人送走了。"

大格格一惊，忙问："送哪儿去了，啊？"

詹瑜摇摇头道："是悄悄送走的，谁也不知道送去了哪儿。"

大格格挣扎着要站起身，詹瑜忙扶住她站起，大格格道："我要去找我的孩子，我得去……"

"姐，没用，你上哪儿找去呀，你连大门都出不去。"

"你得帮我，你得帮我逃出去。"

"逃出去也没用，冰天雪地的你一个人儿怎么活？"

"你甭管，我得找我的孩子。"

"姐，过些日子再说吧，等天暖和了……"

"这个家我一天也不想待，没有孩子，我活着干什么……弟弟，我求求你……"大格格说着突然跪下了。

"起来，快起来。"詹瑜忙拉起大格格，他同情姐姐，尽管她做了逾理逾规的事，可阿玛这种让他们骨肉分离无情无义的做法，他无论如何不能接受。他斗争半天，终于下了决心道："我帮你，你就穿我这身衣服先混出大门去再说。"

大格格穿了詹瑜的衣服女扮男装逃出了王府，街上空无一人，北风呼啸着。詹瑜赶着车，警惕地前后张望着，大格格两眼无神地望着车帘子。马车刚要拐弯，突然墙角后蹿出一个人拦住了车。

詹瑜一惊忙勒住马看，拦车的竟然是贵武，愣愣地望着他。詹瑜忙跳下车一把揪住贵武骂道："好小子！这么多日子，你跑哪儿去了？啊！"

贵武还真是实话实说："我躲了，你想想，王爷要知道是我，还不把我宰啦！"

"你害怕，就把我姐姐一个人儿扔下不管？"

"原来不是说不是喜脉吗？"

"那是白家玩儿的障眼法，暗里下了安胎药！"

"这么说白家把咱们坑惨了！"

贵武还真没想到白家竟然玩起这种阴招，这个仇算是结下了。大格格坐在车里伤心至极地听着他们的对话，都不知道应该恨谁了。

“你不能老躲着，叫我姐一个人儿背黑锅！”

“我连自己都保不住，哪儿还顾得了她呀！”

大格格惊呆了，这是那个曾海誓山盟一贯甜言蜜语的贵武吗？她抄起一根木棍，强抑住悲愤。詹瑜万万没想到贵武如此无情，质问：“你也不问问大格格怎么着了？”贵武一脸无赖地道：“我只能对不起她了，还能怎么着？”詹瑜真的怒了，骂道：“你是人还是畜生？”

“我是畜生！”贵武毫不避讳。遇到这种没皮没脸的人，你就是有多大的脾气，也不知道该怎么发了。詹瑜看着贵武一副不知羞耻的下三滥的样子，气得说不出话来，用力推开贵武准备上车，却被贵武拦住问：“我儿子呢？”贵武完全不知道大格格就坐在车里，詹瑜一愣，问道：“你还想要儿子？”

贵武仍觍着脸说：“你知道我两房妻妾都不生养，我不能不要儿子。”詹瑜愤愤地骂道：“呸！滚滚滚！你找王爷要儿子去吧！”贵武仍纠缠着道：“你告诉大格格，把儿子给我！”突然，从车里伸出一根木棍，在马屁股上狠狠地打了一棍，马一惊忙往前跑。车轮滚动，贵武险些被车撞倒，忙向一旁躲去。詹瑜追两步跳上车，扭脸狠狠大叫：“以后不准你这畜生再登我们家的门。”

马车远去，贵武追了两步停住，呆呆地望着。他没觉得自己有什么错，人之常情嘛，该舍的就得舍，该要的还得要。

筒子河边，绿柳成荫。有人在钓鱼、遛鸟，传来了卖杏儿的喊声：“水哎呀——杏儿来喂！”

北京城还是北京城，该干什么还干什么。春天来了，一年一度的安国办药今年还是三爷白颖宇去了，还是对不上账。这回，老爷子把哥儿几个全叫了来亲自发问了，指着桌上的账本大发脾气，问这是怎么回事儿？！大头儿、二头儿，大查柜赵五爷不动声色地两眼望着地，大爷颖园也低着头不说话。三爷颖宇不住地用眼瞟大爷，二爷颖轩当然知道怎么回事，他也瞟了一眼大爷，知道不能随便说话，便指着账本说账本上没什么错儿。

“没什么错儿？那这一千多斤的草药哪儿去了？啊？”白萌堂威严地扫视众人，“你们谁能给我说清楚了，老三！”

颖宇吓得一激灵，忙说：“我……我挺清楚的。”

白萌堂瞪着他说：“这两年都是你去安国办药，你说！”

颖宇还想狡辩：“我说！我……我说什么呀！每趟回来不都跟大哥和大头儿交代得明明白白的吗？”

白萌堂回头问道：“大头儿，都明白吗？”

大头儿担着好大的责任呢，只能实说：“去年春天回来的时候，我就跟管库的……”大爷颖园知道要露馅儿，忙截住话茬儿：“去年春天回来的时候是我结的账，账目上是都对的，大概是我弄错了。去年不是……柴胡、益母草、茵陈都涨了价嘛……那一千多斤草药就没收上来，还赔了一万多银子。”

颖宇大大松了一口气，用眼瞟着白萌堂，心里明白为了息事宁人，大哥肯定得担着。白萌堂却不信这套说法，说道：“去！把涂二爷和许先生叫来，是他们跟老三去的吧？”颖宇一惊，那二位先生可没这么好心眼儿，正不知如何是好，好在颖园又拦住了：“算了，甭叫了，是我出的错儿，我查清楚就是了。”白萌堂不再纠缠，站起道：“查不清楚，哥儿仨三一三十一把银子赔出来交到公中柜上，查清楚是谁的错，谁往出赔！”白萌堂气哼哼地走了。人们呆立着，颖园埋怨地瞪了一眼颖宇。颖宇见老爷子走了，又假作冤屈：“嘿——这药材涨了价，又不是咱们的事儿，凭什么叫咱们赔？”

这一副烂摊子还得颖园来擦屁股，没别的招儿，自己往里垫钱吧。他跪在炕上在大敞盖的躺箱里乱翻着，白殷氏使劲地拉他嚷道：“你别翻了成不成？你找不着！”

颖园回头问：“你把银票藏到哪儿了？”

“你甭管，反正你甭想拿走！”

“老爷子发脾气了，你知道不知道？差着一万多银子！”

“叫老三赔！凭什么老叫咱们背黑锅？”

“我是大哥，出了事儿我不顶着谁顶着？”

“我不拿！你知道老三这两年黑了多少银子？！”

“你嚷什么！生怕人家听不见？”

白殷氏嗓门更大了：“做贼的不怕人听见，叫人家偷了的倒怕人听见！”

颖园抓起笤帚疙瘩威胁道：“我抽你！”“你打！你打……这日子没法儿过了！”白殷氏大哭大叫，说着便侧着头往颖园怀里撞，“你打死我吧！家里这点银子全叫你踢蹬光了，没法活啦！”颖园举着笤帚怎么下得去手，直往后退顶了墙根儿。

二奶奶和雅萍推门走进说：“怎么了这是？嚷嚷得我界着墙都听见了。”白殷氏委屈地低下头道：“弟妹呀，我活不了啦，这日子没法儿过了，他打我！”雅萍仗义执言地说道：“老大，咱们家可不兴打媳妇儿啊！”颖园手里举着笤帚，还辩解：“谁打她了？”二奶奶用手一指道：“你自己瞧瞧！”颖园看看自己手里的笤帚，忙放下胳膊，叹了口气，雅萍一把将笤帚抢了过来。

二奶奶坐炕沿上问：“吵什么啊？”白殷氏抬起头说：“弟妹，你评评理，老三他黑了银子凭什么……”颖园立即喝住：“闭嘴！不许胡说！”二奶奶冷笑着说：“哎呀，除了老爷子不知道，全家上下谁不知道！”白殷氏指着空空的箱子说：“瞧瞧我们家过的这日子，孩子连件新衣裳都做不起。”二奶奶对颖园说：“大哥，不能这么惯着老三，不是长久之计，得跟老爷子说。”雅萍火上浇油地说：“对！上老爷子那儿告他去。”“你别在这儿挑事了，行不行？你嫁出去就不是白家的人了，家里的事你少插嘴！”颖园只能冲着雅萍发火。

“我就是要主持个公道！”

“回你婆家主持公道去，整天泡在娘家算怎么回事！”

“你多嫌我啦？”

“做儿女的能给老家儿添堵吗？”白殷氏忍无可忍地嚷嚷着说，“老三拿着银子去办药，一到安国先放一盘短印子，等赚了银子收回来，药材全涨了价，他自己肥了，公中能不赔吗？我们大房不能老往出垫！”

雅萍说：“我听说老三在安国还倒腾大烟土。”

二奶奶还真是头一回听说，这可是太出格了，有点不大信，不会吧？雅萍说，这是柜上的人说的，还能有错。颖园把眼一瞪，又急了，让她俩别再说了，行不行。

“这个恶人我来做。”二奶奶说着站起身，“我去跟老爷子说！”

“说不得！”颖园急忙拦住说，“老爷子这些天身子骨儿一直不太好。”

“你甭管了。”二奶奶说罢就要出门，雅萍起着哄地推着她说：“走，说去！”

二人相伴着走出去。

“得，得！这下捅娄子了。”颖园边说边急着下炕穿鞋。

老三媳妇白方氏走到门口，刚要开门，听到外面说话声忙停住了。雅萍是个大大咧咧没心没肺的人，说话从没个顾忌，高喉咙大嗓门地嚷嚷着：“老三闹得也太不像话了。”二奶奶的声音也断断续续传来：“我还不是为了这个家……大哥心太软……老爷子再不管非出事不可。”

走到屏门前，二奶奶停住了脚步说：“你就别进去了，又不是打群架！”雅萍说：“我到你屋里等你，你狠着点儿！”白方氏一手扶着门，紧张地听着，知道这是要去老爷子那儿告状了，急忙又回身，跑回屋里给老三送信儿。

进了屋，白方氏一五一十地向颖宇学了舌。颖宇一骨碌从炕上坐起来问：“她到老爷子那儿告我？”

“已经去了。”

“就她事多，我大哥和二哥都没说什么，她倒来劲儿了。”

“老爷子要知道，可就麻烦了。”

“不认账！说出大天来也不认账！我非治治这臭娘儿们不可。”

“不把她气焰压下去，往后这日子可没法儿过！”

“不是鱼死就是网破，圆乎脸儿一拉长乎脸儿，我跟她没完！”老三真急了。大哥护着他这没的说，二哥是没主心骨的人，没想到二奶奶会横插一杠子。

二奶奶走进北屋一看，白萌堂正在喝药，喝完接过丫头手中的清水碗漱口。白周氏拿着小痰盂站在一旁，老爷子痛苦地低下头闭着眼喘粗气，竭力抑制着自己的咳嗽。二奶奶皱着眉头看着没说话，知道不是告状的时候。

白萌堂终于抬起头看着二奶奶，喘着粗气说不出话。二奶奶担心地说：“爸！您这病好像又重了？”白萌堂有气无力地说：“胸口憋得……喘不上气来。有事儿吗？”“啊……也没什么事儿，这不是……过几天景琦要过周岁了，想问问您怎么过。”二奶奶忙改了口。白萌堂想了想说：“还是按老例儿吧……”

忽听到推门的声音，抬头一看，只见颖园慌慌张张闯了进来，一脸不安的神色，眼睛来回看着白萌堂和二奶奶。“怎么了？”白萌堂问道。颖园感到似乎没出什么事，忙道：“没什么。”便侍立在一旁。白萌堂接着刚才的话：“叫内账房还按单子发帖儿，请个堂会，在药行会馆唱吧。”二奶奶答道：“是。”白萌堂又问颖园：“你有什么事儿？”颖园忙答：“没事儿，没事儿。”白萌堂奇怪地问：“没事儿你慌慌张张的干什么？像是着了火似的！”颖园只好顺口说道：“听说您身子不太好……”“还死不了呢。”老爷子故作轻松地回了一句。

雅萍抱着儿子小宝到二房院里北屋等二奶奶，闲着没事逗景琦玩儿，把小宝高高扔起来，再急忙接住，丫头抱着景琦在一旁看，每扔一下小宝，景琦便“咯咯”地乐。雅萍高兴地说：“瞧把这小东西乐的，噢……”雅萍又将小宝抛起。二奶奶进门一见，吓了一跳，忙说道：“嘿嘿嘿，干什么呢？别把孩子摔着。”雅萍边抛起小宝边说：“瞧把你们景琦乐的，快瞧！”二奶奶走向里屋说：“人来疯！别扔了，摔一下子不是闹着玩儿的。”

越怕什么越来什么，颖宇跑来找二奶奶算账，猛地踹开院门，又狠狠地用力一摔；他到了堂屋门口用脚一踹，门“哐啷”一声撞了出去，门撞到墙上又弹回。颖宇又踹上一脚，冲进了屋，随着这一声爆响……雅萍刚抛起小宝，闻声一惊忙回头去看，等她醒悟过来，已经来不及接抱。小宝直落在地，雅萍大叫一声“啊”，孩子惨叫一声，立即没了声息。颖宇看了一眼也没有理会，转身冲向里屋。二奶奶听到声音不对，忙问：“怎么了？”

颖宇一撩门帘冲进来大叫：“白文氏！”二奶奶惊讶地站住了。颖宇怒吼着说：“你学会告状了？今儿咱们得把话说清楚。”二奶奶知道有人瞎传话了，问道：“谁告状了？”颖宇蛮横地说：“你当我怕你是怎么的，你算老几呀你？”

二奶奶只好明话明说了：“老三，你别犯浑！甭说没告你，就告了你又怎么样？你干的那些破事儿还有理了？”

突然，外屋传来雅萍的惨叫声：“小宝……小宝……”二奶奶和颖宇都吓了一跳，接着便是雅萍变了声的狂叫：“来人哪……快来呀！”二奶奶知道出了大事，忙冲了出去，只见雅萍抱着小宝拼命摇晃着，丫头抱着景琦一脸惊慌不知所措。雅萍哭喊道：“小宝……睁眼哪，小宝……”二奶奶跑来忙蹲下身看，问道：“怎么了？怎么了？”雅萍的声音已变了音儿：“摔……啦，摔……啦！”“快叫我看看。”雅萍死死抱住孩子不放。

二奶奶回头大叫：“老三，快叫大夫来！”颖宇忙跑过来蹲下身子，试了试小宝的鼻息，叫嚷道：“叫什么大夫？死了！”“小宝呀……”雅萍撕心裂肺地号叫着。二奶奶气急败坏地说：“告诉你别扔，就不听，你怎么就摔啦？”雅萍一屁股坐在地上手指着颖宇说：“他……他……他踹门……”颖宇一听急了眼，忙分辩道：“这可不是闹着玩的，嗨嗨！你指我干什么？你自己摔死的别瞎赖好人啊！”雅萍呆呆地坐在地上两眼发直。二奶奶知道大祸临头了，一筹莫展地望着雅萍说：“这可怎么好哇！”

这么大的事儿，不可能瞒着老爷子，他躺在躺椅上把全家都召集到了北屋厅堂，显然他的病加重了，喘着粗气无可奈何地说：“这怎么向人家关家交代呀？”“雅萍都傻了，一句话也不说，光坐那儿发呆。”二奶奶仍低着头说。“这事赖不着咱们，雅萍嫁出去了，是他们关家的人，跟咱们没关系，是她自己摔死的。”颖宇心安理得完全不当回事儿。白萌堂摇着头说：“可是死在咱们家了。”颖园说：“先去送个信儿吧。”白殷氏为难地问：“这信儿怎么送？怎么跟人家说？”白方氏一副事不关己高高挂起的样子说：“怎么说？实话实说呗！”颖园说：“不能说是摔死的，否则人家能饶了雅萍吗？”

“那叫二爷去送信儿吧，二爷会编瞎话。”白方氏这话是存心恶心二奶奶。“这不是商量吗，谁也没说一定怎么着。”二奶奶当然听出来弟媳的恶意。“出了事儿不说想主意，还有心思斗嘴！”老爷子断喝了一声，大家都不说话了。“我去！我去送信儿。”颖宇忽然说。

大家惊讶地望着颖宇，他说道：“孩子已经死了，还能怎么着？丑媳妇总得见公婆！”白方氏捅了一下颖宇说：“有你什么事儿？”颖宇做出一副大义凛然的样子说：“遇到难事儿我不出头谁出头？以后都想着点儿我的好处就行了。”白萌堂想了想也只能这样了，叮嘱道：“老三你去！跟人家好好说，人家要怎么办，咱们都依着人家就是了。派人到太医院，请魏大人来给雅萍看看病。”

白颖宇急急忙忙到了关家，仆人迎上来，把他迎进了客厅。关少沂听了颖宇的话，几乎不敢相信地问：“这……这是真的吗？”

颖宇说：“这事儿能随便胡说嘛！”关少沂忽然站起身向外走，颖宇忙拦住，劝道：“别急，别急，我爸爸说了，你想怎么办尽管说，我们全照办。”

关少沂痛苦地低下头倒在椅子上，喃喃地道：“怎么会摔死了，这不绝我的后吗？”

颖宇口不择言地说：“别这么说，以后再生嘛！”

关少沂心如刀绞，满面泪痕地抬起头愤愤道：“有这么哄孩子的嘛，啊？扔着玩？”

颖宇顺口说：“是啊！这又不是耍坛子，把孩子当坛子耍还行啦！”

“你说你们这位姑奶奶，自打进了门儿，她在家里才待过几天？成天往娘家跑，疯疯癫癫的，我跟没娶这媳妇差不多。”关少沂发泄着多年来一肚子的不满。

“我们也常说，按说她心不坏，就是没心没肺。”颖宇开始挑事了，“坏就坏在我们家二奶奶身上，整个一事儿妈！雅萍是为了逗她家那孩子乐，才把小宝给摔了的。”

关少沂一听大怒，嚷道：“为了逗她的孩子，要了我的孩子的命？”

颖宇添油加醋地说：“可不是，二奶奶那孩子生下来不会哭光会乐，活脱脱一个怪物，我早说过这是不祥之兆！”关少沂猛地站起说：“不行，一命抵一命，叫二奶奶的儿子偿命，我找她去！”颖宇又假装好人上前拦住说：“算了吧，二奶奶也挺难受的，我们家的人……”

关少沂打断颖宇的话，愤怒地骂道：“你们家的人没一个好东西！”颖宇忙说：“别这么说呀！这不是连我也骂进去了吗？！”

关少沂疯了似的推开颖宇冲出屋门，气势汹汹地去白府兴师问罪了。

白府阖家都陷入了一片混乱之中。关少沂两眼冒着凶光，恶狠狠地盯着白雅萍，雅萍已经完全呆傻了。颖宇远远地坐着，看看老爷子到底怎么发落。白萌堂苍白无力地辩驳着说：“我是你的岳父，我能不疼外孙吗？这种事儿谁也想不到的嘛！”关少沂哪里听得进去，怒吼道：“这孩子怎么摔死的，是为了逗你们家的孩子玩儿。这也是想不到的吗？”白萌堂一愣，关少沂连这话都说得出来，不知老三是怎么送的信！他扭头惊诧地看颖宇。颖宇连忙避开了父亲的目光，掩饰地拿起茶杯。活屏后面二奶奶正抱着景琦站在那儿听，也是一愣。白萌堂已经没了退路，问道："你心里难受，我心里也不好受，好好的孩子弄成这样，你叫我怎么办？"关少沂咬牙切齿地道："一命抵一命！"

二奶奶听了大惊。白萌堂也很是意外，这句话分明是杀气腾腾，他惊愣地望着关少沂问："难道你还要把我们家的景琦也摔死吗？"关少沂斩钉截铁地说："欠债的还钱，杀人的偿命！"白萌堂有些怒了："咱们两家还是亲家吧？怎么能说出这种话来？"关少沂断然道："什么亲家？打今儿起我不再认你这门亲家！"雅萍忽然站起来喃喃地说："一命抵一命，一命抵一命……"白萌堂知道她又迷了心窍，忙叫人搀她出去，颖宇忙起身将雅萍扶出了敞厅，正好趁机躲了出去。白萌堂不想再多纠缠，说道："关少沂，认不认亲家随你，这事你想怎么了结，我都依着你！"关少沂寸步不让地说："我刚才不是说了！"白萌堂又怒了："你刚才……那叫什么话，岂有此理……你不能……"

"关少沂！"突然传来一声厉喝，白萌堂和关少沂不禁回过头来，只见二奶奶从活屏后抱着景琦走了出来，后面跟着奶妈。二奶奶知道再说什么也没用，关少沂的丧子之痛撕心裂肺，在这种情形下任什么人都会失去理智。人哪，只要站在对方的处境想想，都能猜出人家打算怎么做。

要想度过这场大难，只有一条路，把景琦交给关少沂。二奶奶冒着天大的风险，也要鬼门关上走一遭。难道关少沂盛怒之下，真敢一命抵一命，把孩子摔死？或许关少沂尚有一丝一毫的良知，届时动了恻隐之心，景琦就可以绝处逢生。

置之死地而后生，为打破死局，二奶奶只能拼死一赌。儿是妈的命，二奶奶孤注一掷的决定，惊得白萌堂和关少沂呆若木鸡。

二奶奶把景琦交给奶妈，叫她送去给关少沂。奶妈递过孩子，关少沂傻呆呆竟不敢伸手，奶妈硬塞到了关少沂怀里，就撒了手。关少沂几近惊慌地急忙兜着手，抱住了景琦。老爷子、二奶奶、奶妈及所有人都把心提到了嗓子眼儿，眼睁睁地看着关少沂，没人能伸手，没人能阻拦。关少沂抱着景琦的手开始发抖，景琦呢？竟嗬嗬嗬地冲着关少沂笑。也怪了，这笑声竟惹得关少沂满眼泪水，抑制不住地滴落在景琦笑呵呵的小脸上。

所有的人在等他抬手举孩子，一眨眼的工夫就够了。可关少沂迟迟地下不了手，看着景琦的笑脸，关少沂复仇的心稀里哗啦地碎了。他心如刀绞，把孩子推回给了奶妈，二话没说，连头都没抬一下，转身疾步冲出了客厅。他是冲出了客厅，而不是走，他不想多看白家人一眼，不想多逗留一分钟。众人一直提着的心突然落了下来。二奶奶瘫坐在椅子上，老爷子像浑身散了架，歪在了躺椅上。

关少沂到了大门口，白颖宇已经把雅萍扶到了他车上，还嘱咐她："回婆家好好过日子，别再往娘家跑了。"关少沂岂能容得，一鞭杆子把雅萍打下车来，自己跳上车，挥鞭扬长而去。雅萍倒到地上，大家忙过来搀扶。疯癫的雅萍只能还留在娘家。二奶奶心疼她，请大夫给她看病，不能再让她受一点儿刺激。这件事就这样不了了之了，谁都知道跟关家的这个死结是解不开了。

夏天又来了，眼瞅着孩子们都大了起来，三个房头的孩子们，大的十几岁，最小的老七景琦也五岁了。

别看景琦最小，可淘起气来，那真是一个顶仨。常言道，七岁八岁狗都嫌，这个景琦呢刚五岁，就出了圈儿地淘，阖府上下没人不嫌他，三天两头地叫人拉到二奶奶跟前儿告状。他不是打了人家孩子，就是弄坏了人家东西，真没少挨打。可也怪了，任你怎么打，这孩子从来不哭，不管打成什么样，咬着牙忍着，就不哭，这就更气人。二奶奶反倒叫他这个宁死不哭，气哭了好几回。这孩子整个一个没法儿管，更怪的是，兄弟们受了欺负，虽然恨得牙疼，可还愿跟着景琦胡闹。他最小，反倒成了“孩子头儿”。大伙儿都说这孩子成不了大器，早晚是家里的一个祸害。

二爷颖轩是最不赞成打孩子的，一沾管孩子的事儿，二奶奶从不叫他插手，叫他少管。二爷是个与世无争的人，跟老婆就更没什么可争的了。他挺佩服自己老婆的，里里外外从不叫他操心，乐得个无事逍遥，养养花儿，写写字，看看书，不是挺好的嘛。自己只把柜上配药房的事干好了，也算是男主外了。他坚信树大自直，不管自己的孩子多淘，他都瞧着顺眼。二奶奶又何尝不心疼儿子，尽管儿子淘得没边儿，可她就这一个独苗苗，这是她的指望啊。

这一年天时也不正，一个多月了也没下一场雨，燥热，一丝丝的风都没有。太阳偏西了，白老爷子从柜上回来，路上买了十几个大西瓜，叫人抬到了前厅。

后院的甬道上，有一溜四个大水缸，这缸里存的水本是为了救火用的，现在都养上了金鱼。

景琦忽然心血来潮，想起来喂金鱼了，一大帮孩子好奇地围着大缸，叫着闹着：“我来！我来！”“别瞎动！”“给我！”“你把鱼都撑死了，别喂了！”“瞧它往上漂嘿！”白萌堂绕过活屏走进甬道，诧异地望着孩子们。孩子们没有发觉有人来了，仍在吵吵着。白萌堂悄悄走到孩子们身后探身往鱼缸里看，几只死鱼漂在水面。

白萌堂大喝一声：“干什么呢？”孩子们大惊，四散奔逃，只有景琦若无其事地一动未动。白萌堂看了看景琦，又看鱼缸，便问怎么回事，你们干什么了。景琦举了举握着拳的左手说：“喂鱼。”

白萌堂抓着景琦的手说：“我看看，你喂什么呢？”景琦张开手，手里是两丸捏扁了的“安宫牛黄”还掺着蜡皮的碎渣儿。“你怎么拿药喂鱼呀，是哪位大夫给鱼看的病啊？”

白萌堂一把揪住景琦的小辫儿大叫：“二奶奶！二奶奶！”“来了！来了！”

二奶奶急忙从二房院跑出说："爸回来了。"

白萌堂一手揪着景琦的小辫儿一手指着鱼缸说："瞧瞧你儿子干的好事！"

二奶奶到缸前一看，鱼都死了，惊讶地问："这是怎么弄的？"

"怎么弄的？问他，你瞧瞧这个。"

二奶奶接过白萌堂递过来的药看了看，抬起两眼瞪着景琦，训斥道："你闲得难受是不是？！这丸药从哪儿来的？"

景琦说："就在条案上的药罐子里拿的。"

二奶奶拉住景琦的胳膊往屁股上狠狠地打，直打得景琦转圈儿。"叫你淘气！叫你淘气！"二奶奶不是装样子，那是真打，景琦疼得直咧嘴，却不哭也不叫。

刚从宫里看病回来的颖园转过活屏走来，见状说道："怎么又打上了？爸！"白萌堂笑道："这小子三天不打上房揭瓦，你瞧瞧！"

颖园走到鱼缸边一看，惊讶道："哟，怎么全死了？"

白萌堂并未生气，说道："拿两丸'安宫牛黄'喂鱼，那还有不死的！"

颖园伸手戳了景琦脑门一指头说："你没一天不惹事。你这是动了哪根儿筋了，怎么想起喂鱼来了？"

景琦说："爷爷一天没回来，我怕把鱼饿着。"

白萌堂还挺开心地说："这倒没饿着，全撑死了。"

二奶奶又打景琦，骂道："你长点儿记性好不好，怎么记吃不记打！"

白萌堂并不当回事儿，说道："别打了，你打他，他也不知道疼，也不知道哭，有什么用？玩儿去吧！"

景琦如得了特赦令一样，把二奶奶的手一甩，一溜烟儿地跑了。白萌堂转向颖园问："宫里边儿谁病了？"

颖园忙说："后宫的一位嫔主子病了。"

“哪位嫔主子？”

“詹王府的二格格。”

“要紧吗？”

“没什么大病，肝郁不舒，纯粹是气的，不是老佛爷不待见她嘛！”

“嘿嘿，宫里的日子，还不如咱家里舒坦呢。”

爷俩正说着话，白方氏拉着哭哭咧咧的景武绕过活屏走来，另一只手扯着景琦。二奶奶忙上前问：“哟，哭什么呀？”

白方氏说：“还问呢？还不是你那宝贝儿子。”景武捂着脸说：“景琦他打我！”

白萌堂不屑地说：“景琦才五岁，你这么大个子，他打得了你？”白方氏指着景武脖子上的青紫伤痕说：“您瞧瞧打的，二嫂，你儿子忒野，得管管！”二奶奶忙说：“你说我少打他了吗，没用啊。景琦，你过来。”景琦顺从地走到二奶奶前，毫无惧怕地抬头望着她。二奶奶气道：“你今儿这一出儿一出儿的想气死我是不是？”“小孩子打个架值得这么大惊小怪的，谁小时候不淘啊！你们小时候不淘？”白萌堂走到景琦前蹲下身说：“来！跟爷爷掰腕子。”景琦高兴地用小手握住白萌堂的手。“俩手！”景琦又搭上了一只手用力掰，几乎全身都压上了。

二奶奶充满温情地望着爷孙俩，她知道老爷子喜欢景琦，事事都护着他、偏向他。景琦用尽全身之力掰着，白萌堂忽然一翻腕将景琦掰倒，大笑道：“不行吧你？”景琦大叫：“再来！”白萌堂一把抱起景琦站起身，向上房院走去，边走边说：“什么时候掰得过我，你就是小伙子喽……”二奶奶、白方氏、颖园见了面面相觑。

白方氏拉着景武愤愤不平地走向三房院，全家上下大概只有老爷子不嫌乎景琦淘，二奶奶尽管当着人的面打孩子，真回到屋里，还真疼不够。

入了夜，景琦已熟睡。二奶奶趴在被窝儿里两肘支着头凝神地望着景琦，问正抽着旱烟袋的颖轩：“你小时候是不是也特别淘？”

“去你的吧！我小时候可不淘。”

“那你说这小子像谁？”

“你小时候准特淘！”

二奶奶仍盯着熟睡的景琦说：“我一个女孩子能淘到哪儿去？你说这孩子刚五岁，怎么就淘出了圈儿？”

“明儿该请个先生教他认字了。”

“早点儿吧？太小了。”二奶奶翻过身看着颖轩。

“我五岁能背三十多个秘方儿了。”

“有个先生管着，兴许能好点儿？”

“谁知道！景武比他高半头，愣让他打得满院子乱跑，这小子可不好管。”

“睡吧！明儿一早家里的女人们都得去药房包药，宫里订了一批‘乌鸡白凤丸’，催得挺紧的。”

北屋的灯灭了，院内一片寂静。黑黑的大门道里，突然传来一阵紧似一阵的敲门声。

门房里的灯亮了，秉宽趿拉着鞋手里提着灯笼走出门房，开门一看，是宫中寿药房魏鹤卿魏大人！说宫里出事儿了要见白老爷。来到上房院门口，秉宽用力拍门。“叫啊！”魏鹤卿心急火燎地催道。秉宽大叫：“老爷，老爷，魏大人来了，有急事儿。金花！快开门！”

敲门声惊动了各院各屋，颖轩、二奶奶都醒了。二奶奶说：“哟，这么晚了，谁呀？”颖轩说：“是敲上房院的门。”“半夜三更的，什么事啊？起来看看去！”二奶奶坐起身，颖轩说：“管他呢，又不是找咱们。”“你呀，就是懒。”二奶奶说着穿衣下地。“你呀！就操心的命。”颖轩翻身又睡了。

果然出了大事，宫中暴死了一位嫔主子，白萌堂惊讶地问什么时候死的。

“酉时三刻。”

“今儿颖园还说她没有什么大病。”

“就是吃了大爷的药以后死的！”

白萌堂一下子感到严重了：“您说这话是什么意思？难道是颖园下错了药，把她害死了？”

魏鹤卿摆了摆手说：“我当然没这意思。可你想想，宫里的嫔主子出了这事儿，你们家老大逃得了干系吗？”

白萌堂傻了，半天才清醒过来，连忙说道：“赶快想想辙吧。明儿一早肯定要传老大进宫，摊上这种事儿，没罪也得问死罪。秉宽，叫大爷来！”

第四章

秉宽急忙提着灯笼出了屏门，去叫大爷颖园。二奶奶、白方氏和丫头金花正好奇地向里张望，心绪不安地猜测着，二奶奶拦住秉宽，问出什么事儿了。秉宽只说“叫大爷呢”，便急急忙忙地出了门。

白萌堂还在追问：“您看见颖园开的方子没有？”魏鹤卿说：“没有，方子和药渣子都封起来了。明儿一早，太医院的东堂官要验方子验药。”白萌堂心神烦乱地走到桌旁跌坐在椅子上，说道：“这下儿可是说不清楚了。”颖园匆匆走了进来，惊诧地问出什么事儿了。白萌堂忙问他，还记得白天在宫里给嫔主子开的方子吗。

颖园当然记得，白萌堂焦急地叫他快写出来。颖园莫名其妙地问，到底出什么事儿了？白萌堂不耐烦地告诉他，嫔主子死了！颖园走到桌前惊恐地看着魏鹤卿说：“总不会是我的药把嫔主子毒死了吧？”白萌堂赌气地催促说：“正是你的药把嫔主子毒死了！快写！”颖园见事态严重，拿笔的手直发抖，赶快在纸笺上写起来。

刚一写完，白萌堂赶忙拿起方子凑到灯下与魏鹤卿一起看，颖园忧心忡忡地望着他俩。白萌堂看完方子抬头看着魏鹤卿，他也抬起头诧异地望着白萌堂，两人心领神会。魏鹤卿说：“这方子……纯属发散的药，连一味虎狼之药都没用！”“这方子要能吃死人，除非这人是纸糊的。”白萌堂说着扭头问颖园，“没记错吧？”

“决不会错，后半晌儿的事儿还能忘！”

“是不是嫔主子有什么绝症？”

“没有！身子骨甭提多好了！”

“这可是怪了。”

“这屎盆子扣不到我脑袋上，查方子验药好了，我不怕！”

“你还不明白，这下子又犯到詹王爷的手上了，他能饶得了咱们？”

“那也不能把黑的说成白的。”

魏鹤卿惴惴不安地说：“但愿明儿早上验不出什么事儿来，大家都平平安安。我得走了，今天我当值，我是偷着出来送信儿的。”

白萌堂不住地拱手作揖说：“魏大人，多谢了。明天宫里的事儿还请多多周全。”走到门口，魏鹤卿又站住了，若有所思地说：“那是一定。不过，白爷，你也要有个准备呀，不怕一万，就怕万一，宫里的事太复杂，大意不得。嫔主子当年是同治爷的宠妃，同治爷驾崩以后，西太后就一直容不下她……哎呀，不说不说了，乱得很，有备无患，多保重吧。”白萌堂和颖园把魏鹤卿送到院里，一直送过了活屏。

二奶奶回到屋里，不禁犯起了嘀咕：“这下又犯到詹王爷的手里了。”颖轩也睡不着了，不过他相信大哥的医术绝不至于出错，说着又点上了烟。二奶奶忧心忡忡地琢磨着说：“可人死了。宫里边出了事，向来要找替罪羊，大夫就是最好的替罪羊。”二爷抽了口烟，叫她少说不吉利的话。二奶奶像在自言自语：“吉利不吉利不在我说不说，瞧着吧，可是要出大事儿了。”

果不出二奶奶所料，说多少吉利话也没用，出大事儿了。

一大早儿白颖园来到太医院药房外的廊子上，心绪不宁地踱着步，抬头见魏鹤卿匆匆走来，赶忙迎上去。不待他张嘴，魏鹤卿急道：“怎么回事儿？我看了方子，跟你昨儿夜里开的不一样，多出了一味甘遂。”

颖园急了，忙说："不，不，这决不会的，我去看看。"

魏鹤卿拦住说："你不能看，已经封存要送刑部备案了。"

"没这个道理，总得让我过过目吧！"

"哪儿有你看的份儿，你多的这一味甘遂正好和甘草是十八反啊！"

"魏大人，您想想，我再糊涂，能这么开方子吗？"

"可方子上明明是这么开的，又是在你们百草厅抓的药，无论如何你脱不了干系了。"

人命关天呀，颖园真急了："魏大人，你叫我去和东堂官说。"

魏鹤卿摇摇头说："他才不会跟你说呢！只有到刑部大堂去分辩了。"颖园如雷轰顶，失口"啊"了一声。

"白大爷，赶快回家去商量商量，凶多吉少啊！别硬顶，能弄个是非不分，不予追究就是万幸！"魏鹤卿深知宫中明争暗斗的厉害，语重心长地嘱咐着。

颖园气血上涌，没咂摸出其中的凶险，只是愤怒地说："这是栽赃陷害，栽赃陷害！"

白颖园回到家里，将这事一说，白府就有点乱套了。颖宇振振有词地问："你说是栽赃陷害？可证据呢？是谁栽的赃，又为什么要陷害？"白萌堂躺在躺椅上闭着眼睛眉头紧皱，颖轩坐在一旁只是低着头抽烟袋。颖园嘟嘟囔囔地说："我说不清楚。"颖宇说："捉贼要赃，抓奸要双，在家里说不清无所谓，到了刑部大堂说不清楚还行，你得有人证物证。"

秉宽带着两个伙计匆匆走进敞厅，颖园见了忙道："不信问问他俩都抓的什么药。"伙计说因为是宫里的药，所以不敢大意，抓一味，对一味，先后对了三遍，赵五爷又过了目，是不会错的。白萌堂最关心的是药方上有没有一味甘遂。两个伙计都说有甘草，无甘遂！这两味药应了十八反，不会给抓的，除非坐堂的毕先生叫抓，才敢抓。

颖园腰杆挺了起来，大声道："怎么样？这不是证据吗？这就是人证！"

颖轩蔫不出溜地突然发了话："我看有多少证据也没用，这是跟宫里打官司，有理也讲不清。"

"老二说得对！"白萌堂说道。这也正是他一直在想的。

"这不是我说的，是我媳妇说的。"二爷真是实话实说。

白萌堂惊讶地望了一眼颖轩，没想到二房的这位白文氏有如此的见识，惹得颖宇扑哧一声偷偷笑了。白萌堂一辈子经过多少大风大浪，可这个大坎儿他知道很难迈过去了，说道："我看办法只有一个，上下打点，求上边儿把这事儿压下来。魏大人说得对，能弄个是非不分，不予追究，就算万幸！"对于白萌堂来说，这就算是忍了吧，可事情远没那么简单，因为詹王爷怎肯轻易放过。

詹瑜在书案前写着奏折，安福、车老回怯怯地站在门边。白家的一举一动早就有人报告给了王爷，詹王爷怒气冲冲地在厅中来回走着，嚷道："他们想上下打点弄一个不予追究，休想！奏折写好了没有？磨磨蹭蹭的！"詹瑜忙站起来递上折子说："写好了。"詹王爷恶狠狠地说："我这回要不把白家的人置于死地，我誓不为人！车老回，备车！我要进宫！""是！"车老回答应一声，忙转身向外跑去。

詹王爷走到安福前，叮嘱道："老福晋从小最疼二格格，死得这么不明不白，千万不能叫老福晋知道。"安福忙说："一直瞒着呢。"詹王爷"嗯"了一声，大步向门外走去。

这消息马上传进了白家宅门。白家内账房里，这几天也忙了个不可开交。颖宇正向老爷子汇报："爸，詹王府也在上下打点，非置咱们于死地不可呀！"白萌堂心力交瘁地叹道："事到如今还有什么法子？我已经跑了十几家儿了。"

大头儿拿出银票告诉老爷子，照这个花法儿，内账房可没多少银子了。白萌堂顾不了那么多了，叫大头儿实在不行，先从外账房支银子。还是颖宇多个心眼儿，帮着老爷子分析了一番：关键是得先把底弄明白了，这官司到底跟谁打呢？要不这银子也都跟白扔一样。

白萌堂点头称是，叫老三颖宇去找找宫里的太监王喜光，他现在是老佛爷跟前儿的红人儿，打听打听这位嫔主子到底怎么死的，能不能帮他们一把。颖宇又转开了心眼儿，说不能空着手，白萌堂也不多想，叫大头儿给他支了银子。三爷拿了银子自有处置，当然，正事也不能不办。约了宫里太监王喜光进了范记茶馆单间，先把一包银子放到了桌上。

王喜光当然知根知底，当即说道："三爷，说句实话吧，这官司你们打不赢。"

"我大哥是冤枉的！"

"这年头有几桩案子是不冤枉的？啊？你说。"

"那倒是！"

"所以了，宫里的事瓜瓜葛葛、粘粘连连……"王喜光说着压低了声音，"嫔主子得罪了太后老佛爷，她还想活命吗？"

"那也别把我大哥垫进去啊！"

"谁让他赶上这寸劲儿了呢？不把他垫进去，怎么向詹王爷交代，你是明白人，怎么犯起糊涂来了？"

"这玩的是釜底抽薪，偷天换日！"

"对喽！别跟老佛爷较劲儿，没你们的好儿！只要詹王爷不死乞白赖地咬你们，老佛爷乐得睁一眼儿闭一眼儿。反正心腹之患已经除了，跟你们白家有什么仇啊！"

"可我爸爸跟王府结了仇了，他能不咬我们吗？"

"那就看你们的道行了。说实在的话吧，你们是跟詹王府打官司呢……"王喜光说着起身欲走，"宫里的事儿有我呢，怎么都好说。"颖宇也站起身来点头说："明白了，明白了。"

"别满世界胡说去，我今儿可跟你什么都没说！"

"我今儿也什么都没听见。"

王喜光收起银子包，说道："行了，谢谢你的银子！"

尽管白萌堂一让再让，詹王府就是不松口，大笔大笔的银子全打了水漂儿。花房里已是百花盛开，白萌堂哪有心思赏花。坐在画案前，冲着案子上摆着的一张空白的六尺夹宣发呆。颖宇站在白萌堂的后侧，小心翼翼地观察着老爷子的脸色问："爸，向詹王爷低个头就算完了。"白萌堂阴沉着脸道："低头？怎么低头，把车和马给他送回去？跪地下求他？""那倒不一定，反正您得……您得……"白萌堂猛地回头双眼一瞪："我得怎么着？"颖宇吓得忙向后退了一步，说道："您瞧，您一瞪眼，我……我什么也甭说了。"

此刻，二奶奶一撩草帘子走了进来，问道："爸，叫我？"

"嗯，老三，你去吧！"

颖宇臊眉耷眼地向外走去，白萌堂仍两眼盯着白纸。他瞥见二奶奶已来到案前，便道："坐吧。"二奶奶坐到一张小凳上。

白萌堂语气和缓了许多，说道："你说过这官司有理也说不清，那你说该怎么办？"

二奶奶一点不含糊，直截了当地说："找詹王府讲和。"

白萌堂猛抬头望着二奶奶，他心有不甘，着实咽不下这口气。二奶奶还能不明白他的心思？只是平静以对。

"这么说你全对了，当初你劝我居家过日子以息事宁人为好。"

"我今儿还是这句话。"

白萌堂又回头望着白纸，忽然拿起笔在纸上写起来。二奶奶注视着，俟白萌堂收笔，纸上竟出现了一个大大的"忍"字。写罢，白萌堂把笔一扔，靠在椅背上闭上了眼。

二奶奶点了点头说："老爷子，忍了吧！"

白萌堂仍闭着眼说："向詹府低这个头，我死不瞑目。"

"讲和之事叫您去办，当然不合适，我去！我们小辈儿的，无所谓脸面不脸面。詹王爷是个大孝子，我去求求老福晋，也许还有缓。"

"他要不依不饶呢？"

"那也无所谓，还有关家，关老爷子和刑部的谭大人是同榜同年。"

白萌堂伤心地摇了摇头说："咱们怎么走到这么一条绝路上来了，是我把这仇结得太深了，我料你一件也办不成！"

"一次办不成，两次；仇是结的，也就能解得开。"

"这哥儿仨是没一个能办事的，事到临头倒要你去抛头露面，要不是为了老大，我宁可上刀山，下油锅！"白萌堂突然拿起笔在纸上乱涂乱画，"忍"字被涂得一塌糊涂。

老爷子一世英雄，是何等要强的人！如今却要派人上赶着求和，他渐渐地明白了要做到一个"忍"字，有多难。二奶奶充满同情地望着白萌堂。

二奶奶想到的第一件事就是詹王府赔车赔马，这是结中之结。二奶奶叫狗宝赶着詹王爷赔的那辆华丽马车来到王府，在门口停下了，二奶奶下了车走进门，安福一见大吃一惊："这不是白家二奶奶吗？"二奶奶满面笑容地说："安总管，我要见老福晋。"

安福十分警惕地望着二奶奶，迟疑地说："这……可不行。"

"安爷，扬手不打笑脸儿人，我是来给老福晋请安的，千万别多心！"

"哪里，哪里。不过，您找老福晋没用，那事儿她老人家根本不知道。"

"误会了不是，我不是为那事儿来的，一是请安；二是……您看，"二奶奶指了指门外停的马车，"我把你们的马车，给王爷还回来了，哪儿有叫王爷赔车的道理。"

安福忙向外看，只见马车停在门外，大喜过望，这是他无论如何没想到的。安福是个办事十分谨慎的人，他一直跟着老福晋，不像车老回跟着詹王爷东征西战是个武夫。安福刚一见二奶奶的时候，真是如临大敌，以为她肯定是来找老福晋告状的！

若论起老福晋与白家的交情，那是没的说。尤其是看个病吃个药，老福晋只信百草厅，只信白家大爷白颖园。如今二格格死了，她是老福晋的心头肉，这消息上上下下瞒得铁桶似的，二奶奶这一来，还不把这事儿全捅出来？当他看见门口停放的车和马，一下子放了心，从心底里还是挺佩服这位二奶奶的。人家也是大门大户，能低下这个头先来讲和，确实不易。二奶奶若是来搅事儿，就不会送回车马，安福又何尝不想息事宁人。看着二奶奶一脸的祥和之气，立即满脸堆笑：“好好好！您跟我来。”

二话没说，安福转身带路，二奶奶忙跟着走了进去，直奔了老福晋的客房偏厅。老福晋歪在卧榻上，稍稍欠了欠身，二奶奶站在榻前，忙行了个蹲儿安。老福晋挺高兴地说：“免了，免了，快坐下，好些日子不见你来了。”二奶奶十分亲热地说：“可不是，一晃儿七八年了，还是在药行会馆唱堂戏的时候您去过一趟，我还给您捶腿呢。”“记得，记得！你来有什么事儿吧？说，我给你办。”

安福仍有些不安地望着二奶奶，没想到她洒洒脱脱、大大方方地说：“哟，没事就不兴来看看您？想您啦！您气色真好。”安福放了心，着实地松了口气慢慢退了下去。老福晋招了招手说：“好好好，你坐近点儿，我好好看看你。”二奶奶坐到卧榻旁。

“家里人都好？”

“好，都问您好呢！”

“你们大爷好吗？”老福晋果然一无所知。

“好，他还特意问您好哪。”二奶奶也忙着打马虎眼。

“我就信得过你们大爷，医术好，人也好，我的病经他一看，不出三天准好，他怎么老不来了？”

“瞎忙，家里、柜上、宫里一阵瞎忙。”二奶奶说着从袖口里拿出一长条锦缎盒，“老福晋您看，前儿个我得了一个好物件儿，自己不敢用，想来想去这个只有老福晋才配用。”说着将盒子递过去，“还是孝敬了您吧。”

老福晋接过盒子打开，好奇地说：“瞧瞧是什么稀罕物。”盒子里一对簪子，一支翡翠的，一支白玉的。老福晋忙往回推，说道：“这可不敢当，太贵重了。”

“您这贵重的人儿才配这贵重的物儿。”

老福晋笑了：“真会说话，收下了，收下了。今儿在我这儿吃饭，英子！快去把哈密瓜拿来，叫二奶奶尝尝。”

詹王爷下朝回来，在大门口下了车走上台阶，车老回忙迎出接过马鞭子。詹王爷忽然发现了停在门口一侧的马车，奇怪道：“那不是咱们赔给白家的那辆车吗？”车老回说：“是白家二奶奶来了。”詹王爷把眼一瞪问：“她来干什么？”车老回说：“说是来给老福晋请安。”詹王爷大惊，忙问：“人呢？”车老回说：“在老福晋那儿聊天儿呢。”

詹王爷突然抡圆了胳膊，扇了车老回一个耳光，五大三粗的车老回一动没动，深深地低下头弓下腰。詹王爷大怒，骂道：“混账！混账！你这个吃货！吃得像猪！脑子也像猪！”车老回委屈地回道：“不是我叫进去的……”望着詹王爷大步向里走去，车老回摸了摸脸：“这一巴掌挨得这叫冤！”王爷心想：“坏了！”老福晋一见二奶奶，这事还瞒得住吗？他小跑着奔向了老福晋的屋。

老福晋正高高兴兴地和二奶奶说着话，二奶奶也若无其事地开心地正吃着哈密瓜。老福晋说：“这是新疆给老佛爷进贡的。别人来了，我还舍不得叫他们吃！”

“您也吃一块。”“我吃得够够的了，走的时候带俩回去。”“哪儿有连吃带拿的！”

詹王爷慌里慌张地进了屋走上前，目光锐利地扫视了一下屋里，二奶奶忙站起给王爷请了个蹲儿安。詹王爷没有理睬，叫了声“额娘”，注意地看了一眼老福晋，奇怪地没有发现什么异样。老福晋很高兴地说：“回来了。今儿我把二奶奶留下吃晚饭，你去吩咐一声，叫新来的厨子做个抓羊肉。”詹王爷没有回答，却疑惑地望着二奶奶。二奶奶只客气地说了一句别太麻烦了，并没有推辞的意思。

詹王爷还是担心，他看出来了，二奶奶不是来挑事告状的，可夜长梦多，万一有一句话说漏了嘴，那可不是闹着玩的！他便顺口编了个瞎话，说今儿不行了，白宅来了人，有急事请二奶奶回去呢。老福晋非常遗憾不好再挽留。二奶奶心领神会地一笑说："那我就回去了，改日再来吃您府上的抓羊肉。"说罢，她请了个安后往外走。

二奶奶到了屋门口，詹王爷往旁边一让，二奶奶先出了门，詹王爷忙跟了出去，一个丫头抱着俩哈密瓜紧跟着。詹王爷回头一见大怒，连声喝道："去去去。"丫头吓得忙抱着瓜跑了，二奶奶站住微笑地看着詹王爷。"你都跟老福晋说了些什么？"詹王爷像审犯人一样，一点儿不客气地问。

"给老福晋请安！"二奶奶十分坦然。

"你知道不知道她年纪大了，不能叫她知道……"

二奶奶打断詹王爷的话，说道："王爷！这点儿道理我能不懂吗？您去问问，我什么都没说。"

"你打的什么主意？"

"王爷，您心里最清楚嫔主子归天，跟我们家大爷没关系。"

"那又怎么样？"詹王爷蛮横地问。

"咱们两家本无仇怨，老福晋至今还念我们大爷的好处。"

"是你们白家不仁不义。"

二奶奶并不反驳，平静地说："王爷，我把马车给您送回来了，请您收下，您不要伤了老福晋的心！"说完，转身出了垂花门，走到了大门口，只见车老回与七八个兵丁围在门口，二奶奶也不理会，刚要下台阶，往前一望霎时惊住了。送回来的车已被砸烂，马也被杀了，倒在血泊中。二奶奶怎么也没想到詹王府做事这么绝，慢慢转回头看着车老回，车老回等气势汹汹地望着她。狗宝慌忙跑了过来。

詹王爷走来，人们让开路靠边站去。詹王爷看了看马车暗暗吃了一惊，这可真不是他的意思，他心知肚明二奶奶分明是来讲和的。他扭头十分不满地看着车老回，事情做到了这个份儿上，没有了回头路。车老回惶恐地看着詹王爷，闹不清自己又做错了什么。二奶奶慢慢走下台阶，又转回身看着有些慌乱的詹王爷，平静而又有些轻蔑地说："王爷，这马车，您就算是收下了。"二奶奶微微向詹王爷鞠了一躬转身而去，语气淡而又淡，可重若千斤。詹王爷有点接不住了，他被这个冷静机智的女人深深地镇服了，心绪复杂地望着她的背影渐渐远去。

二奶奶并没有灰心，又去了关府找关少沂。关少沂正要上马车，见到二奶奶颇为意外。

"关大爷。"二奶奶诚恳地上前打招呼。

"干什么？"刚坐上马车的关少沂板着脸问道。

"我们家老大的事儿想必你都知道了。"

"知道了又怎么样？"

"我特意来求你，令尊大人是翰林院的编修，与刑部的谭大人是同榜同年，能不能帮忙疏通一下？"

"笑话！你还有脸来求我爸爸？明人不做暗事，看见了吗？"关少沂冷笑着掏出来一个奏折，"这道折子就是我爸爸写的，写的就是你们白家！告诉你，杀子之仇，不共戴天！"

二奶奶急了，忙说道："关大爷，你不能是非不分、下井投石，孩子的事谁心里也不好受。过去这么多年了，这事儿跟颖园无关，为什么要把颖园往死路上推呢？"关少沂狠狠地道："我就是要他死！走！"赶车的一扬鞭，马车突然启动，二奶奶忙闪到一边，车子远去了。二奶奶接连碰壁，灰心丧气地望着远方，深深感到由着性子结个仇很容易，要解开可真难哪。

白萌堂听到二奶奶的回话并不惊讶，随口道："早料到了。"他仍笑嘻嘻地与景琦掰腕子，景琦浑身扭来扭去地用力。二奶奶站在一旁笑看着这爷俩。"怎么样？碰钉子了吧？忍！忍！你忍他不忍！"白萌堂边对二奶奶说着话，边把景琦搂在怀里，景琦扬着手还要掰腕子。"别闹，大人说话呢！”二奶奶自责地说，“这只能怪我无能。”

“不是你无能，世态炎凉，真出了事儿，雪中送炭的少，下井投石的可有的是！”

“心诚感动神与佛，我还要去。”

“你不许再去了。”白萌堂终于失去了耐心，不想再忍了，“他们这是欺负我朝中无人，我就不服这口气，跟他们打，我倒要看看他们怎么把这黑的说成白的！”

胡总管慌慌张张地跑了进来说：“老爷，他们去查封老号百草厅了！”白萌堂一下子感到事态严重了，一把推开景琦站了起来，问道：“是哪儿的人？”胡总管说：“九门提督府的人，有荣大人的手谕！”白萌堂、二奶奶相顾大惊，人家动真格的了。

百草厅门口看热闹的人里三层外三层，赵五爷、二头儿、毕头儿和伙计们站了一片，兵勇们在七手八脚地贴封条。白萌堂、颖轩、胡总管都只能眼睁睁地望着。福无双至，祸不单行，这一档子接一档子的事儿就来了。兵马司的戈什哈朱顺带着十几个兵勇走进了白府大门，景琦好奇地跑了出来，一进门道被秉宽一把拉住，拖进了门房儿，趴在门窗上向外张望着。朱顺穿过敞厅向上房院走去。甬道中，兵勇们分立两旁，朱顺从活屏后绕过，颖园忙迎上去拱手施礼：“请问差官贵姓？”

“姓朱，朱顺。你是颖园？”

“是！”

“你们家老爷子呢？”

“百草厅查封了，老爷子去柜上了。”

“派个人去叫一下。”

外面传来秉宽的叫声：“老爷回来了！”各房头的人都开门出来看。朱顺高声叫大家都回屋里去，谁也不许出来。人们忙又缩回去掩上了门。白萌堂、胡总管转过活屏走来，颖园迎上去介绍了朱顺。白萌堂示意胡总管引路，众人跟着走进了上房院西客厅，丫头金花递上了茶。

“请问朱爷……”白萌堂刚一开口，朱顺忙抬手止住了，回头看了看站在一边的颖园、胡总管、丫头等人，说道：“我有话要和白老爷私下谈谈。”“你们都出去。”白萌堂挥了挥手，见颖园等退出，转脸紧张地望着朱顺。朱顺起身走到门口轻轻把门带上，又靠近门窗向外张望。此时，院里已无闲人，只有两个兵把住门口。白萌堂疑疑惑惑地向前走了两步，问道：“请问朱爷……”

朱顺忽然转过身跪倒在地，给白萌堂磕了一个头。白萌堂大惊，忙上前欲将他拉起，朱顺跪在地上没动。

“这是怎么话儿说的，快起来，起来！”

“白老爷……”

“不行，不行，起来说话！”白萌堂用力将朱顺拉起。

朱顺说道：“白老爷，您别跟我客气，我不过是兵马司一个小小的戈什哈，五年前贵府的大爷白颖园在大街上救过我妈一命。”

白萌堂神情慌乱地说：“这种事情太多了，我一点儿也记不起来了。”

“您可以记不住，您一辈子不知救过多少人，我可是一辈子不能忘，我就一个妈！我妈在大街上背过气去了，要不是大爷就死在街上了。”

“这事儿老大从来没跟我说过。”

“大爷不但给治了病，抓了药，分文未取，倒送了我妈不少银子。”

“这是应当的，谁也不能见死不救。”

“怎么就是应当的？这年头只要你穷，亲的热的都躲你远远儿的！见死不救那不常事儿吗，更何况素不相识呢。”

“老大是大夫，治病救人是他的根本。”

“白老爷，常言说‘滴水之恩，涌泉相报’，可大爷对我是涌泉之恩，我也只能滴水相报。我今天不能不把大爷带走，到了大狱里我决不会叫大爷受委屈。”

“那就拜托了，拜托了。”

“白老爷，这个案子闹大了，可事在人为，一定得想办法把大爷救出来。”

“谈何容易呀，这不正在到处托人吗？！有你照应，我就放心了。”

“那我把大爷带走了。”

朱顺走出客厅站在台阶上大喊一声：“带白颖园！”兵勇们大喝：“啊！带白颖园！”大房院中，站了一院子人，大家都站在台阶上满面惶恐地望着。兵勇们高叫：“带白颖园——”颖园忙向外走，白殷氏大叫一声“颖园……”喊着扑过去，众人忙拦住她。颖园没有回头，也不忍回头，加快步子走出了院门。白殷氏在他后面发疯似的要冲出众人的拦挡，颖宇见状忙叫人把她拉屋里去。众人将白殷氏拉进北屋。颖园已被兵勇押进敞厅，屋里传出纷乱的呼叫声：“大嫂……大嫂！”“大奶奶……”

兵勇们押白颖园走到大门口，白萌堂、朱顺在后紧跟着。景琦突然从门房中跑出，抱住颖园两腿，他不知所措地望着景琦，景琦死抱住他不放。白萌堂叫秉宽快把景琦抱走，秉宽冲出门房把景琦拎起往腋下一夹，跑出大门口。兵勇押颖园出了门，后边的朱顺回头道：“白老爷留步。”

白颖园就这样不分青红皂白地被带走了，白萌堂怒从心头起，他知道詹王府不好惹，可官家如此黑暗，无论如何咽不下这口气。可他也想不出下一步该怎么办，但糟心的事儿还在后头呢。

景琦闹着非要去找颖园大爷，秉宽没辙了，只好哄着他去逛庙会，总算岔过去了。秉宽驮着景琦在人群里穿来穿去，景琦居高临下东张西望，看见个玩具摊儿，伸手一指要买大刀，又要吃扒糕。秉宽将景琦放到长条凳子上，叫掌柜的给小爷来碗扒糕，多放蒜。卖扒糕的应道：“好咧，扒糕一碗，多放蒜汁儿咧您哪！”

“你在这儿吃，别乱跑，我去给你买把九连环大刀。”秉宽叮嘱着说，景琦接过碗大口大口吃起来。

街对面，一个风筝摊儿前，拐子正悄悄地窥视着他们。见秉宽一离开，拐子忙悄悄溜到景琦身边，见卖扒糕的扭脸儿招呼别的客人，他上前一步，拍着景琦的头问，想不想看摔跤的？景琦抬头看着拐子说想，拐子说带他去看。景琦问他是谁呀，拐子顺口胡说是他二大爷，景琦玩心重，扔下扒糕碗，起身高兴地跟拐子走进了人群。

秉宽拿着刚买的九连环木头刀兴冲冲走回来，只见没吃完的扒糕碗，却不见了景琦，忙问掌柜的孩子呢。卖扒糕的说没留神，好像跟一个什么人看摔跤去了。秉宽惊问跟谁呀。“那我哪儿认识啊！”卖扒糕的说罢又补上一句，“哦，好像那人说是他二大爷……”秉宽顾不上再听什么，慌乱四顾，只见摔跤的圈子围了不少人，秉宽在人丛中钻来钻去。圈子中两个穿褡裢的小伙子在摔跤，人们兴奋地叫着好。秉宽站住了，哪有景琦的影儿？只急得满头大汗。“景琦——景琦——”秉宽变了声儿地喊着。他蒙了。

百草厅虽然查封了，可药场还在。白萌堂正在看去安国买药的采购单子，大查柜赵显庭、采办涂二爷和许先生、大头儿、二头儿坐了一圈儿。涂二爷说：“您看要是行，我明儿就和许先生去安国了。”白萌堂说：“我看行，就这样儿吧！”赵显庭说：“老爷，还是再商量商量吧！百草厅柜上已经查封了，还进这么大宗的药合适吗？”白萌堂说：“他能封我一辈子？他又没封我的药场，万一官司没事儿了，一开张，药接不上了，那不抓瞎了？”赵显庭说：“话是这么说，可外账房能周转的银子已经不多了，为大爷的事又垫了好几万，这十几万两一拿出去，一时半会儿可就拿不回来啦！”二头儿说：“赵五爷说的是，这官司恐怕还要花大笔银子，万一有个急用，怕没回旋的余地了。”

白萌堂知道大伙儿说得都在理，一时没了主意，沉吟不语。许先生说：“能不能少进点儿货，要不然到了安国先赊账，咱们是有信誉的。”白萌堂摇摇头说：“不能赊账。白家不干这事儿，那就少进点儿，拣今年急用的进。”两个听差把饭送了进来。白萌堂说：“吃饭，吃饭。我今儿也在这儿吃。哎，赵五爷菜呢？”所谓“赵五爷菜”，是老爷子专门给大查柜赵显庭每餐饭单加的一个菜。在柜上，赵五爷最年长，大查柜的活儿最累最操心，于是就有了这特殊的照顾。听差打开一个小砂锅："这儿呢，今儿是砂锅鱼头。"赵显庭感激地说："谢谢白老爷，老惦记着我。"白萌堂摆摆手说："吃着不顺口就说话，叫他们勤换着点儿花样，来来，吃吧！"

白府也到了吃饭的时候，知道老爷子不回来吃，也就不等了。丫头们点亮了厅里的灯。全家分成了两桌，大人一桌，孩子单坐一桌。孩子一桌由各房头的丫鬟在一旁伺候着。白周氏看了看孩子的一桌，不见了景琦，胡总管站在一边说好像跟秉宽出去玩儿去了。二奶奶有些生气地说："什么工夫了，还不回来？"颖宇说："我刚才在大门口看见秉宽了。"

二奶奶说："叫景琦来！"听差的忙回话："就秉宽一人儿回来的，没见景琦。"

二奶奶奇怪地问："怎么回事？叫秉宽来我问问。"听差的说："叫了，他在门口街上蹲着，就是不进来。"二奶奶觉得不对了，忙站起说："你们先吃。"

二奶奶走出大门一眼看见了秉宽，叫道："秉宽！"秉宽蹲在街对面墙根下，怀里抱着木头刀，两手捂着头，没答应。二奶奶下了台阶，快步走到秉宽跟前，秉宽仍一动不动。二奶奶弯腰用手扒拉他一下，问："怎么了你……说话呀！"秉宽突然用拳头狠狠打自己的脑袋，两手轮流着打个不停，二奶奶忙拉住他，嚷道："干什么，干什么？有话好说嘛，景琦呢？"秉宽哭咧咧地说："我该死！我把景琦少爷丢了，我该死！"边说边又打自己的头。二奶奶使劲将他拉起来问："怎么会把他丢了？"

秉宽也是满脸的困惑，哽咽着说："我去给少爷买刀，少爷在那儿吃扒糕，一转眼的工夫就没影儿了。"

二奶奶疑惑地说："左不在集上转，还能跑哪儿去？"

秉宽说："卖扒糕的说，看见他跟一个人看摔跤去了，我在集上找，一直到散了集，一个人儿没有了我才回来。"

"那是让人拐跑了？家里事儿够糟心的了，这不添乱吗？先别告诉老爷子。"二奶奶说罢茫然地望着街道，"看摔跤去了？这个人是谁呀？"

第五章

无缘无故的孩子就丢了，颖轩晚饭是一口没吃，一人儿站在屋外台阶上，背着手痴呆呆地一动不动望着天上的星星。跪在炕上铺被的二奶奶凑到窗前，向外看了看问：“你想在院儿里站一宿是怎么的？”颖轩像没听见一样，木然地仰着头，二奶奶下了炕，来到门口，拍了一下颖轩的肩头说：“别发愣了啊，睡觉。”颖轩似乎没听见。“我已经叫底下人明儿一早都出去找，谁找着了有重赏。”颖轩充耳不闻，泥胎雕塑般仍不动。“祖宗！别这么傻不傻、痴不痴的，你这个样儿，弄得我心里直毛咕，别再急出个好歹来，快进屋。”二奶奶把颖轩强拉进屋里。颖轩坐到炕沿儿上，二奶奶忙给他装烟袋点火。

颖轩哭咧咧地说：“咱们这是得罪谁了？这孩子就这么丢了？”

二奶奶说：“要说得罪，就是詹王府和关家，可他们还不至于下作到这个地步吧。”

“那还有谁？”

“我也想不出来了，这孩子丢得真邪行，就出在那个带他看摔跤的人身上。”

“会不会是碰上拍花子的了？”

“那可就难往回找了！”

“别看这孩子淘，在眼面前儿老嫌他乱。这一不在跟前儿，心里跟掏空了似的……”颖轩抽抽搭搭地掉了眼泪。

“你别招我啊……哭管什么用……遇见事就知道……”二奶奶说着说着自己也抽抽搭搭地哭了。

两人一动不动，各哭各的。这事儿谁也劝不了谁，谁也说不清明儿个还会出什么事儿。

天刚蒙蒙亮，街上还没什么行人，府里起得最早的是白颖宇，他要去天坛遛鸟。大门道里还黑黢黢的，秉宽披着衣服从门房里走出下闩开大门，只见三爷提着鸟笼子晃晃悠悠地走出来和秉宽打着招呼，秉宽低头发现一个帖子扔在地上，伸手捡起叫三爷看看写给谁的。颖宇接过帖子一看大惊失色，叫道：“得咧！我也甭遛鸟儿了。”

白萌堂刚刚起床，颖宇惊慌失措地忙递上了帖子，只见那帖子上写道：“初八卯时，携银一万两到南窑台赎白景琦。”白萌堂大惊抬头，这才知道景琦被绑了票儿，忙招呼家里人都去东账房。

三个房头的人陆陆续续都到了东账房，老爷子把帖子给大伙儿看了看，说道：“这笔银子不能从公中出，我拿一半儿，剩下的大伙儿凑。”

二奶奶很识大体地说：“我不能叫大伙儿出银子，还是我自己想法子吧。我老觉着这绑票儿的不是冲着银子来的，他是乘咱们之危，给咱们点儿颜色看看，就算把银子送去，孩子也未必领得回来。”

白萌堂说：“可这一步不能不做，能绑票儿就能撕票儿。万一出了事儿，孩子就完了！”

二奶奶再也没有了往日的矜持，突然捂着脸哭起来：“可真是祸不单行啊……”

白殷氏将二百两银票放到桌上，雅萍将一包碎银子也放到桌上。“行了吧，姑奶奶……”颖宇指着雅萍的一包碎银子讥讽道，“您这点儿银子还不够塞牙缝儿的呢，起什么哄啊。”白萌堂不悦地问道：“你拿多少？”

颖宇立即满脸愁苦地说：“这您知道，咱家里最穷的就是我们三房。”白萌堂把眼一瞪说：“明儿我把你们家景武绑了票儿，看你拿得出拿不出银子。”颖宇厚着脸皮说：“那我也拿不出，可我也不拿这点碎银子来蒙事。”这话真是伤人，说得雅萍低下了头。白萌堂心中当然有数，生气地说：“银子虽少是雅萍的一片心，这是她每月省下的份例银。你穷？你小子黑了多少银子别当我不知道！”

“这是谁说的？这是谁说的？”颖宇目光立即转向了二奶奶，“二奶奶，你不是说没告状吗？跟我玩儿阴的是不是？”

二奶奶抬起泪眼惊讶地望着颖宇。白萌堂猛一拍桌子怒道：“你少在这儿攀扯好人，你那点小心眼儿，还想瞒过我？”颖宇低下头不说话了，再往下说可真下不来台了。一直低着头的颖轩赌气地大叫：“别再闹事儿了，行不行，这孩子我不要了。”二奶奶也急了：“你说得轻巧。孩子找不回来，我就不活了！”颖宇一脸委屈地说：“怎么冲着我来了，好像我是绑票儿的。”“这不是赌气的事儿，我看，你们谁我也指望不上！”白萌堂感慨地说罢，慢慢走出了屋子，所有的人都呆呆地站着坐着，沉默着。

白萌堂率领全家老少来到祖先堂，大开堂门焚香祭祖。走投无路的白萌堂不得不走这一步了。先祖为保住历代祖上坟茔得以承继，每一代人都需特意留出银两用来建坟修坟。子孙后代只可蓄留不可移用，只有到山穷水尽无以为生之时，才可聚全家人开堂祭祖，说明原委，晓以全族，且无异议，方可动用。白萌堂为救孙子景琦一命，终于走到了这一步。

一排排的供案上，摆着各代祖先的牌位，而且每一牌位前，都立着一尊檀木雕刻的人形，栩栩如生。进得祖先堂，不得大声说话，不得交头接耳，不得咳嗽吐痰，不得东张西望，不得触摸任何物品。两旁是两个硕大的红木躺箱，里面是先祖留下的金银元宝和名贵饰品。

白萌堂率先跪了下去，全族大小都随着跪下了，白萌堂举香禀告：

“列祖列宗在上，家门不幸，连遭横祸，儿子颖园入了大狱，孙子景琦又被绑了票儿……白萌堂一生谨遵祖训，从未做过一件伤天害理的事情……祖上有灵于冥冥中保佑一家老小平平安安，本拟今年重修祖坟，以慰列祖列宗在天之灵。今遭劫难，只有先动用修坟之资以救子孙，今特开堂祭祖，以晓谕全家老小，望列祖列宗体谅萌堂之苦衷，待渡过难关，再修坟茔。”

白萌堂磕头，全族人随着磕头……

白萌堂最疼爱的孙子是景琦，他不惜动用修缮祖坟的老本也要救景琦。谁承想，这会儿景琦居然被人绑架到了神机营。拐子和流子两人架着景琦从廊上走来，景琦不时抬脚踢着拐子的腿。武贝勒从廊子另一面走来，叫把景琦拉东屋里去，二人将景琦架着，拐弯来到东屋门口，贵武走过来看着孩子。景琦满脸倔强地望着他，贵武踢了景琦一脚，景琦也不客气地踢了他一脚。

贵武笑嘻嘻地说：“嗬，敢踢我？我把你小鸡巴拉下来，送宫里去当太监！”

“我要回家！”景琦吼叫着。贵武戏弄道：“儿子！这儿就是你的家，明儿把你送到宫里，你就享福了，白公公！”

景琦大叫：“我不去宫里，我哪儿也不去……”二人不由分说将景琦凌空架进了屋里。

贵武得意地说：“白公公，哈哈！”他扭头欲走，却撞上了刚从公事房走出来的季宗布，正一脸嘲弄地望着他。贵武向季宗布走来，揶揄道：“你在这儿照什么影子？”

季宗布说：“你又缺什么德呢？”

“你少瞎掺和啊！”

“谁家的孩子？一个孩子怎么招着你了？”

“他就招着我了，他们家招着我了，弄得我妻离子散。”

“找他们家算账去，跟小孩子较什么劲儿？”

“姓季的！你少管我的闲事！”贵武越过季宗布向前走去，季宗布没动，抬眼望着东屋。他慢慢走着，路过东屋门口不经意地向里瞥了一眼。

白颖园坐了刑部大牢，因有朱顺打好了招呼，他没受一点儿委屈。朱顺与刑部管大牢的严爷有八拜之交，过命的交情。二奶奶来探监了，见颖园衣服整洁，面色也好，心里稍安。严爷靠门口站着，二奶奶将一包衣物递给颖园时，发现就这么几天，颖园的头发已经白了很多。

二奶奶说：“大奶奶给你打点的衣裳用的，我没叫她来。”

“她挺好的？”

“不好，打你一走就躺倒了，一直没起来。”

“叫她甭惦记着，我没事儿，孩子们呢？”

“都好，非要来看你，我想小孩子到这种地方来没好处。”

严爷在一旁安慰道：“放心吧，不会委屈了大爷。”

颖园忙说：“全亏严爷照应了。”二奶奶拿出一张银票递给严爷，感激地说道：“严爷，您辛苦！”严爷忙推拒道：“别，别价，您把这银子用到该用的地方去，我和朱顺一家是三代人的交情。有朱爷一句话，我就不敢不尽力。”二奶奶说：“这太过意不去了。”“我外边看看，你们聊。”说罢，严爷走了出去。

二奶奶问过了堂了？颖园点点头说就过了一堂。虽然没动刑，可谭大人话里话外都向着詹王府。二奶奶感叹说，詹家上下都使了银子，照这样折腾，这案子还有指望吗？

“唉！天知道，在劫难逃，我该着有这一难！”颖园两眼茫然地望着空中。

“千万想开点儿，老爷子也在上下使银子，说就是倾家荡产，也要把你救出去！”

“我对不起爸爸，对不起一家老小……”颖园说着不禁落下泪来。

“快别这么说了，谁不知道你是冤枉的。”二奶奶强忍着泪。

这场官司本来就是和詹王府打，可关少沂听说以后，立即来了精神，这是个整治白家的大好机会，便亲自跑到王府找詹瑜再添上一把火。关少沂将一张银票交给詹瑜，说道："我爸爸和刑部的谭大人打了招呼，一定问他个死罪。"

"他们白家也没闲着，看这架势非打个倾家荡产啊！"

"银子不够你说话，我宁可倾家荡产，也得报这杀子之仇！"

"这打的叫什么官司，已经死了俩，非再死一个，大伙儿心里就全踏实了。其实两家都无利可争，可银子全揣到别人兜里了，无非白家再添一堆孤儿寡母。"

"听你这话怎么要撤火呀？"

"不是我撤火，自打上次白家二奶奶送马车来过以后，王爷再也提不起精神来，对这事儿也不那么热心了，说掐得死去活来也不知图什么。"

"图的这口气！"

"这口气争回来又怎么样？你的儿子也活不了，我的姐姐也回不来了。"

"人活着不就是为这口气吗？千万别听白家二奶奶的，白家门儿里最坏的就是她，告诉王爷万万不能心慈手软，官里的事儿只有王爷使得上劲儿。拜托了，瑜兄。"

"这点儿破事儿弄得人人心力交瘁，还有糟心的呢，老福晋一直胸闷，非点着名儿的叫白家大爷来看病。"

"老福晋不知道他进了大狱？"

"哪儿敢跟她说呀，我编了一大套瞎话才遮过去。"

"请个别的大夫不就成了吗？"

"请了，不行，老福晋一见，就鼻子不是鼻子、脸不是脸的，愣把大夫给撅了出去，病反而更加重了。"

"总不能从大狱里把白颖园接出来看病吧？"

"说的就是！唉，听说白家的孩子丢了，是不是你弄的？"

“谁的孩子丢了？我不知道啊！”

“二奶奶孩子丢了，大伙儿都说是你为了报仇！”

“什么话，要报仇我当年在白家就把他摔死了，等到现在？”

“我说你也不至于这么下作，可这是谁干的？”

“这下白家可真乱了营了。”关少沂话里话外透着幸灾乐祸。

关家这一掺和，火上浇油，上边没有一点儿松口的意思，眼看着大爷这场官司就要判刑了。白萌堂如热锅上的蚂蚁，完全失了方寸。大家都坐着，看着白萌堂在屋中走来走去。

白萌堂停住脚步咬牙切齿地说：“官官相护，刑部历来黑暗！”

颖宇说：“你说关家这小子起什么哄？又不是大爷把他孩子摔死的。”

“依我看，嫔主子是怎么死的，只有太后老佛爷心里最清楚……”胡总管低着头似是自言自语，大家惊讶地望着胡总管，他继续说，“詹王爷一个劲儿地上折子，就是逼着老佛爷找替罪羊。”

白萌堂站定望着门外说：“魏大人也是这么说的，可老佛爷会听他的吗？”

二奶奶说：“我想明天再去趟詹王府。”

“干什么？不去！好像咱们怕了他们了！他们会上折子我就不会上？”白萌堂回头瞪眼道，随后大步走到书桌前，抽出一个折子，“我也上折子，我不信老佛爷只听他一面之词。老三！明儿再托托宫里的王太监，无论如何把这折子递上去。只要递上去，我情愿给王公公一笔银子！咱们拼到底了！”

二奶奶忙走上前，劝道：“老爷子，使不得，小不忍则乱大谋！”

白萌堂突然发作了：“去你的小不忍则乱大谋吧！你倒是忍了，马车不照样叫他们砸了！”“事情得两说着……”二奶奶还想解释，被白萌堂粗暴地打断：“我不听！我的事不用你管！”大家都不敢再说话了。

白萌堂坐到桌前拿起笔，忽然回头问：“景琦的事怎么着了？”颖轩说：“明儿一早我带着银子去窑台儿。”白萌堂冷笑一声：“哼！你？别连你一块儿让人绑了票儿！”胡总管忙接过话茬儿：“我去。我去，秉宽跟我一块儿去。”白萌堂不耐烦地挥了挥手，说道：“都走吧。我要写奏折了。”

二奶奶走到门口时回头看了一眼，想了想知道再说什么也没用了，转身出了屋。白萌堂任谁的话都听不进了，他自认为已是一忍再忍了，他站在理上就有理，他以为是谣言蒙蔽了圣听。总之，他以为这世道还不至于那么坏，把一肚子的愤懑都写在了折子上，完全不知道就此一步，已经踏入了灭顶之灾。

贵武打小儿就不是个省油的灯，他不是淘，是坏，人还特尿。詹王爷是他亲舅，本来就不喜欢他，又出了大格格的事，从此断了来往。贵武自知理亏，不敢对王爷怎么样，把一腔的恨全都记在了白家头上，一心要给白家点儿颜色看看，便做出了许许多多见不得人的下流勾当。他有俩糟钱儿，手下就聚了一大帮不三不四的所谓朋友，挖绝户坟，踹寡妇门，无恶不作。这次绑架小景琦，就是冲着二奶奶白文氏来的。景琦这孩子也够皮实的，也不哭，也不闹，也不认生，吃了两个拐子送来的大馒头，一歪身睡着了。

拐子、流子和两个武师在赌牌九，拐子正开牌，流子望了一下里屋，只见景琦已躺在光板席子的炕上睡着了。季宗布一推门走了进来。拐子等四人同时回头一惊，问季爷有什么事。季宗布也不搭话径直走进了里屋。拐子等面面相觑，不知怎么回事。

一进屋，季宗布便将景琦抱起，景琦惊醒了，迷迷瞪瞪望着季宗布。“下地跟我走！”季宗布说着，拉起景琦走出里屋，拐子等人忙上前拦住，拐子手指上还捏着一张牌，连声问：“干什么？干什么？谁叫你来的？”季宗布说：“拐子，有好处别独闷儿，你要人家事主一万银子，这里有我多少？”“什么话，这里有你什么事儿？”“见面儿分一半儿。”“门儿都没有！有本事自己去绑一票儿。”“我就要你这一票儿！”

季宗布不再废话，拉着景琦就走，拐子等人急忙又上前拦住。“季爷，没这规矩吧？再说这事儿您跟我说不着，您找武贝勒去！”拐子嚷道。“叫武贝勒来找我！”季宗布冷冷地回道。

拐子见季宗布软硬不吃，执意要带走景琦，一伸手抓住季宗布的肩头。季宗布不动声色地说：“把手拿下去！”拐子连忙知趣地放下了手，换了口气说：“季爷，您是我大爷，别难为我了。”季宗布蛮横无理地说：“我能叫事主出两万，也不分给你们，你信不信？”“说好话你不听是不是，哥儿几个，上。”拐子又变了脸儿，用夹着牌的手指着季宗布，威胁说：“我就不信我们四个打不过你一个！”几个人撤凳子、撸袖子想动手。只见季宗布顺手摘下拐子手中的牌九，只用三个手指一捻，牌九登时被捻成粉末撒落地下，拐子、流子和武师都惊呆了。

景琦抬头好奇地问：“你是怎么弄的？”

流子看傻了，失声叫道：“哎哟妈吔，这叫什么功夫，这叫……”

季宗布拉着景琦悠闲地走出屋门。

拐子吓坏了，叫嚷道：“他奶奶的！快去告诉武贝勒去。”

谁料想，贵武一听说是季宗布带走了景琦，居然认㞞忍了。

季宗布当晚把小景琦送回了家。到了大门口对面的照壁前，季宗布蹲在地下搂着景琦指着对面问：“小子，认识吗？这是哪儿？”

“认识，这是我们家。”

“去！叫门儿去！”

“你怎么一下儿就把那牌捏成末儿了？”

“这是功夫。快回家去吧。”

景琦忽然举起一张牌说：“你再捏一个。”

“嗯？你哪儿来的牌？”

“你们打架的时候我偷的。”

“你有两下子，快回家！”季宗布轻轻一推景琦，他向门口跑去。

突然，景琦停住脚步回头说：“待会儿你教我？”

季宗布笑了："快叫门儿去吧！"

景琦跑到门口用力拍门，大喊"开门"，里面传来秉宽的声音："谁呀？""我！是我！"

里面再次传出惊喜的喊声和慌乱的开门声，"是景琦，我怎么听着像景琦啊！"秉宽开门一见景琦，一把将他抱起，语无伦次地叫着："哎呀！小祖宗，小祖宗，你个小兔崽子。小祖宗，疯了，疯了！急疯了，你他妈的，上哪儿去了！一万银子呀！小祖宗，明儿去赎你……"

景琦不住地叫道："放下我，放下，放下，人家把我送回来的。"秉宽从狂喜中醒过来，忙问："啊？谁送你回来的？""不认识，在外边儿呢！"两个人跑到门外四下一看，街上空空的，一个人也没有。秉宽问："哪儿呢？啊？小祖宗。"

"怎么走了？"景琦着实奇怪。

秉宽不由分说，抱起景琦冲进了大门，一路大吼："快来人哪！景琦回来啦！快来看哪……"他向敞厅跑去，四下传来了各院的叫声和开门声……

好事不成双。景琦被神秘人送回来，大爷白颖园的案子也终于判下来了——秋后问斩。朱顺一身平民打扮，他戴个大草帽遮住脸，约了胡总管到范记茶馆，低声告诉他，大爷判了斩监候。胡总管失魂落魄地奔回了白府，禀告了老爷子。

白萌堂难以置信地问："你听明白了吗？啊？"胡总管气喘吁吁地说："没错，大爷已经问了斩监候，秋后问斩！"白萌堂端着盖碗的手发抖了，胡总管忙上前接过盖碗放到桌上。白萌堂还是不信，说道："不能够，不能够，那是太后老佛爷没看见我的奏折。去，去叫老三来，我问问他，奏折递上去了没有。""是，是！"胡总管忙向外走，迎面碰见了颖宇、颖轩带着魏大人从院中奔来，直进西屋。

白萌堂忙迎了上去，急火火地问："魏大人，快说，到底怎么着了。"

魏大人气喘吁吁地问道："是谁……是谁给老佛爷递的奏折？"

白萌堂惊诧地说：“怎么了？我，是我，老佛爷看过了吗？”魏大人气急败坏地说：“哎呀！看过了，把递折子的小太监王喜光抽了两三百个嘴巴，打了个半死……”

白萌堂已知不妙，忙问：“这是……为什么？啊？”

魏大人责怪道：“白爷，你真糊涂啊！我早就说过，落个不予追究已是万幸了，你较的什么真儿啊？你惹老佛爷干什么？”

白萌堂完全傻了，喃喃地说：“怎么了……我写的是詹……詹王爷，不是冲着老佛爷。”

魏大人气急地说道：“那不是一回事儿嘛！老佛爷正找不着替罪羊呢，你这不是送上门儿去吗？！”

白萌堂两眼发直，下意识地向桌旁走，又回身蹒跚地向门口走，他慢慢转过身，似乎求助似的望着众人问：“这么说……老大他……真的是判了……判了……”“判了斩监候了！”魏大人无可奈何地接道。白萌堂身子晃了晃终于不支，倒了下去，颖宇、颖轩和胡总管忙上前抱住。

这个结果一下子就把老爷子压垮了，白萌堂有气无力地斜倚在床上。丫头金花端着汤药掀帘走进，白周氏忙接过来，走到床前说：“吃药吧，温乎了。”白萌堂轻轻推开了药碗问：“二奶奶怎么还不来？”金花忙说：“胡总管叫去了。”白萌堂吩咐白周氏：“开开抽屉，把钥匙递给我。”白周氏劝道：“哎呀，好好躺着吧，又瞎操什么心！”白萌堂不耐烦地呵斥道：“快拿来！”

白周氏走到红木柜前拉开抽屉，拿出钥匙，回身交给了白萌堂。随着胡总管进屋的二奶奶，看了看屋里的人，很是疑惑地打招呼：“爸，妈……”“你坐。”白萌堂看着二奶奶说道，他又转头看向其他人：“你们都出去，出去！”金花和胡总管忙出去了，白周氏却站着没动。白萌堂斜了妻子一眼，烦躁地说道：“听见没有，出去！”白周氏没想到她也得出去，吓得忙往外走。

二奶奶目送婆婆出了门，回头更加不安地看着白萌堂，她走到床前坐到了方凳上，安慰说："爸，别伤心了，大家伙儿还在想辙呢。"白萌堂摇摇头说："没辙了，是我把老大害了。"

二奶奶只得继续说宽慰话："怎么能这么说呢！"

白萌堂十分感叹地说："小不忍则乱大谋啊……"

"爸，人活一口气，不能事事都忍。您能支撑这么大的家业，是争气争来的。当忍则忍……不过是为了将来争回这口气。"

"我知道你精明，可没想到你城府这么深。这个家里只有你这么一个明白人，连我都是老糊涂！"

"爸，这我可实在不敢当！"

"二奶奶！我叫你一声二奶奶！"白萌堂说着拿起钥匙，"我要是早听你的，不至于弄到这个地步。拿着，今后这个家就交给你了。"

"您这是干什么？"二奶奶慌忙地站起来大惊道，"自然是您当家。"

"我不行了，你坐呀！"

二奶奶慢慢坐下，劝道："快别这么说，您的病养一养……"

白萌堂急了，吃力地大声道："你听我说！"

二奶奶怕刺激老爷子，不敢再说话。白萌堂吃力地喘息着，二奶奶忙递上药碗，被白萌堂轻轻推开，他说道："我知道我不行了，这我比你们内行。不行了就是不行了，我死了以后不管多难，你都得把这个家撑着，头一件就是不许分家！"

"爸，这个担子太重了，我挑不起，也不合规矩……甭说您还健在，退一万步说，就算您有个好歹，也该是二爷当家！"

"二爷？你说他成吗？"白萌堂惨然一笑，故意调皮地问。

二奶奶也笑了："二爷是不成，那也该是三爷当家。"

白萌堂正色道："二奶奶！你要是想把这个家毁了，那就交给老三！"二奶奶态度坚决地说："爸，这说什么也不行，叫二爷当家，我帮着料理还不行！""不行！"白萌堂生气了，狠狠地说，"不行！"两人斗气似的凝视着对方。白萌堂突然挣扎着要下床，两腿往下出溜。"二奶奶，你想叫我给你跪下是不是！”白萌堂说着哆哆嗦嗦地要下地，二奶奶忙用力地挡住，吓得手忙脚乱，把白萌堂的腿往床上抬。

“老爷子，您这叫我折寿啊……”二奶奶大叫着一下子跪到了床前。

白萌堂用手捶着床沿儿喊：“起来！起来！快起来！”

二奶奶慢慢站了起来道：“爸，那我就先管着，等您病好了，还是您管。”

白萌堂拿起钥匙递给二奶奶，如释重负地说：“这个烂摊子，就交给你了。”

二奶奶万万没想到老爷子如此看重她，又喜又惊又愁又忧，心中忐忑不安，勉为其难地接过了钥匙。

让二奶奶当家是老爷子千思万虑做出的决定，这是一个府上没有的先例，祖上没有规制的决定。这个决定对一个族长来说是太难了，太冒险了，可他就这么定了，他认定了这个女流之辈可以担当大任，他离世以后可以放心。

可这个家还能维持下去吗？颖宇和白方氏自从老爷子病重之后，心里一直嘀嘀咕咕的。颖宇拿了根唱戏的马鞭子在堂屋里舞来舞去，嘟囔说：“我看老爷子是不灵了，他要是死了，咱们头一件事儿就是分家。”

白方氏说：“你有六儿没六儿？盼着老爷子死呀？”

“我盼他死干什么？你看他那架势，活不了几天儿了……”颖宇抬起头沉吟着说，“这一大家子怎么弄？大房成了一群叫花子，二房是又奸又贼。”

“分了家也好……可老太太还活着，能叫分吗？”

“嗨！老太太知道什么？一辈子活了个稀里糊涂。”

“分了家咱们出去单过，省得跟他们糗到一块儿。”

突然从外院传来丫头的喊声：“来人哪……快来人哪！”

二人忙侧耳听，几乎吓得同时坐了起来。白方氏惊慌地问：“妈吔，谁喊得这么瘆得慌？”

“来人哪……”又响起丫头的喊声。

颖宇忙道：“这喊声不对了。”

白方氏怯怯地说：“我这阵子一听见这声儿，心里就扑通扑通地跳，出事出怕了。”

颖宇忙下地说：“这是大房院，又出什么事儿了？”

丫头变了声儿的哭音：“快来人哪……”

颖宇两口子前后脚跑出来，甬道上已然有闻声跑出的颖轩、二奶奶、胡总管还有孩子们，大家混乱不堪地冲进大房院向北屋跑去。雅萍从北屋跑出来，一把拉住了二奶奶，两眼发直地说：“大奶奶她……她自尽了。”“怎么就没看住她呀！”二奶奶懊悔地一跺脚，旋即向大房院跑去。

外屋挤了一屋子人，都在翘首踮脚地向里屋望着，大爷的四个孩子，最大的玉芬也才十四岁，景怡、景泗和景陆都还小，站在一堆儿，惶恐万分地看着。一见二奶奶挤进来，玉芬立刻扑到她怀里哭喊：“二婶儿……”四个孩子同时哭起来。“不哭不哭，有二婶儿呢，啊！好孩子，有二婶儿啊！”二奶奶拍着玉芬的背安慰道。里屋，白方氏抱着白殷氏的尸体大哭：“大嫂啊……你怎么就想不开啊……你怎么就走了……”

金花搀着举步维艰的白萌堂走进了屋，白萌堂跺着脚悲叹：“这是何苦啊，何苦啊？”颖宇从里屋出来垂头丧气地说不行了，已经没气儿了。玉芬等抱着二奶奶又失声痛哭起来。二奶奶请白萌堂快回去歇着，别再添堵了。白萌堂伤心地嘱咐大家别乱传话，千万别叫老大知道。忽然，白萌堂转身对着众人道：“都听着，我说一声，我身子骨不行，不再管事儿了，今后家里的事儿都听二奶奶的。”

这句话比死了大奶奶还让人震惊，颖轩立马阻止道：“这……她哪儿行啊？”白萌堂没好气地把眼一瞪问：“你行？”颖轩忙低头不语了，他当然知道自己不行，可在他心里，怎么也轮不到他媳妇儿当家呀，一个女人家的。白颖宇更是傻眼了，这是出什么事儿了？他惊愕万状地张着嘴来回望着白萌堂和二奶奶。

詹王府里也不消停。丫头们正伺候詹王爷穿朝服，詹瑜站在一旁小心翼翼地说道："老福晋这几天老吵吵着要看大格格，说这些日子怎么也……"话到半截儿，偷眼见詹王爷脸色阴沉，便不敢再说下去了。詹王爷冷冷地道："就说大格格回老家了。"詹瑜怯怯地说："这些天她光发脾气，说请的大夫都是治牲口的草包大夫。"詹王爷心烦意乱地说："又是大夫！我有什么辙。我总不能把白家大爷从大狱里请出来吧？"

车老回兴高采烈地从院里跑进来禀告："王爷，这下可好了，白家大爷问了斩监候，白家大奶奶一听见信儿就自尽了。"詹王爷顿时火冒三丈地喝道："滚出去！"车老回被吓得莫名其妙，不觉直往后退。詹王爷怒斥道："这是什么喜事儿，你屁颠儿屁颠儿跑进来告诉我？"车老回忙转身跑了出去。虽然与白家结了仇，可真不是王爷的本意，他不是那种隔岸观火、幸灾乐祸的小人，他打心眼儿里不希望这样。

詹王爷心烦意乱地轰开丫头："去去！我自己来。"丫头退后，詹王爷系着扣子自言自语："两败俱伤……两败俱伤！你去白家，送份奠仪过去，再叫文书房的先生写副挽联。"詹瑜说："这怕不合适吧，白家还当着是咱们幸灾乐祸，存心要恶心人家呢。"詹王爷无奈地叹了一口气："唉！两败俱伤。"

安福匆匆跑来禀告："王爷，您去看看吧，老福晋那儿发脾气呢，说什么也不吃药，把药罐子药碗全摔了。"詹王爷虽是武将，却是个百依百顺的孝子，听说老福晋发火，忙向屋外跑去。到了老福晋的屋里一看，地上摔了一地碎片，丫头们正在收拾。詹王爷诚惶诚恐地站在床前，老福晋余怒未消地坐在床沿儿上发脾气："我不要这些草包大夫给我看！"詹王爷小心地劝慰着说："这都是名医，也都在太医院当差哪。"老福晋越说越气："叫他们治牲口去吧！去把白家大爷给我请来！"

詹王爷万分为难地看着老福晋，又转过头去看詹瑜，他只是低着头。老福晋瞪起了眼，嚷道："快去呀！""其实白家大爷也不见得怎么样……"詹王爷还想对付过去，小心试探着说，"我再给您换个别的大夫，新近湖南来了一位……""我不要！"老福晋勃然大怒地打断了他，

“哎，我叫你们请个白家大爷怎么就这么难？”詹王爷忙解释道：“不是难，我是想换个大夫也许……”老福晋气喘吁吁地说：“你这是想要我的老命是不是？”詹王爷惊恐地抬起头，急得一点儿主意都没有了。

老福晋站起身，说道：“我知道你们多嫌着我，安福！”安福忙上前一步应道：“老福晋……”“收拾东西，咱们回蒙古老家去！省得咱们……”说着，老福晋突然捂住胸口，詹王爷跑上前急忙搀扶老福晋说：“快快！快躺下。”躺下的老福晋瞪着詹王爷，大口大口地喘着气，却张着嘴说不出话来。詹王爷见势不好，忙满口应承道：“额娘，千万别生气。我这就去请，我这就去！”

可白颖园还在大狱里，怎么请？詹王爷真为了难了，懊丧地说：“这可是要了我的命。”詹瑜也没招了：“干脆说实话吧，白家大爷在大狱里，无论如何是请不出来的。”

“荒唐！那不是把大格格、二格格的事儿全抖搂出来了，那才真是要了她老人家的命呢！”

“编个瞎话么，就说他治死了别人进了大狱。”

“说得容易！那她准找白家的人来问，那就更麻烦了。”

“没别的办法，能瞒一天是一天。”

“现在就看能不能把白大爷从大狱里弄出来。”安福忽然有了主意。

“弄出来又怎么样？”王爷没明白安福的意思。

安福说：“弄出来再说，下一步再找白家就好办多了。”

詹王爷说：“这个我可以找刑部去疏通，上边儿的事怎么也好说，有银子就能办事。”

詹瑜却道：“怕没那么容易吧？他是死囚，判了斩监候的！”

“看个病两个时辰就够了，再把他送回去嘛！”詹王爷不以为然地说。“他秋后就要问斩了，这么深仇大恨的，他能给咱家的人看病？”詹瑜又提出新难处。

安福说：“你看老福晋气得那样儿！非请白家大爷不可了，去求求白大爷吧。”

“怎么走到这绝路上来了？”詹王爷悔恨至极。

“就算白大爷愿意，那白家别的人愿不愿意，怕是还得两说着。”詹瑜又想到一层难处。

詹王爷急得来回转磨，叹息道：“说的是嘛！怎么和人家白家开这个口？人家的人要死了，反而叫人家来救咱们的人！还是因为咱们判的死刑。”

“这个口是挺难开的，我去吧。王爷，上回二奶奶来，明摆着是来讲和的。”安福自告奋勇地说。

“那我能看不出来，我也心动了，可车老回那混账东西又把人家的车给砸了。”詹王爷无奈地低下了头。

“我去说吧，没工夫再商量了。可有一条，万一白家要提出他们大爷案子的事怎么办？”安福说出了最难的一层。

詹王爷摇了摇头说：“那可就没什么可商量的了，死罪已定，万难更改，那就只好委屈老福晋了……我这会儿也闹不明白，这事儿七错八错的究竟错到哪儿了？”其实詹王爷打心底里就不想结这个仇。

第六章

安福硬着头皮来到白家，毕恭毕敬地坐到了二奶奶对面，他知道白府已经是这位二奶奶当家了，这也是二奶奶当家以来遇到的第一件大事。

安福说："王爷实实在在挺后悔的，特别是您上回亲自送去马车，叫那个不懂事的车老回给砸了，根本不是王爷的意思。"

二奶奶说："所以我并没有怨王爷。"

"王爷说，这事儿他也闹不明白了，七错八错，究竟错到哪儿了？"

"要说错，先得说你们王爷的不是。"二奶奶直言不讳地说。

安福顺从地应道："是，是！"

"二爷号出了喜脉，可他并不知道你们大格格的底细，何至于就杀了马、砸了车？"

"是，是，太莽撞了。"

"要说我们老爷子也有不是，把事情讲明白就行了，结果弄得你们家破人走，搁着谁也忍不下这口气。"

"二奶奶说的是，要都这么想，就没这些烂事儿了。"

"我总觉得一个人一个家立在这世上，谁也离不开谁。这不，你们府上又用得着我们大爷了。"安福听着，心悦诚服地不住地点头。

“大爷一辈子是个与世无争的人，倒落了个秋后问斩……即便这样，我去求大爷，大爷也不会不答应。”

安福忙站了起来，感激道：“那我这先谢谢您了，老福晋病得不轻，她就认准了大爷了……”

“安福！”猛然间从外面传来一声大吼，二奶奶和安福扭脸儿一看，都惴惴不安地站了起来，只见颖宇怒冲冲地奔了过来，冲进敞厅指着安福大骂：“安福，你个狗娘养的，你们害得我们家破人亡，还觍着脸来求我们大爷看病？”影壁前面站着秉宽、狗宝一帮十几个仆人，孩子们也在跟着起哄。

安福吓傻了，忙不迭地说：“三爷，三爷……”

二奶奶忙上前拦住颖宇，劝道：“老三，有话好好说。”

颖宇更火了，怒道：“我没你那么好说话！安福，你给我滚出去！”

安福可怜巴巴地说：“二奶奶，您瞧……”

“老三，不许这么无礼，这事儿我知道该怎么办！”二奶奶正色道。

颖宇根本不理睬，看都不看一眼二奶奶，管自大叫：“安福，你滚不滚？”

二奶奶急了，叫道：“老三，回屋里去，这儿没你说话的份儿！”颖宇大怒，声嘶力竭地吼叫：“白文氏，你少来这一套！少跟我摆你那副当家的样儿！实话告诉你吧，你当不了我三爷的家！”

二奶奶一愣，没想到他会当着外人犯浑，一点儿面子都不留。颖宇蹦着高地大吼道：“安福！你们王府倚仗着是皇亲国戚就敢这么欺负人？我和你们詹王府的仇不共戴天！你滚！”

二奶奶生气了，怒道：“老三！你有完没完！”

安福哀求地说：“三爷，我这不是赔礼来了吗……”

颖宇不由分说，上前一把抓住安福的胳膊，喊道：“你还叫我动手啊？你滚！”说着猛地一拉，“滚！”

安福踉踉跄跄地被拉出了敞厅，二奶奶怒声大叫道：“不许动手儿！”安福回过头委曲求全地说道：“三爷，听我说，我们是有不对的地方……”颖宇不容安福说话，上前又推又搡，恶狠狠地说：“少啰唆，你滚吧！”

安福事儿没办成，死赖着不走，连声说：“三爷，三爷……”

二奶奶忙上前把颖宇拉开，说道：“老三，把话说明白了，再叫安总管走也不迟！”

“不听！一句也不听，你走不走？啊？”

安福求助地望着二奶奶，三个人僵持着。二奶奶一心只想息事宁人，尤其不想让外人看见家里人内斗，有意地要躲开三爷，回身道：“安总管，走，到我院里去。”

见安福要跟着二奶奶走，颖宇不再纠缠，使出了更狠的招儿，杀气腾腾地大叫秉宽。秉宽和影壁前一大堆人一直在注意着敞厅里的动静，听到叫他，忙答应着跑过来说：“在这儿哪！”颖宇浑身颤抖地怒吼道：“去！把他的马车砸喽！把他的马给我宰喽！”秉宽等人热血上头，大吼一声：“好啊！”二奶奶、安福听见一惊，安福惊慌失措地大声叫道：“二奶奶……”二奶奶高喊一声：“老三，使不得！”二人拔脚奔向门外……

秉宽等人兴奋不已，压抑了多少天的复仇怒火终于点着了，各自寻找砸车的工具，门闩、斧头、铁棍、菜刀……一个个大叫着“砸王八蛋！”“今儿个大报仇哇！”但见人人奋勇，个个当先，景琦也抄起一根木棍，兴奋地转来转去喊：“砸车了嘿！砸车了嘿！”门口对面的墙壁前停着安福的马车，赶车的老索坐在车上，手里拿个香瓜悠闲地吃着，听到喊声忙向大门方向看。

只见秉宽举着菜刀，带着手持各种家伙的人们冲了出来喊“宰了狗日的！”“砸呀！”吓得老索把香瓜一扔，跳下马车就跑。秉宽等冲出了门口，景琦、景怡也举着棍子跑了出来。老索躲得远远的，心惊胆战地回头看。“站住！站住！”跑出来的二奶奶不顾一切地冲到秉宽前面护住了车。秉宽等人不敢动了，二奶奶嗔怒地望着众人，秉宽等惧怕地望着二奶奶，颖宇跑出站在台阶上怒目而视。二奶奶威严地下令："干什么？都给我回去！"颖宇站在台阶上大叫："甭听她的，砸！"二奶奶厉声质问："谁敢砸？"秉宽等人胆怯地放下了手。

安福跑到二奶奶面前，满面歉意道："二奶奶，真对不起，给您惹事儿了。"

颖宇冲下台阶，从一个仆人手中夺过斧头，冲向马车喊："我就敢砸！我他妈就敢砸！"是的，三爷没有干不出来的事儿，他把二奶奶逼到了悬崖边上。二奶奶知道一旦砸了车杀了马，后果不堪设想，怎么向老爷子交代？怎么面对求和的詹王府？只要这乱子一出，就断绝了一切后路。

二奶奶知道自从老爷子当众宣布她当家那天起，全家上下都在盯着她看，看她如何行事。老三第一个就不服她，跳出来叫嚷道："老娘儿们当家，有这规矩吗？老爷子不是太偏心就是老糊涂了。"老三不敢跟老爷子怎么着，可事事处处跟二奶奶对着干，想当家？没那么容易！二奶奶只有挺身上前一步，挡在安福和马车前面，不怒自威地说道："老三，你今儿要想砸车，你先砸我！"

颖宇愣住了，安福也为之一震。景琦傻傻呵呵地举着棍子，神情庄重地抬头道："妈，砸不砸？"二奶奶突然扬手狠狠地打了景琦一个耳刮子："滚回去！"这一巴掌打下去可不是做做样子给人看，真打呀！二奶奶只有也只能拿自己的儿子开刀，才可能服众。景琦被打得摔了个跟头，狼狈爬起连蹿带蹦地跑到大门口台阶上，心有余悸地回过头，愣愣地看着，还不知道为什么挨打。所有的人都惊呆了，三爷的气势一下子被压了下去。

颖宇万分不解地望着二奶奶，在二奶奶的威严下，终于有人向后退了。颖宇痛心疾首地说："二嫂，大哥秋后就要问斩了，你知道不知道？我大嫂自尽了，你知道不知道？这都是谁弄的？都是他妈詹王府！二嫂……这深仇大恨你就全不放在心上吗？他们害死了咱们的亲人，你怎么还护着他们呀！”说着说着，老三是真动了感情了，眼泪哗哗流淌下来。二奶奶又何尝不伤心呢？她比任何人都想报仇，却比任何人都清醒。

颖宇抬起手遮住眼睛痛哭失声，又见人们在慢慢向前移动，二奶奶趁着众人还在犹豫的当儿，回头对安福吼道：“安总管，你还不快走！”“是，是！”安福从惊愕中醒过味儿来，慌忙转身拉马……

颖宇仍痛哭着，二奶奶充满同情地望着他。当传来马的嘶鸣声时，人们扭头才看到马车远去了。人们眼睁睁地呆望着，没有一个人动。只有景琦跑下台阶，捡起一块小砖头用力向马车离去的方向掷出去。

一场祸乱平息了，安福心有余悸地向詹王爷如实地讲述了全部经过，詹王爷低头沉思着。

“您没瞧那阵势，我今儿差点儿回不来了。”

“没想到白家出了这么个女人！”

“现在白家就是二奶奶当家，他们老爷子身子骨不行了。”

詹王爷喃喃自语：“通情达理，以德报怨，可敬啊！有这么个人，白家就不会完。”又一波懊悔的情绪冲击着王爷的心。詹瑜说：“老福晋刚刚醒过来，得赶快请大夫来。”安福说：“您看这事儿怎么办呢？”

詹王爷终于下了决心，站起身说：“再去！”他边说边指着詹瑜，“你去！再去白家，不管人家说什么，你全听着。告诉二奶奶，就说宫里边儿我都疏通好了，刑部大狱也打了招呼，今儿天一黑，就可以把大爷从狱里接出来。”“万一他们家的老爷子要不答应呢？”詹瑜面有难色地问。詹王爷充满敬意地道：“有了这位二奶奶，就没有办不成的事！”

白萌堂得知事情经过，对二奶奶处理的这件事儿颇为赞许，可事儿还没完，也可以说刚刚开了个头儿。白萌堂靠在床头的枕头上，二奶奶、颖轩、颖宇站在床前，等着他拿主意。白萌堂却先问起了二奶奶：“那你说怎么好？”

二奶奶毫不迟疑地说：“只要他们有办法把大爷接出大狱，就给他们看病。”

颖宇气呼呼地说：“凭什么？除非他们想法儿把我大哥的斩监候给赦了。”白萌堂苦笑道：“大白天说梦话，赦不了喽！”颖宇理直气壮地说道：“那他们老福晋也甭想活，病死了活该！”

二奶奶说：“一码是一码！乘人之危的事不能做！”“二奶奶说得对！治病救人是咱们这行儿的根本，不管有什么冤仇，也不能见死不救。”白萌堂正气凛然地道，“告诉老大答应他们，就说是我说的！”颖宇不服气地说：“爸，这事儿就这么完了？我大哥大嫂死得冤哪，这仇就这么了了？”白萌堂沉着脸说：“先给他们治病！等把她的病治好，再报仇也不晚！”

胡总管跑来说，詹王府又来人了。白萌堂叫二奶奶就按刚才说的办，二奶奶、颖轩忙退出，白萌堂又把老三颖宇叫住，坐直了身子训斥道：“你敢不听二奶奶的，当着外人的面儿让她下不了台。她连我的家都能当，怎么当不了你的家，狂得你……”三爷没脾气了，于心不甘地歪着头听训，一句话都没了。

二奶奶以当家人的身份让茶、让水、让座，会见了詹瑜，相互客套了一番，詹瑜坐在二奶奶对面执礼甚恭：“王爷还一个劲儿地夸奖您。”

二奶奶不卑不亢地道：“这倒不必，王爷以后再遇到什么事儿，先设身处地地替对家想想就行了。我们老爷子发了话了，只要你们能把大爷从狱里接出来，大爷一定过去给老福晋看病。”

詹瑜忙站起拱手致意：“谢谢白老爷和二奶奶，狱里的事，上下都疏通好了，天一黑就可以接出来，天亮以前送回大狱就成。”

二奶奶忽然换了口气，郑重地说道：“詹大爷，人心换人心，八两换半斤，我只求一件事儿。”

“您说，您说。”詹瑜担心地望着。

“秋后问斩已经无可更改了，我也不难为你们，我只想叫大爷临死之前再见见家里的人。今儿夜里，我要把全家大小带到你们王府门口，跟我们大爷见上最后一面，请跟押车的打个招呼。”

“行，这事儿包在我身上了。”詹瑜终于松了一口气。

二奶奶立即到大狱囚牢里，把前前后后经过告诉了大爷颖园：“这是老爷子的意思。”颖园低着头木然地说：“那就去吧！咱们就是干这个的，治病救人嘛！”“我知道这事挺难为大哥的，给仇家治病……”“别说这个，多积点儿德，到了阴间我少受点儿罪。”颖园打断了二奶奶的话。

二奶奶无奈地叹了口气：“唉！大哥，我和詹家说好了。今儿夜里，我带着一家老小到詹王府门口，等你看病出来都见上一面。”

颖园抬起无神的双眼看着二奶奶，神情淡漠地说：“不必了吧！何必呢，弄得怪难受的。”

“见个面儿吧！怕以后……”二奶奶低下头说不下去了。

“就叫我们大房头儿的来吧，看看老婆孩儿就行了，别惊动别的房头儿了。”

“大哥……我今儿个……不得不跟你说……”二奶奶有些不敢抬头，吞吞吐吐，“本来想瞒着你，可事到如今……大哥，你问了斩监候那天……大嫂她……”

颖园惊慌地问：“怎么了？”

“她……她自尽了。”二奶奶十分艰难地说出了口。

颖园两眼望着空中，目光更呆滞了，似乎没听明白，竟慢慢地在原地转了一个圈儿，不知在找什么。他慢慢走到墙根儿坐到了地下，两手抱住头一动不动了。

“大哥，大哥！”二奶奶连连呼唤。

颖园充耳不闻，仍旧一动不动。二奶奶正不知如何是好，严爷走了过来，轻轻拉了二奶奶一下，低声说：“二奶奶！您来！”二奶奶知道有事，也不问，便跟着严爷离开，她同情地回望颖园，他仍抱着头一动不动。

严爷带着二奶奶走进了值班房，朱顺早已等在那里。朱顺声音极低地说：“二奶奶，我有个主意，今儿夜里大爷一出了大狱，就不能再让他回来了。”

二奶奶一愣，问道：“那怎么办得到？”

“我跟严爷商量好了，兵马司狱里刚死了一个姓韩的死囚，验过尸拉出来还没埋呢，我给压下了没往上报……”二奶奶惊奇而紧张地听着，朱顺的声音压得更低了：“大爷只要从王府一出来，咱们就偷梁换柱把姓韩的尸首弄到这儿来！”严爷说：“验尸的是我的徒弟，决不会出错儿。”朱顺说：“明儿一早，人不知鬼不觉地一埋就完了。”

这事儿来得太突然，二奶奶心中一点儿底都没有，担心地问：“那韩家的人会不会找来？”朱顺说：“韩家就剩一老太太，儿子犯的杀人罪，把县太爷的儿子捅死了。老太太连问都不敢问。”二奶奶疑虑道：“这保险吗？”严爷说：“保险不保险的是个路儿啊！”朱顺说：“总比在大狱里等死强吧！”严爷说：“就算抓住了，也是个死，反正是死！万一跑出去了，不是捡条命吗？”

这话说得太实在了，话虽如此，可这么大的事儿，二奶奶真不敢做主，思虑道：“可真要是出了事儿……不行，我得跟老爷子商量一下。”朱顺斩钉截铁地说：“跟谁都不能商量，府里不就是您当家吗？您就做主吧！”严爷神情凝重地说：“多一个人知道就多一份儿险，天知，地知，咱们三人知，走了风声我们哥儿俩都得满门抄斩！”二奶奶更为难了：“你们担这么大的风险，可太叫我……”

朱顺说：“您甭说客气话，大爷救过我妈一命，这回我总算能把这条命还给他了，我就图个心里踏实。”二奶奶还是不忍心，说道：“说实在的，我害怕，大爷反正是个死了，可你们二位……”严爷打断说：“没工夫扯了，还好些事儿要办呢！您得给我一套大爷的衣裳帽子，多预备点儿银子给大爷带上，使的用的东西越少越好。”

朱顺提醒说：“大爷只能隐姓埋名远走高飞了，好人到哪儿也有人帮！千万不能走漏了消息。”话都说到这份儿了，二奶奶不再犹豫，郑重其事地说："除了我决不会有第二个人知道。"严爷说："今儿晚上不是你们家里的人都来看大爷吗？那更好了，趁乱把东西给他，底下就是我们哥儿俩的事儿了。"

二奶奶感激地说："不管这事儿办得成办不成，二位这份儿情意，白家永远不忘！"朱顺摆摆手说："老说这个就没劲了，我们是粗人儿，知恩不报那是畜生。我得赶紧给大爷先找个落脚儿的地方去。"

事儿就这么定了。这是关乎几个人性命的大事，二奶奶紧张得心都提溜到嗓子眼儿，可是回到家，还得装得跟没事儿人似的，更没有一个人可以商量，从老爷子到屋里的二爷，更不用说其他房头儿的人了。她得神不知鬼不觉地筹办大爷逃狱的一切事项，肩上的担子太重了，除了咬牙顶住，没别的路可走。先得筹银子，大爷一旦逃脱，身上没钱是绝对不行的，又不能动用公中的钱，那会引起大伙儿的疑心。

二奶奶把自己所有的金银首饰全都拿了出来，到内账房找到大头儿，把首饰盒交给大头儿："你去把这首饰都当了，给我开一千两银票。"大头儿把首饰盒推回，说道："我给开就是了，这是何必呢？""这是我私房用，不能从公中提。""先记上账不一样吗？""不一样，你这儿还能有多少银子，有的出没的进。""二奶奶说的是，不光没的进，开销也太大了，您就说……"大头儿话未说完，胡总管拿着银票走进来道："二奶奶，照您的吩咐，从汇丰取了一千，是您这些日子给大房存的银子。"二奶奶接过银票。大头儿也递上银票："二奶奶，一千银票。"二奶奶说："好，当了首饰，多出来还给我，不够再找我要。"胡总管惊讶地问："您一下提这么多银子干什么？"二奶奶掩饰说："噢，是老爷子要的。"这样说保险，没人再多问，果然，胡总管和大头儿都不说话了。

"二奶奶，得想法子减开支了，您看……"大头儿翻开账本儿，指点着，"就这一笔，白养了七八个闲人，原来刀房的马六、碾房的傻张、涂二爷，这些人都没事儿干了。百草厅早就封了，还养着这些人干什么？把他们都散了吧。"

二奶奶笑了："银子没了还能挣，人没了可没地儿再找去。"胡总管不解地说："百草厅查封了，留着这些人也没用啊。"二奶奶反问："百草厅就没有盘回来的那一天？"大头儿感叹地说："那得哪年哪月呀，养个三年五年咱们受得了吗？""三年五年我要是还盘不回百草厅，那我这个家就不必当了！"二奶奶笑着转身出了屋。大头儿目瞪口呆注视她的背影远去，转脸儿见胡总管也颇惊诧，便说："嘿，她怎么这么牛呀！"

二奶奶跑到大房屋里，找大爷颖园的衣服，怎么也得带两件像样的不是？两个大躺箱放在炕的一头，二奶奶正在翻箱子，孩子们站在一旁默默地望着。二奶奶打开了另一个箱子，只见箱子底有两三件旧衣服和日常用的东西。她叹了口气坐到自己腿上，冲着箱子发愣，自言自语道："怎么穷成这个样儿了？"二奶奶回头看着孩子们，孩子们仍默默地望着她。

"过来，到跟前儿来！"她招着手，几个孩子神情戚戚地走过来。二奶奶感慨地说："我这些日子才知道你们家过得有多苦。你们的爸爸是个大好人，进了大狱，可没犯法！他是冤枉的。景怡，你是白家的长房长孙，日后白家就要靠你撑起来，你可千万要争气呀！今儿夜里我带你们去见爸爸，记住不许哭，别惹你爸爸伤心，听见了没有？"几个孩子都说听见了。

二奶奶挑了半天，只能拣了两件稍好的衣服，系好了一个包袱。天一擦黑，二奶奶就带着孩子们来到了大门口，分别上了车，三辆马车启动了，直奔詹王府。詹王府已是戒备森严，大门紧闭，几个兵勇在门口走来走去。门开了，詹王爷、詹瑜、车老回、安福走了出来，远远的白家的三辆马车驶来，詹王爷没有动，面无表情地望着，安福等偷看了一眼王爷也没敢动。只见三辆马车靠边儿停在街对面，二奶奶、颖宇、颖轩等鸦雀无声地纷纷下了车。片刻间白家的人站了一片，遥遥望着詹王府大门。詹王爷有些不安地望着白家的人。颖宇咬着牙狠狠地说："我真想宰了这帮王八蛋！"大家听了有些骚动。二奶奶带着警告意味地低声喝道："老三！"看得出，詹王爷和手下的人也都有些紧张。二奶奶拉玉芬、景怡等孩子说："你们几个到前边儿来。"

远处传来了马蹄声，众人扭头望去，只见严爷赶着马车驶来，车轿封得严严实实。詹王爷等人忙下了台阶，迎到刚停下的马车前。严爷下了车凶巴巴地掀开轿帘叫颖园下车，颖园跨下车，詹王爷非常客气地走上一步，颖园拱了拱手。二人走向门口时，突然传来颖宇的大叫声："大哥……"颖园闻声猛回头，颖宇又叫了声："大哥！"白家人站了一片，众人百感交集。白家人纷纷向前拥动，二奶奶伸手止住了，大家站住脚，无不揪心地望着呆立的颖园。严爷不客气地催着快走，詹王爷忙又伸手一让，颖园毅然转身向门口走去进了王府。詹王府大门紧闭，门外兵勇又站成了一排。

詹王爷把颖园让进了老福晋的卧室。老福晋躺在床上，詹王爷走到床前，俯身在老福晋身边轻声道："额娘，白家大爷来了。""是呀，白大爷来了？"老福晋亲切地招了招手。詹王爷忙闪到了一边，颖园凑上前握住老福晋的手放在脉枕上，在床前坐了下来，没事人一样说道："老太太，我来了。"

颖园开始侧起头号脉。老福晋亲切地问："怎么老也不见你来了？""啊，我……"颖园竭力抑制着情绪，"我太忙了。"詹瑜和詹王爷紧张得额头都渗出了汗，不知道这位白大爷会说出什么来。老福晋说："别累着，身子还好？"颖园应付着说："好，好。""你看我，不行了，老了，人一老就不行了。年轻的时候，人找毛病，人一老，毛病找人了。""您硬硬朗朗的能活一百岁。"詹王爷仍很紧张地望着颖园。

"你多大岁数了？有四十了吧？"

"奔五十的人了。"

"我怎么看你都有白头发了，是不是？"

"一脑袋白头发了。"

"操心累的，累的！家里人都好？"

“好……”

“二奶奶好？”

“好。”

“告诉她，我想她了。上回她还送我一对簪子，饭也没吃成，叫她来玩儿。哦，大奶奶可好？”

老福晋这一问，所有人都紧张了，詹王爷屏住气息慢慢站起了身，谁都知道大奶奶自尽了。白颖园突然愣住了，他不知道该怎么回答，他看出来了老福晋完全不知道所发生的一切。害得他家破人亡的仇人就在眼前，他不能哭，不能骂，不能说实话，他得装，得装得什么事儿都没发生，他还要为老福晋认认真真地看病。大奶奶的影子就在他眼前晃啊晃，他也不知道自己在说什么，喃喃道：“大奶奶……大奶奶……”

詹王爷死盯着颖园，詹瑜看了眼王爷，又注视着颖园，怕他万一说漏了嘴，这局面怎么应付？心紧张得快蹦出来了。颖园眼里涌出的泪水在打转，他极力抑制着情绪说：“哦，大奶奶……挺好的。”

詹王爷像得了救似的连忙打岔：“额娘还是少说几句吧，话说多了伤神，您闭上眼睛歇会儿养养神。”“没事儿，白大爷一来，我这病就好了一半儿，是不是白大爷？”老福晋确实显得精神了许多，唠叨说：“白大爷，我就信得过你。咱们有缘，看病讲究的是个医缘！”“是！是！有缘，有缘。”颖园胡乱应着号完脉忙站了起来。詹瑜忙不迭地让着说：“请白大爷到外边用茶。”

“您老请歇着吧。”颖园向老福晋躬了躬身。

老福晋问道：“你看怎么样啊？”

颖园一副轻松的样子答：“挺好的，没事儿，没事儿。”

老福晋高兴地说：“你说没事儿，我心里就踏实了。”

“您歇着吧。”颖园客气道。老福晋十分热情地说：“快去把那‘玫瑰白糖雪梨膏’拿来，请大爷尝尝。”詹王爷长长松了一口气，连忙冲着颖园往外让道：“请，请！”詹瑜打开帘子，颖园和詹王爷前后走了出来。

书案上摆好了纸笔，詹王爷让座道："白大爷喝口茶，歇歇再开方子。"丫头将"雪梨膏"放在桌上。颖园没有坐，淡淡地说："不必了。"

詹王爷一愣，不知是不必喝茶还是不必开方，便试探着问："那就……先开方子？"颖园低下头说："不必了。"詹王爷感到不妙，惊愕地问："您的意思是……"

颖园走到书案前拿起笔写字，詹王爷快步凑过来，只见纸上写着四个字"带病延年"。他不禁大惊失色地问："这是什么意思？"

"老福晋的病，无药可治。"

"那也总得治啊！"

"说句不该说的话，老太太熬得过今年冬天，也熬不过明年春天。"

詹王爷震惊道："请您来就是为了想想办法嘛！"

"无能为力……"颖园说罢即转向门口，"严爷！"一直站在门外的严爷问："怎么了？"颖园说："送我回大狱。"詹王爷登时拉下了脸，不客气地说："白大爷，您这不是有意推托吧？我们可是诚心诚意请您来的。"

"我也是诚心诚意来看病的。我已经是要死的人了，若不诚心诚意，何必从大狱里出来惹这个事儿呢？"颖园说着走向门口。

"白爷！"颖园转过身，詹王爷急步走过来，"咱们两家积怨已深，可这里面没老福晋什么事儿！您不能冲着老福晋来呀！"颖园也拉下了脸说："王爷！您这叫什么话！我不是关少沂！他老婆摔死了孩子，倒冲着我来！治病救人是我的根本，也是我们白家的祖训。您要不信，可以把京城的名医全都请来，要是我的脉号错了，您再斩我三回，我都没二话！"

詹王爷怒冲冲地刚想发作，忽然一个丫头走到跟前道："王爷，老福晋问，外边吵吵什么呢。"詹王爷猛醒，当然不敢惊动老福晋，气哼哼道："送客！"严爷装作不耐烦地说："行了，行了，走吧！""告辞了，王爷，千万别招老太太生气，老太太想吃点儿什么就让她吃，不必再忌口了！”颖园说毕转身而去，詹王爷回身走到书案前，注视着颖园所写的字，猛地抓起大声叫道：“岂有此理！”三把两把扯碎扔到地上。

严爷押着颖园走出了王府，招了招手，二奶奶忙带着孩子围上来，大人也跟了上来。严爷挥挥手说：“行了，行了。别往前来了，有话快说，该走了啊！”大人们闻声站住了。詹瑜、车老回、安福等人站在台阶上看着。只见二奶奶将一个包袱递给颖园，又招呼景怡近前来，景怡将大字纸递过来：“爸，看我写的大字……”颖园颤抖着接过，玉芬放声哭了，顿时孩子们全都哭了起来。

“不许哭！”二奶奶厉声制止，玉芬忍住哭声，泪汪汪看着颖园。景琦挤到了前面，叫喊道：“大爷，大爷，我在这儿哪！”颖园眼泪花花地说：“好孩子，好孩子。”借着微弱的光，他两手哆哆嗦嗦地看着大字。严爷机警地注意着詹瑜等人的神色和反应，又观察着二奶奶这边，故意大声吆喝：“快点！快点！有要紧的话赶快说！别扯闲白儿！”

颖宇、颖轩伤心地叫着“大哥”，颖园抬头看看点了点头，忙又低下了。二奶奶看了一眼严爷，严爷心领神会，大喝一声：“该走了啊！”他转身走到王府门口台阶下，对詹瑜等人说：“诸位请回吧，我这就带他回去了。请回禀王爷一声，以后有什么事要我效力，尽管吩咐。”二奶奶趁严爷正与詹府的人周旋，突然凑近颖园耳边，低声而快速地说：“严爷和朱顺要救你出去，你听他们的！”

颖园惊愕而又茫然地望着二奶奶，似乎没听明白。二奶奶则不容问话，忙打岔地回头叫孩子们：“快给爸爸磕个头，咱们回去了。”孩子们跪地给颖园磕头时，严爷回来了：“行了，行了，不早了，看两眼就行了，退后退后！”孩子们起身，二奶奶忙拉孩子向后，颖宇、颖轩等也向后退。

颖园仍惶惑地望着二奶奶，严爷把包袱往车里一扔，厉声道：“磨蹭什么？上车！”颖园望着凶巴巴的严爷，满脸疑云地忙上了车。二奶奶等人已靠路边，哀伤地望着马车启动。当马车跑起来时，二奶奶上前紧追几步，人们跟着往前一拥，马车远去了。

严爷赶着马车沿着南大街驶来，警惕地四下张望，街上空无一人。马车行到大百胡同西口，严爷突然一抖缰绳，马车立即拐弯进了胡同。几乎与此同时，一辆一模一样的马车从胡同驶出，拐弯向刑部大狱驶去。赶车的是朱顺，他用力甩了两个响鞭，马车消失在黑夜中……

第二天一过晌，白宅大门口搭起了丧事牌楼，白家大爷白颖园暴死在狱中。敞厅已改作灵堂，孩子们身穿重孝跪在颖园的灵位牌前，陆陆续续有吊唁的人出出进进，白方氏和丫头挽着白萌堂走进灵堂，颖宇、颖轩站在一边。

这也太突然了，关少沂一接到报丧的帖子，便来到王府找詹瑜，将报丧的帖子交给他。詹瑜看了看顺手扔在拐角处小石桌上，淡淡地说："我也接到了。"

"我听说昨儿晚上他还来给老福晋看病呢？"

"是啊，弄得王爷大发了一顿脾气。"

关少沂诧异地问："那是为什么？"

"白大爷叫我们老福晋'带病延年'，连个方子都没开就走了。"

"这不是咒老福晋吗？"

詹瑜坐到护栏上说："唉！谁知道？本以为这个疙瘩这回解开了，没想到结得更死了。"

"你昨天见白家大爷，他精神气色怎么样？"

"挺好的，就是白头发多了。"

"没有病病歪歪的？"

"没有，看着身子骨还算结实。"

"他在狱里受过刑吗？"

"没……没有，白家也上下使了银子。"

关少沂来回走了两步，突然转身满腹狐疑地说："这就不对了！"

"怎么？"

“他一没灾儿，二没病，怎么会一夜之间就死了？”

詹瑜抬头愣愣地看着关少沂说：“我们家的人也都纳闷儿呢！”

“这其中一定有诈！”

“能怎么样呢？”

“会不会昨天晚上，趁着来你们府上看病，他们白家悄悄儿地把他们大爷救走了……使了个调包儿计？”

“不会，不会，你想到哪儿去了！我亲眼看见他下的车、上的车，刑部的人把他押走的，白家的人一个没去。”

“反正我是不信。”关少沂说着拉詹瑜起身，“走！咱们一块儿去看看他们有什么动静。”

“我不去了，王爷不叫我去！”

“去吊个丧怕什么的？走走……好好一个人怎么会说死就死了呢？”

詹瑜很不情愿地被关少沂拉走了。

第七章

白家敞厅前院里里外外一片哀泣之声，雅萍正送一位女客人出来，下了台阶一下子愣住了，只见关少沂拉着香伶和詹瑜一起走进院子。双方一照面，关少沂也愣住了。香伶惊喜地望着雅萍叫：“妈……”她用力甩开关少沂的手扑到雅萍怀里，雅萍紧紧地搂住女儿。几个月来，关家根本不叫雅萍进门。关少沂刚要上前，被詹瑜一把拖住进了敞厅。他们来到颖园灵位前肃立、跪拜，玉芬、景怡等孩子还拜时，关少沂抬头迅速地审视，只见孩子们眼泪汪汪地哭着。胡总管走了过来，请他俩去外客厅用茶。

丫头把茶碗放到关少沂和詹瑜旁边的茶几上，二奶奶上前扬了扬手，请他们用茶。

“真是想不到。”关少沂欠了欠身道，“听说，昨儿晚上大爷还好好儿的。”

二奶奶淡淡地说：“好好儿的！”

“突然间就死了？”

二奶奶仍淡淡应付说：“就死了！”

“到底是什么病？”

二奶奶抬眼警惕地望了一眼关少沂，摇摇头说：“不知道。”

詹瑜探究地问：“大狱的人也没跟您说是怎么死的？”

二奶奶听这话味道不对，绷着脸有意顶撞二人，说不知道。

关少沂尴尬地笑道：“这……您怎么会不知道呢？”

詹瑜说：“昨儿晚上见他还满面红光的，精神也好嘛！”

关少沂大有深意接茬说：“乍一听说大爷死了，就跟是假的似的！”

二奶奶立即揣摩到了二人的来意，突然站起身，质问道：“你们二位今天是来吊丧的吗？”

关少沂忙说：“那当然。”

“听你的口气好像是仵作来验尸的！什么叫假的？”

二奶奶知道来者不善，最好的办法是先发制人，冷着脸嚷道：“来，当着我们全家人的面儿，当着所有客人的面儿，请二位开棺验尸！”

关少沂、詹瑜大窘，连忙站了起来，他俩怎么也没想到这位二奶奶性子如此烈。詹瑜忙掩饰地说：“二奶奶何必呢？事情来得突然，不过是随便问问。”二奶奶目光犀利地望着二人，主动出击说：“哼！我倒想问问你呢，昨天晚上我们大爷去王府看病，你们给他吃什么了？下了什么药？怎么回到大狱就死了？”

这倒打一耙挺管用的，詹瑜惊慌地说：“怎么赖上我们了？他连口水都没喝。”

一直在门外听动静的胡总管听到这儿，知道不能再往下掰扯了，急忙推门而进说：“二奶奶，二奶奶！宫里的王公公，太医院的魏大人都来了。”二奶奶头都没回地应道：“嗯！”胡总管又忙打岔：“关大爷，您闺女香伶说，她要跟她妈在这儿住几天，先不回去了。”关少沂还没缓过劲来，顺口胡乱搭讪着说：“那就……住吧！”

“少陪了，胡总管，你陪陪二位。”二奶奶说罢满面怒气地出了屋。关少沂、詹瑜尴尬地互相望着，本来想探个虚实，反倒弄了个大窝脖儿。

其实，不光是他们两个疑心，贵武接到报丧帖子，也起了疑心，忙不迭地跑来找三爷，想探个虚实。

贵武说："大爷这死得有点儿不明不白的。"

颖宇说："说的是！昨儿我站得远没看太清楚，可瞧那样儿，不像有病。"

"入殓的时候你没瞧瞧？"

"从大狱拉到家已经棺殓好了。"

"你们家真够倒霉的啊！"

二人正说着话，只见景琦举着九连环木刀从通药场的月亮门儿喊叫着跑出来，景武在后面追。秉宽一把拉住景琦拽到墙根儿，景琦浑身不自在地挣巴着。秉宽央求道："小祖宗，今儿消停点儿行不行？你今儿要敢胡闹，你妈能把你捆上吊起来，你信不信？"

景琦拼命挣扎，忽然停住发愣，他看见了不远处的武贝勒，用手一指道："上回把我绑去的就是那个人！"秉宽抬头一看大惊："他？武贝勒！你胡说什么？"

景琦说："就是他，还踢了我一脚，说要拉了我的小鸡巴！"秉宽望着贵武，忙拉景琦走向了东廊子，说道："别老往那边看，来来来！"

贵武还在和颖宇说着话，他问，怎么听说老爷子身子骨也不行了？颖宇叹气说，多好的身子骨也经不住这么多的糟心事。贵武忽然两眼发直，只见东廊上景琦正向他这边指点，二奶奶、秉宽向他张望着。贵武慌了神，忙说："三爷，我得走了，改日再聊。"说着匆忙跳下廊子，向大门疾步走去。

屋漏偏逢连夜雨。这边丧事刚办完，千总就带着兵丁，奉九门提督荣大人之命来查封药场。二奶奶十分平静地嘱咐赵五爷、二头儿前去开门，帮着清点。兵丁排着队跑进了通药场的月亮门儿。百草厅的大门上贴出了三法司督察院的告示："奉谕：即日起查封百草厅及药场，由都院监办招商，凡欲承办百草厅者，请到都院面议。"

转眼深秋了。

白宅大门紧闭，门前一片清冷。只有后院的花房里，依然鲜花满室。白萌堂躺在躺椅上，腿上盖着夹被，二奶奶坐在斜对面儿。

白萌堂说："俩多月了吧？都院监办招商，还没人承办？"

二奶奶答道："没有！"

"哼！谁吃了熊心豹子胆了，敢承办我白家的百草厅！"

"宫里要的两批'益仙救苦金丹'和'安宫牛黄'都还扔在那儿没做，内务府派了好儿回人催都察院了。"

"二奶奶，记住我的话，除了咱们白家，谁也撑不起这百草厅。就是有人承办，他也崴咕不了几天！"

"您这话我不懂。"

"咱家制的药是祖传上百年的秘制药，不是天桥儿打把式卖的大力丸！不管谁承办也只能是有名无实，宫里就不会答应！"

"可这是老佛爷叫查封的。"

"老佛爷离了咱家的药她也活不成，不信走着瞧！"

"我明白了，平时不理会儿。要不每回秘方配药，您都一人儿锁屋里自己配最后一味药呢！"

白萌堂笑了："对喽，你是聪明人，一点就透。怎么着？家里的日子不太好过了吧？"

"还能凑合。我把家里的银子三万二千多两都交到广亨钱铺入了股，吃息分红，这笔银子与家产分开，不管多难都不能动。公中的银子存到了'汇丰'，省着花还能维持个两三年，所以我自作主张……"开始有些漫不经心的白萌堂听着听着，便认真起来，慢慢睁大眼睛注视着二奶奶。二奶奶滔滔不绝地继续说："把用人都辞了，每房只留一个，各房的份例也都减了一半儿，熬金汤的金子和细料库的药，都是各房私产，也没查封，各房也都不能动。百草厅总有盘回的那一天，还会有大用场……"二奶奶逐渐发现白萌堂在死盯着自己，心里有点发毛，"爸，您干吗这么死盯着看我？”

是啊，白萌堂虽然把掌家大权交给了二奶奶，对于她能否撑起这个烂摊子心里也并非完全有底。他一直在关注着二奶奶的一举一动，与詹王府的几次交锋，他放心了许多，可“百草厅”这个摊子越来越烂，就是再能干的人，也会是举步维艰，难挽败局。可听了刚才二奶奶这番话，他像酷暑中吃了块冰镇西瓜一样放了心了。他向后一仰躺下了，微微地一笑：“二奶奶，有你管家，我可以踏踏实实地进棺材了。”

“瞧您又说这种不吉利的话！”

白萌堂正色道：“二奶奶，我只有一句话，今后办事你尽可以自作主张，用不着和我商量，家大业大，人多嘴杂。你只要管事，就有人说闲话，就有人挑毛病裹乱。记住，我不是软耳根子。”

这句话实实地给二奶奶吃了一颗定心丸，自古至今，无论官场、家事，都毁在专听谗言的昏君、户主身上，好话听不进，真话听不到，不靠谱的话，胡言乱语总能得势。国破家亡，大多由此而生。二奶奶的眼泪止不住地流下来，哽咽道：“老爷子，有您这句话，我受多少委屈都认了。”

不管二奶奶在外边有多么强势，一回到二房院自己屋里，面对事不关己高高挂起的二爷，是一点辙也没有。百草厅封了，药场关了，二爷真的没事干了。二奶奶一撩帘子进了屋，只见颖轩趴在被窝儿里叼着烟袋，景琦正吹着纸媒子给他点烟。二奶奶皱了皱眉头，脱鞋爬上炕，问道：“你怎么了？快吃晌午饭了还不起？”颖轩慢条斯理地说：“起来干什么？大眼儿瞪小眼儿，不够懊透的。是不是儿子？”景琦起着哄地嚷嚷：“没错儿！”二奶奶打开大躺箱回头瞥了景琦一眼，又从箱中拉出两块料子，说：“你趴在炕上就不懊透了？这两块料子今年给大哥那几个孩子做几件新衣裳吧？”

颖轩磕了磕烟袋说：“我不管，爱给谁做就给谁做。”

景琦问：“那我呢？”

“你今年不做了，先尽着哥哥姐姐做。”

二奶奶盖上箱盖，拿着料子下了地，埋怨道：“还不起？这么多事儿你一样儿也不管！”

“不管。男主外、女主内，家里的事儿本来就属女人管。”

“哟，可找着主外的了。你是不是把老铺盘回来？”

“没那本事，儿子，装烟！”

二奶奶一把夺过烟袋扔到地上，伸手掀起颖轩的被窝儿，喊道：“起来！”刚掀一半就被颖轩死命把被子拉住了。景琦笑着大叫：“哈哈！爸爸光着屁股哪！”

“去，出去！你欢实不了几天了。”二奶奶推着景琦出去，“明年开了春儿进私塾上学，就天天有人管着你了。”

“儿子，回来，把烟袋递给我。”景琦又往回走，捡起烟袋递给颖轩。

二奶奶叹了口气，问道：“这日子还过不过了？”

“这日子本来就没法儿过了，儿子，装烟！”颖轩说道，景琦坏笑着给他装烟。二奶奶板着脸说：“景琦，你就跟着你爸爸胡闹！”说着转身出了门，丢下一句：“快起来吧！吃饭啦！”

敞厅里照例摆了两桌，各房丫头带着孩子在一桌，另一桌坐着颖轩、二奶奶、白方氏、颖宇和雅萍。圆桌上一荤一素两个菜，所有的筷子都在一个盘里抢肉吃，景琦个儿矮够不着，玉芬抢得最厉害，拼命往景琦的碗里夹；香伶坐在那儿一动不动。玉芬边抢边制止道：“别抢，别抢了好不好？”二奶奶听到喊声忙回头站起来，只见景琦将自己碗中的肉又夹到玉芬的碗中。二奶奶喝道：“有这么吃菜的吗，先把一盘肉抢光了，素菜谁吃？”玉芬又把肉倒给景琦，两个人互相推让着。二奶奶皱着眉，眼看两个还不大懂事的孩子如此谦让，不由得悲从中来，打心眼里觉得对不起孩子，咬了一下嘴唇，眼泪差点下来，忙转身往回走。

颖宇指着桌上的盘子大叫：“怎么回事？怎么回事？怎么一点荤腥都没有了？”

二奶奶走回桌前坐下说："凑合吃点儿吧，隔一天吃一回肉！"

"罐儿里养王八，越养越抽抽，你这家是怎么当的？"

"半年多了，一点进项都没有，你不知道？"二奶奶端碗吃起来。

"咱们不至于这样吧？他们那桌怎么有肉？"颖宇指着另一桌。

"他们是孩子，正是长身体的时候，你跟孩子比，要不你上那桌吃去！"二奶奶咯咯笑了，雅萍、白方氏也笑了。

颖宇自嘲说："噢，我成孩子了！"

雅萍说："少吃两口又怎么了？"

颖宇说："你少废话，吃闲饭你还说便宜话！"

颖轩抬头怒喝："老三！"

颖宇忽然把一碗饭往桌上一扣，站起来说："我不吃了，行不行？"

颖宇愤愤走去，全桌人都惊讶地望着。白方氏话里有话叹气道："真是的，咱们家怎么混到这份儿上了？"二奶奶默默地把颖宇扣到桌上的饭又盛回碗里，自己吃起来。白方氏忙抢碗说："二嫂，我吃，我吃！"二奶奶没有理会，默默地吃着。白方氏又道："二嫂，甭理他，他就那狗屎脾气。"颖轩满脸不快地望着，忍着没发作。二爷绝对是个与世无争的人，论学问没的说，论是非从来不掺和，在外是大善人，在家是和事佬，没见他发过脾气，可看到自己老婆受这窝囊气，他不高兴了。

晚上，二奶奶穿着睡衣准备钻被窝儿，回过头见颖轩仍坐在靠窗的椅子上低头抽闷烟，便道："耗什么？还不睡？""你先睡吧。"二奶奶转身坐到炕上，关切地问："你怎么了？耷拉个脑袋，一天都提不起精神。"颖轩忽然抬起头激动地说道："我说，这个家你别当了行不行？你一天累个贼死，你看有一个人心疼你吗？""我用不着他们心疼！"颖轩愤怒地敲着烟袋大叫："我心疼！"

二奶奶被深深震动了，终究还是自己的男人最贴心，知道心疼自己。这句话冲散了她一肚子的委屈，她起身走到颖轩身边，拿过他手中的烟袋，默默地给他装烟。颖轩接过烟袋，二奶奶吹燃了纸媒子给他点上，两口子一起过了这么多年，这可是头一回。颖轩低头默默地抽着烟。“就冲你这句话，我就非把这个家管好不可！”“我算看透了，什么亲的热的，一有了难处，谁顾谁呀？可我就看不下去你受他们欺负！”“放心吧，我也不是那么好欺负的！”“心灰意冷！你的忙我是一点儿也帮不上啊！”二爷十分愧疚地低下了头。二奶奶一歪身倚在了二爷肩上，回身看着躺在炕上已睡熟的景琦道：“我就盼着儿子快长大，给我争脸，给我撑腰，有个大小伙子站在我旁边儿，看他们谁还敢欺负！”是啊，所有的希望都在儿子身上。

二奶奶深知要想恢复祖业是等不来的，不管多难，先迈开步再说。她亲自上门找了太医院魏鹤卿魏大人。魏大人感叹着说：“是啊，半年多了，百草厅没有一家愿意承办的，内务府都急了。”

“就算有人承办，那也是有名无实，做不出我们上百年的秘制药，老佛爷也不会答应！”

“你也别绕圈子了，你到底想叫我给你办什么事儿吧？”

“魏大人，我拿您不当外人，这百草厅还得我们白家接手。”

魏大人苦笑了一下，说道：“二奶奶，说句不受听的话，你可太外行了。查封百草厅是太后老佛爷的懿旨，你们白家呀，休想了。”

“那也不一定！只要宫里有人就好办，您想法儿叫我见见王公公，以前都是三爷和他接头。”

“王喜光？自打替你们老爷递过折子挨了打以后就失宠了！”

“跟您交情深的有谁？”

“那就是寿药房带班儿的太监常公公了。”

“他跟老佛爷说得上话儿吗？”

“他当然说得上话儿了，这阵儿他可正当红呢！”

二奶奶一听就动了心思，请魏大人帮忙引见常公公。魏大人不知道二奶奶葫芦里卖的什么药，便问她到底打的什么主意。二奶奶意味深长地一笑，宫里没人不成，多认识一个人不是多条路吗。魏大人不以为然地摇摇头，说二奶奶这是有病乱投医。

在二奶奶的央求下，魏大人决定帮这个忙。常公公在梅子街有个外宅，还娶了一房姨太太，得空他带二奶奶去看看。二奶奶好奇地问，一个太监娶什么姨太太。魏大人笑道："嗨！这有什么新鲜，哄着自己玩儿呗！我可告诉你，常公公可黑着哪！求他办事可得花大笔银子！"二奶奶说："先看看，探探虚实再说吧！"

明知没什么希望，魏大人还是带着二奶奶来找常公公了。这是一个只有三间北屋的小院子，有些破败。十分简陋的屋内，常公公躺在卧榻上抽着大烟，一个长得并不好看的四十来岁的女人给他烧着烟泡儿。

常公公足足吸了几口，抬起眼皮看了看坐在靠窗椅子上的魏大人和二奶奶，道："说吧！""我是想，半年多了，百草厅也没人承办……"二奶奶刚开口，魏大人一听忙使眼色摇头，二奶奶只装看不见，"宫里总得用药啊，耽误了太后、皇上用药，那可不是小事儿！"常公公阴沉着脸说："都已经查封了，你们还操这份儿心干吗？"二奶奶笑着说："我们白家世世代代给皇上效力，哪能眼看着宫里缺医少药的。能尽一份儿心，我们还是愿意尽一份儿心的。"魏大人低头皱眉急得不住地摇头。

常公公阴阳怪气地说："这份儿心就用不着你们尽了，缺了鸡蛋还做不了槽子糕了？承办的事儿自有都院去管，我不便插手，你还是操操自己的心吧……"二奶奶一愣，常公公话头一转，"听说你们白家大爷没死？"

二奶奶着实吃了一惊，眼神慌乱地望着常公公；魏大人也吓了一跳，忙转头看二奶奶。二奶奶马上镇定下来，回道："这是……哪个嚼舌头的胡说？"常公公说："是叫个什么人给救走了？我也没听清楚！"

二奶奶忙说："这可是没有的事儿，尸也验过了，丧事也办了，怎么会没死呢？"

"我也是听詹王府的人说的，前儿老佛爷还问起来了，是我帮你们挡回去了。我知道这案子你们白家有点儿冤。"常公公有一搭没一搭地说着，二奶奶可真是听进去了，忙站了起来说："常公公这么帮忙，我一定要重谢您。这个案子，我们本来就是冤枉的……"

常公公不耐烦地打断了二奶奶的话："行啦，就这样吧。我得睡一觉，老佛爷晚上还找我有事儿呢！"

魏大人忙站起说："公公歇着吧，我们告退了。"二奶奶还想说什么，被魏大人用力拉了一下，连忙走出了门。

一走出院门口，二奶奶站住回头看着门口不走了，魏大人奇怪地望着她。二奶奶说："您看，宫里没人是不行吧！詹王府还在暗中使坏呢，咱们连个影儿都不知道，看来这位常公公还有点向着咱们啊。"

魏大人说："我直不叫你说，你不听，这事儿办不成！"

二奶奶根本没听他说话，却不停地打量着小门口。只见两扇门斑斑驳驳，十分破旧，遂问道："他怎么住这么个破地方儿？"魏大人上了马车，说道："走吧，走吧！他还没到大总管李莲英那份儿上呢，刚刚红起来嘛。"二奶奶轻轻点着头说："这趟可没白来。"魏大人奇怪地问："你得着什么了？"二奶奶诡秘地笑着说："别着急呀！"她心里已经在算计着下边的事儿了。

百草厅查封，武贝勒觉得有机可乘了，跑到王府去找詹瑜，他有他的算计。把门的士兵将贵武拦在门外不叫他进，贵武说找詹大爷，兵丁说已经进去回话了，贵武问他怎么就不能进去？王爷是他亲舅舅！把门的十分放肆地说："亲爸爸也没用！"贵武一扬手要抽这个把门的，几个兵勇从门房走出，挑衅地望着他。贵武立即软了，他知道在王府他现在什么都不是，弄不好真得挨顿揍，只好强作镇定地说："今儿先饶了你，记住这次打，以后不许跟贝勒爷这么说话！"他心虚地边说边往后退。詹瑜和车老回走了出来，站在门口，厌恶地望着他，贵武忙凑到詹瑜跟前，显得十分亲热："你看，这儿不是说话的地方。""有事儿没事儿？没事儿我回去了。"詹瑜说着向后退了一步，扭头就走。贵武赶忙上前拉住，死乞白赖地拖着詹瑜出了门道拉到墙根儿，诡秘地说："听到了吗？白家二奶奶满世界活动，想把百草厅弄回去。"

詹瑜疑惑地问："她有什么办法？"

"她找了宫里的常公公！"

詹瑜冷笑了一声："常公公才不会管她那破事儿呢！"

"不能大意，你还不知道吧？二奶奶那人阴着呢！不能叫他们再起来！"

"我有什么辙？"

"我有辙！咱们合伙儿把百草厅承办过来，这可是块肥肉！"

"要那么容易，别人不早承办了。"

"他们宫里没人，请王爷在宫里活动一下，只要把宫廷供奉拿下来，就能预支好几万两官银！"

詹瑜不屑地望着贵武说："你少来这套吧！跟你说句掏心窝子的话，我信不过你！"说罢转身往门口走，贵武忙上前拦住说："我早知道你信不过我，我还约了一个人儿，'天成'药栈的董大兴董掌柜，你横竖知道吧？你还信不过他？"

"他我当然信得过！"

"咱们约上他，一块儿合计合计！"

贵武赖皮赖脸地把詹瑜拉到了满福居酒楼，见到了董大兴。董掌柜是个认真办事的人，表示这件事儿愿意出面来办，詹瑜这才放了心，马上答应宫里的事儿他来办。

董掌柜叮嘱说："有几件扎手的事儿最难办。头件是百草厅虽然查封了，可秘方仍在白家人手里；二是百草厅原来的老人儿有七八个，全都叫二奶奶给养起来了，这是一批必不可少的干将！"

一听这话，詹瑜才如梦方醒："这么说，即使咱们把百草厅盘过来，也是一个'空城计'。"贵武满不在乎地说，把这帮人弄过来不就行了？董掌柜深知其中的厉害，这帮人是二奶奶的死党，月月儿不干活，白拿着二奶奶的薪俸，哪儿弄得过来？贵武满脑子就是钱，说道：“去他妈的，干吗那么死心眼子！谁也不求，咱们也弄一些人，什么秘方不秘方，制出药来能卖就行！”

董掌柜不客气地说：“贝勒爷，你这叫作死！我干药行二十年，没你懂？宫廷供奉不是那么好当的！错了一味药就得掉脑袋，白家大爷就是个先例！”贵武故作慌张地说：“你别吓唬我，我胆儿小！”董掌柜不客气地说：“说实在的，这事儿办不好，我宁可不承办！我决不能跟着蹚浑水儿。”詹瑜十分佩服地说：“痛快！是个干事业的人，您越这样，我越信得过！”贵武脸上有点挂不住，说道：“你这是踩乎我呢！好像我不是干事业的？这样吧，我去请白家老三，他跟我交情不错，他跟二奶奶又是死对头，给他一大股，秘方和人的事儿都交他去办。”董掌柜立即来了精神，说道：“有他这事儿当然好办多了，我还可以再找几个合伙儿人。”贵武满口应承道：“就这么定了，我去找白三爷。”

白三爷应邀来到茶馆，听贵武抡圆了这么一通煽惑，立即动了心。贵武挑拨着说，二奶奶的气你还没受够？到嘴的肥肉你往外扔？颖宇毫不客气地问，他到底有什么好处。贵武说事儿成了他算一大股！

“我只能算一个暗股，账面儿上不许写我的真名儿，更不能叫二奶奶知道。”

“你这么怕二奶奶？”

“不是怕！我这叫吃里扒外，你懂不懂？说出去名声不好！”

“名声值几个钱？”

“我没你那么不要脸！这事儿我只能慢慢来，我爸还活着呢！如今二奶奶当家，我说话不算数……”

“只要你爸爸一咽气，你就闹分家！”贵武忘乎所以地出馊主意。

“你爸爸才咽气呢！”三爷瞪起了眼。

“哟，说溜了嘴了。”

“你告诉董大兴，先承办过来开业，只要一开业，二奶奶养的那帮人就没指望了，我才好下手！”

“嘿！尽是好主意，这回咱们唱出‘群英会’！”

贵武那帮人紧着忙乎，二奶奶也没闲着，按计划开始了她的第一步。

这日，两辆马车停在了常公公家门口，赶车的狗宝莫名其妙地看着，二奶奶往门口推着魏大人说：“快去呀！”

魏大人十分为难地问：“怎么说呀？”

“就说宫里来人找他，有急事，快去呀！”二奶奶说着又推了一把魏大人。

魏大人急了：“你……你这不是往火坑里推我吗？”

二奶奶正色道：“我什么时候办过没谱儿的事？魏大人，您还信不过我？”

魏大人疑惑地说：“那没的说，信得过，可总得跟我交个底呀！”

二奶奶摆着手说：“不能说，成不成就看这一锤子买卖了，快去呀！”

魏大人犹犹豫豫向门口走去，终于进了门儿，又犹犹豫豫拉开北屋门儿，向常公公报了个谎信。常公公从卧榻上坐起，以为宫里来人了，忙下了地，接过姨太太云秋递过的帽子往外走，心想一定是老佛爷有急事，不然不会找到这儿来。

魏大人扶着常公公一出大门，二奶奶忙迎上前请安，常公公惊讶地问，这是怎么回事？二奶奶笑道：“我今儿想请您吃个便饭。”常公公不满地望着魏大人，扭脸儿道：“吃饭？你跟我这儿打什么哈哈儿，有什么事儿你说吧！”“走吧，走吧，常公公，您老人家怎么也得给我这面子！”二奶奶不由分说上前拉住常公公，魏大人在一旁急得不知如何是好。常公公挣扎着说：“嘿嘿，别这么拉拉扯扯的，我自己走！”二奶奶将常公公架上等在一旁的马车，常公公急赤白脸问：“这是上哪儿啊……”“到那儿就知道了！”

两辆马车向梅子后街驶去，停在一个很体面的门楼前面。二奶奶跳下车，来到前面扶常公公下了车。常公公慌乱地张望着四周问：“你这是绑票儿怎么的？”二奶奶爽快地说：“您到家了！”常公公非常惊讶地问：“谁的家？”魏大人也惊讶地望着这座颇为讲究的新宅小院门。“快进去瞧瞧！”二奶奶扶着常公公进了门，常公公不住地问：“这是谁的家？啊？谁的家？上这儿来干什么？”

门忽然开了，两个丫头站在门里一左一右，齐叫：“常老爷！”常公公更疑惑了，嚷道：“这是你们家吧？在这儿请我吃饭，算怎么回事儿？”二奶奶却道：“常玉、常环，快扶常老爷进去。”两个丫头扶过常公公，魏大人仍十分紧张地跟着进了门。一进院子，常公公睁大了眼，只见这十分精致的小四合院，一色的新油漆，花木扶疏，不禁赞道：“好精致个院子！”

一行人进了北屋，又见屋内一色新家具，摆设齐全，卧榻上还放着大烟灯和烟枪。常公公禁不住问：“二奶奶，你这是唱的哪出戏呀？”二奶奶笑道：“我这是孝敬您的。我上回去看您，瞧您住得那么窄巴，回到家我一宿都没睡好。心想，常公公这么大的人物，老佛爷眼前儿的大红人儿，怎么受得了这个委屈？说什么我也得尽尽孝心……”常公公大出意料，连声道：“哎哟，不敢当，不敢当！”

“这个小院儿是我孝敬您的。”

“什么？这宅子，你是给我？”

“您觉乎着还行吗？”

“看怎么行了！”

魏大人完全傻了，这位白府当家的二奶奶究竟要干什么？二奶奶指着桌上的契约说：“这是房契，俩丫头的卖身契，我给改了姓儿，姓常……常玉，常环，快给常老爷磕头。”

两个丫头忙跪地磕头，常公公乐得不知如何是好，俯身拉住丫头说：“快起来，好俊的丫头。二奶奶，叫我怎么谢你？”

二奶奶扶常公公坐下，常公公望着二奶奶问：“有什么事儿求我办？说！”

“非求您办事才孝敬您？我为表表我的孝心。”

说话间，传来院里伙计的喊声：“送到哪屋里去？”常玉忙开了屋门说：“这屋，这屋！”伙计提了两个大食盒走进屋，丫头忙打开将菜摆在桌上。二奶奶道：“我从会贤堂叫的菜，今儿我得陪您喝两盅。”

常公公来了精神，叫道：“喝两盅！”

“常玉，给老爷倒酒。”二奶奶吩咐着。常玉忙拿起酒壶。

常公公让道：“别别，先给二奶奶倒！”

二奶奶又招呼道：“魏大人过来坐。”

还没闹明白是怎么回事的魏大人傻呆呆地走了过来。

二奶奶爽快地说：“常公公，我可知道您是海量，今儿我舍命陪君子，非喝倒了不可！”

常公公乐得手舞足蹈，连声叫嚷：“对，对，没错儿，喝倒了，喝倒了！”

两个丫头在常公公的身边一左一右，一个布菜，一个拿酒壶，常公公一口干了杯中酒。

魏大人端着酒杯还在发愣，二奶奶隐隐地笑了，也干了杯中酒。这才叫真真正正的放长线钓大鱼，要办什么事儿一字不提，叫你真以为是尽什么孝心呢。世上有这种便宜事儿吗？常公公自然是捡了个大便宜，二奶奶是冒了大风险，万一出什么差错，那就血本无归，惹下滔天大祸了！

经贵武前前后后这么一张罗，百草厅重新开业了。大木板上红纸铺底，上面四个烫金大字“开业大吉”。鞭炮齐鸣，董大兴和贵武站在门口，正向贺客们拱手致意。“百草厅白家老号”的横匾仍挂在门楣上边，在爆竹的烟雾中显得暗淡无光。

白府又到了吃饭的时候，颖宇在菜盘子里用筷子乱搅着抱怨：“这是什么呀这是？又是萝卜，天天吃萝卜，我都快变成萝卜了！”孩子们听见都笑了，白方氏回头喝道：“笑什么笑！好好吃饭！”

二奶奶斥责道：“一到吃饭你就闹，有完没完？”

“没完！这钱都上哪儿去了，啊？”

二奶奶半开玩笑地说：“没钱，没钱，没钱！”

“没钱你养那么多闲人？柜上七八个人不干活，你月月儿还给他们发薪俸？你不会把他们都打发了！”

“那些都是老人儿，柜上查封了，叫他们怎么活？”二奶奶说着端碗吃饭。

“我这儿天天都吃萝卜了，还管他们怎么活！”

“留着他们，等百草厅盘回来还用得着他们呢。”

颖宇冷笑道：“盘回来？说胡话呢吧你？人家董大兴承办百草厅今天开业了。”

雅萍、颖轩只顾低头吃饭，知道老三浑，谁也不愿理他。颖宇把碗用力一放说：“你要能把百草厅盘回来，我就吃一辈子萝卜！”

二奶奶不高兴了，问道：“你吃不吃？”

颖宇突然又将碗往桌上一扣，赌气说：“我不吃！”他站起身要走。“站住！你把饭盛起来给我吃了！”二奶奶翻脸了。

“这顿饭我不吃了，你还不许？”三爷当然不吃这一套。

“你糟蹋东西就不成！”二奶奶不依不饶。

“我糟蹋的是我自己那一份儿！”三爷也不含糊。

二奶奶站起来，一把拉住颖宇说：“走！见老爷子去，老爷子说你把饭碗扣得对，我回来把这饭吃了。走！”颖宇甩开二奶奶的手，嚷道：“干什么，干什么？”

“走啊！”颖宇又坐下了，说道：“我不去。”二奶奶也坐下了，端碗接着吃饭，说道：“你不敢去，你没理！”

颖轩、白方氏、雅萍又都低头吃饭，全装没看见。二奶奶瞟了三爷一眼说：“给孩子做个样儿好不好！你怎么不说话了？”

“说什么？”颖宇突然恶狠狠地说，“别叫我把你的老底儿都说出来！”

二奶奶不屑地望着他，说道：“哟！我有什么老底儿怕你说的？说出来听听。”

“天天吃这个，真没钱吗？你把家里银子都弄哪儿去了？”

二奶奶坦然道：“全都有数的，你去大头儿那儿查账，账上都有！”

“不见得都有吧？你手里攥着全家的钥匙，银子还不是你随便拿！”

二奶奶平静地说：“我没往自己屋里多拿过一两银子！”

颖宇拍案而起，叫道：“你拿了一万多银子给宫里的常太监买了一所外宅，外加两个姨太太，你敢说没有？”

二奶奶一下子蒙了，一口饭含在嘴里没咽下去。颖轩、白方氏、雅萍惊讶地抬头，似信非信地望着二奶奶，这话可非同小可。

颖轩说道：“老三！胡说什么！”

颖宇咄咄逼人地质问：“你怎么不说话了？二嫂，二奶奶！有没有这回事儿？”

二奶奶强作镇定地低头吃饭，竟想不出一点儿主意。一桌人都停了手在紧张地注视二奶奶，等着她的回答。她不能不回答，又不能撒谎，二奶奶仍低头吃着饭，说道：“有！”

颖宇大为振奋，叫嚷道：“听见了没有！你们听见了吗，啊？我不是瞎说吧！”

众人全都惊呆了。二奶奶服了，这么机密的事这才几天，老三竟然全知道了，人家也没闲着啊，便故作镇静地问道：“你是怎么知道的？”

颖宇得理不让人，说道：“甭管我是怎么知道的，你拿的是哪笔银子？”

二奶奶又不说话了，两眼望着桌面出神，她知道大祸临头了。

颖宇步步紧逼地追问：“怎么又不说话了？你拿的是祖先堂修祖坟的

银子，你敢说不是？”

瞒是瞒不住了，随着二奶奶一声“是”，颖轩、雅萍、白方氏都惊愕地站了起来。

颖宇大叫：“好你个白文氏！那笔银子只有开堂祭祖，老爷子点了头儿，向全家人交代明白了才能动！你竟敢拿修祖坟的银子，偷偷儿地给一个太监买房买姨太太！按祖例家规，你这是死罪！”

颖轩听了一屁股坐到椅子上，两眼发直。颖宇说得一点儿没错，怎么会是这样呢？二奶奶喃喃地说：“我有我的难处。”

颖宇张牙舞爪地叫道：“那好，你跟老爷子去说，你不是拉我去见老爷子吗？走！咱们走！”二奶奶已经没了底气，解释说：“老三，你听我说，这事儿我得慢慢儿……”颖宇打断道：“怎么了？你不敢去？你没理！今儿非去说清楚不可！走！”颖宇将二奶奶从座位上拉起。

二奶奶挣扎着说：“老三，老爷子身子骨不好，万一气出个好歹来……”“刚才你怎么不怕老爷子生气啊？有个好歹也是你气的。走！”颖宇又要拉二奶奶，大家都知道这个娄子捅大了，不能让老爷子知道，纷纷上前阻拦。

“老三，有话在这儿说。”“听听二奶奶还有什么话要说。”颖宇火冒三丈，怒吼道：“别劝，今儿谁劝我，我大嘴巴抽他，我说到做到！”大家都退了后，颖宇暴跳着说：“你当家，我就是信不过！这个家叫谁当也不能叫你当！”

第八章

事情终于闹到了老爷子这儿。

白萌堂正在吃饭，二奶奶和气势汹汹的颖宇在前边站着，默默等待白萌堂吃罢饭“审案”。白萌堂吃完最后一口放下碗筷，抬头看着屋里的人，问道：“二奶奶说，怎么回事儿？”颖宇瞪着眼睛看着二奶奶，二奶奶低头不语，白萌堂不解地望着。颖宇跳出来叫道：“爸，她不敢说！”“住嘴，叫二奶奶说！”白萌堂呵斥道。

二奶奶依旧低头不语，三爷和这几个知情的人，包括二爷颖轩，都以为二奶奶知道犯了滔天大罪不敢说了，这可是大错特错。二奶奶根本就不认为自己做了不应该做的事，她不是不敢说，而是没法儿说。您想想，先祖修坟茔的银子与太监外宅的姨太太，这俩事儿搁到一块儿，她怎么都说不出口。二奶奶的长远计谋谁听了都是云里雾中，蒙谁呢？

关键是老爷子听得进去吗？就算你全对，老爷子再开明，也不敢触碰族规。一旦老爷子雷霆震怒，二奶奶做好了最坏的打算，按族规行事，绝无二话。世上没有不涉风险而能成就大事业的人，二奶奶迈出这一步的时候，就想到了这一天，就是没想到来得这么快。这件事太诡异，三言两语怎么能说得清？二奶奶不想分辩。白萌堂感到奇怪了：这位当家二奶奶一向风风火火，怎么突然哑巴了？不禁转眼看颖宇。“她不敢说！怎么着二奶奶，我替你说？”颖宇挑衅着问。

白萌堂见二奶奶还是低头不语，也有些迷惑了，冷冷地对颖宇道：“那你说！”“二奶奶私自拿祖先堂修坟的银子一万多两，给宫里的常太监买了一所外宅，外加两个姨太太！”颖宇一口气直兜了二奶奶老底。白萌堂怀疑地愣了一会儿神，终是不信，斥道：“胡……说，胡说！二奶奶决不会干这种事儿。二奶奶，是真的吗？”二奶奶不能不说了，十分艰难地答道：“是真的。”这怎么可能呢？居然是真的！白萌堂瞪着眼慢慢站起，两眼直盯着二奶奶，一阵眩晕，无力地晃着身子，终于不支地瘫坐在椅子上。颖轩等冲上来，忙将白萌堂往里屋抱。

二奶奶吓坏了，这个结果是她最害怕的，刚要进屋，被颖宇一把拉住，他怒道：“白文氏！爸爸有个好歹，我跟你没完！”“我告诉你不要跟爸爸说，你偏不听！”“你自己做了见不得人的事，你还赖我？”“这事儿我早晚能说清楚，用不着你管！”颖轩一撩帘探出了身说：“别吵了！爸爸叫你们呢！”二奶奶和颖宇互相瞪着走向里屋。

白萌堂躺在床上，双目无神地望着大家。二奶奶、颖宇站在门口，二奶奶知道这个家她是当不成了，没等老爷子发话，她慢慢地从兜里掏出一大串钥匙，走到白萌堂床前，将钥匙放在床头的茶几上，又慢慢退回来。她最大的愧疚不是自己栽了跟头，而是把如此信任她的老爷子推到了如此难堪的境地，在全族人面前无法交代。

人们都紧张地望着，颖轩不住地摇头。白萌堂似乎没有看见这一切，吃力地往上挪了挪身子道：“什么都别说了。二奶奶既然已经这么做了，就一定有她这么做的道理。她没什么不对！”这是什么话？没什么不对？大家都以为听错了。二奶奶一脸茫然地抬起头，也以为听错了。颖宇更以为自己的耳朵出了毛病，不会吧？白萌堂不动声色地说：“她要做的事，也不必告诉我，谁当家谁说了算，行了，都回去吃饭吧。”

这下，谁都听清楚了，没事了？大家不明所以地走出里屋，只有颖宇没动，他还是不信。二奶奶随众人刚走两步，被白萌堂叫住了：“二奶奶，你的钥匙落这儿了！”老爷子当然知道二奶奶为什么交出钥匙，可他根本不接这个茬儿，老爷子是什么人？当家几十年，他太知道当这个家的难处，二奶奶不是糊涂人，居然做出如此大逆不道的事，其背后一定有什么不可告人的缘故。他既然当众宣布了二奶奶当家，他绝不能再当着众人拆二奶奶的台，他得问明白了，一步走错，这个家可就真完了。外面不管有多大的事，都好对付，一旦自己家里边闹起来，那才是大水决堤，再也难堵上了。

二奶奶猛回头，只见白萌堂举着钥匙。二奶奶由惊愕而感动，差点儿没掉下泪来，这是给了她多大的面子啊。她忙走过去，低头接过钥匙。白萌堂似乎在责备她：“这么大人了还丢三落四的。”嘿！这个台阶给得天衣无缝，火候儿、筋劲儿，那叫一个合适！二奶奶转身快步走出屋，颖宇呆呆地望着，这回他真是听明白了。白萌堂转过头：“老三，你坐。”颖宇呆若木鸡地坐到了白萌堂的对面。

大伙儿又回到了敞厅，各怀心事地继续吃饭，没一个人说话。颖轩忍不住抬头看二奶奶，白方氏也借着夹菜偷看一眼二奶奶，二奶奶依然管自低头吃着饭。雅萍夹了两块萝卜放到二奶奶碗中：“别光吃干饭哪！”二奶奶的眼泪掉在碗里，她的头更低了。

众人正不知说什么才好时，颖宇回来了。他转过活屏走到饭桌前坐下看了看大家，居然把扣掉的饭扒拉回碗里，低头吃起来，谁也闹不清老爷子把他留下说了什么，大家惊讶地望着。二奶奶当然心里明白，慢慢抬起头来，只见颖宇似乎吃得挺香。二奶奶夹了两块萝卜放到颖宇碗中，颖宇点点头赌气似的把嘴塞得满满的……

吃过晚饭，老爷子把二奶奶一个人叫到花房，感叹道：“二奶奶，你今天给我出了个难题呀！”

“我知道今天把您气着了，这事儿我也犹豫了好几天，还是没敢告诉您。事儿太大，怕您拦着，我就办不成了。”

“我既把家交给你了，我为什么要拦着？”

“我真没想到，您今儿太给我留面子了。”

“行了，这儿没别的人，说说你是怎么想的。”

“宫里没有人不行。王太监已经失宠，我就看中了常公公，他是老佛爷眼前儿刚红起来的，咱们得找个靠山。”

“靠得住吗？”

“要说十分的把握，我也没有。我这叫押宝，我就把这一宝押到常公公身上了。”

白萌堂闭上了眼，说道：“百草厅都开业了，他还能使上什么劲儿？”

二奶奶说：“这种事儿不能急功近利，要放长线钓大鱼，真到了要劲儿的时候，临时抱佛脚可就来不及了。我就盼着百草厅有人承办，早点儿开业呢！”

白萌堂睁开了眼，问道：“这是为什么？”

“它一天不开业，咱们就得干等一天，下不了手；只要开了业，一没能干的人，二没上等的细料，三没有秘方。这些全都在咱们手里，出了娄子，宫里就得过问，那就有热闹看了。咱们哪，先忍着。”

“这就是你的小不忍则乱大谋？”白萌堂笑了笑又闭上了眼，“这就是你的当忍则忍！”

二奶奶点点头说：“对！等我忍过这口气来，我就一个一个地把他们咬死！”

白萌堂猛地睁开双眼，神采奕奕，满腹的疑团一下子全都消失了。老爷子固然信任二奶奶，但怎么也没想到这个女流之辈竟有如此的胸襟。他一下子坐直了身子，两手不停地拍着扶手，叫道：“好，好，好……好！二奶奶，今后你要是放把火把咱们家烧了，我也认定你一定又有宏图大志要施展，我也会说你烧得好！”白萌堂说罢大笑。

二奶奶也开心地笑了：“瞧您说的！”

隆冬来了。

干枯的树枝在风中摇晃着，满街黄沙翻卷，让人睁不开眼睛。眼看着要过年了，老爷子的病是一天天加重，可再艰难，年还得过。二奶奶精打细算里里外外筹划着怎么过这个穷年，真是捉襟见肘没了法子。宁可自己过得窄巴点，大面儿上总得过得去。二奶奶顶着大西北风回到家，刚进院，就见景琦抱着大小砚台、笔、墨出了东屋书房往北屋跑，忙问景琦在干什么呢。景琦停住回头说："爸爸说这文房四宝得借点儿人气儿！"说罢回头跑进北屋。

二奶奶疑惑地也进了北屋，只见景琦把砚、笔、墨放到炕沿儿上，颖轩正一件一件往被窝儿里放，诧异地问道："你这是干什么？"

颖轩一本正经地说："借点儿人气儿，码到被窝儿里陪着人睡，死物件借了人气儿，写出的字不生分！"

二奶奶生气地说："你干点儿正经事儿行不行？""有什么正经事儿？"颖轩管自和景琦忙活着把文房四宝铺进被窝儿。二奶奶叹了口气，开了顶柜的门儿，边拿首饰盒边说："我可告诉你，老爷子可真是不行了，这又到了年关……"颖轩正把玩一块端砚，说道："我也无回天之力，这事儿甭跟我说。"

二奶奶回身指着砚台，生气地大叫："我都给你扔出去你信不信？"颖轩忙坐到炕边挡住，连声说："信信信！我信！好商量嘛，发什么火儿？"二奶奶问："弄这么些乱七八糟的石头放被窝儿里，睡着舒坦吗？"颖轩应付着说："各有所好，各有所好，景琦，脱衣裳钻被窝儿。"景琦兴高采烈脱了个精光，钻进被窝儿。

二奶奶无奈地拿着首饰盒往外走，景琦在被窝儿里乱踢，叫喊道："哎呀，妈呀，真凉啊！"二奶奶回头说："你别再把孩子激出病来。""没事儿，我这也钻进去，这就来了。"颖轩也脱了个精光钻进被窝儿，与景琦笑嘻嘻闹起来。二奶奶也无可奈何地笑了，转身去了内账房。

二奶奶把首饰盒交大头儿，说道："整个家底儿都给你了，先把这年关过了再说。”胡总管说：“总叫您一人儿这么垫不合适呀！”大头儿说：“济南来人放了大定，过了年要娶玉芬姑娘了。”二奶奶叹气说：“是啊，又是一大笔陪嫁。我最担心的还不是这个，大夫说老爷子熬不过冬天，万一出了事，这笔开销可不得了。”大头儿出主意说：“把养那七八个闲人辞了吧。”二奶奶摇摇头说：“不行，咬了这么些日子的牙，不能因小失大。有人就等着咱们这一手呢，就看谁耗得过谁了。”胡总管为难地说：“那……这年还怎么过？”二奶奶说：“一切从简，什么年不年的，先把老爷子办后事的银子刨出来。有多少银子过多少年。”

二奶奶忙活了一天，入夜查完了房，都睡下了，才疲惫地回自己屋。二奶奶走进卧室，见景琦和颖轩还躺在一个被窝儿里，拉下脸叫景琦回自己屋去睡。景琦说帮爸爸暖文房四宝。二奶奶整理自己的被子，手一伸进去觉得不对劲儿，忙抽出来看，一手的黑墨，大怒道：“怎么带着墨汁儿放到我被窝儿里了！”

颖轩忙起身，叫道：“哎呀，没留神，踢你那边儿了。嗨！串了门儿了！”

二奶奶急了，嚷道：“这还怎么睡呀？”

颖轩也埋怨说：“景琦，怎不看清楚了，带着墨汁儿往里放。”

景琦竟然开心地大笑。二奶奶忍无可忍，一把掀开被子，将景琦光着屁股拉下地，又将文房四宝一件件扔出去。颖轩急忙阻拦，拉住二奶奶说，别把孩子冻着喽！二奶奶一甩胳膊，索性将颖轩也拉下了炕。颖轩穿着个大裤衩子直蹦高，叫嚷道：“哎哎，这是干什么？这是干什么？”二奶奶不由分说把二人推出里屋，又回头从炕上抱起一堆衣服冲进外屋，连推带搡将颖轩推到院里，景琦也光着屁股逃出去。

“衣裳，衣裳！”颖轩大叫，二奶奶将一堆衣裳扔出去，关门上了闩。院里，爷儿俩急忙穿上衣服。颖轩瑟瑟地抖着，连声说：“哎呀！冻死了，冻死了。”景琦咯咯地笑着穿衣服，叫道：“真冷，真冷！”二奶奶余怒未消，一个人坐在炕上披着棉被，双手在胸前紧紧抓住被角，满面愁云，呆望着扔了一地的笔墨砚，自言自语：“这日子没法儿过了。”

穿好衣服的颖轩、景琦呆呆站在院中，不知如何是好。颖轩道：“得，这下热闹了，这一宿不把咱爷儿俩冻死！儿子，有出戏叫《拾柴砸涧》，听过吗？咱爷儿俩今儿唱出‘拾柴’吧！”

颖轩父子居然捡了一大堆树枝子，在甬道上点起火堆来。景琦感到好玩儿得很，趴在地上用力吹火，火苗渐大慢慢燃起。颖轩又抱一大堆干树枝蹲在地下加柴，爷儿俩并肩而坐默默望着火堆。

“儿子！冷吗？”

“这会儿不冷了。”

“火炙胸前暖。”颖轩随口说了句宋诗。

“风吹背后寒。”谁想景琦顺口就接上了。

颖轩抬起头赞赏地看着儿子，景琦得意地嘿嘿笑了。颖轩点点头，心想再考考他：“大漠孤烟直。”景琦应声道：“长河落日圆。”

“大漠风尘日色昏。”

“红旗半卷出辕门。”

“行啊，能背几句了。”颖轩突然加快了速度，“劝君更进一杯酒。”

“西出阳关无故人。”

“羌笛何须怨杨柳。”

“春风不度玉门关。”

“我再说一句，你要接得上来，过节我给买炮仗！”

“您说呀！”

“虚负凌云万丈才。”

景琦愣了愣，笑了：“不知道了。”

颖轩哈哈笑道：“哈哈，‘一生襟抱未曾开’。儿子，好好念书吧，长大了干什么也别干医药行，懂不懂？”

景琦顺口答应：“懂！”

颖轩笑道：“懂个屁！”

景琦也笑了："不懂。"

颖轩语重心长地说："干这行固然是积德行善、治病救人，可稍一疏忽就要出人命。干这行，是把人命拿在手里玩儿啊！你这小子长大了能干点儿什么呢？"

转眼就过年了，白宅的墙上、门上都贴上了"福"字。金鱼缸上贴了"年年有余"，柜门上贴了"日进斗金""招财进宝"，门框两边贴上了"一元复始，万象更新"，影壁后面贴了个大大的"春"字。

天刚擦黑，在敞厅前院，大人孩子就各显神通，炮仗、旗火、麻雷子、二踢脚竞相点放。景琦居然用棍儿挑着一挂鞭放着乱抡乱甩，噼里啪啦吓得孩子们乱跑……

三十儿晚上，按例开祖先堂，老爷子率全族人祭祖，颖宇、颖轩和秉宽、胡总管等人用躺椅把白萌堂抬到了祖先堂门口。白萌堂挣扎着要起来，颖轩忙道："爸，您别起来了，我们代祭吧。""扶我起来。"白萌堂不肯，挣扎着要起来，颖轩等只好扶起老人，几乎是把他架到了供案前。白萌堂悲伤地望着祖先遗像说："列祖列宗在上，又是一年啦，子孙不肖啊……"白萌堂说着要跪下，却一下子扑倒在地，颖轩等七手八脚又把老人抬到躺椅上。二奶奶知道不好，忙说道："赶紧抬回去！"

大宅门一片黑暗寂静。吃完了饺子也都没心守夜，各回各屋了。突然传来了一阵阵的敲门声，心绪纷乱、刚回屋躺下的二奶奶顿时心里咯噔往下一沉。丫头开了门，胡总管上前急道："快回禀二奶奶一声，老爷不行了。"颖轩和二奶奶拉着景琦急匆匆奔出屋去。

花房内，白萌堂躺在躺椅上，气息微弱。一家老小站了半圈儿，鸦雀无声地望着。白萌堂的声音艰难而低沉："家道艰难，我死了以后，一切从简……祖宗的基业断送在我手上了……你们今后不管多难，也得把百草厅老铺给我盘回来……往后这个家就由二奶奶管……行了，都回去吧……这个年……让我给搅了……"

人们陆续退出，颖宇一肚子的不服想要争辩，被白方氏狠狠地推了一把。二奶奶也拉着景琦向外走，忽然被白萌堂叫住："二奶奶别走，我还有话说。"颖宇回头注意地看，被白方氏推出了门。人们陆续往出走，颖宇叫住了颖轩："二哥……二哥，祖上有这规矩吗，老爷子万一不在了，就该你当家。这就算定了，成何体统，弄个娘儿们当家。"

颖轩不软不硬回道："我不如娘儿们。"说罢转身而去，把颖宇给撅得没了词儿，干瞪眼地望着。

花房中，景琦趴在白萌堂腿上，白萌堂郑重其事地把一个黄绫包袱交给二奶奶，叮嘱道："千万收好了，这是咱们的命根子！"包袱里是装了一百七十二张祖先传下的秘方匣子，这才是大宅门真正的镇宅之宝，只有掌门人才有资格持有，甭说外人，族中上下也没一个人见过。二奶奶手里的那串钥匙固然是掌门人的象征，那不过是个形式，对于医药世家白氏宅门来说，灵魂的灵魂，核心的核心，是秘方。手持秘方的人，才是拥有无上权威的掌门人。

"您放心吧！"二奶奶接过黄绫包袱，忽然听到外边有动静。白萌堂忙问道，谁在外面呢？遂抬手示意二奶奶出去看看。"我，爸还有什么事吗？"颖宇在外面应着。正站在门口竖着耳朵要听里面说话的颖宇，被突然推门而出的二奶奶吓了一跳，二奶奶说道："爸说没事儿了，你回去吧！"颖宇瞪眼看了二奶奶一眼，无可奈何，只好下了台阶，走出月亮门。二奶奶反身又关好了门。

白萌堂喘息着道："老三心眼儿太多，老二又窝囊，老大要是活着……还能帮你一把，这个家……全靠你一个人儿了。"

二奶奶想了想，凑近白萌堂低声地说道："跟您说个事儿，除了我没第二个人知道。老大没死，兵马司的朱顺把他救出去了。"

白萌堂眼睛一亮，挣扎着坐直了身子，说道："有这事儿？"

二奶奶说："您放心吧！他只是不能露面儿，过了年我去打听一下他的下落。"

白萌堂兴奋异常来了精神，点着头说："这件事……办得好！还活着！来，景琦！跟爷爷……掰腕子，看看你……长劲儿了没有？"他说着抖抖地伸出手，景琦忙用双手握住，说："来！"白萌堂微笑着用手撑着，景琦一用力一下子就把白萌堂掰倒了。"哈哈，爷爷掰不过我啦！"景琦大笑，忽然发现老人歪在躺椅上不动了。

二奶奶觉得不对了，试探着轻轻推了一下，白萌堂没有动。二奶奶将景琦拉起来退后了两步，跪到了地上，景琦也跪下了，二人磕了三个头。

老爷子归天了。

白萌堂终于没有熬过大年，白宅上下举哀。仆人将红灯笼罩上了白布。一个丫头刮去墙上的"福"字，秉宽铲去影壁上的"春"字……遵从老爷子遗嘱，白宅门口，没有搭丧棚和牌楼，只在门侧挂起了"挑钱纸"。二奶奶正在给景琦穿孝袍，胡总管推门而进告诉二奶奶，今儿一早儿詹王府的老福晋也去世了。大年下的这都怎么了？正如年前大爷颖园给老福晋诊脉说的，果然没熬到春天。二奶奶吩咐马号备车，叫账房预备一个大份子，去了詹王府，礼数是要尽到的。詹王府门前车水马龙，王府门口搭起了豪华的丧棚。二奶奶的马车挤不进去，她只好下了车……

颖宇早就算计好了，老爷子一走没了顾忌，分家！绝不再在二奶奶手下受气。

二奶奶问道："怎么着？老爷子尸骨未寒，你就闹着要分家？"

颖宇说："二嫂，这个穷家你还没当够？"

"老爷子去世前有话，不管多难，家，不能分。"

"噢，他老人家一撒手走了，剩下烂'枷'叫咱们扛着，何苦啊！爸爸若有在天之灵，准在那儿后悔呢，活着的时候就该把家分了。"

二奶奶撇着嘴冷笑着，用手指点着颖宇警告道："老三！别当我不知道，你少跟着董大兴他们瞎掺和，没你什么好儿！"

其实二奶奶早就摸好了底，颖宇对此也不在乎，说道："二嫂，这就用不着你操心了吧？"

"你一定要分也行，有几笔账得算清楚，查封老铺以前你扣了两批药材，有没有这回事儿？"

颖宇斩钉截铁地说："没有！"

二奶奶又追问："去年春天，东北买回那批参茸虎骨，你扣了多少？"

颖宇毫不犹豫地答道："没有！"

"老三吔！大丈夫敢做敢当！"

"我说分家的事儿，跟这没关系。"

"有关系！都是公中的钱！"

"给老爷子办丧事全垫进去了。"

"睁眼儿说瞎话，丧事一切从简，拢共花了不到两千，你扣了何止两万！我没往回要这笔银子，已经算客气的了！"

"咱们不说公中的，私人的得给我吧，煮金汤的金子，细料库的药，这都是私房的吧？"

"不行，放在那儿又跑不了，早晚是你的！"

颖宇转向颖轩，挑拨道："二哥，你管不管？你就任她欺负咱们老爷们儿！"

颖轩低头抽烟不语，假装没听见，来了个装糊涂："啊，她没欺负我。"

二爷跟一般老爷们儿不一样，男人在家不管多怕老婆，在外总要吹牛如何如何地不怕，还编点儿怎么虐待媳妇的瞎话。二爷从不忌讳自己对老婆的敬仰和钦佩，他才不怕别人笑话呢！吹牛有什么用？当然，二爷吹捧老婆绝不是怕，他没怕过，只是家里不管出了什么事，老婆总比他看得透、看得远、看得明白，不是怕，是服气。家里的事儿他也不是不想操心，可二奶奶方方面面都比他想得周到，比如三爷贪腐的事儿，比如大爷入狱的事儿，都应付自如、技高一筹。所以，二爷抱定一个宗旨：绝不给二奶奶添乱。这样的男人真是难得！

二奶奶说："你跟他说不着，是我当家！只要我活一天，就一天不能分！"

颖宇大怒："白文氏！只要你一天不分家，我就叫你一天不得消停！"

家没分成，颖宇接着捣乱，二奶奶可没心思跟他逗闷子。她心里最清楚，要想服众镇住三爷颖宇只有一条：把这个家完完全全地撑起来，恢复元气重振雄威。家里那点破事儿斗赢了又能怎么样？占了上风又能怎么样？不还是得吃萝卜咸菜吗？想吃四喜丸子、红烧肉，您得先站起来，站住了，只有踢别人儿脚的份儿，别人想动你一下，试试？门儿都没有！您顶天立地地站在那儿，才是唯一讲理的法子。能忍的全忍了，二奶奶全都忍着，其实您看一个人发怒并不可怕，可怕的是这个人忍着不发怒，那您千万要小心了。

事儿不能不干，二奶奶又迈出了更大的一步，她溜溜达达地进了隆盛药栈。二奶奶把京城四大钱铺查了个遍，知道董大兴赊账、借款，用的仍是白家老号的名，心中有了新打算。

一入了夏，院子里就热闹了，一群孩子围着玉芬和景琦，好奇而羡慕地看着。十六岁的玉芬站在孩子们中间，俨然一个大姑娘了，手里拿着一个小蝈蝈笼子，里面有两只碧绿的蝈蝈。景琦正拿一片菜叶喂蝈蝈，坐在懒凳上的雅萍，正在用细篾儿编着蝈蝈笼子。景武向玉芬要蝈蝈，玉芬不给他，说是给景琦买的。景武突然一把抢过蝈蝈笼子，撒腿就跑。景琦大怒，忙追赶喊叫："拿回来！"孩子们乱叫："拦住他！""从前边儿跑！""快跑！"……

景琦从廊子上跳下，截住景武上手就夺，二人扭在一起，孩子们围上来喊叫着。景武与景琦终于抱在一起摔倒在地，翻来滚去，颖宇提着鸟笼子从大门走进，见景武与景琦仍在地上翻滚，大声吆喝道："嘿！干什么呢？”

景琦把景武按在身下，抬头大叫：“他抢我的蝈蝈！”

颖宇说：“你的蝈蝈？怎么是你的？你叫它，它答应吗？”

玉芬说：“我给他买的！”

颖宇问：“你哪儿来的钱？”

玉芬说：“二婶儿给我的！”

颖宇斥道：“你都快嫁人了知道吗？还跟小孩子一块儿闹！”

景琦从景武身下一把抢过蝈蝈笼，但笼子扁了，蝈蝈死了。

雅萍见状说：“得，我这蝈蝈笼子也甭编了。”

“你赔我蝈蝈！”景琦气得挥手乱打景武。

颖宇心疼儿子，上前一把将景琦揪起说：“你学会打人了？”

胡总管和秉宽都跑过来，见颖宇在，只好站在一边，自觉不好说话。

景琦挣扎着大叫：“赔我蝈蝈！”颖宇一把将景琦推开。景武从地上站起，喊道：“就不赔！”

颖宇指着景武骂道：“你怎么这么㞞啊？这么大个子叫他骑着你打？你不会打他？”

雅萍气愤地说：“有你这么教孩子的吗？小孩子打架不说管管，还挑唆！”

“这里有你什么事？一边儿去！”

“本来是景武的不对，你还护犊子！”

“嗬——你倒不护犊子，愣把自己儿子摔死了！”一听这话，雅萍登时蒙了，两眼发直。

胡总管忙过来，劝道：“三爷，怎么又提那事儿。姑奶奶刚好点儿，别再招出病来！”

颖宇正找不到碴儿闹事呢，正好胡总管往枪口上撞，就故意发作道：“姓胡的！你在这儿充什么大头苍蝇！你给我滚！”

胡总管莫名其妙，问道：“我说什么了？”

颖宇大叫："姓胡的，你小子就是二奶奶的一条狗！我们家用不着你这号总管，收拾包儿滚蛋！我今儿把你辞了！"

胡总管大惊失色，羞愧难当，扭头向大门走去，秉宽忙上前拉。颖宇回头冲着雅萍喊："还有你！别站那儿装疯卖傻！你也滚，我们家顿顿萝卜咸菜了，你还在这儿吃白饭？！回你婆家去，去去去！"

颖宇连推带搡将雅萍推向大门口，孩子们都吓坏了。三爷很得意，他就是要做给二奶奶看。

此时，二奶奶提个药包走进了百草厅。柜台外围着买药的人，伙计在抓药，一伙计在碓臼中用铜杵捣着药，发出叮叮的撞击声，等药的人坐了一圈儿。

二奶奶东张西望地向"丸散膏丹"柜台走去，将两盒药放到柜上，对一个站柜台的伙计说："伙计，你过来看看！"

伙计忙走过来招呼："什么事儿您哪！"

"你们这药是假的！"

伙计一愣，忙说："假的？"

二奶奶高声地说："假的！这药怎么吃出渣子来了？"

"渣子总是难免的，不能说药是假的！"

二奶奶不客气地说："制药制得不对才出渣子，制得不对还不是假的吗？"二奶奶故意高喉咙大嗓门地喊，堂里几个抓药的人闻声慢慢围了过来。

伙计辩解说："哪家儿的药也不能说没点儿渣子。"

"你看这是原来'白家老号'的药，怎么就没渣子？"二奶奶说着打开了另一盒药。

伙计忙道："您出去看看匾！这儿就是白家老号。"

"这儿不是！这儿是百草厅，掌柜的姓董，没有白家什么事儿！"

伙计看出这位太太是找碴儿的来了，问道："您想怎么着吧？"

"退货！"

“这药没毛病，不能退。”

“没毛病？你端两碗水来，把两家儿的丸药都泡到水里化开了，一看就清楚了……”二奶奶举起一盒药，大声道，“这是原来白家老号的药，这个丸药要是泡出渣子来，你这儿的丸药我全部买了。”

伙计慌了神儿，说道：“您这是要干什么呀！”

二奶奶不客气地说：“去端两碗水来！”

买药的人都来了精神，起着哄喊叫道：“对！对！端水去！”“你害什么怕呀！”“心虚了吧？”“真金不怕火炼！”“货比三家嘛！”伙计惊慌四顾，不知如何应对。

其实，百草厅开业至今是每况愈下。贵武哪是个干正事儿的人，百草厅成了他的钱柜子，吃喝玩乐是一点儿都没耽误。董大兴急赤白脸地向武贝勒发脾气，嚷道：“你老实说，预支的官银少了一万两，哪儿去了？”

“急什么，急什么？我有点儿急用，年底我准还上。”

董大兴坚决地说：“不行！你是买卖人吗？纯粹这儿哄！你不把银子退出来，我明儿就撤伙！”

贵武服了个软儿，忙说道：“别，别，我退出来还不行吗？瞧你这脾气！”

董大兴气急败坏地说：“跟你们蹚这浑水，我真他妈后悔！白家老三怎么回事儿？秘方儿到今儿也拿不来，那七八个人也没影儿，合着就练我一个人儿？”

贵武装出一脸的苦相：“老三他不当家，全是二奶奶那儿把着呢……”

一伙计推门进来告诉掌柜的，快瞧瞧去吧，外边儿来了一老娘儿们，非闹着要退货。她说百草厅的药是假的，瞧着好像是白家二奶奶。

贵武一惊，哟，这位祖奶奶怎么来了？董大兴忙向外走，气呼呼地说：“这买卖没法儿做了，趁早散伙！”

前堂里，二奶奶用水将两丸药分别在碗里化开，旁边放了一个空碗，上面放了一个箅子。药水流过箅子，围观的人聚精会神地看着。药水倒完，小箅子上留了一层药渣。二奶奶举着两个小箅子给大家看，人们哄的一声七嘴八舌议论起来。

二奶奶高声道："诸位看这是什么？"众人议论纷纷："嘿！真的嘿！""瞧这个怎么没渣子呀！""要不吃着牙碜呢！"

董大兴挤了进来，问道："怎么了？怎么了……哟，二奶奶来啦！"

"董掌柜，生意兴隆啊！"

董大兴连连施礼让道："走，走！里边儿请。"

"不敢进去！里边儿姓董不姓白，进去看了我难受。"

"上茶！"董大兴将二奶奶拉到窗前的椅子上坐下，"您这不是搅我吗？"

"货真价实谁也搅不了。"

"您说吧，您想干什么？"

二奶奶毫不客气，掷地有声地说，她要入股。董大兴小心翼翼地问，她想入多大的股。二奶奶说，她没银子。董大兴皱起了眉头，说没银子入什么股。二奶奶郑重其事地说，入干股。董大兴忍着没发作，他想摸摸二奶奶的底，接茬问，不拿银子出来干分红？二奶奶点点头说，对！

董大兴脸色不大好看，质问道："凭什么？"

二奶奶毫不客气地说："凭白家的信誉。"

"这恐怕不行，我们八位股东，我做不了主！"

"没什么商量？"

"这怎么商量？"

"董掌柜，你们在'汇丰'借银子、在'隆盛'赊账用的什么名号？"

"白家老号。"

"这百草厅已经不姓白了！"

“那……赊账，借银子也无损于‘白家老号’呀，你们白家过去也赊过，也借过。”

“不是这个意思，正因为白家有信誉，你们才赊得来、借得出。换上你董大兴的名字，人家就不叫你赊、不给你借！”

“就算这样，又怎么着？”

“我入个干股！就凭你使我们白家的名号！”

“没这个道理！”

“那你以后不许用白家的名号！”

“你白家的名号就值得了一股？”

二奶奶指着堂里的顾客问：“你看这买药的人了吗？就是冲着白家这个名号来的，所以你的假药也还卖得出去。万一他们知道了你的底细，董掌柜的日子怕没这么好过了。”

董大兴无路可走了，只得摊牌，说道：“二奶奶，我告诉你，白家的名号我用得名正言顺！”

“这我倒想领教！”

“我们股东里就有你们白家的人！”

二奶奶暗暗吃惊，这个事儿她虽然听说了，可始终没有坐实，问道：“谁？”

董大兴底气十足地说：“三爷白颖宇！”

二奶奶微微一笑，故作嗔怪道：“董掌柜，别蒙我！三爷不会干这种吃里扒外的事！”

董大兴回头叫过伙计：“叶头儿，把红头账本儿拿来。”

二奶奶瞥了一眼董大兴，慢慢低下头端碗喝茶。

“我就知道您不是来退药的，您是要打我百草厅的主意！”

“没这意思，不过是来讨个公道。”

伙计叶头儿递上账本儿，董大兴翻开了一面递给二奶奶，二奶奶接过认真看着。董大兴指着账本说：“您看，这个费明举就是三爷的化名。”

二奶奶二话没说将账本一合，递回给董大兴，说道："领教了！"起身向外走。

董大兴客气地相送，说道："您慢走！"

二奶奶走到门口突然回头说："董掌柜，这事儿可才刚刚开了个头儿！"

董大兴惊愕地望着二奶奶的背影，身上一阵阵发冷，这个女人可不好对付。

二奶奶走出大门，慢慢站住了，回首看着"百草厅白家老号"牌匾，心中揣摩着是时候了，她要撒一张大网，看看这些鱼怎么往里钻了。

二奶奶回到家，一进门正遇见夹个包袱走出来的胡总管。她立即发觉不对，忙问胡总管上哪儿。胡总管把刚才的事儿一说，二奶奶忙说："没这道理，回去，回去！"

胡总管为难地说："我……我还是走吧。"

二奶奶故意激将地说："外边儿有高就了吧？"

胡总管苦着脸说："二奶奶，您这是在骂我，我不是那见利忘义、攀高枝儿的人！"

"我也不是那无情无义过河拆桥的人，你怎么和老三一般见识呢？"

胡总管低下了头说："我听您的，听您的。"

秉宽不平地说："还有呢，三爷把雅萍姑奶奶也赶出去了。"

二奶奶大惊，忙问："上哪儿了？"

秉宽说："赶回婆家了！"

二奶奶忙吩咐："这下可坏了，秉宽快叫马号备车！"

第九章

三爷把雅萍赶回了婆家，可婆家根本不叫她进门，关府大门紧闭。雅萍痴痴呆呆地站在马路中间，过往行人都在看她。一辆马车驶来，急忙停住了。赶车的大叫，嘿，站在当间儿卖什么呆？不想活了？雅萍两眼发直毫无反应。

又一辆马车堵在了后面，赶车的嚷嚷开了："嘿！说你呢！靠边儿站站行不行？"二奶奶坐着车急忙赶来，将雅萍拉到路旁，吩咐狗宝扶雅萍上了车，愤怒地走上台阶狠狠敲着门。雅萍的丫头苦杏跑出来，二奶奶问她怎么把大奶奶一个人扔街上。苦杏说大爷不叫她进门儿。二奶奶说："你是她的丫头，也不跟着点儿，叫车撞着怎么办？"苦杏说："不叫我跟着，您看把我打的！"苦杏带着哭腔，说着撸起袖子露出手臂上一条条青紫伤痕。"行了，行了，胡说什么？"听差忙上来把苦杏推了回去，回身砰的一声把门关上了。

"一群狼！"二奶奶大骂。不能再这样下去了，就老三这折腾劲儿，二奶奶深知，这个家再维持下去，已经没有任何意义了。不但徒有虚名，而且根本迈不开步子，分家！

按说这完全违背了老爷子白萌堂的遗训。自古以来，一个家讲究的就是要几世同堂才显得兴旺发达，一说起来谁谁家四世同堂，哪辈子修来的福？其实不然，这种大门大户大家族，内中舒心的日子并不多，只要老一辈儿活着，谁也不敢闹独立就是了。一家人又怎么样？内斗起来比斗外人还狠还凶十倍！老一辈儿的遗言不可违，可老一辈儿说的就全对？就是错了个十万八千里，也没人敢说一个“不”字，敢站出来扛着雷违背祖训的主儿，绝对不是一般的人。

二奶奶站出来了，说分家！这就意味着这个家败了，散了，无法维持了！意味着掌门人无德无能，当年老爷子白萌堂看错了人。爱怎么说就怎么说吧，二奶奶心中自有一杆秤。孰轻孰重自有一定之规，咱们骑驴看账本——走着瞧！二奶奶先要说服自己的婆母白周氏，也就是走个形式，老太太知道什么？说白了就是告诉她一声分家了，老太太还是吓了一跳。怎么好好的就分家了呢？二奶奶也不多说，老太太在家几十年是从来不拿主意的人，就这么定了。

三爷终于等到了分家这一天。他一本正经地查着账，大头儿在忙着写字据。二奶奶、颖轩、白方氏坐在一边。

二奶奶说：“老三，真应了你那句话，老爷子若有在天之灵，一准儿要后悔，活着的时候就该把家分了。”

查账的颖宇忽然抬起头，叫道：“哎！我说二嫂，这账不对吧？怎么就剩这么点儿银子了？”

“你指出哪笔不对！”

“我指不出！”

“还是的！就这么些！”

“这也太少了，您可别藏奸！”

“大头儿把当票给他看！”二奶奶有些来气。大头儿闻声拿出一把当票，颖宇看了看不言声儿了。

“坐吃山空懂不懂？都按个手印儿吧！”

颖宇指着账本，质问道：“凭什么你一个人儿独拿三份儿，我才一份儿？”

“大哥一份儿、老太太一份儿自然是我拿，要不老太太和大哥的孩子都归你养，你拿三份儿！”

“饶了我吧，我自己的孩子还养不过来呢。妈这份儿给我，我养着。”

二奶奶走到桌前说：“老三，你精啊，老太太一人一份儿，大哥四个孩子也是一份儿。”

颖宇说：“我孝顺我妈是应该的。”

“我知道你是大孝子。”

“那房子呢？”

“这儿的房，只要老太太活一天，一天不能动，花房和二闸的花园子还算三个房头儿共有。”

“金子，细料呢？”

“退银子不退物，等折了价把银子给你。”

“行！按手印儿。”

“老三，你可别后悔！”

“二嫂，我一辈子没干过后悔的事！”老三得意洋洋地按了手印。

老大颖园的闺女白玉芬终于到了出嫁的日子，远嫁到济南提督府路家，这是当年颖园去山东办事定下的亲。一大早儿，两辆马车停在大门口，全家人都出来乱哄哄地送玉芬，两个迎亲的站在车旁和二奶奶交代着。玉芬抽抽噎噎地上了车，大家叮嘱着说：“到了济南赶紧来封信。”“到了人家家里事事要听人家的，不许任性！学会自己照顾自己。”“小心道儿上别贪凉！”

景琦拉住玉芬的衣服死死不放，车走了他还在后边紧跟着，二奶奶一把将景琦拉开，叫他别跟着车。玉芬探身出来大叫：“景琦！”景琦撒腿追上车，玉芬半个身子在车外，手里举着一个蝈蝈笼子，里面两个碧绿的蝈蝈响亮地叫着，仿佛在召唤景琦，景琦紧跑几步接过蝈蝈笼。

马车走远了，景琦失神地望着打小儿跟他最要好的堂姐走了，而且是去那么远的地方，蝈蝈吱吱吱地叫着……

盛夏又如期而至，街上卖西瓜的、卖香瓜的、卖芭兰花儿的沿街叫卖着。

胡总管把敞厅东偏房做了学馆，孩子们都上了私塾。戴着老花镜的德先生昏昏欲睡，在教孩子们读《论语》："大学之道，在明明德。"

孩子们念："大学之道，在明明德。"德先生已闭上了眼："在亲民，在止于至善……至善……"孩子们念："在亲民……"坐在前面的景琦，两眼惊奇地望着先生，他怎么也闹不明白，何以先生竟会念着念着就打起了瞌睡。他悄悄站起走到先生桌前，桌上摆着鼻烟壶和烟碟。

景琦悄悄用手指沾了一指头鼻烟，往鼻孔上一抹深深一吸，他忽然瞪起了眼睛，张大了嘴，忍不住打了个大喷嚏。德先生一下子吓醒了，景琦也吓了一跳，两人惊愣对视。孩子们开心地哄堂大笑。见景琦鼻涕眼泪往下淌，鼻孔上一团黑，德先生明白了，气呼呼地说："好小子！偷闻我的鼻烟儿！回去！"景琦擦着鼻涕嘀嘀笑着跑回座位。

德先生摘下花镜站起说："不像话。自己看书，我去方便一下。"说罢走出屋。孩子们开心地乱哄哄地议论着，景琦忽然起身向外跑去，一溜烟地跑到了大厨房，打开柜橱乱翻，被路过的秉宽看见了，问他干什么。景琦随口撒个谎说，饿了！秉宽斥道，刚什么时候又饿了，念书去！

景琦跑回学馆，急忙走到先生桌前，将一小盅臭豆腐汤往鼻烟壶和烟碟里倒，孩子们都围上来。景怡在一旁坐喊道："老师来了！"孩子们忙跑回自己座位。德先生进了屋，坐回椅子上，看了看下面。孩子们十分紧张地望着，景琦假装聚精会神地看书。德先生伸手沾了一下烟碟往鼻孔上一抹，深深地一嗅，又伸手拿花镜，忽觉味道不对，又轻轻吸了几下鼻子："嗯？什么味儿？"孩子们起着哄地拍着桌子大笑。德先生拿起烟碟一闻，大惊："这是……什么？"景武大叫："臭豆腐！"孩子们笑得更厉害了，有人叫道：“景琦倒的！”德先生气急败坏地掏出手绢擦了擦鼻子，又擦了擦手：“太臭了，太不像话！”他愤愤地走出屋。

景琦笑得浑身乱颤。

德先生找到前厅，举着烟碟儿叫胡总管和秉宽闻：“你们二位闻闻。”胡总管一闻，问道：“这么臭，怎么了？”德先生怒冲冲地说：“你们琦少爷倒的臭豆腐汤！”秉宽恍然大悟道：“我说他刚才去厨房瞎转悠什么呢！”

胡总管劝道：“孩子淘气，您教训他嘛！”德先生生气地说：“我教训得了他？他教训我吧！”“别，别，我去回二奶奶一声……”“不必了，请二奶奶另请高明吧，告辞！”

德先生走了，其实他已经不是景琦气走的第一位了。

胡总管和秉宽只好又来报告二奶奶，教馆的先生又走了，挺着大肚子已经怀孕六个月的二奶奶面无表情地听着。

“为什么？”

“嗨！琦少爷在德先生的鼻烟儿里倒了臭豆腐汤！”

二奶奶顿时一脸苦相，摇头说：“哎呀，这叫什么闹法儿，太出格儿了！这是走的第几位先生了？”

秉宽说：“第三位了！”

“去叫他来。”二奶奶刚一回身又改了主意，“算了，还是我去吧！你们就不能找个厉害点儿的先生？”

二奶奶还没走到学馆，一转过活屏，便听见孩子们整齐的喊声：“噼得儿噼得儿噼，啪得儿啪得儿啪！过了春天就是夏，穿着那皮裤皮袄还嫌冷，河里的王八怎么过冬！”

二奶奶惊讶地来到窗外往里一看，只见景琦和六七个孩子脱得一丝不挂，排成一队，两手有节奏地拍着屁股绕着桌子行进，一起高声有节奏地喊着：“噼得儿噼得儿噼，啪得儿啪得儿啪！过了春天就是夏，穿着那皮裤皮袄还嫌冷，河里的王八怎么过冬！噼得儿噼得儿噼……”

二奶奶离开窗户走到门口，阴沉着脸往里看，带队闹腾的景琦转过弯来发现了二奶奶，忙停了下来。看到二奶奶正怒目而视，景琦不好意思地嗬嗬笑了，忙抓起裤子慌乱穿着，孩子们也乱抢着穿裤子。二奶奶奔上前将景琦按到桌上，扒下裤子抡圆了胳膊照着景琦的屁股狠狠地打，孩子们吓得全往后躲，景琦一声不吭地趴着。直到孩子们逃散，二奶奶终于停了手，手都打疼了，边甩边用嘴吹，景琦依然一动不动地趴着。二奶奶奇怪地低头一看，景琦竟扭过头来说："妈，您的手打疼了吧？"

二奶奶气得不知如何是好，怒道："啊，呸！"她悻悻地扭头就往外走，边走边嘟嘟囔囔埋怨自己："打也没用！我就知道，整个儿一瞎掰，打他干什么，还不如臊着他……"

景琦起身边提裤子边大叫："妈，不打了，我把裤子穿上了啊！"

尽管时日艰难，二奶奶始终也没忘记逃亡的白颖园。虽然见不上面，时不时的都要接济大爷。每次来找朱顺都是悄悄的，叫人先送个信儿，偷偷在胡同口里的墙旮旯见面。二奶奶把一包银子交给朱顺。朱顺说："你别再来了，大爷不在北京。"

"上哪儿了？"

"送到口外去了，刑部前些日子又查下来了，严爷把差事也丢了。"

"查出什么来了？"

"没有，捕风捉影。詹王府捣的乱，可京城是不敢待了。"

"那怎么找他？"

"不好找了，连我也不知道在什么地方。"

"那以后……"

"总有人照应，饿不着。您以后也别上我这儿来了，快走吧，让人看见就麻烦了。"

二奶奶扭头便走，说道："好，好，我走。"

"银子，银子！"朱顺将银包递回去。

"您留着吧！"

“不行，我不能要。”

“给严爷吧，他丢了差事怎么过？”

“快走，快走！”朱顺说罢忙跑了回去，二奶奶一下子想起了当初常公公的话。大爷虽然逃脱了死刑，可随时都有危险，詹王府始终没有松手。

二奶奶走出胡同忽然想起近日的一些传言，三爷颖宇在百草厅对面新开了一个“南记白家老号”，便叫狗宝赶上车要亲自去看看。车奔了前门外，快到百草厅了，马车远远地靠边儿停住了。二奶奶撩开车帘一看没错，只见街对面新开的中药铺分明挂着匾额“南记白家老号”。二奶奶喃喃自语：“哼，他黑了公中那么多银子，自己开业了。”

忽然看见颖宇、董大兴和贵武正送常公公走出百草厅，二奶奶看着连忙把车帘又放下一点儿，只留了个小缝儿。常公公指手画脚生气地申斥什么，颖宇等则躬身哈腰低三下四，直到常公公上车离去，董大兴才和颖宇直起腰进入“南记”。二奶奶久久注视着“百草厅白家老号”的牌匾，心想：“不能再等了，到了动手的时候了。”

二奶奶把胡总管叫到西客厅说了自己的打算。胡总管惊讶地问：“摘匾？”

“对，摘匾！我想了不是一天两天了。”

“这……行吗？”

“怎么不行？这块匾姓白，是祖传的！卖铺子没卖祖宗，怎么不能摘？”

“摘了又怎么样？”

“他就不敢叫咱们摘，他们的生意全靠咱们这块牌子撑着呢！我就拿这牌子入一大股！”

“他要不愿破这一股，就叫你摘了怎么办？”

二奶奶长出一口气：“那当然就麻烦多了，我就得动用宫里的内线儿了！”

“常公公？”

“对，我要挤对得董大兴山穷水尽。到他撑不住了，我这牌子就不是一大股了，我再拿出牌子把百草厅盘上一半儿。”

胡总管笑了：“如意算盘打得不错，也许人家根本不当回事儿！”

“董大兴是明白人，他决舍不得叫我摘走。胡爷，您明儿一早把‘汇丰’‘隆盛’的掌柜都请来，告诉他们，百草厅不姓白，咱们白家不担这名号，亏了银子倒了账一概与白家无关。董大兴的日子就不好过了。”

回到屋里，二奶奶一肚子心事地铺着被子，筹划着明天这个匾怎么摘，会出什么事。颖轩趴在炕上抽烟，景琦拿着纸媒子站在一边，颖轩磕打着烟锅子道：“摘匾？这事儿三思而后行吧。万一闹起来，你个妇道人家还挺个大肚子，抛头露面的成何体统。景琦，装烟！”

“这怕什么？景琦，你还不去睡觉！”

“给爸爸装烟呢！”

“用不着你。你今天又把德先生气走了。嘿，他往人家鼻烟儿里抹臭豆腐。”

颖轩嘿嘿地笑起来问：“怎么想出来的？”景琦觍着脸笑。

“你还笑！景琦，明儿跟我一块儿摘匾去！”

颖轩一愣，问道：“叫他去干什么？”

“叫他从小就见见世面，要知道世道的艰难，人心的险恶，创业守业有多么不易！”

这就是二奶奶的教子之道，一般家里大人出了什么事儿，都叫孩子少问，出了什么问题也都尽量瞒着孩子，小小年纪懂什么？管那么多事干什么？家里无论大小事，且轮不着你小孩子操心呢，更甭说往里瞎掺和。二奶奶可是不一样，孩子淘她也生气，孩子不好好念书她也着急，可她更看重孩子的根基、志向、心胸、闯劲儿。不能像豆芽菜似的泡在水里呵护着养，得像草似的搁在野地里叫风吹雨打，尤其是有关家族命运的大事，必须在他稚嫩的小脑袋瓜儿里留下斧凿刀刻般的印记。不懂什么意思没关系，先凿上刻上再说，长大了自然会悟出道理。不管长大了怎么变，这印记是抹不掉的，所以，摘匾必须带着景琦去。

二奶奶要做出个样子给儿子看，这是个教导儿子最好的课堂。“白家老号”这块牌子就是诚信，就是荣光，就是底气，就是历史，就是千万人敬仰的祖传牌号。以后，景琦走安国、闯营口、下济南，每走一步都是踏在这个根基上，二奶奶要在他刚懂事的时候就夯实他，这是后话了。

一大早起来，二奶奶梳妆打扮，穿得十分庄重，挺着大肚子拉着景琦上了马车。狗宝赶车，秉宽扛着一把太师椅，胡总管、陈三儿及两个仆人一道出发了。

一到了百草厅，秉宽将太师椅放到门口斜对面，二奶奶正襟危坐，景琦站在一旁。二奶奶指着门楣上挂的横匾问道：“景琦，认识匾上的字吗？”

“认得！”

“念！”

“百草厅白家老号。”

二奶奶听了不满意：“念！”

景琦又念了一遍：“百草厅白家老号。”

二奶奶突然大声吼道：“再念，大声念！”

景琦大叫：“百草厅白家老号！”这一嗓子，整条街都听见了。

二奶奶点了点头，叮嘱道：“记住，这是祖上传下来的一块宝！到什么时候它也是白家的，人在匾在，永远不能落到别人手上，记住啦？！”

“记住啦！”景琦可着嗓子大叫，居然有围观的人给叫好。

二奶奶大声命令：“摘匾！”

秉宽和陈三儿刚要上前，景琦大叫道：“我摘！荷儿摞着我。”秉宽一把将景琦举起，让他骑到自己脖子上。百草厅里的伙计见外头有人围观看热闹，也出来看，见他们竟要摘匾，赶忙上前拦，景琦大叫：“摘匾，摘我们家的匾！”伙计说：“你们是哪家的？”“怎么了？不认识我了？”二奶奶不紧不慢问道。伙计忙回头，看着街当间儿大模大样坐着的二奶奶，奇怪地问：“跟我们掌柜的说了没有？”二奶奶说：“拿我自己家的东西，凭什么要跟你们掌柜的说？”伙计一看来者不善，忙道：“得得，我是个小伙计，您慢点摘，等我去回禀一声行不行？”“你去吧，我等着。”二奶奶坐着没动。

董大兴正在后场配药房里忙活，和配药的曹师傅及大查柜看着桌上一包包的草药发愁。

董大兴说：“你再想想。”

曹师傅说：“甭想，没用！这个配方上就缺一味药，每回都是白家老东家锁着门儿自己配这最后一味，没第二个人知道。”

大查柜说：“那宫里点名要这个怎么办？”

曹师傅说：“请宫里下个令，叫白家把秘方交出来！”

董大兴愤愤地说：“瞎掰吧你！他说扔了，烧了，找不着了。他只要不想给，你是一点儿辙都没有！”

伙计跑到门口喊道：“董掌柜，那位二奶奶又来了，摘匾哪，快瞧瞧去吧！”

董大兴一惊，知道麻烦事又来了。他打心里怵这位二奶奶，忙扔下药方往出跑。

出了前堂，只见门前围着一大圈子看热闹的人，董大兴忙笑脸相迎地走到二奶奶跟前，招呼道：“二奶奶，今儿这么兴师动众的干什么？”

“摘匾！”

“这老铺我们盘下来了。”

“这匾是我们祖传的私产，摘！”

“等等，三爷是不是你们白家的人？”

“是！”

“他也姓白，这铺子有他的股，这匾也有他一份儿，你就不能摘！”说到这儿，董大兴扭头叫道，“叶头儿，去请三爷来。”

二奶奶说："你说有他的股，拿出证据来。"

"那天给你看过红头账本儿了。"

"没看清楚！"

董大兴不想再掰扯，气得回身就走。颖宇从人群中挤了进来，问道："怎么着，二嫂？"二奶奶故意大声说："老三，董大兴说有你的股儿在百草厅，你不会这么吃里扒外吧？"

颖宇暗暗一惊，二奶奶先把丑话说在头里了，这事儿打死也不能认账，连忙瞪起两眼大叫："他胡说八道！"

"既是胡说，我可要摘匾了。你说，咱们家没把这匾盘给他吧？"

颖宇只能顺着二奶奶来了，一脸严肃地说："当然没有！"

二奶奶又问："你说怎么办？"二奶奶摸准了三爷的脾气秉性，这话得让他说出来。颖宇比二奶奶还理直气壮："摘！"

董大兴拿着账本跑回来："等等，白纸黑字能假得了吗，三爷！"颖宇装傻充愣地问："什么？"董大兴指着账本问："这费明举不是你的股？"颖宇急了："你怎么血口喷人哪！我叫白颖宇，怎么成了费明举了？"三爷就是三爷，红口白牙，瞎话张嘴就来，董大兴惊得目瞪口呆。

二奶奶乘胜追击，说道："行了，那天我早看清楚了，别往我们三爷脸上抹黑，摘匾！"董大兴真急了："等等！你这是砸明火来了！你动动这块匾试试！"

董大兴一回头，十几个伙计围了上来。二奶奶并不慌乱，早有防备，她迅速望了一眼围观的人，突然站起身冲出围观的人群，上了百草厅的台阶，转身喊道："街坊邻居们，父老乡亲们！我们白家老号查封了，盘给了他们，可这块匾是我们祖宗的名号，难道说我们连祖宗也给他们了吗？你们看哪，他们欺负我们孤儿寡母，仗着他们人多，就要动手打我们，求求大伙儿主持个公道吧……"

这招太损了，一下子激起了公愤。围观群众愤然大叫："不许欺负人！""是人家的东西给人家！""一群大老爷们儿欺负个女人，不要脸！”有几个小伙子冲到了前面，董大兴吓得直往后退，连声说：“干什么！干什么！管得着吗？是她欺负我们！”

二奶奶摆出一副拼命的架势，喊道：“姓董的，今儿这匾我摘定了。二奶奶我自己摘，看你们敢动我一个手指头！大伙儿都看清楚了，是谁欺负谁！”

面对着蛮横的二奶奶，董大兴慌了，忙上前拦住，告饶说：“二奶奶，好商量，请里边说！”

董大兴想避开愤怒的人群，可二奶奶不上当，说道：“这儿说好，有这么多见证人呢！”

董大兴只好摊牌了，问道：“你要多少银子吧？”

二奶奶态度越发强硬了：“一两都不要，只要匾！”

董大兴山穷水尽，咬着牙说：“我要不给呢？”

二奶奶十分爽快地说：“也行，用这块匾入股，我年年要分红。三爷，这合规矩吧？”二奶奶不失时机地又把球踢给了三爷。

颖宇一点儿不含糊，说道：“没错儿！合规矩！”

董大兴大怒：“我说你到底是算哪头儿的？”

颖宇一脸不客气地反问：“你说我算哪头儿的？”

董大兴软了，使了个缓兵之计，说道：“二奶奶，你也得容我们商量商量。您先请回，明儿一准给您回话。”

二奶奶毫不理会地说：“你们现在就商量去吧，我在这儿坐等了。”

董大兴又急了：“我这是买卖，您往这儿一坐……”

二奶奶两眼四处乱看，不再理董掌柜。

“嘿！白家门儿里怎么出了你这么个人？”董大兴气急败坏转身走了。

议事房里，董大兴、贵武、詹瑜和四位股东全都站在那儿，急赤白脸地争论着，有几位股东都想让步，说给她一股得了！贵武吹胡子瞪眼地骂道：“姥姥，没那么便宜！”几个人越争越厉害，吵得一塌糊涂，谁也听不进谁的。董大兴气急大叫："别吵吵了，这像商量事儿吗？到底听谁的？"大家全都不说话了，出奇地静。詹瑜看了看董大兴，说道："听你的，董掌柜！"董大兴咬了咬牙，狠狠地跺了一脚喊道："叫她摘！"

这个结果是二奶奶最不想见到的，可到了这份儿上，只能摘了。颖宇居然忙前忙后地帮忙，牌匾摘下来了，二奶奶回头望着门口，围观的人叫着好。董大兴和几位股东个个脸色铁青，在门口默默地看着。

二奶奶临走又撂下狠话："从今往后，不许再用白家的名儿，叫我逮着了，咱们公堂上见！走，打道回府！"二奶奶一行人拥着老匾走了，直接抬进了祖先堂，供在案前。

等人都散尽了，白颖宇一把揪住了董大兴，骂道："董大兴，你是人吗？"董大兴正一肚子火没地儿发呢，回骂道："你是人吗？"

"说好了，我是暗股，你把我卖了！"

"这么要紧的时候，你还不该挑明喽？"

"不就一块破匾吗？"

"破匾？这匾有一百多年的信誉，亏你长这么大个子！"

"那匾明明是人家的！"

"你怎么胳膊肘往外拐呀！"

"怎么往外？那是我们家的！哎？我这胳膊肘……"颖宇抬起胳膊肘歪着脑袋看，"我这是往哪儿拐呢？"

董大兴知道生气也没用，摆摆手说："行了，行了，坐下说件正经事儿，跟你说了多少回了……"

颖宇顺口说道："又是秘方！"

"秘方！"

三爷纵有千虑也有一失，他把秘方的事想得太容易了。这么多日子，他就不知从哪儿下手，以至于局面如此被动。

火候已到，二奶奶知道得把那位常公公抬出来了。

二奶奶问明白了日子，早早来到常公公的新外宅，坐在靠窗的椅子上，不时向外张望着。常玉、常环站在一旁，端茶倒水地伺候着。二奶奶小心地问，这些日子，常公公没什么不高兴的事儿吧？

常环说：“没有，老念叨您，问为什么老也不来。”

二奶奶又很细心地问：“这儿还有别的什么人来过？”

常玉说：“没有，一个都没有，常公公不愿别人上他这儿来。”

街门一响，常玉说了声“回来了”，便和常环跑出屋。二奶奶看看门外，忙掏出手绢，在茶碗里浸了茶水捂在眼上。

“是二奶奶来了吗？你可真行，肉包子打狗，一去不回头！”常公公一路喊着走进了屋。二奶奶忙迎了上去，招呼道：“常老爷！”

“你可别这么叫！我怎么得罪你了？不露面儿了你！”

“认罚，您说想吃哪儿，我请客！”

常公公注意地看着二奶奶问：“怎么了，哭了？谁欺负你了？”

二奶奶忙掩饰地擦眼：“谁哭了，快坐吧！”

常公公坐下问：“为什么老没来？”

二奶奶故意抽了两下鼻子，带着哭音说：“这不来了嘛，看看这俩丫头行不行，不行给您换换。”

“挺好，可知道疼人儿了……二奶奶，你有事儿瞒着我！”

二奶奶装作很委屈的样子，说道：“有什么事儿瞒着您哪！”

“不对！你哭过，还瞒得了我？常玉，怎么回事？”

常玉说：“刚才二奶奶……”

二奶奶悄悄摆着手，一副很急的样子说：“别说，别说！”

常公公对着丫头生气了，叫道：“说！不说我打你！”

常玉忙说：“二奶奶叫人欺负了！”

常公公奇怪地问：“他长了几个脑袋，敢欺负二奶奶？”

二奶奶故意淡淡地说：“其实也没什么，百草厅有块老匾，是我们祖上的名号，我应该摘回来吧？”

常公公点头说：“那是，那是！”

“前儿我去摘……哎呀！不说了，没意思。”二奶奶又故意只说半截。

常玉接话道：“二奶奶叫人家给打了！”

常公公大惊道：“这……这……无法无天了，是不是董大兴那猴崽子？”

“您别问了，已经没事了。”

二奶奶越不说，常公公越来气，嚷道：“不行！这小子一天到晚弄假药糊弄我，我正要治治他呢。好，他倒找上门儿来了。”

“算了，忍了！我们孤儿寡母无依无靠的，惹不起他们。”

“我惹得起！”

“人家是宫廷供奉，有宫里做主，您趁早别惹他！”

“什么宫廷供奉？我一句话就把他免了！二奶奶，还叫你们家接手！”

二奶奶忙不迭地摇手说：“不行，不行，这可使不得。白家是老佛爷查封的，您可别去惹这个祸！”二奶奶分寸恰当地又点了一把火。

“二奶奶，你太小瞧我了。你这个人哪，心眼儿太好，太老实了，老佛爷那儿都有我哪！董大兴是什么东西，敢在太岁头上动土！”

“行了，不说这事儿了，行不行？再把您气着。快，常玉给老爷烧个泡儿，我今儿给您带了一批上好的烟膏，您尝尝！”

常公公乐了：“你瞧又让你花钱！这是怎么话儿说的，尝尝，尝尝！”

二奶奶忙扶常公公上了烟榻。

三爷颖宇真是走投无路了，只好亲自上阵翻找秘方。他跑到老爷子原来的客厅、书房，拉抽屉、看帽筒、翻匣子地找，金花端一小碗莲子羹走了进来，见颖宇翻动东西也没敢问，走进里屋。颖宇继续翻着……

里屋的白周氏听见响动，接过金花递过的莲子羹问道：“谁在外头呢？”

金花答道：“三爷！”

“老三！”白周氏叫道。

“哎！妈！”颖宇走进里屋。

“找什么呢？”

“这两天有点上火，找两丸‘清心’。”

“别瞎找，我这儿有！”老太太说着拉开小抽屉。

“妈，‘六味地黄’的方子，有一味药怎么也想不起来了，您收哪儿了？”

“这我可不知道，以往都是你爸爸收着，谁知他收哪儿去了。”

“以前他收到哪儿了？”

“我压根儿不管他这些事！”白周氏转身去找清心丸，扭脸儿却见颖宇已然出了门，忙叫道：“哎，拿着药，你不要了？”

颖宇从上房院走出，路过二房院见门没关，便轻轻推了一下，门开了。颖宇走进院看看没人，便轻轻试探地叫了一声：“二嫂！”见没人应，颖宇轻轻向北屋走去。北屋无人，他进去匆忙乱翻一阵，四下看看，又进了里屋上了炕沿儿，打开顶柜仔细翻找着。景琦一撩门帘走了进来，见颖宇正乱翻东西，奇怪地问：“三叔，您干吗呢？”

颖宇头都没回地说：“找点儿东西！”

景琦气愤地说：“都分了家了，您上我们家找什么东西？”

“嘿！小兔崽子，哪儿就轮得着你问我了！”

“你是贼！”景琦大声一喊。

“嗬——你敢骂你三叔？”

景琦突然冲过去，抱住颖宇的腿拼命一拽，颖宇站立不住一下子趴到炕上，急忙翻身起来打景琦。景琦忽然从炕席下抽出一把裁纸刀，冲颖宇一挥，喊道：“我捅死你！”颖宇一把抓住景琦的手夺过刀，将景琦扭翻按到地下，又打又踢。

听见这么大动静，二奶奶、胡总管和丫头冲进屋来。颖宇回头一看忙住了手，景琦趴在地上没动。二奶奶惊讶地问：“这是怎么了？”颖宇一指景琦说：“你问他！”二奶奶上前拉景琦，景琦疼得起不来身。颖宇举着刀说："瞧见没有？他要拿刀子捅我！还了得了？再犯到我手里，我劈了他！"他说罢将刀一扔，慌忙溜了。胡总管忙将景琦扶起坐到炕上，二奶奶知道有些事儿非说穿不可了，起身匆匆走出了屋。

颖宇满脸晦气地回到了自己屋，脱了衣服只穿了条大裤衩，告诉白方氏要洗个澡。白方氏忙去端了一盆水进门放在凳上说："洗吧！"顺手拿起衣服看了看，"干什么去了，衣裳弄得这么脏？"

"倒霉透了。"颖宇开始擦洗。

"老三！"突然外面传来二奶奶的声音。

颖宇一惊回头悄声道："快出去，别叫她进来。"白方氏忙去外面应付，颖宇端起水盆儿躲进了里屋。

二奶奶刚要推门，白方氏先出来关上了门，把二奶奶堵到外面，说道："哟，二嫂，他洗澡呢！"

"穿上衣裳，叫他出来！"

"什么事儿呀？"

"老三，你出来不出来？"二奶奶冷不防把白方氏推开，撞门而进，直慌得白方氏大叫："她进去了。"

"别进来，别进来！"躲在里屋的颖宇惊慌叫着，二奶奶撩开门帘闯了进来，说道："你想躲着我，没门儿！"

颖宇吓得忙抻了条床单子将全身裹住，喊道："白文氏！你当嫂子的往小叔子屋里闯，你想干什么？"

"是你这个当小叔子的先往嫂子屋里闯！"

"嫂子，这也太不像话了！"白方氏进来绷起了脸。

"谁不像话？你问问他，跑我们家偷什么去了？"

"偷？谁偷了？我这两天不舒服，想找点儿药！快出去！成何体统！"

"找药？你新开的药铺，什么药没有，你是找药方儿吧？"二奶奶一语道破。

颖宇还装傻道："什么药方？"

"秘方！"二奶奶义正词严地说，"老三，我今儿明打明地告诉你！一百七十二张秘方全在我手里藏着呢，你一张也休想拿走！"

"那是白姓全家的，不是你的私产，你交出来！"

"对，是全家的！可你忘了，老爷子临去世前把你们全支出去了，只留了我一个人，为什么？"

颖宇心里咯噔一下子，喃喃地说："秘方？"

"对了，就是秘方！"

第十章

景琦小小年纪居然跟三叔动刀子，家里人马上传开了，都指责二奶奶管教不严。可二奶奶挺高兴，特意叫人去天福号买了一斤酱肘子回来，要奖励儿子白景琦。

芝麻烧饼加酱肘子，景琦趴在桌上大口大口开心地吃着说："妈！这肉真香！"

颖轩和二奶奶坐在桌旁，十分欣慰地望着儿子狼吞虎咽。

"多新鲜哪，天福号的酱肘子！你说这孩子顶用了吧，他敢跟老三动手！"

颖轩不以为然地说："你还夸他。这么小就敢动刀子，长大了还了得？"

"他怎么不跟别人动刀子？"

景琦忽然抬头，看着二奶奶说："妈，你肚子大了，给我生个小弟弟吧？"

二奶奶笑了："你还什么都知道，给你生个小妹妹吧！"

颖轩嗔怪地说："你怎么跟孩子说这个！"

二奶奶开心地笑着说："把这酱肉全吃了。告诉你，胡总管又新请了一位教馆的先生，这回你可得好好念书了。别弄得将来跟你爸爸似的，高不成低不就，一辈子窝窝囊囊。”

景琦不服地说：“我爸爸怎么了，他是‘一生襟抱未曾开’！”

这句话说得贴心又暖人，这句诗是那天父子二人烧火堆时，二爷有意无意地念出的一句诗，出自唐代大诗人崔珏所作《哭李商隐》。二爷是拿自己比作李商隐了，没错！李商隐一生郁郁不得志，原因挺复杂的，他步步都没踩到点儿上，有哪个人能理解二爷呢？包括二奶奶在内，人再好也只落了个“窝囊”二字。

颖轩固然没有大爷风光，没有三爷张扬，但确有真才实学，没有用武之地，这种怀才不遇的苦衷是没人关注，也没人理睬的。儿子竟然聪慧地了解了其中之意，二爷感受的不是儿子的夸赞，而是知音的情怀，他的眼泪差点儿没掉下来。人这一辈子有几个是一帆风顺志得意满的？机会、运气、才能缺一不可，与世无争并不是什么好的品质，不留神打个盹儿，这辈子就错过去了。

二奶奶惊讶地说：“嗬，听说你唐诗背了不少，正经功课怎么不好好学？”

景琦嘟囔道：“教馆的先生都好像刚从坟地里爬出来似的，瞧着别扭。”

二奶奶生气地说：“胡说！你要是再敢把先生气走，我就把你轰出门儿，到大街上要饭去！听见没有？”

景琦老实了，点点头说：“听见了！”

胡总管又请了一位新的老师来，学馆又开了课。趁着老师还没到，景琦小心翼翼端着盛满了墨汁儿的墨盒盖儿，走到门口，上了一张小凳子，景武轻轻扶着门。景琦将墨盒盖儿搭在门框与门楣之间，门虚掩着，景琦轻轻松了手，跳下了凳子。十几个孩子新奇而兴奋地看着。只有景怡似无所见，一个人在后排座上看书。趴在窗子上向外看的景武叫道：“先生来了！”孩子们慌忙跑回座位。景琦把凳子搬到一边，慌忙跑回自己座位。他低头看了看自己桌下早备好的一盆清水，又坏笑着伸头望窗外。

韦先生一身簇新的长袍马褂缓缓走来，刚推门，就被落下的墨盒盖儿洒了一身墨汁儿。他狼狈地挓挲着双手，不知所措……孩子们乐翻了天，景琦满脸坏笑地忙从桌下端起脸盆，走到韦先生面前说："请先生快洗洗吧！"简直就是成心恶心人，全都按部就班地设计好了。

韦先生一口南方口音怒道："这是谁干的？啊？谁干的？！"景陆喊道："白景琦！""我去告诉二大妈！"景武说着就向门口跑，却被景琦一把揪住，脚下使了个绊儿又将景武按到地下。"我叫你去告！我叫你去告！"景琦用手沾了一下地上的墨汁儿，在景武脸上乱涂起来。景武立即成了个大花脸，孩子们围上来乱喊乱叫，不知谁又将一盆水倒在二人身上……韦先生气急败坏，一跺脚离开了，到了前厅，拉着自己的衣服气愤地叫胡总管看，气呼呼地说："太没有家教！太没有家教！"胡总管只能赔着笑脸："实在对不起，这孩子实在是太难管了，没少挨打！"

韦先生说："太出圈儿了嘛！你看，为了今天开馆，我特意换了一套新长袍马褂，在天成号定做的，你看，你看……"

胡总管劝解着说："消消气，消消气！先生换上我那一套。"

"算了吧！这样的小无赖，我是教不了的！教不了！"

得！又气走一位。胡总管急得直转磨，这下儿又麻烦了！

景武受了欺负，颖宇不干了。他左手拉着景琦，右手拉着满脸墨黑的景武，怒冲冲闯进二房院，后面跟着一大帮看热闹的人。颖宇大叫："二奶奶，你出来！"

二奶奶和颖轩忙开门走出来，立即发现了满脸黑的景武，惊诧地问："这是怎么了？""怎么了？"颖宇把景琦一推，"您这位琦少爷，又把教馆的先生气走了，还打我们小五。瞧瞧给抹的，成了窦尔敦了！"

二奶奶转头审视地望着景琦，他却满不在乎地仰头看天。二奶奶拉着脸问："是真的吗？"

“真的！”景琦不管做了多少坏事，全都认，从不赖账。

“前些日子我怎么说的？你再气走了先生就怎么样？”

“赶出大门儿，去街上要饭。”

二奶奶二话没说拉起景琦向外就走，直出院门。颖宇等都莫名其妙，跟着追了出去。

到了大门口，二奶奶使劲儿一把将景琦推了出去，狠狠地说：“要饭去吧你！”景琦踉踉跄跄，好不容易站稳了脚，回过头惊讶地望着二奶奶。二奶奶满面怒容，显然是在等着景琦求饶。景琦一动不动面无表情地看着，并无求饶的意思。当着这么多人的面，特别还有三爷盯着，二奶奶只能动真格的了。她大喝一声“关上门”，秉宽上前将大门关上插好。二奶奶愤愤地转身向回走去，颖宇等人惊愕地望着说：“得！这下老实了。”

被扔在街上的景琦看了看紧闭的大门，灰溜溜地转过身望着街上来往的行人。一个卖半空儿的挎着篮子走过来，吆喝着：“半空儿——多给！”又过来一个要饭的老头儿，拄着棍儿伸着手说：“赏俩吧，老爷！”景琦见过要饭的，这回他可认真地看了，只见老头儿走过来，一看是个孩子，又转身走了，仍向路人叫道：“可怜可怜吧，赏俩大子儿吧！”景琦看着远去的老头儿，想着二奶奶的呵斥“要饭去吧你”。哦，要饭就这样啊。景琦无聊地坐到了台阶上，望着来来往往的人。

二奶奶回到屋里越想越气，抽抽噎噎地哭了；颖轩低头踱步，不知说什么才好。因为二奶奶早说过，她管孩子，不许二爷插手。雅萍拧了一把湿毛巾，走到二奶奶身边说：“管教管教就行了，把孩子叫回来吧。”二奶奶又来了火儿，嚷道：“宁可叫他饿死在外边儿，谁也不许理他！”

景琦仍呆呆地坐在大门外的台阶上，卖半空儿的又吆喝着回来了，问道：“小孩儿，买不买半空儿？”景琦摇摇头，他身上一个子儿都没有。

天擦黑了，大门打开，秉宽端着一碗饭和菜到景琦身边蹲下说：“快吃！别叫你妈看见！”景琦看了看秉宽没言语。

一个行人走过门口，景琦忽然跳下台阶跪在了地上，学着那个要饭的老头儿，叫喊道：“赏俩吧，老爷！”

“你这是干什么？”秉宽大惊。

行人好奇地站住了，景琦两手抱拳作揖喊：“可怜可怜吧，赏俩大子儿吧！”

秉宽急了，嚷道：“起来，起来，这不像话！”

景琦振振有词地说：“我妈叫我要饭的，我听我妈的。赏俩吧，老爷。”

秉宽心想，这叫听话吗？你妈说过那么多话，你一句不听，单这句要饭去吧你听进去了。

有个爷们儿居然掏出俩大子儿扔地上，气得秉宽直拍大腿说：“去去！起什么哄，这是我们家少爷！”

景琦捡起俩大子儿，喊道：“谢谢老爷！”

“跪这儿干什么？”刚出大门的胡总管看见景琦甚是诧异。

秉宽说：“您看，您看，这不胡闹吗？”

又有两个行人路过，景琦又来了劲儿，扯着嗓子喊：“可怜可怜没人管的孩子吧，老爷，太太！”

胡总管吓了一跳，心里说，这也太出格儿了。他惊慌地回身向院里跑去。

都到晚上了，二奶奶盘腿坐在炕上，琢磨着也差不多了，该叫景琦回来了。可她心里这口气还没消尽，一天也没吃饭。炕桌上放着一碗汤面，雅萍站在一旁劝道：“吃两口吧，好不好，一天不吃饭还行？”

“吃不下，心里堵得慌，去把他叫回来吧！”二奶奶终于松了口，毕竟儿子也一天没吃饭，还是心疼儿子。

雅萍刚往出走，胡总管慌慌张张进来了，说道：“二奶奶，您快瞧瞧去吧，景琦他……”

二奶奶一惊，忙问：“他怎么了？出事了？”

“事儿倒没出，他……他跪在街上要饭呢！满嘴老爷太太地乱叫！”

二奶奶一听要气疯了，一下子下了炕，这不是成心跟她较劲吗？她忽然停住了，去了又怎么样？又垂头丧气地坐到炕沿儿上。这孩子他是人吗，啊？这不存心捣乱吗？她忽然抄起扫炕笤帚站了起来，愣了一会儿，又把笤帚狠狠往地下一扔，坐到炕上哭起来。胡总管要去叫景琦回来，“不许叫！”二奶奶恶狠狠地说，“今儿谁要把他放进来，我就跟他没完。叫他上外边儿要饭去吧，这孩子我不要啦！”她本来已经消了气，这下儿，怒气又全撞上来了。

这景琦真够可以的，都入夜了，仍跪在当街。他旁边围了四五个行人，秉宽抱着两手呆呆地站着。

景琦又喊上了：“积德修好吧，老爷太太。”

颖宇从大门走出上前一看，真是吃了一惊，问道：“景琦，怎么茬儿？什么意思呀，您这是？”

“我妈叫我到街上要饭。”

“嘿——好小子，这事你倒真听话！”颖宇转而轰围观的人，“去去去，有什么可看的。”

围观的人说笑着四散了，颖宇点着景琦的脑门儿说：“你说，你今儿闹得是不是太不像话了？”

景琦扭头不理，颖宇劝道：“回去吧，跟你妈说，我叫你回去的。”

见景琦爱搭不理，颖宇想了想，说道：“要不跟我玩儿去吧！”

“上哪儿？”

“三叔带你去个好地方。”

景琦来了精神，忙问：“好玩儿吗？”他一下子站了起来。秉宽一听就觉着没什么好事儿，满腹狐疑地望着三爷。

“当然好玩儿啦！告诉你，最疼你的还是你三叔，走吧！”颖宇推着景琦的肩走去。

秉宽忙追上问道："三爷，您带他上哪儿啊？"

颖宇瞪着眼，斥责道："你少问！"扭脸儿带景琦离去。秉宽不放心地看着他俩，急忙往大门里跑。忽又站住想了想，反身尾随二人而去。

三爷居然把景琦带到八大胡同"春香院"逛窑子去了。

景琦看了看春香院的幌子招牌，闹不清这是什么地方，随颖宇走进去，里面立即传出"大茶壶"的喊声："接客——三爷来啦——"

秉宽远远地跟到门口一看，好家伙，这还了得吗！他转身往回跑，急急忙忙地告诉了二奶奶。听到秉宽呼哧带喘的禀报，二奶奶一下子从炕上跳下，居然发了半天愣，钻了被窝儿的颖轩也坐了起来。二奶奶吃惊地问，是听谁说的？秉宽说，他不放心偷偷跟了去，亲眼看见的。二奶奶抓了件衣服往外就走，说道："叫马号备车！"颖轩叹着气连连摇头："这都什么跟什么呀！"二奶奶又回身指着二爷的鼻子说："这就是你教的好儿子！"

三爷会找乐子，叫了三个姑娘，搂着抱着撒了欢儿地在调笑。景琦懂什么呀？坐在靠隔扇的椅子上傻呵呵地看着。"花儿，过来，叫三爷香一个。"花儿忙把脸凑到颖宇面前，颖宇在花儿脸上吧唧亲了一口，几个人一阵大笑。景琦也跟着开心地大笑，觉得挺好玩儿。颖宇叫花儿去陪陪景琦小少爷，花儿故作羞涩地说他懂吗，他会吗？几个人又一阵大笑。三爷推了一把花儿，说道："快去！景琦，叫花儿姐给你嗑瓜子儿吃！"景琦微笑着，花儿用小手绢托着瓜子儿走到景琦身边坐下。花儿叫景琦嗑瓜子儿给她吃，景琦抓了一把瓜子儿正经地嗑上了。

这边二奶奶带着胡总管和秉宽怒冲冲进了春香院，大茶壶忙迎上，喊叫道："接客——里边儿——"他"请"字未出口便觉不对劲儿，忙上前拦住，问道："哎哎，这位堂客……"胡总管、秉宽把他推到一边儿，护着二奶奶大步走进厅堂。花儿正搂着景琦的肩，景琦将嗑出的瓜子仁儿放进她嘴里……

二奶奶猛推门进屋，正搂着妓女胡闹的颖宇闻声回头，大吃一惊，景琦也呆愣住了。二奶奶愤怒地望着景琦，颖宇有点心慌地忙站了起来，二奶奶没有理睬他，快步走到景琦前。二奶奶突然抬手猛抽了景琦一个耳光，瓜子儿乱飞，花儿吓得忙窜到了一边儿。二奶奶怒吼一声："滚出去！"景琦撒腿跑了出去，颖宇心虚地望着。二奶奶回头质问道："谁叫你带他上这种地方？"颖宇强作镇静地说："怎么了？我们老爷们儿的事，你少管！"

"我就要管！"突然，二奶奶抡圆了胳膊，"啪"地扇了颖宇一个大耳光。三个姑娘吓得抱成一团躲到了屋角。

颖宇晃了半天才反应过来，叫道："你……你敢打我？"

二奶奶吼道："打的就是你！"

颖宇觉得这也太没面儿了，卷着袖子便要上前："没了王法了！我今儿——"

二奶奶突然抽出一把剪刀指着颖宇，横眉立目说道："你敢往前来，我就捅了你！"

没想到二奶奶早就备好了这手，颖宇含糊了，说道："干什么？你别在这儿闹行不行，有话回家去说！"二奶奶不能在这种地方多纠缠，愤愤地转身而去。颖宇白白地挨了一嘴巴，摸着脸骂道："这娘儿们，真他妈野！"

一进家门，二奶奶就让景琦在堂屋地上罚跪。景琦跪在屋中间，他没觉得自己有什么不对，要饭是妈的指令，有什么错？去春香院是三叔领着去的，嗑瓜子、香一口，真的挺好玩儿。他跪在那儿一边想一边觉得特别可乐，竟情不自禁地偷偷笑了。二奶奶喝完一碗银耳羹将碗交给丫头，丫头拿碗走了出去。颖轩趴在被窝儿里抽着烟，他心疼儿子，不得不发话："行了，叫他睡吧，折腾一天一宿了。"

"不行，叫他跪着，以后我管孩子你少插嘴。"

"我才不管呢！"

"就因为你不管才把孩子惯成这样！"

“你倒是叫我管还是不叫我管？”二奶奶真是气糊涂了，叫二爷问得没了话说。

景琦是真累了，这一天一宿折腾的，跪着居然打起了瞌睡，头点得像鸡啄米似的，两眼如何努力也睁不开。一个瞌睡没控制住，他身子一歪倒在地上，自己把自己吓醒了。

二奶奶撩帘向外一看喝道：“跪好喽！”景琦忙爬起来又直直地跪在地上。

二奶奶苦心经营的套路终于见了成效。这日，常公公兴师问罪来了，他坐在百草厅的公事房里，神色紧张的董大兴、颖宇和武贝勒在一边恭恭敬敬地站着。常公公用脚尖踢着一个长方大提笼，里面装着各种丸药，阴阳怪气地说道：“这就是你们百草厅的药？和以前怎么比？过去的丸药放三年还是新鲜的，你们这倒好，不到一个月硬得能把人的牙硌崩喽！”

董大兴愧疚地应付道：“是，是！这不正想法子呢吗？”

常公公撇着嘴说：“还法子呢？乌鸡白凤丸愣吃出渣子来了。”

董大兴满面愁容地说：“跟您说句实话吧，所有的秘方和原来柜上的老人儿全叫白家的人扣着呢，干着急，没辙呀！”

常公公斜眼看着颖宇问：“你不就是白家的人吗？”

颖宇话里有话地说：“是，是！可不是我扣的，我是老三，当家的不是我。”

“是二奶奶吗？”常公公成心给了颖宇这么一句。

“是，请宫里下道令，让二奶奶交出来吧！”颖宇可逮到了机会，趁势说道。

“哎？你是白家的人，胳膊肘怎么往外拐呀？”常公公一下子转了风头。

“这不是为了宫里用药吗，我不能光讲私情啊！”这话又在理儿，又顺耳，还捎带着把二奶奶搭进去了。

常公公根本不吃这一套，斥责道：“说得好听！我早知道了，你们内外勾结欺侮人家寡母孤儿，人家把白家的匾摘回去，你们还打人家。”

颖宇和贵武一脸蒙登，董大兴着实吓了一跳，这是早有人下了眼药儿了，忙辩解说：“没有的事儿啊，常公公，您……”

“甭跟我这儿装孙子！你们要再不改，我就叫二奶奶接办百草厅！”常公公终于抖了底。

贵武知道这不是儿戏话，急忙道：“常公公，这可使不得，您总得看詹王爷的面子，这里有詹家的股。”

贵武正好说了常公公最不爱听的话，他戏谑道：“怎么着？想拿詹王爷压我？小子，这会儿不是同治爷的天下了，嫔主子也死了，詹王爷不大威风得起来了吧？打今儿起你们的宫廷供奉免了，预支的官银月底全部交回，少了一两我叫你们吃不了兜着走！”

颖宇惊慌道：“常公公，高抬贵手……”

常公公看着颖宇和贵武，问道：“‘南记’是你们二位开的？”

二人忙说是。

常公公站起身说：“等着查封吧！连生了虫的甘草、发了霉的大黄你们都敢用，魏大人已经上折儿告你们了。”

常公公转身走了，贵武和颖宇知道这回可崴了泥了。

董大兴走投无路了，他把所有股东叫在了一起，摆了一桌丰盛的酒菜，却没有人动，几个人乱哄哄地争论着。

董大兴敲着桌子说：“那天摘匾我就说不能摘。只要二奶奶入了股，那些老人也回来了，秘方也有了，何至于有今天。你们那两眼儿光盯着那一股，就没想过这买卖怎么维持，你们有一个听我的吗？这回得求人家了，求人家把匾挂回来，给人家一股人家还不一定干不干呢！”

又是一阵乱哄哄的议论，结果是同意二奶奶用老匾入股。董大兴说：“二奶奶是个难对付的角儿，谈成什么条件，全得由我做主！”大伙儿当然没意见，颖宇担心道：“董掌柜，跟二奶奶说话得留神，惹急了她能大嘴巴抽你！”

董大兴讪笑道：“大概三爷叫她抽过吧？”

“抽我？她敢！借她俩胆子！”颖宇下意识地摸着自己的左脸。

谈判开始了。魏大人面前桌上摆着纸、笔，董大兴、二奶奶相对而坐。

魏大人说：“今儿我只是个中间人，做个见证，细目你们二位自己谈。”

董大兴说：“只要把老匾挂回来，我们情愿让二奶奶入股。”

二奶奶说：“董掌柜大概知道这块匾的分量了吧！”

“正因为知道了才来求二奶奶，其实我早就知道。”

“那好，我要一半儿！”

“您是说，加进四股？”

“不是，加进八股。”

“把百草厅分成十六股，您占一半儿？”

“对！”

董大兴一下傻了眼，为难道：“这可是没法儿谈了，魏大人……”

魏大人忙摆手说：“别问我，我只做个见证，你们二位谈。”

“这我没法儿向东家们交代呀，您原来可说只进一股。”

“现在不成了，您做主吧！”

“我做不了主！”

“做不了主，您今天就不会一个人来！”

董大兴知道厉害了，说道：“对……我做得了主，可这太狠了！”

二奶奶起身说道：“魏大人，就这样吧！胡总管，送客！”

董大兴慌了：“二奶奶，您得容我说话呀！”

“你说！”

“少点儿，比您原来说的翻一番，两股还不行吗？”

“原来是我求你，今天是你求我。你这是走投无路了才求我，你不答应也没关系，我等着，我有的是耐心，等到你再来求我，可就不是一半儿了，懂吗？”

董大兴张口结舌说不出话来，魏大人钦佩地望着二奶奶。

二奶奶慢条斯理地说：“老匾放在那儿也烂不了，我着什么急呀！”

董大兴说：“二奶奶真是女中豪杰，我这七尺男儿甘拜下风，来吧，我按手印儿！”

二奶奶大张旗鼓地又带着景琦来到老号门口，还是由秉宽荷儿摞着景琦，把白家老号牌匾又重新悬在了百草厅门楣上。

百草厅的股份盘回了一半，二奶奶更不得闲儿了，忙完了柜上忙家里。她既没把那七八个老人儿弄回来，手里的秘方也一张没交，谁也猜不透二奶奶又在憋什么鬼主意。二爷依然什么都不管，没事儿钻到花房练书法，捎带着伺候各种花。家里学馆因为一时还请不到老师，孩子们也都放了羊似的到处乱窜，景琦更是闲不住了，变着法儿地淘气胡闹。

这天，景琦把兄弟们都招呼到了药场。通药场的月亮门早就开通了，堆得高高的草药包下面跪着景武、景陆和四五个不知谁的孩子。景琦高高盘腿坐在药包顶上，面前一个大碗里装着土，上插一根燃烧的蜡烛；旁边放着一摞黄纸和一个大空碗，景琦脱得一丝不挂，全身贴满大赤金。只见他高声念道：“天灵灵，地灵灵，混世魔王要降生，玉皇大帝下了凡，降妖捉鬼显神能。”念罢，他拿起几张纸烧着扔了下来，六七个孩子好奇地抬起头看。

景琦大叫：“低头！不许抬头！看神仙，烂眼睛！”孩子们忙又低下头时，景琦拿起大碗向里撒了一泡尿，趴在药包上将一碗尿递给一个孩子说：“我祈下圣水儿来了，一人喝一口，不许多喝，喝了它延年益寿。”景陆喝了一口递给景武，景武喝了一口忙吐了出来，叫道：“什么圣水儿，这是尿！”景琦厉声呵斥道：“胡说，诽谤佛祖，三世不得超生！”

二奶奶的肚子一天比一天大，真的快临盆了。她抽空回屋里，正坐在炕沿上整理婴儿的小衣服，颖轩悠闲地坐在一边，抽着烟袋问：“快生了吧？”

“还得两个多月，盼着生个丫头，小子太淘了。”

“你悠着点儿别太累了，老铺盘回了一半儿，你先松口气吧！”

“松不得，你不知道我心里有多急。你往后也闲不住了，以后秘方配药，这最后一味药都得你亲自动手，我这可干不了。”

“这用不着你操心了……”

胡总管匆匆走了进来，着急忙慌地说：“二奶奶，您去看看吧，景琦在药场玩儿火，这可不是闹着玩儿的！”

二奶奶一听这可真不是小事，药场怎么能有明火，万一出了事，后悔就晚了！她把手里的小衣服一扔，急急忙忙出了屋。她赶到药场时，只见景琦光着屁股，浑身贴满金箔，正在把烧着的黄表纸往下扔，这实在太悬了！景琦仍高叫着：“玉皇大帝下凡了，我就是玉皇大帝……”二奶奶强忍着怒气叫景琦下来。

景琦正玩得高兴，并没觉得哪儿不对，问下来干什么。二奶奶耐着性子让他下来，说给他买了好吃的。

孩子们都站了起来大叫：“二婶，景琦给我们喝尿！”

景琦一下子从药包上跳了下来，说道：“不许胡说！等着我，给你们拿好吃的来！”

二奶奶拉起景琦的手回到屋里，进了门用力一推，回身将门关上插好。颖轩闻声忙撩开里屋门帘探身出来看，着实吃了一惊，只见景琦一丝不挂地满身贴着大赤金箔，那金箔是包药用的。二奶奶走到条案前拿起大鸡毛掸子，二话不说，转身就开始凶狠地抽打景琦，顿时金箔碎片满屋乱飞。

那是真打呀，一下一下的抽打声叫颖轩看得心惊胆战，像打在自己身上一样，可景琦却一声不吭地忍受着。屋外大人孩子们围了一大堆，雅萍拼命地敲着门，胡总管、秉宽急得乱转。孩子们扒门扒窗地乱看，只见二奶奶越打下手越狠，金箔碎片加着鸡毛满屋满地地乱飞，景琦已低着头靠着隔扇坐到了地上。二奶奶也没了力气，又打了两下，筋疲力尽地把掸子扔到地下，坐到了椅子上。碎金箔纸还在飘飘落下。二奶奶喘着气，喝叫景琦站起来，景琦仍坐在地上一动不动。二奶奶感到不对劲儿，赶忙上前推摇，叫道：“景琦！景琦！”景琦垂着头不动，昏了过去，二奶奶顿时傻了，叫喊道：“景琦呀——”

颖轩已是满眼含泪地慢慢走到门前开了门。雅萍冲进来，忙把二奶奶扶起，随后进来的秉宽抱起景琦，大步向门外走去，孩子们跟着跑……

雅萍扶二奶奶坐到椅子上，二奶奶哭了起来。雅萍也流着泪埋怨说：“打得太狠了，打得太狠了。”

二奶奶哭咧咧地说：“我也不想打这么狠哪……他但凡说句求饶的话，我也不打了……”

雅萍摇着头说：“哪有这么打孩子的？”

颖轩将湿毛巾递给二奶奶，二奶奶一见颖轩来了气，说道：“你是死人哪，打成这样，也不过来拉着点儿！”

颖轩十分冤屈地说：“你说过，你管孩子不叫我插手！”

二奶奶气得又哭：“他越不叫饶我越来气，他哪怕哭一声儿我也不打了。”

颖轩埋怨道：“你不知道他生下就不会哭？”

“唔……你的心太狠了，打成那样你都不说拉着点儿……唔……”二奶奶哭得更伤心了。

颖轩终于回了一句：“哼！自己那么狠心还倒打一耙！”

二奶奶忽然停住了哭，叫道：“胡总管！”

胡总管忙应道：“二奶奶！”

“你得给我找个厉害的先生来，好好管管景琦！”

胡总管为难地说：“找了，我找了，可是……人家听说是教景琦，没一个人敢来！”

“咱们多给银子。”

“有位先生说给个金山都不来，还想多活两年呢！”

二奶奶发狠地说：“再找！找个厉害的，打死他都不用偿命！你要找不来，我就把你辞了！”

胡总管满面难色地望着雅萍，这也太不讲理了。这还真赖不着胡总管，他真尽力了，可白景琦太淘，臭名远扬，没哪个老师愿碰这个烂摊子。

那厢二奶奶为了景琦操碎了心，这头三爷颖宇也颇不顺心，他好几天没去“南记”。这天，他乘马车路过“南记”门口，发现门面上着板儿没开门，顿生疑惑，连忙停车下来进去查看。只见前堂临时搭了个木板床铺，正睡觉的伙计被惊醒，忙起身道：“哟，您回来了？”颖宇奇怪地问：“我上哪儿了？”伙计也奇怪地问：“您不是跟武贝勒去天津了吗？”“我去天津干什么？”颖宇越发诧异。

“哎？您怎么问我呀？武贝勒昨儿把柜上的现银全提走了，说跟您去天津开个新号。这儿保不住了，已经歇业了。”伙计还以为这些事是三爷早和贵武商量好的。三爷更奇怪了，问道：“你在这儿干什么呢？”伙计似乎是明白了，说道：“合着您什么都不知道？武贝勒留我在这儿看摊，他说要找个好买主卖这铺面房！”颖宇懊悔地扬手用力拍了一下自己的脑门儿，叫道：“我他妈的我了！好你个贵武，吃人饭不拉人屎……他什么时候去的天津？”伙计忙说，天一亮就走了！“贵武！你兔崽子等着……”颖宇转身出门，到门口又转回头：“你在这儿盯着，我这就去天津，没我的话儿，这房子谁也不能卖！”说罢转身出了门。伙计好像还没睡醒，嘟囔说：“这都什么乱七八糟的！”

颖宇万万没想到，贵武一听到常公公要查封“南记”，干脆先下手为强，来个卷包儿会，一人拿着银子躲天津去了。

颖宇赶到天津到处找贵武，一路打听着来到了“宝胜赌局”。刚进院子，就有个大胖子从廊子上走过来，这是二掌柜老球。“找谁你老？”他一口天津话。

颖宇问：“请问有位北京的贵武，武贝勒来过这儿吗？”

“北京‘南记白家老号’的东家？”

“对对对，可找着了，我找了好儿天了。”

“你是他什么人？”

“好朋友，铁杆儿的好朋友，白颖宇。”

“白家老号有位白三爷认识吗？”

“不才就是我！”

“头儿！白三爷来了！”老球扭头大叫。

应声从北屋门角走出三个彪形大汉，为首的头儿道：“好嘛！挺守信用，白三爷送银子来了，拿来吧！”

颖宇诧异地问：“银子？什么银子？”

“这么回事。他把银子赌光了还欠一屁股债，说叫我们找白三爷要，你不是白三爷吗？”头儿说着走到颖宇跟前。

颖宇忙说：“是啊！”

老球说：“你是贵武的铁杆儿朋友？”

颖宇傻乎乎点着头说：“没错儿！”

头儿说：“那就对了，拿银子吧！”

颖宇一听就急了：“什么对了？他赌输了，凭什么找我要银子？”

头儿说：“贵武说他的银子都存在你那儿了。”

颖宇气不打一处来，骂道：“放他妈屁！我的银子全叫他卷跑了！”

头儿并不理会，执拗地说：“你们俩的事儿我管不着，拿银子吧你老！”

颖宇知道上了大当，叫道：“合着我找上门儿挨坑来了？！我得找他算账去。”

见颖宇想脚底抹油——开溜，老球一横拦住了去路，说道：“哪儿去！把银子放下再走！”

颖宇一瞪眼，质问道：“讲理不讲你们？”

老球突然上前，一把揪住颖宇的前胸衣服，将他顶在墙上，威胁道：“欠债不还你还有理？今儿你还想出这门儿吗？”

几个大汉也围了上来，颖宇惊恐万状地望着。

头儿大声喝道：“要命还是要银子？”

颖宇大叫：“我冤枉！冤枉！你们不能光听一面之词，这样好不好？咱们把贵武找来当面说清楚，你们告诉我他在哪儿？”

“他在哪儿我怎么知道！”老球说着松开了手，把颖宇的戒指、怀表、玉佩全摘了下来。三爷㞞了，就没敢吭声儿。

头儿说：“他回北京了，他说他是詹王府的贝勒爷，西太后明儿要召见他。”

颖宇愤怒地骂道：“啊呸！西太后知道他是个屌毛啊！这个下三滥！”

头儿说：“你找去吧！找不着他，我们还跟你去要！”

颖宇垂头丧气地说：“我他妈叫人卖了还帮人家数钱呢！”

头儿说：“你走了，我们上哪儿找你去！”

颖宇起誓发愿地说：“找着贵武我把他带来，三头对证，我要是该给银子不给，你们把我剁喽！”

颖宇还没回北京呢，南记白家老号就被查封了，常公公一言九鼎说到做到。

店门上贴着封条，墙上贴着一张大告示：“奉九门提督令，自即日起查封南记白家老号，由都院监办招商，凡欲承办者，请到都院面议。”

第十一章

被洗劫一空的白颖宇终于风尘仆仆地回到了家。灯下，景双、景武正趴在桌上写大字，抬头叫了一声爸，又欢快地回头大叫："妈，爸爸回来了。"颖宇一脸晦气，谁也不搭理地往里走，好像没看见从里屋迎出的白方氏，管自进了里屋。鞋也不脱，仰面往炕上一躺，白方氏忙跟进来坐到炕沿上，嗔怪道："你死到哪儿去了？好几天不回家？'南记'查封了你知道不知道？"颖宇没好气地说："多废话呀！我能不知道吗！""起来起来，瞧你这一身土！"白方氏边说边给他脱鞋。颖宇不耐烦地说："凑合点儿吧！能活着回来就不错了！贵武那小子把银子全卷走了，你知道吗？"白方氏根本不知道，吃惊地问："啊？找着他没有？"

"这个畜生！在天津赌光了还欠一屁股债。你猜他有多损，愣叫那帮赌棍找我要银子，那帮混混儿差点儿没把我剁了！"

"这下咱们辛辛苦苦攒的银子，不是全完了吗？"

"唉！都说三十年河东，三十年河西，这刚几年哪？就他妈河西了？"

"我早说过贵武不是好东西，跟他搭伙还有好儿？"

"你什么时候说过他不是好东西，你以前不是把他夸得一朵花儿似的？”

白方氏悔得肠子都青了，哀叹道：“往后这日子怎么过呀！”

“贵武躲着不见我，没门儿！”颖宇一下子坐起来说，“你知道詹王府大格格生那俩孩子是谁的？”

“听说是贵武的。”

“没错儿，小子！我不信你贵武不来找我！”三爷要直戳贵武的软肋。

一向争强好胜精于算计的三爷白颖宇做梦也没想到会沦落到这个地步，在自己家里占尽了便宜，居然让个外人给算计了，丢尽了老脸。这以后在街面上还怎么混，不能饶了这个小子！左思右想这个窝囊啊，连个撒气的地界儿都没有，也不知道这位爷是搭错了哪根儿筋。也许是平时喜欢洋玩意儿的缘故，什么洋表、洋画、洋烟、洋瓷器，叫他想起了离家不远的十条口的洋教堂。

白颖宇听说教堂里有个神父，专门儿听你诉委屈，还帮你出主意，转个运什么的。更多的东西他也不懂，每天从教堂门口不知道过多少回，从来没进去过。这天，三爷终于走进了教堂，跪到了忏悔室的门外，里面坐着容神父，隔窗听着三爷的祷告。总算找到个一吐为快的地方，颖宇学着别人的样子，还不停地在自己胸前画着十字：“……我叫人家坑了，倾家荡产了。我没坑害过别人呀，我就是想发点儿财，把日子过好点儿，我招谁惹谁了！您老叫我要宽恕，可谁他妈宽恕我呀！我不是到了无路可走，我不入您的教！主喂，您给我指条明路吧！您给我看看‘八字儿’，要不抽个签儿，看看我这两年走的是什么运哪！”

这都什么跟什么呀，甭管怎么着，三爷入了洋教。

强中更有强中手。“南记老号”刚被查封，二奶奶打起了这家店的主意，她悄悄地向胡总管说要承办“南记老号”。

胡总管一愣，惊诧地说：“这怎么可能呢？您恐怕是得陇望蜀了吧？”

“做生意就得吃着碗里的看着锅里的，这是把老号全盘回来的唯一指望。”

胡总管歪着头说：“不明白！”

“咱们独家承办‘南记’，和百草厅打擂台！”

“百草厅可有咱们一半儿的股份哪！”

“就因为那一半儿还不姓白，所以非打得百草厅走投无路，叫他们把那一半儿也拱手交给咱们不可！”

“可无论财力、物力、人力咱们都不行！”

“行！先把那七八个老人儿都用到‘南记’，再找常公公，无论如何要把宫廷供奉拿到手，就有了银子！百草厅啊，叫它接着往下赔！”

“可眼下呢？没有三万两银子，甭想承办‘南记’！”

“砸锅卖铁，磕头借贷也要把这三万两凑上，舍不得孩子套不着狼！把给大爷留的那一份儿也押进去，把家里能变成银子的东西全押进去！”

“破釜沉舟，不留后路？”

“不留！咱们手里还有个撒手锏！”

“秘方？”这方面胡总管可是个内行。

“秘方！为什么董大兴催了我这么多回要秘方制药，我就是不给？时机没到！有了秘方，我就敢不留后路！”

就这样，二奶奶咬着牙硬是把“南记”盘下来了。

铺面墙上贴着张告示：“南记白家老号”由白文氏出白银三万两重新修建，将残存药料及房地基折价，以后该号之一切财产、经营，均与原号人无关，一切闲杂人等，不许骚扰滋事。

七八个老人回到“南记”，二爷也开始忙起来了。拿下了“南记”，自然不能忘了常公公，至关重要的下一步还得指望他呢。

八月中秋，二奶奶提着月饼匣子、干鲜果品来看常公公了。葡萄架下一个小圆石头桌，常公公坐在桌旁，常玉、常环正在摘葡萄，圆桌上放着一大碗清水。二奶奶也帮着摘葡萄洗葡萄。

常公公忙说：“二奶奶歇会儿，瞧你挺个大肚子，叫她们摘！”

“常老爷，您在宫里什么好吃的没吃过，可这葡萄现摘现吃，您没享受过吧？”二奶奶边在大碗清水中涮着葡萄边说。

“这还不是托你的福？”

二奶奶嗔怪地说：“您叫我折寿！我是托您的洪福了，您快尝尝！”

常公公接过葡萄说：“你也吃，你也吃！”

“常公公，我把‘南记’承办了，我不能忘了您的好处，给您。”二奶奶擦擦手，掏出一纸契约递上，“‘南记’是按四股分的，我们大房、二房和老太太，这是您的一股。”

这一手够厉害，常公公压根儿就没想到，忙说：“别价，这可不合适。”

“没有什么不合适，没有您，哪儿有白家的今天！”

“不行，不行，我受你的好处太多了。”

“您死乞白赖不要，是怕我以后再有事求您吧？”

常公公知趣地笑了：“你要这么说，我可得收下了。”

“百草厅那边我还做不了主，只有一半儿股份，只要有一天全盘回来，我照样给您一大股。”二奶奶趁热打铁，欲擒故纵地又撒了个套儿。

“越说越没道理，我这是坐享其成了。”

“您这是应得应分！”

“快把百草厅全盘回来，别叫那帮小子在里头瞎搅和了！”常公公迫不及待地上了套儿。

二奶奶早想好了，按部就班地把套儿收紧，说道：“那您可得给我撑腰！要想盘回老号，有个办法最快！”

“说说我听听。”

“必得请内务府把‘宫廷供奉’赏给我。”

“百草厅有了‘宫廷供奉’不是更威风了吗？”

“不给百草厅，给‘南记’。”二奶奶顺势撑船，一竿子插到底。

常公公愣了，两眼瞪着二奶奶半天没转过弯儿来。

“您琢磨琢磨，百草厅还有好日子过吗？”

常公公恍然大悟，叫道：“二奶奶，这手够狠了！过瘾！过瘾！我得帮你把这出戏唱圆满了，宫廷供奉的事儿就包在我身上了。”

“有您撑腰，我可是狐假虎威了。”二奶奶兴奋地站起来拿葡萄，忽觉肚子一痛。

“怎么了？”

“我有点不得劲儿，我得走了。”

“今儿不能走，我在‘砂锅居’要了白肉，贴秋膘儿！”

“不行，今儿真有事。改天，改天，我走了。”二奶奶忙忍痛向外走。

“怎么了这是，环儿，快送送！”

玉环扶着二奶奶艰难地走出去，二奶奶突然趴到了车帮上，两手捂着肚子，脑门沁出冷汗。赶车的狗宝回头见二奶奶疼得直不起腰来，连忙跳下车搀扶，坏了！这是要生了吧？二奶奶勉强上了车，无力地躺到了车里面；狗宝忙放下车帘，二奶奶急迫地连说她不行了！快！

您瞧瞧！这都什么模样了，她还满世界乱跑！多少人劝过她不听啊。

狗宝见状忙甩了一鞭，马车跑起来了。过了片刻，听不见动静，狗宝正暗自疑惑，突然车里传出婴儿的啼哭，狗宝大惊失色，妈耶！真生到车上了！

可不是，真就生到车上了。如二奶奶所愿，生了个丫头。这丫头得是个什么命啊，真是福大命大造化大，全家人是又惊又吓又喜。雅萍拿个红布条儿挂在了门侧，景琦跑来要进屋，被雅萍拦住。景琦吵着要看看小妹妹，弯腰想钻进去，被雅萍一把拉住关在了门外。雅萍要去回老太太一声，给这丫头起个名儿。二奶奶说，还是二爷从柜上回来，叫二爷取吧。晚饭的时候二爷才回来，听说生在车上了，又惊又喜，给女儿取了个白玉婷。

又是一个冬天，北风呼号，街上行人稀少，卖冻豆腐的挑着挑子走过吆喝着喊：“大块儿的冻豆腐！”

眼看着要冬至了，在宅门里这可是个大节气，怎么过？三爷是没着没落了，这几个月坐吃山空，仅有的一点积蓄也快花光了。入了洋教，也没发了财，就认识了几个洋朋友。实在过不下去了，就把家里的古玩玉器拿出去卖了，老太太屋里的东西也没少拿，三奶奶白方氏也不和人来往了，没脸见人。

眼看着二房慢慢兴旺起来，还盘下了“南记”，三爷觉得二奶奶这个人太阴、太狠、太狡猾，想起来就妒火中烧，找个碴儿就骂骂咧咧，恨得牙根儿疼。他搜肠刮肚也想不出什么招儿来，贵武那小子也不知躲哪儿去了。没想到快到年根儿了，讨债的又讨上门来。谁呀？天津“宝胜赌局”的头儿和老球来了，堵着白家大门要债，秉宽硬着头皮对付着。

头儿手里揉着两个大铁球，问道：“白三爷是不是住这儿？”

秉宽答应着说：“没错！”

头儿蛮横地喊：“叫他出来！”

“他不在家！”秉宽看着架势不对，忙撒了个谎。

三爷当然在家，他深知这帮混混的厉害，压根儿不敢露面，偷偷儿溜到影壁后面探头看了看，又悄悄跑了回去，慌慌张张进了门。白方氏感到奇怪，问道：“怎么了？吓成这样儿？”

“天津赌局的又要债来了。”

“真是的，又不是你欠债，你怎么跟做贼的似的。”

“你懂什么？跟这帮混混儿没法儿讲理，要钱不要命！”

“叫他们找贵武！”

“能找到贵武我还躲什么！这个王八蛋弄得我人不是人，鬼不是鬼！”

两个混混儿坐在大门道里不走了，胡总管一看，这不是个事儿，忙跑到配药房去找二奶奶。二奶奶正指挥伙计们把药料搬进配药房，颖轩站在门口看着，最后一个伙计出门，颖轩走进去关上门，二奶奶将门锁上。胡总管匆匆走来说了两个混混儿堵在门口找三爷要债的事，二奶奶坐到伙计端来的一把椅子上，叫胡总管去找三爷。胡总管说三爷躲着不敢出来，这不是个事儿啊，那两人来头不善！二奶奶想了想，就知道三爷绝不敢出面，可这关乎到整个白家的声誉，便站起身说："去看看！"

头儿见是个女人走出来，忙站了起来。二奶奶上下打量着头儿，问道："你们找三爷？"

"三爷欠我们的账。"

"欠多少？"

"三千三百两！"

"有字据吗？"

头儿拿出字据递给二奶奶，说道："有！"

二奶奶看了看说："这不是三爷欠的！"

"武贝勒叫我们找三爷。"

"这银子不能给！"

"您是他嘛人？您做不了主，我们还是找三爷！"

老球插话道："三爷不给也行！一条腿一千两，外加一双眼珠子，出了人命我们有人儿陪着死！"

二奶奶冷冷地看着二人，知道这帮混混儿不是说着玩儿的。

"看嘛？说到做到，他还跑得出这院儿去？"老球耍起了光棍儿。

"胡总管！到账房给他们提银子，这字据我留下了！"

二奶奶说毕转身向院里走去，这边颖轩配完了药开不开门，在门里用力拍门大叫："开门！开门！"

二奶奶匆忙跑过来忙开了锁，放颖轩出来，颖轩叫伙计们搬药。二奶奶叫他回屋歇着去了。颖宇背着手慢慢走来说："二嫂！独家配药秘不外传，还是祖传的规矩！"

"那当然。"二奶奶拿出欠债条儿问，"老三，这是怎么回事儿？"

"我可告诉你二嫂，我就是来跟您说这事儿。这银子您别找我要，这是贵武的赌债，你干吗替他还！"

"我就知道我这好人儿当不成。"

三爷是什么人性，二奶奶了如指掌，她压根儿没指望他知情、报恩。按规矩办事，也从未想过赶尽杀绝，他毕竟是二爷的亲三弟。三爷并不这么想，他是吃里扒外、色厉内荏的角儿，揶揄道："二嫂，你够阴的，拿一大把当票儿给我看，转眼你又承办了'南记'，你这银子从哪儿变出来的？"

"不是分了家了吗，你管得着吗？"

"是，是！是管不着，可老铺的老匾是祖传的，这我该管得着吧？"

"你想怎么着吧！"二奶奶坐到了椅子上。

"我坐哪儿？"

"自己搬把椅子去。"

颖宇晃悠了一下，说道："还是站在这儿说吧，东家坐着，我穷光蛋站着。不过拿老匾入股，该有我一份儿吧。"

"有你一份儿！"

"我跟你说正经事儿呢！"

"我也没跟你闹着玩儿啊，不信去查查红头账本儿！"

"我怎么觉得你是跟我闹着玩儿的啊，就这么痛快？痛快得我都不敢信！"

"你要嫌痛快了，我就给你立个规矩，你要不依，那咱们可就不那么痛快了！"

"您说，我没那找不痛快的瘾！"

"你拿三股，可老铺的一切经营你不能插手，'南记'与你无关！"

"你一人儿拿七股？"

"大房头拿四股。"

白颖宇本来想找碴儿耍赖的，没想到二奶奶如此大度，如此宽容，如此不计前嫌，秉公办事。长这么大，他还没服过谁，他觉得世上的人都他妈欠他的，他从没觉得这世上还有好人。你倒了霉，下井投石的有的是；你发了财，谁都贼着你兜里那点儿钱，世上居然还有不一样的人，三爷服了。想起前前后后的许许多多事来，一时半会儿的竟理不出个头绪，有生以来第一次，他从心底里服了，由衷地说道："二嫂，我从心眼儿里服你！我过去净跟你犯浑，用我们洋教的说法儿，你宽恕了我。我这么难的时候你拉了我一把，我这辈子也忘不了。"

二奶奶语重心长地说："一笔写不出俩白字儿。你呀，别光窝里斗，有什么出息？"

"我知道，二嫂，刚才你还的赌债从我息里边儿扣。我找贵武那兔崽子去，我要叫他大口大口地吐黄水儿。"

范记茶馆的老板终于替胡总管找到了一位教馆的先生，胡总管斜了范掌柜一眼，说道："你跟人家说明白了吗？知道教谁吗？跟人家说了景琦的禀性没有？要多少银子？"

范掌柜说人家什么都知道，愿意教景琦，也不指这银子活着。论学问是国子监的监生，论功夫是神机营的武师，论什么都是一等一的。

胡总管来了精神，忙道："行，明儿请过来先见见二奶奶。"

这位季先生好打抱不平，跟武贝勒的人动过手，还救过被绑架的小景琦。就凭景琦当时被绑了票儿，还能呼呼大睡，趁着乱还偷了一张牌，一连气走了好几位教馆先生，他就觉得这孩子天性不错，是块料。所以范掌柜一找到他，就毫不犹豫地答应了。

季先生人高马大，气宇轩昂，看着雄赳赳的样儿，可神气里总带着一股子斯文，性情孤傲，不大合群。胡总管与他在茶馆见了面，第二天，请他来府上先见见二奶奶。

胡总管陪季宗布走进大门，路过门房的时候，向里一看不禁站住了。门房里景琦和一帮兄弟们正围着火炭盆烤白薯。景琦伸手翻着自己那块白薯叫六儿也快翻翻，小心煳了，景陆怕烫着手不敢翻。景琦故意把自己那块用手翻来翻去，说道："真没出息，这怎么会烫着！"季宗布津津有味地望着。景陆怯生生地伸手翻白薯，一下子烫着了，忙缩回手哭了。景琦不屑地斜了一眼景陆问："怎么了"景怡不满地说："你也是，你就不会替他翻翻。"景琦说："烫一下也不至于哭，没出息！"景陆急了："敢情没烫着你！"

"烫着我怎么了？"景琦忽然撸开袖子露出了胳膊，拿起火筷子夹了一小块儿红炭放在胳膊上，孩子们吓得大叫。胡总管大惊，刚想进屋，被季宗布一把拉住。两人不眨眼地看着屋里，只见景琦一直让那炭块儿在胳膊上冒烟，直到不冒烟了，他才用手一下子将炭灰掸掉，满不在乎地说："我怎么了？我这不是肉长的？"胡总管拉季宗布往里走，说道："您看见了吗，整个儿一个混不吝，就是这位爷！"季宗布笑了笑，什么也没说，随胡总管走向敞厅。

二奶奶早就在敞厅迎候，几句寒暄后，季宗布笑了笑，说道："我看这孩子挺好的。"

二奶奶奇怪地问："您见过了？"

胡总管忙道："刚才在门房，季先生正好看见景琦弄块烧红了的炭，放到胳膊上烤。"

二奶奶一惊，说道："这还了得，去叫他来！"

胡总管听了，忙走出去叫景琦。

季宗布说："我看这孩子不错，我小时候比他淘！"

"瞧您说的。"

"孩子得管，可别管傻了，听话的不一定是好孩子，不听话的长大了未必没出息。"

"反正把孩子交给您了。"

"既然这么信得过我，我就要说一句没有分寸的话了，您别见怪。"

"不都是为了孩子嘛，您尽管说。我就怕万一这孩子……胡闹……

跟以前几位先生一样，您也要辞馆不干了。”

季宗布笑了笑：“这不会，我只求二奶奶一件事，不管我怎么管这孩子，您都不能拦着。”

二奶奶想都没想痛快地说：“那是一定的，我答应！”

胡总管带景琦走进敞厅，二奶奶冲着景琦说：“过来，给季先生磕头。”景琦一见季宗布便愣住了，越看越眼熟，二奶奶催道：“怎么了，磕呀！”景琦疑疑惑惑地磕了三个头，季宗布说：“起来吧！”

终于又开课了。景琦故技重演，踩在凳子上将盛着墨汁的墨盒盖放在门上，孩子们兴奋地看着。

景武大叫：“先生来了！”孩子们奔向座位，景琦跳下放好了凳子忙跑回去，季宗布拿着一个小布包，夹着一根枣木板走来。景琦和孩子们都紧张地望着屋门，季宗布走到门口没推门，却透过门缝向里看，见孩子们目光不时上扬，登时明白了什么，站在门外叫道：“景琦，你出来！”

景琦犹豫着走到门口不走了，季宗布仍叫着“出来”。见景琦依然不动，季宗布突然用脚一踢门，门猛地开了，墨盒落下，洒了景琦一脸一身墨。孩子们大叫，满脸墨汁的景琦还没反应过来，呆呆愣着。季宗布道：“这就叫自食其果，回去坐好。”景琦没动。季宗布厉声地说：“回去坐好！”景琦不得已只好转身回去坐到座位上，心里这个恨哪，居然还有他治不了的老师！

一直在门外看动静的秉宽，看到满脸满身墨汁的景琦，顿时紧张了。季宗布拿出了书说：“今天学《庄子》，都把书打开。”孩子们都打开了书，只有景琦没动。季宗布喝道：“景琦，把书打开！”景琦仍不动。季宗布绕过桌子来到景琦桌前，用枣木板敲了敲桌子，问道：“你听见没有？”景琦仍不理。“把手伸出来！”景琦慢慢伸出了手，季宗布扬起板子刚要落下，景琦突然跃起抓住板子。季宗布毫无防备，忙用力攥住，景琦夺了两下夺不下，突然撒手从桌下抽出一把裁纸刀向季宗布的腿上猛刺。季宗布一侧身一翻腕夺下刀，抓着景琦的胳膊顺势往上一提，景琦右臂脱臼了，立即不能再动，疼得直咬牙，秉宽在门外吃惊地望着。

季宗布冷冷地看着咬牙忍耐着的景琦，说道："你认个错儿，我给你托上去！"景琦咬着牙不语也不哼。季宗布问道："疼吗？"景琦仍不语。孩子们吓傻了，战战兢兢地看着。季宗布说："你说疼我就给你托上去。"景琦满头是汗，忍受着疼，硬是一声不吭。

窗外的秉宽看着，见势不妙，忙转身跑去告状了。二奶奶听完以后竟然无动于衷，她答应过无论季先生怎么管孩子，她都不能拦。

秉宽说："不是自己的孩子不心疼，管孩子没这种管法儿！"

颖轩不放心了，说道："我去看看！"

二奶奶忙阻止道："等等！"她想了想一时拿不定主意，忽然向门外走去，"还是我去吧。"

二奶奶快步走到敞厅后门，突然站住了，心神不定地望着跟在后面满脸焦急的秉宽。她忽然改变主意了，转身一拐进了厨房院，系上围裙，竟然亲手做了一个清蒸鸭和炒三丁。

学馆里只剩下季宗布和正活动着胳膊的景琦。季宗布已然给他托好了胳膊，见他仍不舒服，便问："还疼吗？"景琦管自活动着胳膊，仍不说话，也不看季宗布，满脸的不服。季宗布道："去洗洗脸，跟我去吃饭。"

外客厅的桌上摆好了四菜一汤，季宗布和景琦坐到桌前，秉宽满脸不快地站在一边。季宗布看了看说，不是说好了俩菜一汤吗？秉宽有意讥讽地说，二奶奶夸季先生管教有方，特意亲自下厨敬您两个菜。季宗布愣了一下，抬头看了一眼秉宽，听出话中有话，却毫不在意地笑了，秉宽面无表情地转身出了屋。

季宗布说："吃吧！"景琦没动，两眼凶狠地望着季宗布。季宗布不再说什么，拿起筷子自己吃起来，只是不经意地不时瞥一眼景琦。景琦仍死盯着季宗布。季宗布坦然地边吃边说："你甭俩小眼儿吧嗒吧嗒地瞪着我，我知道你心里想的是什么！”

景琦终于说话了：“想什么？”

“你满脑子想的都是弄个什么招儿把我给治喽！告诉你，死了这个心！想治我？你还小点儿，来！”季宗布忽然伸出右手食指，“有本事的，用手把我这个手指头撅折喽！”

景琦一下子来了精神，问道：“真的？”

“真的。”

“两只手？”

“来吧！”季宗布一笑道。景琦两只手齐上夹住季先生的食指，认真地说：“我真撅了？”季宗布点点头，景琦咬牙切齿拼尽全力开始撅，使劲儿使得全身乱颤，两只手撅一根食指，季宗布的食指像根钢柱纹丝不动。景琦站起身拼尽全力终于无用，他一下子泄了气，惊异地望着季宗布，季宗布笑了笑接着吃饭。

景琦惊叹地说：“你神了！”

“那当然！这叫功夫，吃饭！”

“你教我功夫！”

“不教！”

“怎么了？”

“你得先念书。”

“那你怎么练功夫？”

“你以为我光会功夫？来。”季宗布从布包里拿出《庄子》给景琦，“你随便翻开一篇。”

景琦好奇地翻开一篇。

“念头两个字。”

“物无……”

季宗布十分流利地背起来：“物无非彼，物无非是。自彼则不见，自知则知之。故曰彼出于是，是亦因彼，彼是方生之说也。虽然，方生方死，方死方生；方可方不可，方不可方可；因是因非，因非因是。是以圣人不由，而照之于天，亦因是也……”季宗布滔滔不绝地继续，“是亦彼也，彼亦是也。彼亦一是非，此亦一是非，果且有彼是乎哉？果且无彼是乎哉……”

景琦真的听傻了，忍不住大叫：“你真神了！”

季宗布笑着说：“怎么样？读好了书，教你功夫，吃饭！”

景琦突然想起来了，叫道：“我想起你是谁来了！那年是你送我回来的。”

“嘘——不许乱说，吃饭！”季先生不想提过往的事。

自此之后，景琦像换了个人，跟季先生真个成了“师徒如父子”。季宗布这先生也特别，并不死死把学生拴在学馆里，有时带景琦串花房，向他讲述花卉知识；有时带景琦逛大街，指着牌匾讲书法家掌故；甚至串到古玩店，也能给景琦讲一大堆奇闻轶事儿。过没几天，景琦甚至天刚亮就起来绕着院子踢上腿了……

这些都让秉宽感到怪异，他闹不明白这位季宗布算哪路先生。实在是看不下去了，又找二奶奶来告状了，二爷在一旁溜溜达达地听着。其实好多事二奶奶早知道了，她一直留着心呢。秉宽絮絮叨叨地说：“念了没有几天书，可倒好，整天地逛大街、串药场、钻花房，天刚亮就起来踢上腿了，这样下去……”二奶奶不置可否，板着脸问：“他这些日子淘气了没有？打架没有？欺侮兄弟们没有？”秉宽说都没有，二奶奶把脸一沉说：“你还想怎么着？他爱怎么教就怎么教，这是开头就说好了的，以后谁再瞎嘀咕就给我撵出去，也有你！”

颖轩关切地问：“他现在念什么书呢？”

秉宽说：“我也不懂，好像是《庄子》。”

颖轩点点头说：“哼哼！这位季先生不俗！”

俗话说，好事成双。季先生收服了景琦，他不再上房揭瓦、欺负兄弟；自打二奶奶拉了颖宇一把，这位爷果然收了心，不再折腾二奶奶了，一门儿心思地想找武贝勒报仇。

颖宇思来想去，还是得先从武贝勒的两个孩子下手。他偷偷地找了詹王府的车夫索大车，问当年两个孩子的下落。索大车是个极老实的人，低着头就是不说话，三爷有点急了，嚷道："我说老索，你这人怎么这么磨叽？"

索大车低着头说："不是我不说，您也知道詹王府的规矩。这事儿叫王爷知道了，轻则丢饭碗，重则，小命儿没了。"

"我又不会跟别人说……你想想，这俩孩子是武贝勒的亲骨肉，生生地叫人家父子分离，这是人干的事儿吗？"三爷做出一副义愤填膺的样子。

"这事儿是够损的，可武贝勒也不对呀！"

"他固然不对，毕竟是以前的事儿了，现在人家要找自己的孩子，托到了我，能忍心看着不管？太没人性了吧？"三爷说着连自己都不信的话。

"唉！您这可真是给我出了大难题了。"

颖宇掏出一包银子递给索大车，说道："这点小意思，你收下。事情办成了，我必然还有一份厚意，这可是积德修好的事儿！"

"那这银子我更不敢要了，赚人家这种钱还是人吗？"

"是，是！索大哥这句话，一听就是个讲义气的人。"颖宇收回了银子，心想，这正合适。

"这样吧，当初这俩孩子是我送走的，我再接回来。詹王府这碗饭我也不吃了，就算我修修来世吧。"索大车终于下了决心。

索大车赶上马车，拉着颖宇去了京城远郊的黄各庄。土路坑坑洼洼的很不好走，颠颠簸簸地扬起一路灰尘。到了黄各庄终于找到了黄老汉家，黄老汉一脸委屈："当初是送来俩孩子，可我养不起呀！那男孩卖给过路的人贩子了。"

"嘿——你可真行，这还没地儿找去啦。算了吧，我先把这丫头带走！我可告诉你，这孩子的妈，是京城赫赫有名的詹王府的大格格，你惹得起吗？”

黄老汉怯怯地说：“惹不起。可这十来年儿，我们养这孩子不易，花了不少钱……”

“你不……”颖宇刚说俩字，听到门响，忙回头，只见一个十来岁挺水灵的小姑娘吃力地挑着两桶水进来，她边向缸里倒水边说：“爸，门口有辆马车。”颖宇死盯着小姑娘。黄老汉忙吩咐孩子去喂猪，小姑娘看了一眼颖宇出了门。

颖宇接着说道：“我还告诉你，少提钱的事儿！我没叫你赔儿子，就算便宜了你。儿子是我的，你卖了多少银子应该还我！赶紧把儿子给我找回来，要不然我要你的老命！”黄老汉哪敢多说一句话，眼看着颖宇把姑娘带走了。

回京城的土路上，姑娘坐在车里很惶惑，一直低着头。

颖宇看着孩子问：“你叫什么？”

“黄春！”

“你不姓黄，你知道吗？”

黄春听了一愣。

颖宇又说：“姓黄的不是你亲爹，你亲爹犯了事儿了，离京以前托我找你，照应你。”

“我亲爹是干啥的？”

“你亲爹，嗬——可是个大官儿呀！跟你说你也不懂。你呀，等着享福吧！”

第十二章

白颖宇带着黄春走进了教堂，空旷的教堂里，黄春迟疑地穿过大厅缓缓走向耶稣像。德国神父容华史看着孩子的背影，对颖宇道："叫这孩子到育婴堂先干点杂活吧。可今后你打算怎么办呢？"颖宇说："我得叫她爸爸出面来领她。我绕世界一放风，不怕他不出面。"黄春站在耶稣像前，好奇而又庄严地望着。教堂响起了钟声，黄春孤零零地站在教堂里……

这消息马上传扬开了，三爷有意地见熟人就说，大街小巷，茶馆酒肆，足足那么一张扬，鱼儿就上钩了。这日，颖宇走到门口刚上台阶，拐子突然从墙角跑出来，连声叫着："三爷！"颖宇假装惊奇地问："哟嗬！拐子！你在这儿干吗呢？""等您呢！有日子没见了，给您请安来了。"拐子说着忙请了个安。

"噢，贵武那个王八蛋叫你来的吧？这小子躲了我快一年了吧？怎么今儿想起我来啦？你告诉他！闺女、儿子全在我手里呢，有本事他这辈子甭见我！"

三爷又撒了一大网，说完转身就走，拐子忙上前拦住说："三爷，三爷……"

颖宇不容他再说话，不客气地说："我跟你说不着，叫他自己来！想躲着我，没门儿！"

季宗布到马号从圈中拉出一匹马，陈三儿也拉一匹马出来，交给站在院中的景琦，他张了张嘴，没敢问什么。景琦接过马缰不知所措地望着季宗布，季宗布什么也不说，牵着马就向外走。景琦犹豫片刻，学着季先生的样子也牵马跟了出去。陈三儿担心地望着，秉宽早溜了出去，向二奶奶禀报去了。二奶奶仍是不管，骑马是男子汉的事，虽然景琦还小了点儿，反正有季先生呢。

一到荒野，季宗布扶景琦上了马问道："敢骑吗？"景琦毫不犹豫地点点头说："敢！"季宗布又问："不怕摔？"景琦干脆答道："不怕！""走。"季宗布先让他在前边骑行，转身上了自己的马，看有段距离了，季宗布突然两腿用力一夹，一抖缰绳，座下马猛地蹿出，越跑越快，飞快地从景琦骑的马旁掠过。

景琦的马小跑着突然受惊，奋蹄往前一蹿，景琦收不住，从马上一个倒栽葱摔了下来，坐在地上晕头转向找不着北了。"起来，起来！骑上去！"季宗布勒马掉头大声吆喝着。景琦狼狈爬起，抓住缰绳吃力地爬上马背。"跟我来！"季宗布扬鞭催马，再次从景琦身旁掠过。景琦策马，追赶着前面的季宗布，越落越远，季宗布大叫："小子，赶上我你就行了！"景琦不停地扬鞭……

白驹过隙，转眼景琦已经十二岁，是个大小伙子了，一个人住在北屋西里间。

东里间，颖轩已经躺在被窝儿里。二奶奶正在钻被窝儿，说道："嗬！这被窝儿里真凉！都几月了，冷得邪乎！"

"钻我被窝儿，我焐了半天了，暖和着哪！"颖轩掀起被子，二奶奶忙往过钻，腿刚一伸过去忙又缩了回来，瞪起了眼，说道："你又弄好些烂石头搁被窝儿里！"

颖轩纠正着说："文房四宝！文房四宝！"

二奶奶气得大叫："什么宝？我都给你扔出去，你信不信？"

颖轩吓着了，忙说："信，信！你别过来了，你还在你被窝儿里睡不结了吗？"

二奶奶只好躺回自己被窝儿，沉吟着说："你猜怎么着？今儿季先生带景琦出去，给他买了'驴打滚儿'。他愣颠儿颠儿地跑回来给我送两块，叫我尝尝，你说这孩子是不是懂事儿了？"

"这有什么新鲜的，前儿还给我送了两块他奶奶给他的绿豆糕。"

"祖上显灵了吧？可他整天和季先生这么瞎跑，也不正经念书，这也不是个事儿吧？"

"你呀，整天就知道瞎忙，你去那屋看看。"

"看什么？"

颖轩不语，打起哑谜。二奶奶疑疑惑惑爬出被窝儿，披上衣服撩帘子向屋外望去，见西里间还亮着灯。她走了过去，见景琦在油灯下正趴在炕上看书。二奶奶很是吃惊，心里说不出的一种感动，忙嘱咐景琦天晚了早点睡觉。景琦聚精会神管自看书，没有理睬二奶奶。见她不走，景琦转了转身，两眼却始终没离开书，咕哝了一句，别捣乱！

二奶奶一愣，这都是她平常训斥景琦的话，今儿倒过来了。世道变了哎，她便不再说什么，悄悄离去。二奶奶回到卧室，又钻进被窝儿，非常郑重地告诉二爷，景琦看书呢，问他两句还挺不乐意，说她捣乱。她竟然成了捣乱的了！二爷喃喃地笑了，告诉二奶奶，景琦天天这样，看书的时候最讨厌别人瞎打岔！二奶奶真是服了，真邪了门儿了，这季先生瞧着稀里咣当的，他怎么就把这孩子给治了？二爷感慨万千地说，一物降一物，季先生不是凡人！二奶奶心想，我儿子也不是凡人。

正如三爷所料，贵武终于露面了。

这日，范记茶馆单间里，桌上摆着酒菜，武贝勒焦急不安地来回走着，不时掀帘子往外看，又坐到椅子上冲着酒菜发愣。突然间，他听到外面范掌柜在热情地连声叫着“三爷”，知道是颖宇来了，忙走出单间，高高撩起门帘，亲热地招呼：“三哥！”

颖宇连正眼都没看贵武，径自进了单间，歪坐在椅子上，斜着眼看贵武。贵武格外殷勤地斟上酒，讨好道：“三哥，来来，不成敬意。”

“别来这套，别来这套，啊！”颖宇拿起酒杯将酒泼在桌上。

贵武委曲求全地说：“三哥不赏脸？我……对不起三哥！”

颖宇不屑地问：“完啦？”

“我……不是人！”

“完啦？”

“别这样呀！我卷跑了银子，是想赌赢了咱哥儿俩分！”

“完啦？”颖宇瞪起了眼。

贵武尴尬地无言以对。

“你找我来，就为了叫我听你这两句屁话？”

“三哥，我要是有银子不拿出来，天打五雷轰，太阳落山我吐口血就死！”

“没银子你找我来干什么？”

“我听说，那俩孩子……你找着了？”

颖宇故意虚张声势地叫阵，反问道：“谁说的，谁说的？啊？谁说的？”

贵武说：“这没人不知道啊！”

颖宇笑了：“要不是听到这个信儿，你大概能躲一辈子不见我！”

贵武装得十分真诚，说道：“哪儿的话！我正满世界弄银子，想无论如何把银子凑齐了再见您！”

“甭拿这屎话甜和我，什么孩子？不知道！回见吧您哪！”颖宇说着起身要走。

贵武忙堵在门口拦住，哀求道：“三哥……我给您跪下了。”见贵武跪到了地上，颖宇得意地回了回头，又走回位子上坐下了，跷起了二郎腿晃悠着。

贵武低声下气地说："三哥，这俩孩子……"

话未说完，范掌柜正好一撩帘探进身，问道："二位爷还要点儿……"他见贵武跪在地上，不觉一愣。

贵武慌忙站起，摆摆手说："去去去！不叫你别进来，瞎窜什么？"

范掌柜连连赔不是，忙撂下了帘子退了出去。颖宇看到贵武在人前出了丑，大为开心地笑起来。

贵武垂头丧气地说："得——三哥，让人瞧见了。杀人不过头点地，我算栽到您手上了。"

颖宇得意地笑道："你自找！"

贵武认栽了，说道："我自找！我是贱骨头！三哥，您知道我一妻一妾全不生育。跟大格格瞎弄了这么一档子，倒他妈生了俩，这俩孩子我得要！"

"不跟你说了吗，我不知道！"颖宇自斟自饮起来。

"您想怎么着吧？"贵武知道三爷要讹他。

"什么我想怎么着！你想怎么着？"颖宇咄咄逼人地反问。

"您说个数，可我现在没有，您给个限，一两也少不了您的！"

"打进门儿，你就说了这么一句人话！跟你说实话，这俩孩子不在我手上，可我知道在哪儿，人家开了价儿，一万银子……我可说明白了，这里头没我什么事儿！"

"一万银子？"贵武听傻了，愣了半天才冒出一句，"您把我卖了得了。"

"你？半吊钱都不值！二百五吧你！"

"这不成了绑票儿了吗？"

"你把我们家景琦弄走，那才叫绑票儿呢！你呀，现世报！"

"现世报！可您让我上哪儿弄这么多银子去！"

“你呀！猪脑子！我给你指条明路……倒酒！”贵武听见吩咐，忙给三爷斟酒。

其实颖宇早想好了，说道：“这孩子不是你一个人儿的，詹王府能不管吗？再怎么说，詹王爷是这俩孩子的外公。孩子丢了，他不急？”

“我找他不是找挨骂吗？压根儿就不叫我进他的门儿！”

“您自己瞧着办，这事与我无关，我也瞎操不着这份儿心！只要为了孩子的事儿，他就不能不叫你进门儿，银子也得出！”

贵武是真没辙了，细想想，颖宇说得也有道理，就豢着胆子跑到詹王府对詹瑜说了孩子的事。詹瑜十分惊讶地问：“你说这些是真的吗？”

“我要瞎说，我是你小舅子！嗨！你是我小舅子！”贵武起誓发愿的不知说什么好了。

“我去回王爷，你等会儿吧！”詹瑜转身向里走。

“你叫我进去自个儿跟王爷说。”贵武哀求着。

“甭价，你在这儿等着。”詹瑜毫不客气，转身就进去了。

“得得！我成什么人了？我怎么混到这份儿上了！”

詹瑜向詹王爷禀报了贵武的事，詹王爷很奇怪地问：“不是逢年过节都送银子去吗？”

“有些日子没送了，我说赶车的老索头儿怎么跑了，这事儿只有他知道。”

“这么说是真的了？”

“是真的，是白家三爷送的信儿。”

“唉！叫他进来吧。”詹王爷虽然厌恶贵武，可两个外孙的事，还是动了他的心。

贵武正在詹王府大门外转磨，忽见安福出来说请武贝勒进去呢，贵武心头一喜，暗想这一万两银子有人出了。

一进花厅，贵武便忙给詹王爷施礼打千儿：“给王爷请安！”

詹王爷厌恶地说：“起来，起来吧……这事儿你想怎么办？”

贵武站起来忙说："白家三爷说要一万银子，才能办妥。"

詹王爷火了："这还有王法吗？光天化日之下拐卖人口，白家这又是……"

贵武忙解释道："不，不，白家三爷也是受人之托，这事儿跟白家没关系。"

詹瑜说："你先把孩子弄回来再说。"

贵武说："我要是有银子就不来求王爷了。请王爷开恩，这孩子毕竟也是王爷的亲骨肉啊！"

"哼！这事儿你不用管了。"说毕，詹王爷生气地转身进了后厅。

贵武愣愣地看着，又向詹瑜投去求助的目光，詹瑜挥手道："走吧，走吧！"

贵武问："这算怎么码子事儿？总得给我个准话儿吧？"

詹瑜瞪起眼说："叫你别管了，这还不是准话儿吗！"

"就这准话儿？……"贵武急得要嚷嚷，被詹瑜推着出了花厅。

两人走到垂花门，贵武停住了，怯怯地望着詹瑜恳求道："我求你件事儿，我想见见大格格。"

詹瑜鄙夷地说："大格格？亏你还想得起她来。"

"我无时无刻不在想着她。"

"你一点儿都不知道？"

"怎么了？"

"大格格也是出去找这俩孩子，连她也下落不明了。"

贵武一惊，忙问："这是什么时候的事儿？"

"记得那天夜里，你拦住我的车吗？那车里坐的就是大格格。"

贵武呆住了："啊？"

"打那天起，就再也没回来！"

贵武没有再问，痴呆呆地转身向外走去。贵武再坏，与大格格这点情分还是有的。贵武茫然地在街上走着，一种从来没有过的失落感袭上心头，忽然觉得活着真没劲。他自己也不知道在向哪里走，梦游一般只是迈着两腿。就在他迟缓地走过教堂门口时，里面祈祷的钟声响了。他根本不会想到，就在此刻，在仅一墙之隔的教堂大厅里，在耶稣受难像下，虔诚的唱诗班孩子中，站立着他的女儿黄春……

詹王爷也在找黄春、找外孙，尽管对这件事非常恼火，毕竟是亲骨肉。大格格出走他不但是担心，还懊悔。老福晋临终千呼万唤地也没见到两个孙女，这个巨大的阴影始终罩着他。一想起来，就揪心地痛。他叫詹瑜去办这件事，无论花多少钱，都要把大格格找回来，完全不知道是三爷白颖宇设了个套儿。詹瑜自己找上了门，他是个忠厚的人，三爷玩儿他，七八个心眼儿只动半个就行了。见不着钱，三爷连正眼都不瞧你。

詹瑜焦急地问："那这孩子到底在哪儿呢？"

颖宇满不在乎地摇摇头说："不知道。"

詹瑜又问："那……在什么人手上呢？"

颖宇故意吐了点儿口风，神秘地说："不能说，人家不叫说。"

詹瑜不解其意，说道："你总得叫人跟我见一面儿啊！"

颖宇不耐烦了，站了起来说："看来您这人挺不上路的！这事儿我多余管，我也管不了，我管得着吗！"詹瑜急忙拦住道："三爷，您别不管哪！""您哪，另请高明吧！"颖宇说着就要走，这明明是开了价儿了，装什么傻呀。

詹瑜猛地醒悟了，忙掏出银票拦住颖宇。颖宇瞥了一眼银票，立即改了口风："丑话说在前边儿，出了什么事儿别找我，我图什么呀？闹不好我再落一身不是，与其这样，您趁早儿把银票收回！"詹瑜委屈地说："三爷，我说什么了？这不求您给办事儿吗，日后一定重谢！"詹瑜终于上道了，颖宇接过银票说："那我就先收着，您这句话叫人听着舒坦！"

这年头办什么事都得"钱"字当先，到哪儿都一样。二奶奶把银票送到了常公公和魏大人手上，说道："咱宫廷供奉预支了十四万两官银，还是按老规矩办，给您二位的孝敬已经存到新京钱铺，您二位把银票收好。”二人客气一番忙把银票收起来。

“南记”的生意、声誉越来越好，秘制药也纷纷上了市。董大兴是生意场上的老手，如何看不出二奶奶的手段？他终于忍无可忍，向二奶奶大发脾气：“百草厅的买卖您还想做不想做了？您拿着一半儿的股份不能太偏心。秘方呢？您把着方子也行，可这边儿的‘安宫牛黄’没制出来，‘南记’那边儿倒送进宫了。”

“‘南记’有宫廷供奉！”

“百草厅为什么没有？”

“这是内务府的事，做买卖嘛，你做你的，我做我的，咱们井水不犯河水！”

“能不犯吗？您这是存心挤对我，拿‘南记’跟百草厅打擂台！”

“我入的是老匾股，我没说过拿秘方入股吧？”

“那七八个老人儿为什么也去了‘南记’？”

“他们自己不愿意来百草厅，我有什么办法？”

“我看出来了，您是一心想把百草厅挤垮了是不是？”

“我没事儿自己挤对自己干什么？！”

“别拿我当傻子！早知道这样，我就不该蹚这浑水儿，我早该撤！”

“你现在撤也不晚！”

这一棒子打蒙了董大兴，也打醒了董大兴，他点点头说：“二奶奶，真高明，我服了！”

没辙了，董大兴召集了所有股东在饭庄商议，把二奶奶的厉害陈述以后，说道：“你们谁还不服，尽管说。”大家面面相觑，没人说话，一个个愁眉苦脸，姓刘的股东自个儿一杯接一杯地闷头喝酒。颖宇先开了头儿，说道：“我服！要撤咱们大伙儿一块儿撤！”刘股东已喝多了，骂道：“都是他妈……白老三，说得比唱得……好听！秘方呢？人呢？”顺手抄起酒壶就要开砸，吓得颖宇蹦到门边大叫：“你喝多了吧！我走，我走，我撤伙！把我入股的本银还给我，少一两我拿酒壶砸你！”说罢夺门而出。

董大兴说：“我已经没心思跟你们扯淡了，二奶奶放着一半儿股份在百草厅，她是宁可烂在这里头，明摆着是要咱们把那一半儿拱手交给她！”

詹瑜灰心丧气地说：“交吧！我也不愿再蹚这浑水了！”

贵武仍忍不下这口气：“姥姥！我放把火烧了它！”

董大兴说：“甭说气话！我今儿这桌饭，说不好听的，就是散伙饭。这买卖本来就是人家白家的，咱们物归原主，就这么定了。明儿都去百草厅办手续。”

终于到了这一天，在百草厅议事房里，一边坐着二奶奶、魏大人、颖轩、颖宇、赵五爷、二头儿等人，一边坐着垂头丧气的股东们，詹瑜、贵武都没有来。

董大兴走到桌前，在契约上盖印后，魏大人忙站起拱手说：“我这儿恭喜二奶奶、各位爷了。”

董大兴说：“二奶奶出手漂亮，本银退回，我们几位东家都没吃了亏。明儿会贤堂摆宴，请魏大人、二奶奶和诸位赏光。”

二奶奶说：“没这个道理，明儿药行会馆我办了堂会，各位都得来！”

颖宇畅快地大叫：“哈哈！百草厅又姓了白喽！”

百草厅又姓了白。二奶奶一个人走进了祖先堂，她要一个人好好享受这难得的孤独时光。在外面人人都把她看作洒脱能干、左右逢源的风风光光的女人，个中之苦之难之险，又有谁知道呢？一路坎坎坷坷地走过来了，就是不倒下！尽管可能有时走路的姿态不大好，踉踉跄跄歪七扭八的，可就是不倒。尽管是歪了的脚印，它也是往前走的脚印啊。

二奶奶一下子跪到祖先牌位前，哽咽道：“列祖列宗……爸……我把老铺……盘回来了！”她突然捂住脸痛哭失声。她没这么哭过，当着人从来不哭，顶多也是背着人偷偷地抹眼泪。今天她不，她号啕大哭，不装不掩饰，放肆地宣泄着，撒着欢地哭，好像把这辈子的哭全都落在这儿了……

这样大的喜事理所当然地要庆贺，内账房又忙活起来了，大头儿和胡总管整理出一年的账目，请二奶奶过目。二奶奶井井有条地吩咐着叫账房把原来用大房的那一份全扣出来，还是存到汇丰去，从今往后不许再动。大头儿说：“动不动还不是听您一句话。”二奶奶说：“这叫什么话，你们知道动大房头这笔钱担多大的风险？今儿这笔钱，无论谁都不准再动，我也一样！”胡总管说：“当初我真捏把汗，万一把老本儿都赔上，怎么对得起大爷的在天之灵！”二奶奶说：“我也后怕，当时急疯了，什么也不顾了！”她又吩咐大头儿，“苦了好几年了，大喜的日子，每人发一个红包儿，按份例全加一倍，孩子们也都歇两天学。”

二奶奶去学馆找季先生，隔窗一看，景琦站在书桌前正在挨训，季宗布手拿木板，两眼盯着景琦，孩子们紧张地望着。

“你用心学了吗？”

“没有。”

“为什么？”

“心里光想着骑马。”

“把手伸出来。”

景琦伸出右手，季宗布刚要打，发现了窗外正朝里看的二奶奶，遂问：“二奶奶有事儿吗？”“没什么大事儿。您说您的。”二奶奶毫不迟疑地说道，以为季先生看见她在，就不打了。谁知季宗布回过头，严厉地说：“伸左手，右手还要写字呢！”景琦换了左手，乖乖地举得平平的。“记住了，一心不可二用！”季先生说完，用板子狠狠打了八下。

二奶奶看得直咧嘴，比打在自己手上还疼。季宗布毫无歉疚地扭脸问：“二奶奶什么事儿？”二奶奶客客气气地说：“明儿药行会馆有堂会，想叫孩子们玩儿两天，也请季先生去。”季宗布说：“那就玩儿两天。我就不去了，我这人不喜欢热闹。”孩子们高兴地欢呼，噢噢乱叫，只有景琦在低头专心地写小楷。

晚上吃完饭，景琦在灯下仍认真写着小楷。二奶奶坐到旁边，心里说不出是什么滋味。她十分欣赏地望着儿子，忍不住轻轻拉起景琦的左手看，问道：“疼吗？”

景琦用力抽回，说道：“嗯！别捣乱！”

“睡吧！灯底下写字坏眼睛。”二奶奶不以为忤，眼里仍是充满爱意。

景琦不理不睬，仍是认真写着。

二奶奶轻轻起身退了出去，回到东里间，颖轩兴致勃勃地刚写完一幅大字，一边洗笔一边欣赏着。丫头换上了一碗茶刚要走，二奶奶进来吩咐道：“银花，去厨房叫他们给景琦弄点儿夜宵儿。”丫头答应而去。

颖轩得意地拿着刚写的大字叫二奶奶看，沾沾自喜地说：“看看我的字，有长进！这就是文房四宝在被窝儿里借了人气的缘故！”

二奶奶瞭了一眼，心思全在景琦身上，感叹道：“看不出来！你说这季先生也够狠的，当着我的面儿打孩子。你说吧，平常我打这孩子怎么使劲儿打都不解恨，可瞧季先生打他，我心里就不好受！”

二爷感慨地说：“贱骨头！孩子就跟小鸟儿似的，关笼子里它没精神，打开笼子它跑了。养鸟儿不容易，当鸟儿也不容易！”

为了庆贺百草厅回归，白府大摆筵宴，二奶奶是有意做大昭告四方，要把董大兴这帮人弄倒了的牌子再立起来。恢复白家老号货真价实、童叟无欺，“修合无人见，存心有天知”的原生本质。常公公、魏大人领头儿，太医院有头有脸的人都来了，内务府专门送了贺仪，特意摆在了敞厅的正堂上。这就把当年大爷白颖园的事儿抹平了，内中情由不言自明，自然会想到西宫太后是不再过问的了。

这一天真是宾客满堂，一个个都换了笑脸，但凡紧要关节的人物，二奶奶是一份一份地都打点到了。在药行会馆后殿前的大戏台办了堂会，京城的名角儿几乎都请到了，午时刚过就开锣了，午宴过后，这看戏的就满坑满谷了。

台上俞老板正在演着《挑滑车》。中间桌旁，颖轩、魏大人正陪常公公，二奶奶陪着董大兴，身后坐着抱着一岁白玉婷的奶妈。孩子们是坐不住的，跑来跑去地打闹乱窜，只有景琦趴在台边，仰着脸儿聚精会神看得入了迷。

台上高宠挥着马鞭，拿着长枪，踢腿亮相，念道："看那面黑洞洞，定是那贼巢穴，待俺赶上前去，杀他个干干净净！有道是不入虎穴焉得虎子！"台下给了一个满堂彩，景琦跳着脚高声叫好……

忽然看戏的人相继回头看着进门的方向。二奶奶不知出了什么事，也回头看。只见颖宇正领着教堂的容神父走进来，后面跟着打扮成了男孩子的黄春，穿着长袍马褂，戴着瓜皮帽。二奶奶大为惊讶，常公公和魏大人也吃了一惊。颖宇将容神父让到了第二排的一个空桌旁坐下，黄春侍立于后，原来桌旁坐着的两个老头儿忙欠身施礼。

颖轩回头低声问二奶奶："这是怎么了？老三怎么带了个洋人来？"

"谁知道，他没跟我说。"二奶奶忙站起走过去。

常公公脸色不好了，问颖轩："二爷，贵府怎么还和洋人连连着？"

颖轩说："我们家只有三爷入了洋教。"

常公公耷拉着脸说："哼！留点儿神，洋人有什么好东西！"

颖轩忙说："是！是！"

二奶奶走到桌前，容神父忙站起，颖宇忙殷勤地介绍："德国神父容华史。这是我们二奶奶。"

"久仰百草厅大名，今天特来贺喜。"容神父汉语说得还行，回身示意，黄春忙捧上了一个礼盒子，二奶奶只好收了，向颖宇使个眼色，颖宇忙跟她走到一边。"你这算哪一出？怎么把洋人弄来了？也不打个招呼。""那怕什么！人家可是诚心诚意来贺喜的。"

容神父拿出一个大吕宋烟盒，让身旁的人抽雪茄，人们慌忙摇手不敢抽。容神父拿起一支，黄春忙擦燃火柴点烟。颖宇走回容神父桌前，也拿起一支雪茄，黄春点火，颖宇十分得意地抽起来，容神父十分感兴趣地看着戏。

台上俞老板扮的高宠已经和黑风利开打了，一帮孩子也不知怎么窜进了后台，有的拿枪，有的戴上髯口，有的耍着大锤，一片混乱。后台管事的进门，见状大惊："哎哟，这儿怎么唱上《闹天宫》了？小爷们，这不是毁我吗！别在这儿搅和，出去，出去！"管事的轰了这个跑了那个，景琦迅速拿了一堆戏衣和一只大锤偷偷溜了出去，管事的终于把孩子们都轰走了，忙着收拾东西。

景琦跑到茅厕里正兴奋地脱了裤子换戏装，黄春匆匆跑进，见状噢地大叫一声掉头跑出。

景琦喊："跑什么？来吧，来吧，我这儿扮戏哪！"

黄春在外边儿要景琦出来，景琦却不在意地说："嗨！你尿你的，我穿我的。"

黄春仍坚持要景琦先出来，景琦叨叨着嫌"他"事儿多，提着裤子出来。黄春忙进厕所，才蹲下，景琦又探进个脑袋问："你是刚才和那洋人一块儿来的吧？"

黄春吓得忙提起裤子，站起来大叫："你干什么？"

景琦觉得好笑："怎么撒尿还怕人看啊！"黄春不禁脱口而出："你是男的！"景琦嘲笑地问："那你不是男的呀？"谁知黄春竟果断地说："我不是！"

景琦蒙了，看着黄春发愣。黄春态度坚决地让景琦出去，景琦忙道："好，我出去。"

到了外边，景琦仍感到奇异迷惑，又反身窥探，不禁笑道："哟，蹲着撒尿，真是女的。"

黄春大叫："讨厌——"

景琦又缩回身，忙穿好靴子，又穿上拖了地的褶子，边穿边道：

“哼，还女扮男装，想唱《大英杰烈》吧？”

黄春走了出来说：“没羞！看人家撒尿！”

“你真是女的？”

黄春摘下帽子说：“你看哪！”一条大辫子垂下来。

“你干吗扮成男的呀？”

“你管呢！你是唱戏的？”

“不是，偷出来玩儿玩儿，那洋人是你什么人？”

“教父。”

“教父？他都教你什么？”

“唱诗，弹琴，煮咖啡。”

“什么时候叫我尝尝？”

“行，你来教堂找我吧！我住在后边儿的平房里。”

景琦已扮好，一身戏装穿得不伦不类，他做着各种动作，说道：“行，我准去。嘿，你看我像不像？”

“你穿上这个干什么？你又不会唱。”

“谁说我不会唱？你瞧……”说着他模仿着做着各种动作，边舞边唱，“看那面黑洞洞，定是那贼巢穴，待俺赶上前去，杀他个干干净净！怎么样？”他拿着大锤亮了个相。

“那你怎么不上台唱？”

“他们不叫我唱！”

“你还是不会！”

“当然会！”

“那你上台唱一个我看看！”

“上台就上台，走！你给我叫好去！”

戏台上，《挑滑车》已近尾声，高宠正举起大枪挑车。金兵把车旗一扔，一个蛮子翻了下来，台下哄然叫好。后台四五个演员急得团团乱转，嚷道：“我的彩裤呢？刚才放这儿的！”“我怎么少了一个锤呀？哪位看见了嘿？”“靴子！靴子！急死人了。郝爷，我的靴子呢？”管事的郝爷急得到处乱翻，说道：“甭说，都是刚才那帮小爷捣乱捣的，行了，凑合快上吧。”“一个锤我怎么上啊？找往下轰吗？”

景琦一身不伦不类的打扮跑了进来，郝爷一回头，大惊道：“嘿！快瞧嘿，都在他身上哪！”景琦撒腿就跑，郝爷忙追着喊：“脱下来，你今儿是存心开搅哇！”大家也跟着围堵，景琦一下子冲上了前台，众人大惊，谁也不敢跟出去，都站住不敢动了。

台上，高宠正挑第三辆车，景琦冲了出来，在台上乱跑乱跳。俞老板愣了，忙靠边儿站，场面锣鼓也停了，现场的人也都愣了，常公公指着台上说：“哎？这是什么戏？”魏大人和颖轩也愣了。颖宇说：“怎么回事儿？半路杀出个程咬金来？”景琦在台上要起了锤，场面一看说：“给上锣鼓吧！”又敲上了。黄春早就站在台下等着了，笑了个前仰后合。二奶奶惊诧地站了起来，说道：“这不是景琦吗，他这是怎么了？胡总管，快看看去！”胡总管应声离去。

景琦模仿着武生高宠的念白：“看那面黑洞洞，定是那贼巢穴，待俺赶上前去，杀他个干干净净！”场面上给了个“四击头”，景琦亮相，台下一片叫好声，黄春高声叫着好！

第十三章

二奶奶四十大寿不想大操大办。白府在京东外二闸有个老花园子，她便躲到花园子玩了一天，只请了亲近的一些朋友，清清静静地饮茶聊戏抚琴作诗。难得消消停停，等于歇了一天，还别出心裁地在花厅摆了一溜长桌，叫各房的孩子都大显身手，或画或写，拔尖儿的还有奖赏，孩子们都很兴奋，各显其能。

居然安安静静地描画了一个时辰了，监考官是白雅萍，从景怡到景琦，哥儿六个，谁不想争第一？雅萍来回走动着说："今天是二奶奶四十大寿！都给我好好写，等会儿二奶奶要看你们的真本事，谁学得好，重重有赏。先不许落款儿啊！"

景怡在画一幅牡丹，景琦在扇面上写百寿字。

花园子的山坡上绿荫遮映，繁花盛开，二奶奶与太医院的申大人、魏大人等男女贺客一行十几人缓缓走下山坡。颖轩默默跟在后面。

申大人说："今年也是太后老佛爷的六十大寿，皇上和荣大人正筹划着给老佛爷庆寿呢，听说要普天同庆啊！"

魏大人说："瞧着吧，北洋水师全军覆没，战端一开，老佛爷还有心思过生日？"

二奶奶说："你说老佛爷都这岁数了，一天到晚得操多少心？"

魏大人说："都一样，二奶奶，你也不少操心哪！"

二奶奶说："那可不一样，家里这点儿破事儿跟朝廷大事怎么比？"

"叫他们操心去吧，只要不打到北京城，咱们该怎么乐还怎么乐，你们说是不是！"

二奶奶说："走，到花厅去歇会儿，看看孩子们都画了些个什么。"

花厅门口，雅萍的丫头苦杏焦急地向她招手，雅萍忙过去问大老远的你跑来干什么？景琦写完最后一个字抬起了头，见她们焦急议论什么后都匆匆离去，也放下笔追了出去。

二奶奶一行人从旁门走了进来，胡总管忙迎上来禀告说，小爷们都写完了，都在那儿等着领赏呢！

二奶奶高兴地说写得好才有赏，写不好一人赏一个脖儿拐！大家都笑了。孩子们都靠边儿站了，二奶奶等人走到桌案前俯身查看，条案上有寿字、福字、牡丹花卉、对联……孩子们都有些紧张，二奶奶请申老先生给评一评。申大人笑了说："那我就倚老卖老不客气了。要说画儿，这幅牡丹一品最好；要说字，当数这幅百寿字了。"

二奶奶高兴地说："状元出来了，胡总管，快赏，雅萍和景琦呢？"胡总管忙说，叫关家的丫头叫走了，景琦也去了。银花忙把二奶奶拉到一边低声道："关家大爷新娶的大奶奶生了个儿子，香伶抱了一下，这位大奶奶急了，说香伶是雅萍姑奶奶的女儿，不吉利。她把香伶打了一顿，还关起来不给饭吃！"二奶奶吩咐胡总管快去看看，把姑奶奶接回来。

果然，关府大门紧闭，连门儿都不让雅萍进，胡总管又把她接回了娘家。

白周氏搂着雅萍直落泪，雅萍像孩子一样靠在老太太怀里抽抽搭搭哭诉。老太太叫二奶奶去把香伶接回来，那么小的孩子，哪儿禁得住他们这么揉搓。

胡总管说接不回来，连个面儿都不让见，孩子姓关，白家做不了主！

二奶奶说："接不过来也得去跟他们论论理！"

胡总管说："他要讲理，就不会跟孩子过不去了。我接姑奶奶的时候，她正坐大门口儿那儿哭呢！"

二奶奶说："苦杏呢？不是她接的你吗？"

雅萍说："一到了大门口儿，苦杏和景琦就不知道跑哪儿去了。"

二奶奶说："这个景琦，光跟着捣乱，等回来再跟他算账！"

银花撩帘儿进了屋，说道："二奶奶，关家大爷来了。"

二奶奶奇怪地说："他来干什么？我正要找他呢，他倒上门儿来了。"

关少沂一见二奶奶的面，就不客气地说："请您还是把香伶交出来。"

二奶奶惊诧地说："真是大白天说梦话，我正要去府上要人呢，你反倒上我这儿要人来了。"

"香伶就在府上。"

"谁说的？"

"我们家有人看见了。"

"要是不在我这儿呢？"

"我绝不再登白家的门儿，可要是在这儿呢？"

"你把孩子领走，绝没二话！"

"那好！还是问问你们家的景琦吧！"

"问景琦？"二奶奶感到莫名其妙，回头对秉宽说，"去！叫景琦来！"

秉宽站在厅外心神不安地说："二奶奶，您请来一下。"

关少沂冷眼看着二奶奶和秉宽，二奶奶知道出了事儿，疑惑地走到秉宽前问出了什么事儿。"景琦他……在花房呢！"秉宽为难地压低了声音，"您还是去看看吧！"二奶奶感到不妙，急忙走向后厅。

二奶奶掀开草帘子刚进花房就愣住了，香伶侧身躺在躺椅上，景琦正在给她肩膀上、背上抹药，乳钵里是景琦配制的草药膏。二奶奶和秉宽瞪着眼看景琦，他居然给香伶看病治伤！正在白泥炉上煮药的苦杏忙站了起来。

二奶奶忙叫秉宽把炉子搬出去，花洞里不能生明火。二奶奶走到景琦前奇怪地问：“香伶怎么会在这儿？”

“我和苦杏从后门背出来的，妈，您看看！”香伶肩、背、腰、腿上全是伤痕，二奶奶心里很是难受，忙吩咐去叫二爷来看看。香伶听说要送她回去，说什么也不走，景琦也坚决不叫香伶走。二奶奶为难地望着她，终于下了决心，转身向花房外走去。

二奶奶这回可不客气了，问道：“这孩子犯了什么错儿了？”

关少沂反问：“先说在不在你这儿？”

“在！”

“那好，把人交出来！”

二奶奶固执地问：“这孩子犯什么错儿了？”

“你管不着，这是我们家的事！她是我女儿！”

“你还知道她是你女儿，打成了那个样儿！告诉你，她也是我的外甥女儿！”

“你刚才说了，只要人在这儿，你就得让我领走！”

“我是说了，可这孩子的伤得治，你现在不能领走！”

关少沂大怒，拍桌而起，怒道：“岂有此理！”

二奶奶反而不动声色，质问道：“你跟谁拍桌子，啊？你们也算书香门第，往死里折磨一个孩子，圣人的书一句没记到心上，都吃到肠子里边去了！”

关少沂冷笑道：“你们家好，把我儿子活活摔死，这算什么门第！”

“关大爷！旧账不能算，旧仇不能提，就是因为老也解不开这个疙瘩，你们才对这孩子下毒手……你娶了新奶奶，可这孩子也是你的亲骨肉。关大爷，咱们都心平气和地想想，孩子招谁惹谁了？我不是不讲理的人，这孩子我先留下，治好了伤，一定给你送回去！”

关少沂显然动了心，语气和缓多了，说道："我把她带回去也能治伤。"

二奶奶据理力争说："你把她带回去就是你们新奶奶的眼中钉、肉中刺，早晚会要了这孩子的命！仇不能越结越深，这仇也不能一代一代地传……这孩子的妈已经疯了，你还想叫两代人都不得好下场吗？"

关少沂完全被感动了，皱着眉两眼望地，痛苦地听着。

二奶奶越说越难过，声泪俱下："人心都是肉长的，你是她的亲爸爸呀……"二奶奶声音哽咽，再也说不下去了，关少沂突然站起身，连个招呼都没打，低着头向厅外走去，二奶奶抬起泪眼望着他的背影。

颖轩急忙赶到花房，惊讶而又有些惶恐地看着手中的一张药方，景琦蹲在地上仍用乳钵捣着鲜草药。颖轩抬起头看着景琦问这是谁开的方子。景琦头也没抬地说："我。"颖轩满脸怀疑地问他从哪儿抄来的。景琦斜了颖轩一眼没有回答，又低头捣药。颖轩将乳钵夺了过来仔细看了看，不放心地叫人去屋里拿"再造膏"来，躺在一旁的香伶居然说糊上景琦弄的药好多了。颖轩惊诧地望着景琦和香伶发愣，景琦夺过乳钵又接着捣药。

苦杏端着一碗汤药走来，要递给香伶，颖轩忙阻止道："等等！"他又低头看药方子，显然有些急了，训斥道："你居然敢用羊踯躅，还用这么大的分量？"

"这有什么？这是活血定痛的，你看看她的伤就知道了。"

"你这都是跟谁学的？"

"季先生教的！"

"不行，不行！道理上是没什么错儿，可这么用药的人，一定得自己先尝药，你怎么就敢给她喝？"颖轩夺过药碗将药泼在地上，景琦生气而又不服地望着颖轩。颖轩道："瞪什么眼你？你刚多大，你就敢开方子，你胆子也太大了！"

"我早喝过了，您怎么知道我没喝？"

“那也不行！人命关天。你先开个三年五年方子，请名医看过指点，觉得你行了，你才能行医，懂不懂？”

景琦当然懂，低着头不说话了。

颖轩郑重其事地说：“你这儿怎么淘气胡闹我都不管，可这人命关天的事儿，我绝不许你胡来！”

景琦说：“那元朝的李东垣怎么十四岁就能看病？”

颖轩大声喝道：“住嘴！忘了你大爷是怎么死的了？我看你是活腻味了。”

晚上该睡觉了，颖轩拿着景琦白天开的方子还在琢磨，转手把方子递给二奶奶，说道：“你看这孩子居然敢开方子。”

二奶奶没有接，问道：“我又看不懂。他跟谁学的？”

景琦忙接话说：“季先生！”

颖轩说：“这位季先生真是个能人，不显山不露水的，一肚子学问。”

二奶奶说：“他的医术比得上咱白家？”

颖轩感叹地摇了摇头说：“二奶奶！山外有山，天外有天哪。景琦，你看过《叶天士医案》吗？”

“季先生一篇一篇地讲过。”

颖轩拿过《医案》顺手翻开一篇，指给景琦看，问道：“看看这个脉案，用药妥当吗？”

景琦接过迅速看了一遍，说道：“看这脉案，内有停食，表有风寒，要清要表，应该大下大汗，我要开方子就把银花换成麻黄。”

颖轩不动声色地又翻开一篇指给景琦看，问道：“这个方子呢？”

“这个方子用的是峻补，可看这脉案应该清补才对，野辽参换上花旗参就好了。”

颖轩紧接着问：“为什么不用海藻海带？”

景琦张口就来：“这里边儿有‘十八反’！”

颖轩目瞪口呆地望着二奶奶，二奶奶担心地问：“怎么，说得不对？”颖轩转身看着景琦，深深叹了一口气：“唉！难为他这么小的年纪有这样的灵性，我不早跟你说过医药行这碗饭不能吃嘛！”景琦说季先生说就算不指着这个吃饭，可到了要紧的时候也能救人一命。

颖轩无言以对摇着头说：“祖传下来的就是这个种，拗不过命啊！”

二奶奶问：“他这方子开得到底对不对呀？！”

“岂止是对！”颖轩说，“有一味药是连我都不敢下的。都说艺高人胆大，你小子胆儿是真不小，可你有那么高的艺吗？”

颖轩亲昵地不住胡噜景琦后脑勺，说道：“啊？有那么高的艺吗？有那么高的艺吗你？傻大胆儿……”

颖轩边打边笑，景琦笑了，二奶奶也开心地笑了。

眼瞅着景琦一天天长进，越来越出息，可就在这个当口儿，季宗布先生向二奶奶辞馆了。景琦在一边像霜打了一样没了精神，静静地听着。季宗布说：“如今日本人打朝鲜打得紧，到了鸭绿江了。恭王爷复出，调我去军机，我懂洋文。李鸿章大人去日本和谈，不会有什么好结果，国运日衰，我也不好推辞，做个章京罢了，可以后就没有工夫教景琦了。”

二奶奶不禁道：“这是怎么话儿说的，景琦刚刚有点儿长进，全靠季先生栽培，可是您这一走……”“我知道！”季宗布转向景琦，“景琦！我看除了我也没人管得了你，我一走你又该淘气了吧？”景琦扭头看院子里，心里像压了块大石头，一句话都说不出。二奶奶忙道：“怎么不说话呀！季先生问你呢！”季宗布又说：“我又不离开京城，以后有什么要问的，还可以去找我。我也留下儿心，以后有合适的先生我再举荐给二奶奶！”一听这话，景琦大叫：“不要！”转身走出敞厅。

二奶奶喝道：“站住！怎么这么没规矩！”

季宗布忙拦住说：“叫他去吧，我一走他心里别不过劲儿来。我看二奶奶理家实在是百里挑一，可管孩子，恕我冒昧，大可不必把孩子管得循规蹈矩……这孩子不会哭，自然带了一种刚性；生下来就笑，是把世情都看透了。有这两样一定能成就大业……”

“可这孩子太个别了，哪儿见过这么不听话的孩子？”

“龙生九种，种种不同。天下孩子都一样不就乱了套了吗，生养孩子也就没多大意思了吧？”

“季先生的话实在是透着新鲜，我是怕……”

季宗布一笑，说道：“用不着怕！无非是出点儿格儿，闯点儿祸！您想秦皇汉武、唐宗宋祖哪个不是犯上作乱起家的？可一坐了天下，却教训子民要忠君爱国，这几位祖宗若都是忠君爱国之辈，他做得了皇上吗？”

二奶奶惊讶地说：“您说这话，我可真是闻所未闻！”

“这也正是景琦肯听我几句话的原因。”季宗布起身，二奶奶也忙站起。

“我得走了。只望二奶奶听我一句话，对这孩子，顺其自然。”

“您越这么说，我这心里反而越没底。”

季宗布笑着说：“无为而治，您总有一天会明白的。”

景琦孤零零一个人坐在门旁的小石狮子上，颖轩、二奶奶送季宗布走出大门，景琦晃着身子，两眼望着地下。季宗布走到景琦跟前道了别，景琦仍两眼望着地没有理睬。二奶奶与颖轩无奈地互相看了一眼，季宗布笑了笑走下台阶上了马车。

景琦忽然从石狮上跳下，一下子蹿到车前，扶住车辕子，低头不动了，陈三儿扬鞭的手忙停了下来。季宗布微笑着低声说，他得走了，二奶奶和颖轩也充满留恋地望着，召唤景琦快回来，景琦仍固执地一动不动。

僵持了半天，季宗布想了想道：“要不就上我那儿去玩儿一天？”景琦二话没说，一跃上了车钻进了车里。陈三儿挥鞭，马车启动，季宗布忙回头大叫：“放心！我晚上把他送回来。”

季宗布带景琦走进书房，景琦完全惊呆了。只见满屋子全是书，书架上是书，靠墙高高地堆着、地上高高地摞着的是书，书桌上也摆满了书；到处还挂着各种武器：刀、剑、弓、火枪、手枪、短刀、匕首……

景琦似进了迷宫，边走边贪婪地看着。季宗布在一个书架上翻找着什么，回头见景琦正拉开一个装匕首的鲨鱼皮鞘，问他喜欢吗，留着玩儿，别拿去惹祸。季宗布抱着一大摞画报走到景琦前，扔在地毯上叫他自己看，军机有事，他得先出去一趟。季宗布走了，景琦拿起画报翻看，一下子便入了迷，慢慢坐到了地毯上，如饥似渴地看起来，他不知道世外的世外还有那么大的地方，想都想不到。

没人管了的景琦像撒了缰的野马，他想起堂会上给他叫好的黄春来了，就跑到教堂后院找黄春。黄春正把洗好的床单、被单晾在一条长长的绳子上，景琦在晾着的被单的掩护下，弓着腰悄悄走向黄春。黄春正把被单拉平，景琦突然站起，吓得黄春跳起来，叫道："哎呀！吓死我了，是你呀！"

"你还干这个？"

"那可不是，还没洗完哪，你看！"大木盆里泡着一大堆小孩子衣服。

"你不是说请我喝咖啡吗？"景琦想尝尝咖啡什么味道。

"快来！我刚给神父煮上。"

二人向小屋跑去。屋里泥炉上煮着咖啡，微微冒着热气。两人坐在了小板凳上，黄春倒了一杯咖啡递给景琦，起身去拿糖，景琦猛吹了几口气，急忙喝了一口："哈——真难喝！"黄春从里屋拿糖出来笑了："急什么？还没放糖！"她坐到景琦身旁，给他杯里加糖搅拌后，让景琦再喝，问："香不香？""嗯——不怎么样，还不如茶好喝呢。"景琦喝了一口道。

黄春问道："白老爷是你三叔？"

景琦点点头说："是啊，他待你好吗？"

黄春说："也没什么好不好，他说他替我找爸爸妈妈……你喝呀！"

“喝！”景琦学着京剧里的念白说，“待俺捏着鼻子将它喝了吧！”他果然捏着鼻子一口气喝光了，放下杯子说：“他呀，才不会替你找呢！”

“为什么？他跟我说了好几回了。”

“他是我三叔，我还不知道他。”

“主会帮助我找到的。”

“主是谁？”

“救苦救难的上帝。”

“那不就是观音菩萨吗！”

“不是，主是洋人！”

“那他们俩谁大？”

“当然主大！”

“不对吧？观音菩萨大！”

“主大！”

“洋人怎么会管到咱们这儿来了？观音菩萨大！”

“主大！”黄春似乎不高兴了，把头扭到一边。

景琦坏笑着看着黄春，她佯作不理睬。景琦道：“主大主大，春儿，让我香你一口！”黄春奇怪地回过头来问：“香一口是什么？”

“你过来，我小声告诉你。”

黄春将头探过来，景琦在她脸上亲了一下。黄春不解地摸着自己的脸，问道：“这是干什么？”

门突然开了，颖宇走进来，虎视眈眈地望着二人，生气地问：“干什么呢？”

“找春儿来玩儿。”

“我问你刚才干什么呢？”

“没干什么，喝咖啡。”

“我问你我进门儿之前你干什么呢？”景琦不语，黄春奇怪地望着。

“我都看见了，我看了老半天了！说！”

“我香了她一口。”

“你个坏小子，你刚多大，你跟谁学的啊？”

“跟三叔学的，你那天不叫人香一口！”

颖宇一下子愣住了，叫道：“嘿——你怎么不学好啊？”

“跟三叔学还不好？”

“少废话，少废话！滚滚！谁叫你上这儿来的？”

黄春忙说：“我还上他们家玩儿过呢！”

颖宇说：“你少插嘴！我说你怎么老不来，神父等着要咖啡呢，快去！”黄春端起咖啡壶走出门去。

颖宇两眼瞪着景琦，问道：“你个小屁孩儿，也懂得玩儿姑娘了，你也不挑挑人儿！你知道这丫头是谁吗？”

“我管她是谁呢！”

“是咱们白家大仇人的孩子，我早晚收拾了她！”

景琦惊讶地望着颖宇问：“谁是仇人？”

颖宇说：“你少问，快走！以后不许你上这儿来！”

景琦虽然还弄不懂大人那些烂事儿，可“仇人”二字让他百思不得其解，回家就向二奶奶学着说了。二奶奶正端个小碗哄玉婷吃核桃酪，有些警惕地问：“他说是大仇人的孩子？”

景琦说：“三叔还说早晚要收拾了她！”

颖轩正在看景琦写的大字，说：“甭问，这是冲着武贝勒来的，一准儿是詹王府大格格的孩子。”

景琦说：“她来过咱们家，上回唱堂会，跟着三叔来的假小子就是她。”

颖轩指着大字说：“我不是叫你临魏碑吗，你怎么不听？”

“季先生说写字是为了用，不是为了看，用不着那么较劲！”

“季先生说什么你都听，我说话只当放屁！”景琦嘿儿嘿儿笑了。

二奶奶又问道："那俩孩子不是送走了吗？"

颖轩说："我早听说老三把那俩孩子找回来了，朝着詹王府要钱呢。"

二奶奶惊讶地说："怎么干这缺德事儿！这仇还不够深吗？老爷子就是因为咽不下这口气才送了命。"

"是啊，就他那身子板儿，不生闲气能活一百岁！"

"何苦还要结仇呢？消消停停过点日子不行吗！"

景琦疑问："妈，谁跟谁有仇呀？"

"小孩子少问，以后不许再去教堂找她玩儿！"

景琦不平地说："我跟她又没仇儿！"

二奶奶可不想再结新仇，当即找了三爷颖宇叫他收手。三爷一听就急了，高声地问："这是谁说的啊？谁说的？是你那宝贝儿子说的吧？"

"是他爸爸说的，有没有？"

"没有，甭诈我！"

"街面儿上没有不知道的了，你自己到处放风儿，说找到了武贝勒的孩子！"

"街上的传言你也当真？他们家的人死绝了才好呢，我还替他们找孩子？吃饱了撑的，我没那善心！"

"老三，我也不和你较真儿，我把话说到头里，冤仇宜解不宜结，你想坑别人，最后准把自己坑进去！咱们这辈儿的已然如此，底下这一辈儿不能再受累，这话我跟关家大爷也说过，你掂量着办！"

"怎么了这是，好像我干了什么坏事儿了似的！"

"是人家的孩子给人家送回去！没有这回事儿，算我白说！"

二奶奶说完转身走了，颖宇干瞪眼站在那儿，抱怨道："合着我怎么都不对！"

一入秋，到了换季的时候，该做新衣裳了。

敞厅里支起了一个大长条桌，上面摆满了各色面料，两个裁缝正忙得不可开交，孩子们和丫头吵吵嚷嚷地量尺寸，雅萍跟着瞎忙。香伶刚一上前就被景武推了出来，说她不是白家的孩子不给量。

二奶奶正在清点一大摞大褂儿和马褂儿，查验着质量，吩咐雷掌柜今年冬天给每位先生做件皮袍儿，到瑞蚨祥去挑料子。赵五爷和胡总管要挑最上等的，雷掌柜忙记在簿子上。

二奶奶把雅萍拉到一边说有块好料子，两人一人做一件，二人忙去了上房院。

景琦一个人在大门口，百无聊赖地骑在小石狮上，手里拿着季先生送的匕首，胡乱挥舞着。他见香伶擦着眼泪抽抽搭搭走来，忙问香伶怎么了，谁欺负她了。

香伶说："景武不叫我做衣服，说我不是你们家的人。"景琦忙跳下拦住了她，问她上哪儿去。香伶说，回家！"你回那个家干什么，这儿才是你的家呢！走！"景琦说着拉住香伶进了大门。

景武正在量身，景琦一把将他揪了出来，用力推了一把，问他干吗欺负香伶。景武不服地问："你干吗推我？""我推你了，怎么着？推你了！"说着景琦又当胸推了两把景武，"来！你推我一下试试，来呀！你敢动我一下试试！"孩子们围了一圈儿紧张地看着，景武没敢动手。

景琦命令雷掌柜先给香伶量，香伶走到雷掌柜跟前量衣服。景武满腔愤恨地望着景琦，景琦刚转身向厅外走，景武忽然赶上前用脚踹景琦，哪知景琦突然转回身一把抄住景武的脚用力一甩，景武重重地摔在地上。景琦啐了一口说："背后下手，什么东西！"景武跳起扑向景琦，叫嚷道："我今儿跟你没完！"景琦忽然拔出了匕首，威胁道："我宰了你！"孩子们像炸了窝似的乱跑乱叫："景琦杀人啦——"景武吓得乱跑，景琦在后紧追。景武绕着长条桌跑，景琦蹿上条桌，跃下拦住景武，上前便抓。景武忙向后退，倒在了条桌上，连人带条桌一起翻倒在地上。二奶奶慌忙跑出来大叫："景琦！"景琦住了手，二奶奶气愤地说："到屋里来！"

二奶奶真急眼了，还了得了？季先生一走，没人管了！又打上架了，还动不动地就拿刀子，真伤了兄弟姐妹，怎么向全家交代！二奶奶坐在椅子上逼视着景琦，颖轩仍在一旁不闻不问地走来走去。二奶奶严厉地问："你那刀子哪儿来的？"

"季先生给我的。"

"拿来！"

"这是季先生给我的。"

"我叫你拿来，你听见没有？"

景琦十分固执地说："这是季先生给我的。"

季先生在景琦心中是至高无上的，这匕首是季先生送的，已经是景琦的心肝宝贝，打死也不能交出来。

二奶奶大怒，站起身回手抄起了掸把子，扬手就打，没想到景琦突然扬起手将她的胳膊架在空中。

这小子还真有点手劲儿，二奶奶拿着掸把子的手扬在空中，被景琦架住，怎么用力也打不下来了。反了！反了！他竟敢……他竟敢反抗！一向在母亲面前低首恭顺的儿子居然会反抗？六月天下雪，大晴天打雷，二奶奶一时蒙住了，怎么也转不过弯来，举着手，瞪着景琦，只顾了惊呆。二爷更是惊得张开嘴，木呆呆地看傻了，二奶奶也不知是在问谁："这是怎么了？"

景琦笑嘻嘻地说："妈，您打我也打不疼，也打不哭，还把您累得够呛，您往后该歇歇儿啦！"说罢将二奶奶的双手放下来往身上两侧一靠，撒腿跑了。颖轩没想到这出戏竟这么收场，突然扑哧一声笑了，笑得直咳嗽："你还当他是……小孩子……他大了……你打不得了……"二奶奶颓然地坐到椅子上，自言自语地："孩子大了……打不得了！"

是啊，景琦长大了，不再是那个百依百顺的小孩子了。打这儿以后，二奶奶再没打过儿子一下。

景琦在行人不多的街上漫无目的地东张西望，踽踽独行。到了四条胡同口，他看见一个卖唱女孩儿正唱着梅花大鼓，女孩儿边敲鼓边唱。靠墙坐着一个老头儿弹着弦子，面前倒放着一顶破草帽儿，行人漠然地走过，没人理睬。景琦慢慢停住了，似懂非懂地听着。当他掏出两个大子儿扔到草帽里时，抬头才发现老头儿是瞎子。他又好奇地走到女孩儿面前，用手在她眼前晃了晃，也是瞎子。景琦呆呆地看着，女孩儿仍在唱。那声音挺凄凉的，景琦心想："还有这样活着的人……"

景琦不知不觉地走到季宗布家门口，下起了小雨。他站住望了望，又走了回来。缓缓走到了街对面，蹲在墙根儿下，抬头望着季宗布家的大门。

也不知过了多久，一辆马车停在了门口，季宗布一下车立刻发现了景琦，忙走过来问道："这不是景琦吗？等我呢？"景琦仍低着头不语。

季宗布问："跟家里闹别扭了？"

景琦没有回答，只抹了抹脸上的雨水。

"家里都不知道你上哪儿了吧？"季宗布回头对车把式说道，"江四，去白家送个信儿，就说景琦在我这儿住些日子！"江四答应着走了。

"进来吧！"景琦忙站起跟着季宗布走向大门。

自雨夜之后，景琦将季宗布家当成学堂。这位季先生的授徒方法，大概是独一无二的。既教画画儿，又教打枪，又练挥刀对打，还教铁砂掌之类武功，师徒二人都自命不凡，就连写条幅练字，也是狂放不羁。景琦的草书不错，"仰天大笑出门去，我辈岂是蓬蒿人"，季先生竟把这一条幅在中堂挂了起来。

几年一晃过去了。

这天，景琦和季宗布骑马来到野外。从来总是在后面的景琦，这一回竟一路领先，季宗布高喊着紧追不舍。看着相互有段距离了，景琦突然勒马，枣红马扬蹄直立嘶鸣，景琦回过头来大叫："季先生，您赶不上我啦！"

这一年，白景琦十八了。

第十四章

季宗布入军机做了章京，国事缠身，再见到景琦少不得要议论些天下大事。景琦在季先生这儿，不光学了书本知识、武术要领，也知道了一些国之兴亡、为人做人的道理，他的志向也就越来越不一样了。别看季先生文武皆通，一副爷的气度，还挺会做菜，厨房里是一把好手。

木桶里游着两条活鱼，景琦伸手抓出一条忙跑到季宗布前，将鱼放在临时搭的案板上。季宗布按住挣扎的鱼，一刀拍在鱼头上，鱼不动了。

季宗布说："看见了吗，这鱼就跟咱们中国一样，让洋人拍了一刀！中国要想活，只有一条路，变法维新。"

景琦说："听说老佛爷跟皇上别着劲儿呢！"

"没用！变法维新势不可挡，一人专权，才弄得大清朝气数尽了。"季宗布边用刀将鱼剖开边说，"再不变一变，咱们大清这条鱼就要让人家端到桌上美餐一顿喽！哎，你爱吃红烧，还是清蒸？"

"红烧！"

"我今儿非给你做清蒸！"

"先生还会做菜？"

"今儿这不是你来了吗，我这是新的做法，你尝尝。"

“洋人既想把咱们吃了，怎么还向着皇上呢？”

“洋人当然不会安什么好心。国不强就受人欺，干挨打，还不了手。兴商富国，厉兵秣马，才有出头的一天。”

“富国强兵的道理谁都懂，怎么还有人不乐意呢？”

“跟你们治病似的，疖子烂透了，才能出脓，现在还没烂透。没看那帮当官儿的，光顾往自己兜儿里搂钱吗，搂得越多，烂得越快！”

“那就让它烂透了。”

“对！弄帖膏药，把它的毒拔出来！”

“我能干点儿什么，光看您一天到晚忙。”

“你呀？你不知这里头的事儿！往后别再来找我，你也找不到我了，你且得历练历练呢！”

“那我往后就……”

“自己去闯吧，老跟在我后头有什么出息！出去碰钉子，摔跟头，什么时候你碰得头破血流、万念俱灰，你才真的长大成人了。”

景琦似懂非懂地望着季宗布发愣，他闹不清将来等着他的都是什么……

卖蝈蝈的上街了，夏季天是真来了，密密麻麻扎着蝈蝈笼子的挑子，在胡同里串来串去，叫得一帮孩子跟着跑。景琦给了挑挑儿的老汉两个大子儿，挑了一个大点儿的笼子进了大门。

二奶奶正给玉婷梳辫子，玉婷七岁了，景琦把蝈蝈笼给妹妹说：“玉婷，哥给你买的。”

“谢谢哥！”玉婷要跑，被二奶奶一把拉住说：“等会儿，没梳完呢！怎么想起买蝈蝈来了？”

景琦说：“一看见蝈蝈就想起我堂姐来了，她在济南也不知怎么样了。”

二奶奶叹口气说：“好些日子没来信了，打生了孩子以后吧！”

颖轩从里屋走出，说道：“景琦，托魏大人在道台衙门给你找了个差事。你得干点儿正经事儿了，十八岁也是大人了，好好当差别惹事儿！”

二奶奶说：“出了事儿魏大人的面子上可过不去。”

景琦说：“我知道！”

二奶奶拍了拍玉婷说：“玩儿去吧！”玉婷立刻跑出，二奶奶大叫，“就在院里玩儿，别往出跑！”

景琦转身要走，被二奶奶叫住，嘱咐道：“你都是大人了，还整天跟孩子一块儿玩儿，你也学点儿大人样儿！就说你这亲事吧，说了够八家儿了，没一家儿乐意的。”

“我怎么了？”景琦瞪起眼睛说，“我全须全尾不缺胳膊不短腿儿，谁要嫁给我那才真是享福了呢！”

二奶奶笑道：“颖轩，你听听，他还拿自己当香饽饽似的。”

景琦撇着嘴说：“本来嘛！”

二奶奶十分认真地说：“等着吧你，我非给你找个厉害媳妇管着你，你就老实了！”

白颖宇的日子好过多了，讹了詹王府不少银子，还弄了个外宅，可有关孩子的事一句不提。武贝勒找上门了，颖宇往椅子上一坐问又什么事儿。

“装什么傻呀？詹王爷找了我好儿回了，问那孩子到底怎么着了！”

“拿银子来！”

“这三年你要了多少银子了？这孩子都十七了，在哪儿呢？”

“银子又不是我拿了！”

“三爷，别揣着明白说糊涂的。这几年你房子也买了，外宅也立了，这银子从哪儿来的？我给你个限期，月底把俩孩子交出来！”

“嗬，给我立规矩？你还来劲儿了，要交不出来呢？”

“我就上你们家里闹去，三奶奶还不知道你娶了新姨太，弄了这么一所外宅吧？”

颖宇笑了："别来这套！我媳妇要管得了我，我也就不弄这份外宅了，您请便！"说着起身向门外走去。

"教堂里，到那时候也就不太清静了吧？"贵武平静的话里充满了威胁。

颖宇走到门口站住了，回头冷冷看着贵武，走到他面前说："你这话是什么意思？教堂是洋人的地方，你动一动试试！"

贵武阴沉沉地说："我是不敢动，可你大概知道，老佛爷可不大喜欢洋人，詹王爷可不是吃素的。"

颖宇说："别吓唬人，告诉你吧，这俩孩子就在洋人手里，你敢怎么着？再拿两万银子来，我把孩子给你。我也给你个期限，年底你交不出银子，这俩孩子你就甭想见了！"

"你想干什么？"

"十七岁的大姑娘，卖到哪儿不是银子啊！"

贵武凶狠地威胁道："你敢！"

颖宇拍桌子叫板道："走着瞧。"

贵武知道白颖宇什么坏事都干得出来，女儿在教堂？在洋人手里？他半信半疑。就算真在教堂里，他没钱没势，就是跟詹王爷说了，也还是不敢去找洋人。

黄春十七了，是个大姑娘了，出挑得不管你怎么看，都是个美人儿，几乎集中了贵武和大格格的所有优点，虽然天天干的是粗活，可人长得标致细嫩。容神父可怜她无父无母，十分怜爱，还教她识字、唱歌、读《圣经》，从不把她当下人丫头。三爷也不管不问，放到那儿有钱赚就行了，所以黄春从小到大温柔善良，只知是被自己父母遗弃了，所以对自己的身世也并不关心。她唯一的知心朋友是白景琦，这几年和景琦就没断过来往，谁有什么好吃的都给对方留，谁有什么不高兴的事，都会互相诉说。真要一段时间见不到，心里就想。两小无猜，长大了也就心心相念。

景琦就要去道台衙门做事了，以后的闲工夫还真不多了，他赶紧跑到教堂来，跟黄春说一声。黄春一个人正在低头祷告，景琦溜到她身旁坐下，也假模假式地合十祷告，故意大声说：“主啊，保佑黄春找一个好婆家吧！”黄春对整天赖皮赖脸胡说八道的景琦早就习惯了，故意娇嗔地道：“讨厌不讨厌，人家这儿祷告呢！”景琦说：“我也祷告呢！”

“净胡说！你好好祷告。”

“我祷告什么？”

“赎罪。”

“我犯什么罪了？”

“你做的坏事还少？”

“真犯罪的没一个来祷告的！”

“哎呀，你真讨厌！去，出去等我！”

“我就在这儿陪着你吧，明儿往后我可来不了了！”

“为什么？”

“我在道台衙门混了个差使。”

“嗬，真是大人了，当什么官儿了？”

“我还当官儿？给人家跑腿儿！”

“那你往后……不来找我了？”

“你想让我来吗？”

黄春一时语塞，不知说什么好，愣愣地望着景琦。景琦调皮地看着她。黄春眨眨眼，回过头，装作漫不经心地说：“不想！听说你们家正给你说亲呢？”

“谁说的？”

“你三叔。”

“是啊！可说了七八家儿，我一个也没看上。”

“是人家看不上你吧？”

“敢 [illegible] 我要娶一个北京城最好看的！”

黄春突然回头看着景琦，脸色明显不好看了。

“你不信？”

黄春忙又把头扭回去，冷冷地说：“那你娶去吧，我要祷告了。”

景琦全不在意地站起身，洒脱地说：“那我走了。”说完，转身大步走开。

黄春忙站起身，应道：“哎……”这时景琦已走远了。黄春注视着景琦的背影，哪还有心思祷告，转过身望着耶稣像，想了好多好多……

景琦正正经经地进了道台衙门公事房上班了，没两天就出事了。

这日，书办唐爷正在收拾桌上的东西，屋里五六个同事都同情地望着，景琦不禁问道：“唐爷，你说说究竟为了什么？”

唐爷仍低头收拾东西说：“不说也罢！”

景琦抱不平地说：“你不能就这么走，他要没理，咱们一块儿找他去！”

唐爷叹道：“你们知道咱们刘大人那位小舅子……算了，我认倒霉吧！”

景琦站起身走向唐爷，打气道：“说说！不就陈鹏那小子吗，怎么了？”几位同事也都围了过来。

唐爷说：“就是他！一个朋友托我找他办事儿，给了一百两银子，他拿了银子不办事儿。我问了他两回，他急了，说一百两银子就想办事儿？我说你要不办，就把银子还我，你猜他说什么？”

景琦忙问：“说什么？”

唐爷说：“他说‘我是属狗的，光进不出’！”

一位同事劝解着说：“哎呀——这种事儿不是一回两回了，你多余较这劲儿！”

唐爷赌气说：“我不干了，大不了我白扔一百两银子。”

景琦挺身而出说，他帮唐爷把银子要回来，要走也得堂堂正正……正说着，陈鹏来了，几个人忙回到自己座位，只有景琦没动。陈鹏走到唐爷前叫他别磨蹭，快滚！唐爷低头不语，夹起包就走。景琦过来叫："等等，我说小舅子！"陈鹏一愣，叫道："嘿！这是怎么说话呢？这也是你能胡叫的吗？"景琦挑衅地说："那我该怎么叫？我就叫你'光进不出'吧！"陈鹏急了："你骂人？"景琦指着他说："你自己说的！"

同事们见势忙上来劝架，陈鹏气得暴跳如雷，骂道："小子，你也滚！刚来几天啊，你就犯浑，你俩一块儿滚！反了你们这帮下三滥！"好个下三滥，着家伙吧！景琦突然扬腿，抡圆了用右脚面打了陈鹏一个嘴巴。陈鹏一声没吭，大概没来得及出声，就砰然倒地，昏过去了。几个人忙过来扶，一看，打蒙啦！景琦也一愣，坏了！这小子这么不禁打！

景琦叫道台衙门给扣了。胡总管得信后，心急火燎地拦住了正走出月亮门的二奶奶，说七少爷出事儿了，他打了道台大人的小舅子，让人家给扣起来了。

二奶奶一点儿也不急，这种事听着一点儿也不新鲜，早就料到的了，他不捅点儿娄子那才叫怪事儿呢。拿银子去打点吧，先把人弄回来再说。

事儿不大，花点银子就放出来了。道台小舅子很快就醒过来了，景琦也很快被赶出了道台衙门，唐爷特别地过意不去，和几位同事一直把景琦送出衙门。景琦一笑，根本没当回事，正好闲下来没事，家都没回，直接去了季宗布那儿。门开了一条缝，赶车的江四探出头来说："哟，七少爷。"他又惊慌地探头向街上来回看。

景琦奇怪地问："怎么了？我找季先生。"

江四悄声说："季先生不在，您快走吧。"

景琦一愣，忙问："出什么事儿了？"

江四悄悄说："你还不知道？季先生逃出去了。"

景琦大惊道："他得罪谁了？"

"满世界抓乱党，您不知道？"

"季先生是乱党？"

“别问了，谭嗣同就要问斩了，您以后千万别再上这儿来！”

景琦急忙嘱咐道：“季先生要是回来，你告诉他，我在道台衙门的差使丢了，转到都院当差了。”

江四急忙地摆摆手说：“季先生一时半会儿回不来呢！快走！快走！”说着砰地关上了门。

景琦站在门外茫然四顾。季先生是乱党？什么叫乱党？宫里的事也耳闻了不少，季先生是新派，新派就是乱党。景琦只知道季先生是好人，才学出众，品德高尚，为人洒脱仗义，怎么是乱党？乱了什么？显然，老师有危险了。他想见季先生，可更希望季先生跑得远远的。这事儿搅得他一天都心神不宁。

丢了差事，二奶奶并没有斥责景琦，大概也懒得说他了，只跟二爷合计着，又托人在都察院给他谋了个差事，总不能让他在家里闲着吧？不过是去都院先做个侍卫，谁也想不出，包括景琦自己也不知道将来到底能干点儿什么。都院的侍卫也没什么正经事，已经是一身侍卫打扮的景琦和几个守门的兵勇在大门道里闲聊天。

“听说了吗？昨儿菜市口一下儿斩了六个。”

“那算什么，连皇上都囚起来了。”

领班的于头捅了捅景琦，向待客厅里努了努嘴。景琦回头，只见厅里四个外官在等待召见，一位方大人正用大蒲扇呼啦呼啦扇着，还不住地擦汗。

于头道：“瞧他那副德行，有这么扇扇子的吗？”

景琦笑了：“就透着他一人儿热。”

“怎么一点儿规矩都没有啊？”

“浙江来的候补道吧？”

于头撇撇嘴说：“想求老爷弄个实缺。”

“逗逗他！”景琦坏笑着起身，于头跟他一起进了待客厅。

景琦一进门就先向各位外官拱了拱手道：“今儿个够热的。”“是，是！没想到今年京城这么热。”“都热邪乎了！”几个人忙应道。景琦说：“老爷那儿正忙着哪，待会儿才能见各位，天热，都宽宽衣吧。”几位大人都客客气气地应了应，都没动。景琦专门走到扇扇子的方大人前，说道：“方大人，升升冠。”方老爷不解地“啊”了一声。景琦比画着说：“升升冠，凉快凉快！”方大人十分感谢地说：“好，好！”他说着忙摘下了顶子，景琦接过顺手递给了于头。“宽宽衣，别客气，我伺候您。”景琦动手解这位方大人的扣子。方大人连声道：“不敢当，不敢当，自己来，自己来。”

方大人头回进京还不知道深浅，只好顺着景琦来，旁边的几位大人惊讶地看着，都没敢说话。景琦帮助方大人脱了马褂和官衣，把马褂递给了强忍住笑的于头。景琦拿着官衣说：“瞧汗都渗到外边儿来了。我给大人晾晾去！”方大人还瞎客气：“有劳，有劳！”景琦和于头拿着衣服帽子匆匆走了出去，一出待客厅便向兵勇们招了招手，五六个人忙钻进了对面的门房。

方大人还在大咧咧地扇着扇子，内管事老吴推门而进，说道：“传见浙江候补道方大人。”方大人连忙站起，走过来说：“来了，来了！”老吴惊诧地望着方大人，他这才忽然发觉自己只穿着内衣，屋里几位等着召见的官儿都偷偷地笑。老吴诧异地问他怎么回事。方大人慌乱地忙探身向外看，只见门道里空无一人，躲在门房里的景琦、于头等人都趴在窗户上向外看。只见方大人嚷嚷着说，天儿热，刚才脱了衣裳，不知两位差官给拿哪儿去了。于头坏笑着说，出去敲他一笔银子？景琦哪是为了钱呢，只等着瞧乐子了。望着门里门外打转转不知如何是好的方大人，老吴申斥道：“成什么样子？还有规矩没有？你是不是就这样去见大人？就是有了实缺，能放给你这样的吗？歇着吧你！”说完扭脸叫了陕西张大人，方大人捶胸顿足地喊：“毁了，毁了……”

景琦乐得不行了，回到家想起这事，还止不住地乐。到了晚上，二奶奶、颖轩等一家十几口人围坐吃饭，吃饭的时候是不许说话的，都安安静静地低着头吃。景琦忽然又想起那位方大人，憋不住笑，一扭头将饭喷了一地。满桌的人都惊异地望着，景琦却扭头止不住地笑。

知子莫若母。二奶奶太知道景琦了，他只要做了坏事，怎么装也掩不住。他这一笑就不是正经的笑，是坏笑，是做了坏事以后得意的那种笑，是一想起要了别人就憋不住的那种笑，这岂能瞒得过二奶奶的眼睛？当众敢这么笑，一定是做了大坏事。

二奶奶慢慢放下了筷子，两眼盯住景琦，脸色一下子严肃了，低声却又威严地喝一声："跪下！"景琦强忍住笑，忙走到饭桌一旁，跪到了地上。二奶奶直接问："你又在外边儿做了坏事儿？"景琦不敢再笑，回道："是！"

"又作什么孽了？"

"一个浙江候补道来巴结差事，我把他衣裳全扒了，弄得他没法儿见大人。"

"你说你有六儿没六儿啊？一个外官来京一趟多不容易，他想见你们大人一面，不知道花了多少银子，上下打点，你这不是断送了人家的前程吗？"

"我知道错了。"

"你扒人家衣裳的时候就不知道是错了？"

"您没瞧见，这位大人忒不懂规矩，拿把大蒲扇，不像是扇凉，倒像是孙猴子过火焰山！"满桌子的人都笑了。"还笑！"其实二奶奶也差点笑出来，罚了跪认了错也就不再追究，说道："吃饭吧！"景琦忙起身回座位上吃饭。

二奶奶叹了口气说："为人总要厚道，能成全人家的事就成全人家，他一个小地方来的，懂什么规矩？你提醒他一句不好吗？非要挤对人家？我看你什么事儿也干不长！"

二奶奶真的发愁了，二爷更是一筹莫展。景琦固然是聪明好学，在诸多兄弟中，他是最灵的，学东西也快，肯吃苦，可一离开了季先生，谁也服不住他。这能都怪景琦吗？你得有个让他心服口服的人领着走正道才行。这人是谁呢？

入秋，又到了去安国办药的日子，大爷不在了，二爷离不开，三爷靠边站了，可东家必须去一个人。叫景琦去，最要紧的当然是柜上跟东家去的两位老人儿涂二爷和许先生。这二位是三朝老臣，可以这么说，百草厅离了这两位，虽说天塌不了，也得塌一半。这二位也是百草厅重新开业以前，二奶奶白花钱养着的那七八位老人中最器重的两位，在整个中药行，都是赫赫有名的人物。

当年，大爷、二爷、三爷，代表东家去各地办药，都是这二位保驾，什么叫“品味虽贵，必不敢减物力”？品味靠什么？原材料！所以办药的人要有经验有阅历有眼力有魄力。叫景琦代表百草厅去安国，二爷初时还有些犹豫，可二奶奶认定了这二位爷降得住景琦，景琦也应该开阔眼界，在市面儿上历练历练。

景琦得了这个信儿当然高兴，长这么大还没出过远门，没离开过京城，这回可逮着机会了。为了这事儿，二奶奶特意摆了一桌酒宴，拜托二位带一带景琦，也同时给涂二爷和许先生送行。大查柜赵显庭也在被请之列，二奶奶看罢采购药材的清单，交给了涂二爷，说道：“就按这单子办吧！吃饭。今儿这‘赵五爷菜’是我做的。您尝尝。”

赵显庭忙客气地说：“又让您受累。”

“这两个菜也是我做的，特意为涂二爷、许先生送行。”

涂二爷忙欠欠身说：“您太客气了。”

“今儿可不是客气，我有事拜托二位。”

许先生忙说：“不敢当，您尽管吩咐。”

二奶奶给三人斟酒，说道：“景琦快二十了，在几个衙门口当差，光给我捅娄子，愁死我了。”

涂二爷还不知道二奶奶什么意思，顺口恭维着说：“二奶奶甭着急，树大自直，七少爷是个聪明绝顶的孩子！”

“别夸他了，想来想去，我跟二爷商量，还是叫他跟自己铺子里学学本事好……”二奶奶十分诚恳地说，“二位这次去安国办药，能不能带了景琦去，叫他见见世面，闯荡闯荡，也跟二位学点儿真本事。”

涂二爷和许先生一听这话，登时愕然相望没了词儿。二奶奶这个包袱抖得着实叫涂二爷和许先生傻了眼，这叫什么事儿！景琦恶名昭彰，无人不知，带着他去办药，这纯粹就是添乱！这桌酒席说穿了简直就是“鸿门宴”，项庄舞剑意在沛公。不答应吧？二奶奶的面子上过不去，答应吧？实在是担不起这个沉重。这局面，二奶奶早就料到了，她笑着说：“是不是？刚才二位还夸他呢，言不由衷吧？一动真格儿的，二位都不言语了。”

大查柜赵显庭是从小看着景琦长大的，心中自然有数，知些根底，便劝道：“我看这事儿可以商量，据我看七少爷一天到晚得有新鲜事儿引着他，一没事儿干，他就得出幺蛾子。药材市场千变万化，他只要觉着新鲜，就会用心学。”

“话是这么说，怕我们两个……管不了他呀！”涂二爷一脸苦相，颇为难地看着赵显庭。

赵显庭所以这么说，因为他也了解涂二爷和许先生的底细，打气说：“甭怕，七少爷就服有真本事的人，你们二位降得住他！”

涂二爷不好再推辞了，说道：“丑话说头里，万一有个差错，二奶奶别拿我们的不是！”

二奶奶忙说：“哪儿的话呀，谢还谢不过来呢，季先生打他打得狠着哪，我说过什么？不听话就打！”

许先生把头摇得跟拨浪鼓似的，苦笑道：“别别，我们俩加一块儿不够他打的，我们尽心尽力就是了，反正全须全尾地给您带回来！”

二奶奶忙举杯郑重地说：“拜托了！”

就这么定了，第二天刚蒙蒙亮，景琦骑了一匹快马，涂许二位赶着一辆马车上路！

头一回可以这么撒着欢儿地骑马，景琦兴奋地挥鞭飞奔，跑了一段路，他忽然勒马慢慢停住，掉转马头一看，只见涂二爷、许先生坐在一辆马车上小跑着追来。二人可着嗓子喊景琦："七少爷慢点儿，跟我们一块儿走！""留神别摔着。""你们太慢了！"景琦在远处大喊道。许先生小声嘀咕："涂爷，您瞧见没有，咱们可有点儿管不住。"

景琦等得不耐烦，骑马又跑回到车前跟着走，问道："你们这么走，几时才能到？"

涂二爷不慌不忙地说："放心吧，少爷。咱们白家的人不到，药材市场就不能开市！"

景琦这可是头一回听说，忙问："为什么？"

涂二爷说："药材市场的价儿，都得跟着咱们百草厅走，咱们是头顶头的大户！"

景琦一愣，哈哈笑道："哈哈！还有这事儿！有这么威风吗？驾！"说罢猛抽座下马，飞奔而去。在京城，百草厅当然是药行的龙头老大，威名赫赫，可真出了京城，这白家老号还威风吗？景琦茫无所知。这趟差事叫他着着实实地开阔了眼界。

安国药市虽未开市，却早已人流涌动热闹非凡。大小的客栈、旅店都住满了人，全国药行的各路精英汇聚于此，已经忙着打探各路的行情，寻找主顾。沿长街搭起了密密麻麻的棚铺，只等着京城百草厅的东家来，就可以开市了。景琦和涂、许二位一到安国，放下行装，二话没说先奔了药王庙，这是规矩。开市前要在药王庙举行隆重的仪式，各号的代表都要来祭拜药王，才可以开市。涂二爷、许先生带景琦走来，药王庙里里外外都是人，不少熟人向他们打招呼。庙门口人们忙让出一条路，涂二爷走到庙前忙靠边儿回身让景琦先行，一面伸出了手："少东家请。"

景琦一下子慌了神，一是他不懂规矩，二是他根本也没拿自己当回事儿，还以为是涂二爷瞎客气，连忙往边儿上一靠，也伸出手请涂二爷先行。岂知涂二爷是有心要抻练一下景琦，把他推到首位。这哪里是互相谦让的时候，涂二爷抢先一步上了台阶，回过身高声宣布："京城百草厅白家老号少东家到——"就这一嗓子，几百号人的目光齐刷刷地看向了白景琦。

景琦稍一愣神，立即悟出了今儿个他才是主角，没什么可让的。虽然心里还有些慌乱，可他毕竟是从小由二奶奶教导大的——他见过二奶奶当年是何等的威风！许先生又一伸手，景琦立即挺胸抬头，大步走进了药王庙，众人簇拥着他进入大殿，大管事的忙拱手请少东家上香！景琦望了望涂二爷，涂二爷忙走到供桌前拿起一炷香在蜡烛上点燃，交到景琦手中。景琦上香后退到垫子后跪拜，"跪——"随大管事一声高喊，稀里呼隆，院里的人全都跪下了。景琦三叩首后起立转过身，大管事走出殿门高喊："京城百草厅白家老号东家已到，安国药市开市大吉，各东家伙计务必严守市规，开市！"景琦这才刚刚意识到：喔——这就是白家老号。

开市了，一眼望不到头的各式棚铺。

景琦、涂二爷、许先生沿街走来，不远处后面跟着许多打探虚实的人，沿街的各铺伙计不时吆喝着招呼着，向他们兜揽生意。三人在一大棚前刚停下，于掌柜忙迎了出来，热情招呼道："里边请！"涂二爷点点头，从箩中抓起把黄连看了看，顺手递给景琦，问道："少东家看看行吗？"

景琦一愣，只好接过，看了一会儿不敢说话，又抬头看涂二爷。涂二爷却又问："怎么样少东家？"

景琦仍不敢说，微微点着头，心里说着，好你个涂二爷，这不故意为难我吗？他学过，当然知道好坏，可这是在生意场上，他真不知道该怎么说。涂二爷并不想为难他，又抄起一把黄连说这是上等的好黄连。

于掌柜忙说："涂先生圣明。"

"你有多少？"

"二百斤还不够吗？"

“哈！二百斤不够垫底儿的。”

于掌柜忙殷勤地说：“您要多少？我立马儿进货。”

“回头再说，少东家，前边儿看看。”三个人向前走去。

后面跟着的一帮人，呼啦一下子围了上来，七嘴八舌地问他们要什么。于掌柜不耐烦地挥手，诸位别围在这儿，不知道要什么，散散！大家七嘴八舌地嚷嚷着要黄连，我听见了。

“瑞记”招牌下，涂许二位又停下来带着景琦看筐中的黄连，高掌柜忙走过来说：“您要找着比我这儿还好的黄连，您要多少我白送，分文不取。”涂二爷看了看手中的黄连，然后伸到景琦面前问：“少东家看看怎么样？”景琦急了，低声埋怨：“别再挤对我了行不行？”许先生忙搭话说：“这是上好的川东黄连，您看多肥，全都抱着，这种黄是纯姜黄，没加过色，是真正的鸡爪连。”景琦仔细看着，不住点头。

涂二爷问道：“有多少？”

“您要多少有多少。”

“什么价儿？”

掌柜的拨了一下算盘子儿，涂二爷看了看一笑，重拨了一个子儿，景琦充满好奇地看着。高掌柜笑了：“您这是开我的玩笑！”

“谁跟你开玩笑，这是我们少东家的价儿，是不是少东家？”

景琦糊里糊涂地已经悟出点儿门道了，忙说道：“没错儿，是我定的价儿。涂二爷，咱们往那边看看。”景琦仰着脸儿先走了，两位先生忙跟上。追出几步的高掌柜高喊：“我不拦着您，随您上哪儿去看。我不怕您走遍安国，您哪，还得回我这儿来！”

景琦等人边走边小声嘀咕，涂二爷道：“货色、价钱都合适。”

景琦奇怪地问：“那为什么不买？”

许先生故作深奥地说：“少东家您留点儿神瞧着，这学问就来了。”

景琦忙问：“什么学问？”

许先生成心卖个关子：“不能说，您自己悟！”

“不说也行，可别再挤对我！干什么呀这是？老把我往前抬，好些事儿我还没闹明白呢，今儿在庙里就弄我个措手不及！”

“您是少东家，我们哥儿俩得捧着您。”

“行了，饶了我吧，再这样我可真急了，总得先和我打个招呼吧。”涂二爷和许先生都笑了。他们又来到一个药棚前，涂二爷仍抓起一把黄连问：“这种货色也敢往这儿摆？”周掌柜也不辩解，直说道：“便宜呀，三位爷，只要您买，我情愿再杀个价儿！”涂二爷有意高声地说：“好货价儿再高我也要，百草厅用药向来不惜工本，货不好白给我也不要，拿回去没地儿搁。”周掌柜说：“得，算我白说，您瞧瞧别的。”涂二爷更提高了声音：“告诉你，我今年的大宗进货就是黄连。货好，一千斤都不多！”周掌柜也大声说：“行，我立马儿进货！”

三人走到路口停住了，涂二爷问：“许先生，怎么着？”

许先生说：“还是回‘瑞记’，给他个好价钱！”

涂二爷扭脸问景琦：“你说呢，少东家？”

景琦摇摇头说：“闹不明白，次的不要，好的也不要，价儿合适的也不要，想干什么？”

涂二爷说：“来吧少爷，先给他们点儿甜头儿，回‘瑞记’！”

见三个人又走了回来，高掌柜得意地说：“我说什么来着？三位爷还得回我这儿来吧！”

涂二爷抓起一把黄连，说道：“黄连一百斤，全得是这个货色！”

景琦又糊涂了，问道：“才一百斤？”许先生忙捅了景琦一下，景琦不说话了。高掌柜疑惑道：“就要这么点儿？”

“我还要别的呢！”

“价钱呢？”

“就按你开的价儿，这回不开玩笑。”

“现银？”

“现银！”

“痛快！好咧，黄连一百斤！”

伙计站到棚外高叫：“黄连一百斤 —— 京城百草厅白家老号 ——”

虽然成交量少，可和京城百草厅做成了第一笔生意，再少也值得炫耀，四邻各棚的人都跑出来站在街上向这边望。折腾了一大圈儿，就到了吃晌午饭的时候了。太阳挺毒的，三人找了一家街边带大棚的小吃摊，三碗打卤面，中间一小碟口条、一小碟肚丝摆桌上，三人边吃边聊。

涂二爷挺不好意思地说：“吃这饭可委屈少爷啦！”

景琦不解地问：“干吗吃这么苦？那边儿有好馆子！”

许先生说：“出差在外，从来都是这样，不能给东家糟蹋银子。”

景琦拍拍腰包说：“我这儿有！”

涂二爷摆摆手说：“省着点儿吧，少爷，您那银子最好给二爷二奶奶买点儿什么，出来一趟不容易，表表孝心。”

许先生认真叮嘱道，那么多兄弟姐妹，多多少少买点儿回去，大伙儿都高兴不是。涂二爷语重心长地告诫景琦，他们是办事来了，不是享福来了，又问他吃得下去吗。景琦能上能下，说挺好，比在家里吃着香。合着折腾了半天儿，就买了一百斤黄连，照单子上这得买到什么时候？

涂二爷说：“别着急少爷，下半天儿就好办了。”

涂、许二位带着景琦开始一家一家地进货了。涂二爷与周掌柜算账，伙计站在棚外高喊：“柴胡二百斤，京城百草厅白家老号 ——”许先生与王掌柜看货，伙计站在棚外高喊：“益母草一百五十斤，京城百草厅白家老号 ——”涂二爷付银票给丁掌柜，伙计站在棚外高喊：“茵陈三百斤，京城百草厅白家老号 ——”棚外围了不少人，景琦走出大棚，立刻被人们围住。众人七嘴八舌：“少东家到敝号去看看！”“我们那儿有宁夏上好的枸杞子，您不看看？”“少东家请关照一下我们小店！”景琦潇洒地挥了挥手说：“别急别急，我一家儿一家儿地看啊！”

吃完晚饭回到客栈，景琦坚持与二位先生住大通铺，涂二爷和许先生在灯下打着算盘，对着单子结账。景琦担心地说，黄连还差着一千斤哪！涂二爷说，这所有的银子，他都得拿黄连找回来！景琦惊讶地问，怎么找回来？涂二爷叫他别着急，先歇着吧，从明儿起，他们先玩儿三天，到时再买不迟！景琦没听明白，怎么还有工夫玩儿？涂二爷说工夫就是银子，踏踏实实睡一觉，养足了精神玩儿。许先生也悄悄地说了声“玩儿”。吹灭了灯，景琦钻进了被窝儿，两眼睁得大大的睡不着，白天经历的一切，一幕幕又都浮现出来……

接连三天，涂二爷和许先生带着景琦“逛大集”。在小吃摊上吃“驴打滚儿”“丸子汤”……吃饱了喝足了，又去大棚里沏壶酽茶，嗑着瓜子儿听大鼓书。景琦没忘涂二爷和许先生的嘱咐，逛一路，买一路，什么花布、帽子、端砚、笔筒……买了一堆，准备回去给大伙儿一分，来个皆大欢喜。回到客栈就一份儿一份儿地收拾好，摆了一大片。

晚上，景琦又问明儿干什么，涂二爷钻进被窝故弄玄虚地说歇了三天，明儿少爷瞧好吧！景琦忙问明儿怎么了。许先生笑道，管保比看戏还热闹！睡觉！涂二爷吹灭了灯。景琦想不出能有什么热闹戏，肯定是要出点什么事儿啊。

第二天一早来到了药市，三个人缓缓走来，两旁店铺的伙计纷纷跑出大叫大嚷：“涂爷，进来看看，上好的黄连！”“少东家，看看吧，真正的鸡爪连。”“三位爷不是要黄连吗？刚进的货！”……

景琦边走边惊讶地左右看着，耳边一片“黄连”的叫卖声，但涂二爷和许先生只是客气地向两旁点头，径直向前走着不停步。景琦大惊，问道：“怎么了这是？一下子冒出这么多黄连？”涂二爷笑了：“我叫他们哑巴吃黄连！”许先生得意地说：“嘿嘿！有苦说不出啊！”

在瑞记招牌下，高掌柜忙迎出，涂二爷又抓起一把黄连。高掌柜问：“您还想要点儿什么？”涂二爷说：“黄连！”

高掌柜高叫：“好咧！黄连……”

涂二爷忙制止：“别急别急，什么价儿？”

高掌柜说：“老价儿，您买过一回了！”

“不行！这回得我开价儿！”说着，涂二爷拿过算盘扒拉个数。高掌柜一看愣了，忙说：“别价，您又开玩笑来了。”

景琦一下子开了窍，娘的，生意场上可以这么玩儿！

涂二爷说：“掌柜的，看见没有，满街都是黄连，哪家也不比你的差！”

高掌柜一脸苦相，说道：“您是行家，我瞒不了您，可这个价儿实在不行！”

景琦的小聪明全都来了，忙插了嘴：“不行就算了，上那边儿看看！”

高掌柜忙拦住，说道：“别价，少东家，好商量啊！”

涂二爷说：“我们少东家发话了，没什么商量！说句实在话，买你的黄连我这是帮你一把，瞧这阵势了没有？三年之内，黄连的价儿是上不去啦！”

高掌柜点点头说：“没错儿！今年是怎么了？三天的工夫，这黄连成了灾了，您多少再让点儿！”

“一点儿不让。信不信，我到别的家儿还能比你低！”

“我信，您要多少？”

“一千斤！”

“我可连本儿都捞不回来！”

“比烂在家里长虫子强！”

“我哭都哭不出来喽！得咧，黄连一千斤！”

伙计站在棚外大叫：“黄连一千斤——京城百草厅……”

高掌柜怒吼：“行了，行了！嚎什么你！”

伙计忙回头，吓了一跳。

高掌柜泄气地说：“这买卖做得丢人不丢人哪！”

又到了晌午吃饭的点儿，还是那个街边的小吃摊儿，三碗打卤面、两碟小菜，三人吃着饭大笑。

景琦心悦诚服地说："我明白了，越大宗的进货，越先开高价儿先放风，叫他们以为有利可图。等货上足了，返回头来再买，货到地头儿死，亏着本儿他也得卖！"

涂二爷说："这一宗就省了一半儿的银子，还叫他没话说，他想在黄连上吃大户，闹了个哑巴吃黄连！"

景琦赞叹地说："这比听戏还过瘾！"

许先生说："少爷全明白了。等会儿找鲁记镖行挂个号，把货起运，咱们明儿出关，打道营口，奔参茸行！"

第十五章

提起营口来，那可是有年数了。清朝道光以前，是东三省海运交通唯一的商港，南来北往的货物都集中在这儿，收珍稀药材人参鹿茸的山货庄一家挨着一家。

抬到大货、奇货，各大参帮的把头一定率一众人走水路、旱路奔赴营口，丹东也是一站。丹东卖价能多卖三成，到了营口还能往上涨。

对南来北往的商客，对参帮弟兄，各参号掌柜的好吃好喝地招待，参帮弟兄抽大烟、赌钱、听小曲，尽您所好，要什么有什么。因都是老店老客，知根知底，关系代代相传。

营口有两条街，一是老城东门里，一是新城南门里，都是收野山参的大山货庄。街口大门上方高悬着拱形的跨门梁，上嵌“营口曹记大福参茸栈”一行字。

门里像集市一样人来人往，乱哄哄议论着。靠北的一溜高台上一个挨一个有二十多间单开的门脸儿，上下都一堆堆站满了人。伙计从一门脸儿走出站在高台儿上高喊：“神龙大盘三号，现银四百一十两——杭州胡庆余堂——”人们顿起一片议论声。另一伙计大喊：“大娃娃中盘五号，现银二百三十两——济南宝申堂——”

景琦和涂二爷、许先生走进大门，两旁的熟人都上前来打招呼，一个东北老客迎上来拱手道："涂爷，姗姗来迟啊！"

涂二爷转身还是先把景琦往前推，向大家介绍这是他们少东家，景琦忙躬了躬身，四周立刻围了一圈儿人。涂二爷问："有什么提精神的行市吗？"

东北老客忙说："大顺号今年出了一盘最高价儿的八百两，小户买不起，大户拿不准，放盘的一口咬定八百两，一个大子儿不让，涂二爷，这得您来啦！"涂二爷微微一笑："少东家，进去开开眼！"景琦、涂二爷、许先生上了台阶，一群人跟着他们蜂拥进了"大顺号"店门。

说实在的，凡是能到营口参茸行的，都是药行顶尖的高手，没点儿真才实学，没两下子真本事，谁也不敢到这儿来献丑。十盒参一字排开摆在了柜台上，第一棵主参看着足有三两多重。放盘的尹先生不错眼珠子地盯着涂二爷的脸，涂二爷拿起主参仔细端详着，围在涂二爷身后的人们，屏息静气鸦雀无声地看着。八百两是宗大买卖，谁敢贸然出这个头？有个青年人咳嗽了一声，旁边的人立即责怪地瞪着他。青年人抱歉地吐了一下舌头，忙捂住了嘴。现场一下子更加紧张起来。涂二爷终于抬起头，两眼盯着尹先生，尹先生试探地一笑。

涂二爷像是随意地问道："几家儿看过了？"

尹先生小心地回答："总有七八家儿了吧！"

"我买了！可八百两不行。"

"您开价儿！"

涂二爷将右手袖口一抖，将胳膊放到了柜台上，尹先生也忙伸出右手与涂二爷对上了袖口，两只手在袖口中蠕动着，以掐指"谈"价儿。景琦充满新奇地望着，那真是袖里乾坤大，袖口里是另一个世界。周围的人也都提着气地张望着，只见两只手在袖口中继续蠕动着。

片刻后，尹先生耷拉着眼皮，眉头皱了起来；涂二爷目光犀利，看得尹先生慌乱起来。须臾，涂二爷微微一笑，抽回了手，两只袖口分开了。涂二爷和尹先生全都直起了腰。围观的人全都紧张地看着。只见尹先生回到柜台后，把那写着“八百两”的银牌翻过来一扣，一句废话没有，说道：“成交，二百五十两！”

景琦大惊，这棵参的真假他真的认不出来。围观的人哄的一声，七嘴八舌乱了套。有的说：“我的妈！砍下一多半儿的价儿，假的？”中年人大叫：“涂二爷，好眼力！”另两个老客则道：“能看出假的来，这得多少年的功夫！”“这株参太难认了，跟真的一样啊！”屋子里好声四起……许先生拿着那棵假参给景琦讲着，“神了！神了，神了！”景琦边听边敬佩地望着涂二爷。外边忽然传来喊叫声、起哄声，许先生、景琦忙回头看，随着人们拥向门外，肯定是出了什么新鲜事儿。

涂二爷拦住一个秃头问，出了什么事儿？秃头告诉说，陕西来的一位老客，五百两买了一棵假参。这时一伙计站在台上大叫：“特盘移山参一棵，五百两，陕西恭德堂范记——”涂二爷不忍心地摇摇头说，太过分了，还必得叫出“移山参”来，这不存心寒碜人家吗？买了假参的大高个儿，夹个小包低着头匆匆向大门外走。人们让开了一条路，不住大喊着瞎起哄：“陕西范记，饭桶吧你！”“眼睛长哪儿去了？夹到卡巴裆里了吧！”“那是屁眼儿！”“哈哈……”人们大笑，大高个儿狼狈逃出大门。

景琦感慨万千地望着，涂二爷拍了拍景琦的胳膊，看见了吗，少爷？记住吧，不练成火眼金睛，别上这地方来。丢人现眼不说，回去东家还不叫他卷铺盖。许先生感叹地说，这人打今儿起，这辈子也不敢在参行露面儿了。景琦真长了见识了，商场如战场，这么厉害！

三人闲聊着一直往院子尽头走去，只见沿墙一溜都是卖参的散兵游勇，有蹲地下摆小摊儿的，有手里拿着吆喝的。景琦等边走边看，忽然，一个脏兮兮脑后拖一根又短又细白色小辫儿的瘦小老头儿，手托破旧蓝布包拦住了他们，说道：“三位请留步，您赏光看看我这棵参。”涂二爷上下打量老人，见他目光十分诚恳，才要搭话，旁边的人瞎起哄：“老头子，你起什么哄！”“哪儿捡了根胡萝卜，上这儿蒙事儿来。”老人不管哄叫，管自固执地把蓝布包伸到涂二爷面前，说道：“我在这儿蹲了大半天了，没人理我，您看看！”

涂二爷没有接，问道：“老人家高寿？”

老者说：“还小呢，八十一！”

“嗬！老祖宗了！自己挖？”

“干了一辈子了。”

涂二爷点点头，接过布包打开。里面是一层发黑的白布，只见十几层棉纸包着一棵参，涂二爷一边小心翼翼地打开，一边问老者身子骨可还硬朗。

“深山老林怕是再也进不去了，腿脚不行了。”老人感慨道，“我大老远的头一回上这儿来，就是为了卖个好价钱。”

涂二爷打开最后一层棉纸，不由得倒吸一口气：“咝——”景琦忙凑近了看。“少东家！开眼吧！”涂二爷忙又低头看参，这是一棵罕见的大野山参。人们都围了过来，惊叹不已，涂二爷看看周围喊了一声，哪位帮忙借个戥子来！人群中立即传过一个戥子。涂二爷接过后小心地称参，说道：“七两五！”人们发出惊讶的呼声。涂二爷惊问：“哪儿挖的？”

老者说：“长白山，这兴许是我最后的一卖了。”

“老祖宗，好参哪！少见！”

“您是识货的。”

“您……开个价儿吧！”

“你不是京城百草厅白家老号的吗？”

景琦一惊，问道：“您也知道白家老号？”

老者笑了：“是中国人哪儿有不知道的。”

涂二爷忙介绍说：“这是我们少东家。”

老者恭敬地说：“少东家来了，我不敢开价儿。我信得过您，您看着给，给多少算多少。”人群中又发出一片议论声。

涂二爷苦笑了一下，说道："您这是为难我。"

老者说："什么话呀！白家老号买我的参，我这辈子没白活，这叫物归其主！"周围的人一片叫好声。

涂二爷说："话说到这份儿上我只能冒昧了，这棵参到了京城值多少银子，跟这儿的买卖是两码事！就地卖参就地价儿，我给您个整数——两千两银子。"景琦心服口服地点着头，充满敬意地望着老者的反应，老者稍稍一躬身说："我谢谢您！"围观的人再次大声叫"好"。院子里的人都往这边跑，把四个人围得水泄不通。

景琦被深深地震撼了。要说在安国，他已经见识到了百草厅的威风，可在这儿一个深山老林里来的八十岁高龄、那么不起眼儿的老头，居然知道百草厅，知道白家老号。自己这么年轻，到处受到出格的礼遇，为什么？他顶着祖宗几代人拼搏经营九死一生换来的光环，他忽然觉得自己的肩膀沉了。他应该为这个家族做点什么，做什么？怎么做？他还理不清楚，可他隐隐地觉得，就是肩膀沉了，不能再瞎胡闹。

公事全办完了，打道回京。

涂二爷、许先生坐在马车上，景琦仍骑着马跟着车走。

涂二爷说道："少爷这趟辛苦了，跟着我们受了不少罪呀！"

景琦诚恳地说："说实在的，我压根儿没把百草厅放在心上……记得小时候，我妈带我去摘匾，特意叫我认'白家老号'那四个字，我念了三遍……"

许先生郑重地说："这块匾有多大分量，你这回知道了吧？"

景琦点点头说："见识到了，我也看见你们二位在药行真是八面威风，靠本事，这是真威风！"

许先生说："没有白家老号的牌子，有威风也抖不出来！"

景琦好像在起誓发愿："我白景琦要是抖不出真威风来，这辈子白活！"

涂二爷说："这回二奶奶叫我俩把你带出来，打心眼儿里发怵！怕你不听话呀！你还真成！”

景琦说：“我听有本事人的话！二位，我可要先走一步了，你们走得太慢！”

涂二爷说：“一块儿走吧，你又想干什么？”

景琦解释说：“营口大街小巷都传遍了，北京正闹义和团呢。整个北京都乱套了，我实在不放心家里。”

这一路上确实听到了太多的谣传，山东出了义和团跟洋人过不去，一直闹到了京城，烧教堂，灭洋教，要什么“扶清灭洋”，还奉了西太后的懿旨和洋人宣了战，也不知是真的假的。许先生和涂二爷也心慌慌的，于是叫景琦先走吧，一路小心就是了。

景琦快马加鞭，马不停蹄进了京城，只见好多大街小巷都变了样，到处设了层层路障，拳民不断匆匆跑过。景琦骑马来到路障前刚停住，便被拳民喝令站住，绕着走！景琦上马往回转，突然身后传来枪炮声，他担心地催马往家奔去。在门口一下马，仆人忙接过马缰绳，秉宽匆忙迎出。

听到秉宽说家里没出事，景琦这才放下心来，直奔二房院去见母亲。刚上北屋台阶，二奶奶高兴地迎了出来，叫道：“可回来了，真怕你们出事儿。北京全乱了，闹义和团哪！”

玉婷跑过来问：“哥，你给我带什么好东西了？”

“叫妈给你拿。妈，您给分分吧。大房、三房的一人一份儿，还给爸爸买了样好东西呢！”

颖轩坐在一旁，不以为然地说：“哼，你小子会买什么东西！”嘴上随口一说，其实心里特高兴。

二奶奶拿出一块砚向颖轩走来，说道：“这个准是给你买的。”

颖轩接过一看，喜出望外，叫道：“砚！嘀嘀嘀！好好！”

景琦走进屋，自夸道：“哼！还说我不会买东西！”

玉芬风风火火走进来打招呼：“七弟！”二十六岁的玉芬已是少妇模

样，自从嫁到济南府，这也七八年了，只回来过两回。孩子都八岁了，在婆家过得还算称心。这一晃三年了，心心念念地想着景琦。来京十多天了，没见到景琦，又急着要回去。说好了，景琦再不回来，就不等了，可巧今儿就回来了。两人一见面就亲热地拉起手来，景琦亲得不行了。

玉芬说："我今儿就走！总算见到你了，嗬！大小伙子出息了，走在街上准认不出来！"

"我刚回来，你再住几天！"

"不行，本来山东闹义和团乱哄哄的，我说到北京躲躲。好家伙，这阵儿北京比山东闹得还凶！"

二奶奶说："义和团烧了西什库教堂，还杀了洋人，是德国人，还是英国人？把东交民巷也给围了，景琦你看，这是玉芬给你带的补药。"

二奶奶将一大纸包打开，里面是"泷胶"。玉芬说："这是泷胶，济南府时兴得很，驴皮熬的，再入了药，大补的。"

景琦高兴地说："谢谢姐，你看，我也不知道你来，没给你带东西！"

二奶奶忙说："把我那份儿给她。"

玉芬笑了："那我谢谢二婶，不谢景琦！"

二奶奶担心地说："景琦，你三叔儿入了洋教，好几天不见影儿，你三婶儿急坏了……"

玉芬说："义和团专门杀洋教的！"

二奶奶忙说："你去教堂找找他，叫他快回家，别跟洋人那儿搅和了。"

景琦忙答应着："行！我吃完饭就去！"

颖轩仔细端详着手中的砚，感慨地说："你看景琦，给他带了一百两银子，大概一个子儿没舍得花，全给大伙儿买了东西了，这孩子长进了……嘿，这是块好砚！明朝的，我得搁起来！"颖轩如得宝贝似的兴冲冲抱着砚进了里屋，拉开被子直接把砚台顺到了被窝里。

景琦奉命来教堂找三叔颖宇，教堂后院几处冒着黑烟，到处是火光和喊杀声，其实他心里想的全是黄春。景琦从矮墙上跳下，手里拿着一把大刀，飞快地跑到黄春的小屋前。门开着，景琦冲进屋大叫着黄春，根本没人应，慌忙看看屋里，只见泥炉里的炭还着着，咖啡壶倒在地上，肯定是没走远哪。景琦冲出了屋门，大叫着“黄春”向远处跑去……

一群拳民已经冲进了教堂，喊杀着找洋教的神父，颖宇、容神父和黄春胆战心惊地藏在一丛灌木后面。容神父化了装，一身长袍马褂，戴个小帽头儿，颖宇拉着容神父跑去，已经顾不上黄春了。黄春看了看，正好趁机向相反方向跑去。

颖宇拉着容神父跑到一棵树旁，容神父喘得上气不接下气，说道：“跑不动了！”

颖宇也大口喘气说：“不行，快跑，这儿可不保险！”正在这时候，传来景琦焦急地呼唤黄春的喊声，颖宇扭头大叫：“老七！”景琦闻声跑来说：“三叔，还不快跑！”

颖宇喘着说：“他跑不动了，我得把他安顿了！”

景琦说：“快回家吧，三婶儿都急坏了！”

颖宇愤恨地骂道：“这帮乱民，奶奶的！我招谁惹谁了？”

景琦问道：“黄春呢？”

颖宇忽然想起黄春，忙四下张望，叫道：“哎？她一直跟在我后头。行了，别管她了，我自己的命都顾不过来了！”

景琦说：“往东走，那边儿清静！”说完，提着刀站在街头绝望地四顾，哪里有黄春的影子？只见火光冲天。教堂起火了。

颖宇直接把容神父带到了他的外宅，小老婆玉红拧了把湿手巾递给容神父。颖宇叫玉红快给神父弄点儿吃的，玉红为难地问他吃什么呀。颖宇说跟咱们中国人一样，大碗炸酱面他照吃，再来头大蒜！

容神父惊魂未定，连声说：“太野蛮了，太野蛮了！这不算完，我们国家不会不管的！”

颖宇说："没错儿！我要是你们洋人，我就把这帮乱民全宰喽！还有那位西太后，也他妈不是什么好东西！"

容神父庄重地说："白三爷，我不会忘记你的友情！"

颖宇说："您甭跟我客气，我就求您一件事，把我儿子景武弄出洋去留学。"

容神父满口应承道："这件事包在我身上，去哪个国家都行！英国、法国、意大利，我都有很多朋友！"

没一会儿，玉红端着一碗面走了进来，容神父接过碗一看是炸酱面，高兴得不得了，他真饿了。颖宇叫容神父慢慢儿吃，他得回家看一眼去！

都拉晚儿了，玉芬才上路，全家人送玉芬上了马车，景琦满身灰土地帮着搬东西。玉芬叫大家都回去吧，景琦说有空儿一定到济南去，玉芬撇撇嘴说，算了吧！说了八年了，到济南一定给他买蝈蝈！大家全笑了。玉芬招招手，马车启动缓缓走去。

人们纷纷往回走，二奶奶拉住景琦问，找没找到三叔？景琦说找着了，挺好的，正安顿神父呢！大家向门里走去，景琦走上台阶想了想，又回身向外走，刚迈步，就听到有人压着嗓子在喊他。听声儿就知是黄春，他不禁喜出望外，忙跑了过去。一直躲在照壁拐角黑影里的黄春，悄声告诉他已经把颖宇甩了，不能再跟着他了，眼下也不知下面怎么办。景琦想了想决定去花园子，说着就去牵马，叫黄春上胡同口儿那门洞儿里等着。

花园子不近，在海淀哪，走了小半个时辰才到。只见花园子门大开着，看园子的小赖早跑了。景琦下了马，又把黄春抱下来，拉马进门。只见门房也大敞着门，不禁骂道："妈的，看园子的也跑了，挺好！来！"他将马拴在树上，拉着黄春走向花厅。厅里一片漆黑，景琦掏出"洋火"点燃油灯叫黄春先睡这儿，千万别出去。景琦走到床前，把盖单子揭了，又从柜顶上把被子拉下来。

黄春问："你睡哪儿？"

景琦说："我？我得回去。"

"这儿一人儿没有，乌漆墨黑的，你就把我一人儿扔在这儿？"

"哟，姑奶奶，我今儿刚回来，好些事还没交代呢，我非回去不可。"

"你还来不？"黄春两眼中充满着惶恐和期待。

"傻丫头，我不来你不饿死了，我得给你弄好吃的来！"景琦半开玩笑地安慰着她。

"我就在这儿住下去了？"

"怎么也得等外边儿乱完了吧！"

景琦向门口走去，黄春六神无主地望着，掩饰不住对景琦深深的依恋。景琦到了门口又回过头叫黄春把灯吹了，外边一看见亮就知道里边有人。黄春噘着嘴说，这地方鬼都不来！景琦转身要走，黄春忙又叫住他，景琦回过头来，黄春张了张嘴又说不出什么，充满留恋地望着他。景琦何尝不知黄春心里怎么想的，他也想留下来陪着黄春，好多话没说哪。可不行，工夫儿大了，回家去二奶奶肯定起疑心，只好低下了头说："我明儿还来呢！"黄春满脸期待地说："明儿早点儿来！"

自打义和团进了京，詹王府就不大清净了，拳民可以制洋人，西宫太后很赏识，詹王爷自然紧随其后，出钱出饷，还弄了不少土枪土炮。拳民得了给养，自然拥戴王爷，他们出出进进的，王府也没了什么规矩。武贝勒就更别说了，杀洋人，他是撂着蹦儿地赞成。头一个要收拾的就是白家老三白颖宇，他竟然入了洋教，还把女儿黄春藏到了教堂。这家伙不知讹了王府多少银子，连个人影儿也没见着，仗着洋人的势力，连王爷都不放在眼里，这回可到了报仇雪恨的时候。王爷正是用人的时候，贵武自然也就得了势。他带着拳民到十条口教堂去抄了个底掉儿，不但没抓到神父，也没见到黄春，放了把火就急忙回到王府报告王爷。

詹王爷正和拳民首领点验枪支，贵武添油加醋地说了一遍，詹王爷有点信不过，又问属实吗。贵武说千真万确，白家老三入洋教有十几年了！詹王爷点点头说，那还不把他抓起来！贵武说教堂抄了一遍，连他带神父全没影儿了，八成躲家去了。

一牵扯到白家，詹王爷就低头沉吟不语了。贵武上前两步，撺掇着王爷说，白家老三实在不是个东西！这几年坑了詹家上万两银子，可俩孩子至今下落不明。这小子罪大恶极，王爷做主，千万不能放过他！詹王爷听了还是顾虑重重，怕就怕去他家抓不着，白家的人又有话说了。

贵武知道白颖宇还有所外宅，肯定跑不了！詹王爷最关心那个神父去哪儿了，贵武说抓到白老三就全知道了，那俩孩子也就能审出下落了。一提孩子，詹王爷不再犹豫了，只是嘱咐别伤了白家别的人。贵武立即来了精神，转身大叫“来人”！

贵武带着十几个拳民兵勇冲进了白宅门口，秉宽不知所措，见贵武等人气势汹汹也不敢阻拦，远远地跟在后面，贵武冲进院子即杀气腾腾叫胡总管把三爷交出来，胡总管吓得直作揖说，都是自己人，何必呢！贵武一把推开胡总管，命令兵勇们搜查。二奶奶急急忙忙走出来，问武贝勒为什么抓三爷，贵武说他入了洋教！

“入了洋教他并没做什么坏事！”

“二奶奶心里最明白，他做的坏事还少吗？”

这句话噎得二奶奶无言以对，只好转了话头，说道：“武贝勒，咱们可不能官报私仇！”

“什么私仇？这是王爷的吩咐！”

二奶奶挺身上前说：“那好！我跟你去见王爷，走吧。”二奶奶说完毅然走出花厅。

贵武忙拦住她，警告道：“二奶奶，这里没你什么事儿，你甭往里瞎掺和！”

二奶奶回道：“告诉你，三爷不在家！有什么事儿，叫王爷跟我说，走吧！”

贵武大声命令道："王爷跟你说不着！搜！"

这时的白颖宇如丧家之犬，他为了躲层层设岗的拳民，穿胡同走小巷，绕了小半个北京城，半夜三更才到家。他莽莽撞撞绕过影壁走进来，一见好多人便愣住了，二奶奶心想，回来得真不是时候，叫他快跑！颖宇见势不妙，转身就跑，几个拳民早上前拦住了他的去路。贵武走出敞厅下了台阶，颇为得意地踮着脚说："白老三，你也有今天哪！你怎么不摆谱儿了啊？"

颖宇还充大爷呢，叫嚷道："贵武，别当我怕你了，你敢把我怎么着？"

贵武一步三晃地走到颖宇前，问道："你把神父弄到哪儿去了？"

颖宇一脸的不屑，骂道："我跟你说不着！呸！撒泡尿照照，你算哪棵葱啊！"

贵武并不生气，说道："我不跟你置气！我看你跟王爷说得着说不着，带走！"

两个拳民上来捆绑颖宇，颖宇挣扎着叫喊："讲理不讲理，凭什么抓我！"几个兵丁连推带架把颖宇弄了出去。

景琦从花园子匆匆赶回来，刚要上台阶，只见贵武一帮人正押着颖宇出大门，急忙闪过一边。二奶奶等追出来，景琦忙走上前问："妈！怎么把三叔带走了？"

二奶奶说："詹王爷派人抓的！快！备车！"

景琦立即明白了，拦阻道："妈，这事儿您别管，您也管不了！"

二奶奶坚持着说："是白家的人我就得管！"

胡总管忙上前劝道："我看七少爷说得对，义和团不是好惹的……"

白方氏哭叫着冲了出来："我不活着了，把我也带走！"

二奶奶忙拦住白方氏："别这样，别这样！这没用，我这就去王府！"

二奶奶坐车来到詹王府，也见到了王爷，迎面就碰了一鼻子灰。詹王爷说："人不能放，老佛爷懿旨，今儿就是要治治这些不懂礼数的洋人和教民！"

二奶奶说："老三不过是一时糊涂才入了洋教。只要王爷放他回去，我作保，从此叫他再与洋教无关。"

詹王爷微微一笑："你这位二奶奶真是好心肠，听说这位三爷没少给你添麻烦，你还替他求情？"

"那是我们自己家里的事儿，求王爷恩典！"

"你知道他做了多少坏事？"

二奶奶一遇到这种问话就哑口无言，她能不知道三爷有多坏吗？

詹王爷愤愤地说："我的外孙子、外孙女都叫他绑了票儿，居然藏在了教堂里，以此敲诈勒索，至今不把人交出来！"

二奶奶忙说："这事儿我问过老三，他说绝无此事！"

詹王爷冷笑道："绝无此事？你这就去问问他，问明白了再来找我！"

二奶奶忙答应道："是！"

二奶奶果真到看押房来看颖宇，苦口婆心地劝他交出两个孩子，陈说厉害。颖宇垂头丧气地坐在小方凳上，吭吭哧哧地说不出一句整话。

二奶奶急了："这都什么节骨眼儿了，你还吞吞吐吐的！"

"我真是……没有……我说不清楚，二嫂！"

"你还看不出来？王爷想要你的命，一句话的事儿！他所以留着你，就是为了那俩孩子，你怎么还犯死心眼儿？不要命了？"

"二嫂，我跳到黄河也洗不清了。没有俩孩子，真的就一个女儿，那儿子我真不知道在哪儿！"

二奶奶奇怪了，问道："那你跟人家说俩孩子都在你手上？"

三爷自己都不好意思了，支支吾吾地说："我那不是……那不是……嗨，不是想多讹他们一笔银子嘛！"

"老三哪！我早跟你说过吧？想坑别人，早晚坑了自己！仇上加仇，今天报应了吧！”

三爷做出一副可怜样，哀求道：“行了，二嫂，您就别杵巴我了，赶紧把我弄出去吧！我不能死在这儿啊，还老婆孩儿一大堆呢！”

“那女孩子在哪儿呢？”

“逃出来的时候走散了。”

“那上哪儿找去，找不来孩子你甭想出去！”

三爷忽然警醒道：“对了，回去问景琦，他准知道！”

二奶奶一惊，忙问：“他怎么会知道？”

“晚上烧教堂的时候，我看见景琦也去了。”

“嗨，那是我叫他去找你！”

“不是！他拿着把刀绕世界地喊黄春！”

二奶奶隐约感到哪儿不对了，景琦真要做出这种事就麻烦了！这么多年二奶奶还从来没往这方面想过，长叹一声道：“唉！这孩子怎么这么浑！”

二奶奶都没敢再去找王爷，着急忙慌地回家问景琦，景琦死不认账，顺口就说：“三叔他胡说，我怎么会知道！”二奶奶问道：“你今儿晚上去教堂了没有？”

“去了！您叫我去的，说三婶儿急坏了，叫他快回家！”

“还有呢？”

“没了！”

“你没去找黄春？”

景琦一愣，知道肯定是三叔告了状，黄春的事打死都不能说。打定主意后，他斩钉截铁地说：“我根本不认识她！”

“怎么不认识，你不是常去教堂找她玩儿吗？”

“这都是哪年的事儿了，这些年我根本没找过她！”

二奶奶猛拍桌子大怒道：“景琦，人命关天，你知道不知道？黄春是詹家的孩子！”

景琦大惊道："怎么会是詹家的孩子？"

二奶奶望着景琦说："是王爷从小把她扔了，你三叔弄了回来讹人家的钱！"

景琦虽然心里一惊，却仍面不改色，说道："妈，三叔这些年来干了一件好事儿没有？他给您添了多少麻烦，使了多少坏，您犯不上多管闲事儿！"

"他再怎么不对，也不该死罪吧。你大爷已经是冤死了，不能再赔上一个！"

"妈，您知道把三叔一抓走，家里上下都怎么说？说他罪有应得，没一个不叫好的！"

二奶奶何尝不知啊，叹了口气："唉！平时作孽，出了事儿也没人心疼！"

"妈，他得意的时候，有钱的时候想到过您吗？"

"可他毕竟是白家的人，我想这回要能出来，他也该改一改了吧！"

"就算您能找到那个女孩子，您忍心拿她去换一个心毒手狠的人出来吗？"

"你这是什么意思？"二奶奶从景琦的口气中感到不对。

"您把那女孩子送到詹王府无情无义的王爷和贵武手里，不就毁了她吗？"

"孩子是人家的，总得给人家送回去，毁不毁的跟咱们就没关系了。"

"只要您交出去，罪名就砸瓷实了，三叔就更活不成！"

"这倒是！哎呀，这可麻烦了。"

"给他个死不认账！"

二奶奶忽然醒悟了，顿时起了疑心，两眼死盯着景琦，逼问道："听你这话茬儿，你是知道这女孩子的下落了？"

景琦心想坏了，说走了嘴了，忙分辩说："哎，怎么又绕到我身上了？我怎么会知道？"

二奶奶厉声道："景琦，不许跟妈说瞎话！"

景琦一口咬死道："我不知道！"

说到头儿，二奶奶还是相信儿子的。不管他做了什么坏事，敢做敢当从不撒谎。景琦也有自己的私事和正义感，这回他咬着牙撒谎了，心里却很忐忑。二奶奶只好回到看押房再审老三，告诉他景琦真不知道。

"哎哟，我的亲二嫂哎！你怎么信他的话？"

"他不敢跟我说瞎话，甭管他小时候多淘，可从来不说瞎话。"

颖宇真急了："他一肚子坑蒙拐骗比我玩儿得还溜……得得得！我说这话你准不爱听，景琦这孩子是不错，可我告诉你，他也不是个省油的灯！"三爷知道说走了嘴，又忙遮溜子。

二奶奶当然不爱听，可这不是计较的时候，于是说道："随便你怎么说，现在你叫我怎么办？他一口咬定不知道！"

颖宇突然跪下，带着哭腔说："二嫂！求求你了……"

二奶奶吓了一跳，忙死劲儿地往起拉颖宇，说道："起来，起来！成什么样子？"

颖宇死赖着不起，哽咽道："我对不起你，我不是人，可毕竟是二爷的亲兄弟，你不能见死不救！"

二奶奶急了，嚷道："快起来成不成，叫人看见像干什么的？我不管了啊？"

颖宇忙站起身，说道："我这条命可就交到你手里了！"

"没事儿贱招，招了一身臊又怕事儿！"

"我贱，我贱！二嫂，你把我救出去，我以后再敢阴你，你把我脑袋拧下来当尜尜儿抽！"

"我也只能尽力而为，先把命保住再说。"

"行！能保住命就行！"

二奶奶筋疲力尽地再见王爷，王爷是一点儿面子都不给了。

二奶奶说："那孩子确实在义和团烧教堂的时候跑散了。"

詹王爷冷着脸说："那我就爱莫能助了，只好对不起了！"

"王爷，我们老三欠您多少银子，我来还。"

"二奶奶，这不是银子的事儿。我照实告诉你，找不到孩子，我决不放人！"

"王爷，您也看见了，现在外头这么乱，不是一时半会儿能找到的。"

"我不杀他，已经是看在二奶奶的面子上了，你还是不必管这闲事儿了吧。"

"请您宽限我一个月，要是找不到这孩子，任凭王爷发落。"

"只要把孩子找回来，我立即放人！"

"好，一个月之内，无论如何请王爷不要伤了三爷！"

"这儿是王府，不是杀人绑票儿的土匪窝！"

岂不知，贵武就是个绑票的老手，他怎么能轻易放过白老三？他耀武扬威地来到看押房里，只见颖宇惶恐地蜷缩在墙角。贵武心情大好地跷着二郎腿，手里拿根马鞭，坐在方凳上，旁边站着两个拿着鞭子的拳民。颖宇刚挨了一顿臭揍，疼得龇牙咧嘴地说："哎哟！疼死我了，这是往死了打我呀，武贝勒！你不能这样对待我！"武贝勒嘲弄地问，该怎么对待他，把他供起来一天三炷香？颖宇强辩说，是贵武先对不起他，他才下的手，做人要讲道理呀。贵武一听火冒三丈，叫道："还犟嘴，再打！"

两个拳民举起鞭子猛抽颖宇，打得他满地乱爬，边躲着鞭子边喊："别打了，别打了，我说，我说……"两个拳民不打了，以为三爷要说了。

颖宇有气无力地说："我……我说什么呀？"

气得贵武直跺脚，逼问道："嘿……你跟我逗闷子是不是？你把神父藏哪儿啦？"

"神父自己跑了，我真不知道。"

"你是不想活了，知道义和团的厉害吗？嘿，你们哥儿俩，把他拉你们那儿去，今儿晚上拿他祭坛！”

两个拳民向外拉颖宇，颖宇拼命挣扎大叫：“饶了我吧，饶了我！武贝勒，我说！”

贵武忙拦住，说道：“放下他！白老三，快说！”

两个拳民将颖宇扔地下，生死关头，白老三真扛不住了，说道：“我把他……藏到我那……外宅了。”叛徒就叛徒吧，保命要紧。颖宇说完，忽然不停地在胸前画十字，大叫：“主啊！我是罪人哪！我十恶不赦啊！”

贵武站起身，说道：“走！”

第十六章

光绪二十六年的夏季天儿，京城百姓永远也忘不了的那个夏季天儿。

义和团越闹腾越厉害。皇城的百姓们只知道西太后老佛爷想用义和团把洋人撵走，包围了东交民巷使馆区，还架起大炮朝着里头飞炮弹，旁的事儿就不甚明白了。说是因为杀了洋人，英、法、日、美、德、意，还有老百姓叫不出名儿来的总共八国洋鬼子结成伙，漂洋过海从天津卫上岸，杀奔北京来了。

开初，不少人还不信这凶信儿。可过了没多少天，就传来枪炮声，满街筒子哄传老佛爷带着光绪皇上逃奔西安，八国联军要打进北京城了！于是人们开始逃难。

白宅上下也惶惶不安，都等着二奶奶拿主意，二奶奶首先想到的是百草厅怎么办。能够帮着拿拿主意、商量些大事的人只有柜上最可靠的大查柜赵五爷了。赵五爷劝二奶奶快走，洋鬼子就要杀进城了，事不宜迟，赶快逃难吧！

二奶奶为难地说，抛下这么一大摊子如何放心得下。赵五爷坚定地说，他不走。反正孤身一人，家眷都在浙江老家呢，怕什么？这是二奶奶最想听到的，也是最不好说出口的话。逃难逃难，不逃就是难，谁也说不准困在京城会是什么结果。

危难的时候，谁都会变着法儿地保全自己，赵五爷六十岁的人了，到了安享晚年的时候，却让他老人家冒这么大的风险，二奶奶真的于心不忍。可百草厅的里里外外、上上下下，没有比赵五爷更熟悉、更懂行、更可靠的了。三代人的交情，打理百草厅从未出过差错。这份儿情义只有在风口浪尖上才透着真切，说什么好像都多余了。二奶奶眼中涌上了泪水，真诚地说："赵五爷，白家欠您的情太多了。"

"千万别这么说，百草厅被查封，您愣白养了我们两年多，谁欠谁的情？"

"可留下来风险太大了。"

"没工夫说这闲篇儿了，赶快回去收拾东西，多带衣裳，多带吃的！"

"赵五爷，还有件事儿，我非办完才能走！"

"你说吧，我办！"

"万一洋人进了城，这老号要是保不住，您想过没有，咱们往后的日子怎么过？柜上的药和场上的草包药也就罢了，可细料库里的药都是宝贝，我想把它都运到花园子里去。"

"也好，那个地方偏，城外清静得多，没什么人去！"

"这乱劲儿总有过去的那一天，咱们留着这些药，总不至于伤筋动骨，还有来日呀！"

"二奶奶想得对！你要信得过我，我去办！"

"不是信不过赵五爷，这事儿必须做得机密，一点儿风声都不能走漏，只能咱们自己人动手！"

"我明白，不能找外人。"

"叫陈三儿、狗宝赶上车，我叫上景怡、景琦，连夜把这件事儿办了。"

赵五爷留守是定了，可东家必须留个人，想来想去，这么危险的事留哪房的孩子都不合适，只有景琦。

颖轩正襟危坐，神情十分严肃，二奶奶坐在旁边，景琦站在屋当间儿，不知父母要说什么事。颖轩咳嗽了两下，说道："景琦，你也是大人了，我跟你妈商量过了，跟你说个正经事儿……嗯……"他说着又咳了两声，却没了下文。二奶奶着急地望着颖轩，暗示他别磨磨叽叽的。

景琦看看爸，又看看妈，不知出了什么事儿。颖轩吭哧半天不知怎么说好，他心疼儿子，担心儿子，不忍心留下儿子，无论如何开不了这个口，扭头对二奶奶说："还是你说吧！"二奶奶哭笑不得，摇摇头道："真没用！景琦，咱们一家子人都得去西安，家里不能不留个人看着，老号呢，虽说有赵五爷留下了，可咱们家也得留下个人，不能全推给赵五爷一个人儿。你大爷不在了，他大房那几个孩子不能留下吧？毕竟留下来有危险，三房呢……"景琦立即接上了话："三房也不行，三叔还关在王府里，只有我留下来最合适！"二奶奶、颖轩互相看着反而没词儿了。沉默片刻，二奶奶问："你行吗？"

"行不行也是我了。"

"能叫我放心吗？"

景琦反而打起了哈哈，笑着说："您要不放心，您说出一个比我还合适的来。要不把我妹妹留下吧，保准不闯祸！"

颖轩忍不住笑了，二奶奶也笑了："你这小子，永远没正形儿！那可就定了。"

景琦说："定了吧！"

二奶奶叮嘱道："还有，你得接着找黄春，赶紧把你三叔赎出来！"

景琦忙说："您怎么了，人家詹王府也正准备往西安跑呢，我去问过，他们要把三叔带到西安去！"

"这就给当人质扣住不放了？"二爷担心地问。

"这种乱世，您就别瞎操心了，他们拿不到孩子，就不敢害三叔！"这话说得有理，只要保住了黄春，也就保住了三爷。可黄春保得住吗？

二奶奶疑虑重重地说：“黄春一个大姑娘能跑到哪儿去呀？！”

景琦接着装傻说：“那谁知道！”

“你先跟我去花园子，把细料库的药都转到那儿去！”

“去花园子？”景琦暗吃一惊，这可不怎么样，万一发现了黄春，就全砸了！

当晚，百草厅药场后门口停了四挂大车，景琦和狗宝正把一个大木箱搬上车，二奶奶和赵五爷各抱一个大花瓷罐走出，轻轻放到车上，景怡和陈三儿又抬出一个大木箱，往车上放。二奶奶忙过来关照要轻拿轻放，突然传来喊声，问干什么的。大家都吓了一跳，忙回头看，只见从药场旁门里出来个人。赵五爷边警觉地注视着边迎了上去，认出是前柜的大眼儿贼，问他干什么来了，大眼儿贼说听库房有动静出来看看。赵五爷说搬东西呢，东家要往西安运，叫他上前边儿看着去吧，别叫人进来！大眼儿贼答应着走了，二奶奶迎上来说，吓了一跳！

赵五爷说，没事儿，是前柜台值夜的伙计，都装好了吗？二奶奶说，装好了，走吧！四辆大车缓缓而行，景琦早就算计好了，他得快马加鞭先到花园子安顿黄春，跨上了马便大声说前边先走给探探路。

景琦打马向海淀花园子狂奔而去，一直骑着马进了园子门，一骨碌下了马，匆忙在树上系好缰绳，直奔花厅跑去。刚到门前，屋里的灯忽然灭了，景琦使劲敲门，故意大吼着：“开门，洋兵杀来了，开门！”门开了，黄春一把将景琦拉进去，没头没脑地死命捶打着喊：“叫你坏，叫你坏！两天都不见影儿，还吓唬我……”景琦说：“别叫唤，我妈来了！”黄春吓了一跳，问在哪儿呢。景琦说，说话就到。“你又瞎说，还吓唬我！”黄春稍一愣神，忽然又觉得上了当，又捶打景琦，景琦一把将黄春的手握住了，说道：“真的！她把老号的药都运到这儿藏起来，全家就奔西安了。”黄春听出景琦不是闹着玩儿了，忙问：“那我怎么办，你一走谁管我？”

景琦又接着闹了，说道：“那可没辙，你赶紧找个主儿嫁人吧！”

黄春突然用力甩开了景琦的手，走到桌前点起了灯，冲着灯火发呆。景琦走过来说："春儿，你知道你是谁的孩子吗？"

黄春慢慢抬起头，惶惑地望着景琦问："你知道？"

"你是詹王府的孩子，从小叫他们扔了。"

"我爸爸妈妈是谁？"

"这我也不知道。为了你，王爷把我三叔抓了，要我们拿你去换他！"

"那当初为什么扔了我？"

"不知道，简直一团乱麻！"

"你们打算拿我去换你三叔？"

"你愿意回王府吗？"

黄春隐约地感觉到自己人生路上遇到了大坎儿，迈得过，可能是繁花似锦，也可能是荆棘丛生；迈不过去，肯定是万丈深渊，说不定粉身碎骨。既然是坎儿，你总得抬腿。景琦不错，可怎么也摸不透，这小子亦庄亦谐真真假假，从没个正形儿。说他好，那不含糊，好得出边儿了，什么坏主意都想得出来；说他坏，他骨子里真不坏，真爷们儿，就是哄你骗你疼你骂你，也叫你心里痒痒的像小猫爪子挠得麻酥酥的，舍不了他。这是个什么人哪？踢他两脚不解气，摸他两把还挺喜人儿，黄春满脸迷茫地看着景琦，猜不透景琦什么意思。

景琦故意说道："你愿意我就送你回去！"

黄春突然站起，赌气道："用不着你送，我自己去！"说着冲向门口，景琦忙跑到门口拦住，问道："怎么了？你真愿回去？"

黄春狠狠地说："我敢去死，你信不信？"

景琦忙说："我信！"

黄春这话真不是闹着玩儿的，发疯似的推景琦："闪开！叫我出去……"

景琦拼命拦着说："春儿，春儿，别这样儿。春儿，我逗你玩儿呢。

我哪儿也不去，我不去西安，我留在北京陪你。”

黄春突然停住了，她都看不出景琦是说真话还是闹着玩儿：“又胡说！”

景琦十分诚恳地说：“真的！我妈把我留下看家！”

黄春信了，嗔怪道：“那你早不说，非要气我？”

“要不你多闷得慌啊！”

“这么说你能天天陪着我了？”

“那老号和老宅子就不管了？只要你不回詹王府，我就能陪你一辈子！”景琦顺嘴说了句大实话。

“呸！谁稀罕你！”黄春心里得意极了。

“那我把你送回王府去！”景琦接着逗她。

“你敢！你又来了……”黄春撒着娇，又捶打景琦。

远远传来了马蹄和马车声。

“不好，我妈来了！”景琦忙跑到桌前吹灭了灯。

已经到了花园子门口，正下车的二奶奶诧异地望着前面说，怎么看见花厅的灯亮着，一下子又灭了。赵五爷说去看看。二奶奶领着四辆车向后园赶去。赵五爷走到花厅门口刚要推门，景琦开门走出，把赵五爷堵在门外，赵五爷说：“哟，是景琦呀，难怪二奶奶说有灯亮！”“我看看里边儿还有什么要紧的东西没有，走吧！”景琦忙心虚地拉着赵五爷走了。

来到花园子后园，陈三儿、狗宝扒开一人高的蒿草，掀开了地上伪装的盖板，斜下去露出了一个地窖口。赵五爷打着火把照亮，二奶奶走到门前开了锁，两人走了进去。景琦惊讶地看着，真不知道这儿还有个地窖，二奶奶站在门口叫大家快搬，留神别碰了。景怡和狗宝抬着箱子下了地窖，景琦抱个大青花罐也下去了。地窖里面十分宽敞，堆放着不少杂物，景怡和狗宝将箱子放地下，景琦将青花罐放在角落，又怕箱子贴地容易受潮，顺手都垫了两层砖。二奶奶十分欣慰地看着，儿子真是长大了，懂事了，靠得住了。几个人忙活了一大阵儿，才把活儿干完。盖好地窖口，天快亮了，赵五爷问要不要留个人看着，二奶奶说用不着，就是有人来，也想不到这儿埋着宝贝，看着反而不好。

“我接长不短儿地来看看就行了。你们先走吧，我一个人儿收拾就行了，我骑马比你们快！”景琦心里惦记着黄春，巴不得他们快点儿离开。

几挂大车刚刚离去，景琦便连蹿带蹦地跑到花厅门口敲门。门一开，景琦看着黄春说：“我走啦！明儿一早我就来。”“还一早呢！天都快亮了。”景琦看看天，才发现天真的亮了。黄春道：“折腾一宿，快回去睡吧！”

“我给你买的卤八件吃了没有？”

“吃了。”

“好吃吗？”

“好吃，快走吧！你妈该疑心了。”

“嗯……”景琦恋恋不舍地望着黄春。

“嗯什么？还不快走！”黄春也言不由衷地催着景琦，两眼直勾勾地看着他。景琦突然心血来潮，说道：“叫我香一口！”黄春一点儿犹豫都没有，立即闭上眼把脸伸了过来，景琦亲了一口，转身跑去，黄春不无惆怅地望着他的背影。

这回香一口，可跟小时候那香一口完全不是一回事了。黄春感觉脸上留下了什么，摸了摸，没有；感觉分明还在，闭上眼想着那感觉，但总想这感觉就这么留着。就这样一天心里没别的，全是景琦这坏小子……她想着扑到他的怀里，她想着……他会怎么样？

景琦又何尝不是如此？那嘴唇总是温乎乎的像粘了什么。是什么？什么也没有，可那感觉死乞白赖地留住了。他一路上一直到了家上了炕，满脑子全是黄春、黄春、黄春。就是她，这辈子缺不了她！刚一迷糊，就传来秉宽的吆喝声：“逃难的该上路了！”

二奶奶率领全家要逃往西安，跟着老佛爷跑是没错的。门口一辆大马车装得跟小山似的，恨不得把所有的金银细软全带走，各房头儿自己的马车也都塞得满满的。二奶奶出出进进地张罗着，亏了景琦给力，省了不少心力。

到了该走的时候，三奶奶白方氏不干了，说什么也不走，要找三爷。是啊，三爷还在詹王府关着呢。合着全走了，搁下他一个人儿，生死未卜，搁谁也不能一走了之，丫头仆人怎么劝都没用。三奶奶在甬道扒着大水缸沿，死赖着不走，只好把装车的二奶奶叫回来。二奶奶说詹王府的人也跑了，要把三爷带到西安去，只能到了西安再说了，你不走孩子怎么办？二奶奶连推带搡把白方氏推出了敞厅后门，强按着把白方氏推上了车。

二奶奶刚让雅萍带香伶上后边的车，扭脸看见颖轩正在往车上塞砚台，二爷什么都不管，金银细软一概不要，只细心地抱着他那几十块宝贝砚台往车上装。二奶奶冒火地大叫："你又把那烂石头往上搬，这是逃难知道不知道。"颖轩忙争辩道："我什么都不带还不成吗？我就带这几块石头。"

这时，关少沂的马车停在了门口，关少沂跳下车走到二奶奶面前说："二奶奶，我来接香伶。"

二奶奶问道："你们要上哪儿？"

关少沂说："山西。"

二奶奶只好答应，点点头说："行！"回头大叫，"香伶，跟你爸爸走！"

香伶被雅萍搂在怀里，大叫："我不……"雅萍惊惶地看着外面。

二奶奶说："你看，孩子不干！"

关少沂怒冲冲走到雅萍前，伸手就拉香伶，雅萍死死抱住不放。"干什么？在我们家门口动粗！"赶过来的二奶奶质问。

关少沂怒道："你看这像话吗？"

香伶大叫："我不去！我跟妈走！"

二奶奶说：“看见了吗？你光带香伶走是办不到的。要走，她娘儿俩一块儿带走，要不一个别带！”关少沂犹豫地低下了头，二奶奶劝道，无论如何雅萍还是你媳妇，病也养好了，不能这么狠心！关少沂咬了咬牙答应了，转身向自己车走去。二奶奶忙扶雅萍和香伶下车，叫姑奶奶带着女儿一块儿回自己家。雅萍搂着香伶刚走，丫头银花从大门跑出叫二奶奶快去瞧瞧，老太太就是不走！这不是添乱嘛！二奶奶忙叫上景琦向大门里走，远处传来了枪炮声，洋鬼子可是逼近了。

老太太白周氏靠在被垛上还吃点心哪，说哪儿也不去，死也死在北京城！二奶奶果断地叫景琦把老太太抱车上去，说老佛爷和皇上都跑了，她留这儿算干什么的！景琦不由分说，在奶奶不停的乱抓乱捶和叫喊声中，将她一把抱起向门外大步走去。

关少沂拉着雅萍和香伶到了大门口，关少沂儿子、姨奶奶等人分上了两辆车；雅萍扶着香伶上车，关少沂把香伶拉上车，雅萍刚要上，车却启动了。关少沂突然伸手用力推开雅萍，叫她坐后面的车。后面车上的小老婆根本不叫她上车，用力将她推倒。马车驶过，雅萍奋力爬起来惊恐地望着，车里传来香伶的喊声：“妈……”雅萍双目失神颓坐到了地上。

詹王府的人跑光了，竟然没顾得上白颖宇。枪声不断在夜空回响，颖宇奋力砸坏门窗钻了出来。“你们一群王八羔子，把大爷扔这儿不管了！”颖宇向外跑，忽听隔壁房间传出来容神父的喊声：“白三爷！”颖宇跑到隔壁房间门口，一脚踹开了门，只见容神父被捆住手脚躺在地上，他小老婆玉红也被捆着，忙上前解了绳子。白颖宇对出卖神父的事儿一句也不敢提，他搀着容神父朝门外跑去，一边大叫着八国联军进城了，自己人来啦！他这汉奸当得真高兴。

北京城遭劫了。一队德国兵跑来，到处是烟和火，枪声、哭叫声响成一片。容神父拦住了骑马的德国兵队长，用德国话说教堂被烧了，杀那些义和团，狠狠地杀！白颖宇可见到亲人了，似懂非懂地听着，大叫：

“我知道是谁，是奮王府的人烧的教堂！”容神爷接着对德国兵说：“他是我的教民，好朋友，跟他去吧！”颖宇一挥手带头向前跑去，德国兵们掉头跟着颖宇跑去。

颖宇带着德国兵冲入奮王府，直奔花厅。颖宇见什么砸什么，边砸边骂，发泄仇恨，一时间，花瓶、穿衣镜、花架、花盆、多宝槅……稀里哗啦，一片狼藉。德国兵则贪婪地搜寻小金佛、精美的小座钟，不停地往怀里揣、往袋里装……

看着德国兵抱着东西往外跑了，颖宇拾起一根火把点燃了幔帐，也跟着跑到院子里，对一群德国兵大叫：“跟我来，还有一家姓关的！”他挥着手示意朝外跑，德国兵跟在后边跑出去。

奮王府花厅里的火燃起来了……

颖宇带德国兵冲进关家大门，一进院就愣住了，他怎么也没想到，院当中孤立着痴呆呆的雅萍。她木然地看着一切，没有任何反应。颖宇正发愣时，德国兵大叫着女人，女人！上前就将雅萍拖向西屋，雅萍嘶喊挣扎，颖宇忙上前阻拦，叫道：“不行，不行！这是我妹子，她有病，她是疯子！”一个德国兵用力将颖宇一搡，颖宇踉跄着靠在柱子上。

德国兵将雅萍拖进西屋，颖宇喊叫着扑过去大叫：“洋大人，那是我妹妹！洋大人！”屋里传出雅萍的嘶叫声，颖宇想冲进门，门却砰地关上了，他拼命砸门又喊又骂：“洋大人！那是我妹妹……混蛋！畜生！畜生！我 × 你们姥姥的！”突然屋里向外打了一枪，枪子儿擦着颖宇的头皮而过，颖宇忙抱住头蹲下，哭喊着叫骂：“我 × 你们祖宗的……你们这帮畜生……是他妈人养的吗？你们……主啊……你他妈上哪儿去了……”没用了，叫谁都没用了，只听见屋里雅萍的惨叫声和鬼子们的尖叫声……德国兵糟蹋了白雅萍。

白雅萍披头散发衣服凌乱，呆傻地走出了厅堂，走到颖宇跟前，抡圆了胳臂，左右开弓地打老三的脸。颖宇忽然觉得自己罪孽深重，于是自己开始打自己的嘴巴，骂道：“我不是人，我是畜生！”

长途跋涉艰难地走了半个多月，二奶奶带领一家老小才来到西安避难，收留他们的是白家的老世交、名医沈树仁。沈府宅院甚大，二奶奶全家很快安顿了下来，老太太白周氏一下车就倒下不行了。沈树仁在跨院上房正给老太太诊脉，诊完脉站起身与颖轩一起走出卧室，便为难地说："不太好，本来就弱，又受了惊吓，您看……"颖轩忙说："别别，自家人不给自家人看病，这您知道。您开方子吧！"沈树仁坐下拿起笔，忽然看见桌上的砚，拿起来欣赏着说："嗯，这块砚可真是宝贝。"

颖轩得意地说："我儿子给我买的。""好砚！"沈树仁放下砚开方子，二奶奶从里屋走出说："沈先生，真是给您添麻烦了。"

"二奶奶别客气，老世交了嘛！只是我这地方窄了点儿，叫你们受委屈了。"

"兵荒马乱的，能在您这儿落个脚儿，已经是感激不尽了。"

"快别这么说，你们老祖宗还救过我爷爷的命呢！"

一个用人走进门，禀道："老爷，宫里的李总管来了。"

沈树仁一惊，忙问："什么事儿？"

用人说："不知道。"

沈树仁愣愣地看着颖轩，说道："我与宫中素无来往，我到前边儿去看看！"

沈树仁刚出屋，二奶奶走到颖轩身旁悄声地说："会不会是冲着咱们来的，又翻腾大爷的事儿。"二奶奶这么一说，大家都有些紧张了。

来到大客厅，李总管已经等在那儿了，是来请沈大夫进宫给太后看病的。

沈树仁问："随行的太医呢？"

李总管说："老的都没来，来的几位，老佛爷都看不上。"

沈树仁十分为难地说："哎呀，我怎么行呢？这可是……"

李总管说："你也甭客气，我都问过了，这陕西省你是最有名的大夫。本来已经派人回北京请白家老号的二爷，可这么乱，谁知道请得来请不来。你这就过去吧！”

沈树仁沉吟半晌，心里另有了打算，突然抬起头说：“李大总管，若一定要我去给太后看病，我有一事相求。”

李总管说：“请讲。”

沈树仁说：“刚才大总管提到京城百草厅白家，大总管应该知根知底，当年白家大爷一案乃是冤案。”

李总管一时还没反应过来，愣了一下，忽然脸色大变，差点儿没跳起来，叫道：“嘿嘿嘿，你说这话可是要掉脑袋。”

沈树仁一副视死如归的架势，说道：“给皇太后看病本就是提着脑袋的事儿，反正是个死，我不怕掉脑袋。”

李总管惊奇地问道：“你个倔老头子，你想怎么着吧？”

沈树仁说：“我若把老太后的病看好，请为白家大爷平反冤案。”

李总管想都没想，说道：“不成！你这不是毁我吗？再者说，你管这个闲事干什么？”

“我与白家三代世交，当然要管。”

“八代也不行！这个案子怎么定下来的，咱们心照不宣吧。你不要脑袋，我还要哪。”

沈树仁不客气地站起身，说道：“那好！来人，送客！”

李总管没动，惊愕地望着沈树仁，问道：“你怎么敢这么和我说话？”

沈树仁也不搭话，一副桀骜不驯的样子，又扭过身慢慢坐下了。

李总管有点泄气，说道：“你的意思是……你的意思是我不答应你，你就不跟我走了？”

沈树仁几乎是带点儿嘲弄地说：“是。”

李总管没辙了，摇摇头说道：“我怎么碰上了你这么个主儿！说句掏心窝子的话，我只能试试，真不敢说死。你要把太后老佛爷的病治好了，老佛爷一高兴，我得顺着她的意思试探着来。行不行的，我说了不算，就看你们的运气了。”

沈树仁来了精神，说道：“一言为定！”

慈禧太后运气挺背，来陕西逃难正赶上百年不遇的旱灾、蝗灾，饥民多达数百万。因西安城找不到上档次的住处，无奈之下，只得腾出陕西巡抚衙门，作为慈禧的临时行宫。

沈树仁认真给慈禧太后请过了脉，却不敢开方子，与李总管说回去斟酌一下再把方子呈过来。

回到家，沈树仁先请颖轩看了看他的方子，颖轩边看边说：“照您这么说，老佛爷病得不轻？可您这方子太平和了，治不了什么大病。”

沈树仁说：“那虎狼之药是可以随便用的吗？干系太大呀！所以我这才回来向您讨教。”

“您问我？我也没这胆子呀！”

“我不求别的，只求一样！”

“您说吧！”

“原来府上大爷自制的‘八宝’，带来没有？”

“带来了。”

“只这一样，老佛爷的病就有望。”

颖轩一愣，转头看二奶奶。二奶奶沉吟道：“沈爷，要说您这个忙，我们该帮，可您知道，宫里的事太没谱儿了。我们家大爷就为了宫里的乱子，糊里糊涂赔上一条命，我们还敢往上沾吗？”

沈树仁说：“这我知道，可只有‘八宝’可以解眼前之危，我这剂汤药不过点缀而已，施以温补，有个三五天就能见效。”

二奶奶站起身，说道：“这样吧，我把‘八宝’给您，可绝不能说出是我们白家的药，更不能说出我们到了西安。”

沈树仁说：“二奶奶，我还没老糊涂哪！”

二奶奶进屋取药去了。颖轩叮嘱道：“一朝龙颜怒，四体不周全。老弟也要小心啊！”

沈树仁说："这个病换个什么人得，我也敢说三剂汤药保好。可眼下不行啊，万一出点儿事儿，我还有一大家子人哪！"

二奶奶拿药出来交给沈树仁，他道谢后说，得赶紧去，治这病宜早不宜迟。

颖轩抱怨说："咱们这行是人干的吗？治病救人，可到了鬼门关谁来救咱们……"

突然，景怡跑进屋，叫道："快看看去吧，奶奶可能不行了！"颖轩、二奶奶忙跑了去，到床前俯身一看，老太太昏厥过去了，颖轩叫景怡快把"八宝"化到小碗里，给老太太灌下去……

西安乱糟糟的，京城这边更好不到哪儿去。二奶奶带全家逃离后，白宅就让德国兵给占了，景琦几次想进去看个究竟，都怕出意外，远远看一会儿，便离去了。这天，他抱着豁出去的念头，进了胡同，照直朝白宅大门大步走去，门口有德国兵站着岗。景琦刚上了台阶，就被德国兵拦住，让他走开。景琦听不懂，说道："这是我的家！"景琦往里闯，德国兵推了他一把。景琦恼火地说："我的家我倒不能进了！"德国兵用枪托子捅景琦，被他一把抓住。德国兵大怒，用力往回夺，景琦死抓住不放。德国兵叽里哇啦乱叫着，意思说这是军营不能进。

"我把你卸喽！"景琦怒喊着使了个绊子，把德国兵摔倒，按在了地上。赵五爷听见动静忙走了出来，叫景琦撒手，说德国鬼子听不懂他的话！景琦愤怒地松了手，德国兵爬起来怒目而视。赵五爷拉景琦走到一边儿，察看四下动静后，边走边说里边儿住满了德国兵，祖先堂都住上了，这个家算毁了。

景琦问姑奶奶怎么样了。赵五爷说："先住到我那儿了，三爷太浑了，是他把德国兵带去的！嗨！糟蹋了！"景琦一听更是怒从心头起，又往回冲，叫嚷道："我踢死这帮兔崽子！"赵五爷哪能让景琦蛮干，死命地一把抱住他的腰，将他拖走了。

景琦万箭穿心地颤声问："又犯病了吧？"赵五爷痛心地说："整

天发愣，你不理她，她一天也不动个地儿；给就吃，不给她就不吃也不喝……一看见她我就想掉眼泪……”

景琦除了伤心难过，也没什么辙。唉，海淀花园子里还有一口子哪。一想到黄春，景琦更不放心了。

景琦快马加鞭赶到白家花园子，黄春正在井台边打水，景琦手里拎着个褡裢走过来说：“你这儿是世外桃源哪！”

黄春抱怨说：“还世外桃源哪，昨儿个这儿过洋兵的马队，差点没吓死我。还跑进来几个鬼子哇里哇啦嚷了几句，放了两枪又走了。”

景琦心想，这可真不是好兆头，忙说道：“这可太悬了，你别住花厅了。”

景琦把黄春搬到了花园子地窖里，用四个大木箱拼成了一张床，又给铺好被，说道：“行了吧？被窝儿有了，水缸满了，吃的有了。看，连马桶都有了，吃喝拉撒睡，万事都齐备！谁也进不来，门一关，我把上边儿一盖……”景琦走到门口关上了门，窖里顿时一片漆黑。

景琦划火柴点上了油灯，黄春抽着鼻子闻了闻问道：“这里边什么味儿？”

景琦说：“药香味儿，这箱子里全是宝贝，你老闻这味儿，不得百病！”

黄春又担心地问：“你三叔呢？他还找我吗？”

景琦笑了：“他呀，乐子大啦！前些日子，他弄了一大把鲜花儿给你们神父送去，走到小胡同里碰上俩刚进城的俄国兵。他还冲人家笑，这俩俄国兵没见过梳辫子的男人，还当他是大姑娘呢，上去就扒他的裤子……”

“又胡说！”

“你瞧，蒙你我是狗！三叔吓得说不出话来，两人把他裤子扒了一瞧，愣了，‘嗯？怎么他也长了一个这个？’”

黄春脸红着挥舞两手喊叫道：“越说越不像话！”

景琦说："你听着，三叔可劲儿嚷'我是男的，我是男的'。俩俄国兵照他那玩意儿乱踢了一阵，临了还把他辫子给拉了。"

说得黄春直害羞，低声问："真的假的？"

"不信明儿你瞧，他那辫子就这么长了……"景琦比画着，"跟猪尾巴似的！"

黄春忍不住大笑："哈……净瞎说，净瞎说！"

"真的，真的，三叔这几天吓得老憋不住尿，一天尿七八回裤子。"

"那外国人都不留辫子？"

"男的不留，女的我也没见过……"

突然外面枪响。二人惊讶倾听，景琦走到褡裢前抽出了刀走到门前，悄悄地开了一条门缝儿，枪声渐渐远去。景琦向外张望着告诉黄春，没事儿一个人千万别往外跑。

百草厅门口挂了一个英文的木头牌子，上面居然写着："此处有酒"。这还真不是洋人写的，是三爷白颖宇请容神父写的。他说挂上这个，洋人有酒喝，就不会砸招牌毁铺子，和气生财嘛！倒是和气了，这财可赔大发了。一天到晚来这儿喝酒的洋人没断过，赵五爷是干瞪眼也管不了。德国兵走了，俄国兵来；俄国兵走了，日本兵来，眼瞅着上千瓶的虎骨酒、茵陈酒、国公酒……没了。

前堂里坐着七八个日本兵喝着国公酒，满地羊骨头、鸡骨头。柜台前，后脑勺只剩一截短短小辫的白颖宇向赵五爷要酒，赵五爷真是没辙了，说这是药酒，这俩月都上千瓶儿了。他管不了三爷，更不敢轰洋人走。三爷说这是白家老号，顺着洋人来，总比烧了铺子强。日本兵田木走了过来，拍着白颖宇的肩说："你的，好朋友！"他说完，拿了柜上的四瓶酒走了。

白颖宇还多着个心思呢，他想趁乱把公中细料库的药材私吞了，居然半夜趁着柜上没人，愣是用斧子把锁砸开进了细料库。他做梦也没想到，库里除了东倒西歪的一些破坛子烂罐儿，所有的贵重细料全不翼而飞。白颖宇着实地吃了一惊，想来想去肯定是二奶奶独吞了，难怪库门锁得好好的。行啊，白文氏！你太阴太损了！他明察暗访了一番，这批药是转移了，并没运往西安，转哪儿去了？颖宇知道这么大的事必经赵五爷之手，便问赵五爷细料哪儿去了。赵五爷早有准备，一口咬定不知道。

日本兵开始大声唱歌，景琦提着刀走进大门，满腔怒火地看了看正在唱歌的日本兵。田木等人也看了看景琦，没有理睬他继续唱着喝着闹着。景琦走到柜台边被颖宇拦住，他问道："老七，我问你，细料库的药都哪儿去了？"赵五爷在颖宇背后不住地摇手，怕景琦上当说走了嘴，景琦心领神会，说道："又不是我当家！"

"你老老实实把药都交出来！"

"你想干什么？"

"我想干什么用不着告诉你！这药是公中的，你们二房休想独吞！"

"三叔！"

"怎么着？"

"听说你差点叫洋人给日了？"景琦是哪壶不开提哪壶。

颖宇一见说这丢丑的事，忙装模作样地遮溜子，支支吾吾地说："嗯？啊……误会，误会！你少打岔！"

景琦故意趴到颖宇耳边，轻轻地说："三叔，你该日！"

颖宇大怒，骂道："你个小兔崽子！"

景琦问道："你骂谁？"

"骂你！我抽你信不信？"

"你抽一个试试！"

颖宇仗着长辈身份，嘴上说说而已，他还真不敢动手。田木听见吵声停止了吼唱，他起身走到景琦跟前，用力一扳他，问道："你的，干什么？"景琦也不客气地推了田木一把，骂道："滚！"田木突然拔出了军刀，景琦也抽出了刀，颖宇一看玩儿真的了，吓得忙上前拦道：“别……别，别动手！”赵五爷慌了，在柜台里叫景琦快跑。景琦举刀相向虎视眈眈，日本兵围了上来，大喊大叫。田木突然挥刀砍来，景琦眼疾手快一刀将田木手中的刀打掉，日本兵欢呼着。颖宇吓得目瞪口呆，赵五爷担心而焦急地望着，眼看着一场血战无可避免了。田木弯腰捡起军刀，和景琦凶狠地互相对望着。须臾，田木忽然笑了，用手拍着景琦的肩，伸出大拇指说：“好！你的，这个！好！”两个人都收起了刀。

这事儿本来就过去了，景琦扭头看到三爷，立即又来了坏主意，便上前怂恿田木：“我不行，他……”景琦用手指颖宇，并竖起大拇指，“他的，这个！”

“老七，你干什么？”颖宇一看就知道老七不怀好意。

景琦成心想让三叔出丑，仍向田木比画着伸出大拇指，夸道：“他——这个！”又伸出小拇指，“我——这个！”他接着又抱着田木比画打拳、摔跤，“他，这个！”

景琦还嫌不够，对着颖宇又伸出大拇指，说道：“他八卦、形意、南拳北腿、少林寺练过真功夫，你打不过他！”田木大喜，冲着颖宇喊：“来，来！你来！”颖宇吓得两手发抖，叫嚷道：“别听他胡说，我不行，我从小儿就不会打架。”

田木不由分说，上前把颖宇拉到中间，颖宇用力挣扎着喊：“不行，真不行！老七，你快说我不行！”这时候他还指望老七，那不是更加码了吗？景琦太坏了，笑嘻嘻说：“三叔！别客气，打他们丫挺的！”

景琦还假模假式地站在颖宇一边儿，给他鼓舞打气。田木突然当胸打了颖宇一拳，颖宇险些摔倒，惊恐地大叫：“干什么？别打，别打！”田木示意颖宇上来，颖宇一个劲儿后退；田木上前迅速出拳，颖宇无奈只好连躲带搪、拼命招架……颖宇没躲开，被田木掐着腰举起，抡了一圈儿扔在地上，差点把柜台撞一窟窿。颖宇捂着胸口倒在地上，号叫着：“打着了我喽！”

田木高兴地拉景琦坐下喝酒，每人拿了一瓶，对嘴喝了一口，十分钦佩地夸赞景琦："你的，很厉害！他的，不行！"

颖宇仍坐在地上，可怜巴巴地说："老七，你没安好心，叫洋人打我，你忒损了点儿吧？！"

景琦喝着酒回头，戏谑道："三叔——哟，三叔，尿裤子了吧？"

颖宇忙低头，地上湿了一大片，尿了！满屋子都是开心的笑声。

第十七章

逃难到西安小半年了，虽然没什么风险了，可人人心里都不踏实，整天支棱着耳朵听各方面传来的京城的消息。可惜一点儿好消息都没有，慢慢地，连个盼望都没有了。熬吧，反正太后老佛爷在这儿呢，她总不会老猫在西安吧?

立冬没几天就下了一场雪，老太太白周氏的身子骨儿眼见着越来越不行了。二爷颖轩整天地不说一句话，除了写字，就是看书，他心里真的惦念儿子。这一下子几个月过去了，京城里景琦、赵五爷他们怎么样了，白家老号怎么样了，一点儿信息都没有。二奶奶是闲不住的，这么一大家子衣食住行全都得照顾到，带来的银子能省就省，谁知道会耗到什么时候?沈树仁没的说，周到细致，竭尽全力叫白家人住得跟在自己家里一样，还专门请了一位教书先生给孩子们讲学。

雪还没化，路上满是泥泞，沈树仁悄悄地坐着一辆马车，停在了家门口。赶车的是乡下来的乌宝生，他扶着沈树仁下了大车，沈树仁叮嘱了几句什么，乌宝生不住点头。沈树仁转身快步进了大门，一进跨院，正遇上从西屋熬药出来的二奶奶，便招呼道："二奶奶！"

二奶奶闻声忙向沈树仁走来，客气地说，哟，沈爷回来啦。沈树仁悄声告诉二奶奶，户县有个老乡来接她，说那儿有位老朋友想见见她，车在门外等着。这事跟谁都别说，只能她自己一个人儿去。走吧，家里有什么事儿他支应着。二奶奶心里十分诧异，她在户县没熟人儿啊，便问沈树仁出什么事儿了。

沈树仁忙告诉二奶奶什么事儿也没出，赶车的乌宝生跟他家有三十多年的交情了，绝对靠得住，到地儿就都知道了。二奶奶心里虽然踏实了，可猜不透什么事弄得这么神神秘秘的。看沈先生不愿多说，也不便再问。两人相跟走出大门，二奶奶和乌宝生打了个招呼。这是一挂平板儿大车，车上搭了个席篷子，二奶奶上了车，却见沈树仁站在一旁并不上车，更奇怪了。沈树仁解释说，人家不叫他去，随即凑到乌宝生耳边嘱咐了几句。这算怎么回事？连沈先生都不能去，这葫芦里卖的药真够神秘的。二奶奶怎么也想不起户县有什么朋友，她满腹狐疑地看了看乌宝生。“放心吧！”沈树仁安慰道。乌宝生跳上车，赶车而去。

一开始路还好走，拐上小路就不行了，坑坑洼洼晃个不停。二奶奶疑云重重地望着两旁，但见田野十分荒凉，土坡上是一些稀稀落落的窑洞。二奶奶终于憋不住疑惑，问道：“乌大哥，这是上哪儿？”乌宝生没有回脸儿，答道：“到俺家，十里堡！”二奶奶又问：“是个什么朋友要见我？”不料乌宝生却咕噜了几句她根本听不懂的陕西土话。“这人是干什么的？”二奶奶又试探着问。乌宝生还是咕噜几句她听不懂的土话。等二奶奶沉不住气再问，那人找她有什么事儿时，乌宝生竟然扬鞭打牲口，不清不楚地好像骂了几句什么。二奶奶只好不说话了，叹了口气望着两旁。

两旁窑洞多起来，坡上坡下的庄稼已收完，露着矮矮的庄稼茬儿……走了大概有一个多时辰，才到了十里堡。

马车停在一个坡下，车上不去了，二奶奶跟着乌宝生下了车往坡上走去。一条小弯路，通向坡中腰，走没多远就到了。只见两个并排的窑洞前一个小院落，中间摆了一张小桌，十几个老乡正围着一位郎中看病。

乌宝生指着一个石礅儿让二奶奶坐下，然后走向人群开始驱赶看病的人，叫嚷道："走吧，走吧！今天有事，不看病了，没啥急病的走吧，明日再来！"人们磨磨叽叽地陆续走散，几个乡下人看见坐在石礅上的二奶奶，好奇地围过来，指手画脚地议论着。这女人是生人，还是城里人，穿得也体面，像是大户人家的太太。

那郎中开完方子交给一个病人嘱咐道："先吃五剂，每剂三煎，隔天一服，早中晚喝，看看情形，见好不见好的，一个月后再来一趟。"送走了最后一位病人，郎中抬起头扭过身，望向二奶奶。老天爷呀，这位郎中居然是大爷白颖园。是他，十六年前那个死里逃生、无影无踪、销声匿迹的大爷白颖园。怎么会在这儿？怎么到的这儿？这十六年是怎么过来的？看看颖园的脸，糙了，黑了，有了沟沟壑壑了，真是奔七十的人了。

二奶奶惊得不行，以为看错了，不禁慢慢站起来，目不转睛凝视着颖园。颖园饱经沧桑的脸上，充满了伤感，他当然知道今天二奶奶要来，出奇地平静。颖园嘴角稍稍动了一下，好像是笑吧，却比哭还难看。他朝二奶奶抬了抬手，便起身向窑洞走去。二奶奶忙跟着走了过去，关上了门。

进了窑洞，二奶奶不知说什么好，与满脸祥和毫无悲戚之色的颖园面对面地站着，哭不出笑不出，憋了半天才蹦出一句："还活着？"

"活着。"

"活着就好。"

"活着就好。"

离别久了，一见面反而找不着话茬了。窗外几个老乡围着还在喊喊喳喳，乌宝生一个一个地拉拽着说："有啥看的？走吧。一个城里来看病的人。"

从坡下还未化完积雪的小路上，走上一个挑水的姑娘，这是乌宝生的独生女翠姑。大概是水井路远，大冬天的，翠姑有些汗津津的了。一绺头发汗湿地贴在额头上，虽不是细皮嫩肉，可脸上红扑扑的晒得有点儿黑亮亮，叫人稀罕；眉眼儿也大气，特别是脑后那根又黑又粗的大辫子，姑娘群里都少有。翠姑打下生就没了娘，乌宝生当儿子养哪，什么粗活细活都能干。刚放下水挑子，又叫她去做饭，来了贵客，要特别地做点儿好吃的。乌宝生把人都赶跑了，这才抱着柴火去帮忙做饭。

窑洞里颖园和二奶奶都盘腿坐在炕沿上，心绪不宁地扯了半天闲白儿，二奶奶才顾上问正事儿："你怎么到的这儿？"

"记得朱顺吗？"

"记得！"

"有一阵子詹王府闹得厉害，朱顺托人把我弄到这儿，以后再没见他。"

"我也找过他好几回，他也躲了。"

"亏了乌宝生，好人哪，待我像亲兄弟。"

二奶奶忽然说："老太太不行了，到了西安就一病不起。"

颖园却问："孩子们呢？"

"景怡是大人了。"

"二十五了！"

"二十五，医术学得不错，挺上进的，一直张罗着给他说亲。上门提亲的不少，可高不成低不就，急死了。洋人一打进城，全逃出来了，只能回京再说了。"

"我那丫头呢？"

"玉芬嫁到济南了，前俩月还回来一趟，京城一乱又回去了。"

一说到孩子，好像又卡住了。颖园不说话了，两眼发直，不知在想什么。二奶奶一时也不知该说些什么。颖园突然说："我想见见孩子！"其实颖园早憋了半天了，十六年了，从家里逃出来时，孩子都还小，现在都该是大人了。命是保下来了，可该有的什么都没有了。没了家、父母、儿女、老婆、兄弟……什么什么都没有了。这可过得什么劲儿呢？

活着干什么？人到此时没什么更多的盼头儿了，见见孩子！这就像人渴了要喝口水，身边就有条小河，清凉凉地流着，可不行，这个想头儿太过分、太奢侈了。

二奶奶不是铁石心肠，心里并不比颖园好受，她脑子里顿时掠过了无数的灾祸、凶险，一万……万一……二奶奶愣怔着，柔肠百转，利刃割骨般满面哀怜地望着大爷，她不是没想过让大爷见见孩子，可真的面对大爷，还是乱了方寸。

沉默了半天，二奶奶才断然地蹦出两个字："不行！"直到这个时候，白颖园才忽然感到无比的委屈，嘴唇抖抖地说不出话了。二奶奶硬着头皮，态度坚决地说："不行！虽说孩子都懂事儿了，可万一露出去，一家大小都活不成！"颖园的眼泪涌了上来，忙低下了头，像是对自己发狠一样自言自语道；"是这个理儿！不见就不见吧，见什么孩子……还不是那么回事儿，我是已经死了的人了。"

二奶奶好像自己犯了什么错似的低下了头，颖园流着眼泪也不擦。自打从京城到现在，十六年了，他还没流过一滴泪，今儿不行了，憋不住了。二奶奶怎能不动心，忙递过手绢儿，颖园接过，却放到了炕桌上。二奶奶忽然压低声音说："大哥，要不这样，下月初五是个大集，你到集上摆个草药摊儿什么的。我带几个孩子来赶集……可有一条儿，不能跟他们说话，更不能认他们！"如同一个炸雷把颖园都炸晕乎了，他瞪大眼睛好半天才醒过来，连声说："行行，我看一眼就行，一眼就行。"

翠姑端着碗筷进了门，放到炕桌上，颖园说道："翠姑，叫二姨。"翠姑有点害羞地喊："二姨。"

"多大了？"

"十七。"翠姑说罢转身跑了出去。

颖园忙说："乡下人，见不得生人。"

"挺俊的。"

"就是黑了点儿。"

翠姑端饭又走回来，将一箩贴饼子、一大碗咸菜、一盆粥放到炕桌上，忙又跑了。颖园拿起一个饼子递给二奶奶，又拿碗盛粥。二奶奶看了看门口，问道："他们不来？"

颖园说："不来，有生人他们不上桌儿。我刚来的时候他们也不惯，现在是一家人了。"

二奶奶举着饼子问："大哥，你天天就吃这？"

"这不挺好的！"

二奶奶看着粥和饼子，一下子忍不住落下了眼泪，哽咽道："大哥，这些年不知道你的下落，也没法儿接济你，你受苦了。"

"哭什么？这不能算苦，苦的是离乡背井，见不着亲人哪！"

乌宝生端了一大碗酿皮子进来，放到炕桌上说："吃！"二奶奶忙低头擦眼泪。

颖园说："特意给你做的酿皮子，平时没有。"

二奶奶谦让着说："乌大哥一起吃吧！"乌宝生也不搭话，转身走去。

颖园说："别看他不说话，心眼儿可好了。在这儿过日子，清静，甭害怕有人算计你！"

"大哥，搬回去吧，离京城近点儿，也好有个照应。"

"这些年我不知治好了多少病人，我一走，这四方的百姓找谁看病？是不是？"

自己都这模样了，还想着别人，二奶奶还能说什么，便夸道："这也是积德的事，积德长寿。"

颖园苦笑道："长寿？我已经是死了的人了。"

直到天黑，二奶奶才回到家，与沈树仁感叹了一番。宫里传旨，明天沈树仁要进宫朝见太后，还不知是吉是凶，这一宿谁都没睡踏实。第二天天刚蒙蒙亮，宫里就来了人。沈树仁随太监走进戒备森严的宫门，来到临时行宫接见大厅。一进厅，连西太后什么模样都没看清楚，便跪倒叩拜："草民沈树仁，恭请皇太后圣安！"慈禧太后坐在上边好像很高兴，旁边站着李总管，也不知大总管使上劲儿没有。

只听皇太后很温和地叫他起来，说按方子把药全吃了，几天的工夫就好了，没想到西安还有他这样的一位高手。惴惴不安的沈树仁一下子松了一口气，忙说都是借了皇太后的福气。慈禧吩咐李总管叫吏部拟个折子，封沈树仁四品顶戴，等回銮的时候随驾进京。李总管忙喳地回了一声，忙给沈树仁递了个眼色，这可是个千载难逢的好时机，不能错过。沈树仁忙回道："皇太后恩典，草民实不敢受，请皇太后收回成命。"

慈禧不解地望着他问："这是为什么？"

李总管说："这是皇太后的恩典，快谢恩吧！"

沈树仁叩头道："草民不敢贪天之功！"

慈禧更不解了，问道："那应该是谁的功？"

沈树仁说："上次所进之'八宝'成药，乃'白家老号'所进。"

慈禧忙问："是京城百草厅吗？"

沈树仁答道："正是。启禀皇太后，光绪十年百草厅由于误下甘草，以致杀身之祸，白家大爷问了斩监候，死在狱中，因此不敢再招摇出头。听说皇太后圣体欠安，偷偷献上了自制的'八宝'，这实在是白家对皇太后的一片孝心，望皇太后恕草民欺君之罪。"沈树仁很知进退，并不提平反冤狱之事，这正是他聪慧过人之处。

慈禧看着李总管，问道："白家的人在西安，李总管知道吗？"

"不知道。"

"这是怎么回事？不是去找过他们吗？"

"派去京城的人就一直没回来！"

"这不是耽误事儿吗？白家都什么人在？"

沈树仁忐忑不安地犹豫了，这一步棋走出去，一旦失误则满盘皆输。他偷看了李总管一眼，李总管竟然暗暗点了一下头，沈树仁一下子有了底气，禀道："白家长房长孙白景怡在。"

慈禧太后立即下旨，传白景怡。

这一传，白家上下可真乱了营，以为出了什么祸事。景怡很识大体地走了过来，说道："二婶儿，没关系的，已经这样了，我还是去吧！"

二奶奶脱口而出道："万一出了事儿，怎么见你爸爸！"

颖轩一愣，景怡也蒙了，问道："我爸爸，不是早死了吗？"

二奶奶忽然惊醒，失态地说："啊？是啊……死了？啊，死了！景怡！你快跑吧！"

景怡劝道："二婶儿，真没关系！要说这'八宝'绝不会吃出毛病来，沈叔叔也不是庸医，他用药是心中有数的。"

颖轩安慰说："景怡说得对，只要皇太后病好了，就不能把景怡怎么样！"

景怡说："二婶儿，我去吧！没事儿！"

胡总管催道："快走吧，别叫宫里的人等急了。"

景怡和沈树仁走进临时行宫接见大厅，双双叩拜："白景怡恭请皇太后圣安！"

慈禧问道："你是白颖园的长子？"

"是！"

"多大了？"

"二十五。"

"抬起头来，我看看你。"景怡抬起了头。

"嗯。你爸爸给我请过脉，医术挺好的，只可惜——都十多年了，不提了。你们白家世世代代给宫里效力，到了你这儿还知道有这份儿孝心，也是不易，家里人都好？"

"托皇太后的福，都好。"

"李总管，传谕吏部，封白景怡四品顶戴，回京以后进太医院，发给腰牌。"

李总管忙答应道："喳！"

慈禧又说："沈树仁能够不贪功、不忘友，也属难得，也封四品顶戴！"

景怡和沈树仁叩头："谢皇太后恩典！"

揣测圣意是基本的为官之道，尽管这也曾是一条罪状，但为官者依然乐此不疲。老百姓就更甭说了，上边一句话，下边雷厉风行，对错是不能追究的。慈禧皇太后虽然没明说为白家大爷平反，可颖园长子白景怡封了四品顶戴，什么意思？白大爷的官司一笔勾销了！逃难逃出了意外之喜！沈树仁舍命全交，厥功至伟，二奶奶特设宴席酬谢沈树仁。

二奶奶举起杯，说道："景怡，快给你沈叔叔敬酒！今天差点儿没把我吓死！"

景怡举杯道："沈叔叔，给您道喜。"

沈树仁举杯说道："同喜！二十五岁的四品顶戴，前途无量。二奶奶，白家又要发达起来了。"

二奶奶感叹说："还发达哪，瞧瞧这个乱世，什么时候算一站？"

沈树仁神秘地说："我可听说京城里边儿的和谈有点儿眉目了。"

景泗、景武等年轻人大叫："该回京城了！""什么时候能走啊？"

二奶奶说："你看，你看，都想家了！三奶奶听说了吧，三爷在北京挺好的。"

白方氏忙说："知道了。"

沈树仁说："最为难的是，洋人开了一个名单儿，要严办那些主战的王公大臣，听说詹府的王爷在名单儿之内。"

颖轩忙问："那要怎么处置？"

沈树仁神色凝重地说："不杀一批，洋人是不肯甘休的。"

颖轩摇摇头说："这太过分了吧？"

沈树仁说："人家占着北京城呢！打得过人家吗？一天不答应，老佛爷一天甭想回北京！"

颖轩真不明白了，问道："那老佛爷到底是主战的还是主和的？"

沈树仁稍一愣怔，随即揶揄道：“王八蛋才知道她主战主和呢！”

颖轩忙说：“那我可不知道啊！”

众人听了大笑，好消息不断，气氛一下就被点燃了。

二奶奶故意不经意地说：“景怡，初五户县有个大集，我带你们去逛逛。”

景泗等人听了，都嚷着要去。二奶奶点名景怡、景泗、景陆三个人陪她去，玉婷不满地大叫起来，非要跟着一起去。

景怡很懂事地说：“叫玉婷去吧，我不去了，我看着奶奶！”

二奶奶说：“用不着，有你二叔看着就行了。”

玉婷仍大叫：“我不干。”

二奶奶生气地说：“你找打？吃饭！”

玉婷一摔筷子，任性地说：“不吃！”

颖轩看不下去了，劝道：“你就带她去又怎么了？”

二奶奶忙找个借口说，车上坐不下，让颖轩少管。事关重大，多一个人都不行，这是二奶奶的精细之处。

天刚亮，二奶奶就带上景怡哥儿仨乘坐平板马车奔户县了。一路上，她心事重重，几个年轻人却大谈西安的各种见闻，从名胜古迹、杨贵妃住在哪里，到羊肉泡馍有多少种。说得口干舌燥时，已到了户县大集，人渐渐多起来。摊位棚铺一家挨着一家，挤得满满的，吃的、使的、玩的，琳琅满目。

二奶奶带着景怡等缓缓走来。三个年轻人东张西望，不时停下来说话，二奶奶走到了前面，不时回头叫：“跟上，别走散了！”

二奶奶回过头仔细在摊位棚铺里寻找着大爷颖园的摊位。

颖园一身药农的打扮，黑粗布的棉裤棉袄，一顶护耳毡帽，摆了一个草药摊儿，蹲在那儿一上午眼都没眨地注视着集市路口。他身后不远，小板凳上坐着乌宝生。

二奶奶远远地走过来了，看到颖园点了点头，颖园也点了点头回应。

她紧走两步到摊儿前，说道："来了！"颖园忙向后看，只见三个青年人正在分刚买的一堆火星柿子。

"景怡，你们都过来！"二奶奶喊着招手。景怡等都快步来到摊儿前，颖园俩眼都直了，面对面的三个大小伙子就是自己的儿子吗？

"景怡，看看这些药材，你认识吗？"二奶奶问。景怡、景陆蹲下看药，景泗站着吃柿子，又塞给景怡、景陆、二奶奶一人一个。

二奶奶说："给这位先生一个。"景泗忙递过一个柿子给颖园。

"多谢了，少爷！"颖园有些颤抖地接过柿子，两眼凝视着景泗。

景怡指着药材说："当归、白芍、黄芪、甘草、杭菊……"

颖园傻傻地看着，一时心潮起伏，心里头五味杂陈。

二奶奶故意搭讪着问："老人家，家里都有什么人哪？"

颖园收敛心神，忙说："三儿一女。"

"不小了吧？"

"老大二十五！"

"跟我们这大小子一边儿大。"二奶奶说话时，有意指着景怡，景怡仍低头研究着药材。景泗说："二婶儿，我去那边看看。"二奶奶忙说："老四，等会儿一块儿走。"颖园知道了这个是老四，另一个就是景陆了。景陆也站了起来说："我也去，在那边儿等着还不行？"景泗、景陆走了，颖园抬了抬手没敢拦，只见二奶奶暗暗摇了一下头，只有景怡还在看药材。

颖园回头忙问："少爷也懂医术？"

景怡说："学了几年，还差得远呢！"

二奶奶说："告诉您吧，他刚进了宫，皇太后封了他四品顶戴！"

景怡不以为然地说："二婶儿，您说这个干什么呀？"

颖园惊喜地说："恭喜少爷了！"

景怡说："有什么可喜的，给皇太后进的药是我爸爸生前自制的。我爸要活着，这四品顶戴应该是他老人家的。"说罢，他起身追景泗去了。

颖园无论如何忍不住了，眼泪一下子流了出来，就大儿子这几句话，足够他晚年享用的了。二奶奶忙低声喝道："别哭，别哭！让孩子们看见！"颖园赶快低下头说："二奶奶，我谢谢你，总算见着了，几个孩子交给你了。有个事儿今儿咱们得说定了，乌家的翠姑你也看见了，虽说是个乡下丫头，可模样秉性都不错，我跟乌家说定了，把翠姑许配给景怡。什么时候你回京，就把她带上，海枯石烂不得翻悔！我就拜托你了。"

二奶奶深深感动了，说道："放心吧，这个媳妇我会另眼看待。"

颖园接着道："乌家有恩于我，我涌泉相报也报不了万一。妈那儿，我也不能尽孝，有什么事儿你多叫景怡担待着……"

二奶奶站起身，低声说："多保重吧，大哥！"

颖园喃喃地说："行了，走吧，都看见了，死也能闭眼了。"

颖园依依不舍地望着二奶奶消失在人群中，他只觉得眼前的一切越来越模糊了……

京城的和谈还没个下文。其实和什么谈呢？人家洋人说什么，你照办就是了！顶多求求人家高抬贵手，赏点儿面子，少赔点儿银子。无论是西太后还是老百姓，都盼着快点儿谈，快点儿和。洋人一天不走，你一天直不起腰来。

这些天白景琦的心情就没好过，家里、柜上两头儿跑，隔天还得去花园子，门市上和留守的几个伙计还得天天支应着。没有一天气儿顺过，憋屈！总想毁点儿什么，砸点儿什么，踹谁两脚，踢谁仨跟头！总之气不顺，可没办法，爹娘交代的差事，不能惹祸。

自打洋人一进城，三爷白颖宇真是如鱼得水，风光体面，趁乱把家里值钱的东西全都拉他外宅里去了，只有细料库里的贵重药材没捞到手。在白颖宇眼里，这可是一大笔多少年都花不完的银子啊！他最终找到了大眼儿贼，他亲眼看见逃难的前一天晚上，二奶奶和赵五爷转移了细料库，还说去趟花园子。“花园子？”颖宇点了点头，嘱咐说，“大眼儿贼，这事儿你跟谁都别说，等我问明白再说。”

六七个日本兵站成一圈儿，声嘶力竭地唱着日本歌，绕着圈儿地边走边跳，手里拿着酒瓶子、秤杆、秤盘、箩筐敲击着。有几个已喝得醉醺醺，靠墙支起了炭炉，上边架着铁箅子，一个日本兵烤着羊肉。百草厅前堂成了酒馆。

田木一个人靠墙坐着，闷闷不乐地看着手中的一张照片，站起身走到柜台边一手搂住景琦的肩膀，一手将照片举到他面前，喃喃地说：“你看，我的妻，儿子，两岁，田木青一。”

照片上，是田木与抱着儿子的妻子的合影。景琦把田木的手推了下去，闷闷不乐地说：“想家了？还不赶紧滚回去！”

“滚回去？是！我想滚回去，我想家了。白景琦，我们是好朋友。”

“好朋友？为什么要打仗？”

“打仗不好，我讨厌打仗！我喝了你很多酒，你以后到日本来，我请你喝酒！”

“我一定去！”景琦伸手搂住了田木的肩，用京剧念白道，“田木！看那面黑洞洞，定是那贼巢穴，待俺赶上前去，杀他个干干净净！”

“你说的是什么？”

“戏词儿，《挑滑车》！”

一个日本兵边跳着边从柜台上抄起一瓶酒，又跳着喝着走了。景琦厌恶地看着，顺手拿起柜台上的墨盒，把墨汁儿倒在自己没喝完的半瓶酒里。一小个子日本兵手舞足蹈地跳，走过景琦身边，景琦把装墨汁儿的酒瓶子塞到他手中，他边喝边跳地走了。

几个日本兵仍扯着脖子唱着，乱扭着，小个儿日本兵边喝边舞，弄了一嘴的黑墨汁儿。几个日本兵发现了，指着他的脸大声惊呼。小个儿日本兵莫名其妙，擦了一下嘴，弄得满脸是黑，日本兵们大笑，田木也大笑。小个儿日本兵将酒瓶狠狠摔到地上，日本兵哄闹……景琦冷笑着向外走，嘴里还念着那段戏词：“看那面黑洞洞，定是那贼巢穴，待俺赶上前去……”

景琦买了一大堆糖火烧、糖卷果、烧饼夹肉来看黄春，一进花园子门，就听远处传来枪声。不好！黄春怎么着了？景琦匆匆来到地窖口，见地窖门大开着，一下子慌了神儿，大叫着“春儿——”

景琦冲进去，地窖内空空无人，一只油灯还点着。景琦惊慌回身大叫着“黄春——春儿——”奔到地窖外四下张望，但见蒿草遍地，一片荒凉无人应。景琦慌了，要是黄春出了事可真是万劫不复了。他拔出随身携带的匕首，刚要转身，忽然听到黄春的笑声。景琦回头一看，登时明白了，生气地喊道：“春儿！出来！”黄春笑着扒开蒿草走出，显得十分开心。景琦嗔怪地说：“有这么闹着玩儿的吗？啊？再这样，我可真急了！”

黄春走到景琦前说，他总不来，也没个人儿说话，憋死她了。景琦问她，刚才没听见枪响吗。果然又传来枪声，黄春害怕了，忙扑到景琦怀里，景琦拉着黄春忙跑进了地窖，外面枪声更紧了。景琦在门边开了个缝儿向外望着，黄春紧贴着他，两手死死抓住他的肩膀。景琦低声道：“里边儿去！”

黄春没有动，景琦刚要说话，听见外面有动静，不觉瞪大了眼睛注视着，只见一个人踉踉跄跄地跑来，一头栽到了土坡下的沟里……

景琦刚要冲出去，突然传来马蹄声，黄春忙拉住他，四五个德国兵骑马从土坡上驰过。景琦冲出地窖口，弯着腰警觉地四下张望，发现沟里一动不动地趴着一个人，便沿着沟底跑过去，将趴着的人翻了过来一看，大惊失色——是季宗布，满身满脸是血。他奄奄一息地说了句：“宰了他！”便咽了气。“季先生……”景琦跪下扶起季宗布，抬头只见土坡上站着一个德国兵。景琦愣住了，德国兵端着枪走过来。来花园子想探个究竟的白颖宇，也发现了德国兵，忙躲到山石后面偷偷地看。

德国兵走到景琦跟前，弯下身看了看季宗布尸体，又直起身，指着景琦用德国话说："你跟我走！"半跪着的景琦抬头看着德国兵，慢慢放下了季宗布。德国兵吼着："快点！"景琦突然起身，用季宗布送他的匕首，拼尽全力向德国兵胸口刺去。德国兵猝不及防，直着身子倒下去。藏在山石后面的颖宇看得清清楚楚，失声叫道："老七！"

景琦猛回头惊愕地问："三叔，你来干什么？"

颖宇忙跑到季宗布尸体前，低头看了看，说道："是季先生？"

景琦说："是洋兵杀死了他。"

颖宇说："我是来找你的，你捅了大娄子了！"

"你怎么知道我在这儿？"

"瞒不了我，大眼儿贼全看见了！你怎么敢杀洋人？"

"我就杀了，怎么着？"

"你疯啦？"

远处又传来枪声，二人紧张回头看。

"快帮我把死尸拉那边地窖里！"景琦说着就抱起季宗布的上半身。

颖宇惊恐地看着德国兵尸体，说道："你是不要命了？"

景琦喊道："快！要不然洋兵来了，我就说是你杀的！"

颖宇慌忙拉起德国兵尸体，说道："别，别！我拉还不成吗？小祖宗，你可是要我的命哟！"

远远的又一群德国兵骑着马跑过土坡……

地窖里没有点灯，黑洞洞的，颖宇扔下尸体，叫道："妈吔，这么黑？我怎么不知道园子里有这么个地窖呀？"黄春划火柴点亮了油灯，颖宇眯着眼半天才适应了光线，他发现了站在景琦旁的黄春，万分惊讶地说："你……哈哈！我说什么来着，老七，还是你把她藏起来了！"

"我藏的，你想怎么样？"景琦护住躲到他身后的黄春。

颖宇走向前，说道："怎么样？为了这个臭丫头，我差点儿没叫王爷杀了，亏了洋人进城了，要不然我就没命了！黄春，跟我走！"

景琦硬气地说："她哪儿也不去！"

颖宇嚷道："听你的还是听我的？是我把她养大的，走！"他说着上前拉黄春，景琦一把推开颖宇，斥道："你把她养大的？你从她身上讹了多少钱？"

"那是我的事儿！人是我的，走！"

"今儿我告诉你，黄春是我的人了！"

这句不经意的狠话顿时叫黄春惊喜万分。颖宇愣愣地琢磨着这句话，问道："你的人？什么意思？"景琦故意卖关子说："什么意思你还不明白？还用我说出来？"颖宇明白了，点点头说："好啊！白景琦，学会偷女人啦！你就不怕你妈回来？"景琦说："回来我就娶黄春！"

黄春把景琦的话听得真真切切，忘了眼前还有什么危险，兴奋激动地直瞪瞪地看着景琦。"你敢，你想得美！今儿我非带她走不可！"颖宇上前用力推开景琦去拉黄春，景琦一把抓住颖宇的手腕反背一拧，颖宇疼得弯下了腰，不敢再挣扎，大叫："哎哟，哎哟，疼死我了！撒手！我是你三叔！""你是我三爷爷也没用！看见这洋兵了吗？你要敢碰黄春一下，我叫你跟他一样！"景琦撒手一推，颖宇摔了出去。

颖宇倒在箱子上，气急败坏地瞪着景琦，扭脸儿问："黄春，你说，你跟谁？"黄春毅然决然地拉住景琦的胳膊，回道："我跟他！""反了，反了！这乱世没了规矩了……"颖宇忽觉不对，嗅了两下鼻子，"咦，什么味儿？"他低头看了看坐着的箱子，忙站了起来，哗啦一下把箱子盖儿掀开了。

景琦阴着个脸，冷冷地望着。颖宇得意地说："我说的呢！敢情细料库的药藏这儿了，我今儿就为这个来的！"

"这药你不能动！"

"我早知道，你们二房想独吞！"

"没工夫跟你废话！出去！"

"今儿得把话说明白喽……"不待他说罢，景琦上前就扭住他胳膊往外推，"出去，出去！"推到门口，景琦拉开门说道："今儿的事儿你要敢说出去，我就要你的命！出去！”

颖宇在门外跳脚大叫：“我打不过你小子，今儿这事儿不算完，你个无法无天的忤逆小子……”

景琦回头，痛苦不堪地望着满身是血仰面躺在地上的季宗布的尸体。

黄春胆怯地看着问：“这是谁呀？”

景琦突然跪地道：“老师——”

师徒如父子，情深义厚。景琦在花园子后山的一片荒地上，起了一个新坟，季宗布就长眠于此。景琦和黄春给新坟抔土，坟前摆着那把匕首。景琦知道花园子已经不是什么安全的地方了，他告诉春儿不能在这儿住了。他得去找赵五爷，黄春先搬到他那儿，药也不能放这儿了。景琦提刀要走，只见白颖宇和大眼儿贼赶着两驾大车，带着三个打手飞奔而来，手里拿着火把和棍棒。景琦夷然不惧，他镇定地横刀立在地窖门口。

颖宇下了车走上前，说道：“怎么样，没想到我回来得这么快吧……我来拉药！”

景琦冷冷地说：“有我在这儿，你拉得走吗？”

颖宇说：“老七，今儿我可带着人哪。你再敢撒野，我就不客气。”

景琦忽然嬉皮笑脸地说：“干吗呀，三叔，仗着人多欺负大侄子！”

颖宇火冒三丈，嚷道：“你还知道我是你三叔？你拧得我这胳膊到这会儿还疼呢！”说着回头大叫，“还愣着干什么？进去搬！”几个打手听见就要冲上前。

景琦举刀拦住他们，叫道：“大眼儿贼，你们几个跟着起什么哄，想跟我动手？”

几个打手看着颖宇不敢上前，颖宇打气说：“怕什么，上！事儿办完了我重重有赏！”

一打手举棍上前，景琦毫不客气地一刀将打手拿的棍子砍为两截飞了出去，黄春在地窖口惊恐地望着。颖宇大喝一声：“上！”另一个打手冲上，景琦抡刀阻挡着，远处突然传来赵五爷的喊声："住手，住手！都住手！"跟着，赵五爷和七八个伙计跑来。颖宇吃惊地望着，大眼儿贼和三个打手也都不敢动手了。

赵五爷上前问道："三爷，这是要干什么？"

颖宇说："你不是说细料库的药在哪儿，你不知道吗？"

赵五爷说："这是二奶奶吩咐的，什么事儿都得等她回来才能定！"

颖宇毫不退让地说："告诉你，我今儿拉定了！"

赵五爷看了看打手，说道："大眼儿贼，你不想干了是不是？我看你们几个跟三爷出来就知道没好事儿，都滚回去！"大眼儿贼先怯了阵，另外三个打手也胆怯地往后退。

颖宇忙拉住大眼儿贼，叫道："哎哎，听谁的？搬出了事儿有我哪！"

赵五爷翻脸了，怒道："三爷，您今儿要是不讲理，我也只好得罪了！"他挥了挥手，七八个人围了上来，颖宇胆怯地望了望周围的人，不敢动了。赵五爷厉声喝道："你们几个还不快滚！"大眼儿贼等人忙灰溜溜地跑了，颖宇见状没辙了，叫嚷道："行，你厉害！要是没我，老铺早就叫义和团一把火烧了。你们过河拆桥，我连自己家的东西都不能动了……告诉你们，洋人走不了，二奶奶还不知道回得来回不来呢，有人能治你们！"颖宇愤愤转身离去。

景琦走到赵五爷前低声说了些什么，赵五爷惊讶地抬头看了一眼窖口，站在窖门口的黄春忙躲进了窖里。赵五爷小声地说："行，住我那儿吧。明儿一早，我带几挂车来连药一起都搬到我青龙桥老家去。"说完，赵五爷招呼伙计们："走吧，先回去……老七，给你留个人儿？"

"用不着，我三叔没那么大胆子！"

赵五爷带着人走了。景琦和黄春一直折腾了半夜，才把地窖收拾干净。铺好了床，景琦走了进来说："今儿是什么日子，真不吉利，我……"他关了门回头一看，立即呆住了。黄春正期待地望着景琦，上身只穿了一件贴身的肚兜，披着一件睡衣。景琦看得两眼发直，完全没了底气，支吾道："我……得……走了！"

见黄春痴痴地望着，景琦忙低下头，又忍不住地望了一眼，终于转身，艰难地说："我走了！"

黄春忙叫了声："景琦！"

景琦站住了，慢慢回过了头。黄春轻轻地把外衣拉了下来，怯怯地说："我害怕。"景琦是何等的野性子，从小到大就像那长呲了的毛栗子，由着性儿地撒欢，无法无天地疯闹，还没碰上过叫他过意不去的坎儿。今儿，不行了，怎么跟做了贼似的，都不敢正眼瞧人家。也闹不清黄春披的那件袄是自己滑下来的，还是她拽下来的，这意思还不明白吗？可景琦怎么连头都不敢抬了。这时候，他才觉出来他真喜欢黄春，怎么能走呢？越这么想就越迈不开步，索性一屁股坐在了药箱子上，吭吭哧哧地说了一句："那……我再陪陪你！"

就坐在那儿，那么陪着？这算什么？眼前是他日思夜想最最喜欢的姑娘，他又抬头偷偷地看了一眼黄春。黄春失望了，她还是个姑娘啊。她低着头，狠狠地咬着牙说："陪什么？你走吧！"

景琦根本不想走了，喃喃地问："那……三叔他们要再来呢？"

黄春已经在恨自己了，厉声说："快走吧！"

"那……你睡吧，我……"景琦怎么也站不起来，抬抬屁股又坐下了，"我看你睡着了再走！"

黄春真的生气了："睡什么睡，有什么好看！走你的吧！"

景琦突然站起身，充满挑逗地说："我走了？"

黄春大叫："景琦！"

景琦两眼放光地回过头："嗯？"

黄春又低下头，她太委屈了，说道："你走吧。"她忽然拉起被子躺到床上连头一起蒙住。

就这么走了还是爷们儿吗？景琦再也绷不住了，慢慢走向床前。见黄春蒙着被子一动不动，景琦边走边脱着袍褂说：“我走？上哪儿？我凭什么走？我他妈哪儿也不去！我不走！我就这儿睡啦！”景琦一下子把被子拉起钻了进去，两人蒙着头在被子里笑着，闹着，被子翻起了波浪……

第十八章

和谈终于成功了，还是那句话，说是和，洋人不打你了。所谓成功，那也是洋人的成功。大清朝啊，像踹了一脚的烂柿子，拿不起个儿来了，尽管如此，举朝上下还是一片欢腾，老百姓当然也高兴，太后、皇上要回来了。百草厅是消停了许多，洋人要忙着撤兵了，田木临行前特意跑来百草厅，和景琦告别。

说来也怪，这个田木讨厌打仗，觉得跑到别人家里来瞎祸害，是不光彩的。他管束手下不许撒野，他想家，想老婆孩子。他看不起三爷白颖宇，软骨头！总是龇着牙一副讨好的模样，怎么瞧着都不舒服。他敬重白景琦，是个爷们儿，是一个敢跟他动刀子的中国人，越这样，他就越敬重他。这一年多，他喝了太多白家的酒，他不止一次地起誓发愿：只要到了东京，白景琦想喝什么酒都行！想喝多少喝多少！他愿意交白景琦这个朋友。

白景琦当然恨洋人恨得牙根痒，可他觉得田木这人和别的洋人不一样。他讨厌打仗，知道廉耻，景琦就对他另眼相看，客气了许多。

田木来告别，景琦特意拿出两瓶陈年国公，两个人拿着瓶子对着嘴就喝上了，景琦还教田木唱戏："看那面黑（音赫）洞洞……"

田木笨嘴拙舌地学着："看那面……赫洞洞，'赫'是什么？"

景琦告诉田木，"赫"就是黑，"黑"字在戏里就得念"赫"，人家角儿都这么唱。下一句"定是那贼（音则）巢穴……"田木学着学着又糊涂了，问"则"是什么，景琦说，"则"就是贼……戏里就得这样念。田木点点头，稀里糊涂跟着景琦学"待俺赶上前去"……

景琦舌头都大了，拖腔拿调地唱道："杀他个……干干……净净！"

"杀他个……干干净净！"

"嗯……不……错！你会唱戏了，赶明儿……堂会上，你串一出《挑滑车》。"

田木迷迷糊糊地说："我……来不了，我要走了。"

"噢——不错！和谈……成功了，你们要滚蛋了是不是？"

"我叫他们……开除军籍了。"

"你……开除了？为什么？"

"因为……我……讨厌打仗！我要被遣返回国接受审判，他们打我……你看！"田木说着扒开前胸衣襟，一片片青紫的伤痕，伤口渗出的血一道子一道子的。景琦神情恍惚地看着，拿酒瓶子往田木胸上倒酒，田木疼得大叫。

"这是药酒，一会儿就……不疼了。来！喝酒！咱们两国永远……不要再打仗！"

"咱们是……好朋友，我的父亲是医生……我要我儿子也学医，学中国的医……长大了……来找你！"

"我要把百草厅开到你们日本去！"

"来……找我吧！嗯，拿着这把刀……来找我。"田木把军刀递给景琦，"送你……没用了，我不是……军人了！"

"那咱俩换！"景琦把自己的刀递给田木，"给你……不许再打仗了！"景琦拔出军刀晃晃悠悠地站了起来，乱砍乱挥，田木也站起来拔刀乱晃。两人乱七八糟地摆着各种姿势。

景琦大叫：“看那面黑洞洞，定是……”

田木与景琦合在一起：“……那贼巢穴，待俺赶上前去，杀他个干干净净！”

田木走了，八国联军与清政府签了《辛丑条约》陆续撤军。

一个雷天下响，和谈成功的消息传遍四方，逃难到山西太原的关少沂一家准备要回北京了。然而从京城传来了特别不好的消息，为了平息洋人的愤恨，对朝中主战的王爷们，除杀一批外，还要流放一批。

詹王爷正如沈树仁听说的那样，正在流放新疆的名单之中，全家一起发配，什么詹瑜、武贝勒均在其内。问题是关少沂的女儿关香伶与詹瑜的儿子詹奎禧定的是娃娃亲，眼看婚期到了，这不毁了吗？新疆这么大老远，这还回得来吗？为了这件事，关少沂专门来了趟西安。詹瑜一听，这是要悔婚哪。两人虽都客客气气，可怎么也说不到一块儿，最后只好不了了之。既不结婚也不悔婚，等等再说，谁也说不清往后的日子会怎么样。

可詹王爷顶不住了，这一连串的祸事，一下子把他压垮了。几十年为朝廷出力报效，对西宫太后忠心耿耿，结果呢？落了个一家老小发配新疆。詹王爷躺在床上下不了地，气得整天骂大街：“打不过洋人就治自己人，这算什么规矩？放着八国联军不去打，倒把咱们一家子发配新疆……”

詹瑜焦急地劝道：“阿玛，小点声儿，别叫人听见！”

詹王爷不听，索性大喊道：“反正也这样了，左右是个死！谁是主战的？当初叫义和团打洋人那不是西太后的主意是谁的？”

“快叫院子里的人都出去！”詹瑜胆儿小，忙对车老回说，车老回应了一声跑出去。

詹王爷不停地骂着，越骂越来气：“这个反复无常的老太婆，毫无信义可讲！这种女人临政，大清朝不完才怪呢！”

詹瑜急得出了一身白毛汗，苦劝道：“阿玛，别说了，这是杀头的罪！”

詹王爷豁出去了，已经什么都不顾了，杀就杀吧！活着干什么？说破大天去，他也没有罪！

安福端着药碗走过来，劝道：“王爷！您这病不能生气，先吃药吧！”

“我不吃药，我吃了快一车的药，有个屁用，这些个庸医！我不去新疆，我宁可死在这儿！”詹王爷说着扬手将药碗打翻在地，“我不能死在这儿，我回蒙古老家，我死在老家还不行吗！”

詹瑜无奈地说：“您说这些都没用，太后懿旨不能违呀！”

詹王爷忽然挣扎起来下地，说道：“我不能死，我要进宫，我要去问问西太后……”詹瑜、安福忙上来搀扶阻拦。“别拦我，要杀主战派，头一个就得杀她……杀她……”詹王爷无力地向下出溜，詹瑜和安福忙抱住他拖回床上。詹王爷仰面朝天大张着嘴，从喉咙里发出巨大的“啊——啊——啊——”声。

坏了，这是中风痰厥。

詹瑜知道眼下要救王爷只有一条路——去白家，要他们自制的“八宝”，才能起死回生。安福倒吸了口气，这要得来吗，怕没这么大的面子吧。詹瑜一咬牙，豁出这张脸，他去试试。

不出所料，二奶奶有过人的雅量，丝毫没有难为詹瑜，把药交给了他。詹瑜低着头，羞赧地说：“我……谢谢二奶奶了，事到如今，我是觍着脸来求二奶奶。”

“不必说这些，药就是为了救人的，不管是谁。”

“我知道，两家有好多解不开的事，还是二奶奶那句话，冤仇宜解不宜结。本来我儿子和香伶定了亲，现在完婚已经是无望了，可毕竟咱们也沾亲了。”

“我只想叫你知道，这‘八宝’正是我们家大爷自己配方，自己制的。大爷已经不在了，今后不管再出什么事儿，只求王爷别再与白家为难。”

“我们家已经都是落难之人，就要发配新疆了，只要能保全王爷的命，就算万幸，今后还不知道怎么样呢！”

詹瑜拿着药回来，给詹王爷吃了，他果然安安静静地睡去。

詹瑜、安福忙着指挥仆人搬运东西，詹奎禧正在廊子上整理书籍，王爷醒了大叫詹瑜。詹瑜忙走到床前，詹王爷躺在床上指着床前茶几上的药，手直发抖，问这药是从哪儿来的。詹瑜说从白家要来的。詹王爷挥臂将茶碗和药都扫在地上，大骂：“你个没用的东西！我与白家势不两立！大格格流落在外，二格格死于非命，老福晋的病生生给耽误了，两个孩子至今下落不明，你倒跑白家去丢这个人！我宁可死也不吃他们的药，跪下！你要记住，只要有从新疆回来的那一天，就不能忘了这深仇大恨！说，你记住了！”

詹瑜忙跪下了说：“阿玛，何必呢！”“你说！”詹王爷固执己见，詹瑜俯首无语。詹王爷一拍茶几，叫嚷道：“你就是不说是不是？指望不上你，叫奎禧！”奎禧忙走进屋，詹王爷无力地喘着气说：“你是个大人了，该知道府里的事了。你大姑、二姑都是白家害的，你可不能忘了啊！”“是！”奎禧应着。

詹瑜在一旁无奈地望着，知道父亲是老糊涂了。詹王爷悲愤地说：“别学你爸爸，他没出息，记住啦！”奎禧为难地看了看低着头的詹瑜，点点头说：“记住了。”

终于要回家了，白家上下人等无不欢欣鼓舞，院子里站满了人。

胡总管说：“和谈已经成了，老佛爷和皇上就要起驾回銮了，逃难来的人有的已经先走了，听说洋人还没撤完哪！京城里还不清静，义和团的余党还时不时地闹腾！这样吧，我先走，回去打个前站。”二奶奶高兴地说：“那敢情好，先回去安顿安顿，也就十天、八天我们也回去了。”

人们乱哄哄地议论纷纷，胡总管将二奶奶拉到了一边，问道：“老太太恐怕不宜上路吧？”二奶奶忧虑地说：“老太太是无论如何不能走的，可是……”

“她身子这么弱，再加上一路的风霜、颠簸，到不了京城……二奶奶，别怪我说话不吉利！”

“我早想过了，不走吧，一家老小不能都窝在这儿；留下个人照顾吧，这么多人没一个能让人放心的。”

“跟沈家商量商量，能不能……”

二奶奶十分为难地说：“怎么好再麻烦人家，跟沈爷讨个主意吧！”

沈树仁没等二奶奶说完，就摇了摇手说道：“我说句不中听的话，二奶奶别见怪，我刚刚号了老太太的脉，少则三五天，多则七八日，请二奶奶赶快准备后事吧！”

“唉！老太太还一直说死也要死在北京城呢！”

“在此地棺殓，回北京再发丧吧！”

“只能够这样了。我想回北京以后立即派个人来西安，开一个百草厅的分号，就请沈爷主理，东家就是您跟大爷！”

沈树仁急忙推辞道：“这可不敢当！”

“您不用推辞，只要大爷不受苦，我就感激不尽了。”

“要是这么说，那……我只有愧领了。”

“沈爷，我还想冒个风险，老爷子去世，大爷就没见着……我想把大爷接来，叫他们母子见上一面。”

“这有何不可，依我之见，这事儿就说开算了，大爷没死，大大方方地回来。”

“那可不行，万一传到宫里……”

“哎呀，‘白家老号’又兴旺了，景怡还封了四品顶戴，趁着老佛爷高兴……”

“万万不行，沈爷，这事儿我在心里过了十几个过儿了，宫里的事，历来反复无常。什么时候老佛爷一不高兴，株连九族，一个甭想活！”

沈树仁点了点头说：“也有道理，那我就去接大爷。”

“打扮打扮别叫人认出来。还有，大爷已经把景怡的亲事定了，就是乌家的翠姑，您把她一块儿接来。”

就这样，沈树仁悄悄叫了一辆车，去接白颖园和翠姑。颖园一直不讨母亲喜欢，他有个心结始终解不开，做梦都想让母亲吃一口他买的点心。

马车在沈家大门口停下，颖园戴着大棉护耳的风帽，遮得严严实实，手里提个点心匣子与翠姑下了车。翠姑也特意地打扮了一番，还穿了一件大花棉袄。沈树仁站在门口忙将二人让进去，又紧走几步，引领他们来到跨院北屋。二奶奶打起卧室帘子，颖园和翠姑进屋后直奔床前。

老太太白周氏仰卧床上，两眼呆滞地看着屋顶，呼吸微弱。颖园刚要叫，被二奶奶止住，二奶奶拉着翠姑的手，凑到老人耳边说：“妈，您看一眼，这是咱们白家的长房长孙媳，景怡的媳妇。”又回头对翠姑说：“快叫奶奶，靠近点儿！”翠姑忙近前，怯怯地叫：“奶奶！”老人似应非应地“啊”了一声。二奶奶忙拉翠姑出了屋里，低声对站在门口的沈树仁说：“沈爷，麻烦您送她去西屋，您回来站在门口，谁也别叫进！”沈树仁应着带翠姑去了。

老太太一动不动，已经只有出来的气没进去的气了，二奶奶走到床边，说道：“妈，您记得大爷吗？您的大儿子颖园？他没死，当年在大狱让人救出来了，他来看您来了。”老太太的眼睛似乎睁大了，喃喃地道：“老大……”二奶奶忙躲到一边，颖园走向前俯下身去，喊道：“妈，是我！我在这儿哪！”老太太动了动手，颖园急忙握住，淌着泪哽咽道：“妈，这些年儿子没能尽孝。儿子对不起您老人家。”

颖园两手抖抖地从点心匣子中拿出一块点心，举到老人面前，哀求道：“妈，儿子买的点心您老人家从来不吃一口。今儿您赏儿子个脸，就吃一口吧，也算儿子尽点儿孝心。”老太太闭上了眼，似乎点了下头。二奶奶看着心酸，悄悄擦着眼泪。白周氏一动不动，颖园拿着点心不知所措。二奶奶忙道："掰碎喽！"颖园忙掰下了一小块儿放到母亲嘴里，老太太含着不嚼也不咽。

屋外传来孩子们的打闹声和沈树仁的制止声。二奶奶紧张地回头看了看，忙回头催颖园道："大哥，你该走了。"颖园哪肯离去，伤心地望着白周氏。二奶奶说也就这样了，她老人家好几天不能说话了。颖园颤声叫道："妈——"二奶奶有点着急了，说道："看两眼就行了，她心里明白，知道你回来了。"颖园终于哭出了声："妈——"

二奶奶慌了，忙过去拉颖园，说道："你不能哭，叫人听见！工夫大了不行，该走了。"颖园挣扎着不走，二奶奶不由分说，将他拉起向门外走去。一出屋门，二奶奶便对沈树仁道："赶紧送他走！"

沈树仁架起颖园向外走去，二人刚到外院垂花门，突然从跨院传出二奶奶的哭叫声："老太太——妈——"颖园猛地停住了，挣扎着要往回跑，被沈树仁死死拖住。跨院里白家的人都从各屋跑出来，冲进了北屋，谁也没有注意到外院里的颖园和沈树仁。

随着传来人们的哭叫声："妈——""奶奶——""老太太——"颖园再也抑制不住，猛地甩开了沈树仁的手，一下子跪到了地上叩头不起，沈树仁只能伤心地望着。颖轩和景陆从大门外走来，看见一个人跪在地上，惊讶地望着。跨院传来哭叫声，颖轩忙向里跑。沈树仁拼力将颖园拉起架出了门，景陆诧异地望着他们的背影，不禁道："哎，这不是集上卖草药的老头儿吗？"

沈树仁和颖园出了大门，背后传来一片哭声，老太太终于没能如愿以偿地死在北京，就这样走了。

胡总管快马加鞭日夜兼程，先回到了北京打前站。赵五爷陪着胡总管查看前堂，伙计们正在打扫收拾。胡总管感叹地说："行！铺子总算保住了，我从东边过来，一路的买卖都烧光了。"赵五爷说："你看这酒瓶子，虎骨、茵陈、国公药酒，就这几个月喝了两万多瓶儿，我那儿都记着账呢，真心疼啊！”

“有什么法子？人家拿着枪呢！”

“怎么向东家交代，等东家回来我干脆辞了。”

“二奶奶不是那种人，绝不会埋怨您。”

“就算东家不埋怨，可咱这脸往哪儿搁！”

“您瞧着吧，二奶奶一直说，这兵荒马乱的，把您一个人留在京城，实在过意不去，不但不会埋怨，还得重重有赏！”

两人感慨地聊着来到药场，赵五爷说：“最可怜的是姑奶奶，叫他妈一帮洋人糟蹋了，人整个痴呆了，还在我那儿住着哪。”

胡总管说：“二奶奶听说这事儿，气得一天没吃饭，说回来再跟关家算账！”

“这几天伙计们才回来，总算开工了，得赶快上细料。细料全运到我青龙桥老家去了……”赵五爷压低了声音说，“三爷一直在找哪！”

“正经的，三爷怎么样了？”

“洋人一来，他着实地风光了一阵，可前些日子洋兵一退，义和团的余党又杀回来，把三爷的一所外宅抢了个精光！”

“什么外宅？”

“你还不知道吧？三爷早在外边弄了一个外家，娶了个姨太太，一直瞒着三奶奶！”说话间，不知不觉进了月亮门，赵五爷道，“您再看看这院里吧，先叫洋人抢了一道，剩下的三爷全拉到外宅去了，这下倒好，全便宜了义和团了。”

“三爷呢？”

“在家吧，又穷得跟叫花子似的了，饭都快吃不上了。”

从敞厅后门走出，踏上甬道，胡总管道：“我看看三爷去！”

“那我不进去了，为了细料库的事儿，一直跟我仇人似的，翻着呢！”赵五爷转身要走。

“景琦呢？”胡总管突然问。

赵五爷忽然愣住了："他……大概在我家里吧！"

胡总管十分诧异地问："上您那儿干什么？"

赵五爷不知怎么说好："他不是……说来话长，有工夫再细说，我得到柜上去看看！"

赵五爷忙走了，胡总管疑惑地望着他的背影，也来不及问，转身进了三房院。

院门开着，胡总管进门叫了声"三爷"，没人应声。胡总管径直上了台阶，推开北屋门。

里屋静悄悄的，白颖宇一人躺在炕上，跷着腿发愣。这些天他常常一个人发愣。洋人一来，他真是顺风顺水地得意了一阵，顺势发了点儿财，外宅也弄得像模像样的。谁知道整个一个倒霉催的，洋人一走，乱匪杀了个回马枪，外宅抢光了，小老婆也跑了，赔了夫人又折兵，这为谁辛苦为谁忙啊？又成了穷光蛋了，这也太冤了。老婆孩子回来怎么交代？怎么也想不明白招谁惹谁了？为什么世上所有的人都跟他过不去？

外宅没了，一个人儿回到老宅子里，冷冷清清孤魂怨鬼一般，躺在炕上，越琢磨越难受。好几回都差点哭出声来，身边所有的人都比他坏，可都比他活得欢实，他越来越觉得这世上根本没好人，都在算计他。坏就坏在自己又越来越不信那个上帝，上帝这个人太好了，太慈、太善、太软、太仗义、太轻信，这就总是要吃亏。不往坏里学，这个世上就没法混，什么玩意儿？忏悔有个屁用！忽然听见外屋有人喊三爷，才应了声："谁呀？听着这么耳熟。"

胡总管一撩门帘走了进来，答道："三爷，是我！"

颖宇忙坐起，招呼道："哟，胡爷回来了。快坐，都回来了吗？"

胡总管坐到椅子上，说道："都在后边儿哪，我先回来打前站。您气色不太好。"

颖宇一听这话，气就不打一处来，憋了这么多天的怨气一下子蹦了出来，抱怨道："我好得了吗？累的！气的！吓的！没有我，洋人早一把火把老铺烧了，全靠我支应！洋人整天要吃要喝，我不知道往里垫了多少钱！”

胡总管故意假作关心地问：“听说您那外宅叫人抢了？”

颖宇一愣，忙掩饰说：“啊？……啊！那帮土匪！那骚货也跑了，就剩下我一个人儿……”他坐到胡总管身旁，“胡爷，你不能不管我，赵五爷自己舍不得垫钱，把柜上的酒全给洋兵喝光了。我想把细料库转到个保险的地方，景琦那小兔崽子还打我，要拿刀砍我，我这都为了谁？”

“大难都过来了，相互间就别埋怨了！”

“那不成，得说明白喽！景琦那小子还不光犯浑，居然交了个日本兵朋友，还学会了玩儿女人，把黄春给霸占了！”

胡总管莫名其妙地问：“黄春？”

“詹王府大格格的女儿！”

“不是武贝勒的私孩子吗？”

“就是啊，把黄春弄到花园子地窖里半年多！”

胡总管似信非信地问：“真的？”

颖宇站起身拉胡总管，说道：“走，走，走！咱们这就找他去对质。”胡总管感到事情严重了，坐着没有动。

“惹翻儿了我，什么事儿都干得出来！你得替我说话！”

“你打算怎么着？”

“重分一回家！叫二奶奶把我留守京城的损失全都赔给我！”

“我一定跟二奶奶说，可您要想叫我替您说话，您得应我一件事！”

“你说！”

“景琦的事儿要是真的，您万万不可告诉二奶奶，她够烦心的了。”

颖宇一口答应道：“行！那你可得替我说话！”

胡总管胡乱应承后出了门，他觉得事有蹊跷，直接奔了青龙桥赵五爷家。

细料库转到青龙桥以后，黄春也搬了过来，日子也还安稳，洋人很少到这偏远的乡下来，雅萍疯癫以后也一直住在赵五爷这里。赵五爷的家人并不在这儿，都回浙江老家去了。南方人不习惯北京的生活，赵五爷大部分时间又都住在百草厅柜上，所以黄春一来正好照顾雅萍。赵五爷青龙桥的家只托了个邻居老太太帮忙照应。

要说这位赵五爷真是一位仁义忠厚的老爷子，从小跟着白家老爷子学徒，直做了如今的大查柜，到景琦这辈儿已是第三代了。这次若不是他留守京城，不但百草厅保不住，细料库也会遭劫，雅萍姑奶奶还活得成吗？黄春也不会有这么好的归宿。对于景琦和黄春的事，赵五爷从不多说一句话，他心目中东家就是东家，少东家就是少东家，不管做了什么事儿，且轮不着他指手画脚呢！可谁要是敢动了白家的根本利益，他是绝不让步的，所以才敢和三爷颖宇对着干。

黄春的生日到了，景琦兴致很高，特意在城里买了春饼。两层圆笼分十几个格挺全乎的，酱肉小肚盒子菜，葱段薄饼黄瓜条，韭菜香椿炒鸡蛋，鸡丝鸭胗甜面酱，这最大一格是盒子菜，豆芽菜粗而壮，掐去两头儿加细粉丝、嫩菠菜叶，和刚割下的头茬野鸡脖韭菜，鲜嫩无比。咬春咬春，这就是咬春了，您咬了春天，这一年都朝气蓬勃的。

景琦兴冲冲地给黄春卷了一大卷，黄春哪有心思吃。自从听说和谈成功就知道二奶奶要回来，她想起来就肝儿颤，二奶奶的丰功伟绩八面威风早已耳熟能详，自己算什么？一个什么都不是的野丫头，王府没人要的私孩子，乡下养大的土丫头，洋人教堂里长大的野姑娘。算什么？这个赫赫有名的大宅门会容得下她？还和坏小子白景琦干了那不该干的事，一想到这些，黄春就心烦意乱吃不下睡不着。再看景琦，怎么就一点儿不着急呢，怎么就那么大松心呢？

“你倒是说呀，怎么办哪？”黄春看着景琦发愁地说。

景琦狼吞虎咽吃起来，鼓着腮帮子说：“什么事儿我都有主意，还就告诉你说，一见了我妈，我是半点儿主意都没有！”

“我可不敢见你妈，她准恨死我了，准说我勾引你！”

“你没勾引我？”景琦存心逗黄春。

黄春瞪起眼睛说：“是你勾引我！”

“得得得，我勾引你，你知道我妈最怕什么？”

“怕什么？”

“最怕泼妇！你见了我妈就说‘你们白家缺了德，我让你们白家的坏小子给勾引了，你要我也得要，不要也得要’。你就撒泼打滚儿地一通胡闹，我妈就没辙了！”

黄春还挺认真说：“那我不真成了泼妇啦！”

“哟，那你不是呀？”景琦整个一个二皮脸。

黄春气得大叫：“你一天到晚就知道胡说八道，都火烧眉毛了也不急！”

忽然，从院里传来胡总管喊景琦的声音，着实吓了他一跳。景琦心说，坏了，这不是胡总管来了吗？他忙叫黄春别言声儿。胡总管正东张西望，景琦匆匆走了出来，把胡大爷堵在了门外，说正想去看他呢，又问家里人是否都好。景琦心虚不知如何是好，吭吭哧哧地说不出一句囫囵话。胡总管当然知道屋里还藏着个大姑娘呢，看了看西屋，拉着景琦到了门道里，单刀直入地问他，是真的吗？景琦知道瞒不住，老老实实承认了。

胡总管板着脸说：“鬼迷心窍了你？知道黄春是谁家的吗？知道她爸爸是谁吗？是武贝勒，她是私生的！”

“啊！真是……冤家路窄。”景琦假装大惊。

胡总管悄声地说：“所以这事儿得赶快了断。二奶奶绝不会答应，就算二奶奶答应了，那詹王府能答应吗？”

景琦完全傻了，说道：“晚了！”

“不晚，先别叫二奶奶知道。”

“可我三叔知道！”

“我跟他说过了，叫他先别说出去，得把黄春送走！”

景琦泄气地说：“晚啦——”

“什么晚啦？不晚！你别犯糊涂，这事儿人不知鬼不觉地了断了，就完了！”

景琦耷拉着脑袋说：“晚啦！她已经……怀孕啦！”

胡总管大惊，半天说不出话，死盯着景琦看，景琦无奈地低着头。胡总管想了想只好说，先见见黄春。

景琦一下子紧张了，叮嘱说：“您可别骂她！您别埋怨她，都是我一个人儿的事儿！您也别吓唬她，她……”

“哎呀——你倒是真疼她，你这个疼法儿忒着急了点儿，走吧！”

景琦带着胡总管走进了西屋，黄春忙站起身。景琦介绍说，这是胡大爷，白家总管，从小看着他长大的。胡总管上下打量着黄春，黄春忙叫了声胡大爷，心慌意乱地低着头直往景琦身后躲。

“姑娘坐吧！我都知道了，景琦都跟我说了，我……什么都知道了。”这话说得已经再明白不过了，黄春惊慌地抬头看着景琦又看胡总管，忙又低下了头。

“姑娘，可你大概还不知道，你是詹王府的千金，武贝勒的私生女！”

黄春抬起头惶惑地看着景琦和胡总管，不知所措。

“你从小被詹王府扔了，詹府与白家两代冤仇，二奶奶是绝容不下你的，更不用说是你们自己私定亲事！”

黄春态度坚决地说：“我反正是白家的人了，白家不要我，我就去死！”

胡总管忙申斥道：“胡说，胡说！快别这么说！”

景琦说：“死还不容易，我陪着你！”

胡总管一瞪眼呵斥道：“你少插嘴！姑娘，你要听我一句话，不管二奶奶对你怎么样，你都不能胡思乱想。这事儿急不得，要一点儿一点儿透给二奶奶……拣个合适的时候才能全说。”

黄春异常关心地问："那我爸、我妈呢？"

胡总管说："詹王府因为主战，得罪了西太后，全家已经发配新疆，你爸爸武贝勒也跟着去了。詹王爷已经死在了路上，你妈至今下落不明，你现在是无依无靠啊！"

景琦忙说："怎么无依无靠，我不是依靠？大丈夫敢做敢当，春儿，你放心！我妈不要你也行，除非她也不要我！"

黄春听了这话无比欣慰，深情地望着景琦。

劫难终于过去了，白家老少总算又回到了家。几挂大车停在门口，一辆灵车放着老太太的棺木。二奶奶站在台阶上正指挥大伙儿搬东西，人们兴高采烈穿梭往来，颖轩站在车旁大叫："景琦，把这块砚给我搬进去。"景琦忙走到车前，搬起一块两尺见方的大砚台，嗬，墨海！他忍不住叫起来。

忽然传来马车声，二奶奶回头一看，远远一辆马车驶来，慢慢停住了，下车的竟是关少沂和关香伶。二奶奶忙走下台阶，奇怪地望着忙迎上去，只见关少沂对香伶嘱咐了几句，香伶高兴地叫着二舅妈。关少沂上车要走，二奶奶把他叫住，质问他为什么把雅萍扔下不管。

关少沂不语，扭头赶车就走，二奶奶忙上前拦住，非叫他把话说明白。关少沂急了，叫道："这事儿是我不对，要不是你们家白三爷带着洋人去烧我们家，白雅萍也不会出这种事儿，我倒要叫你们白家先说明白了！"二奶奶顿时蒙了，竟无言以对。她虽然听说了一些闲言碎语，可不大信。这回没的说了，是白家老三造的孽，罪孽深重啊！

关少沂说："我今儿把香伶送回来，就对得起白雅萍！"说着他赶车而去，二奶奶和香伶呆呆地站着，大门口仆人还在吵吵嚷嚷地搬东西。

胡总管把雅萍从青龙桥接了回来。雅萍已经不认人了，好像几天没吃饭，饭一端上来就不管不顾地吃得又急又快，嘴里嚼着东西，两眼却怔怔地望着桌面。白方氏坐在一旁，不时给她往碗里夹菜，说道："慢点儿吃！”颖轩和胡总管站在一旁，充满怜悯地望着雅萍。

二奶奶带香伶走进，香伶忙走到雅萍旁，喊道：“妈——”始终低头吃饭的雅萍抬头用完全陌生的眼光望着女儿。

“妈——”香伶拉雅萍的手，她像触电一样急忙乱甩，发出尖叫：“啊——别碰我，别碰我！”香伶吓了一大跳，忙向后退去。

二奶奶说：“千万别碰她，一碰就跟要杀她似的。”

香伶的眼泪下来了，哽咽道：“妈，我是香伶，不认识我啦？我是您女儿！”

雅萍忽然站起说：“胡说！千万别这么客气，这可是不敢当！”

香伶忙说：“什么不敢当，您是我妈呀！”

雅萍使劲摇着手说：“胡说，胡说！这不是叫我折寿吗。快瞧，老太太回来了！”

雅萍指着门外喊：“老太太！”

大家都毛骨悚然向外望去，香伶悲伤地望着大家，问道：“怎么了这是？我妈这是怎么了？”香伶痛苦地捂住脸，跌坐到了椅子上。

百草厅正式开门营业了，百废待兴一团乱麻，二奶奶召集全族和柜上所有有头有脸的人物，在公事房上会。

二奶奶说：“咱们老号虽然遭了不少难，可是元气未伤，细料库全都保下来了。这头一功就是赵五爷的，今后五爷的月例银和年终的红利都加一倍！”

颖宇心里十五个吊水桶七上八下，惴惴不安地坐在一旁，尽量表现得温顺随和，顺水推舟地说：“应该，应该！”

赵五爷感激地说：“不敢当！惭愧，惭愧！二奶奶不责罚我，已经是宽宏大量了。”

二奶奶说：“就这么定了。从明天起，老号由大房的景怡主管。西安开设分号，由大房景陆主管，二房景琦协办。”颖宇听着听着脸色不大好了。二奶奶有条不紊地接着说："'南记'由三房景双主管，月例银按老规矩，产业仍属大房、二房所有。今后我就吃现成的了。"

二奶奶环顾一周，继续说道："老太太的丧事，下月初一开吊，景怡守孝一年，明年春天与翠姑完婚。景琦要尽快把季先生的灵柩送回他原籍，所有的丧葬费用全由公中支取……在京留守的伙计，每人发二十两的红包，月例银……"

颖宇脸上变颜变色，终于坐不住了，一下子站起来蹿到屋子中央，打断二奶奶的话，喊道："等等，等等！我在哪儿呢？欺负人是不是？谁的功劳大？没有我，老号早叫洋人烧光啦！我把家里的银子全都垫光啦！这老号再轮不着我管，也该是二爷管哪！"

二奶奶冷冷地看着他，一言不发；胡总管和赵五爷皆低着头不说话。

颖宇指着胡总管质问："胡总管，你说呀！前儿你说什么来着？"

胡总管低着头敷衍道："听二奶奶的，听二奶奶的。"

颖宇见状，只好又回过头冲二爷说："二哥，你得说句话吧？"

颖轩有意晾他，站起身一边干咳着一边往外走："吭，吭……我上个茅房！"

颖宇有种四面楚歌的感觉了，环顾着一屋子人，喊道："嘿——没人理我这茬儿？为了这个家，我可是赔得净光净！"

二奶奶不愿意当众出他的丑，说道："老三，咱们家里的事儿，回家再说！"

颖宇狠狠地说："哪儿说我也不怕！"

一回到家，颖宇就拍了桌子，叫道："重新分家！"

二奶奶仍冷冷地看着颖宇，胡总管在一旁站着，焦急地来回望着二人。颖宇不客气地说："胡总管，这儿没您什么事儿了。"二奶奶忙说："胡总管不是外人。"颖宇撇着嘴说："行啦，胡大爷！我指望不上你，你找个凉快地方过过风儿去吧！"

胡总管不好意思再站在这儿，只好摇头叹气走了出去，他毕竟是个外人。

颖宇理直气壮地说："我是为了这个家才遭难的，你不能不管！"

二奶奶说："头一回分家，你私扣了公中银子两万多，我什么也没说吧？"

"我知你的情！"

"二一回，你把银子折腾光了，我把老号盘回，又分给你三大股！"

"这我也谢谢你！"

"不能一而再，再而三！"

"这回不一样！"

"这回，你把家里的东西全拉到你外宅去了，有没有这事儿？"

"有，我怕洋人抢！先拉我那儿存着，没承想叫义和团又杀了我一个回马枪！"

胡总管在门外心神不定地听着，他最怕三爷说出景琦的事。

二奶奶说："老三！你太不上进了，我把哪个铺子交给你，都不放心！你还按老例吃你那三股。"

"不行，西安和'南记'都得有我的股！"

"办不到！老三，咱们把话说开了吧！你带着洋人进詹王府杀人放火，又带着洋人去关府，结果姑奶奶叫洋人给糟蹋了。你居然还在老号门口写上'此处有酒'，这一下老铺损失了两万多瓶药酒，你还带着人去劫细料库……"

颖宇猛地站起，喊道："嗬——怎么回事儿？你这儿数落上我了？我罪大恶极！我十恶不赦！可我没玩儿姑娘！我没杀洋人！我没和日本兵交朋友……"

要坏！胡总管暗叫，他急得推门想进又没敢进。只听二奶奶问颖宇，你这是说谁呢？颖宇大叫你们家老七！胡总管在窗外听见，转着圈地直跺脚，叫道："坏喽，坏喽！"二奶奶还没闹明白怎么回事儿，颖宇不管不顾地兜了底儿，说道："景琦在花园子里宰了一个德国兵，还是我帮他把死尸抬到地窖里。他还趁乱从教堂抢走了黄春，在地窖里俩人住了半年多！”

二奶奶似信非信地说：“你少跟我这儿瞎白话！”

颖宇过来拉二奶奶，嚷道：“走！咱们找他去当面对质。”

二奶奶甩开了颖宇的手，他厉声厉色地说：“我告诉你，我要把景琦的事儿捅出去，你琢磨琢磨这是什么罪！杀洋人！满门抄斩吧！”二奶奶死死盯住颖宇，想弄明白是真是假，颖宇则气势汹汹地望着二奶奶。

二奶奶感到白老三说的不像是假话，想了想，忽然大喝一声：“来人！”胡总管忙走进来，二奶奶吩咐把景琦叫来。胡总管不得已，只好打马虎眼说：“二奶奶，三爷这次留守京城，确实冒了不少风险，我看……”

颖宇根本不吃这一套，扯着嗓子说：“你少在这儿充好人！我都看透了，人情薄如纸！什么亲的热的，谁也甭想过好日子，你不去我去叫！”说着就往外走。胡总管忙挡住了他，说道：“我去，我去！还是我去叫！”事已至此，胡总管至少先给景琦报个信儿，打个招呼。

二奶奶仍有些怀疑地望着颖宇。颖宇拿出雪茄，划着火柴，抽了起来，颇有些得意地跷起二郎腿，说道：“瞧我干什么？我倒要看看你如何发落！”三爷就等着看热闹了。

第十九章

三爷这一闹腾，全家老少全都知道了景琦干的事儿，真的假的？甬道里围了一大堆的人，都觉乎着要出大事了。二爷颖轩固然知道景琦的秉性，可这一连串这么出格的事，有点儿太离谱，不像是真的。正巧赵五爷来商量事儿，颖轩悄悄把胡总管和他拉到一边，一点儿底气都没有地问道："老三不是瞎编吧？"赵五爷说："不是！细料库转到我老家青龙桥以后，黄春一直住在我那儿。"得！这话从赵五爷的嘴里说出来，是实打实地不会有一丝一毫的折扣了。颖轩悔得肠子都青了，叹息道："嗨！错不该把景琦一个人儿留在京城啊！"

赵五爷心急如焚地说："二爷，后悔也晚了，您得替景琦打打马虎眼哪！"颖轩为难地说："你说……二奶奶那脾气……我说不上话儿！"胡总管只剩下了摇头叹气："没用！三爷那儿不依不饶，谁说也没用！"

景琦转过活屏进了甬道匆匆走来，被胡总管拦住，他说道："景琦，我也没辙了，你三叔什么都说了。"景琦不以为然地说："说了就说了吧，我早料到他会有这一手儿！"颖轩责怪地说："你胆子太大了，干事儿也不前思后想干得干不得？"景琦一脸无辜地说："干件事儿还得前思后想有多累呀，再说我也没做什么错事儿。"

这句话旁边的人都听见了，无不惊得目瞪口呆。大伙儿一直担心他认错的态度好不好，会不会还犯浑犯倔，没想到他根本就不认错。

颖轩惊得目瞪口呆，摇着头说："没……没错儿？我就知道我跟你说也是白费唾沫。去，跟你妈说去！"

胡总管和景琦向上房院走来，两旁的人都关注地望着。胡总管边走边千叮咛万嘱咐："进去认个错儿，不能说你没错儿，懂不懂？千万别犯浑。二奶奶说什么你就听着，等气头儿过了，慢慢再说。"景琦不住点头。

景琦进了上房院，兄弟姐妹都跟上来，被胡总管挥挥手止住了。颖轩一脸无奈地说："我怎么生了这么个儿子！你说他哪点儿像我？"

景琦大大咧咧地进了屋，狠狠地瞟了一眼三爷。颖宇像局外人一样，两眼望着景琦晃悠着身子。二奶奶威严喝道："跪下！"景琦顺从地跪下了。二奶奶拿起了板子，厉声道："你敢说一句瞎话，我就把你打死在这儿！你交了个日本兵的朋友？"

"是！"

"你杀死了洋人？"

景琦低着头说："是！"

二奶奶惊讶地站了起来，继续问道："你把黄春弄到地窖里住了半年多？"

"是！"

桩桩件件，板上钉钉，还审问什么？二奶奶愣愣地坐到了椅子上，木板子也掉到了地下。颖宇突然跳了起来，拖着腔嚷道："怎么样？我没瞎白话吧？怎——么——样？"

二奶奶慌乱四顾找板子，她两手发抖，低头发现了板子，忙弯腰去拾，够了两下都没够着。她吃力地捡起板子，刚想站起身，突然两眼发黑，身子向前一倾，忙用手捂住了嘴，血从指缝中流了出来，人一下子趴到了桌子上。这下景琦可真吓坏了，惊慌地喊道："妈——"

颖轩、胡总管、赵五爷冲进来，忙把二奶奶扶进里屋。景琦忙站起往里屋跑，被颖宇一把拉住，他幸灾乐祸地说：“哈哈！景琦，这回你不神气了吧？啊？你要是把你妈气死，你小子可就……”景琦突然扬起右腿，抡圆了要扇颖宇的耳光，颖宇吓得忙一躲，这一脚踢在他肩上。颖宇扑了出去，景琦怒不可遏地喊：“我今儿非打出你的牛黄狗宝不可！”

颖宇踉踉跄跄撞到门上，景琦饿虎般扑上去。颖宇吓得撒腿就往门外跑，景琦也追了出去……

颖宇跑出上房院门，景琦一路尾追，甬道里的人都闪到两旁，居然没有人阻拦，显然所有的人都盼着景琦把三爷臭揍一顿。

颖宇边跑边喊叫：“你小子还敢犯浑！我打不过你，来人哪——”二人跑向敞厅，甬道上的人也忙跟着往外跑，这热闹得看，不能错过。

颖宇沿着廊子猛跑，景琦大步流星地追来，少爷小姐丫头仆人拥到敞厅内外站着看，就连颖宇的两个儿子景武和景双，也只互相看了一眼，谁也没有动。见颖宇向垂花门跑去，景琦跨过廊子护拦围追堵截，颖宇又往回跑，大叫：“景双、景武，你们就看着爸爸挨打，还不上手？”没一个人上手。颖宇跑到垂花门，抡起了王八拳，他哪是景琦的对手。终于被景琦抓住，一下子摔倒在地，左右开弓地抽起嘴巴来。

景怡、秉宽带着大夫匆匆走进，见状大惊。景怡高喊：“老七，撒手！”景琦一见是大哥，忙撒了手，颖宇狼狈地爬起趁机躲到景怡身后。

景怡严厉地训斥道：“像话吗你？”颖宇可有了护身符，学着景怡的语气说道：“像话吗你？”景怡接着训道：“你妈都吐了血，不说着急看病，你还撒野！”景琦垂手侍立，恭恭敬敬地聆听训斥。颖宇立即狐假虎威起来，嚷道：“你还撒野！好小子，你还有理了？”景琦抬头怒视，颖宇吓得不敢再说了，忙转向景怡说：“老大，你是长房长子，你得说话！”

景怡斜了颖宇一眼，他太知道三叔那点儿德行了，什么都没说，忙向里面走去。秉宽和大夫快步跟上景怡，景琦也匆忙跟着向里走去。

颖宇这才缓过劲儿来，把景双、景武叫了过来指着鼻子大骂："你们两个死人！我都被打成这样儿了，你们愣在旁边看着？"景双竟然大逆不道地回撑颖宇："爸，您要再胡闹，我们就不认你这个爸爸！你不嫌丢人啊？"颖宇一愣，养儿养女为了什么！啊？为了什么！他痛心疾首地说："我……这都是为了你们！""用不着，您再这样，可是自己往绝路上走，我们哥儿俩不陪着您丢人。"景双、景武说完转身向门外走去。这两个儿子养成了对头了！颖宇无比失落地说："这是怎么了？我倒走单儿了……"

大夫、景怡进了北屋，景琦也要进，景怡转身喝道："你进去干什么？想把你妈气死？站在这儿！"景琦哪敢违拗，规规矩矩地站在了门外。

二奶奶终于缓过了这口气，大夫号了脉开了方子，又嘱咐道，长年的劳碌、阴虚肾亏，当年月子里也落下了病，再加上急火攻心，才吐血晕厥。得好好调养，先吃几丸白家的"八宝药墨"，再以汤剂调补。颖轩忙站起说："谢谢，受累了。"

颖轩和景怡送走大夫，景琦仍侍立在门口，他拉住景怡问，怎么样了？景怡虎着脸没好气儿训斥道，还有脸问。他说完，径直向院外走去。景琦低着头想了想，又站了回去。

吃晚饭了，只有颖宇和景琦这对冤家不在，一家老少默默地吃饭，没一人说话。玉婷看着大家，也不知是问谁："七哥怎么不来吃饭？"没人回答她。景武放下筷子要去叫景琦，被景怡厉声制止，不许他叫景琦，就让他在那儿站着。景武看了看景怡，没敢再动，又慢慢坐下了。大家偷偷地互相观望，谁也没敢再说话，老一辈的不在，大哥说了算，又都低头吃饭。

经过无数大灾大难都没倒下的二奶奶突然挺不住了。景琦知道自己罪孽深重，三叔颖宇说的话没错，他要是把妈气死了……还有脸活在这世上吗？必须站在门口，必须等候回话，哪怕是极为严厉的处罚。他到现在也不承认自己错在了哪里，却又坚信母亲是对的。您瞧，这怎么对得上茬儿？

这份情感几乎是说不清楚的，不光是生而养之的母子之情。从还不懂事的时候起，他就跟着母亲风风雨雨地闯到了今天。摘匾、挂匾如刀刻斧凿般地刻在了他的心里，亲眼看见母亲是如何一步步走过来的。从小到大，也不知挨了母亲多少打，现在他希望母亲如他小时那般，用鸡毛掸子狠狠地抽他，只要母亲能泄心中之愤平平安安，怎么打他都愿意。

可是，如今母亲不打了，也打不动了。细思细想，景琦油然生出一种难言的伤感、崇敬和敬畏。母亲身上自有一股凛然不可冒犯的威严，对景琦来说，无论对错，母亲就是母亲。是天，是地，你永远地被罩着、被托着，这辈子你只能乖乖地尽孝道百依百顺，不得有任何哪怕一丝一毫的违拗。几拨人劝他回去吧，别在这儿站着了，他不理不睬，就这么站了一宿。

天亮了。景琦依然默默地在北屋门口站着，他两眼望着地，像泥塑一般。胡总管差不多也一宿没睡，他一大早就来到敞厅，听候二奶奶的消息，不安地在敞厅中走来走去。景琦站在门口，见丫头银花开门走出，忙悄声地问，怎么样了？银花悄声地说，醒了，挺好的，没事儿了，叫胡总管呢。

银花转过活屏，胡总管连忙跟着银花进了院子。他走到门口见景琦还站在那儿，叫他去吃点东西睡一会儿。景琦喃喃地说："我想看看我妈。""行！我去说。"

二奶奶躺在床上，一脸疲惫之色，胡总管走到床前说："景琦在外头站了一夜，想看看您，他是真知道错了。"

"他知道错？你看昨儿我问他的时候，他那样儿，哪儿有个认错儿的意思？真是江山易改，秉性难移！我一眼都不想瞅他……"

颖轩心事重重地从甬道上走来，走上台阶，心疼而又埋怨地看着垂手侍立的景琦，问道："这回你知道你错了吗，啊？"

万万没想到景琦竟说：“没有。洋鬼子杀了季先生，糟蹋了大姑，还不该杀吗？”

颖轩惊讶地问：“那你还和日本鬼子交朋友？”

景琦振振有词地说：“田木不一样，他讨厌打仗，叫日本军队开除军籍了。”

这话噎得颖轩都没了词儿，瞪着眼半天才愤然地撑了一句：“你全对？”

景琦叽叽咕咕吭哧半天才说了一句：“就是黄春这事儿，我不该先斩后奏。”颖轩大惊，真不容易，这可是太阳从西边出来了，景琦居然还有错，还认了错。细一想还是不对，他还不是错在事儿上，是错在事先没打招呼。颖轩像打了败仗一样，摇头叹气地进了北屋，只听从里间卧室传出二奶奶的声音：“这事儿总得了断，黄春是好人家的女儿，虽说是乱了规矩，可都是景琦作的孽，咱们赖不到人家闺女身上……”听到这儿，事情似乎有缓，颖轩这才长出一口气，走进卧室。

胡总管忙打招呼，颖轩点点头，闷闷不乐地坐到椅子上。二奶奶口气平和地说：“常言道‘始乱之，终纳之’，不能毁了人家姑娘，这个儿媳妇我认下了。”颖轩大出意料地望着二奶奶。胡总管也觉意外，面露喜色地说：“二奶奶真是宽宏大量，知情明理，我去叫她来见您。”二奶奶说：“你听我说完。我认是认下了，可这个家容不得他们，从今天起，把他们两口子赶出家门，不混出个人样儿来，永远不许进家门！”颖轩惊呆了，刚站起来便又颓然坐下，张了张嘴，终未吐出一个字。胡总管也傻了，喃喃地说：“二奶奶，这太不合适了，二爷您看……”颖轩低头不语，不住地摇着头。

胡总管心疼景琦，还是想挽回，说道：“黄春的娘家人都发配新疆了，这一赶出去，万一出点儿事儿……”

二奶奶说：“不是我心狠，景琦这孩子留在家里是个祸害。你想想，不处置景琦，怎么向一家老小交代，家里还有规矩吗？”

“二奶奶，万万使不得。我跟您说实话吧，您千万别生气，黄春已经有了两个月的身孕了！”万般无奈，胡总管只好交了最后的底。

二奶奶吃惊地坐了起来，颖轩也猛地站起来，景琦这浑小子不仅胆大妄为，还特别出格。胡总管语重心长地说：“这个节骨眼儿，不能赶出去呀！”二奶奶慢慢地又躺下了，叹息道：“作孽呀！作孽呀！”胡总管乞求地望着颖轩，颖轩越是到这个时候，越是说不出话来，满眼期盼地望着二奶奶。

胡总管说：“您一定要赶走他们，是不是黄春把孩子生下来以后再说？”

这可真不是闹着玩儿的，儿媳妇怀孕，这是宅门里的大事儿，这时候的儿媳妇捧着、宠着、哄着、供着，怎么都不为过。不管出了什么事，任什么人，都得让三分。那是传宗接代的事儿，无论公公婆婆、七大姑八大姨，都得小心伺候。二奶奶比谁都明白，一旦出点儿什么差错，她还有脸进祖先堂吗？可违了家法，她也没脸进祖先堂啊！这是掉到炭火堆儿里了，四面是火，烤死你。烧成了灰儿，也是家法大如天。

二奶奶眼里含着泪，忽然翻身面向床里，带着哭声毅然决然地说：“自己造的孽，自己去受吧，赶出去！”

站在门外的景琦句句都听见了，还有别的路可选吗？景琦默默地回到了二房院，捆好了行李，胡总管站在一旁怅然地看着。景琦扛起行李就往外走，胡总管忙跟上说：“先到我那儿住些日子，等二奶奶消了气再说！”景琦没有说话，径自走出了屋。

所有的兄弟姐妹都在敞厅上等着，景琦扛着行李走出来看了看大家，低头走出敞厅，玉婷跑上来一把拉住他：“哥，你上哪儿呀？”景琦没理睬她仍往前走，玉婷揪着他的衣服跟着走，紧接着问：“哥，你到底上哪儿呀？”景琦走到影壁前站住，低头看着玉婷，慢慢蹲下说：“好妹妹，哥要出远门儿了，啊！等哥挣了钱，给你买好多好吃的、好玩儿的。”玉婷腻腻乎乎地说：“我不要，哥你别走！你带我一块儿玩儿吧？”她拉着景琦不撒手，此刻景琦心里无比烦乱，再也忍不住了，突然站起来大叫：“怎么回事儿？这是谁家的孩子？有人管没人管？带走！”玉婷吓得“哇”一声哭了，香伶忙跑过来拉着她的手，玉婷哭着大叫：“招你惹你了，凭什么呲打我？招你惹你了？”景琦不忍心再看，头也不回地走了。

黄春还在青龙桥赵五爷家，景琦扛着行李也来了，景怡、胡总管也都跟了来，坐在屋内一筹莫展。赵五爷叫景琦哪儿也甭去，就在青龙桥住着，等二奶奶气儿消了再说。景怡叫大家趁早甭打这主意，二婶儿的脾气谁还不知道，开弓没有回头箭！她定了的事儿，非做到底不可，可就是委屈了黄春了。

黄春一人坐在里屋，心神不定地听着外面说话。她不知道将来的日子会是什么样，可她信得过景琦。长这么大，从不知父母疼爱是什么滋味，可是这个男人给了她一切女人应该得到的。从小到大，她在教堂见过太多的怨夫怨女，除了向神父哭诉，好像没什么别的活法儿。

难道天下只有一个白景琦？这一个就让她遇见了，从小到大，她爱景琦，爱得像绵白糖一样白里透着甜，甜里透着纯，化了也还是那个味儿。她活着就是为了这个男人，她不知道大宅门里什么样，她不知道家什么样。二奶奶认了她这个儿媳妇是挺意外的，可也没什么可高兴的，认不认她都是景琦的女人。赶出家门？她本来也没进过这个家门，有了这么一个男人做依靠，她心里一直是踏踏实实的，只听景琦说：“我走，走得远远儿的！”

“别忘了，你不是一个人儿！没有过不去的火焰山，不能走！”是赵五爷的声音。

“万一叫二婶儿知道了你没走，那麻烦可就大了……”景怡说道，“不光你一人儿倒霉，大伙儿都得跟着吃挂落儿！”

景琦倔强地说：“我走，天下之大就没我个立脚的地方吗？走到哪儿也饿不死！”

胡总管沉吟道：“我说，去济南吧！你堂姐在那儿，找她去，她公公是济南府的提督，先落下脚儿再说！”

“我不去！我谁也不求，堂堂七尺男子汉，连自己都养不了，还活着干什么！”

赵五爷说：“爷，你不光是自己，你一个人儿怎么着都行。别忘了，黄春有两个月的身孕，她跟你可受不起罪！”

这是实情话，景琦还从来没想过肩上还有两个人哪。他看看大家，没了主意，低下了头。

胡总管说：“就这么定了，下济南！先把黄春安顿到你堂姐家，往后，你爱怎么着就怎么着吧！”

景怡点点头，叮嘱说：“也只有这条路了。兄弟你可要长个心眼儿了，你是大人，什么事儿不能由着性子来，别叫我们天天在家里提溜着心！”

景琦说：“我知道，我这个德行，改是改不了了，可我不混出个人样儿来，绝不回来见你们！”

胡总管感叹说：“你是成了家的人了，往后干事儿得前思后想啦！”

景琦想了想，说道：“胡总管，我这一走不定什么年月回来了，怎么我也得跟我妈辞个行，也叫她见见儿媳妇！”

胡总管忙说：“行！明儿一早儿吧，我去说。”

众人走后，景琦和黄春小两口儿乎大半宿都没睡，两人商量着明儿一早见了二奶奶，该说些什么。黄春毕竟是第一次见公公婆婆，心里还是发怵。景琦说：“问个好，请个安就行了。少说话，尤其是别再招老太太伤心。高兴点儿，别弄得凄凄惨惨的，这样咱们走了，老太太也放心。”

天快亮了，两人才眯了一会儿，赵五爷就来叫起儿了。收拾好行李，景琦往肩上一扛，黄春背个大包袱出了门。赵五爷陪着上了车，一路奔回家向母亲辞行。家里人全都出来了，簇拥着来到上房院，只有三爷躲了。奇怪的是，二爷颖轩也没露面，只有玉婷远远地站在一边儿，噘着小嘴。胡总管向景琦道："等我去回一声儿！"他进了屋，景琦回头看见玉婷，便走到她身边说："玉婷，哥可真是要走了。"玉婷把身子一扭，不理他。景琦求饶地说："哥今儿就走了，还跟哥置气！"玉婷满脸怨气地说："不理你！"景琦讨好地哄着说："别价，哥在济南安顿好了，接你去济南玩儿！""不去！"玉婷说完抿着嘴不再看景琦。景琦最宠这个妹妹了，一块儿长大，有什么好吃的、好喝的、好玩的、好用的东西，都先尽着妹妹，有他护着，家里那么多孩子，没一个敢欺负玉婷的。这要分别了，可好多事和妹妹是说不清的，更不想叫她伤心难受。

门响了，景琦忙回过头，只见胡总管垂头丧气地走了出来。景琦忙迎上去，胡总管低头不语，景琦登时就明白了，不见？

这是景琦，包括全家上下的人，无论如何都想不到的。总得骂几句，嘱咐几句，给儿媳妇个面子吧？没有！就是不见！大家全都傻在那儿了，院子里静得真是掉个树叶都听得见，连个喘大气的都没有。就这么走了？没人敢去说这个情。胡总管推着景琦叫他走，景琦急了，回身要向屋里冲，叫胡总管拦住了。人们同情又无奈地望着景琦，他愣了一会儿，忽然冲到屋门口的台阶前扑通一声跪下了，黄春也忙在他身旁跪下了。景琦大叫："妈！儿子、媳妇给您辞行了！"二人深深叩头。

二奶奶真就这么狠心吗？此时她靠在床上，心如刀绞，听着景琦的声音："儿子不混出个人样儿来，绝不回来见您！"

二奶奶突然掀开被子坐起来，两腿垂在床沿上，最终忍住了没有下地，可她的心碎了一地，任凭眼泪流了下来。景琦和黄春磕完头爬起，义无反顾地大步向外走去，黄春完全没了主意，反正景琦干什么，她跟着就是了。

陈三儿从圈里拉出一匹健硕的黄骠马给景琦，景武等人忙把行李搭在马背上，胡总管拿了一大布包银子塞给景琦说："这一百两银子带上，穷家富路，别委屈了黄春。"景琦哪里肯收，坚决不要。

"这是我自己的，这么远的道儿，身上没的花还行？就算我借给你的，等你发了财再还我还不行吗？”

“不行，已经给您添了这么多麻烦……”

“什么话，我从小看你长大的，还不应该吗？”

景琦坚决地将那包银子推了回去，说道：“不行！我谢谢您了！黄春，走吧！”

景琦不再耽搁，拉马就走，景怡拿着一包银子走过来说：“这点儿银子是我们哥儿几个凑的，不多，你总得带点儿！”这个没的说，亲哥们儿的情谊，景琦毫不犹豫地收下了。景武挤上前拿个包儿递给景琦说：“兄弟，我送你样儿好东西。”景琦好奇地接过包儿忙打开，只见里面是一支毛瑟枪，他大喜道：“五哥，太棒了！”赵五爷在一旁道：“哎，怎么带这东西……弄不好你又得捅娄子！”景琦说不会，放心吧，防身用嘛！

胡总管趁他们说话，悄悄地把银子塞进景琦的行李中。景琦将枪揣进怀里拉着马与黄春走出马号大门，人们乱哄哄地嘱咐着说：“一路小心！”“多保重！”“到济南问玉芬好！”玉婷忽然大叫：“哥——”她刚要往前跑，被香伶拉住。景琦回头无限眷恋地说：“玉婷，别恨哥！哥疼你啊！”玉婷哭着大叫：“哥——”

景琦不忍再看，刚要回身，却望着远处愣住了，只见远远的马棚前，孤零零地站着颖轩，呆呆地望着他。乱哄哄的没有人注意颖轩……他那样子似乎一下子老了许多，这个家没他说话的份儿，他劝不了，阻止不了，他也不愿意生离死别地说一些没用的废话，只想偷偷地再看儿子两眼。

景琦将马缰绳递给黄春正欲上前，颖轩低下头转身匆匆走去，消失在大墙后面。景琦知道父亲有苦难言，有情难诉，全都憋在了心里。其实说什么都没用了，只是连句辞行的话都没有。行了！有这一眼足够想一辈子的了，他暗暗发誓：“爸，我一定风风光光地回来，给您脸上增光添彩。”他没有再上前，毅然回身从黄春手中拉过马，向门外走去，背后传来玉婷的喊叫："哥——哥——"

两人出了城二三十里路，就到晌午了，路边集市上有个小饭馆，大席棚下面摆着几张桌子，有四五个人在吃饭。景琦扶黄春下了马，把马拴在路边的树上，与黄春单坐一桌，要了两碗羊肉面。

"我打听了，今儿晚上就歇在永乐镇吧？"

"还不是听你的，甭问我。"

"你后悔吗？"

"后悔什么？"

"跟了我这么个倒霉蛋儿，光跟着受罪。"

黄春只是笑，大口地吃着羊肉面。一个五大三粗一身庄稼汉打扮的大汉下了马，到树前，也将马拴到树上。他看了看景琦的马和行李，又回头看饭馆方向，没人注意他，忽然伸手插进景琦的行李中。

景琦、黄春仍在聊着，一点儿都没有察觉。黄春说："反正跟着你，心里挺踏实，做女人的还图什么？有享不了的福，没有受不了的罪。"

景琦坏笑说："后悔也没用了，肚子里有货啦！"

黄春嗔怪地说："哎呀，小点儿声！"

那大汉走了进来，在一张没人的桌前坐下了，瞟了景琦一眼，伙计忙上前招呼。饭菜端上桌，他不动声色地自斟自饮起来。

景琦和黄春吃完饭起身来到树下，景琦将黄春扶上了马，解下缰绳拉着马向土路上走去。忽然，几个银锞子从行李中掉出，落到地上，景琦拉马而行，并未发觉。一直注视他们的大汉高叫："嘿，朋友！掉东西啦！"景琦回头看了看仍没发现，以为叫错人了，又往前走。

那大汉又喊："朋友，银子多得没处花了是不是？"

景琦又回头，看了看大汉，又看地下，这才发现了地上的银子，脱口而出说："这不是我的。"

大汉道："从你行李里掉出来的，怎么不是你的？"

吃饭的人看着都笑了。景琦奇怪地看看行李，忙伸手进去一摸，掏出了银子包，说道："春儿，你看，胡大爷偷偷把银子塞到行李里了。"

黄春埋怨道："丢了都不知道。"

景琦忙弯腰捡银子，伙计笑着大叫，别捡了，留着他捡吧。人们又起着哄地笑了。景琦打了个哈哈说："等我再掉了，你再捡吧！"

景琦拉马上路时，回头对大汉招了招手说："谢您啦，没花的了来找我吧！"

那大汉也不搭腔，只是诡秘地微笑着，摆了摆手。

一路走来很是荒凉，道上没什么行人。景琦问黄春，粗茶淡饭她吃得了吗。黄春说，那羊肉面挺好吃的。景琦笑着说，好吃什么呀，她是饿了，吃什么都香。

远处传来一阵马蹄声，景琦回头望了望，只见刚才那大汉骑马飞快驰来。景琦忙拉马靠到路边，大汉追上来勒住马，放慢了速度与景琦并行，景琦招呼道："朋友，刚才多谢了啊！"

那大汉说："谢过了。出门儿在外多加小心，这一片儿闹土匪，留神叫人抢啦！"

景琦笑了："还不定谁抢谁呢！"

那大汉一愣，问道："这是去哪儿啊？"

"济南！"

"远着呢，永乐镇打尖儿吧？"

"没错儿！"

"这是你妹子？"

黄春和景琦觉得奇怪，这大汉好像对他俩很感兴趣，便扭头看了一眼他。

"我媳妇儿！"

"头一回出远门儿吧？"

"头一回。"

"带个女人出远门儿，太拖累人啦！"

“受点儿累也是应该的，谁叫她是我媳妇儿呢！”

那大汉注意地看了一眼景琦问：“你就这么走到济南府？”

“再往前就给她雇个车，她都两个月身孕了。”

大汉似乎一惊，扭头看黄春，黄春不好意思地低着头。

景琦问：“大哥在哪儿发财呀？”

大汉说：“北京，帮着人家跑跑生意。”

“大哥也是北京人，住在哪儿？”

大汉突然道：“我先走一步了，永乐镇就一家儿客栈‘仙客来’，咱们客栈见！”

大汉纵马向前，景琦喊道：“客栈见！”见大汉驰马远去，黄春提醒他：“你别跟生人什么都说！”

“我说什么了？”

“什么头一回出门儿啦，什么怀孕了，多不好。”

“这有什么，我又没说瞎话。”

“就是不叫你说实话！人心隔肚皮，知道他是干什么的？”

小夫妻赶到仙客来客栈时，天已经黑了。他俩在客房里整完行李，铺好被子后，景琦问黄春，累吗？黄春笑了，说她骑马，他走着，还问她累不累？景琦说，她不是身子不方便吗，明儿到了沧州好好吃一顿。

黄春担心地说：“就那点儿银子，省着花吧。”

景琦大咧咧说：“省着干什么，花光了再挣！”

“哪有那么容易，这银子留着，到济南能开个小买卖儿！”

“歇着吧你！我开个小买卖儿，坐到柜台里卖针头线脑儿？”

“有口吃的就行了！”

“你倒知足！你先睡吧，我去看看牲口。”

马棚里，那大汉正在喂马，景琦走来，见他把两匹马都喂上了，很是感动，说道：“哟，大哥把我的马也喂上啦，叫您费心！”

“出门儿在外都不容易。”

“一看你就是老出门儿的。”

“跑江湖的，四海为家，你是大户人家的吧？”

“你怎么知道？”

大汉笑了：“少爷坯子，一眼就看得出来。”

“我不争气，叫我妈轰出来了。”

“你媳妇儿也愿意跟着你出来受罪？”

“眼下受点儿罪，赶明儿我得叫她享大福！”

“有志气！济南有熟人吗？”

“我堂姐在，该歇着了，明儿见！”

景琦说完回房去了，大汉神色阴郁地望着他的背影说：“明儿见！”

景琦回到客房，黄春已睡下了，他便轻轻地上床吹灭了灯躺下。一天跑路，很是困乏，很快睡着了。

半夜里，忽然院里传来拷打声和惨叫声，景琦一下子惊醒，忙坐起来。他仔细听着，又传来叫骂声和惨叫声，景琦赶快下地，黄春也醒了，忙问：“干什么？”

“去看看！”

“睡你的吧，最烦你这管闲事儿。”

“看看，看看！”景琦说着穿鞋走出屋。

景琦一出到外院便愣住了，只见院里的大树上吊着那大汉，两个乡下汉子一高一矮拿鞭子抽打着大汉，高个子的喝问：“你给不给？”

那大汉哀求着说：“我没有啊！”

景琦忙走了过来，问道：“喂喂，二位，干什么这是？”

高个子说：“欠了债不还，今儿可堵住了，憋了他好几天了。”

那大汉说：“我有钱，能不给你吗？”

“少他妈废话！拿钱来。”高个子叫着又举鞭，被景琦上前一把挡住，问道：“他该你多少钱？”

高个子瞪着景琦问：“干什么，你替他还是怎么着？”

景琦说：“我替他还！”

大汉说：“兄弟，这可不行，你少管闲事儿，叫他们打！”

矮个子威胁说：“你今儿不给银子，就把你吊死在这儿！”

景琦忙问：“说呀，欠你们多少？”

高个子说：“一百二十两！”

景琦不屑地说：“不就一百二十两吗？你把人放下来，我给！”

高个子立即伸出手要银子：“拿来呀，拿来我就放人。”

景琦坚持说：“你放下来我就拿！”

高个子怀疑地问：“你要蒙我呢？”

“你见过什么呀，大爷从来不干老娘儿们的事！”景琦说着就上手给那大汉解绳子，俩乡下汉子忙上前阻拦，景琦瞪起了眼，喝道：“别过来！我一人儿打你们这样的五个！”两人吓得没敢上前，眼睁睁看着景琦解绳子。景琦将那大汉放下，说道：“走，上我屋里去！你俩等着，我拿银子去！”俩汉子面面相觑都没敢动，把头凑在一起，小声嘀咕起来。景琦领着那大汉进屋后，请他在外屋坐下，自己去了里间屋，从行李里掏出银子包，黄春翻身回头问：“你又干什么？”

“替那哥们儿还债！”

“多少？”

“一百二十两！”

黄春忙下地拦住景琦说：“一共才一百二十两，咱们还活不活了？”

“胡大爷要不偷偷地送呢，咱不也没有吗？”

“你倒想得开，你连人家姓什么都不知道，你管得着吗？”

那大汉在外屋侧耳倾听两人吵嘴，脸上的表情神秘莫测。

“小点儿声儿，人就在外屋呢！”

“咱们喝西北风？”

“饿不着你，你不是说什么都听我的吗？”

景琦拿着银子包儿刚出来，就被那大汉拦住说：“算了吧，我可是还不起！”“谁叫你还了？”景琦推开那大汉走出了屋，他没有跟景琦出屋，反倒快步推开里屋门，黄春吓了一大跳，忙用被子遮住胸，问道：“干什么？”

大汉有意试探黄春，说道：“你要后悔，我叫他拿回来！”

黄春厉声说：“用不着，我听他的！”

“你都俩月身孕了，路上没银子还行？”

“用不着你操心！就是他饿死了，也不会叫我饿着。”

“你就那么信得过他？”

黄春急了，嚷道：“多废话呀，你快出去！”

景琦打发走那俩要账的，返回屋见大汉站在里间屋门口，问道：“嘿，你干什么呢？”

大汉忙抽回身，说道：“没有……我是怕你媳妇不乐意。”

“噢，她有什么不乐意的。行了，那俩人儿走了。”

“萍水相逢，一面之交，我怎么谢谢你？”

“不爱听这‘谢’字儿！”

“也不问问我是谁？”

“不是朋友吗？”

“痛快！”大汉点点头，突然变了脸，正言厉色地说，“别亏待了你媳妇，她要有个三长两短，可有人找你算账！”景琦一愣，完全没反应过来，问道：“谁？”大汉不再搭话，一拱手道：“后会有期！”说完转身出了屋，景琦疑惑地看着他去了，插上门闩，回到炕上，黄春气哼哼地问道：“还剩多少？”

“还有四五两呢！”

“你可真大方。”

“一百二十两交个朋友还不值？”

“值，太值了！反正咱们有的是银子。”

“你看你，谁没个为难着窄的时候，不能眼看着人家挨打！”

“我看他不像好人！”

“好人什么样？”

“就像你这样，你不知道自己也在难处吗？”

“我不是好人，再难我没让人吊起来。”

“他干吗一路都跟着咱们？”

“同路！”

“就那么巧，卡准了要咱们一百二十两？”

直到这时候，景琦才醒过点儿味儿来，这大汉来得果然蹊跷，说的话也都没头没脑，景琦纳闷道：“这人是挺怪，谁找我算账？”

“算什么账？”

景琦不说话了，两眼望着屋顶陷入沉思。

第二十章

从西安回京以后，无论家里还是柜上，大情小事千头万绪总算一桩一件地理顺了。二奶奶为在西安过世的老太太办了丧礼，由于当年老爷子去世的时候正值时日艰难，一切从了简，所以这次给老太太办丧事，便做得很隆重。敞厅搭起了灵堂，一连几天，前来吊丧的人络绎不绝。前院搭了席棚，开了流水席。一直到出殡、安葬，人人都累得塌了秧儿似的。二奶奶率全家在灵棚跪拜以后，就要撤灵棚了，谁知突然来了一位不速之客，乱了白家阵脚。

只见一个脏兮兮穿得很不体面的黑脸汉走进大门直往里闯，秉宽忙拦住了问找谁，来人说吊孝的。问他贵姓，他理也不理往敞厅里走。众人刚叩完头起身，忽闻极无节制的干号哭声，忙都回头看。黑脸汉半捂着脸，号哭着进了灵堂，大叫："老太太……晚辈给您磕头啦……"他跪下先磕了个响头，头碰在地上咚咚响，各房子弟也都忙不迭地还礼，跪下磕头，颖宇忙上前扶起这人。

二奶奶诧异地望着这位不速之客，心头有一种不祥之感。不管颖宇怎么拉扯，黑脸汉就是死赖着不起来，又哭又叫："老太太，您走得太早了，要不是这个乱世，您还能活个百儿八十岁的……"颖宇不明就里，仍拉扯着说：“哎哟，我谢谢您了，快请起来！”黑脸汉甩开颖宇的手，叫嚷道：“我不起来，我要见大爷！”二奶奶一惊，心说不好，此人来者不善。

颖宇惊问：“大爷？哪个大爷？”黑脸汉大叫：“白颖园白大爷！”二奶奶两眼死盯着黑脸汉，知道此人心术不正，必有奸诈。黑脸汉哭哭咧咧地喊：“我有好些事儿要跟大爷说呀，老太太呀，好些事儿您都不知道呀！”颖宇忙说：“您怎么了？大爷十多年前就死了！”“没有，大爷没死，还活着呢！哎呀，我知道呀……”黑脸汉说罢又大哭。

二奶奶感到不妙，忙走到黑脸汉前，拉他起来。颖宇见状退后，莫名其妙地看看众人，大家也都莫名其妙地互相看着。“起来，起来，请到客厅，有话您跟我说。”二奶奶说罢，黑脸汉不再纠缠，顺势站起边干哭着边跟二奶奶走出敞厅，大家都还在发愣。颖轩问：“你们谁认识这个人？”颖宇说：“压根儿没见过。”几个孩子也都摇头，景怡说：“好像跟我爸还挺熟的，怎么会不知道我爸爸死了呢？”

进了外客厅，二奶奶仔细观察着黑脸汉，胡总管和秉宽惶惑地站在一旁。黑脸汉已不哭了，嚷嚷着要见大爷！这人不住地提起大爷，一定是哪儿不对了，下边还不知道他说出什么来呢。二奶奶心里那根弦一下子绷起来了，忙回头吩咐胡总管和秉宽都先出去。两个人纳闷，一个生人说的着三不着两的话，让二奶奶如此紧张，还让他们两人回避。也不敢再多问，两人忙遵命退了出去。

这个事儿来得太突然了，到底什么来头啊？完全不知根不知底，二奶奶闹不清。她在记忆里飞快地搜寻着，可脑子里一片空白，没边没沿的，连个影儿都想不出，这人是谁呀？她只能小心翼翼地先试探着问：“请问贵姓？”没想到这小子完全不吃这一套，居然蛮横地说：“甭问，我就要见大爷！”

二奶奶耐心地解释道：“我不是说了嘛，十多年前大爷问了斩监候，死在大狱里了。”

黑脸汉一下子跳了起来，嚷嚷道："是我爸爸替他死的，他怎么会死呢？"

二奶奶噌的一下子站了起来，惊讶地望着黑脸汉，他也挑衅地望着二奶奶。再没有回旋的余地了，二奶奶索性全都挑明了，问道："这么说您是韩家的后代？"

"我爸爸韩思新替你们家大爷顶了死名儿，我妈临死前告诉我的。"

二奶奶充满了疑惑，心想，不对啊，这跟当年朱顺说的完全对不上，嘴上却说："失敬，失敬！可我听说韩家并无后代。"

黑脸汉大怒："你咒我们家断子绝孙是不是？我韩荣发哪儿来的！"

二奶奶忙解释说："不是那个意思，我当然要问明白了！"

韩荣发变了脸，露出一副凶相，威胁道："弄明白还不容易？到刑部大堂，一问全明白了。走，咱们去见官！"

二奶奶没了主意，一旦见官后果不堪设想，是真是假你都得认账了，她忙说："你这就不对了，这不是好好儿跟你说吗？你要真是韩家的后代，那就是我们的恩人到了，可大爷至今下落不明，我们并不知道他的死活，您要见大爷有什么事儿？"二奶奶说着慢慢坐下了。

韩荣发说："我们家人死绝了，就剩我一个。我活不下去了，我想二奶奶不会忘恩负义、见死不救吧？"

二奶奶满口应承道："行，你现在住哪儿？我等会儿派人把银子给你送到府上去。"

韩荣发说："我没家，早卖光了！这儿就是我的家，你们得养活我！"

二奶奶一下子愣住了，不知如何回答才好，必须先稳住这个人。二十年了，不是知根知底，绝不敢找上门，按说这事没有一个人知道啊！韩荣发看在眼中，知道二奶奶猜疑他，立即站起身说："您要是为难，咱们就找个地方去说明白喽！我爸爸死得冤哪！"他说着又哭起来。二奶奶当机立断，说道："我不是为难，你住在这儿也没什么不可以，可你只能说是我娘家的远亲，大爷的事儿一句不许再提！”韩荣发很痛快地答应道：“行！”

突然冒出来这个姓韩的令二奶奶极度地紧张，万一出点事儿，那就要了全家人的性命。当天，她就让陈三儿赶车去了朱顺家，没想到朱顺早就搬家走了，没人知道他搬哪儿去了。二奶奶失望地转身走出门口，想了想，决定去天坛根儿找原在刑部大狱当差的严爷，没想到街坊们说严爷早死了，家里人也都回了河南老家。再没有可问的人了，二奶奶无力地倚在车厢上闭目思索，她在想着下一步怎么对付这个知根知底又真假难辨的韩荣发。

景琦与黄春一路行来，停停走走，差不多花了一个月，终于走到了黄河岸边，隐约地可以看见济南城了。景琦蹲在河边的崖上，望着滚滚东去的河水；黄春坐在一个土坎儿上，疲惫地望着景琦的背影。景琦望着河水发呆，过了一会儿，装上一袋烟抽起来。黄春喊道：“嘿，都看得见济南府了，快走吧！”景琦坐着没有回答，一动不动地抽烟。黄春哭丧着脸说，她真发愁，见了他堂姐怎么说呀。她要问起他俩为什么到这儿来了，她可张不开嘴。景琦突然说，他压根儿就不想找堂姐。

黄春奇怪地问：“不找她还能投靠谁？”

“谁也不投靠！”

“那咱们跑济南府干什么来了？”

“我养活你就是了！”

黄春拿起身边放的行医串铃，走到景琦身边，晃动着说：“你靠什么，就靠这个？”

“怎么了，饿着你了？”

“一路摇铃看病，连马都卖了，跟要饭的差不多！”

“哎，我祖宗就是摇铃串巷、挨户看病起的家，你瞧不起？”

黄春坐到地上说：“你看我这肚子，我跟你折腾不起了。”

“后悔了？你不是说没有受不了的罪吗？”

“我嫁汉嫁汉，为了穿衣吃饭！”

“我娶妻娶妻，为了挨饿忍饥！”

“我不活着了！”

“跳黄河！瞧见没有，往前迈一步就不愁吃不愁穿了。”

“你先跳！你跳我就跳！”

“跳就跳，我先跳！”景琦磕了磕烟袋别在腰上，站起来说，“怎么着，跳啦？”

黄春望着滔滔河水，不理景琦，她没心思跟他开玩笑。

景琦坏笑着说：“我先跳，凭什么我先跳？噢，我跳完了，你扭头儿撒丫子了，找个主儿又嫁一回，我还来顶绿帽子！”

黄春扑哧笑了：“你胡说八道什么呀，都要跳河了还瞎逗！”

“不行，要跳得你先跳！”景琦说着又蹲下了。

“我跳完了，你要不跳呢？”

“我当然不跳！”景琦一脸的赖皮样儿。

“是不是，你坏透了！”黄春急不得恼不得。

“我是坏透了，这话你可说对了！”景琦仍坏笑着。

“没出息，养不活老婆，逼老婆跳河！”

“没出息？这话你可说错了！”景琦突然站起，背对黄河大叫，“白景琦，到了济南府，我他妈谁也不靠！空手套白狼，光着屁股打天下！济南府——”他狠狠拍了一下胸脯，铆足了劲儿大喊一声：“爷爷来啦！”这吼声借着水音儿，传得很远很远。

黄河水静静地向东流去……

景琦和黄春在济南五里巷安了家，从这儿往东五里就进了城，往西五里就是小泷河，就到乡下了。一棵大柳树下，一个井台儿，井台儿对面一个小门小院，两间小西屋，土烟囱冒着烟。黄春一边拉着风箱，一边续柴火烧水，景琦在灶台上数着大子儿。黄春说：“这就算安了家了，我看你拿什么养活我，过几个月我可要生了。”景琦说：“这一路光靠看病我也没少挣，先把房租交了是真的！”

景琦先向房东于大爷交了这两个月的房租，回来高兴地叫春儿，明天去城里逛逛，看看济南府什么样儿！

翌日，两人来到大明湖畔，这儿真是个好地方，绿柳成荫，看不完的景儿，喝不尽的清泉水。人群熙攘，摊贩林立，景琦和黄春在小吃摊前喝着甜沫、吃着油旋儿、嚼着高粱饴，又东张西望缓缓而行。他俩在玩具摊前停下，黄春看中了一个布老虎，说给儿子买，尽管兜里已没仨瓜俩枣，景琦仍爽快地说买。

一女艺人正唱梨花大鼓，景琦坐在板凳上津津有味地听唱，收钱的端着小笸箩走过来，景琦痛快地往里扔了几个铜钱。走到书摊前，景琦翻看一套《本草纲目》，摊主殷勤地说，里边有乾隆版的，景琦问了问价钱放下书走了。黄春忙跟上问，怎么不买？景琦说身上一个大子儿都没了。

玩了一天，回到小西屋，景琦、黄春躺在床上玩赏着买的各种小东西，景琦说：“今儿玩儿得真痛快！好些日子没这么开心了！”黄春感叹说：“那银子花得也挺痛快！”景琦说：“钱是王八蛋，花完了再挣！你懂不懂，会花钱的人才会挣钱！”

景琦每天挣的钱不管多少，全交给黄春，由她自由支配。一个大子儿掰成两半花，只能吃些粗茶淡饭。这不，灶台上放着一摞贴饼子和大葱黄酱，景琦和黄春坐灶台边吃饭。景琦拿个饼子说，吃得这么苦还行吗？黄春说，她吃着挺香。景琦摇摇头说，他儿子吃着不香，在肚子里叫屈呢。黄春劝景琦省着点儿花钱，过日子就得细水儿长流。景琦不爱听这话，扔了饼子说，他就不懂什么叫细水儿长流，说着站起进了里屋。黄春摸着自己的肚子，咬了一口饼子，为了儿子她也得吃呀。

景琦拿着散碎银子直出了房门，径直来到五里巷。街上还是挺热闹的，一个推车子卖熟肉的老乡，坐在车把上吆喝着：“驴肉，五香的。”

见景琦走来，卖肉的老乡忙站起问：“买驴肉？”“驴肉？有猪肉吗？”老乡告诉景琦，没有猪肉，驴肉便宜好吃，这一片全卖的驴肉。景琦好奇地问，为什么？卖肉的说，往西小泷河边，全是杀驴的，驴皮熬药，驴肉卖了吃。

“驴皮做什么药？”

“‘小泷胶’，大补的！你买不买？”

“买，来二斤！”景琦一听说做药，立即来了精神，吃了饭也不串铃行医了，直接奔了小泷河。

清凉的小泷河水缓缓流动，有几个人在河边挑水。沿河有十几家“小泷胶”作坊，有院，有棚，有小门市。景琦摇着串铃走来，边走边观察一个个小作坊。

一个小作坊门口，坐着一位年逾古稀的老者在抽水烟袋，景琦走到他旁边坐下问：“老爷子，这一片都是熬胶的？”老者将水烟袋嘬得呼噜呼噜地响，说道：“药胶，补身子的，生意可好啦！”

“用驴皮熬？”

“驴皮，再加草药。”

“加什么草药？”

“你是行医的吧，你该知道这草药学问可大了。各家的方子都不一样，也都不外传，所以这药效呢也就不一样！”

景琦上心了，真诚地问：“您给我讲讲，怎么不一样？”

老者来了兴致侃侃而谈，景琦聚精会神地听着……

谢别老者，景琦又客客气气地去了几个“小泷胶”作坊求教，甚至和在锅边熬胶的伙计请教。他还帮着挑水、清洗驴皮、干杂活，悄悄把熬胶的大概流程先弄明白了。景琦何等聪明，一连三天心里有了数。

景琦回家，见黄春正在街口井台边打水，旁边的人帮她把水倒进桶里。黄春刚拿起扁担，景琦忙跑过来，把药箱递黄春，也不接扁担，两手提起两桶水走去，井台旁的那人直夸景琦好力气。

饭摆上了，桌上没有别的，仍是贴饼子、咸菜，景琦看着黄春说：“挺着个大肚子，别干重活。”黄春埋怨道：“成天都不见你个影儿，我不干谁干？”景琦指着饼子问：“怎么又吃这个？”黄春嗔怪道：“问你自己，几天没往家带银子了，你都干什么去了？”景琦忙说：“到了小泷河边儿。我想起庚子年我堂姐带回家的‘小泷胶’，就在咱们眼皮子底下做的。春儿，看那面黑洞洞，定是那贼巢穴，待俺赶上前去，杀他个干干净净！”黄春不解地望着景琦，他兴致勃勃地大口吃起了饼子。

先不忙着挣银子呢，先得筹措点儿本钱。景琦夹着一个包袱走进了裕恒当铺，直奔高高的柜台，将包袱递上去。皮头儿打开包袱，抖开皮袍看了看，问道：“当多少？”

景琦说：“十五两！”

皮头儿毫不迟疑地说：“五两！”

“你识货不识货？”

“不当你拿走，我敢说到哪儿你也当不出五两！”

“你看看那是什么皮子！”

“这儿是当，不是卖，懂不懂！”

景琦泄了气，嘟囔道：“五两就五两！”

皮头儿大叫：“写——虫吃鼠咬，光板儿没毛儿，破面儿烂袄一件——”

景琦忙拦住道：“嘿嘿，等等！说什么哪？哪儿跟哪儿就虫吃鼠咬，你指给我瞧瞧！”

“废什么话？当不当？”

“不当我进来干什么？”

“还是的，”皮头儿又大叫，“虫吃鼠咬，光板儿没毛儿……”

“你瞎嚷嚷什么，你拿来！”

皮头儿把皮袍朝外一推，景琦揪着皮袍上的毛问：“这不是毛儿是什么，你那眼睛是擤鼻涕用的？”

“你骂人？”

“你胡说八道我就骂你，我不当了！”

“行！我给您包上！”皮头儿把皮袍叠好，又是朝外一推。景琦并不知道，皮头儿叠袍子时将一只袖子向里一翻，将袖口向下一压，已给皮袍作了记号，其他当铺见了会将价儿压得更低。

景琦夹着包袱走了出去，心想货卖三家，未必没有多出价儿的。

景琦走进源昌当铺将包袱递上，伙计将包袱打开。见到皮袍压着的袖口微微一笑，将皮袍一抖，问道：“当多少？”

景琦仍说：“十五两！”

伙计伸手一比画说：“四两五！”

景琦赌气道：“四两五就四两五！”

这伙计大叫：“写——虫吃鼠咬，光板儿没毛儿，破面儿烂袄一件——”

景琦又急了：“嘿嘿，你们都是一个师傅教的？”

“你当不当？”

“不当！”

“得，我给您包上。”伙计叠袍子时，悄悄将一只袖子往里一翻，将袖口向下一压，然后包好递给景琦。这都是当铺的生意经，他们全都串通好了。景琦气哼哼夹包走了。

吉顺当铺在街的最南头儿，是距离最远的一家。这已是景琦进的第三家当铺了。伙计打开包袱一看袖口就微微一笑，将皮袍抖开问，当多少？景琦说，十五两银子。伙计一抬手就说，四两。景琦彻底认输了，懒得讲价，让伙计快点儿拿银子来。

伙计大喊：“写——虫吃鼠咬……”

景琦跟着大叫：“光板儿没毛儿，破面儿烂袄一件——”

伙计一愣，惊讶地问：“你怎么也会？”

“刚学的！”景琦跳起来一把将皮袍拉出来，走了出去。

景琦夹着皮袍坐在离当铺不远的台阶上生闷气，他无聊四顾，只见街上人来车往。尽管看见当铺的招牌他就来气，但一文钱憋倒英雄汉，不进去不行，他下定决心起身走去……还得找裕恒当，毕竟多给一两呢。

景琦走进裕恒当铺，将皮袍扔上柜台。皮头儿一见他就笑了，说道："又回来啦？还是我这儿最公道吧！"

景琦不耐烦地说："少废话，五两！"

皮头儿将皮袍一抖，刚开口要喊："写——"

景琦大叫道："住嘴！你小子再嚷嚷'虫吃鼠咬'，我就放把火烧了你这当铺！"

皮头儿吓一跳，说道："生什么气呀？这是规矩！"

景琦一拿到银子立马就跑到书摊上买了不少医书，又买了不少好吃的，回到家边看书边吃。黄春端了一碗汤放桌上，问道："又买书，又买这么多好吃的，你发了财了？"

"哎，发财了。有个大户，他闺女病了半年多，叫我治好了，给了五两！"

"吹牛吧！"

"你还不信？"景琦边低头看书边说。

"你那皮袍儿哪儿去了？"

景琦抬起头笑道："哟，知道了。唉，我再蒙别人去吧。"

"你呀，冬天穿什么？"

"再赎回来嘛！"

"有的出没的进，到时候拿什么赎？"

"济南府是宝地，有本事就生财，打今儿起你少理我，我要用功了。"景琦说罢，把油灯端到炕头，埋头看《本草纲目》，不时在书上圈圈点点。

黄春坐在炕上缝衣服，不时抬头看看景琦，他真的是用上功了。

景琦要彻底摸一摸沿河二十八坊胶行的底了。他先拜访了孙万田孙掌柜的“孙记胶庄”，孙万田慢悠悠喝着茶说：“你是行医的，你应该懂啊！哪家不是靠着秘方打天下。”景琦忙答应着说：“是，是！这一片儿生意最好的是哪家？”孙万田颇为得意地说：“那就得数我孙万田了，济南提督府的路大人都吃我的胶。”景琦又问：“那这一片儿最差的是哪家？”孙万田用手一指对面说：“看见了吗，对面儿的吕家，快维持不下去了。”

景琦忙问：“为什么？”“明摆着的事儿。原来他在这片儿数老大，提督府全买他的胶，可四五年啦，他那胶还是老样子，别人可是改了又改，他能不落伍？”孙万田指着桌上摆的胶，“你拿我的和他的一比，就知道成色差多少！”景琦心中有了底，微笑着点头说：“领教了！”他决定先从活不下去的那家买卖下手。

景琦仰脸看了看“吕记”泷胶铺的招牌走进铺子，吕掌柜是一个四五十岁老实巴交的生意人，见有人进来，他忙掀帘子走了出来，十分客气地问，先生买胶？景琦告诉吕掌柜，他要买很多胶，订一大批贩到京城去。

“好说，要多少？”

“可你这个胶成色不行，你看看这个胶！”景琦说着将另一包推给吕掌柜，他看了看说：“这是对门儿的胶，可我这是老配方，独一无二，药劲儿不比他的差！”

景琦说：“吕掌柜，别撑着啦，不行就是不行，你顶不过人家！”

石元祥脾气上来了，脱口道：“你这是怎么说话呢？爱买不买，谁也没请你来！”

景琦看了石元祥一眼，摇摇头说：“做生意可不兴这么说话！”

吕掌柜忙说：“是，是！你买得多，咱们可以商量商量价钱，我这儿便宜！”

“吕掌柜，药是治病的，少花钱不治病，这钱谁也不愿花。您哪，还是赶紧想想辙吧！”景琦说完转身而去，吕掌柜奇怪地望着他的背影，纳闷地想，这人是干什么的、想做什么。

景琦开始自己熬胶了，他要做出几个样本来，黄春抱着布老虎已经睡着了。炕上、地下、桌上处处放着打开的各种医书，桌上摆着十几包摊开的各种小泷胶。油灯下，景琦聚精会神细细地辨别、比较、翻书、写方子。

折腾了好久，景琦将笔一放，吹灭了灯。此刻，窗外已天光大亮。黄春醒了，抬头看着景琦，心疼地说：“又一夜没睡，你不要命了？”景琦一笑：“我的命不错，春儿，咱们的机会来了！”“今儿再拿不回银子，棒子面儿都吃不上了啊！”黄春半睡不醒地咕哝几句，倒头又睡去。景琦突然站起说：“我可不想再吃棒子面儿了，我走了！”

一进吕记泷胶铺前堂，景琦就把十几包泷胶摊开了摆在柜台上，吕掌柜仔细审视着，抬头看了看景琦。景琦叫吕掌柜挑出最好的来，吕掌柜挑出了两包，夸赞质地纯清，色泽透亮，是上等货色。景琦十分得意地说，这是他自己熬制的。吕掌柜不相信地问：“你？”景琦颇为自得地说：“我！”吕掌柜越发怀疑，又问：“你从哪儿来？”景琦开始胡说了：“北京，告诉你吧，康熙年间我老祖宗就干这一行，到我这儿是第十代了，我的配方才是独一无二的！”吕掌柜忙问：“贵姓？”景琦随口说道：“黑！”石元祥根本不信，摇摇头说：“京城就没有你这么一号！”景琦傲慢地说：“那是你孤陋寡闻！”吕掌柜试探地问：“你到底想怎么着？”景琦掏出了配方说：“您看看这个！”吕掌柜看着方子，不住抬头看着景琦。

吕掌柜仔细看了看，沉吟着说：“嗯……缺着东西呢！”景琦称赞说：“您是内行！缺的东西都在我肚子里呢，秘方，不能往上写！”吕掌柜试探着问：“愿意在我这儿干吗？”景琦笑了，问道：“您这铺子快开不下去了吧？”吕掌柜说了实话：“实不瞒你说，开不下去了，你看沿河这一溜儿，都想把我挤死，我在这儿是第一家呀，不行喽！”景琦拍着胸脯说："我帮您起死回生！三个月以后再说，不见成效，您辞了我！"吕掌柜半信半疑地说："那……试试看吧。"景琦突然问："三个月以后要是见效呢？"吕掌柜畅快地说："我不会亏了你！"

两个多月大规模的制作开始了，景琦把在胶庄熬好的半成品胶拿回家里来，进行二道加工。他在泥炉上熬草药，黄春倚门做活，抽动着鼻子埋怨整天这屋里全是药味儿！景琦开玩笑说跟他过日子，就得闻得惯这药味儿！黄春笑说，她在地窖里早闻够了。

"什么叫秘方？"景琦一本正经地说，"下这最后两味药就是不能叫外人看见，我爸爸、我爷爷、我爷爷的爷爷都这么干！告诉你，眼下，除了我们吕家铺子，沿小泷河二十几家作坊都不灵了。"黄春惊讶地问："真的？"景琦骄傲地说："提督府又打回头买吕家的胶了。"黄春忙问："那不就是你堂姐家？"景琦说："没错儿，早晚叫他们吓一跳！"

提督府进货转了向，立即轰动了沿河二十八坊，孙记胶庄如临大敌。桌上摆着两盒胶，一个是小长方纸盒上压红签儿"吕记小泷胶"，旁边是压着签儿的黄纸包。孙万田认真比较着说："看看人家的东西，先甭说胶的好坏，就往这儿一搁，你买哪个？"伙计说："自打姓黑的那小子进了吕家铺子，他这生意就越做越大，提督府的又上他们那边儿买了。"孙万田有些后悔地说："他那铺子来了能人啦！半年前姓黑的小子还在咱门口溜来溜去，套我的话，我还真没把他放眼里，以为他是买胶到京城去倒呢！"伙计说："眼看着吕家要关张了，他又起来了！"孙万田心里一百个不服，说道："我这么大岁数栽到一个小孩子手里，咱们也改，跟他做一样的盒子！"伙计说："他的配方好，咱们不是对手！"孙万田脸色阴沉沉地说："别着急……从外到里咱们慢慢儿来！"

吕记泷胶铺重振雄威，小泷胶在民间、官场都已经是不可或缺的重礼了，当然也惊动了提督府。提督府毛总管坐在椅子上，吕掌柜端茶递上水烟袋，十分殷勤，石元祥在一旁忙着捆十盒小泷胶。毛总管说："我们提督路老爷说，你们的胶越来越好，不但长精神，还壮阳！我们少奶奶年底要去京城，先照这样订一百盒，听说你们这儿来了能人了？”吕掌柜忙将景琦唤出介绍给毛总管。

毛总管问道：“京城来的？”

“是，您府上少奶奶姓白吧？”

“你怎么知道？”

“嘿，京城‘白家老号’的小姐，谁不知道啊！”

“对，对！”

“她挺好的吧？”

“挺好！”

“在你们府上不受气吧？”

“这叫什么话？你是不是认识她？”

“我一个小徒弟哪敢高攀呀！”

吕掌柜忙接过话：“他们黑家在京城也是大户，干药行到他这儿是第十代了。”

毛总管奇怪地说：“黑家？没听说过呀！”

景琦漫不经心地说：“小打小闹，到我这一代已经没出息了。”

吕掌柜竖起拇指说：“有出息！年纪不大，一肚子学问！”

聊了一阵，毛总管起身叮嘱道：“货订下了，千万别误喽！”

对面孙记门口，孙万田和伙计眼巴巴地望着，心里折着个儿地翻腾着，他们在打小黑子的主意了。

太阳早下了山，五里巷口井台上没人干活了。景琦回家走到井台边，忽然阴影中走出了孙万田，拦住他打招呼：“小黑兄弟！”景琦吓了一跳，忙道：“哟，是您！别这么叫呀，孙爷爷！”孙万田夸奖道：“干得不错呀！”景琦说：“嗨，混碗饭吃，您这是等我哪？”孙万田笑了，问道：“小黑子，吕家一月给你多少？”景琦立即警惕了，说道：“这怎么说，反正够吃的。”

“我不多问，不管他给你多少，你上我这儿来，我给你加一倍！”

“孙爷爷挖墙脚儿来了。”

“人往高处走，哪儿挣钱多上哪儿去，生意人嘛！”

“吕掌柜对我不错，我不能见利忘义吧？”

“你真够实诚的！他那是用得着你，拿你赚钱，买卖嘛，你还当真了？”

“哟，孙爷爷，您不是买卖人？您也是用得着我吧？您不也是拿我赚钱吗？”

“小黑子，你要这么说也无所谓，生意场上没有不见利忘义的，一句话，你来不来？”

“我的胃口可大！”

“你能大到哪儿去？”

“这可不能说，孙爷爷。”景琦忽然抱住孙万田的肩，神秘地指着远处，“看那面黑洞洞，定是那贼巢穴，待俺赶上前去，杀他个干干净净！”说完放下手转身向自己家门走去。

孙万田愣愣地望着，不明所以地说：“看那面黑洞洞……什么东西！”

景琦第二天一到胶庄，就把这事跟吕掌柜说了。吕掌柜一惊，骂了几句姓孙的，然后十分坦诚地向景琦交了底：“我也告诉你，我们商量好了，你看我们老两口没儿没女，这铺子就交给你了。从今儿起你就是掌柜，赚多赚少全是你的，有我们老两口一口吃就行！”

正说着话，只听见外面传来喊声：“有人吗？”石元祥忙站起走向前堂，是提督府的少奶奶来了，景琦吃了一惊，忙站起身向后场走去，吕掌柜连忙走向前堂……

白玉芬已经坐到了前堂，旁边站着毛总管。玉芬说她月底去北京，别误了她订的一百盒胶！她听说小黑子是北京人，指名道姓要见见他。吕掌柜忙回头叫小黑子，提督府少奶奶要见你，叫了半天，却无人应声。

吕掌柜刚要进去叫，被玉芬拦住了，她掀开手中的手绢拿出一个蝈蝈笼，摆到了茶几上，蝈蝈“吱吱”地叫了起来。清晰的蝈蝈叫声使躲在后堂的景琦一愣，随即叹了口气笑了。玉芬大叫：“白景琦，给我滚出来！”吕掌柜惊愕地问，这叫谁？玉芬说，他们白家七少爷！

吕掌柜如坠云雾，正在发愣，只见景琦一掀帘走了出来，平静地看着玉芬。玉芬满脸嗔怪地瞪着景琦，他走到茶几前拿起蝈蝈笼，叫了声“姐”，所有的人都愣了。玉芬急赤白脸地说：“你这个没心肝儿的，到济南半年都不找我，胡总管派秉宽来了两回打听你，你倒躲这儿来了！”景琦不好意思地说：“我不愿给你添麻烦，你怎么知道是我？”玉芬仍余怒未消地说：“我一听小黑子就知道是你，颠倒黑白是不是？”吕掌柜一旁忙道：“敢情是白少爷，失敬，失敬！”

玉芬十分关心地问景琦，他媳妇呢，好不好。景琦说，在家里。玉芬站起身，让景琦头前带路，她去见见弟媳妇。

第二十一章

景琦带着玉芬来到了五里巷自己家，玉芬一看，那街门哪是门啊，几块破木板子钉的烂框框。进了西屋，里面倒是干干净净的，除了日常使的东西以外，什么都没有。玉芬一见黄春，二话没说上前亲热地拉住她的手，上下不停地打量着。黄春挺个大肚子，也不知该行个什么礼。黄春请姐姐进了里屋，连个坐的地方也没有。两个人盘腿上了炕，景琦提着扁担、水桶去了井台。

玉芬不眨眼地看着黄春说，老七挺有福气的，娶了这么个俊媳妇。接着又问黄春，跟着这么一个二百五，够受的吧。黄春被看得不好意思了，抬头看玉芬一眼，腼腆一笑说，老七挺会疼人儿的。玉芬惊讶地感叹，还真没看出来。

两人正唠着，景琦回来了，他手提两桶水进了屋，将水倒进缸里。玉芬让夫妻俩赶快搬到她那儿去住，黄春要生了，需要人照顾。景琦满不在乎地说，生就生吧，哪有这么娇气。玉芬生气了，说要是他生孩子，她才懒得管呢。难道就让黄春生在这破院子里？景琦故意说，不生在这儿，总不能生大街上去吧。

玉芬瞪起眼，说景琦存心气她。玉芬想了想说，要不然这样，她月底去京城，把黄春带回去。景琦犹豫了，怕老太太容不下她。玉芬笑着说，老太太可以不要他这个儿子，不能不要孙子。等黄春把孩子生下来，二奶奶一高兴就让他回去了，那时满天云雾就散了。景琦高兴地说，行，还是那句话，他不混出人样儿来绝不回去。玉芬又问，冬天的衣裳没带是不是？黄春不好意思地说当了，是裕恒当铺。玉芬瞪了景琦一眼说，裕恒的老吴掌柜她太熟了，他在西贵街开的绸缎铺还有她的股儿呢，走，找他去！

玉芬带着景琦走进裕恒当铺。皮头儿见了二人，忙上前招呼，吴掌柜从里屋迎出来，客气地说："您怎么来了，是打麻将还是下馆子？"玉芬指了指景琦问："认识这位吗？"皮头儿忙说："哟，这不是要把我们当铺烧了的那位爷吗？"景琦上前一跨步大叫："虫吃鼠咬，光板儿没毛儿，破面儿烂袄一件！"玉芬大笑："这是我堂弟！"吴掌柜十分抱歉地说："嘿，大水冲了龙王庙啊！快把皮袍拿来！"皮头儿满脸惭愧地说："不好意思，白少爷！我这眼是擤鼻涕用的。"皮头儿将皮袍交给景琦，景琦把皮袍抖开说："我得看看叫虫吃鼠咬了没有。"大家一听全笑了。

入夜，黄春紧紧地靠着景琦躺在炕上，说一想着要走，心里就发慌。景琦说，想来想去还是回去好，在这儿生孩子，一点儿抓挠也没有。黄春担心二奶奶容不下她，要是不留她怎么办。景琦肯定地说，不会，他妈不心疼儿子，指不定多心疼孙子呢，再说还有玉芬姐陪着。他担心黄春在宅门生活不习惯，家里人口多，各房都有各房的烂事儿，特别是他三叔，整个儿一个大搅屎棍！她去了以后，什么都别掺和。黄春说，她不是那种人。景琦语重心长地说，有些事儿不是她想掺和，是她想躲也躲不开，受点儿气千万忍着，等他回去再跟他们算账。黄春忽然搂住景琦说，她不想走。景琦心一软，紧紧抱住黄春。

景琦和玉芬都把事情想简单了，二奶奶一看玉芬把黄春带回了家，立即就翻脸了。玉芬说了老七的处境，大冬天的把皮袍子都当了。二奶奶不为所动，说他活该。玉芬说，再怎么着，她不能不要孙子。二奶奶毫不退让狠着心说，什么时候混出人样儿来，她就认！

大头儿拿着账本匆匆走进，说韩家大爷又要钱呢。二奶奶不耐烦地脱口而出，给他！后院传来韩荣发放肆的喊叫和哄笑声，二奶奶皱着眉头厌恶地听着，憋了一肚子气。玉芬奇怪地问，这是干什么呢？大头儿忙说，这个韩家大爷一天到晚聚赌窝娼，花银子跟流水似的。他又叫二奶奶看看账，二奶奶看了几眼用力地往桌上一摔，说给他钱。大头儿急了，说养这么个祸害，受得了吗？大家都嚷嚷着叫她说清楚呢！二奶奶赌气似的狠狠地说，她说不清！

玉芬抓住了理，不客气地说："二婶儿，自家的儿子、孙子不认，弄个八竿子打不着的什么破亲戚，您倒佛爷似的供着，有这个道理吗？"二奶奶急了，说道："你少在这儿跟我胡搅蛮缠，是我当家！"韩荣发绕过活屏走进来要银子，二奶奶立即变得和颜悦色，叫他跟大头儿领银子去。突然，雅萍莽莽撞撞地跑进来，说黄春疼得满炕打滚儿，要生了！二奶奶吼道，不行，不能生在家里！雅萍奇怪地问，那生哪儿去？二奶奶蛮横地说，管不着！不能叫家里人说闲话！

玉芬实在忍不住了，大怒说，姓韩的小子胡作非为才有人说闲话哪，二婶她倒不怕。雅萍急了，扯这些闲话都没用，先把孩子生下来再说吧！二奶奶拍案而起，叫嚷说，不行，玉芬从哪儿带来的，还给她带回去。白景琦想这么着就把媳妇糊里糊涂弄回家，办不到。

"说什么也没用了，她要生了！"雅萍说着转身往回跑。"叫她生到外头去！"二奶奶喊叫着也向后院跑去，玉芬慌忙跟着跑出去。

到了二房院，二奶奶和玉芬刚冲到门口，突然从屋里传出了婴儿的啼哭声，两人都一惊，猛地站住了。但见北屋窗户上，人影忙乱，婴儿哭声阵阵，这婴儿的哭声那么扎心、刺耳，那么嘹亮、凶猛，那么野性、放肆，谁能挡得住？二奶奶一肚子的森严壁垒瞬间灰飞烟灭了，她望着北屋，无力地靠在了门上。玉芬忙过来扶二奶奶，关切地叫道："二婶儿！"二奶奶的眼泪无法控制地流了下来。

北屋窗上人影晃动，传出了婴儿更加响亮放肆的哭声。玉芬担心地望着二奶奶问："二婶儿，您怎么了？"二奶奶无力地摆了摆手说："我没事儿，就叫春儿……留下来吧！"

雅萍三步并作两步地跑向了花房，两个仆人正伺候着颖轩作画。雅萍一掀帘子，闯了进来喊道："二爷，生了！"颖轩惊讶地回头问："谁生了，生什么了？"雅萍高兴地说："七少奶奶生了！"颖轩大惊道："景琦他们回来了？"雅萍忙走过来说："没有，玉芬把春儿一人儿接来了，一进门儿就生了！"颖轩惊喜地说道："哎呀，这可有多险啊！"雅萍说："没事儿，大人孩子都挺好的，你当爷爷了，给孩子起个名儿吧！"颖轩高兴地忙铺开了纸，摇晃着手中的笔乱比画了半天，才想起来问："哎，男孩儿还是女孩儿？"雅萍说："高兴糊涂了，是个胖小子，生下来没打他就哭，声儿大得像吹喇叭似的！"

颖轩饱蘸浓墨，写了三个大字"白敬业"。

黄春一走，景琦没了后顾之忧，开始了他野心勃勃的下一步。他和吕掌柜沿河走来，一路查看着沿河的二十八坊。景琦说："我想把这沿河二十八家作坊都收过来！这泷胶行，我要在山东独霸一方！"

"银子！小黑子，这没有个一两千两银子办不到！"

"是呀，有两千两银子，我就能办成！"

"要不上你堂姐家去借，提督府两千两银子还是拿得出来。"

"靠别人的银子起家可不算本事！"

"那你上哪儿弄这么多银子？"

"别着急，叫我好好想想，您先回去吧。"

景琦一个人沿着小泷河慢慢地走着，看着沿河的二十几家作坊和土烟囱冒出的缕缕白烟，蹲在河边望着河水。小泷河河水缓缓流淌，想着想着，景琦忽然搬起一块石头站起，将石头抛入河中，平静的水面溅起高高的浪花。景琦绞尽脑汁想了个馊主意，弄了一个织锦缎盒子，用封条将其四面封住，写了年月日，盖了章，又用黄绫子一层一层包好。他自得其乐地唱着京戏《草船借箭》诸葛亮的那段原板：“似这等巧机关世间少有，顷刻间到曹营去把箭收。”手里拿着盒子不住地欣赏着。

景琦拿着织锦缎盒子走进裕恒当铺放柜台上，皮头儿一抬头见是景琦，有些意外地说：“哟，白少爷，您不是来当当吧，里边坐。”景琦说：“我正是来当当，等钱急用！”

皮头儿忙打开黄绫子，一层又一层，好奇地问：“嗬，什么宝贝？”

“这是我们白家的传家宝！”

皮头儿终于看到了织锦缎盒，惊讶地说：“哟，全贴着封哪！”

“别动，这是宝贝，不能看！”

“您总得让我看看，好给您估个价儿！”

“不能看！”

“那您想当多少？”

“两千两！”

“您这不是为难我吗？”

“你要为难，我上别处去，当铺有的是！”景琦说着把黄绫往上一撩，拿起盒子要走。

皮头儿忙拦住道：“白少爷，您要砸我的饭碗是不是？”

“你自己砸自己的饭碗！”

“我实在做不了主，您稍稍等会儿。”皮头儿说完忙进了里屋。

景琦背起手溜达着看墙上挂的“望牌”，吴掌柜和皮头儿走出里屋。吴掌柜急忙走上前说：“白爷，别这儿站着，里边儿请。”景琦回头见是吴掌柜，客气地说，打扰了。

一进客厅，皮头儿忙给景琦献上茶，织锦缎盒也被放在茶几上。吴掌柜说：“白爷，您不叫看也行，我们这儿可没这规矩，谁叫您是白爷呢！您得告诉我是什么东西！”景琦态度坚决地说：“不能说，说出来给我们家祖宗丢人！”吴掌柜说：“那总得有个凭证，两千两银子不是小数，我们铺子还是头一回！”

“什么凭证？‘白家老号’的牌子就是凭证。信不过，我到别处去；信得过，你给我开银票！”

“当然信得过，当期呢？”

“半年，本利一块儿算。”

“您可是给我出了个难题！”

“就算我跑了，提督府跑不了吧？”

“那是！可有一件，这事儿不能外传，天知地知你知我知，要是都这么来当，这买卖就甭做了。”

“可着济南府问问，有谁敢这么来当！还说明白了，赎当的时候，我要是看见启了封，对不上碴儿，我是分文不还！”

“行啦！您是爷！您这宝贝，我锁到金库里去。皮头儿，给白爷开银票！”

景琦笑了，皮头儿忙跑了出去。

有了资金，景琦活动开了。视察、谈判、写约签押，不到一个月，他就把二十来家作坊全都收购到自己名下。石元祥跟着他忙个不亦乐乎，一切都挺顺利，但他们在孙记胶庄孙万田这儿卡住了。景琦这天又来到孙家，孙万田上下打量着景琦，言不由衷地夸赞道：“小黑子，你厉害呀，沿河上下二十八坊你全收了？”景琦说：“我就听您一句话！”孙万田一摆手说：“就俩字‘不行’。”景琦劝道：“您可别后悔！”孙万田底气十足地说：“告诉你吧。小黑子！我们家也是从京城来的，在这小泷河边儿是头一份儿的胶坊。二十多年这儿开了二十多家，我没遇见过敌手，我都七十啦，你想吞我的胶庄，等你到了我这岁数再说吧！”景琦诚恳地：“孙爷爷，您是前辈，您把胶庄盘给我，我想请您做大查柜。”孙万田大笑：“哈哈哈……抬举我！娃娃，还告诉你，你竖你的大旗，我这儿就是挂个屁股帘儿，它也是一面旗！你立你的山，我这儿就是拍个坟头，也算是个山，各走各的路！”

“我可是为您好！”

“我谢谢你了！”

“您什么时候愿意过来，我随时欢迎。我在城里瑞云街买了块地皮，正月十五开业，您赏脸来喝杯喜酒。”

孙万田充满酸涩地说：“愿你财源茂盛，生意兴隆！”

正月十五这天，在鞭炮齐鸣、礼花喷放中，“黑七泷胶庄”牌匾揭幕，贺喜的人围得水泄不通，景琦、吕掌柜、吴掌柜不住地与贺喜的人打招呼。石元祥在放“二踢脚”，周围站着十几个一色蓝长袍的伙计，一派庄重欢庆的景象，远远的孙万田老头儿脸色阴郁地望着。

景琦按捺不住地兴奋，也走到石元祥旁放起二踢脚。为了庆贺开张大吉，景琦在大名楼饭庄楼上摆了两桌酒席，景琦与吕掌柜、吴掌柜坐了首席，大家乱哄哄地让酒，喝了个昏天黑地。景琦向坐在身旁的吴掌柜说：“我去方便一下。”“我也去。”二人悄悄起身向楼下走去，景琦边走边掏出个鼻烟壶说：“闻闻这个，荷兰的。”吴掌柜抹了一点儿闻，景琦也深深嗅了一口。

到了楼梯口，有两个姑娘正说笑着走上楼梯，与要下楼的景琦、吴掌柜擦肩而过。景琦忽然打了个惊天动地的喷嚏，一个姑娘吓了一大跳，用手不住地抚着自己的胸口叫道：“妈哟，吓死我了，像打雷！”两个姑娘随即大笑。景琦忙回头看，立即呆住了。说话的姑娘看着景琦，仍捂住嘴笑着。景琦完全看傻了，真俊哪。俊姑娘被另一个姑娘拉着跑了，景琦仍目不转睛地望着，眼光一直随着两个女人进了一个单间。景琦还在发愣，吴掌柜已下了几层楼梯，回头看景琦，喊道：“看什么呢，走哇！”景琦仍痴呆呆看着单间的方向，说道：“这是谁家的姑娘，简直是我的活冤家！”吴掌柜笑着说，好家伙，这姑娘可是济南府的大名人哪。景琦转身与吴掌柜下了楼。

回来的时候，景琦还俩眼发直没醒过味儿来，宾客们猜拳行令正喝得热闹。吴掌柜一进屋，就摆手叫大家静下来，笑道：“诸位，诸位，乐子大了！七爷下楼打了个喷嚏，你们猜怎么着，吓得一位姑娘直撂蹦儿，说像打雷！”众人一阵哄笑。吴掌柜接着道：“你们猜那位姑娘是谁？畅春园的杨九红！”在座的人哄的一声纷纷议论：“是吗，她跟谁来的？”“我早看见了。”“小点儿声，就在那边儿哪！”景琦低声问吴掌柜：“畅春园不是窑子吗？”吴掌柜说：“没错儿！杨九红是济南府数一数二的窑姐儿！七爷，猜猜是谁包着她呢？”景琦忙问：“谁？”吴掌柜坏笑着说：“你堂姐的老公公，提督府的路老爷！”

人们都在乱哄哄地闹酒，景琦趁人不备又溜了出去，走到杨九红吃饭的单间外放慢了脚步。单间门口挂了一块半截的布帘儿，来回飘动着。景琦透过帘缝，正向里看时，一个伙计端着一盘菜走来，说道：“小心蹭油！”景琦忙闪开让道儿。在伙计掀帘的一闪间，景琦见到桌边的杨九红。正想细看，帘子又放下了，传出了伙计“红烧黄河大鲤鱼”的报菜声。景琦仍呆呆地望着，转眼间伙计走了出来，景琦忙又向里看，帘子又放下了。景琦耐不住了，不管三七二十一突然掀帘走了进去，坐了一桌子的人他一个都没看见，直眉瞪眼地死盯着杨九红。

杨九红一愣，路大人也一愣，感觉此人莫名其妙。景琦旁若无人呆呆地注视杨九红，她不好意思地忙瞟了一眼路大人。路大人眨着眼问：“嘿嘿，你找谁？”“啊？噢，走错门儿了。”景琦忙回身出屋，掀开帘子走出屋时又回头死死地盯了一眼杨九红。他走出单间站定，长长地出了一口气，微微笑了。他打定主意，去畅春园！

从这时候起，饭桌上、回家路上、躺在床上，景琦满脑子都是杨九红。第二天，从熬胶房出来，连衣裳都没换，景琦就奔了畅春园。老鸨子金莲胖乎乎的，一脸慈祥，她给白七爷看了一圈儿的姑娘，就是没见杨九红。金莲上上下下仔细打量着这位不速之客，到她这地方来的，莫不是穿得光鲜明亮、衣冠楚楚有点身份的人，忽然冒出这么一个穿着粗布衫的伙计，什么来头？金莲眼毒，干这行的万一看走了眼，那麻烦事就多了。可眼前这位爷有点儿看不明白，文不文、武不武、官不官、商不商的，这是什么路子呀？

金莲试探着问："您看您叫哪位姑娘？"景琦问："杨九红是你们园里的吗？"金莲一听，认定了这是个雏儿，笑着问景琦贵姓。景琦不客气地说，逛个窑子，还管他姓什么。金莲仍然客气地问，他府上是……景琦不耐烦了，信口开河说，王八大街老鸨子大院。

这可真是当着矬人说短话，金莲还没见过敢这么撒野的嫖客，顿时大怒，站了起来，嚷道："您这是找碴儿来了，也不打听打听这儿的行市，棍子！"王八棍子应声走进来问："什么事儿？"金莲和颜悦色地说："这位先生有点儿不痛快，叫俩人儿来，给这位先生……"景琦没等她说完，突然将一张五十两银票拍到金莲面前，厉声地说："我要杨九红！"金莲瞥了一眼银票又坐下了，她看出来了，这人有钱，还真不是搅场子的。

金莲忽然探身，轻轻一吹，银票又飘回景琦面前，她说道："杨九红叫提督府的路大人包了，您这点银子，留着赏给别的姑娘吧！您刚看了那么多姑娘，没一个中意的？"景琦固执地说："我就要杨九红，你要多少银子？"金莲不敢大意了，这是个不在乎银子的主儿，便问道："棍子，九红呢？"棍子说："刚出门儿，提督府的车在外边等她呢！"景琦站起身就往外走。金莲喊着："拿着你的银票！""赏给你买胭脂吧！"景琦说完，大步走出花厅。

一走到畅春园门口，景琦看见杨九红正在上车，四个兵勇站在马车旁，这是提督府的车。杨九红回头也看见了景琦，一下子愣住了，她立即看出来了，这个男人迷上她了。景琦看着杨九红微微笑了，杨九红也微微一笑回身上了车。马车启动了，四个兵勇跟在车旁很是威风。景琦向前走了两步，痴痴地看着车渐渐远去，忽然杨九红探出身回头看了一眼景琦，那真是勾魂摄魄啊！景琦迷迷糊糊地忙跑到路边骑上自己的马，尾随马车而去……直跟到提督府门口，远远地勒住马望着，眼睁睁地看着杨九红走进提督府大门。

白七爷一门心思全扎在了杨九红身上，黑七泷胶庄柜上的事全都交给了石元祥。听说黑七泷胶庄街对面又开了一家胶庄，是原来小泷河边孙老头孙万田开的，景琦最初也没当回事，只叫石元祥去打听打听。他每天有空还是往畅春园跑，可去了几次，银子没少花，连个杨九红的影儿都没见着。借口都是出了条子，弄得七爷整天无精打采的，裕恒当铺的吴老板约他到大名楼吃饭，也提不起一点精神来，只低着头喝闷酒。吴掌柜还从没见七爷这样蔫头耷脑的，忙问道："怎么了，垂头丧气的？"

"唉……"景琦一声长叹，又喝了一盅酒，"还记得那天楼梯上碰见的那姑娘吗？"

"杨九红啊！"

"就是她！"

"迷上了？"

景琦狠狠地说："迷上了，济南府还有这么漂亮的姐儿！"

"嗨，那不是花点儿银子的事儿吗！"

"我去了三趟，连面儿都没让见！"

"您大概没逛过窑子吧？"

"逛过！小时候，十一岁吧！"

"你别吓着我，十一岁就逛窑子？"

"我三叔带我去玩儿！"

"那算什么呀，您还不知道那里头的规矩吧。"

"什么规矩？"

"老鸨子靠什么赚银子，不折腾你个千八两银子能叫你见上面儿！就算你见了面儿也不过是吃吃花酒，陪你坐坐，唱俩小曲，不折腾你个万数八千的银子能叫你贴身？"

"那就直说好了，一万就一万！"

"她得摸你的底！杨九红在济南府拔了头筹，又有提督路大人做后台，能叫你轻易上手？”

“照你这么说，只能看不能动了？”

“我劝你一句，这是填不满的无底洞；再者你跟路家沾亲，万一路大人知道了，多有不便。好姑娘济南府有的是！”

“我就要杨九红！”

吴掌柜说得没错，人都这样，景琦就更是如此。越得不到的东西越想要，这杨九红就近在咫尺，愣挨不上身，景琦那个难受啊就甭说了。吴掌柜说的话景琦哪里听得进？什么慈母贤妻亲戚朋友，早扔到脑后面去了。人家老鸨子吃的就是这碗昧心饭，把男人这点德行看得准准的，景琦是真的火烧火燎、没着没落了。不就是钱吗？来吧！

白七爷叫了一桌上等的酒席来到畅春园，把银票一拍，金莲拿起一看，知道大买卖来了，立即爽快地吩咐：“叫九红！”棍子大叫：“九红姑娘下楼啦——”七爷这才痛痛快快地长出了一口气。

只见杨九红浓妆艳抹、袅袅婷婷地走下楼来。一见面，杨九红就认出了这位几次三番死缠硬磨的爷。其实这位爷每次来她都在，根本没出条子，可见不见的，她做不了主，得听鸨妈的。这种事儿多了去了，杨九红也根本不放在心上，吃个花酒陪个座而已。她施礼过后就坐下给七爷斟酒，金莲在一旁大咧咧地坐着。七爷不自在了，说道：“你忙你的去吧！”金莲说：“哟，九红年纪小，不懂事儿，我在这儿侍候大爷！”杨九红举起酒杯敬景琦，二人一起干了。杨九红斟着酒，问道：“怎么称呼您？”景琦说：“黑七！”杨九红一愣，说道：“黑七？那就称呼您黑七爷！我只听说济南府有个大名鼎鼎的黑七泷胶庄。”景琦喝了一口酒说：“那就是我！”金莲一惊立即坐直了身子，问道：“您是北京来的？”景琦说：“听说过京城的‘白家老号’吗？”杨九红说：“莫不是百草厅吗？”景琦说：“那也是我！”金莲有些疑惑地问：“那您不姓白？”景琦笑道：“白即是黑！黑即是白！”金莲不安定了，迟疑地问道：“那提督府的少奶奶白玉芬……”景琦说：“是我堂姐！”

金莲盯着七爷缓缓地站了起来，说道：“您这是唱的哪一出，怎么不早说？”景琦满不在乎地说：“她是她，我是我！”金莲不再废话，边扭身忙往外走边说：“我给您烫壶好酒去。”见金莲走出去，景琦拉起杨九红的手说：“我打大名楼第一眼看见你，就再也忘不了。”杨九红说：“我早看出来你不是等闲之辈！”景琦惊奇地问：“为什么？”杨九红说：“市井凡人能打出你那么大的喷嚏？”景琦哈哈大笑：“说得好，说得好！那我今儿不走了？”杨九红说：“那得听我娘的！”景琦知道这是托词，心里老大的不痛快。

金莲把棍子拉到楼梯拐角，骂道：“一群废物！财神爷来了知道吗？”棍子撇着嘴说：“就他？”金莲咬着牙说：“打今天起，更不能让他沾九红，懂不懂？”棍子忙说：“懂！瞧我的！”

棍子匆匆走到七爷面前说：“哟！七爷，真对不住，提督府来了条子，叫九红赶快过去呢！”杨九红忙站起说：“是！”景琦上前拦住说：“干什么？我不给银子是怎么着？”棍子说：“话不能这么说。九红，还不快走！”杨九红低着头，忙走出了花厅。景琦强压怒火，嚷道：“跟我耍花活是不是？”金莲忙走了进来，装作一肚子的委屈说：“这碗饭没法儿吃了，我们哪儿敢得罪路大人，他花一万银子把九红包下了。万一叫他知道九红在这儿接客，能把我这畅春园封喽！”景琦愤愤地说：“提督府算什么东西？你们的规矩我全懂！你给我开个价儿，也叫我心里明白明白！”

金莲见把景琦的火儿拱起来，忙又添了一把柴，关切道：“七爷见外了，我这也是替您着想，您和路大人可沾着亲呢！”景琦没话可说了，狠狠地骂道：“哼！这个老不死的……”七爷这火可窝大了，不是老鸨子横挡竖拦不让见，就是提督路大人下条子，这还有完没完了，这不成冤大头了吗！谁想杵巴你，就杵巴两下子，欺人太甚！不行，照这么下去，明年这时候，也摸不着杨九红。别磨叽了，得来硬的。

第二天，景琦把毛瑟枪顶上膛，往腰上一别，又来到了畅春园。金莲忙让座，棍子屁颠颠地送上茶。景琦问："九红呢？"金莲说："九红今天可不能陪您，身上不舒服。"景琦绷着脸问："怎么了？"金莲说："心口疼，一疼起来一脑袋汗，一天没吃东西了。"景琦挽了挽袖子说："现成的大夫在这儿呢，我上去给她看看。"金莲忙拦着说："她歇着呢，改天吧，改天再叫她陪您！"景琦往楼梯口走，说道："我给她看看病！"棍子忙拦住楼梯口说："七爷，今天提督府来人接，都没叫她去！"景琦不屑地说："你算是干什么的？闪开！"金莲把住了楼梯口说："九红说了，今天谁也不叫上去！"景琦急了，叫嚷道："我偏上！躲开！"棍子挥舞着大铜壶，叫道："你怎么不讲理呀！"景琦大怒："我今儿就不讲理啦！"说着突然抡起右腿，用右脚面打了棍子一个大脖拐儿。棍子毫无防备，砰然倒地，大铜壶咣啷啷地滚了出去。

景琦大摇大摆走上楼，三个打手冲进来。金莲大叫："把他拉下来！"打手们一起向上冲。景琦突然亮出毛瑟枪："谁敢上来？我崩了他！"几个打手慌忙停住了，金莲吓得目瞪口呆。景琦突然冲着打手的脚下开了两枪，打手吓坏了，忙退下去。景琦慢慢上了楼，转回身嘲弄地向下看，又伸手从怀中掏出一大把银票哗地撒了下来。几个打手愣了一下，忙乱抓银票，争先恐后地交给金莲。景琦居高临下地看着下面，脸上挂着不可一世的嘲笑。金莲看着银票，愕然抬起头望着景琦。景琦摆摆手说："赏给你买胭脂！"说罢向上走去。金莲手都哆嗦了，喃喃地说："两万银子买胭脂？够我搽好几辈子！"棍子晕晕乎乎走过来，从嘴里吐出一颗牙，口齿不清地说："您瞧瞧，牙都掉了！"金莲惊讶地说："好家伙，拿脚丫子抽嘴巴，有这么打人的吗！"

景琦敲了敲杨九红房门，无人答应。再敲仍无人应。景琦冲着门愣了一会儿，突然抬脚一下子将门踹开了，杨九红就站在面前。其实想要的东西真到了手，就不那么稀罕了，不讲理才是白七爷最大的享受，他不紧不慢地一步步走向杨九红，杨九红也是头一回见这么不讲理的人，充满了难以言表的期冀。景琦边走边脱了马褂，脱了长袍、汗褟……赤裸裸地站到了九红面前，九红退到了床边不动了，景琦上前撕开了杨九红的衣裤，杨九红捂住自己的前胸，急急地低声吼着说：“爷爷，把门关上啊！”“关门干什么！叫他们来看！叫济南府的人都来看！爷爷今儿睡了济南府最漂亮的姐儿！”景琦将杨九红的衣服一扔，一把将杨九红推到床上，大叫：“杨九红是我七爷的人啦！”

就在景琦忙着逛窑子的这几天，街对面孙记泷胶庄开业了，门口立着一块大木牌：开业三天，减价八折。满地都是爆竹的红纸屑，顾客盈门。景琦这才知道那个坟头儿插着屁股帘儿的孙老头，在他门前垒了一座山。石元祥报告了个坏消息，说山西、河南两处的订货全退了，景琦似乎没听见，指着对面问什么时候开的业。石元祥忙说三天了，景琦忽又想起什么，问，刚才他说什么。石元祥说，山西、河南两处的订货全退了，对面儿比他们价儿低，好几位老主顾都过去了。

景琦点了点头没说什么，心想这孙老头胆儿够大的，分明是打擂台来了，没点儿真本事行吗？药行吃的就是成色、诚信，胶不灵，减了价也没人要，自欺欺人，死都不知道怎么死的。莫非这孙老头有什么高招？还是老法子——货比三家，看看人家的成色不就知道了？

景琦款款地走进了孙记泷胶庄，在前堂扫视了一圈儿，只见伙计们正忙，买药的人不少。一个伙计发现了景琦忙打招呼，景琦走到柜台前说买胶，要十盒，每等两盒。孙老头一掀帘子从里面走出打招呼：“小黑子，来瞧我的热闹来了！”他说着将景琦让到小客厅，景琦说：“孙爷爷，我开张请您喝喜酒您不来，您开张也不来叫我吃喜酒，这是瞧不起我！”孙万田不无讽刺地说：“小黑子，济南府的胶行你独霸一方，我敢瞧不起你？”景琦说：“独霸一方不敢说，您这不已经平分秋色了吗？”“本来想请你喝喜酒，可听说你这些日子挺忙，天天往畅春园跑，就没敢打扰你。”

孙万田的话句句带刺儿，景琦早已听得浑身不舒服，敢情人家一直在盯着他哪。景琦说：“您对我的事儿还挺门儿清。”孙万田得意地说：

“知彼知己百战不殆嘛！对了，我想起来了，那天晚上井台上你唱的那几句‘看那面黑洞洞，定是那贼巢穴，待俺赶上前去，杀他个干干净净！’这出戏是《挑滑车》。”景琦装作若无其事地说：“您内行！”孙万田也装得像聊大天，话中有话地说：“这出戏有意思，高宠想把金兵杀得干干净净，没承想自己倒让铁滑车轧死了，是出好戏！”景琦点点头，夸张地赞叹道，的确是出好戏！孙万田又说，这出戏俞老板唱得最好！景琦说，刚才孙爷爷那两口儿唱得也不错！孙老头洋洋得意地说，初学乍练，还差得远呢，比不上他小黑子。

伙计走了进来说：“七爷，您要的胶。”景琦忙走过去掏银子拿胶，说道：“孙爷爷，多保重！”见景琦拿着胶走出门去，孙万田忙到柜台边，低声急切地问伙计：“他买的什么胶？”伙计说：“每等的要了两盒。”孙万田回过头，脸色阴沉地望着门外，此时景琦已走进街对面自己的胶庄。

景琦支走了别的人，把吕掌柜叫到了内账房，桌上摆着十盒孙记泷胶庄的胶。景琦叫吕掌柜仔细看看，对面儿卖的胶跟他们的一模一样！吕掌柜奇怪地说，撞见鬼了，他们那儿也来了能人？景琦笑着说，除了他，济南没第二个能人，他们这边儿有内奸！

吕掌柜听了不以为然，说他们这边儿八个伙计二十个工，可都是一个个挑出来的，他敢说靠得住。就算有内奸，也不好抓。这最后的两味药全是他黑七拿回家里配的，就算熬胶的几道工能泄出去，这配方泄不出去呀！景琦想了想说，也说的是呢！吕掌柜又问，都有谁到他家去过。景琦说，柜上除了石元祥，没别人去过。吕掌柜肯定地说，元祥不会！景琦也毫不怀疑地说，元祥当然不会，可这人是谁呢？

第二十二章

这天，吴掌柜约了景琦出来吃饭。路过一个大书摊，景琦停下了，在书摊上挑书，看得入了神。吴掌柜无聊地站在一旁嘟嘟囔囔地埋怨，说好去吃五芳斋，站到书摊儿就走不动了，让他一人干站着。景琦叫他先拿一本儿看着等会儿。吴掌柜说，这不是骂人吗？他不认识字。景琦笑了，指着挑好的一堆书对书坊老板说，先送到黑七泷胶庄去，在柜上结账。

景琦一转身忽然停住，往回拉了吴掌柜一把。吴掌柜莫名其妙地看景琦，只见石元祥和孙老头从街对面的一个银号走出来。吴掌柜忙问，看见什么了？景琦忙躲到吴掌柜的身后，注视着在银号门口低声交谈的石元祥和孙万田，直到他们分手，景琦仍惊讶地望着。景琦兴奋地说，今儿可得好好地喝一顿！看那面黑洞洞……走，去五芳斋！景琦拉着吴掌柜吃饭去了，痛痛快快喝了五斤黄酒。景琦开始了明察暗访，早把畅春园忘到了脖子后面。

此时，杨九红心里却没着没落的，思念得不行不行的了。出了什么事了。金莲更是火冒三丈，厉声问杨九红怎么得罪七爷了，为啥一个多月不来了。杨九红委屈地说："我怎么敢得罪他，你跟我发不着火儿，我还天天盼他来呢！到这地方来的人，没一个像他那么仁义的，我干吗要得罪他？七爷哪回来，都是你们横挡竖拦，就知道拿我赚钱！要得罪也是你们得罪的！”说完不再理金莲，委委屈屈地跑上了楼。

杨九红说的是心里话，开头她也没拿七爷当回事，男女之间都是过眼烟云。鸨妈从小规训她，干这行最要紧的是不可动真情，嫖客都是图一时的床笫之欢，脱了裤子是个乐儿，提起裤子不认人。客气点儿的，给你点私房银子；斯文点儿的，留几句甜言蜜语；混头巴脑的，折腾你一宿还横挑鼻子竖挑眼。哪有什么真情实感？更甭说那位包了她一年的督军路大人，姑娘太多了，根本认不全，还经常叫错了名字。杨九红忽然遇见了七爷这个对谁都浑不讲理，对姑娘却体贴备至的人，叫杨九红如何不思念？

她心里想得再很，也不能叫鸨妈看出来。金莲对这棵摇钱树还是另般对待，顶两句嘴也不当回事，“嗬嗬，你还来劲了！”金莲气哼哼地往外走，到楼梯口大喊着棍子，去七爷家请他来畅春园喝酒。

金莲是个人精儿，嘱咐说，先去五里巷井台对面儿，家里找不着去柜上找，别忘了带一对儿枕头套去。棍子边跑边说，他明白！

棍子来到五里巷，站在井台边儿，踅摸半天不见一个人。他东张西望，心说这不是阔人住的地方啊。棍子按金莲说的地界儿，走进景琦家，一进门就二乎了，看着几间破旧的小土屋，他无论如何不相信这是大财主七爷的家。棍子咳嗽了两声，院内无人应。七爷就在屋里，正想出门，从窗户缝儿向外看到了棍子，没搭他的茬儿。

棍子确信走错了门，又退了出去。他依次打量巷子里的几家门口，终于认定一个稍微像点儿样的小黑门，近前敲门。门开了，一个高大粗壮的中年汉子开了门，上下打量棍子。棍子忙问：“请问您，白七爷住这儿吗？”汉子指了指景琦家：“那个门儿！”棍子疑惑了，他刚才就是从那个门儿出来的，于是说道：“不像啊，那么破，我说的是黑七泷胶庄掌柜的！”汉子不耐烦了，说道：“你这个人啰唆什么，他就住那个院儿！”说完，转身砰地关上了门。棍子发了会儿愣，回头望了望，又走了回去。

棍子进了院还是觉得不对，怯生生地喊了一声："七爷！"景琦仍趴在窗户上看，笑着不答应。棍子最终认定不是这儿，转身又欲出门。"那小子，你在这儿瞎串什么呢！"棍子忙回头，只见推门出来的正是七爷景琦，正开心地乐呢。

景琦问他，出来进去的干什么？棍子不答，却好奇地问景琦，他怎么住这儿。景琦说，像猪圈是不是？别以为他是大财主，就该住青堂瓦舍大宅门。实话实说，七爷是穷光蛋！棍子怀疑地看着他，不知道白七爷玩的这是什么花活。景琦从怀里掏出了当票递给棍子看，他接过一看，果真是当票，猜疑道："这是别人的当票吧？""我蒙你干什么，走，跟我一块儿赎当去！"景琦拉棍子出了院门。

到了裕恒当铺，景琦把当票交给吴掌柜，棍子在一旁小心仔细地看着。吴掌柜满意地说整半年，有信用。他叫皮头儿快把七爷的传家宝拿来！景琦掏出两千五百两银票递过去，吴掌柜忙说干什么，他收回本儿就行。景琦说，两千是本儿，五百是交情，他还要好好谢谢吴掌柜。

景琦回头问棍子："王八小子！信了吧？"棍子摇着头说："我还是不大信，这里边儿有别的过节儿吧？"皮头儿捧着包好的织锦缎盒进来放到茶几上，景琦将黄绫子一层层地打开，棍子好奇地看着，皮头儿关注地瞪着眼，吴掌柜也瞪大了眼问："七爷，今儿该说了吧？这里头到底是什么宝贝？叫我们也开开眼！"景琦打开最后一层黄绫子，拿出了织锦缎盒托在手中，十分严肃地看着几人。

皮头儿说："您看明白喽，横竖封条纹丝儿没动！""有信义，下回当东西还到你这儿来！"景琦说完，突然一扬手将织锦缎盒扔出了窗外。吴掌柜大惊："哎哟，七爷！那不是你们白家的传家宝吗？"景琦居然得意地说："吴掌柜，要不怎么不叫你们看哪，那盒里是七爷我拉的一泡屎！哈哈哈……"吴掌柜目瞪口呆。皮头儿完全傻了，棍子不明所以地跟着笑。

吴掌柜哭丧着脸说："七爷，这个玩笑开得太大了！"景琦仍忍不住地坏笑着说："别生气，今儿我请客，你随便挑地方！"直到把吴掌柜哄顺了气，景琦才离开当铺。

走到瑞云街，景琦才想起来问棍子，找他干什么。棍子说，七爷可一个多月没上他们那儿了。景琦并没当回事，过几天再去吧。他指着前面的孙记泷胶庄站住了，说道："看见了吗？我对门儿又开了一家胶庄，跟我打擂台呢！"棍子说："他哪儿打得过您哪！"景琦说："那可没准儿！我得把他收拾了。这样吧，五月节，柜上歇一天工，晚上我去！"

五月初五粽子节，景琦在大名楼饭庄摆了四桌酒席，黑七泷胶庄的三十几个东伙全在座，景琦先端起了酒杯说："今天是五月节，歇一天工，大伙儿都喘口气儿。这些日子生意不景气，大伙儿心里也都明白，咱们对门儿又开了一家'孙记'……"坐在景琦身旁的石元祥和吕掌柜相互交换了一个眼色。"邪门儿的是他出的胶跟咱们的成色一模一样，可价儿比咱们低两成，咱们的老主顾都不回头了，他又把价儿涨上去了。我的独家配方怎么会传到姓孙的手里呢……"景琦环顾一周，在座的都有些紧张了。景琦接着说："昨儿我到城隍庙去抽了个签儿，我今年命中犯小人，黑七泷胶庄里出了内奸！"吕掌柜和石元祥均大吃一惊，举座哗然，一片嘈杂的议论声。

景琦威严地扫视全场，目光最终落到了石元祥身上，石元祥也强作镇静地看着别人。景琦说："吕掌柜，您说说！"吕掌柜犹犹豫豫地说不出个所以然来，他吭哧道："这要说内奸嘛……我也……还不至于吧？"景琦突然说："元祥，你说说！""我？这我可不好说。"石元祥惶惑地望着各桌的人，大家都屏住呼吸，神情异样地望着，不知要出什么事儿。景琦和颜悦色地说："元祥，自打吕掌柜在河边立作坊就有你了吧，你是老人儿啦！"石元祥的脑门儿上已沁出了汗，结巴地说："是，是，十多年啦！"景琦开始进招儿了，说道："柜上这些先生、伙计你最熟，有一说一，有二说二，没点儿真凭实据，我也不敢在这儿说得罪人的话。元祥，你知道谁是内奸，别不好意思说！"吕掌柜忙阻拦道："小黑子，别难为他了，他知道什么？”“那好，诸位在我生意艰难的时候没有一个人走，我谢谢了。今儿这头一盅酒，我要敬元祥，喝完这杯酒，我可要说了，可别怪我黑老七不讲情面！”

景琦向石元祥举了一下杯，一口喝干，石元祥也哆哆嗦嗦地举起杯，酒一个劲儿往外洒。在座的人都感到了不对，伸着脖子看石元祥。“好！诸位，我可要……”景琦刚开口，石元祥急忙拦住，说道：“东家，我有话要跟您说，能不能借个地方？”“行，元祥不好在这儿说，给那位吃里扒外的人留点面子。走，咱们借个地方去说！”景琦和石元祥向门外走去。走到门口，景琦又回过头：“吃吧，吃吧！今儿大伙儿都得喝痛快了啊！”在座的人哄一声议论开了。吕掌柜忙站起说：“喝酒，喝酒，大五月节的，别扫了大伙儿的兴！”

景琦和石元祥找了个没人的单间，刚一坐定，石元祥忽然跪到了景琦面前。景琦点了点头说：“元祥，你实话实说我就饶了你，有半句瞎话，我叫你死了都不知道是谁宰的你！”石元祥说：“孙老头叫我把方子偷出来，可您锁得太严实，我下不了手，后来……”

“后来怎么着？”

“后来我去您家里，见您熬药，有一回趁您没留神，我把药渣子偷走了。”

“嗯——他给了你多少银子？”

“一百两！”

“一百两银子你就把自己卖了？太贱了吧！”

“我财迷心窍了，我妈在乡下病重，我也是没了辙了。”

“干吗不跟我说，我能不给你吗？念你这份孝心，我不怪你，起来吧。”

石元祥站起说：“谢谢七爷！要打要罚都随您，我今儿就卷铺盖回乡下去！”

“你想就这么走了？没那么容易。”

“我不说了吗，要打要罚我全都认。”

“我也不打你，不罚你，我给你一千两银子，拿回去给你妈看病。”

石元祥完全没有明白景琦的话，愣愣地看着他。景琦掏出一张银票，递过去说：“拿着！”

“不敢，不敢！您这是要干什么？”

“不要可白不要，我也不白给你，你得替我办一件事！”

“您叫我死我都干！”

景琦笑了：“我叫你死干什么？孙老头叫你干坏事是乘你之危，这就不能不跟他算算账。再有，秘方流出去了，这就断了咱们的生路，我得叫你先受点儿委屈。”

“行，受多少委屈我都是应该的！”

“好！我要到府台衙门告孙老头，告他唆使胁迫良民入室行窃，盗走秘方！到时自然要把你牵连进去，少不得坐几个月的牢。”

“没关系，我情愿坐牢！”

“你得一口咬住孙家不放，我会在牢里上下打点不叫你受罪，将来我保你出来，还有你的好处！”

“就照您说的办，我再有二心，天地不容！”

白景琦早就打好了主意，势必叫孙老头倾家荡产。他带了份厚礼来到府台衙门，拜见了府台宫大人。宫大人看了看礼单微微一笑：“七爷是为了孙家的案子吧？”景琦说：“正是，正是！”宫大人说：“状子我看过了，没什么大不了的。听说你是提督府路大人的亲戚？”景琦忙说：“路大人是我堂姐的公公。”

“这就不对了，这事儿找路大人就行了，一句话的事儿。”

“瞧您说的，现官不如现管，我不能绕过您徇私情不是？”

“噢，你们这位提督大人也真是的，上个月派我这儿一万两军饷，你知道，我这儿是清水衙门……”

景琦立刻明白了，忙说道：“大人不必说了，提督府的事儿交给我办好了。实在不行，这区区一万两我垫办就是了，您不必再操心！”

宫大人十分客气地说：“不，不，这不合适……”

景琦不容宫大人说完，抢先说道：“您别客气，难得有这么一个给宫大人尽心效力的机会。”

“那就有劳了，哎，小泷胶是你们在山东最拔了尖的胶？”

“您抬举。”

“你瞧嘿，我那老妈说小泷胶大补，天天闹着要吃。你说那么贵的东西，家底儿不富裕的还真吃不起，我一再劝我妈……”

“早说呀，从我这儿拿就是了，今后这事就交给我了，让老太太吃个长命百岁长生不老。”

“不好意思叫你破费，家里的事说不清。就说我媳妇吧，今年非要回老家修祖坟，没个万儿八千的修得了吗？正赶上我今年手头紧，甭说修祖坟，就连日常的开销……急得我呀……”

“就这点儿小事，您着哪门子急呀？我帮您修……”

“这不像话，我们家祖坟，怎么能让你修，这要是……”

“见外了不是，一家人不说两家话，就这么定了。”

“我这有点得寸进尺了啊，你们生意人赚点钱也不容易。”

“您这当官的也太清贫了！”

“还有我那不争气的儿子，管不了，昨儿去赌局耍钱，一宿输了好几万，让人追着屁股讨债，成何体统……”

“哪家赌局？”

“好像是宝胜。”

“嗨，那家掌门的是我哥们儿，一句话的事，放心吧您。”

“你瞧，你瞧，越说事儿越多，哎？我们家还有谁来着？”

“啊……那我哪知道啊？”

“不说了，不说了，这年头有什么好？为百姓操尽了心，到头来呢，一贫如洗，图什么？一天到晚还得看着上边的眼色行事，细想想，还是你们生意人好，把钱赚到手比什么都强，我要是能干点儿别的，还当这个破官儿，我就是天下第一大傻子。”

“不知情的还真以为您做这么大的官儿，得多有钱呢，敢情您日子过得这么苦！说出去都没人信，整个儿一个两袖清风、爱民如子。有您这样的清官，是我们百姓的福分，不是我当面奉承您，历朝历代有几个像您这样清正廉明的好官。”

两个人争着说，谁也不让谁，就跟打架似的。最后只见宫大人重重地把桌子一拍说：“干脆你拿二十万银子出来，我把这案子给你结了。”景琦笑了，劝宫大人大可不必着急。宫大人奇怪地问，这是为什么？景琦说，这官司打个一年半载的也无妨，孙家想打赢官司，就少不得孝敬府台大人，三班衙役呢，也都多少弄点儿零花的银子。宫大人大笑说，他这个知府应该白七爷来做！景琦也笑了，说做不了，做不了，还得大人来做。宫大人点点头说，他得先把黑七泷胶庄的石元祥抓起来。景琦说，大人该怎么办就怎么办，他明儿就把银子送来。宫大人会心一笑，说他明儿就去抓人。

果然第二天一早，几名差役将石元祥押走了。

捕头带着四名差役来到孙记泷胶庄，孙万田站在柜台前呆呆地望着，完全没有了精气神儿。捕头正在高声念文书：“今有黑七泷胶庄东家白景琦状告孙记泷胶庄掌柜孙万田，唆使该号伙计石元祥，入室行窃，盗走秘方，图谋暴利，石元祥已供认不讳。着令即日起，查封孙记泷胶庄，孙万田不得擅自离开济南府，随传随到，当堂候审，具保结案以前不得开业！”

景琦一推门走了进来，差役忙拦住，问道：“干什么的？”景琦装傻充愣地说：“买胶！”捕头回头说：“没看见这儿查封了吗？出去！”景琦故作惊讶地望着孙万田问道：“哟，孙爷爷，怎么了？”孙万田仇视地望着景琦。景琦看了一眼孙万田，感叹道：“坟头儿上挂块屁股帘儿，到底是小点儿啊！”说完甩门走了。捕头奇怪地问：“屁股帘儿，什么屁股帘儿？”又扭头问孙万田，“你认识他？”孙万田苦笑着说：“他就是白景琦。”捕头笑了：“嘿，这小子真他妈坏！”孙万田气得站立不稳，伙计们忙上来扶。孙万田有气无力地说：“快去京城……叫继田回来，越快……越好！”捕头大声喊道：“来呀！清点查封！”

诸事完毕，白景琦想起了杨九红。景琦下了马，满面春风地走进畅春园，金莲忙迎上。景琦掏出一张银票递给金莲说，今儿高兴，平了一个坟头，拔了一面屁股帘儿，把这银子给大伙儿分分。景琦转身要上楼，金莲忙拦住说，今儿九红不在，出去了，七爷坐这儿等会儿。

棍子端茶进来，景琦坐下问他，跟九红说了没有，七爷五月节来！棍子诚惶诚恐地说道：“说了，说了，可是提督府……”“棍子！”金莲厉声止住了棍子，得，说漏了嘴了。景琦站起来瞪着棍子，他吓得忙用两手护住自己的腮帮子，猛往后退，求饶道：“七爷，七爷！别打我，别打我！您是天王老子都不怕，我们哪儿行啊！提督府我们惹得起吗？”景琦大怒：“我砸烂你的王八盖子！什么时候走的？”金莲说：“刚走，提督府来的车刚接走，要不您明儿再来？”景琦二话没说，径直走出了花厅。棍子可怜兮兮地望着金莲说：“坏了，这下可真把七爷得罪了！”

其实这白景琦说穿了，就是生就了一身反骨，你越不叫他干什么，他偏要干什么，还认准了冤有头债有主。对府台宫大人，花多少银子他愿意，只要把孙老头整明白了就行。他最恨背后捅刀子的人，那就以牙还牙，什么阴招损招都使得出来。对这位提督路大人又不一样了，他最愤愤不平的是，这位大人搅了他的兴致，这口气他忍不了。其实与老鸨子金莲、王八棍子无关，他才不管天有多高、地有多厚呢。景琦出了畅春园，骑上马，追杨九红去了。

远远地发现了前面提督府的马车，景琦猛挥了一鞭赶到车前，横在路中央挡住去路，命令车把式掉头，回畅春园！坐在车里的杨九红大惊，一兵勇走上前来问道，知道这是谁的车吗？景琦蛮横地说，他不管是谁的车，里边儿坐的是他的人。四个兵勇走上前，都拔出了佩刀。杨九红知道要出事，担心地叫景琦快跑！一个兵勇上前举起刀就砍，景琦突然一挥鞭猛抽在这兵勇脸上，他疼得捂着脸蹲到地上。另外三个兵勇举刀齐上，景琦忽然掏出毛瑟枪砰地冲地上放了一枪。三个兵勇吓得忙往后蹦，呆呆地不敢上前。景琦又砰砰放了两枪，四个兵勇抱头鼠窜而去，车把式吓呆了，坐在车上发愣。

景琦下了马走到车前，车把式愣愣地望着景琦。景琦拿着鞭子把儿狠狠敲了车把式脑袋一下说："还不快滚！"车把式跳下车，头也不回地跑了。景琦将马车掉头，将自己的马拴在车后，转身走到车前跳上车，扬鞭赶车而去。街边看热闹的人都惊呆了。

景琦赶着车叫了两声九红，不见应声，忙回身撩开帘子看，只见杨九红在车里缩成一团，浑身发抖说："吓死我了，爷爷！你快跑吧！"景琦说："回畅春园，我今儿得弄你一宿，高兴！"九红忧心忡忡地说，提督府的人饶不了他。景琦猛抽一鞭说，提督府是什么东西，驾！马车颠颠地跑起来。

回到畅春园，景琦跳下车，回头不见杨九红下车，敢情九红已经吓得不能动了。景琦将轿帘一把扯下，伸手一拉将九红扛在肩上走进大门，金莲、棍子、伙计、嫖客全都跑了出来，个个目瞪口呆地望着。景琦扛着杨九红向花厅的楼梯口走去，不住地说着不害怕啊，宝贝儿！

景琦把杨九红抢回来了，终于出了一口恶气，心里特得意，哪怕明儿就砍了头也无所谓，人活一口气嘛。他趴在杨九红身上，肆意地努力着……杨九红可不行，她知道景琦闯了大祸了，心神不定地倾听着门外的动静，心思全不在床上。杨九红哀求说："饶了我吧，爷爷！你该走了。"景琦说："我就喜欢听你叫我爷爷，说好了今儿弄你一宿！"九红说："走吧，你怎么就不知道害怕呢？"景琦说："我怕谁？"九红说："提督府的人来了，要把你抓了去就麻烦了！"景琦说："今儿挺高兴的，你怎么净说丧气话。"

十几个兵勇已经冲进了大门，传来杂乱的吆喝声、脚步声。杨九红闭着眼呻吟道："爷爷，饶了我……"上楼梯的脚步声越来越近，景琦满头大汗，仍然努力着，说道："今儿我要叫你成仙！"突然传来急促的敲门声，有人大喊：“开门，开门！”杨九红忙往下推景琦，着急地说：“起来，快起来！抓你来了！”景琦嗔怪地说：“你怎么老走神儿啊！”

外面兵勇猛敲，房门不住地晃动。杨九红心急火燎地说：“起来吧爷爷，求求你了！”兵勇终于破门而入，冲了进来，喊道：“在这儿哪！”他们一看到床上的情景，全愣住了。景琦仍趴着，慢慢回过头说：“喊什么？我跟你走不就得了！”兵勇头儿说：“起来，你个活土匪！”景琦说：“出去！你们得让我把裤子穿上吧！”头儿挥挥手，兵勇退了出去。

景琦穿上了衣服，杨九红裹着被子坐在床上，焦急得不知如何是好。“等着我，一会儿就回来，说好了一宿！”景琦边说边系着衣服，不当回事儿地走了出去。兵勇押景琦下楼，金莲、棍子、伙计们吓得忙往后退。景琦走过金莲前面，冲她一笑说，真不懂规矩，事儿没完呢就抓人。金莲两眼发直地看着他，心说，乖乖，这都什么时候了，还说这话。

景琦被押着走出了院门，这回是真的进了大牢。这是提督府自己私设的大牢，没什么规矩，一切由路大人说了算，外边也根本不知道这里还有个大牢。景琦立起一条腿支在墙上，正满头大汗地压腿，嘴里念着戏词：“看那面黑洞洞，定是那贼巢穴……”

狱卒提着一个食盒，开了牢门走进来，景琦头都没回仍在压腿。狱卒喊了一声：“吃饭！”景琦回过头，见地上放着一个大食盒。景琦奇怪地望着，忙放下腿走过来打开食盒，见里面有鸡有肉，十分丰盛，说道：“怎么了，这么些好吃的！”他说完抬起头，一下子愣住了，只见白玉芬站在牢门外。

一个狱卒搬了把椅子过来，玉芬坐下后，两眼凶凶地望着景琦。景琦不好意思地叫了声“姐”，问什么时候回来的。玉芬气哼哼地说，他在大街上抢人的那天晚上。景琦笑了，指着食盒里的东西问，这是给他送的？说着也不客气，坐下大吃起来。玉芬说：“老七，你可出了格儿了。我回娘家去了趟北京，你就闹出这么大的动静，济南府没一个不知道白七爷的！”景琦只顾了吃，应付说：“是吗，嗯，好吃！”

玉芬气愤地斥责景琦，老大不小的人了，还想闹到什么时候。为了一个窑姐儿，值吗？景琦毫不犹豫地说，值！为了女人干什么都值。男人嘛，活着就要痛快！玉芬望着没心没肺的景琦，着实无可奈何，他脸皮真够厚的，居然还吃得很香。玉芬忍不住说，老七，也不问问家里？景琦立即停住了嘴，心里实实在在地充满了愧疚，忙问，家里……都好吗？玉芬按捺不住情绪，眼泪止不住流下来。

景琦慌了神，忙说："姐，你别哭啊，我这不挺好的吗？"玉芬呸了一声，说道："你死了我都不哭！你可是成家立业了，更没人管得了你，你妈想你不知偷偷哭了多少回！你爸整天唉声叹气，钻到花房里写呀画呀的不出来，为了叫你回家，跟你妈吵了好几回！"

景琦终于想到了黄春，问他媳妇生了吗。玉芬顿时火冒三丈，气愤地斥责他还知道自己有媳妇，没跟那窑姐儿混昏了头。黄春早生了，儿子都会叫妈妈爸爸了。瞧瞧看，你还有个爸爸样儿吗？成人了，却比小时候更出格儿、更邪乎。

见景琦低头不语，玉芬继续打感情牌，希望他能迷途知返。她告诉景琦，玉婷天天问哥哥什么时候回来，堂兄弟看他往家里汇了那么多银子，都夸他有出息。他倒好，让她这个堂姐跑到大狱里来看他。景琦抱怨说，好像他愿意蹲大狱似的，她公公凭什么霸占着杨九红，别人就不能动？玉芬说："行啦！我公公的事儿你少说，吃你的吧！"

景琦再浑，玉芬还是心疼他，要说娘家人里，感情最深的就是这个堂弟白景琦了。玉芬连夜跑到公公那儿说了情，景琦就这么稀里糊涂地给放出来了。吴掌柜摆了一桌酒席为景琦压惊，问怎么放出来的。玉芬说，她这位公公呀，见天儿成群的女人围着，愣把个杨九红想不起来了。大伙儿听了，举座大笑。吴掌柜说，这才是有福气的，不像七爷，逮着一窑姐儿死较真儿。

闲聊了一会儿，吕掌柜告诉景琦，孙老头怕拖不住了，上上下下不知使了多少银子，就跟扔到水里一样，白搭！孙老头子有两个多月起不来炕了！景琦一点儿也不同情地说，活该！谁叫这老头儿使坏招惹他呢。玉芬劝道，得饶人处且饶人，何必把人逼到绝处呢。景琦摇摇头说，饶了他，他的黑七泷胶庄就得关门儿大吉。来吧，喝酒！说罢，他唱起来："待俺赶上前去，杀他个干干净净！"

景琦忙活了几天，把胶庄又重新打理了一番，黑七泷胶庄又兴旺起来。这天，景琦收了工走进家门，一下子愣住了，只见杨九红坐在小屋门口的板凳上，嗔怪地看着他。杨九红劲劲儿地说："出了大狱就把我忘了，几天了？"景琦忙开了屋门，二人进了屋。杨九红坐到炕上，景琦忙着把杂乱无章的东西往炕里边扔，杨九红环视着屋内说："你就住这么个破地方？真难找！"景琦说："你叫棍子来一趟就行了，何必自己来？"

杨九红说："想你嘛！"

"走吧，过你那边儿去，这儿太不成样儿了！"

"这儿挺好。告诉你，我回不去了！"

"怎么了？"

"我赎了身了，我把这些年的积蓄全给了我娘，还差一万多银子，我说七爷替我还。"

景琦大惊："赎身啦？我……替你还银子这没的说，可你今后打算怎么办？你还有亲人吗？"

"还有个娘家哥哥。"

"找他去？"

"我娘死了，就是他卖的我，还找他？"

"那你跟谁过？"

"跟你！"

景琦以为听错了，惊诧地说："跟……跟谁？"

"我就跟你！"

"我说，你知道……我们家……我妈……"

"大户的爷纳窑姐儿做妾有的是！"

“可我们家不一样，你不知道……哎哟，我怎么跟你说呀！”

杨九红担心地问：“你不想要我？”

景琦有些傻了，支支吾吾地说：“不是不想要……不行，不行……你得容我想想……”

“你想你的，我反正定了！”

“我媳妇儿倒没什么，可我妈……你知道我是叫我妈赶出来的！”

“我知道！”

“我还得回北京！”

“你走到哪儿，我跟到哪儿，我跟定你了。”

“这事儿得慢慢儿来，走吧！我先送你回去！”

“我哪儿也不去！”杨九红从炕上翻出了毛瑟枪，“你要是不要我，我就死！哎，这东西怎么打？”

景琦吓得一激灵，忙一把夺过毛瑟枪，叫道：“哎，别玩儿那东西，这可不是闹着玩儿的！”

景琦说完，坐到杨九红身旁，伸手搂住她，安慰道：“你的心我全都明白。这样吧，我先找堂姐问问，看她怎么说。”

杨九红撇撇嘴说：“你堂姐？她公公还惦记着我呢，你找她？”

“这不是小事儿，总得商量商量！”

“甭商量！你这个人，什么事儿不是自己拿主意！再说，你堂姐也绝不会答应，到那时候，你听谁的？”

“我不过是去问问，还告诉你，别以为跟着我就能享福！”

“我没打算享福，跟着你受罪心里也舒坦！”

“我是个管不住自己的人，我们那个大宅门儿里头，跟马蜂窝似的，动不动就蜇你一下子，能把你蜇死！”

“甭吓唬我，有你在，谁敢蜇我？！”

“嗨，跟你说不明白。你等着我，怎么也得跟我堂姐说一声儿。心急吃不了热豆腐！”

第二十三章

景琦还真有点儿拿不准主意了，他本是个干事最有主意的人，可不知怎么了，到了女人跟前儿，就跟没了根儿的浮萍似的，瞎漂乱荡起来，怎么也下不了狠心和杨九红说个“不”。答应她吧？真不知道将来怎么向爹妈交代，从来没这么烦过。他只好去找最信得过的堂姐玉芬，好歹讨个主意。

“九红已经赎了身，她跟定了我了，她也不是图享福，就为跟着我她舒心，她倒是实心实意的……”景琦越说越没信心，终于停住不说了。玉芬不言不语，两眼凶狠地死死盯着景琦。“你看你这样死盯着我，我都不敢往下说了。”景琦边说边躲闪着玉芬的目光。玉芬大怒道：“简直是胡闹！不成体统！这事儿你还用跟我说，当时就该把她赶出去！”景琦为难地说，他要是不要她，她就去死。玉芬气呼呼说，叫她去死，哪个女人不会这一套，这种屁话你也信。景琦发愁说，这不是来找你商量吗？玉芬当机立断地说，没什么商量的。你上有严母，下有妻儿，还想干什么？刚有俩糟钱儿，就烧包儿了，是不是？

玉芬站起身，愤愤地说，她去跟杨九红说。眼看要砸锅，景琦忙起身拦住玉芬说，算了，还是他自己说吧。玉芬想了想，给景琦出主意，先别回去，晾着那女人，叫她去等！等得不耐烦，她自己就走了。她太知道男人了，只要见了漂亮姐儿就心软，她再一哭天抹泪儿的，什么都能答应。今儿个，景琦就住她家，臊着杨九红，懂得廉耻她自己就走了。

玉芬不再搭理景琦，叫仆人冬生把屏门、大门都给锁上，没她的话，谁也不许放七爷出去。她气焰嚣张地瞪着景琦。慢慢地，景琦泄了气，一屁股坐到了椅子上，抱怨说："我刚出了大狱，又进班房！"玉芬怒吼着说："这儿怎么是班房？你可以写字、看书、作画、练拳，干点儿什么不行？比跟那窑姐儿鬼混好多了！"

景琦去了堂姐家，杨九红没有回畅春园，她铁了心要伺候七爷一辈子，五里巷这间破屋子就是自己的家了。她动手把两间小屋里里外外地收拾了一番，大概从黄春走后，这屋就从来没收拾过。还别说，小破屋一收拾，还真顺眼、清爽了许多，被窝该拆了，枕套也该洗了，对于平时不大干活的杨九红，这番折腾还挺累。

一直等到了半夜，景琦也没回来。尽管九红早有预感，还是不安起来，看来玉芬姑奶奶是断不会同意的。七爷是爱她的，一掷千金的官老爷、大土财主，都有的是钱，可哪个肯为窑姐坐牢的？他是个顶天立地的爷，对女人柔情似水，绝狠不下心来，想着想着她就踏踏实实地在七爷的炕上睡着了。

第二天杨九红早早醒了，她又忙活上了，把被褥全拆洗过，晾了一院子。房东于老头走过来，问道："姑娘，什么时候办喜事？"杨九红说："快啦！七爷正操办着哪，到时候请您喝喜酒！"说完，她忙又回身到外屋灶间，揭开锅盖，蒸气呼地弥漫出来。锅里蒸的馒头已熟，杨九红伸手用手指迅速地点了一下馒头，又盖上锅盖，低头将灶中的柴火撤出，用手巾擦了擦手。

忽然听到院里有响动，杨九红忙起身跑到房门口向外看，见于老头进了院门向自己房屋走去，她不禁叹了口气又回到里屋。杨九红到炕前，把衣物一一叠起，慢慢转身坐到炕沿儿上，手里拿着被单子发愣。情形不对了，到了晚上七爷也没回来，七爷那性子是什么人都管不住的，居然一天一夜不回，可见这位玉芬姑奶奶有多厉害，她一定是把七爷关了起来。不能坐在这儿傻等，这世上想占先就得豁得出去，杨九红找上门来了。

玉芬、景琦、小培在吃饭，安安静静的谁也不说话。仆人冬生走进来禀告："少奶奶，有位小姐找七爷！"景琦忙站起说："她来了！"说罢就要往外走。玉芬毫不客气地说："站住，坐下吃你的饭！"她又转头看着冬生，"告诉她，七爷不在。"冬生答应着转身出了花厅。景琦颇为不满地望着玉芬，她若无其事头也不抬地只顾吃饭。

杨九红站在门道里，冬生走过来，神情不大自然地说："小姐，七爷他……不在。"杨九红回头看了看，二话没说转身坐到了懒凳上，说道："那我等他，麻烦您了。"冬生惊讶地望着杨九红，见她神态自若地坐着，大有见不到人决不会走的意思。

冬生赶忙回身跑进饭厅，禀告说："少奶奶！那位小姐她不走，坐在门口等七爷。"玉芬把筷子一摔，骂道："真不害臊！你去把她……"景琦猛抬头看着玉芬，眼神里流露出不满。玉芬顿了顿，知道这种事不可操之过急，弄不好景琦就真翻儿了，忙又改了口："叫她等，甭理她！"冬生又颠儿颠儿地跑了出去。

景琦长叹了一口气："唉！"端起碗喝汤。玉芬说："你甭像受气小媳妇儿似的愁眉苦脸，我是为你好！你拍拍良心说，是不是？"景琦故意用力拍拍胸口，抬头十分严肃地说："是！"玉芬悻悻然说："你也甭气我！这事儿叫你妈知道了，你一辈子甭想回家！"景琦只顾低头喝汤，喝的声音很大，玉芬看着景琦说："白家能容得下这种姨太太？"

天黑了，深秋的风有点凉了，街上没有什么人了，杨九红仍默默坐在路家门口。看门的老伍头儿走出来，说道："小姐，掌灯了，我们得关大门了！""对不起，打扰你们了。"杨九红说着站起向门外走去，身后的门砰地关上了。杨九红站在路当中茫然四顾，一辆马车迎面驶来，她也没有躲避，马车急忙绕过，车把式吆喝着，骂骂咧咧地驾车远去。一个讨饭的老妇走到她面前乞求着，她木然地掏出一锭银子，扔给老妇，银子落在地上。老妇捡起银子惊讶地抬头看，叫道："小姐，这是一锭！"杨九红没回头，一直朝前走……

一钩弯月挂上中天，杨九红走了好久才回到五里巷。连她自己也不知道，为什么走到了井台边。杨九红坐在井沿上，两腿垂在井里，低头看，深不见底的井水隐约泛着淡弱的星光。杨九红默默坐着，许久许久后，她慢慢地抬起头，夜已深沉，巷子里空无一人。杨九红忽然站起，毅然向景琦家走去……

又是一个清早，老伍头儿打开大门，一下子愣住了。杨九红背身坐在台阶上，闻声回过头来，老伍头儿不知所措地点了一下头。杨九红忙站起来说："我找七爷！"玉芬正在漱口，冬生匆匆走进禀报："少奶奶，那位小姐又来了，找七爷！"玉芬呸的一声狠狠将水吐掉，大叫："还有这么死乞白赖不要脸的女人！别告诉七爷，叫她等！我看她还能坐三天三夜！"

真叫玉芬说着了，第三天一大清早，老伍头儿开门一看，老地方、老姿势——杨九红又来了。正是吃早点的时候，景琦坐下先吃上了，说道："姐，我得到柜上去看看。"玉芬说："不必，你不去，那泷胶庄也着不了火。"景琦说："你派个人去我家看看，她走了没有，何苦老把我圈起来。"玉芬说："过了这三天我就放你回去，杨九红也就没了耐性了。"景琦叹息说："其实杨九红这个人挺好，可惜——""我就知道你早动心了！"玉芬不容景琦再说，她也并非铁石心肠，"我并不是说烟花女子都不好，苦命的多！"景琦忙说："就是嘛，都挺可怜的。"玉芬立即改了口气："你甭可怜她，你要她，以为把她救出苦海了？说不定是毁了她！"景琦说："我毁她干吗？"玉芬一针见血地指出："不是你，咱们那个大宅门儿，没她的好果子吃！"

景琦、玉芬吃完早点刚刚站起身，小培跑了进来说："七舅，外边有个女的找你。”玉芬皱着眉头说：“告诉她，不在！”“我告诉她在了！”玉芬气得一巴掌将小培手中的早点打到地上，小培哭了：“干什么打我？”景琦忙说：“打孩子干什么，他又不会说瞎话。我还是去跟她说明白了好，要不然显得我太没男人味儿了。”玉芬说：“你不能去，我去见她！”

玉芬来到大门道，坐到九红对面的懒凳上，上上下下、认认真真地打量着她，九红拘谨地低头坐着。玉芬挑衅地说：“七爷是在我这儿，他不想见你！”“他不会，是您不叫他见我！”杨九红单刀直入一语道破，说完仍低着头。玉芬着实一惊，知道遇见了对手，反而不知说什么了，两眼死盯着杨九红。杨九红抿着嘴，低着头，一副我见犹怜的模样。玉芬只好知难而进，点点头说：“你说得对，我不叫他见，可七爷说他不能娶你！”杨九红平静地说：“他不会，是您不叫他娶我！”

玉芬一下子锐气全失，一筹莫展地望着杨九红，她不再咄咄逼人，只有招架了，好言劝道：“是我不叫他娶你，可我是为了你好，别以为跟着他就能享福，进了白家大宅门儿，你有受不完的罪，就你这身份……”玉芬突然不往下说了。“您不用不好意思说。我是个下等女人，可我不是为了七爷有钱，更不是为了去享福，只要跟着他，受什么罪，我都愿意……”杨九红掏心掏肺显得十分真诚，“我也不想进大宅门，我只要住在七爷那间小破屋子里，我就知足。七爷是好人，我没见过这么好的男人……”玉芬完全听愣了，她没想到景琦除了胆大妄为还有另一面。

杨九红接着说：“我从小没爹没娘，哥哥嫂子把我养大，我还不懂事的时候就把我卖了，我不是天生的下贱！只有七爷拿我当人……为了我他敢得罪提督府，情愿下大狱，我这辈子给他当牛做马也心甘情愿！”玉芬被杨九红彻底感动了，充满同情地望着她，竟说不出一句反驳的话，还差点儿掉下眼泪，完全不知道往下该怎么说。玉芬突然站起身，低着头匆匆走了回去。

景琦不安地在花厅中走来走去，想不出会是个什么结果。玉芬沉着脸走了进来，也不看景琦，一下子坐到椅子上发愣。景琦忙走过去问：“怎么样？”玉芬低头不语，两眼望着地，似乎在和自己生气。景琦着急地追问：“怎么了，她走啦？”玉芬好像在自言自语：“不行，这个女人我也招架不了，更甭说你了。”“快说呀！”这些没头没脑的话让景琦更不明白了。“我这眼泪差点没叫她说下来，不行，你更不能见她了！”玉芬忽然抬起头，“她是挺叫人心疼的啊！”景琦感觉莫名其妙，问道：“你这是怎么啦，出什么事儿了？”玉芬说：“她把你的心思都摸透了。嗨！你们这些个男人哪！”尽管如此，玉芬还是没有让景琦和杨九红见面。直到天黑掌灯，杨九红才离去，回到五里巷的小屋里。

第四天清晨，杨九红又在路家开门前就守候在门外了。这回老伍头儿没再惊讶，客气地把她让进了门道。花厅里，玉芬和景琦、小培在吃早点，玉芬叹了口气说：“老七呀，我也看出来了，杨九红是铁了心要跟你。她又在门外等你呢，这事儿你自己拿主意吧！”景琦惊讶地问：“怎么，你不管啦？”玉芬摇摇头说：“管不了，鄙人耗不过杨九红，甘拜下风！”景琦笑了：“你可从来什么事儿都没认过输！”玉芬严肃地说：“反正我把丑话都给你说到头里了，听也在你，不听也在你，我今儿就放你走！”景琦抬头看着玉芬说：“你弄得我都没主意了。”玉芬说：“你要是心疼她，你就娶她；你要是顾忌着父母，想着老婆孩儿，你就下个狠心。你不是小孩子了，走你的路去吧！”玉芬满嘴都是警告，哪有一点出主意的意思，说了半天白景琦只有一条路可走，景琦苦笑着说：“你这哪儿是叫我自己拿主意呀！”

在他们正说话的工夫，玉芬的丈夫路广义在门口下了马车，看门的和冬生忙跑出来迎接，忙着搬行李。广义走进门道发现了杨九红，奇怪地望着她，杨九红仍低头坐着。广义向前走，冬生追了上来。广义低声问冬生：“找谁的？”冬生也低声回道：“找七爷！”广义诧异地问：“怎么跑这儿来找？”冬生边走边向广义低声解释，走到垂花门时，广义突然站住了，回头看了看低头而坐的杨九红，生气地说：“不成体统！”转身进了垂花门。

广义一走进屋，玉芬、景琦、小培忙站起，小培跑到广义身边叫了声："爸！"景琦也叫道："姐夫！"广义没答应，满脸不悦之色，问道："门口儿怎么回事儿？"玉芬忙接上话："找老七的。"广义不满地说："弄个窑姐儿成天坐我门口儿，算怎么回事儿？"景琦忙说："我又没请她来，是她自己要天天来！"广义吩咐道："冬生，叫巡捕营的来，把她带走！"玉芬忙上前拦道："别，别！正商量哪，我去叫她走！"

玉芬忙跑出门，心平气和地对杨九红说："姑娘！你是个聪明人，跟你说瞎话也瞒不了你。你先回去，我叫景琦这就去找你，有什么话，你们自己商量。"杨九红说："那我谢谢少奶奶了。"玉芬说："说到头儿是你俩自己的事儿，这几天委屈你了，你可别介意！"九红由衷地说着心里话："您这是说哪儿的话呀，您也是替七爷着想。七爷有您这么一位堂姐，真是福气！"玉芬说："什么福气呀，你可别恨我！"九红说："有人疼，有人管，那就是福气，七爷一人儿在济南，您还真得多管着他点儿，我走了。"杨九红给玉芬请了个蹲儿安，转身走去。玉芬十分欣赏地望着远去的杨九红，回头对冬生说："她可真会说话，怪不得老七跟吃了迷魂药儿似的。"

景琦回了五里巷，一进院立即呆住了，窗户上、门上都贴着大红喜字，门框上贴着新对联。景琦慢慢走到屋门口，推开房门探头向里看着，像到了别人的家，屋里一点儿动静都没有。他轻手轻脚进了门，只见灶间收拾得整整齐齐干干净净。这是自己的家吗？景琦又轻手轻脚走向里屋，慢慢撩开了门帘。

杨九红坐在炕上冲着他笑："进来呀，不认识了！"景琦进了屋，站在门口傻看着。屋内焕然一新，新墙纸，新窗帘，新被子，墙上贴着大红喜字，还挂着那把日本军刀，炕桌上的书也摆得整整齐齐，杨九红用探寻的目光充满期冀地望着他。"这是我的家吗，啊？"景琦喃喃着边走边环顾室内，走到杨九红面前站住了。

两人的目光直直对在一起，杨九红充满深情地凝望景琦，景琦不无惆怅地望着杨九红。杨九红轻轻地说：“你多少天没沾我的身子了，啊？你不惦记着我，啊？你还不快上来，啊？”杨九红慢慢向后倒了下去，景琦慢慢地趴到了杨九红身上……

自打二奶奶把景琦赶出家门，三爷白颖宇没那么精神了，他自知理亏。最难以忍受的是两个儿子，居然跟自己完全不是一条心，对二奶奶比对他这亲爹还好，这上哪儿讲理去？扪心自问，二奶奶对自己家人还真没什么坏心眼。由于他的瞎搅和，二奶奶才把景琦赶出了家门，这搁谁身上也是深仇大恨了。颖宇一直偷偷贼着二奶奶，防备着她报复、下黑手，可二奶奶后来就从没提过这件事儿，还特别资助他儿子景武去法国留学，老二景双也在“南记”柜上做了主管。桩桩件件，都让颖宇心里愧得慌。有了难处真正能帮自己一把的，还是二奶奶，这胳膊肘真不能向外拐了。他一老实，二奶奶就省了一半心，没了后顾之忧。

颖宇照常去教堂、坐茶馆、听书、遛鸟，过了个滋润。这天，跟着做完礼拜的教徒走出教堂，被等在门口的关少沂叫住了：“三爷，三爷！”“哟，关爷，老没见了。”颖宇站住回头道。关少沂说，他想跟颖宇说个事儿，能不能跟二奶奶说说，他想把香伶接回来，她该找婆家了。颖宇撇撇嘴说，趁早儿甭打这主意，把香伶接走，雅萍怎么办？

关少沂急了，总不能让香伶一辈子陪着个疯子。颖宇叫起来，那赖谁？谁叫他当年把雅萍扔下不管。这话戳了关少沂的肺管子，他愤怒地说：“那是因为你，主早晚会惩罚你！”颖宇笑了：“主惩罚我？你歇着吧，主跟我好着哪！主说我要发大财，主有工夫管你这闲事儿！”

颖宇说罢向前走去，关少沂忙跟上前说：“你们不能不替香伶想想，她都二十三了！”颖宇说：“八十三也没用。还告诉你，我们家来了一个二奶奶的远亲，大概看上香伶了，天天缠着不放。”关少沂惊讶地问：“这是个什么人？”颖宇如实相告，那个家伙叫韩荣发，不是什么好人，整个儿一个混头巴脑，无赖加地痞的下三滥。关少沂惊讶地问，这是二奶奶的主意？颖宇幸灾乐祸地说，是不是的反正她也管不了。嘿嘿，香伶要嫁这么个大活宝，那乐子可就大了。见颖宇扬长而去，关少沂心里不踏实了。

八月十五中秋节，对宅门里来说是个大节气，女孩子特别高兴。常言道："女不祭灶，男不拜月。"一是怕灶王奶奶吃醋，二是怕男人调戏嫦娥。这天夜里拜月，要家中全体女眷上阵，张灯结彩，吃月饼就不用说了，还要放烟花，而且也是女孩子放。这一年家宅平安，柜上生意也好，二奶奶到内账房吩咐大头儿给大伙儿发双份儿的红包。

胡总管兴冲冲地举着银票跑进来说："二奶奶，景琦又汇银子回来了。"二奶奶接过银票高兴地看着说："去，给二爷送去，叫他高兴高兴！"胡总管接过银票走了，颖宇嚷嚷着走进来说："听说老七又汇银子来了？"二奶奶说："光往家里弄钱，也不知道他那边儿怎么样，倒是来封信啊！"颖宇说："错不了！二嫂，叫他回来吧，他可是混出个人样儿来了！"

"哪儿比得上你家老五，法国留学，多出息！"

"那不全亏了你帮忙！"

"快回来了吧？"

"快了，今年底或明年初吧！我是真想景琦，当年赶他走，是我一时气糊涂了。要说这孩子，我从小就看他有出息，别看他淘！"

这话二奶奶爱听，她高兴地说："看吧，二爷比我还急，天天闹着要景琦回来……"

突然从里院传来香伶的尖叫声，二奶奶和颖宇都吃了一惊。秉宽慌里慌张跑到门口说："二奶奶，您快瞧瞧去吧，那位韩爷又在那儿……""这个畜生！"颖宇骂着向外跑去，二奶奶随后也忙跟出去。香伶已从厨房院跑出，韩荣发跟着追了出来。两人围着鱼缸转，韩荣发嬉皮笑脸地说："你跑什么？我又不吃了你！"雅萍跑出来，又急又气不敢上前。正不知所措，颖宇和二奶奶绕过活屏赶来，颖宇大叫：“韩荣发，你又犯浑是不是？”

香伶一下蹿到二奶奶身后躲起来，二奶奶训斥道：“你要干什么？三天两头这么胡闹还成啦！”韩荣发涎着个脸说：“我跟她闹着玩儿呢，怎么啦？”香伶余悸犹存地说：“他非要和我那样，我不干，他就打我，你看他把我掐的！”说着她撸开袖子，只见胳膊上大块大块青紫伤痕。二奶奶大声地斥问道：“这也是闹着玩儿吗？”雅萍走过来搂着香伶。

“她是哪家的千金小姐，我叫她干什么她就得干什么！”韩荣发竟走上前拉香伶，二奶奶忙过来拦住，推开韩荣发的手。韩荣发大怒，上手推了二奶奶一把，颖宇忙上前用力推开了韩荣发，大吼：“你敢跟二奶奶撒野，我抽不烂你！”韩荣发吓了一跳，嚷嚷道：“好啊，你们一家子欺负我一人儿！”二奶奶气愤地质问：“谁欺负你了，是你欺负香伶！你懂不懂规矩，男女有别知道不知道？你少往姑娘屋里钻！”韩荣发怒气冲冲地说：“好啊，你们这些忘恩负义的东西，我今儿……”“行了，行了，回屋去吧。你怎么这么不懂事儿，走，走……”骂骂咧咧的韩荣发被颖宇推进厨房院。

“快回屋里去，看看伤着哪儿了。”二奶奶推着雅萍和香伶，却只见雅萍两眼直直地望着她身后。二奶奶忙回头，但见关少沂站在敞厅后门口，二奶奶忙招呼：“哟，关大爷，什么时候来的？”关少沂说：“来半天了，我来接香伶。”二奶奶忙又解释：“关大爷，香伶在我们这儿并没有……”关少沂打断了她的话，冷冷地说：“我都看见了，我谢谢二奶奶，我要接香伶走。”

雅萍、香伶无奈地望着二奶奶，二奶奶点点头说：“也好！雅萍，叫香伶躲躲也好，万一弄出点儿事儿来，谁也担待不起。”关少沂说：“香伶，走吧！”二奶奶劝道：“香伶，去吧！收拾收拾东西，跟你爸爸走。”关少沂说：“香伶，你等等，詹家的人接你来了。你要去新疆和詹奎禧完婚，这两天就得走，你现在就跟你妈辞行！”

二奶奶、雅萍、香伶听了都是一惊。二奶奶担忧地说：“这怎么行？詹家发配新疆，把香伶送了去，就永远没有回来的那一天了。”关少沂郑重地说：“这是早已经订了的婚事，詹家虽然早已衰败了，可毁婚不是我们这种书香门第干的事儿，就是火坑也得往里跳了！”二奶奶点了点头，说道：“这话我赞成，可是香伶，就苦了你了！”“舅妈，放心吧！嫁鸡随鸡，嫁狗随狗，做女人的本分我还懂，我就是不放心我妈，我就托给您了！”香伶说完，含泪一下子跪了下去，二奶奶忙将她拉起，说道：“放心吧，你可要保重自己呀！”香伶一下子扑到了雅萍的怀里，母女抱着痛哭失声。

颖宇拉着韩荣发出了前敞厅，劝道：“我可告诉你，二奶奶是一家之主，这个家连二爷说话都不算数，你跟她较什么劲。”

“我都三十了，我得娶媳妇儿，怎么没人理我这茬儿？”

“别着急，三爷给你张罗一个怎么样？”

“我不要！我看上玉婷了，我得娶她！”

颖宇大惊道：“这哪儿成啊！她刚十三岁，再说了，二奶奶也不会答应！”

“她敢不答应！”

颖宇一愣，忙问道：“我说，你到底跟我们家沾什么亲？我到这会儿也不明白。”

“你甭明白，这是我跟二奶奶的事儿！”

“二奶奶一定有什么短处掐在你手里吧？”

“短处？你们白家欠我的！”

“跟我说说！”

“凭什么跟你说！你们要是再敢欺负我，我就他妈把底儿全兜喽！叫你们全下大狱！”韩荣发气呼呼说完，站起身往外走去。

“什么玩意儿！”颖宇忽然倒吸一口凉气，“咝——全下大狱？这里边儿有什么猫儿腻？”

二奶奶有天大的本事，也崴咕不了姓韩的这小子，谁心里都明白，这小子肯定有来头，可谁也不敢多问，猜不透究竟是为什么。二奶奶是好惹的吗？容这小子祸害了两年多，快三年了。这家伙太讨厌了，弄得全家上下怨声载道，埋怨二奶奶无能，治不了还说不清。什么大风大浪二奶奶都顶得住，可这个烂河沟子，怎么也迈不过去了。最糟心的是，没一个可商量的人，连个能诉苦的人都没有。二爷颖轩心里最清楚，从哪头儿捋，也捋不出二奶奶有这么一门远亲。二奶奶都快憋出病来了，从内账房出来，就奔了花房。二爷完全是当年老爷子的做派，没事儿闲了，就一头扎进花房，写字、画画，两耳不闻窗外事。

二奶奶进了花房，只见玉婷在浇花，嘴里哼着京剧《玉堂春》："公子不解其中意，他吃了一口哼一声……"二奶奶叫她别唱了出去玩儿。玉婷说："我浇花儿呢！"二奶奶回过头问颖轩："拿着汇票了？""拿着了。"颖轩拿着笔停住了，长叹一声："唉——"二奶奶说："我知道你又要说叫景琦回来。"二爷有些急赤白脸地说："该叫他回来了吧，你也心疼心疼我。我老了，想儿子！""好像就你一个人儿想！"轻易不愿在人前表露情感的二奶奶，在二爷面前说了实话。二爷说："再说这里里外外，你也得有个帮手啊。"玉婷问："妈，我哥什么时候回来呀？"二奶奶说："去去，出去玩儿去！"玉婷说："我还没浇完呢！妈，我哥什么时候回来呀？"二奶奶没好气地说："哎呀，别烦我。去，出去玩儿，我跟你爸有话说。"玉婷噘着嘴说："又瞒着我！"二奶奶说："听话，晚上我带你去听戏！"玉婷高兴了："真的？"二奶奶说："真的！"玉婷乐颠颠跑出花房。

二奶奶说："你瞧这孩子，听戏听入了迷。我跟你说个事儿，愁死我了，这么多日子也没个人商量。"颖轩仍在作画，心不在焉地问："什么事儿？"二奶奶说："还不是姓韩的那个小子！"颖轩不以为然地说："我就不明白，轰出去得了，他算是你娘家的哪一门儿亲戚？我压根儿没听你说过。"二奶奶下定决心说："我就是要跟你说这事儿，大爷没死！"

颖轩奇怪地问："哪个大爷？"二奶奶压低了声音说："你大哥！"颖轩猛抬起头，惊讶万状地望着二奶奶问："怎么回事儿？"二奶奶说："你记得在西安老太太去世那天，你在大门口看见一个人面熟，那就是大爷呀！"颖轩大惊道："啊？怎么跟我都没说过？"

"担惊受怕的，我一个人儿知道就行了。这个姓韩的小子，不知道在哪儿摸了底，说他是替大爷死的那个人的儿子，其实韩家根本就没有后！"

"明白了，难怪这小子这么横！可这事儿……"

"我找了不知多少回，原来救大爷的朱顺和严爷，一个下落不明，一个死了，成了无头公案了。"

"还有谁知道这事儿？"

"没有，詹瑜和武贝勒起过疑心，可也没说出个所以然来。"

"那就把他轰出去！"

"那不就把事儿捅破了吗？我简直连个商量的人都没有。"

"你跟我商量……"

"这事儿我还能跟谁去说，你说怎么办哪？"

"这你可是找对了人了，我有什么主意……"

正说着，丫头银花气喘吁吁地跑进来说："二奶奶，韩大爷又在那儿缠住大小姐胡闹呢！"二奶奶顾不及说话，忙不迭地跑了出去。颖轩气得两手发抖，把毛笔一扔，东拿西找，终于抄起了一把花铲子，跌跌撞撞向花房外跑去。韩荣发竟然跑到二房院，把玉婷堵在了北屋里，一只手死死抱住玉婷，一只手在玉婷身上胡摸乱摸，伸着脑袋亲玉婷。玉婷吓得已经叫不出声，拼命挣扎着。韩荣发一副猴急的模样喊："媳妇儿，媳妇儿！你是我媳妇儿，害什么臊呀……好媳妇儿……别躲别躲……怕什么呀……"

黄春冲进来，后面跟着抱着敬业的丫头佩兰，黄春大喊："撒手！成什么样子啊，你连小孩子都欺负！"黄春拼命拉扯韩荣发，韩荣发根本不理睬，仍抱着玉婷乱摸。“别怕，别怕！过些日子我就娶你！”韩荣发依旧伸着脑袋亲玉婷。黄春见拉不开，顺手抄起炕上的笤帚疙瘩，狠狠地砸了下去。韩荣发疼得一下子松了手，捂住脑袋大叫：“你敢打我？”玉婷叫着跑出了屋，出了二房院，扑向正跑来的二奶奶，二奶奶忙搂住她。颖轩拿着花铲子跑来，一副拼命的架势……

黄春怒不可遏地指着韩荣发说：“瞧二奶奶的面子上，大伙儿都不计较你，你也该知道尊重自己！”韩荣发一脸的无赖相，喊道：“我怎么了，我要娶她！她是我媳妇，大爷就看上她了，怎么着？”

颖轩举着花铲子冲进来，直奔韩荣发吼道：“我宰了你个活畜生！”黄春也举起笤帚狠抽韩荣发。“干什么？俩儿人打一个！来人哪，救命啊！”韩荣发叫着夺路而逃。颖轩和黄春追着冲到院里，韩荣发边跑边喊：“我非娶玉婷不可，要不然我就叫你们知道知道我的厉害！”韩荣发蹿向院门外，在后面追赶的颖轩冷不防在门槛儿上绊了一下，冲下台阶又蹬了空，一下子扑倒在地上。跟着追上来的人赶忙围上来，只见颖轩牙关紧闭，已无知觉。“快抬进去！二哥，二哥！”颖宇叫着，秉宽、胡总管赶忙将颖轩抬进屋，已经顾不上去和姓韩的算账了。

颖轩躺在炕上，只有张嘴喘气的份儿，手里还死死地攥着花铲。颖宇费了好大劲才掰开手指拿出来，叹息说，何苦呢，平时连个蚂蚁都踩不死，还宰人哪！二奶奶端了一碗水过来，颖轩无力地将水碗推开说：“叫……叫……叫……”二奶奶忙问叫什么。“叫……叫……”颖轩越急越说不出话，颖宇问：“叫谁呀？二哥！”颖轩急得瞪大了眼，喊道：“叫……叫……”二奶奶知道他想谁了，忙回头对秉宽说：“快收拾收拾东西去济南，叫景琦快回来！”

颖轩突然松了一口气不说话了。是啊，二奶奶最知道他心里想什么，她自己又何尝不是这样想呢？想儿子，想景琦，就是死，也得见儿子最后一面。

第二十四章

按老例儿，八月十五柜上歇一天工。景琦趁这个日子口儿在大名楼摆了一桌酒宴，请玉芬、吴掌柜、吕掌柜等人，一是过节，二是为收了九红摆的喜酒。这喜酒不敢太张扬，毕竟是自作主张的，连个招呼都没跟家里打。反正远在千里之外，又有玉芬做主，摆个酒，走个形式罢了。九红也不介意，有了七爷这么个靠山，她心满意足了，毕竟从那个脏地界儿走出来了。

玉芬先带头举起了酒杯敬九红，说过去的事儿都不许再提了，愿他们两口子白头偕老。杨九红哪里敢当，忙站起身说，谢谢姑奶奶的成全。玉芬亲热地说，从今往后，她就是九红的后台老板，谁要欺负九红，她可不依！景琦举起杯说，这事儿他没禀过母亲，所以也不敢大办喜事，诸位多包涵。

景琦开始闹酒，说九红的酒量天下无敌，喝酒跟喝水似的，喝多少都跟没事儿人一样！大伙儿听了都哄起来，嚷嚷着给九红换大杯。九红是陪惯了酒的，酒量自然是大的，一两斤酒不在话下。她来者不拒，闹酒闹了有一个时辰，喝了个人仰马翻。趁着酒兴，吴掌柜受孙家之托，给孙家与七爷来说和了。他叫大家安静下来，说孙老头儿的儿子从北京回来找他两三回了。这场官司他们撑不住了，认输了，只要赶紧结案，孙记泷胶庄他愿以底价盘给七爷。从此，全家迁出济南，永远不再干这行了。

景琦不以为然地说，他还想把这官司打个七年八年呢！玉芬劝景琦见好就收，吴掌柜也说杀人不过头点地。这一年多，孙家上下使了银子无数，府台大人就是不结案，景琦这招儿够阴的。再说元祥也坐了一年多牢了，赶紧把他放出来吧。景琦洒脱地说，看吴掌柜的面子，饶他不死，喝酒！这就叫杀他个干干净净！景琦学着京戏的念白，大家齐声喊好。

约好了在同春茶馆见面，两张契约上，景琦和孙万田的儿子孙继田相继盖了章，并叫七爷明天过去盘点，孙继田说完满脸阴云先走了。吴掌柜说，听说孙老头儿不行啦，活不了几天了。景琦说，自作自受！他说着起身撩开里屋的门帘，石元祥远远地坐在一个靠窗的桌子旁。景琦向他招了招手，石元祥忙站起走过来，诚惶诚恐地望着景琦。景琦和吴掌柜让他坐下，他依然不敢落座，磨叽半天才拘谨地坐了个椅子边儿。景琦说派他个差事。孙记泷胶庄盘过来了，得有个大查柜，就让他来干吧。石元祥吓得一下子站了起来，满脸恐慌，不知七爷到底要干什么。吴掌柜也是一愣，不知景琦这话到底是玩笑要人，还是当真这样安排。

景琦和颜悦色看着石元祥说，怎么了，不愿意再给七爷办事了？石元祥脑子里只想七爷能高抬贵手放他一马，就烧高香念弥陀了，哪还敢有什么非分之想，于是可怜巴巴地说：“大堂上我也供了，大牢我也坐了，您还想怎么处置我，您就明说吧，我都认！”景琦笑了：“老吴，你听他说什么呢，好像我要害他似的！”吴掌柜也没闹明白，劝解说：“有话还是明说的好！”景琦说：“这不明说了吗？一年多的大牢不能叫你白坐，明儿去‘孙记’盘点就是你去。你从老柜上挑俩可靠的人带过去，我可就全交给你了！”

石元祥相信是真的了，这和他想的可真是天差地别了，竟无言以对。

吴掌柜大感意外，七爷这面子可大了，忙叫元祥谢谢七爷。石元祥一张嘴便哭了起来，连声说谢谢七爷！景琦摇摇头说，嘿嘿，大老爷们儿哭，忒寒碜了吧。去吧，准备准备！石元祥感激涕零，答应着捂住脸走了出去。

吴掌柜不无担心地说："七爷，你这事儿办得固然是漂亮，可元祥这人品靠得住吗？"

"没有比他更靠得住的了！"

"这种偷偷摸摸的毛病可是不好改！"

"他对不起我一回，我还提拔了他，他就不会有第二回！"

"难说，你还得防着他点儿！"

"用不着，疑人不用，用人不疑。别忘了，他做坏事是为了给他妈治病，这份儿孝心就难得！"

吴掌柜摇摇头说："你是个大孝子，所以才这么想。"

景琦郑重其事地说："你再想想，整个儿柜上最老的人，最懂行的就是他，还靠不住？"

吴掌柜深深点了点头说："七爷，我真服你，做事永远叫人摸不透！又合情理，又出其不意，要不你能成大事业呢！"

"行了吧，吴掌柜，别夸我了。要不是我那泡屎换你两千两银子，我哪儿有今天哪！"

吴掌柜哈哈大笑："坏！七爷，你真叫坏！坏透了，你个活土匪！"

二人开怀大笑，那叫一个爽快。

二爷真的不行了，二奶奶派了最可靠的秉宽去济南接景琦回家。这消息迅速在家里传开了，兄弟姐妹们自不必说，就连小一辈的敬公、敬田也都眼巴巴地盼着景琦回来。关于他的传说太多了，谁都想看看这是个什么人物。

黄春已经是坐卧不宁了，二房院里里外外恨不得一天收拾三遍，桌子擦得能照见人影儿了，她还特意给敬业做了两套新衣。景琦在济南的事儿，黄春风言风语地听了两耳朵，也没往心里去。她静下来对着镜子发愣，看看自己生了孩子后是不是显老了。没有！只是笑得有点太过，当着人可不能这么放肆地高兴。

其实这一年多，黄春几次想带着儿子去山东找景琦，可她不敢说。二奶奶心里怎么想的，她无论如何猜不透。二奶奶在人前从不提景琦，可每到过年，大年初一各房人马齐聚敞厅，挤满了一屋子，给二奶奶拜年。年长的作揖，孩子磕头，黄春带着敬业一下跪，二奶奶突然就跑了出去，在院子里站一会儿，又笑嘻嘻地走回来，给孩子一个一个发红包。

三爷颖宇分明看见二奶奶站在院里抹眼泪，个中缘由不言自明。二爷颖轩那么个蔫不出溜的人，也和二奶奶背着人吵了几回架，打过了年就没什么笑脸。这回二爷一躺倒，家里的好药、秘制药全都用过了，却还是那样。二爷总是昏昏沉沉的，只要一睁眼，俩眼就望着窗户外头，死盯着往院子里看，望眼欲穿啊！他心里明白，可说不出来了。二奶奶派秉宽去济南，来来回回怎么也得十几二十天。

秉宽日夜兼程，偏偏遇见黄河发大水，整整耽误了七八天。半夜三更的到了济南，直接就奔了督军府，找到玉芬姑奶奶。玉芬一见秉宽，猛不丁子吓了一大跳，知道出了大事儿。秉宽好几天没正经吃饭了，狼吞虎咽地把一只鸡全吃了。

景琦闻讯急忙赶了过来，秉宽向他说了韩荣发的事儿。景琦很奇怪地说，老太太不是那种前怕狼后怕虎的人哪，家里没人管得了啦？秉宽说有二奶奶护着那家伙，谁还敢管？景琦说，他妈向来眼里不揉沙子，这事不那么简单，等他回去再说。他又担心地问二爷的病不碍事吧。秉宽说，看来是不行了，下半身儿不能动，连人都不认得了，还是早上路的好，越早越好，再晚恐怕……秉宽哽咽着打住，感到不好再往下说。

玉芬吓了一跳，惊讶地问有这么厉害。秉宽可不敢有意咒老爷子，是真不行了。景琦心情沉重，说今儿就动身，不能带九红走。玉芬很理解，不把家里铺垫好了，哪能让九红回去，何况她还有了身孕。景琦听说这消息，吃了一惊，他可是一点儿也不知道。玉芬埋怨说，男人都是这样。都说老七在女人身上心细，她看也是味儿事儿！她催景琦快回去收拾收拾，跟九红亲热亲热，明儿上路吧。

景琦回家立马收拾东西，这才问九红怀了孩子，为什么不跟他说。九红说，她怕万一不是，那不闹笑话。景琦问几个月了，九红想了想说，她有俩月身上没来了。

"嗨，你看，赶到这时候把你一人儿扔到这儿……"

"别说这个！"

"你知道我不是不愿把你带……"

"告诉你别说这个！"

"我们家的事儿你也……"

"还说，还说！我就住在这小屋里等你回来，反正我是你的人了，甭管走到哪儿，都知道我是你的人，我就挺知足！"

"我就这么香饽饽儿？"

"哎，你自己不觉得？"

"不觉得！人家都说我坏透了，是个活土匪！"

"你要不是活土匪、坏透了，我就不喜欢你！"

景琦一下子把九红搂在怀里亲着说，给他生个丫头。九红奇怪地问，干吗要生丫头？景琦说，丫头跟她长得一样，看他怎么把她调理成一朵花儿。景琦心神激荡地把九红轻轻放躺在炕上，九红高兴地说，那她就给七爷生个丫头。景琦躺在炕上紧紧抱住九红……

景琦和秉宽在第二天黎明时分，就赶着马车上路了，两人倒替着歇息，紧赶慢赶，急如星火地从济南府赶到了北京城。当马车停在大门口时，两人都傻了眼，只见门边挂着"挑钱纸"，大门上仍挂着白，胡总管和仆人迎了出来。

晚了！二爷终于没有等到景琦回来这一天，两眼死瞪着窗外咽了气。

景琦慌忙走上台阶，胡总管上前告诉景琦，秉宽前脚儿走，老爷就归天了，已经发过丧了。“七少爷回来了，七少爷回来了！”喊声一路传来，景琦进了大门，绕过影壁，进敞厅，过活屏……

景琦脑子里麻木成一片空白，只知道在深一脚浅一脚中走向上房院。进了北屋，景琦愣愣地站住了，他觉得站在屋中的母亲的面目似乎模糊不清，她身后条案上供着父亲大人的灵位牌。景琦悲戚地喊了一声“妈”，二奶奶心中像决了堤的大水翻腾着，强忍着泪水说：“拜过你爸爸！”景琦走到案前，胡总管忙上前给他戴上了孝。颖轩的灵位牌前，摆着几块砚台和他生前用的烟袋。二奶奶悲痛地告诉景琦，给他父亲陪葬的就是他买的那块砚台。景琦跪地大叫：“爸，儿子回来晚了，不孝的儿子回来晚了……”他悲痛欲绝地连连叩头。

院里已站满了人，黄春带着孩子敬业远远地站着，她不能往前凑，默默地望着北屋门口。

景琦站起身，拿起供桌上的烟袋装好烟，在蜡烛上吸着放在案子上，又转身对二奶奶说：“妈，您坐，儿子给您磕头。”二奶奶坐在椅子上，景琦虔诚地、深深地给二奶奶磕了三个头，二奶奶忍住没有掉泪。

景琦未能见上父亲最后一面，脑子里只留下被赶出家临行前，二爷站在马棚前偷偷地看他的那一瞬间，谁能想到错过了那一瞬间，就是永别。他本应带着媳妇过去给父亲叩头，说声珍重，道声别离。他没有，他以为来日方长，以为在外头混出个人样儿来，功成名就再带着媳妇给爸爸叩头，那多风光，多体面！人一辈子就是这样，一瞬间可能造成一生的辉煌，一瞬间也可能铸成终生大错，谁也无法准确地掌握那决定命运的一瞬间。

景琦对父亲的情感和对母亲完全不是一回事，光着屁股钻被窝里抱石头，那叫一个美！寒冬腊月烤着火背唐诗，那叫一个乐！故意叫儿子点烟装烟，那叫一个享受！一生襟抱未曾开，那叫一个知音！如今呢，只留下了瞬间的回忆。假如能够重新来一次该有多好呀，可生活里哪来的假如，七爷一辈子可能就做了这么一件后悔不及的事儿。

给二奶奶磕完头刚刚起身，颖宇大叫着“老七，老七”，从人群中挤进来，一把拉住景琦喊：“快叫我好好瞧瞧你。”景琦叫了声三叔，屈膝要跪下磕头，被颖宇抱住了，说道：“行了，行了！礼到就行了。”人们都从院里拥进了屋，纷乱地叫着“七哥”“七弟”……

韩荣发也挤上前来叫“七弟”，景琦一瞅他那泼皮样就认了出来，问他是韩荣发吧。韩荣发忙不迭说，是，是他，早盼着七弟回来了。景琦一下子想起就是这个混账气死了老爸，毫不客气地说，别叫他七弟，哪儿跟哪儿就七弟，叫他七爷。韩荣发愣住了，白家还没一个人敢对他这样，他刚要发作，颖宇知道不好，连忙上前打岔，说在便宜坊叫了一桌热闹热闹，听听老五留洋的事儿，乐子大了。白方氏在人群外嚷着，行啦，别白话了，先叫人家娘儿俩聊聊！

人们陆续拥出北屋，始终站在院里的黄春很知进退地拉着敬业走出上房院。

屋里只剩了二奶奶和景琦娘儿俩了，景琦没话找话说，看妈的气色挺好。二奶奶叹道，不行了，老了，精气神儿顶不住了。没说两句体己的话，二奶奶就执公执令地奔了景琦最难开口的话题：“听说你在济南娶了一位姨奶奶？”景琦忙低下头说：“我本来……”二奶奶打断说：“不必说了，你是大人了，也自立了，你个人的事儿，我不管。不过这个姨奶奶不能进咱白家的门儿，你在外边儿单给她立门户。你要娶多少我都不管，只是这种女人不能进门儿，咱们家的规矩你不知道吗？”景琦忙说：“知道。”二奶奶冷笑说：“知道就好！哼，窑姐儿有什么好东西，她要进门儿，还不把这家全搅乱了！”景琦想好了一肚子的话，却一句也不敢说了，低着头唯唯诺诺地：“妈说得是！”

听到外屋有响动，二奶奶问道：“谁在外头呢？”玉婷一掀帘子探进了身说：“我，我找哥！”二奶奶看着景琦笑了：“知道你要回来，天天念叨你！”玉婷说：“我想我哥！”景琦走到玉婷身旁说：“哥也想你，我给你带好东西来啦！”玉婷高兴地说：“真的？”二奶奶说：“去吧！把带的东西给各房都分分，也快去看看你儿子、媳妇！”“是！”景琦与玉婷走出屋。

一出屋，玉婷就说：“哥，晚上我带你去听戏吧！”“你带我？”景琦惊讶地看着妹妹，就这三年真是长大了。玉婷兴奋地说：“哎，眼下有个唱小旦的万筱菊，唱得可红了，我都会唱好几出了……”二人说着走出院门。

乱哄哄地忙了半天，景琦这才回屋里看老婆孩子。敬业躲在黄春身后，死拉活扯地不出来。黄春推着儿子说：“去呀，这是你爸爸，怕什么呀！”景琦伸着手说：“过来，爸爸给你好东西。”敬业更加害怕地往黄春身后躲，景琦从背后拿出一把九连环的大木头刀，刀尖上挂着两个红绒球，冲着敬业一抖。黄春又把敬业往前推，鼓励说：“去，去拿呀！”敬业怯生生地过去拿刀，刚一拿到扭身想跑，没承想被景琦一把拉住，笑道：“往哪儿跑，小子！”敬业给吓了一跳，突然咧嘴大哭。景琦一下子恼了，一把将敬业推向黄春，老大不高兴地斥责说，什么玩意儿呀，哭什么。黄春忙搂住敬业解释说，他头一遭儿见爸爸，还认生呢！搡巴他干什么，他还是个孩子。孩子哪有不哭的，他还小呢。

景琦指着敬业说：“告诉你，儿子！你爸爸四岁就拿安宫牛黄喂金鱼，光着屁股上草药包了，你动不动就哭，什么东西！”黄春见景琦瞅着敬业不顺气，忙叫他出去玩儿去，嗔怪说：“你好，还说呢，你今儿在灵堂给爸爸磕头，院里好些人都说，‘快瞧这七爷，连个眼泪都不掉，是个什么东西！’”

“我倒成了什么东西了？”

“你以为你是什么东西？”

“我不是东西！”

“这可是你自己说的啊？怎不把她接来？”

“谁？”

“还有谁？别装傻充愣的！”

“噢，怕你不高兴！”

“是怕你妈不高兴吧？”

“我这也是逼上梁山！”

“甭跟我这儿说这个，接来吧！”

景琦听罢摇摇头，十分灰心地说，妈不叫她进这个宅门。黄春一脸惊讶，不大相信。景琦无奈地长叹一声，唉，不进就不进吧。黄春自告奋勇，要去找婆婆说情。景琦忙拦住，阴阳怪气地说，少跟这儿装假贤惠，他不领情。

黄春还真不是假贤惠，当七爷那些烂事儿终于认定的时候，她哭了一宿。她从来是个与世无争的人，听天由命，上帝怎么安排就怎么活着。黄春没指望景琦和她从一而终，十几年来，她从小到大，景琦对她一片真情，那没的说。盼星星盼月亮地把他盼回来了，难不成还要跟他哭闹？男人在外少不了拈花惹草，像七爷那样的人物，没有女人纠缠就邪乎了，女人会上赶着黏上他！她想过，一旦济南那个女人被七爷带回来了，怎么处？她不想闹也不会闹，她没想到二奶奶根本容不下这个女人。反而可怜起这个女人了，她更想看看是个什么样的女人夺了七爷的心。

黄春赌气地说：“活该！谁爱管你这闲事呢，把她一个人儿扔到济南受委屈，关我屁事！”“唉……”景琦长叹一声仰身倒在炕上。黄春心里不舒服，酸不溜丢地问了一句，长得俊着呢吧？景琦也赌气似的回道，比她俊。这句话真把黄春伤着了，她再也忍不住一肚子的酸涩悲伤，哭了起来：“当然比我俊……我算什么呀……我以后就跟儿子过……我……”

景琦明明是犯浑，知道错了，忙不迭地起来坐到黄春旁边，伸手抱住了她说：“我可一直惦记着你！”黄春哽咽地说：“你在外头三年，想怎么乐就怎么乐！满处地风流，哪儿还知道有我啊！”景琦忙哄着说：“别哭，别哭！我看这世上啊，没有比你更俊的了。”黄春一下子又笑了，说道：“去你的吧，找别人去吧，你也换换口味儿。”敬业拿着断了的木头刀跑进来喊：“妈！”黄春忙往下拉景琦的手，景琦不管不顾仍抱着她。敬业跑到黄春跟前说：“妈，刀坏了！”景琦说：“嘀——行啊，毁东西你可真有两下子啊！”

景琦回来了，颖宇真是打心眼里乐，这两年总觉着欠了二奶奶的账，这下好了，心里踏实了。他上上下下地张罗着，摆了两桌酒席，真心实意地为景琦接风。男女各一桌，女桌边围坐着雅萍、翠姑等女人；男桌边首座自然是二奶奶，景怡、景双等弟兄围坐一圈，还有那个不招人待见的韩荣发。

景怡举起杯佩服地说：“七弟，你离开京城的时候，谁也没想到你弄出这么大的事业来。咱兄弟数你有出息，哥哥敬你一杯！”景琦忙干了杯中酒，说他是活土匪，瞎闯乱撞碰大运。儿子被人高看一眼，二奶奶高兴得忍不住地笑，刚要说什么，不料韩荣发却耐不住了，叫了声：“七弟，我听说……”景琦毫不客气地打断了他，斥责道：“谁是你七弟，我跟你说了叫七爷！”

两个桌上的人一下子都静了，知道今儿有热闹看了。韩荣发满不在乎地说：“七爷，七爷，听说你在济南弄了一个最走红的窑姐儿，收了房了？”在座的人都惊愕地看向了景琦，景琦满脸杀气地望着韩荣发，虎着脸道：“怎么了？”三爷和二奶奶都知道坏了醋了。韩荣发不知深浅地照旧要着浑，说道：“艳福不浅哪，怎不带回来叫我们开开眼！”

景琦慢慢站起身抓起了酒壶，所有在座的人都紧张起来，知道这酒壶会在一瞬间砸到韩荣发头上。景琦凶狠地望着韩荣发刚要上前，二奶奶大喝一声：“景琦！”景琦忙回头，二奶奶故意缓和声调叫大家都坐下，这么站着晃来晃去看着眼晕，景琦听话地坐下了。有二奶奶撑腰，谁敢动他一根手指头，韩荣发若无其事地大口吃鸭子。颖宇忙站起来打岔，叫景琦快吃鸭子，凉了就不好吃了。他又叫老五说说法国留学的事儿，让大家乐和乐和。

景武明白，这时候需要打个岔，忙开口说："咱们有位府台大人去法国，他没见过火车。下了轮船换火车，火车一叫唤，把他吓了一大跳，说洋人这是养了个什么怪物？有人拿他开涮，说这是托塔天王养的摩天兽，他就爬到火车底下去看，人家问他看什么呢。他说我看看是公的还是母的！"全座哄然大笑。景怡感叹说："洋人都进化成这样儿了，咱们这儿可好，还赶马车呢！"

女桌也都乱哄哄议论着，不知火车是什么。黄春高声问："外国的洋人都不留辫子吗？"景武说："不留！"女人们议论着说："不留辫子成什么样儿了？"玉婷偷偷走到景武身后，猛地把景武的帽子和假辫子摘下来，大叫："就这样！"景武摸着脑袋傻笑着，大家笑得前仰后合。景琦趁乱走到韩荣发身后低头耳语，韩荣发抬头大喜忙跟景琦出了敞厅，人们乱哄哄笑着说着闹着谁也没注意，但是二奶奶看见了，担心地望着敞厅外。

景琦将韩荣发带到厕所前，韩荣发奇怪地问："你叫我看什么好东西，带我上茅房来干什么？"景琦将他一把推进茅房说："进去吧，小子！"二奶奶望着茅房的方向，知道不妙，忙站起身说："不好！"不一会儿，茅房里面传来韩荣发的惨叫声："啊——救命——啊——"

厅里的人闻声都惊讶地回头，纷纷站起。二奶奶慌乱地说，快去看看，打上了！颖宇带头向外跑去，众人也纷纷跑出敞厅。大家刚跑到茅房门口，只见景琦揪着满头满身湿淋淋的韩荣发走了出来，尿水从上到下一个劲儿往下流。韩荣发不停地大叫："救命啊！他把我往尿桶里边儿按！"

大家惊呆地看着，女人们捂着鼻子往后退。景琦厉声道："滚出去！永远别再叫我看见你，你再敢进我们白家宅门一步，我见一回叫你喝一回尿！"说着狠狠在韩荣发的屁股上踹了一脚，"滚！"景泗、景陆、景武等大声叫好，韩荣发踉踉跄跄地跑到影壁前站住，回头大叫："行！等着我的，你敢打你们的大恩人，我叫你们一家子都活不成！"喊罢，他转身狼狈地跑了。

大家都解了恨了，无人不叫好，憋屈了两年多了，碍着二奶奶的面子敢怒不敢言，到底还是景琦霸气。白景琦就是白景琦，把他赶出家门时就这样，如今一进家门还这样，太解气了，至于捅了多大娄子，没人去想。这次二奶奶没有出面阻止，她到底是怎么想的？有把柄捏在别人手里，不忍气吞声就要祸及满门，可忍辱负重到何时是个头儿呀。

唉，三年是他，十年也是他，到哪儿算一站？呼天抢地都没用，儿子站出来了，去他妈的吧，索性就把那把柄扔了。你豁出去了，那个拿把柄威胁你的人就㞞了，拧的怕横的，横的怕不要命的。拿着人家把柄的人，最怕的就是人家不在乎了。你越是拿他当回事，他就越把你不当回事，由着性儿的地糟蹋你；当你不拿他当回事的时候，他反而拿你当回事了，成天担心着你会怎么糟践他。三思而行？景琦不受那个累，一思也不思。先按着韩荣发喝饱了尿，那把柄本身也就一下子泄了力。二奶奶早就想这么干了，得有个合适的人，正好景琦就赶上了。赶跑了韩荣发，大伙儿欢欣鼓舞地又喝了一个时辰，都有了些醉意才散了筵席。二奶奶回屋后，才告诉景琦姓韩的这小子是怎么回事。

景琦惊讶地说，这么说，他大爷没死。二奶奶说，没死，可他闯下大祸了。景琦不以为然，说这么一个无赖能怎么样，他能拿出什么证据来。二奶奶见多识广，感叹说，自古衙门朝南开，有理无钱莫进来。现在的衙门宁可信其有，不会信其无。莫须有的罪名杀的人还少吗，当年判他大爷斩监候不就是一笔糊涂账。

景琦说："咬死了不认账，姓韩的也未必知根知底，除非他找到大爷！"

二奶奶忧心忡忡地说："所以这事儿再不能跟第二个人说。"

"真出了事儿，我顶着就是了！"

"轮不到你呢！真要出事儿，首当其冲的还是你大哥。所以你一时半会儿不能回济南，那边都有交代吗？"

“有，柜上都安排好了。看来我是真捅了娄子！”

“也好，姓韩的小子再这么闹下去，咱们家也没安宁日子过！”

“万一出了事儿，大哥他……”

“担心也没用，听天由命吧！”

消消停停地过了三天，什么动静都没有，百草厅门市兴旺，还加了小泷胶专柜，销路甚佳。四十多岁的太监王喜光跟白家交情一直不错，他是宫里寿药房的小头目，今儿特意到柜上视察，送来了景怡进宫的腰牌、四品顶戴。这是个莫大的荣耀，柜上的人都围着王喜光说着恭维话。景琦也恭维着说：“王公公，十几年的工夫您当了宫里寿药房的总管，青云直上啊！”王喜光说：“比得上你吗，你发大财！这儿的黑七泷胶老佛爷特别赏识，你小子有出息。记得吗，你过满月的时候，我还唱了一出《红鸾禧》哪！”景琦忙说：“记得，记得！”景怡笑了，说道：“记得什么呀，满月的时候你正尿裤子呢！”

王喜光嘱咐景怡升了太医得更加小心，颖园大爷就是前车之鉴。二头儿端个盘子进来放到桌上，是自制的滋补丸药和十盒泷胶，叫王公公带上。景琦又送上银票，王喜光全收下说：“常公公死的时候关照过我，白家不容易，只要我管太医院一天，就不会亏了白家！”景怡忙回道，有了这句话，他们心里可有了主心骨儿了。王喜光又跟景琦说，什么时候有堂会招呼一声儿，他得好好跟景琦串一出。景琦忙笑着说，行，他傍着王公公。王喜光口念四击头，一个骗腿儿来了个亮相，大家起着哄地叫好！

吃过晌午饭，玉婷闹着要看戏，二奶奶带上雅萍、景琦一起出动，到天乐园听万筱菊的《大英杰烈》。那会儿看戏还是男女分座，楼上包厢、散座全是女客，这是庚子以后新立的规矩，说国库空了，以此兴旺市场有利赔款。此前，女人是不能进戏园子的。当然，戏班里唱戏的也没有女人，所以戏园子里，台上台下，整个全是男人的世界。女人上台演戏，也是庚子以后的事，台下也就有了女人，可男女混在一起看戏毕竟不雅，就来了个分而治之。男人来听戏，又多了一景，偷看楼上的女客，平时哪见得着这么多豪门的太太小姐？散了戏，也堆在路边看女客上车，茶余饭后便有了很多胡吹乱侃的话题。

戏演到了“母女上路”，万筱菊反串小生，一大段原板《扯四门》，是一句一个好，数景琦的好声最响。这老戏园子里的叫好，是太有讲究了，懂不懂戏，内不内行，一声“好”就能听出来。叫得不对，台下听戏的，能给你这叫好的外行来个倒好。七爷属于叫一声好，得让台上的角儿听得见、听得清楚，万筱菊一听到这个好声，就知道今儿七爷来了，得特别地铆上劲儿。二奶奶当然也分得出，说道：“听听老七这好叫的。”玉婷已经迷进去了，不眨眼地瞪着台上的万筱菊，可着嗓子地叫好，惹得下边听戏的都抬头往上看。二奶奶使劲捅了她好几回也管不住，逗得雅萍笑出了声。

万筱菊的“母女上路”还没唱完，秉宽匆匆忙忙从桌子中间穿过，走到景琦旁附耳低语了几句。景琦抬头大惊，忙站起身和秉宽前后脚向外走去。二人慌慌张张走出天乐茶园门口，景琦跳上了马车说：“我先回去，你在这儿等老太太，先别告诉您。”秉宽应声，景琦忙赶车走了。

让二奶奶说着了，还是出事了。大理寺两名差官坐在厅上，颖宇在一旁作陪，景怡和匆匆回来的景琦站在一旁。差官头儿说：“府上的人不用惊慌，无非是带大爷去问问，问明白了就没事儿了。”颖宇说：“这事儿不是挺明白的吗？姓韩的不能血口喷人哪！”另一差官说：“我们是奉命而来，到底怎么回事儿，我们也不太清楚。”景琦不快地说：“不清楚就抓人？”景怡忙制止说：“老七，少说两句。我跟二位走吧！”景琦拦阻说：“等等，我去！是我打了姓韩的，他要咬就咬我，凭什么传我大哥？”差官头儿说：“这是你们宅里大爷的事儿，自然要大少爷去。”颖宇叫屈说：“大爷死了二十多年了，这北京城没有不知道的，要告也得拿出点儿凭据来！”

正在听戏的二奶奶闻讯立即赶了回来，一进门就吩咐胡总管，去拿五百两银子来。胡总管应声小跑着离去，二奶奶转过影壁直奔敞厅。

见二奶奶走进敞厅，二差官忙站起。二奶奶忙打招呼说，二位差官辛苦了，应该知道大爷这官司二十五年前就具了结。有人存心和白家为难，这些事儿恐怕二位差官也都有所闻。差官头儿点点头说，听老人儿说过，北京城没有不知道的。

二奶奶说："我还是那句话，冤仇宜解不宜结。"说完，叫胡总管将五百两银票交两位差官，叮嘱别叫白景怡受委屈，先谢谢他们了。二位差官收下银票，表示一定尽力就是了，便押景怡走出敞厅，大家都送出去。

差官和景怡一走，二奶奶立即回头叫景琦快去请王太监，在宫里多多打点，先从公中支银子。她又叫三爷去找魏大人，虽说他解职在家，可上上下下也还说得上话儿，先去打个招呼，哪怕传个信儿也好。三爷答应着匆匆走了，二奶奶又对胡总管说詹王府的人还在新疆，恐怕跟这事儿没牵连，最担心的是关家……胡总管心领神会地忙去了。

翠姑忽然挺着大肚子跑了出来，问二婶儿出了什么事，把景怡带哪儿去了。二奶奶叫她别挺个大肚子满处乱跑，遇点儿事儿就慌里慌张的，又叫院里的人该干什么干什么去！人们忙散去了。二奶奶叫住了白方氏，叫她看住了翠姑，记得当年抓大爷的时候大奶奶怎么死的吗？白方氏点着头说，放心吧，有她呢！

景琦把王喜光请到了百草厅公事房，银票和十几盒成药放在桌上。王公公斜了一眼桌上的银票，问到底怎么回事儿，叫老七交个底！景琦说事儿明摆着，他大爷去世二十五年了，谁要说没死，叫他请出来他们白家人见见，该什么罪名儿他们情愿顶着。王喜光冷笑着说，既然如此，他们为什么把一个一不沾亲二不带故的韩荣发养在家里好几年，说说为什么。

景琦一下子被问住了，无法回答，结结巴巴地说："您知道……那不是……我离家好些年，这里边的事儿我也不太清楚。当时是可怜他才收留了他！”王喜光咄咄逼人地说：“老七，这事儿你说不清楚！”景琦僵在那儿再也没了词儿。王喜光一针见血地说：“麻烦就在这儿，你们家是养虎遗患！这话连你们自己也说不清，难道到了大理寺堂上，你也说不清楚？”

王喜光的话句句说在裉节上，景琦心服口服，请他帮忙给拿个主意。王喜光又斜了一眼银票说，老七，这点儿银子，恐怕办不成事儿吧。景琦立刻明白了，忙说他明白，只要能把大哥放出来，花多少银子他都认。王喜光点点头说，有这句话就好说。韩荣发是个穷光蛋，他告状无非是给那些当官儿的找了个财路，这回轮到白家出血了。至于大爷死没死，谁有闲心管那屁事儿。姓韩的想空着手打官司，那就是白日做梦。景琦恍然大悟说，他这就去拿银子。

王喜光把话挑明了：“有银子，没有办不成的事儿！”

第二十五章

有了银子好办事，王喜光把事办成了，当然他自己也没少吃，可总比那拿了银子不办事的强多了。

景怡就回来了，依然是两桌酒席给景怡压惊。二奶奶有点不信地问："就问了你这么几句淡话，就把你放回来了？"景怡说："韩荣发咬死了说，我爸死的那天晚上，从死囚牢里放出来了，可也说不出个所以然。他只说是朱顺把我爸爸救走了，大理寺贪赃卖放！"二奶奶忙问："你是怎么说的？"景怡说："我说没这么回事，死囚怎么能出得了大狱呢？""哎，那天晚上是去了詹王府……"颖宇不知不觉说走了嘴。二奶奶瞪着颖宇问："三爷，有这么回事儿吗？"颖宇立即醒悟，连声说："啊？噢，对——对，对！没那么巴宗事，明明死在大狱里了嘛！"

景怡接着说："堂上老爷就没容韩荣发说话，只说詹家在新疆，严爷、朱顺已死，查无实据就退堂了。"二奶奶摇摇头说："查无实据……可并非就坐实了，不过是使了银子的缘故！"颖宇说："甭想那么多，人放回来了就好！我们老五进了总理事务衙门，跟端大人很熟，有什么事儿可以托他。""韩荣发说大理寺贪赃卖放，他这不是自己作死吗，你们都听着。"二奶奶愈说声音愈大，吃饭的人都回过头来，"那天晚上大爷去詹王府看病的事儿，谁也不许说，说出去不是把大理寺的老爷们都得罪了吗？根本就没那么回事儿！”

有了银子才能办事，这韩荣发当然也知道，老话说“衙门口朝南开，有理无钱莫进来”。也有人说光脚的不怕穿鞋的，那是打架豁命，打官司不行，光着脚你蹦跶不了几下，大狱里都懒得收你，没什么油水可榨。韩荣发在街上晃了两天，想明白了，得找个白家的死对头，有权有势的。詹家发配了新疆，就别说了，仇儿最大的，莫过关家了。杀子辱妻之恨，关少沂要是知道白家大爷没死，会怎么着？没钱就得想没钱的招儿，更狠！

韩荣发横着膀子地走进了关家，关少沂无比厌恶地望着他说：“这都二十多年了，怎么又把这老账翻出来了？”韩荣发说：“关大爷！白大爷死的当天，你不是也觉着其中有诈吗？”关少沂说：“我是不大信，可并没什么证据！”韩荣发拍拍胸脯说：“我就是证据！我爸爸就是替白大爷死的！”关少沂根本不信，摇摇头说：“这不能光凭你一张嘴说了算！”韩荣发说：“要是没这么回事儿，白家凭什么养了我好几年？二奶奶亲口跟我说的！”

关少沂着实吃了一惊，他审视着韩荣发，终于又恢复了理智，冷冷地说：“告诉你，姓韩的，你的话，我一句也不信！白家到底跟你有什么仇？你没完没了地跟白家作对。”“他们恩将仇报，把我赶出来了！白家没一个好东西！”韩荣发咬牙切齿。关少沂毫不客气地说：“你也不是好东西！”“我不是好东西，你不就为了香伶的事儿恨我吗？可八国联军进城的时候，我没带着洋兵砸你们家！我没带着洋人糟蹋你媳妇儿！”韩荣发此来就是专门儿捅关少沂的痛处的。果然，关少沂大怒：“住口，无赖！走你的吧！”

韩荣发站起身，接着拱火说：“我走，行！我走！亏了你还是书香门第，媳妇儿都让人给弄了，你还有脸活着，亏你还是个男人，我都替你臊得慌！”“滚！”关少沂气得直哆嗦，大吼一声。韩荣发忙向门外走去，到了门口又站住回头看关少沂，喊道："姓关的，放着深仇大恨你不报，跟我耍威风！你爸爸是翰林院的编修，只要一道密折儿上到老佛爷那儿，还要什么证据？那就是白家遭报应的时候到啦！你自己掂量着办！"韩荣发不再废话，要说的话已经说完了，说罢转身离去。关少沂恶狠狠地大叫："姓白的！我要叫你家破人亡！"

关少沂动手了，这消息立即震动了白家。二奶奶面色忧郁地望着景琦，叫他把家里人都叫到敞厅！景琦说，还没到这地步吧。二奶奶神色凝重地说："妈经过的事儿太多了，出了事儿一定先往坏处想，真到事情坏到了不可收拾的地步，那就要往好处想。在西安沈先生还劝我把大爷的事儿挑明了，亏了我留了个心眼儿，你看有多悬！"景琦说："可我大爷的事儿死无对证，只要他们找不到我大爷，这案子就永远也落不实！"二奶奶心中有数说："理是这个理，可景怡得受点儿罪了。"

工夫不大，敞厅里聚齐了全宅的男人，二奶奶阴沉着脸："关家的人上了一道密折儿，把咱们告了，皇太后发了大脾气。看来景怡免不了这一难！"几个人七嘴八舌地嚷开了："这是无中生有，陷害忠良嘛！""死无对证的事儿怎么能滥定罪名呢？""托人，咱们也上折子跟他干！""大爷到底死了没有？""当然死了！""那咱们怕什么？""没这个道理！"颖宇高声喊道："别乱，别乱！听二奶奶把话说完了！"二奶奶说："君叫臣死，臣不敢不死，这是没什么理可讲的，万一景怡有个三长两短，以后大房的事儿，二房、三房义不容辞，所有的兄弟姐妹都要替大房分忧。"景怡说："二婶儿，何必说这种不吉利的话！"二奶奶说："我心里最清楚！这回比二十五年前来得更凶险，托人使银子都没用了，往最坏了想吧！"颖宇也说："那倒是，皇太后随便打个盹儿，说句梦话，那就是圣旨，谁再说什么也没用了。"

二奶奶冷静地说："万一老号保不住，景琦的泷胶庄要支应三个房头的开销，明儿就派人去济南，把银子提过来，打点景怡的官司。"景琦忙应道："是，我一会儿就去办！"弟兄们无不感动。二奶奶说："翠姑要生了，身边儿万万不可离开人！”颖宇说：“放心，我们那口子天天在那儿盯着呢！”二奶奶又说：“我虽然说了这么多不吉利的话，是有备无患，都给我打起精神来！这场官司，咱们非打赢不可！”

可这场官司要想打赢，谈何容易呀。有几道死坎儿你是过不去的，第一道：关家知道白颖园死的头一天晚上，出了死囚牢到过詹王府，死囚出了大牢，詹家人虽然去了新疆，取证并非难事，你赖不掉；第二道：既然死囚出了大牢，那当晚死的那个人是谁？牢头严爷已死，没人可以作证；这最后一道就是，你凭什么白白养活了一个韩荣发三年之久？是什么远亲？这些无法自圆其说的死坎儿，白家自己人无法在公堂上申辩。说了，也没人信，所以要想打赢这场官司，是比登天还难。

该来的还是来了，又一场劫难席卷了白家。

百草厅被提督府的差人贴上了封条，景怡下了大狱。通往药场的月亮门，又一次用砖砌起封死了。二奶奶率全家开堂祭祖，祈求列祖列宗并上苍护佑降福消灾。景怡前脚被押走，翠姑随后就为景怡生下了个儿子。

翠姑靠在炕上奶孩子，二奶奶和白方氏端盆倒水地忙活着，二奶奶喜忧参半地坐在翠姑旁边，按敬字排行，这孩子起名就叫敬生。二奶奶叫翠姑爱惜自己的身子，千万不许胡思乱想。其实二奶奶的担心多余，翠姑根本不是她们想的那样，她说用不着弄那么多人一天到晚看着她，她才不会寻死呢。她干吗要死，她要把这孩子养大，是谁害的景怡，叫他长大了给他爸报仇！二奶奶震惊了，对这个从小吃过苦、从山沟里走出来的穷丫头充满欣赏和敬佩，到底是乡下来的姑娘，心胸就是不一样！

严冬来临，冰雪覆盖北京城，街道、房屋一片雪白。百草厅前的街道上行人稀少，那个卖冻柿子的老头儿扔提个篮子缓缓行走，嘶哑地有气无力地吆喝着：“冻柿子啦——一个冰核儿的冻柿子——”

“南记”门口刚刚扫过的雪又积了巴掌厚的一层，景双坐在靠窗的椅子上，正呆呆出神，看着对面依然贴着封条的百草厅。几个伙计无聊地烤着火，没人抓药。一个老态龙钟、戴破毡帽、胡子拉碴、穿一件脏得发了黑的光板儿羊皮袄、挎着一个包袱的人，步履蹒跚地走来。艰难地走到百草厅门口，晃了晃，慢慢倒了下去，半天没起来。

坐在窗口的景双见状，忙招呼两个伙计一起跑出，将老人家扶起，抬进了“南记”前堂。景双将老人家放到椅子上，伙计端来一碗热水，景双接过碗喂老人喝水。老人醒了，坐直了身子，将挎着的包袱扔到地下说：“冻的，冻的！天儿冷得邪乎，没事儿。”景双要叫伙计送老人家回家，老人家忙说用不着，歇会儿暖和暖和就行了。一伙计端了一碗热腾腾的面条进来，送到老人面前请老爷子趁热吃，老人家端过碗说，太过意不去了。景双又去里间账房取出十吊钱，待老人吃完，将钱交给老人家。老人家死活不要，说不行不行，吃完了还拿，像话吗？景双十分诚恳地塞给老爷子，说往后只要路过这儿，就进来歇个脚儿。老人家不住地称谢，景双仍不放心，还是要派个伙计送他回去，老人家坚决地回绝了，站起身向外走，人们都送了出来。

老人家自言自语叨叨着好人哪，都是好人哪！他边道着谢走了。望着老人家蹒跚的背影，伙计感慨地说：“双爷，您沿着城根儿瞧瞧去，就光这片儿，收尸的拉了两车了。”景双叹息一声和伙计回到店里，刚坐到椅子上，忽然发现椅旁撂着老人那包袱，忙拾起来跑出去，跑到街上一看早没了老人踪影。景双说：“这可麻烦了。”伙计说：“没事儿，待会儿他还不得找回来。”“那倒是，打开看看，要是有个住处什么的，咱们给送去。”景双说着打开包袱，只见是一套长袍马褂，一翻衣服下面，露出了一封信。拿出一看，信封上写着：白家老号白文氏二奶奶亲启。景双愣愣地看了看信和包袱，忙又将包袱包好。“你们盯着点儿，那老头儿要是回来千万留住他！我有事儿回去一趟。”景双说罢匆忙转身跑回家，见到二奶奶和景琦，忙把刚才的事说了一遍。

二奶奶将包袱打开，只翻看了一下衣服便惊讶地抬起头，景双和景琦都奇怪地望着。二奶奶忙问，这个人多大年纪了，长得什么样儿？景双恍恍惚惚地说，有六七十岁了，穿一件大羊皮袄，捂得挺严实，模样儿没看清，胡子拉碴的！二奶奶若有所思地叫景双回柜上，叮嘱说，这人再来一定留住他。

见景双离去，二奶奶低声对景琦说："知道这是谁的衣服吗？"景琦忙问："谁的？""你大爷的，他坐大狱的时候，我送去的。"二奶奶说着拆开信，"这会是谁送来的？"把信纸展开，景琦忙凑近前看，只见信纸上写着：西韩地，村西头，大柳树，韩张氏。二奶奶低声道："这一定是朱顺，还活着，他想干什么？"景琦觉得这也太不可思议了，猜疑说："会不会是韩荣发那小子设的套儿？""嗯，不能不防，可这套衣服，姓韩的绝弄不来。真要是朱顺出面，这案子就有转机！"景琦说："我去一趟！"

二奶奶仍在思考，说道："朱顺为什么不露面儿呢？这位韩张氏必是当年顶大爷死名的韩家的亲人！"景琦想了想说："也许朱顺有什么难处不好露面儿，约咱们去西韩地跟他见见？"二奶奶下了决心说："无论如何得去，你带上秉宽，悄悄儿的，别招摇，警醒着点儿，多带上点儿银子！"

景琦带上秉宽扮成乡下人模样，乘两匹快马奔向西韩地去寻找朱顺。来到西韩地，在枯枝欲坠的大柳树旁，果然见到孤零零两间土屋，从土烟囱冒出的一缕白烟，离土屋还有段路，景琦便叫秉宽下马，两人牵马悄悄走近土屋后，景琦吩咐说："你先进去看看都有什么人？架势不对就打个谎赶快出来！"

秉宽走向土屋，一推开门，满屋子烟什么也看不清。好一会儿，他才看清了正在土灶旁拉风箱的韩张氏。她没有回头，说道："顺儿，回来啦？"秉宽环顾屋内，并无旁人，便来到她身边喊："大妈！"韩张氏扭过头，吃惊地问："哟，你是谁呀？"秉宽说："过路的，就您老一个人儿呀？""有个儿子！""就是您刚才叫的顺儿吧？""你是他的朋友吧？

他昨儿出门儿一天一夜没回来，出什么事儿了？”

水开了，冒出蒸汽。老人把柴火撤了出来，又伸手在灶台上摸碗，秉宽这才发现她是个瞎子，问道：“大妈您眼神儿不大好？”“瞎了多少年了，亏了朱顺儿，没他我早死了，坐吧！”“大妈，我们外头还一个人哪，想寻口水喝。”“叫他来吧，这不水刚烧开。”老人说着将两只碗放到灶台上。

秉宽出了土屋，对候在门边的景琦说：“就老太太一个人儿，朱顺是她儿子。老太太是瞎子。”景琦奇怪地问：“韩张氏，儿子怎么叫朱顺？”“我也纳闷儿呢！”“你先别进去，我问明白了再说，万一出了事儿，你别管我，赶快回去报信儿。”“那哪儿成啊。”“我带着枪呢。”

景琦推门进了土屋，跟老太太打招呼，然后坐到老人身旁。“来，来，天冷，快喝口热水。”老太太说着摸索着往碗里倒水。“谢谢大妈，日子过得还行吧？”景琦端起碗焐着手，仔细端详老太太。“过得去！”“儿子干什么的？”“乡下人还能干什么，种地呗！”“他这一出去，也没个人儿照应您？”“从来没这样过，一天一宿不回来，说是进城了一笔旧债。”景琦为之一震，忙问：“你们欠谁的债了？”老太太说：“说是别人的债，他去给说和说和。”景琦顿悟，又问道：“大妈，您还有个儿子叫韩荣发吧？”老太太歪着头说：“韩荣发？没有，听都没听说过。”景琦仍不放心地问：“要不是远房的什么亲戚？”“一个亲人也没有，我是个老绝户，朱顺也是我的干儿子！”老太太说得很肯定。

景琦心中一下子有了底，用不着再兜圈子了，说道：“老太太，韩家和京城百草厅白家有一笔老债吧？”老太太一下子抬起头，张着嘴愣了半天才说：“你是什么人哪？”“大妈，我是白家的老七，光绪十年下大狱的颖园是我大爷！”老太太的手在发抖，碗中的水也撒了出来，景琦忙接过放到灶台上，只见老太太嘴唇颤抖着说不出话来。“大妈，韩家是白家的大恩人！”老太太浑浊的眼睛里滴下了泪，哽咽道：“什么恩人，一个死了的人！”

景琦忙起身走到门口，开了门招手叫秉宽过来，要过他拿着的一包银子，走回灶台旁将银子交到老人手中，说今天带得不多，就五十两银子，请老太太先留下。老太太不住地摆着手说："我跟朱顺儿说过，施恩不许求报，永远不许惊动你们府上，朱顺儿这才认了我这干娘，有他养活我就行了。这银子你拿回去！"景琦坚持地把银子塞给老太太说："这是我妈叫我送来的，您非收下不可，我妈找朱顺大哥十几年了。等他回来，千万叫他到我们家来一趟，有好些个事儿要求他，和他商量哪！"老太太说："行，我告诉他！"

直等到天黑，朱顺也没回来，景琦怕二奶奶着急，只好匆匆赶回家，把前后经过说了一遍。朱顺已经两天两夜没回家，据韩家老太太说，以前从来没有过，分明是躲起来了。二奶奶想不通，说道："既是来说和，他躲起来干什么？"景琦也想不大明白："说不清！他把老太太的住处告诉咱们，准是托咱们照应老太太。"二奶奶说："这个老太太咱们一定得管到底，不能再让人家受一点儿委屈。明儿派个人过去专门侍候她，朱顺一露面儿就全清楚了。"

"妈，您还没看出来吗，朱顺大概不会露面儿了。"

"这是为什么？"

"他照顾老太太这么多年，冷不丁子一走又送来这封信，明摆着把老太太托给咱们了。他说进城了一笔旧债，就是做了万一回不来的打算！"

"他怎么了这笔债，除非去大理寺自首，自己把罪名承担下来。"

"那太悬了，弄不好他自己也折进去！"

"可韩荣发是冒名顶替的混混儿，只能朱顺去说。咱们去堂上说，不成了不打自招了吗？"

"朱顺想到这一层了，才把韩家老太太托给咱们！"

"要是这样，这人情可就大了，咱们怎么还得清呀！"

"施恩不图报，他这是万不得已豁出去了。"

"反正朱顺进了城，既是来说和，就不能不露面儿！"

还真让这娘俩说着了。那个在大雪中倒在南记门口的老人家，正是朱顺。当白家再遭横祸面临绝境的时候，他不得不出面了。只有他说话，三法司才有可能相信，他是当事人，可要想把这个谎撒圆了，就得横下一条心，把这条老命搭进去。这个决断他不能让任何人知道，也不能让白家的人知道。他假装成一个饥寒交迫的“倒卧”，巧妙地送去了大爷的皮袍，留下托付的信件，那就是最后的诀别。这一去，有去无回。

一切安排妥当，朱顺来到了大理寺，穿着一身崭新的长袍马褂，脸刮得倍儿干净，腰板挺直，步履矫健，昂首走上高台阶，当值的贝师爷在签押房传见了朱顺。朱顺一脸祥和之气，恭恭敬敬地站在桌前，贝师爷上下打量着他，看不出是哪个路子的人，问道：“你是说你来自首？”

朱顺点点头说：“自首！”

贝师爷又问：“你犯了什么事儿了？”

朱顺毫不含糊地说：“贪赃卖放，贿赂公行，私杀囚犯，毁尸灭迹！”

贝师爷吓了一跳，忙问：“你是干什么的？”

“我在刑部当差的时候，还没师爷您呢！”

“老前辈？”

“不敢，我叫朱顺，大狱的牢头儿！”

“说说，你怎么贪赃卖放了？”

“贝师爷，您知道光绪十年白家出了一档子大事儿吗？”

“不是百草厅白家吗？听说过，他们家大爷判了斩监候！”

“现如今这案子又倒腾回来了？”

“没错儿，白景怡押在大狱里呢！他爸爸叫人偷梁换柱救走了，下落不明！”

“他冤枉！”

“你怎么知道？”

“他爸爸死了，是我埋的，刑部大狱严爷经的手！”

贝师爷大为惊讶地说："这么说，你是当事人了？你又不在刑部大狱！"

朱顺郑重地说："我和严爷是生死之交，整个儿的事儿是他和我商量着办的！"

"这里边有什么过节儿？"

"说来话长，这案子牵扯的人多了，谁也脱不了干系，你别说我犯上！"

"你说你的！"

"詹王府老福晋病了，非要死囚白颖园看病，詹王爷在宫里给李总管使了两万两银子，偷偷把白颖园从死囚牢里放了出来，贪赃卖放，该当何罪？"

贝师爷听得惊呆了。

朱顺继续道："詹府与白家有深仇大恨！他们给白颖园喝的水里下了砒霜，白大爷回到狱中七窍流血而死，私杀囚犯，该当何罪？"

贝师爷此时已是目瞪口呆。

"詹王爷怕大理寺、都察院、刑部追究，给每位大人送了一万两银子。贿赂公行，该当何罪？我和严爷也各得了一千两，连夜埋了白颖园，毁尸灭迹，这又该当何罪？"

贝师爷完全傻了，喃喃道："老前辈，你把李总管和几位大人全扯进去了！"

"这里没白景怡什么事儿！您放了他，把我关起来正合适！"

"你这是真的假的？"

"我情愿一死还说什么假话，白家大爷死了，不能再叫人家儿子屈死！"

"这要是抖搂出去，事儿可就大了！"

"您要不怕，就抖搂出去。老佛爷知道了，恐怕李总管和几位大人都不大体面吧！"

“何止是不体面，朱大爷，这事儿还有谁知道？”

“严爷死了，我不说，那就只有你知道！”

“求求你千万别说出去，容我和推丞大人回禀一声。”

“我是来自首的，你先把我关起来！”

“别，别叫我为难。”

“甭为难！把韩荣发抓起来，告他个敲诈勒索，捏造诬陷，几位大人都没事儿了，老佛爷那儿也好交代。”

“朱大爷，我全明白了，您快走！走得越远越好，您大概也知道什么叫杀人灭口吧！”

“知道，我不怕死！只要判得不公，我就去大理寺击鼓鸣冤！”

“有怕死的！这个案子咱们重新打鼓另开张吧！”

朱顺真是吃了熊心豹子胆了，他久在官场衙门里混，他最门儿清。你把事儿越往高里说、重里说、大里说，就越没人敢查，下边那些当官的只知道逢迎拍马，唯恐得罪上司，会千方百计为上边开脱。找个替罪羊还不容易？果然朱顺一出面，狠狠地咬了上边好几口，这案子立即压下来了。一连几天一点风声都没有，这更叫人心里不踏实了。二奶奶哪敢大意，仍在做着各种准备。

已经是济南泷胶庄大查柜的石元祥拿着银票，日夜兼程地到了京城。如今大宅门里的种种开销，全靠济南胶庄支撑了。

入夜了，景琦还在柜上忙着，黄春正拍着敬业哄他睡觉。石元祥坐在靠门口的凳子上，和黄春聊着天等七爷，他说玉芬姑奶奶明天就到了，还带来了姨奶奶杨九红，叫黄春快拿个主意吧。黄春叹了口气说，这事儿她可做不了主，得听二奶奶的。只因玉芬听说京城家里出了大事，也拿了自家的银票跟元祥来北京了，看看能帮上什么忙。她忽然想起当年回京带了黄春，二奶奶终于点了头，心想这次索性把九红带上，帮老七把这事办了，岂不皆大欢喜？

元祥正说着这事，景琦回来了。石元祥忙站起问七爷好，景琦忙问银子带回来了吗。元祥说带回来了。黄春说："不光银子带回来了，您那位堂姐来了，把杨九红和你的宝贝女儿也带来了。"景琦一愣，叫元祥先歇着去吧，他答应了一声，忙走了出去。景琦懊恼地说："这是什么时候，家里这么乱，玉芬姐还跟着添乱！"

黄春说："明儿后半天儿就到了，先得跟妈说明白了！"

景琦气恼地说："这能说明白吗？我这位堂姐呀，想起一出是一出，妈不会认！"

"那当初咱俩被赶出去，玉芬姐把我送回来，妈不也认了！"

"九红能跟你比吗？说好了的，济南待得好好的，何苦找不痛快？"

"现在埋怨还有什么用，快想辙吧！"

"没辙！明儿在外边儿先找个住处，安顿下来以后再说吧！"

"那不委屈了九红？"

"还顾得了那么多，我大哥的命还不知道保得住保不住呢！"

"你打不打算告诉妈？"

"说总是要说的，我不说玉芬姐也得说。"

睡在炕上的敬业醒了，叫道："妈！撒尿！"黄春忙把敬业拉起，拿过尿盆接尿。

第二天一早，玉芬和九红就到了。两辆马车停在门口，景琦、胡总管都下了台阶迎上去。

玉芬下了第一辆车，大家招呼着，景琦上前刚叫了声"姐"，玉芬忙拉住他来到了第二辆车前，拍打着车厢叫九红。杨九红掀起帘子，怀里抱着一岁的女儿小红，她高兴地告诉景琦，真给他生了个女儿，快看看。不料景琦满脸不高兴，玉芬问他怎么打算。景琦一肚子心事儿地说，走吧，先住下再说，他在十条买了一所房。玉芬又问，怎么跟他妈说。景琦赌气说，走一步看一步，随便。杨九红惊讶地望着他们，张了张嘴，却又不知说什么好。玉芬生气了，说景琦好像挺不乐意，她大老远来了，就跟她嘟噜个脸！景琦十分无奈地说，等会儿她见了老太太就知道了。

景琦说完，跳上马车走了，玉芬觉得有些不妙。

一进屋安顿好，玉芬就来见二婶，她正给敬业砸核桃吃。不等玉芬说完，二奶奶便绷着脸说，这是他自己的事儿，她不管！玉芬劝道："就算您不认杨九红，可那孩子是您的亲孙女儿！"二奶奶正色道："白家的亲骨肉，我能不认吗？""还是的，我也是想到这儿，才把她们娘儿俩带来的！""多余！"二奶奶一点不领情，"你把孩子带来就行了。"玉芬说："没这个道理，人家是娘儿俩！"二奶奶不耐烦地说："这事儿以后再说吧！你公公是济南府的提督，在北京官场里总有点儿熟人，先把景怡的事办起来。"

敬业抬起头说："奶奶，还吃！"二奶奶忙又砸核桃，玉芬仍不死心，接茬儿劝道："景怡的事儿我自然要办。您知道，老七跟九红的事儿，在济南我也一直没答应，把老七关了三天，我还不知道您的脾气？"二奶奶问道："那后来怎么又变卦啦？"玉芬忙说："后来我跟九红见了几面儿，一来二去的我觉得九红这人还可以。"二奶奶冷笑道："哼！窑姐儿嘛，最会狐媚子哄人！"玉芬忙辩解说："不，九红不是那种水性杨花、贪恋富贵的女人，您见见她……"二奶奶把手一挥，打断道："别说了，你也不想想，你能说得动我吗？"玉芬哑口无言了，她太知道这句话的分量。二奶奶不再理玉芬，剥出一个核桃仁儿放敬业嘴里，和蔼可亲地问："好吃吗？"敬业说："好吃！"玉芬双目失神喃喃自语道："我可真是办了一件大糊涂事儿！"

景琦在十条胡同购置的小四合院，是座有小黑漆门楼、八成新的宅子，本来就是预备着万一说不通二奶奶，杨九红进不了白家大宅门时，好让九红安顿下来的外宅，可没料到这么快就派上了用场。

九红在炕上收拾东西，景琦抱着女儿小红在屋里走来走去，解释道："我不是冲着你，我愿意你来，可现在不是时候。"九红说："玉芬姐非叫我来，我又不好太拗着她，她可是一片好心！我也一直发怵，临上车我还犹豫呢，就怕给你添不是，可是……我想你，更想叫你看看孩子！"

景琦说："玉芬姐办事太糊涂，也不问清楚了。现在是什么时候，大哥押在大狱，百草厅给查封了，妈心里最烦的时候！这不是找碰钉子吗，反正这个局面我早跟你说过，你也甭抱委屈……"

九红说："我抱委屈了吗？老太太容不下我，我就住在这儿，挺好！我愿意就行了，我又不争什么名分！"景琦说："你越这么通情达理，我越难受！慢慢儿来吧，等这孩子长大了，叫上两声'奶奶'，我妈一高兴就什么规矩都没有了。"

闲扯了一会儿，九红问景琦，看这丫头像谁？像不像他。景琦说，像他那不成了活土匪了。九红说："哎，我心里就一个想头，再生个儿子，生个小土匪！"景琦笑了说："咱家成了土匪窝儿了。来，女土匪，爸爸举个高儿！"景琦将小红上上下下地举着高，说道："叫爸爸！"小红忽然张嘴"八、八、八……"乱叫一气，景琦大惊道："这是叫我呢吗？"九红笑弯了腰说："你就自当是叫你吧！"景琦大笑："哈哈，叫爸爸了！"

丫头红花走了进来说："七爷，姨奶奶！"景琦说："快来！九红，这是你的丫头红花。红花，好好伺候姨奶奶，不许偷懒儿啊！"红花一噘嘴："看七爷说的，我还没学会偷懒儿呢！老太太叫您快回去呢，大爷回来了！"景琦奇怪地问："哪个大爷？""有几个大爷，景怡大爷呀！我亲眼看见的！"景琦忙把孩子交给九红说："这不能够呀，一点儿动静都没有，怎么一下子就出来了！"

第二十六章

景琦几乎是一路小跑地回了家，果然景怡已开释出狱了。他一进敞厅，一把拉住景怡的胳膊，亲热地叫了一声“大哥”，满屋子的人都站了起来，高兴地看着哥俩。景琦喘了一口气问，是怎么出来的？景怡说他自己也没闹明白，朱顺到大理院自首，也不知道说了些什么，就把他放了，连朱顺的影儿都没见着。这些事都是听一位师爷说的。韩荣发倒落了个诬陷敲诈的罪名，反坐了大牢。

景琦心里那个乐，忙问：“这是哪位青天大老爷办的案？会不会是宫里王公公使了劲儿？”景怡说：“三堂会审，给韩荣发动了大刑，他当堂招供是受了武贝勒的指使，这里没王公公什么事儿！”颖宇大惊：“敢情是贵武那小子，他发配新疆了呀。”景怡点点头说：“所以呀，就把韩荣发下了大狱！”

颖宇还是不明白，这就奇了，既是朱顺自首，他怎么不到堂呢？景怡说不但没见到朱顺，堂上根本没提朱顺的事儿。二奶奶心领神会地笑了，说甭问了，朱顺知道的事儿太多，他一上堂就麻烦了。景怡又说道：“折子递上去，皇太后不光重新赏了咱们的宫廷供奉，还发还腰牌叫我重回太医院，把关家的老爷子也革了职！”颖宇感慨道：“这事儿忒邪行，找到朱顺一问全明白了！”景琦说得好好谢谢人家，二奶奶沉思半晌说，找找试试吧，未必找得着。大家都没明白这是什么意思，奇怪地望着二奶奶。二奶奶郑重地宣布，景怡出了狱，翠姑生了个胖小子，百草厅开业，又赶上过年，唱两天堂会，好好乐一下！

堂会办在了药行会馆大院。这两天堂会，搅动了整个北京城，名角儿都来了，京城的戏迷那还不炸了窝？药行会馆被围得水泄不通，四周的巷口街道全都堵死，走不了车马了，就连树上、房顶上全都是人。

万筱菊居然打了双出，一出头本《虹霓关》，一出《大英杰烈》的开茶馆。白玉婷可是逮着了，她迷恋万筱菊到了疯魔的地步，自打万筱菊一到了后台，她就不离左右地黏糊上了，端茶递水打扇子送毛巾。管事的碍着大小姐的面子，也不好多说什么。万筱菊倒也不在意，因为迷恋他的小姐、太太，实在是太多了，逢场作戏而已。

玉婷站在正在化妆的万筱菊身后，不住地给万老板扇着扇子，殷勤地说他这出《虹霓关》她都会唱了。万筱菊随意搭讪地问，小姐爱听戏？玉婷兴奋地告诉万筱菊，他的戏她一出没落过，这出《大英杰烈》她听过九回。万筱菊大出意外，惊讶地抬头看着玉婷说，白小姐真捧场，得好好谢谢她。玉婷顺杆就爬，请万筱菊教她唱戏。万筱菊吓了一跳，连声说那可不敢。

后台管事的走过来叫万老板马前点儿，万筱菊说《挑滑车》没到一半儿呢。后台管事的说，七爷后边挑车那一折不唱了。万筱菊忙答应，是喽！玉婷很懂行的样子说，她七哥根本不会唱。万筱菊很认真地说，七爷是真内行，他腰腿功夫、嗓子都不错。玉婷说什么时候我唱几句给万老板听听！万筱菊应付着说我得好好领教领教。

玉婷突然说：“您收我做徒弟吧，我下海！”万筱菊又吓了一跳，忙说：“那可不成！小姐是金枝玉叶，哪能入我们这行啊！”玉婷十分认真地说：“定了，您得收我这个徒弟！”“行了，小姐，您这不是难为我吗？”万筱菊说着起身穿戏衣，“我得上场了，您快下边儿听戏去吧！”

玉婷起身说，戏散了，她来找万老板，还有好多话没说呢。景琦下场进了后台，迎面遇上玉婷，奇怪地问她，跑后台来干什么？玉婷大方地说，来看看万筱菊。景琦提醒说，没事儿别瞎串，招人讨厌。“我愿意，你管得着吗！”玉婷气呼呼仰着脸走出后台。

今儿二奶奶是特别地高兴，这么多年了，心里从没这么踏实过。内忧外患，按下葫芦起了瓢，哪里有一天消停？苦苦挣扎，争斗了这么多年图什么？不过是生意兴旺家宅平安，不用整天总得防备着明枪暗箭飞来横祸，能踏踏实实过日子就知足了。也正是为了二奶奶高兴，景琦特意唱了一出《挑滑车》，就连内行都给他叫好，二奶奶也不住地点头称赞。可是不管多忙，二奶奶也忘不了正事，景琦一下台，二奶奶立即叫他再去西韩地找朱顺，务必把韩张氏安排妥当。

这出戏一下，就该万筱菊的《虹霓关》了，听戏的早就憋足了劲儿了，场面起“撤锣”，就有人叫上好了。玉婷跑来坐在二奶奶旁边，说万筱菊的《虹霓关》该上场啦。二奶奶由衷地说，这出戏谁也唱不过万筱菊。

万筱菊扮的东方氏出台一个亮相，全场轰动，好声四起。颖宇和玉芬走过来，颖宇边叫好边坐到了二奶奶身后。“干什么去了，这么晚才来？”二奶奶侧着头问。颖宇说：“正是时候，万筱菊刚上场。姑奶奶要回济南，帮她办点儿年货。”二奶奶回过头说：“玉芬，这么急着走？多住些日子吧！”玉芬说：“过年啦，家里催我回去呢。”

二奶奶忽然回头招手叫黄春，黄春忙凑上前。二奶奶低声地问，没去看看老七那位姨奶奶？黄春小心翼翼地说，她一直想过去看看，正想请妈个示下呢。二奶奶让黄春去看看，把老七那个丫头抱来，她想看看孙女什么样儿。雅萍一听马上来了劲儿，说二奶奶想孙女儿这就对喽！她自告奋勇陪着黄春一起去。

两个人兴冲冲地来到杨九红住的十条小院，丫头红花忙走来开门一看，着实吓了一跳，回头大声叫姨奶奶，说老姑奶奶和七少奶奶来了。

杨九红慌慌张张从北屋里跑出来，到了她们面前便往下跪，黄春连忙把她拉起来说：“咱们姐妹儿可别弄这套俗礼儿。”雅萍欣赏地打量着九红说，长得可真俊！九红羞得忙低下了头。黄春笑着问，比她俊吧？雅萍故意夸张地说，比她俊，怪不得老七没了魂儿似的。杨九红羞红着脸，忙请这二位不速之客屋里坐。

几人说笑着进了北屋外间，黄春和雅萍被九红让到上座，她自己却站在了一边儿，雅萍叫九红坐，说哪儿有主人倒站在这儿的。九红见雅萍是个爽快人，这才在下首坐了。黄春有些歉疚地说：“早想来看看你，你也知道老太太那脾气，景琦又是个大大咧咧的人，你可别见怪。”“这可是不敢当，应该是我先过去请安，可是我……”杨九红从未听过这样贴心的话，泪水一下子涌了上来，忙又低下了头。雅萍说，今天是老太太特意叫她们过来看看的。杨九红惊讶地抬起头，眼泪汪汪地望着雅萍和黄春，似乎没听明白。黄春忙解释说，老太太今儿特别高兴，想孙女了。杨九红仍半信半疑地问，真的吗？雅萍说：“可不是真的，委屈你啦！不许哭，往后日子还长着呢！”黄春说：“快把孩子抱出来叫我们看看！”杨九红忙回头叫红花把小红抱出来！

红花忙抱孩子从里屋出来，黄春抱过孩子高兴地逗着。雅萍说，这孩子活脱儿一个老七。黄春说比老七好看，像九红。杨九红由衷地笑着，心里比吃了蜜还甜，她哪里知道二奶奶的心思。黄春说先把孩子抱过去给老太太看看，待会儿再送回来。

雅萍和黄春抱着向外走，九红忙亲自开门打帘子，红花拿了个小棉斗篷把孩子围上。黄春回头嘱咐说：“红花，好好伺候姨奶奶，不许偷懒儿啊！”红花叫了起来，委屈地说：“怎么谁都是这句话，我得去大理寺鸣冤叫屈去！”杨九红多会来事儿，马上夸红花可勤谨了，特别懂事儿。雅萍摆摆手说，得，走了。

出了房门，雅萍说要过年了，缺什么说话！九红忙说，什么都不缺，七爷都准备了，挺好的。雅萍忽然低声问，老七对她好吗。他要敢欺负她，就来告状，她俩一起治他。杨九红特别开心地说，七爷净欺负她，成天逼着她吃好的。大家一听都笑了。雅萍、黄春和丫头出了院门，雅萍回头叫九红别出来了，一会儿就把孩子送回来。杨九红点头停了步，叫姑奶奶、少奶奶慢走！

红花关上了门，回头看着高兴的杨九红说："姨奶奶，功到自然成，这可有了盼望了。"杨九红被这突如其来的喜悦弄蒙了，说："也许吧，七爷怎么没来呢？"红花说："今儿堂会那么大场面，七爷肯定忙死了！"没见到七爷，九红心里总还是不安稳。

堂会上万筱菊的双出《开茶馆》已经上了，白玉婷张着嘴也跟着默默地摇头晃脑地唱。

黄春抱着孩子和雅萍走到二奶奶眼前，一帮人立刻乱哄哄地围了过来。玉婷伸手要抱孩子，黄春让她等等，叫奶奶先抱。二奶奶接过孩子，充满怜爱地端详着说："嗯，像老七！"大家七嘴八舌地夸奖着："真好玩儿！""长得俊，她妈也错不了！""笑一个！"……

颖宇故意逗乐子说，是不是跟老七似的，生下来也不会哭呀？玉芬说，净瞎说，哭的声儿可大了。二奶奶问这孩子叫什么，黄春说，叫小红，白小红。二奶奶皱了一下眉说，这名字不好。雅萍忙叫二奶奶给起个名儿，二奶奶说得好好想想，把这名字改了。黄春怕二奶奶累着，伸出手说她抱吧，别再尿喽！二奶奶没有理睬，仍抱着孩子，问老七呢，颖宇说刚才碰见他了，一卸装就走了，说是去找朱顺。二奶奶亲着孩子的小脸蛋儿："臭丫头，会说话了吗？叫奶奶，叫奶奶！"颖宇悄声对雅萍说："行了，二奶奶认可了！"

一直到了晚上，景琦才风尘仆仆地回到十条外宅小院。红花紧走两步撩帘子开门，景琦走进了北屋。杨九红忙上前接过帽子、围巾，问道："干什么去了，这么晚才回来？"景琦说跑了一趟西韩地找朱顺，结果白跑一趟。明摆着的事儿，朱顺办完事儿就躲了，人家不图白家报恩。九红钦佩地说，这朱顺够得上大仁大义！朱顺把韩家老太太托给白家，人家也有了交代。他这事儿办得神出鬼没的啊！七爷感叹地说，朱顺是个敞亮人，做事又周到又细致。幸亏大爷当年救过他妈一命，看来做好事终归有好报！

杨九红的心思全在女儿小红身上，忙转了话题说，老太太把小红抱走了，是老姑奶奶和少奶奶接过去的。景琦说："我听说了。乍一听说，我还有点儿不信呢！"其实景琦心里挺惶惑的，他不相信母亲轻易就改了秉性。他胡思乱想，老太太这是怎么了，就是为了一时高兴？太阳真是打西边儿出来了，也许这是个好兆头。

杨九红掩不住兴奋，说老姑奶奶和少奶奶那叫一个客气，弄得她挺不好意思的。天都这么晚了，快去把孩子接回来吧。景琦说，行！趁老太太高兴，把九红接宅子里去住，这就齐了。杨九红仍心怀忐忑地说，她都不敢想有这美事，还是慢慢儿来吧，看看老太太是什么意思。景琦打气说："这意思还不明白？我不早说过了吗，老太太回心转意了，一看见孙女儿，什么规矩都没了！"杨九红忍不住地欣喜，微笑着，直到现在，心里才真有了底。

景琦满心欢喜地回到宅子里，一进二房院，只见北屋人影晃动，里屋很多人乱哄哄的像是在争论什么。景琦走上台阶推开北屋的门，一进里屋，一屋人一下子全不说话了。景琦望着大家，感到气氛不对，忙问怎么了，刚才还说得挺热乎的，说什么呢？只见众人一个个低下头，各找各的位子坐下了，无一人应话。

"出什么事儿了？"景琦又问，忽瞥见胡总管悄悄走向门口想溜，景琦上前一把拉住："先别走！有什么事儿说呀？"胡总管仍低头不语。终于雅萍开了口："今儿不是二奶奶高兴，把那孩子抱过来瞧瞧吗？老太太喜欢得就一直抱着不撒手……"景琦纳闷地说："那不挺好吗？""老太太……"雅萍突然说不下去了，景琦忙问："怎么啦？"玉芬突然大声说："老太太把孩子留下啦！""留……留下啦，妈怎么说的？"景琦没大听明白，忙走到黄春跟前问。黄春说："妈说这孩子是白家的骨肉，不能叫杨九红带着！”

景琦颓然坐到椅子上，沮丧地说：“这是怎么话儿说的……这不要了九红的命吗？”雅萍十分懊悔地说：“是我和黄春抱过来的，弄不好，九红一定以为是我们串通好了，把孩子给骗来了。”景琦已经蒙登了，竟埋怨地大叫：“谁叫你们把孩子抱过来的？”黄春委屈地说：“我们还不是好心，还以为老太太一高兴能认了九红呢！”雅萍也理直气壮地说：“你别不讲理啊！老太太要看孙女儿，我们能不抱来？”“我去要！”景琦突然站起向外走，胡总管忙拦住了，叫他别去碰这个钉子，去了好几拨儿人都给骂出来了，缓缓儿再说吧。玉芬也说，好家伙，刚才差点儿没跟她动手儿！景琦摊着两手大叫：“我怎么跟九红说？啊？怎么说？”

大家面面相觑，都没了主意。“你们谁抱的孩子谁去说！”景琦气急败坏，说完转身出屋把门重重地一摔。雅萍无奈地看着黄春说：“还是咱俩去一趟吧，说清楚喽，别弄得咱俩‘猪八戒照镜子——里外不是人儿’。”黄春站起说：“走吧，反正已经里外不是人儿了！”雅萍起身拉着黄春往外走，说道：“豁出去了，抱不回孩子，九红不把咱俩撕碎了才怪！”

景琦爹着胆子来到上房院，一进卧室只见二奶奶坐在炕沿上，轻轻拍着睡下的小红，正在向玉婷发火，玉婷低着头站在炕前。景琦一肚子的胆儿顿时泄光了，忙规规矩矩地站到了门边。

二奶奶沉着脸问道：“说呀，散了戏干什么去了？”

玉婷噘着嘴说：“没干什么。”

“顶嘴！干什么去了？”二奶奶厉声地问。

玉婷低声说，她就跟人说了一会儿话。二奶奶追问，跟谁。玉婷说，万筱菊。二奶奶逼问，都说什么了？玉婷委屈地说，也没说什么。二奶奶穷追不舍，问后来呢。玉婷支吾着说，后来……带他到家里来了。身后的景琦听了也一愣，这妹子胆儿真大。

二奶奶生气地说：“老七，你听听，把戏子往家里带……都干什么啦？”

“叫他给我说戏。”

“你还像个大家闺秀吗？老七你听见没有，把个戏子带家里来说戏！”

“我知道，京城里迷万筱菊的人都快疯了，皇上出来都没他那么威风……”景琦有意缓和气氛，“老佛爷听他的戏愣高兴得亲手赏了他一块点心吃，吓得太监们低着脑袋不敢抬头儿！”

二奶奶气呼呼说：“别人我不管，咱们家里不行！你以后再这样，我就不许你再听戏，去吧！”玉婷咬着嘴唇愤愤而出。看着玉婷出了屋，景琦走上前说去找朱顺，敢情他根本就没回家。韩家老太太都安排好了，人也雇了，银子也留了。二奶奶听了，还算满意，她叮嘱景琦，韩家老太太一定要管到底，养老送终，还不能张扬。不然人家会问，无亲无故的凭什么对她那么好，不叫人起疑心吗？事情又要办得好，又不能太扎眼。

景琦点头称是，他想打个马虎眼，装作不经意地把孩子抱走。于是，他走到炕前说：“妈，您歇着吧，我把孩子抱回去，别把您累着。”二奶奶不动声色地说：“这孩子我留下了。”“是！”景琦愣在那儿，连个奔儿都没打，别的话竟什么也不敢说了。二奶奶轻轻拍着孩子说：“你歇着去吧！”“哎！”景琦答应完了却没动，仍两眼盯着孩子。二奶奶突然抬头，目光严厉地望着景琦问：“嗯，有事儿吗？”景琦慌忙后退，连声说：“没事儿，没事儿，我走了。”他沮丧地转身出了门。二奶奶低头看孩子，轻轻摸着她的头，自言自语说：“臭丫头，我给改个什么名儿好啊！”

景琦走出屋，站在院里发愣，泄气地坐到了台阶上，一筹莫展地两眼望着地面。好一会儿，胡总管走过来低声地说：“天冷，别坐在冰凉的石头上，回屋去吧！别叫老太太看见，又是事儿，快走！”景琦也低声地说：“我怎么跟九红说？”胡总管硬把景琦拉走了。

雅萍和黄春再次来到十条小院，硬着头皮向九红说了孩子的事儿，充满歉疚地望着她，杨九红听后双目失神地发着呆。玉芬愁容满面地说，这事儿全赖她，当初就不该把九红从济南接来。杨九红低着头有气无力地说，她知道大家都是好心。雅萍不满地说，二奶奶越来越跋扈。以前她不是这样，为了香伶，她和关家都快打翻儿了。那叫通情达理，说得关家人没了脾气。怎么一临到自己头上，她的心就变得这么狠。黄春自责说，要是她不把孩子抱过去，也就没这事儿了。

事已至此，又能怎样？杨九红通情达理地说："您别说了，就是您不抱过去，老太太也会叫别人抱过去。"黄春深深松了一口气，说道："你可真是个明白人，你越不怨恨我俩，我这心里越难受。可怎么办哪！"玉芬气呼呼地说："我看与其在这儿受气，不如回济南，你还是跟我一块儿走吧！"杨九红坚决地说："我不走！"玉芬奇怪地一愣，雅萍和黄春也一愣，不解地望着杨九红。杨九红神情坚毅地说："要走，我得把孩子带上。"

大家都沉默了，互相看着，无言以对。没错，九红说得对，一个母亲怎么会抛下女儿自己走呢？雅萍忽然站起身说："我赞成！九红，孩子是我抱走的，我一定把孩子给你抱回来。你呀，到时候悄悄带着孩子跟玉芬回济南！"

第二天一早，雅萍就来到了上房院，见丫头银花正端盆倒水。雅萍问明了二奶奶正在药场，心里暗喜，不动声色地说要看看孩子，抬脚进了屋。奶妈正给小红喂奶，雅萍凑过去说："我来喂吧。"她顺手抱过了小红。银花回屋道："老太太给孩子起了个新名儿，叫佳莉。"雅萍顺嘴应道："这名儿起得好。"她心里琢磨怎么把孩子抱走。

喂完奶，雅萍站起身说抱佳莉出去玩会儿，银花说二奶奶有话，不叫抱出去呢。雅萍说孩子不能老在屋里捂着，得去外头透透风，边说边管自抱着佳莉出了屋，奶妈见状忙说回二奶奶一声吧。雅萍根本不理睬，抱着孩子出了院门口，奶妈和银花紧紧跟在她身后。雅萍猛地回头，摆出了姑奶奶架势，斥责道：“老跟着我干什么？”两人只好眼巴巴地看着雅萍穿过甬道，进敞厅后门不见了。奶妈、银花醒过梦儿来，赶忙去向二奶奶禀报。

这可真是捅了马蜂窝了，二奶奶立即把景琦叫了来，满面怒容地命令道：“你去，把孩子给我抱回来！”

景琦为难地说：“妈，是老姑奶奶抱走的！”

二奶奶蛮横地说：“不是那个窑姐儿挑唆，老姑奶奶抱那孩子干什么？”

“谁抱着不是您的孙女儿啊！”

“我的孙女儿叫个窑姐儿抱着，她能带得好吗？”

“妈，她总还是我的媳妇儿呀！”

“我今儿非跟她较这个劲儿不可！”

“妈，您还记得香伶的事儿吗？”

“这不一样！雅萍是咱白家的闺女，那个窑姐儿算什么东西！”

“她对您一直是敬重的。”

“她敢偷偷儿地把孩子抱走，这种女人心术就不正，她还敬重我？根本没把我放在眼里。”

“这她可绝对不敢！妈别生气，您先坐下。”景琦想扶二奶奶坐下，被二奶奶用力甩开。

“你是真向着她啊，是不是该请她来当家了？”

景琦也急了：“妈，我没这个意思啊！”

“你不去是不是？我去！”二奶奶说着气呼呼向外走，景琦忙拦住。他万般无奈，咬咬牙说：“妈……我去！”说完，毅然转身走去。

二奶奶气咻咻地望着景琦的背影，余怒未消。

景琦狠下心来，回家直接堵着九红就要抢孩子。杨九红死死抱住孩子，惊恐地向后退着。景琦走上前说：“行啦，把孩子给我吧！”

杨九红退到桌子边停住了，抱着孩子低下头。景琦恳求地说：“别叫我夹在当间儿为难，好不好？”杨九红低着头不理，景琦变了口气：“我可告诉你，你没见过老太太，你不知道她那脾气！”

“我带着孩子回济南！”

“那你也得把孩子留下！”

杨九红愤然大叫：“凭什么，这还是不是我的闺女？”

景琦回道：“谁也没说不是！”

“凭什么我就不能养？”

“先在老太太那儿养些日子，以后再说不行吗？”

杨九红快哭了：“那以后她还能认我吗？”

景琦安慰说：“你是她亲生的妈，怎么会不认？”

杨九红悲痛万分地说：“就算我是不要脸的下贱女人，可碍着这孩子什么了啊！”景琦不想再掰扯，伸出手说：“谁也没这么说，快把孩子给我。”杨九红抱着孩子退到里屋门口，景琦又向前进逼，九红大叫：“你别过来，你怎么变得这么狠心了你。”

“怎么是我狠心，我得听我妈的！”

“她要错了呢，你也听？”

“错了也得听，那是我妈！别叫我自己动手啊，给我！”

杨九红可怜巴巴乞求地望着景琦，他不耐烦地皱起眉，两眼慢慢露出了凶光。杨九红像是不认识景琦了，惊恐地望着他。“你这是逼着我自己动手啊！”景琦说着刚要上前，杨九红突然跪到地下，死死地抱住孩子哭叫道：“景琦，放过我吧！老姑奶奶套车去了，我这就跟玉芬姐回济南，放过我们娘儿俩吧！”景琦大惊道：“老姑奶奶想干什么，这不是火上浇油吗？把孩子拿来！”景琦上前抢孩子，杨九红死抱住不放，景琦拉起孩子的胳膊。杨九红惊叫：“景琦，你不能……你不能，你伤了孩子！”景琦忙松了手。杨九红磕着头哭诉：“景琦，从我头一回见你，我就佩服你是个男人。跟着你，我心里就踏实，就没人敢欺负我……”这一句句含泪泣血的话，像刀子一样拉着景琦的心，他不无伤感地听着。

“可你怎么了，怎么变得这样绝情绝义。你还是那个为我坐过大牢的七爷吗？啊……”九红声泪俱下，“我求求你了，今生今世我就求你这一回！叫我带孩子走，我永远不进白家的门儿！不喝白家一口水！我自己能把这孩子带大……你就只当没我这么个人，我求求你了……爷爷！”

“我没法儿向老太太交代，你走到哪儿无所谓，可老太太要的是孩子！”景琦突然不管不顾地猛夺孩子，孩子“哇”的一声哭了。杨九红吓了一跳，怕弄疼了孩子，忙松了手，景琦就势抱着孩子大步向外走去。

杨九红一屁股坐到地上绝望地望着外面。“景琦啊——”一声撕心裂肺的嘶喊传出屋外……

马车停在门口，雅萍、玉芬来接九红，刚跳下车正遇上从门里抱着孩子出来的景琦。孩子在景琦的怀里挣扎着，哭叫着。玉芬大惊，忙拦住景琦问：“你抱孩子上哪儿？”景琦用力一推，玉芬冷不防地向后一仰，倒在雅萍怀里。雅萍忙扶住她，二人大惊，眼睁睁地看着景琦向胡同口走去，孩子哭叫声渐远……

“坏了，九红！”玉芬先回过神儿来，拉着雅萍就向院里跑。她俩冲进北屋时，红花正在往起拉九红，见她俩来了，忙求救一般喊：“快扶起来，我拉不动！”二人忙往起扶九红。杨九红目光呆滞，有气无力地哀叫着：“他……他还是那个七爷吗，啊？”

第二十七章

一觉醒来，京城的老百姓谁也没想到，光绪皇帝驾崩了，慈禧太后也跟着崩了，三岁的娃娃溥仪登基，年号宣统。也没什么大不了的，谁当皇上都一样，甭指望这个皇上比那个皇上就好点儿，三岁的孩子还尿裤子呢，那也是一国之主，懂个屁呀！有个皇上就知足吧，老百姓最难受的倒不是太后、皇上死了，是没完没了地闹了一阵国丧，不许唱戏了，不许动响器，不能办喜事，吃穿戴都不能见红，弄得人人都得哭丧个脸，什么乐子都没了。

三爷颖宇是个吃喝玩乐惯了的爷，闷得五脊六兽的，可有一样儿他一直没变，该去教堂做祷告礼拜，是一次没落过，毕竟现在吃洋饭的人还是吃得开。儿子景武留学回来就在总理事务衙门当了差，风光得很，对德国容神父也是殷勤供奉从不怠慢，还跟洋神父学了不少知识。颖宇洋文看不懂，可洋画报没少看，长见识，慢慢地也抽上雪茄、吃上西餐、拄上文明棍了。

这天，颖宇从教堂一出来，景武来送信，说范记茶馆伙计来家报信儿，约他去茶馆有要紧事，也没说是谁。三爷琢磨着不是熟人不会约到这个地方见面，谁呢？一直走到了茶馆，也没想出来。两旁茶座上的人都欠身跟三爷打招呼，范掌柜忙迎上来，颖宇又问到底谁找他。范掌柜笑着说："您绝对想不到，进去就知道了！""你还跟我打哑谜！"颖宇说着向单间走去，撩开门帘儿，着实大吃一惊。只见武贝勒坐在椅子上，跟霜打了似的，一副穷困潦倒的模样。

"哟，你小子没死？"颖宇走到桌前上下打量贵武。

"哟，您还活着哪？"一见白老三，贵武立即变得底气十足，大有凯旋的得意神气。

"我听说你死到新疆了？"

"差点儿，差点儿！说我死了，那是好些人盼着我死，可我又活过来了，活得还挺结实！"

"行，气色不错！我还琢磨呢，什么朋友约我到这茶馆来见面，绝不是外人！"

"怎么着三爷，我现在是穷得叮当烂响，求告无门哪！"

"你又打哈哈儿！宣统皇上登基，天下大赦，詹王府的人也回来啦，去找他们哪！"

"他们比我也强不了多少，都住大杂院儿了，咱们这老账该倒腾倒腾了吧？"

"见面儿就跟我来这个！"颖宇带着一股不屑的劲儿，回头冲着屋外叫，"范头儿，范头儿！"

范掌柜走进屋，把小菜和酒放桌上说："老哥儿俩先喝着，都要点儿什么？"

"今儿我做东，瞧着上吧，甭替我省钱！"颖宇道，这话分明是说给贵武听。

"好咧您哪！"范掌柜走了出去。

"您得意呀，三爷！"贵武当然听出来了。

"慢慢喝着聊！"颖宇往杯中斟酒。

"我那俩孩子……"贵武刚接触话题，颖宇便急忙更正说："一个，一个啊！我就知道一个，你那闺女你还不知道吧？”

贵武瞪直了眼，一下站了起来问：“她怎么了？”

颖宇不屑地说：“瞧你这德行，急什么？又没叫狼叼了去，亏你也是见过大阵势的人哪！你那闺女如今是我们白家的七少奶奶了。”

贵武几乎不敢相信地问：“她嫁给了白景琦？”

颖宇得意地说：“对喽！俩儿子啦，大的快十岁啦！”

“嗬——这都哪儿跟哪儿呀，便宜了那个活土匪！”

“便宜？还告诉你，你攀上高枝儿啦！如今的老七，不比当年喽……”

范掌柜吆喝着进来，将几盘菜放桌上，又走了出去。

“哎哟，有日子没见这么多好菜了。”贵武也不谦让，狼吞虎咽起来。

“悠着点儿，没人跟你抢！瞧你这副吃相，活脱儿一个饿狼！”

贵武顾不得身份脸面了，低头猛吃。

颖宇感叹地说：“老七发了，关里关外，大江南北，没有他的手没伸到的地方！”

贵武塞了满嘴的东西，抬起头说：“那他也得认我这个老丈人！”

颖宇揶揄道：“凭什么？黄春不过是个私孩子，跟你都不是一个姓儿，孩儿她妈在哪儿呢，你说得出来吗？老丈人不是那么好当的！”

“我是黄春的爸爸！”

“拿出证据来！”

“詹家可以作证！”

“詹家还不知道这位七少奶奶姓什么呢！”

“三爷！您又想接着讹我是不是？”贵武听出不对劲来了，要横说，“我光脚儿不怕穿鞋的！来文的，来武的，我全陪着！”

颖宇把酒盅重重地一放说：“贵武，你少在我这儿犯浑！告诉你，白家现在吃的是宫廷供奉，四道腰牌！景怡是皇封的四品顶戴，我儿子在总理事务衙门主事儿，今非昔比，不信你就试巴试巴！”

这一串的砸挂弄得贵武有点晕乎，眨巴着眼想了想，说道：“三爷，这怎么不像您说的话呀！您不是一直跟二奶奶不共戴天吗？”

“甭翻那老皇历，二奶奶是女人中的这个！”颖宇竖起了大拇指，“没有她，白家就没今天！我服，我他妈五体投地！你小子敢出幺娥子难为景琦和黄春，我这当叔儿的就把你的蛋黄子挤出来喂苍蝇！”

贵武一下子闻出了火药味儿，敢这么顶着叫板，一定是得势了。他阴森森地望着颖宇，威胁道：“这世道是变了啊！白老三，别忘了，闹义和团的时候，可是您把容神父给卖了的，我要是说出去……”

颖宇毫无畏惧地说：“贵武，别忘了，是你唆使姓韩的小子到我们白家讹诈，差点儿要了景怡的命，我要是说出去……”

贵武一下子泄了气：“他姥姥的！咱俩‘豁牙子吃肥肉——肥（谁）也甭说肥（谁）了’！您说我该怎么办？”

“对喽，这才是句商量事儿的人话！你得先跟老七谈，别瞧他是条硬汉子，可心最软，经不住两句好话，你跟他哭，跟他叫穷！告诉他你没活路了，你得弄得跟那丧家之犬似的，懂不懂？”

“我成了狗了？”

“你以为你是什么，狗都比你可人儿疼！”

贵武狠了狠心，咬着牙说：“行！人穷志短，马瘦毛长！您把老七约出来，我就跟他哭！”

这天，香伶拉着四岁的儿子詹立志先去老宅子拜二奶奶，玉婷一见惊喜地回头大叫：“妈！快来，快看谁来了！”从屋里出来的二奶奶一眼看见香伶，真是喜出望外，忙拉着她去西院见雅萍。一进二房院门，二奶奶忙把香伶藏到了门后，冲屋里大叫雅萍，快出来，看看谁来了？雅萍开门出来，手里还拿着正在纳的鞋底子，忙问谁呀。几个人笑嘻嘻地望着叫她猜，雅萍奇怪地望着大家，猜不出个所以然来。二奶奶闪开身一开门，香伶走了出来，大喊着叫了一声“妈”。雅萍喜出望外，一下子冲下台阶拉住香伶，用鞋底子亲热地拍打着香伶说：“臭丫头，臭丫头，还跟我藏闷儿！你个臭丫头！”几个人高兴地笑着闹着进了北屋。

香伶拉着立志，“舅奶奶、姥姥、表姑”叫了一圈，玉婷拉着立志跑出去玩了。雅萍看着香伶问道，臭丫头，受了罪了吧？香伶说也没受什么罪，虽说是发配到那儿，也没什么人管。二奶奶问他们回来以后日子过得怎么样，香伶说，瞎混吧！詹王府早没了，如今住了大杂院儿，全靠奎禧他爸写字卖画儿，还教了两家私塾维持呢。

提起奎禧，香伶叹口气说，那个不争气的，正经活儿干不了，杂活儿苦活儿又拉不下脸去做。他动不动就说自己是王爷的后代，一天到晚听书、遛鸟儿、斗蛐蛐儿！她得拼命干活儿，缝缝补补、洗洗涮涮贴补一点儿家用。二奶奶叫香伶搬过来，甭挤在大杂院吃那份儿苦。香伶说现在可不行了，再不济那也是自己的家。她过来是想接母亲过去，她要干活儿，孩子就没人管了。香伶征求母亲的意见，请她到家里帮着带带孩子。雅萍十分高兴地说，行！没有过不了的穷日子，不知她公公是啥意思。香伶说，就是公公叫她来的，他身子骨儿不行了，都是累的。二奶奶问关家呢，也不来往帮帮什么的？香伶摇摇头说，嫁出去的闺女，泼出去的水，更甭提那位姨奶奶了！二奶奶说，那就回去吧，过不下去再回来。今儿别走了，在这儿吃饭。香伶点点头，说她还得见见几位哥哥嫂子呢！

詹家的人总算回到了北京，詹王府没了，只能在一个二进的小四合院里租了三间北屋，东西厢房住了两个扛活的。

贵武东张西望地走进来，见一个老太太正坐在院子里打“袼褙”，上前问詹家住哪屋，老太太指了指后院儿。贵武在后院只见到了詹奎禧，他说父亲詹瑜在前街摆摊呢。

到前街找了半天，贵武才找到詹瑜的书画摊，蓝布围子上有“代写书信”四个字。詹瑜正给一位妇女写信，贵武缓缓走了过来，站到桌前。正写字的詹瑜没空抬头，说道：“请坐，您要写什么？”贵武说：“写信！”“写给谁？”詹瑜仍低着头忙活儿，贵武故意大声说：“詹王爷！”詹瑜忙抬头，惊讶地看着贵武问：“是你？你又想干什么？”詹瑜把写好的信交给妇女，她交了钱起身走了。

贵武感叹地说：“这话问的，咱们是亲戚呀！你怎么混到这份儿上了？”詹瑜理直气壮地说：“怎么了？饿不着冻不着的，挺好！”“现摆着一条道儿你不走，知道我那闺女许给谁了吗？”“早知道了，她能有个好归宿，我也放心了，亏了没落你手里。”

贵武坐到长凳上，不以为然地说：“什么话！我是她爹，你是她舅，咱俩一块儿找她去。你比我的面子大，白家不能不认咱这门儿亲！”詹瑜厌恶地说：“你长着脊梁骨没有？当年你落井投石，弄得人家九死一生，这会儿穷了，又厚着脸皮去认亲戚，滚，滚！瞧着你恶心！”贵武恼火地说：“詹瑜，说话客气点儿！你还以为是住在当年的詹王府那么威风哪，你这会儿狗屁不是。”詹瑜冷冷地说：“告诉你贵武，你也干点儿人事儿。格格和那个儿子，到现在也没个下落，你为什么不去找？除非你把他们母子俩找到，否则我绝不认你这门儿亲！”

贵武碰了个灰头土脸，灰溜溜地走了。

还别说，白颖宇还真替贵武约了白景琦。他也没告诉景琦什么事儿，找了个饭馆摆了桌酒席，想帮着他们说和说和。贵武心神不定地坐在桌前，问颖宇：“老七他不会不来吧？”

颖宇笃定地说：“不会，说好了的。”

贵武担心地问：“他都说什么了？”

“我没告诉他是见你，一会儿见了面你们自己说。”

贵武怕景琦不认他这个岳父，到时候多栽面儿。颖宇说，那就难说了，不是说请詹瑜一起来说吗？贵武感叹，詹瑜不愿来，他还记着以前的仇呢！人穷，骨头还挺硬。贵武探究地问颖宇，大格格和他那儿子，他就一点儿不知道？颖宇认真地说，他真不知道，看在景琦的面儿上，他知道还能不说吗？

两人正说着话，只听外面伙计高喊："里边请——白家少东家到！"二人忙回头，伙计打起门帘儿，景琦走进来见是贵武，一下子愣住了，半天没说话。颖宇忙让景琦坐，贵武紧张局促地看着景琦。

景琦没坐，审视地看着颖宇，问三叔这是怎么回事儿。颖宇忙解释，他是中间人，只管传信儿，这里没他什么事儿。贵武满脸堆笑，连忙让座，景琦坐下，掏出鼻烟闻起来，问道："武贝勒，什么时候回来的？"贵武佯装很不满："别这么叫我，这么叫不合适了吧？"景琦冷笑一声："哼！"他闻着鼻烟没抬头。贵武求助地看颖宇，颖宇示意他接着说，贵武又装出一副可怜相，说道："老七，我从新疆回来是死里逃生。你瞧我，就一个孤老头子了，家也没了，吃了上顿儿没下顿儿，这都几月了，我这身上还耍着单儿呢……"景琦表情木然地听着。

"都说养儿防老，可我呢？儿子不知何处去，女儿嫁人不见个影儿，谁管我呀？我……"贵武说着哭着，不停地擦泪。

景琦一直听着，仍不抬头，问道："你想怎么着，要银子？"

贵武神色坚决地说："我不要，你不能不认我这个老岳父！"

景琦冷冷地说："那你得先问问黄春，认不认你这个爹！"

贵武也不哭了，说道："她敢不认！"

景琦一点儿面子不给，冷笑说："她怎么不敢？既是你的亲闺女，她怎么姓黄啊？"

贵武张口结舌，支支吾吾说："那不是……当初……你都知道啊……"

景琦把眼一瞪，质问道："我不知道！你是她亲爹，那亲妈在哪儿？"

贵武愕然道："你存心不是……"

颖宇摇摇头说："那天我说什么来的？"

贵武哀求道："三爷！这你全清楚，你得说句公道话！"

颖宇连忙摇手说："别把我掺和进去，刚才我说过了，我是中间人，这里没我什么事儿！”

贵武完全没了底气，低头认错道：“老七，你还记恨着过去的事儿吧？有些事儿我是做得不对，现在不一样了不是！”

景琦反问道：“怎么就不一样了，这么大的事儿，你总得说清楚了吧！”

贵武一脸可怜相地说：“老七，谁都有走窄了的时候，你就算可怜可怜我这孤老头子，我真是走投无路了！”

景琦站起身说：“我做不了主！这是你和黄春的事儿，得问她！”

贵武也忙站起说：“行，你叫我见见她！”

“那也得看她愿意不愿意见！”景琦说着掏出一锭银子放桌儿上，“二位慢慢吃，饭钱我结了，少陪！”景琦转身出了屋。

贵武忙追了两步，喊道：“老七，老七！”又回头看颖宇，“嘿——这就完啦？”

颖宇自顾自地喝着酒说：“你呀，找黄春去吧！”

一回到家，景琦就把见贵武的事全说了。黄春正在给儿子试穿新衣服，景琦站在一旁等她回话。“要认你认，我不认！”黄春拽着孩子衣服说。景琦劝道：“好歹是你爸爸！”黄春愤愤地说：“你倒挺开通的！他造了孽，叫我受了那么多年罪，你甭充好人儿！”景琦说：“又不是我爸爸，我充什么好人儿？他就在外边儿门房等着呢，你自己跟他说去。”黄春毫无商量地说：“我不见他！”景琦叹了一口气说：“我早知道是这么码子事儿！”黄春更来气了，嚷道：“知道你还跟我这儿起什么哄。”景琦说：“你总得给他个回话儿吧？”“小福子！”黄春叫来了仆人，吩咐道，“拿五两银子给门口那人，叫他快走！别在这儿给我现眼！”小福子应声要走，景琦有点不忍心地说：“多给点儿吧？”黄春把眼一瞪问：“他给过我什么？”景琦不说话了，还真没法驳她。

贵武接过小福子递过的一锭银子用手掂着说：“行，行，世道人心！女儿拿五两银子打发亲爹，行……她有什么话？”小福子毫不客气地说：

“有话能跟我说吗？”贵武一愣，叫道：“嗬——噎我？这五两银子是七爷的主意还是少奶奶的主意？”小福子爱搭不理地说：“我就管听喝儿送东西，别的一概不知！”“行，有你的。”贵武回头便走，到了门口又站住回头，“姓白的，我绝不再登你们白家的大宅门，总有一天你小子得来找我！”说毕手里举着五两银子示威似的扬长而去，谁也没拿这个落魄的贝勒爷当回事儿。

三爷是革新派，对外边流行的事儿特敏感，这不他就张罗着给宅院里各房头安电灯和自来水。屋里一位工人正在安电灯，颖宇转来转去地瞎忙活，一大帮孩子好奇地看着，翠姑也拉着儿子敬生走了进来。电工爬上了梯子，颖宇嘱咐着说：“留点儿神，还要什么？”敬业嚷嚷着问：“三爷爷，三爷爷，电灯拿什么点？”颖宇说：“电灯，电灯，用电点！”敬生又问：“用电怎么点哪？”颖宇被问傻了，挠挠头不知如何作答。

景琦扶着母亲走进来，后面跟着玉婷、黄春。二奶奶高兴地说，她也来看看稀罕儿。电工下了梯子说，行了。他走到墙边一扭瓷电门盒，灯亮了。孩子们立刻大叫欢呼，颖宇大叫一声：“灭！”电工一扭开关，灯即灭了，颖宇问：“怎么样，二奶奶！安不安？说多少回了，怕什么呀！”二奶奶担心地问：“不会着火吧？”颖宇说：“这是电！来来，都试试，玉婷，你拧一下！”玉婷忙摇手说：“我不敢！”“你瞧我！”颖宇来来回回地拧着开关，灯泡随之一明一灭。

颖宇又叫道：“来，试试！”玉婷胆怯地伸出手，快摸到瓷盒时，忙又缩回说：“我不敢——”颖宇笑了叫二奶奶来试，她摇摇头不过来。颖宇笑着喊，老七，去试试。

景琦上前把开关拧来拧去，孩子们蜂拥而上，叫着“我来！”“我先来！”……颖宇说：“来劲儿了不是，别拧坏了。二嫂，院子里都安上吧，别再点那破蜡了！人家‘华记’‘谦祥’‘广和’都安上了，百草厅也得安，我做主！”二奶奶下了决心，说道：“那就安吧！”孩子们拍着手，欢呼着。“你来！”二奶奶招手把景琦叫了出去。

进了甬道，二奶奶才问景琦：“贵武要认黄春这事儿，怎么没跟我说呀？”景琦说：“不是什么大事儿，就没跟您说。”“这不是大事儿吗？”二奶奶走到鱼缸前站住说，贵武人品固然不好，可说到头儿他也是春儿的亲爸爸。景琦诧异地问，妈的意思是认下他？二奶奶说，认不认在你们，可拿五两银子去打发贵武，未免气量太小了。景琦笑了，让他叫贵武老丈人，他老觉着忒滑稽。二奶奶感叹，做父母的自己走得不正，难怪儿女们不敬重。他三叔当初不也闹得不像话，弄得儿子都差点儿不认他，现在不是改好了吗？景琦说，怕黄春一时半会儿扭不过这劲儿来，慢慢再说吧。

奶妈抱着已经一岁多的佳莉走来。二奶奶笑着说：“快抱过来看看，会说好些话了。”

奶妈抱着孩子，教她说话：“快，叫爸爸！”

景琦忙走上前，孩子却叫：“奶奶！”

二奶奶一愣，忙说：“哎——叫爸爸，快叫！”

景琦期待地望着佳莉，但她张嘴仍然叫“奶奶”。奶妈急了，告诉佳莉，不是奶奶，是爸——爸，叫爸——爸。佳莉张嘴叫的却还是奶奶。二奶奶隐隐觉着不妥，连忙说，这孩子，怎么光会叫奶奶。

景琦这下可动了情，丢了魂儿，自己的女儿不会叫爸爸，这叫什么事儿啊。别以为景琦强行把女儿抱走给了母亲，他是心甘情愿的，其实并不是。他明知道母亲这样做是错的，明知道自己这样做是无情无义的，可父母之命大于天，错了也是妈。他违心地做了这一切，难道不知道吗？九红担心以后女儿不再认她，他是真不知道吗？他心里清楚得很。

今天倒好，女儿不但叫不了妈，连他这个爸爸也不叫。他渴望着孩子叫一声爸，心里对孩子的思念丝毫不小于杨九红，可是在女儿幼小的心灵中，除了奶奶再没有别的了。景琦知道他如何对不起杨九红，可他不能说，他必须保持“只有奶奶养着才好才对”这个信念。这个想法太危险了，他看了看母亲，又看了看女儿，愣了半天才心慌慌地急忙掩饰住自己的失望，强作着笑容说："挺好！从小就跟奶奶亲，挺好！"他自己都觉得这话说得没边儿、没沿儿、没底气，像是在半空中飘浮着。

"外头冷，抱屋里去吧！"二奶奶打发奶妈抱孩子走了后，问道，"老七，你那位姨奶奶打心眼儿里头恨我吧？"

景琦言不由衷地说："她敢！这孩子由妈带着才叫放心哪！"

"甭说好听的，听说她又有了？"

"有了，半年多了。"

"嗯，好好照顾她。缺什么说话，把我屋里的银耳、桂圆给她拿点儿过去，按时请大夫给她看看。"

"是，她什么都不缺，您甭惦记着。"

"女人在怀孩子的时候最娇嫩，别大意。"

"是！"景琦应着，便拿着一大堆大大小小的食盒、礼盒，回了十条小院。

杨九红和黄春正歪在床上小声嘀咕着，听到门响一齐回过头。景琦拿着大包小包一大堆走进了里屋，看见黄春一愣说："你在这儿哪。"杨九红、黄春忙起身，黄春下了地说："我走啦！"景琦走到桌前把东西放下，问道："怎么我一来你就走？""来半天了，回去看看孩子，走了啊！"黄春走了出去。景琦拿起一包东西说："你看，妈叫我给你拿这么多补品过来，还真惦记着你！"

杨九红低着头似自言自语："是惦记我肚子里的孩子吧！"

景琦猛然抬头看着九红，似乎没听清，九红则低着头若无其事的样子。景琦追问道："你说什么？"

杨九红平静地回道："没说什么！"

景琦凝视着九红，慢慢走到床前，坐到她身旁，拉起她的手，关切道："你是怎么也高兴不起来了，是吧？"

"我要回济南！"

“回济南？你看，就孩子这点儿事儿，你老是想不开。这孩子会说好些话了，一个劲儿地叫奶奶！”

杨九红忽然捂着脸哭了，景琦赶紧说：“得，得！我不该提这事儿，倒惹你伤心了。”

杨九红固执地要回济南，景琦劝阻说，不行，她这快要生了，走这么远的路，对大人孩子都不好。九红告诉景琦，她坐火车，现在通了火车了。景琦不能放九红走，摇摇头说，不行，他不放心。这些日子他太忙，没工夫陪九红，家里事无巨细，全得他操心。

杨九红拿定了决心，神色坚决地抬起了头，郑重地说：“我知道，我也没怨你，我要回济南！”

“你一个人在济南怎么行？”

“玉芬姐不是早回去了吗，有她照顾。”

“也好，回去一阵也好，我去跟妈说！”

“你不许跟妈说！”杨九红瞪起了眼睛，神情十分凶狠。

景琦吓了一跳，惊讶地望着她。

“她都不认我，我上哪儿去，她也管不着！”

“那总得回禀一声，你怀着孩子……”

“就因为我怀着孩子，才非走不可！”杨九红的脸上呈现出从未有过的坚定。

景琦死死盯着杨九红，似乎明白了，点点头说：“我明白了，你怕生下这孩子又给抱走了！”

杨九红悲愤地说：“我既能生就能养，我偏要自己养大一个叫人看看，是不是老窑姐儿一定养成一个小窑姐儿！”

景琦猛地站起大怒：“别说了，越说越不像话！”

杨九红抬起泪眼哀求道：“爷爷，让我走吧！爷爷，你要是还心疼我，你要是还有点儿人心，就让我走吧！爷爷！”

景琦被勾起了无限的哀伤，他真动心了，充满了怜悯悲伤地望着九红，说道："让我想想，让我好好想想，你别叫我爷爷，我听着惨！"

自从贵武拿了五两银子碰了个硬钉子，知道来软的根本不行，他有一肚子白家的把柄哪。贵武沿街寻找出了狱以收破烂为生、凑合活着的韩荣发，不讹诈白家一笔银子，不出这口恶气，他贵武誓不为人。

远处，韩荣发挑着个担子，打着小鼓儿晃晃地走来。贵武低着头猛走，故意地往他身上撞。韩荣发连忙躲闪，仍被撞了个趔趄，担子落地。韩荣发大叫："你长眼了没有，撞丧呢你？"

贵武抬头骂道："嘴干净点儿，你喝了粪汤子了！"

韩荣发一愣，叫道："哟，敢情他妈的是你！"

贵武说："你小子没死大狱里，命他妈真大！"

韩荣发一把抓住贵武，喊道："我还没找你算账呢！你撺掇我去白家闹，上了大堂无凭无据，叫我蹲大牢，你跑新疆吃哈密瓜去了，你小子拿银子来！"

贵武打开韩荣发的手说："这不给你送银子来了吗！"

"拿来！"韩荣发伸出一只手。

"银子都这么好拿，京城里全成大财主了。告诉你，白家的事儿没完！"贵武推开韩荣发的手。

"行了吧，我不干了，拿银子来！"韩荣发又一次伸手要钱。

贵武一把反抓过韩荣发的胳膊，把他拉到自己胸前说："告诉你说，白家大爷没死！"

"贵武，别跟我这儿抖机灵了，王八蛋才信你的话呢！"

"听我说，白家从西安带回一个儿媳妇儿叫翠姑知道吗？"

"知道！"

"那是长房长媳，门不当户不对，凭什么娶进一个乡下丫头？"

"哎，这事儿我怎么没想到呢？"韩荣发猛然警醒。

"这就是大爷没死的活证！白家在西安开了百草厅分号，说是报沈家的恩，可这丫头不姓沈，姓乌，陕西户县人，这是报谁的恩呢？”

韩荣发为之一震，点点头说：“嗯，有点儿意思了！”

贵武说：“西安百草厅派去的是景陆，这可是大爷的儿子，又为了什么？”

韩荣发大感兴趣：“嗯，嗯，你往下说！”

两个人的头不知不觉地凑到了一起。贵武告诉韩荣发，白家在西郊西韩地养了一个老太太，不沾亲不带故，凭什么养着她。动动脑子，把这几档子事儿连在一块儿想。韩荣发茅塞顿开，哈哈笑着，他顺藤摸瓜就能找着白家大爷。

贵武咬牙切齿地说：“没——错儿！”

韩荣发叫苦说：“我穷得连嚼裹儿都没有了，怎么去陕西？”

贵武拿出五两银子说：“这儿有五两，够你打个来回儿的。白景琦，他甭美，我这老丈人当定了！拿起挑子，走着。”贵武把银子塞给了韩荣发。

“去他妈的吧！”韩荣发来了精神，转身一脚把挑子踢了。

贵武得意地说：“行，等着发财吧！”

二人得意洋洋向远处走去。这回可真不是闹着玩儿了，哪根线都牵着大爷。

韩荣发还真按贵武的主意跑到了西安，找到西安百草厅分店。这天，他坐在街对面一个小摊前吃酿皮子，两眼望着百草厅门口，沈树仁从门口走出上车而去。韩荣发问摊主：“上车那位爷是百草厅的东家吧？”摊主说：“东家姓白，这位爷姓沈，两家合着开的，买卖做得好，是我们西安的头一份儿！”韩荣发起身付钱而去。

沈树仁赶着马车，小跑着去往户县的路上。后面不远处，跟着一辆平板大车，车上坐着韩荣发和一个抱着孩子的妇女。赶车的汉子问他，京城有的是好大夫，为什么跑这么老远来看病？韩荣发说，他是冲着户县的一位名医来的。赶车汉子问，是十里堡的乌大爷吧？那可是神医，他从小落个喘病，二十几年治不好，一入了冬就没法过。后来吃了乌大爷五剂药，除了根儿了。韩荣发挑起大拇指，连声夸赞“神了，神了”。他伸头往前看，沈树仁的马车在前面不紧不慢地跑着……

乌家窑洞在一个不太高的土坡上，沈树仁下了车走上土坡。小院里，大爷颖园正给人看病，见到他点了点头，沈树仁径自向窑洞里走去。颖园向病人交代方子时，韩荣发慢慢从土坡走上来。见颖园送走病人后进了窑洞，他佯作求医也进了小院，四下张望后坐到了石礅子上。

沈树仁进了窑洞把银票交给颖园，颖园说在这儿过得挺好，以后别送了。沈树仁说好家伙，二奶奶的吩咐岂敢不遵。颖园叫他派个人儿来就行了，别回回自己来。沈树仁说自己来好，这事儿知道的人越少越好。

窑洞外，韩荣发注意地打量着四周，见颖园送出沈树仁，赶忙迎上去。颖园转身忙让韩荣发坐，随手拿过脉枕问他，哪儿不舒服?

韩荣发信口胡说道，哪儿都不舒服！吃不好，睡不着，夜里心口疼，早上脑袋疼，晚半天肚子老咕噜咕噜叫，想放屁又放不出来。

颖园笑了，忙伸手号脉，问道：“您这病可真各色，您不是本地人？”

韩荣发不怀好意地问：“京城来的，听您的口音也不是本地人？”

颖园答道：“咱们同乡！”

韩荣发又问：“您怎么会跑到这穷地方来了？”

颖园迟疑了一下说：“一言难尽！”

韩荣发弦外有音地说：“京城里待不下去了吧？”

颖园一愣，抬头迅速望了一眼韩荣发，忙又低头把脉，不再搭话。韩荣发死死盯着颖园，说道：“咱们不但是同乡，还是同行！”

颖园警惕地望了一眼韩荣发：“噢？”

韩荣发说：“我是北京‘隆盛’药行的伙计，来陕西看看药材，有些事儿还得请您指教！”

颖园若无其事地问：“不敢！‘隆盛’的钱掌柜还好吧？”

"钱掌柜？"韩荣发一愣，忙随机应变道，"啊——好，挺好的。"

"他儿子都有三十多岁了吧？"

"可不是，三十二！"

颖园号脉的手立即离开了，说道："您什么病都没有，您不是来看病的！"

韩荣发一愣，反问道："不看病我干什么？"

颖园一语戳穿，冷冷地说："隆盛'掌柜的不姓钱，他也没儿子，只有一个闺女！"

韩荣发忙站起身，连声说："您逗我，您逗我是不是？……"他边说边往后退，颖园审视地望着韩荣发。

"您老多保重！"韩荣发说罢转身快步离去。

颖园十分惶惑地望着韩荣发远去的背影……肯定出事了，这是谁走漏了消息？这个人想干什么？大爷自己早想明白了，大不了一死，怕就怕连累家里人，这是欺君之罪，那是要灭门的！大爷一点主意都没有了，只有等。

等了一段时间，京城家里并没出什么事，国丧已过了，大家又开始吃喝玩乐。白玉婷黏上了万筱菊，只要有他的戏，她是一场不落。今儿晚上，万筱菊和齐福田在唱《二堂舍子》，台上早已是电灯照明了，一片雪亮，楼上包厢里只有玉婷一个人，她已是热泪盈眶，不住地擦眼泪。万筱菊大段念白，招来全场喝彩，楼下叫好声最大的还是景琦，玉婷擦着眼泪叫好！

忽然，楼下后面大乱，有人站起往外跑。景琦和前面的人都回头看，不少人站起往后看。不知谁大叫："桂春儿要进城杀汉人啦——""黄兴占了武昌城了——""孙大炮要打北京啦——"……

场内电灯突然灭了，一片黑暗，人们慌不择路地往外跑，景琦也赶忙朝外挤着。楼梯口，女客们蜂拥下楼。伙计大喊："别挤！堂客下楼啦——回避啦您哪，堂客——"玉婷裹挟在人群中狼狈下楼，景琦见到她，忙大声叫：“玉婷，玉婷！”玉婷叫着回应：“哥——我在这儿！”伙计大喊：“别挤！堂客下楼啦——”

一个被挤得晕头转向的观众生气地大喊：“别穷讲究啦！还堂客下楼哪，下你妈的楼！”景琦挤到玉婷身边，保护着她奋力向外挤去。两人好不容易挤出了戏园子门口，要下台阶时，玉婷忽然大叫：“鞋，我的鞋！”景琦一把将她抱起扛在肩上，叫道：“行了，妹子，还鞋呢，回家我给你买新的吧！”景琦扛着玉婷来到马车前，将她扔到车上，赶忙跳上赶车而去。这时人群乱哄哄拥过，几辆马车挤在一起，互相叫骂着。玉婷仍在车上大叫着：“我的鞋！我最好看的一双鞋……”

白家人都集中在敞厅，正听三爷颖宇瞎吹说大清要完了，国民军在武昌起义，孙大炮知道吗？就是孙中山，在广州也闹腾起来了，朝廷连个可用的人都没有，一塌糊涂啦！二奶奶担心会不会又闹得跟庚子年似的。颖宇说，难说，可也没那么快，武昌离这儿远着呢，在长江边儿上。

景琦扛着玉婷小跑进来直进敞厅，将她放到椅子上，众人围了上来。二奶奶惊讶地问，这是怎么了？景琦气喘吁吁地说，其实没事儿，就是断了电了，戏园子乱了套，玉婷愣把鞋挤丢了。玉婷说：“吓死我了！万筱菊的《二堂舍子》还没唱完哪！”大家一听全笑了，这也太痴迷万筱菊啦。二奶奶正色地说：“什么时候了还万筱菊？打今儿起，没事儿都别往外跑。”

自从京城里传开了南边儿已然起事闹起革命，“孙大炮”要打北京之类的消息，北京城就没有过好天儿，一连数日总是沉在灰蒙蒙的愁云惨雾里。白宅的人自然也忧虑不安，人们担心这大宅门儿里可别出什么事儿。

怕什么来什么。这天大清早儿，秉宽走出门房下闩开门，低头见地上扔着个帖子，忙拿起走向里院上房屋，交给了二奶奶。二奶奶打开帖子一看，只见上面写着：“‘百草’落西安，沈家冒名担；户县行医忙，大爷养天年。”她当下大惊：“这是谁走了风儿？”景琦在一旁看着帖子，也着实一惊，这可是知根知底儿了。二奶奶叫景琦赶快去西安，景琦说去了也没有用，他真要想害白家，现在躲已经来不及了。记得他小时候吗，叫人绑了票儿，看字迹笔体这肯定是一个人写的，只有贵武干得出这种事儿。

二奶奶埋怨景琦，看看吧，出事儿了，把贵武逼到绝路上，他也不叫白家好好活，他怎么就知道得这么准？景琦叫二奶奶别着急，贵武未必是想把这事弄到大堂上去，不过就是想叫他认下这个老岳父，弄点银子花花。他跟白家是亲家，何必害自己女儿呢？二奶奶忧虑地看着景琦，心力交瘁地说，这件事儿几起几落，可经不住再出事儿了。景琦明白，这件事儿的关键人物是贵武，决定请三叔出面，尽量地息事宁人。

还是那个老饭馆，桌上已摆好了酒菜，景琦和颖宇坐在桌旁等候。景琦心神不定地问："三叔，他不会不来吧？"

"不会！见了面儿你可别犯三青子，顺着他来。"

"我知道！"

"大爷这事儿连我都瞒了？我还当他真死了呢。"

"无论如何您还得咬死了说不知道！"

"我现在说不知道还顶个屁用啊！贵武一知道，半个北京城都知道了！"

"里边儿请，武贝勒爷到！"外面传来伙计喊声。

紧跟着门帘掀起，贵武出现了。他昂胸腆肚，故意摆出一副潇洒的架势，仰着脸儿问："谁找我呀？"转眼看见景琦，装得很惊讶，"老三，这是怎么回事儿？"

景琦忙站起说："我找您！"

颖宇招呼着说："坐坐，真不失约，这些日子忙什么呢？"

贵武大模大样坐下，说道："我有什么可忙的，帮人家跑跑腿儿说个和儿，挣点散碎银子糊口呗！"

景琦拿过贵武面前的酒杯，斟满举起说："我先敬您一杯。"

贵武忙拦住，问道：“别价！白七爷，今儿怎么这么客气呀？”

景琦十分顺从地说：“您是长辈。小辈儿的有什么失礼失敬的地方，您多包涵、多担待。”

贵武怪腔怪调地说：“哟，不敢当，我算什么呀？养个闺女姓了黄，找个女婿吧，又找不着丈母娘！我算哪棵葱啊！”

景琦求助地望着颖宇，说道：“三叔，您得说两句！”

颖宇忙端起酒杯说：“别，别，我是中间人，别把我掺和进去，这里没我！”

贵武故意叫道：“我说，白七爷……”

“您别这么叫我！”景琦以晚辈人的谦卑口气道。

“我该怎么称呼您？”贵武脸上浮现出得意的一丝阴笑，带着嘲讽。

“景琦！”景琦完全像听长辈训斥的孩子，低下头来。

贵武一拍桌子突然站起说：“景琦，小子！老老实实跪地下给我磕仨头，该怎么叫你怎么叫！”

就着这一拍，景琦忙站起说：“那不应当的吗？”说罢毫不犹豫地跪下，梆梆地磕了三个头，边磕边说，“岳父大人在上，小婿白景琦拜见岳父大人，这厢——有——礼了！”

贵武听得直愣眼儿，说道：“怎么听着跟戏台上的词儿似的，你是诚心诚意吗？”

“头都磕了，还有什么假的不成！”颖宇也用京戏韵白说着。

贵武觉着面子有了，点点头说：“行了，别跪着了！”

景琦看着贵武，一脸诚恳地说：“您没叫我起来，我不敢起来！”

贵武得意了，说道：“起来吧，别跟我这儿装了！”景琦这才恭恭敬敬地站起来。贵武说：“我可告诉你，你小子别拿我这老丈人当冤大头，刀把子在我手里捏着哪！要说这事儿跟我没关系，咱们一家人能害一家人吗？”

景琦忙答应：“是，是！”

“全是韩荣发那小子搅和的！”贵武一下子撇了个干净。

景琦一惊，说道：“啊？又是他，这小子从哪儿又钻出来了？”

贵武也没忘了给人点儿好处，忙开导说：“好人不长命，坏人活千年。正格儿的，你得拿出点儿银子先打发他！”

景琦满口应承道：“好说，岳父大人一句话！”

贵武奇怪地问：“你什么时候变得这么会来事儿啊？”

景琦不搭他这话茬儿，问道：“姓韩的要是不依不饶呢？”

贵武一抬头一撇嘴，口气不一样了，说道：“他敢！跟咱们白家作对，他不想活了，我挤出他的蛋黄子喂苍蝇！”

这脸变得真快，听见了吗？转眼就成了咱们白家了！三人大笑，颖宇举起酒杯说：“来来来，一醉方休！”

杨九红不再等待了，她绝望了，对二奶奶、对景琦、对这个大宅门，彻底绝望了。同情的人帮不了忙，觊觎她的人随时准备下手，最安全保险的还是回济南那两间小破屋。马车停在门口，小福子和红花正往车上装行李。景琦匆匆来到车前，没好气地问小福子，谁叫他来的。小福子回道，少奶奶叫来的。景琦斥责道，胡闹，把东西卸下来！小福子和红花相视，无奈地只好卸下行李。

景琦转身冲进院里，进了北屋，杨九红正在披一件大斗篷，景琦进屋生气道：“你怎么都不跟我打招呼就要走？”杨九红说：“跟你打招呼，你还能叫我走吗？”景琦强词夺理地说：“我不说了，叫我想想吗？”九红忍无可忍地说：“多少天了，你想好了吗？我现在跟你打招呼，我要回济南，行吗？”景琦颓然地坐到了床上，无言以对。九红道：“你无非害怕我一走，你没法儿向你妈交代是不是？”景琦说：“这些日子您一直惦记着你呢，老问起你，我怎么好说你要走呢？”“要是没有我肚子里这孩子，她会惦记我？我死了都没人管。景琦呀，你要是不叫我走……”九红忽然咬牙切齿，毅然决然地说，“这孩子生下来我掐死他，也不会叫别人抱走，我说到做到！”

景琦被这番话震惊了，充满恐惧地望着杨九红。杨九红毫不回避地凶狠地望着景琦，一副生死置之度外的拼命劲儿。景琦完全相信了，大叫小福子把行李装回去，送姨奶奶去火车站，只当他不知道有这回事儿。说罢，他转身快步离去。杨九红几乎不相信这是真的，呆呆地望着他的背影。

立即有无数的人向二奶奶汇报了这件事。无规矩不成方圆，规矩呢？没了规矩，这宅门还像宅门吗，二奶奶还是二奶奶吗？二奶奶坐在椅子上，冲着站在一旁的景琦怒目而视，突然一拍桌子站起来问道：“你不知道？你学着跟妈说瞎话了是不是？”景琦哀求道：“妈，您就让她走吧！”二奶奶声色俱厉地说：“不行，把孩子生下来，她爱上哪儿上哪儿，死了我都不管！”景琦还想要花招，辩解说：“她……是坐火车走的，追不上了啊！”二奶奶早就打听明白了，当即拆穿了他的谎话：“我知道她刚走没一会儿，火车八点一刻才开，你现在去，把她追回来！”景琦没辙了，可怜巴巴地叫了声“妈”。

二奶奶逼视着景琦，他低着头一动不动。二奶奶知道再说什么也没用了，突然扭着脸儿大声向屋外喊：“胡总管……”景琦忙拦住：“妈！”二奶奶回头狠狠地看着景琦，他无奈地劝道：“妈，您千万别生气，我去。我去，我这就去车站把她追回来！”

不管景琦想多少阴招妙招，有多少诡计阴谋，一遇见二奶奶，则一触即溃。景琦快马加鞭，急忙赶往了正阳门火车站。

火车停在月台上，小福子和红花正往车上搬东西。杨九红站在月台上，神色疲惫，哀伤地望着火车。火车发出长鸣，九红刚要上车，忽然传来景琦的喊声：“九红——九红——”

九红闻声一震，惊讶地转过身来，望着气喘吁吁跑到面前的景琦，她的脸上浮现出一种难言的苦笑。景琦满脸无奈地望着九红，万千言语都在不言中，她明白了，突然身体摇晃了一下，万分失望地转过脸去。

景琦充满眷恋和歉疚地望着杨九红，九红回过头问道："是你妈叫你来追我回去？"景琦默默地点了点头。九红心如死灰，脸色苍白，喃喃地说："命啊，命！我跟你回去！我跟你……"猛然间火车又响起刺耳的汽笛声。景琦突然大叫："你还啰唆什么，还不快上车！"

杨九红抬头惊诧地看着景琦，一下子愣住了。

景琦百感交集地说："走吧！"

九红如梦方醒，感动地说："爷爷，我没看错你！你回去怎么跟妈交代？"

景琦大吼着推了九红一把，喊道："快走！"

九红感受到了景琦真诚而坚定的目光，转身走向车厢，泪如泉涌。景琦呆呆地望着九红的背影，列车缓缓移动了。

白景琦长这么大头一回明目张胆地违背了母命，没有恐惧，没有懊悔，心里只觉得很清净。

第二十八章

这回是真变了天了，只坐了三年龙椅的小皇帝溥仪退位了。南方成立了国民政府，还有了个临时大总统，老百姓还真恐慌了一阵，没有皇上怎么行？谁管着咱们呢？没人管咱们那不乱了套了吗？中国老百姓习惯了有个皇上管自己，没人管着，活得就太别扭了。后来才闹明白，所谓大总统就是皇上，什么执政呀、主席呀、总统呀，只不过是换了个名字而已。这一下，老百姓心里踏实了，有人管了，还是皇上！

最叫人闹心的就是剪辫子，两三百年好几代人过去了，年青这一代早就不知道祖宗本是不留辫子的。留辫子的时候，汉人都觉得糟蹋了祖宗；要剪辫子了，觉得还是糟蹋了祖宗。闹了半天，谁当皇上谁就是祖宗，民国的皇上登了基，要剪辫子那就剪吧！

谁也想不到的是，白家宅门里第一个剪了辫子的是白颖宇。他儿子景武是留学的时候就把辫子剪了，吃洋饭的多有先见之明啊。这儿子在三爷心里是无上的荣光，儿子一句话，剪！只惊得无数的遗老遗少们目瞪口呆视为异类。第二个剪了辫子的就是白景琦，他没什么可眷恋的，他知道大清国是再也回不来了。

一转眼，十年过去了，白景琦自立门户了，另建了新宅，于是大家就都把原来的宅子称为老宅。新宅离老宅只隔了一条街，原来只是一块荒坡地，景琦买下来，按自己的样子花了一年半的时间，根据地形的高矮错落，造成了一个别具一格的大宅子。东南角朝南的宅门楼并不起眼儿，门上对子是“忠厚传家诗书继世”，迎门影壁上是“迎祥”二字，南屋一溜儿是门房。一进头厅院就是外客房，二进院是内客房，三进院住了景琦长子、已经二十岁的燕大国文系学生白敬业一家三口，四进院本住着老二敬功，七爷把他送到济南胶庄跟石元祥学艺去了，就改成了库房。

最奇特的是在二进院的院子里，没有西厢房，西南角盖了个两层小楼，名曰“如意馆”，是按当年宫里的叫法。这两层楼是景琦的藏书楼，楼旁边的高台阶上是垂花门，地势忽然走了个上坡，进了垂花门往右，是厨房院和大饭厅；向左，有一条通道，走到头儿，旁侧开了个小门，门内是敞敞亮亮的花房院，院内种满了各种现采现用的药材，如藿香、佩兰、薄荷、紫苏之类。靠南墙则是一溜儿玻璃斜面的大花房，供应各个房头的四季鲜花。厨房院西墙是八扇屏门，进了屏门的大四合院才是七爷和黄春住的上房院。再往后，是个不大的花园子，两层阁楼是祖先堂，园内有口水井，夏天用网兜子吊着两个西瓜，在井里拔上半天，哇凉哇凉的。这种格局的四合院，在京城只有这么一家。

七爷不再是七爷，已经是七老爷了，三老爷已经是三老太爷，二奶奶当然已是二老太太了。二老太太不再管事，百草厅老号已交由三个房头共管，细料库牵涉各房私产，上了四把锁。内账房大头儿拿了第一把，大房景怡第二把，二房景琦第三把，最后一把是三房景双，必得四人到齐，各开各锁，才可以一起进库。由大查柜赵五爷监库，取药要高声唱名，唱斤两，开缸、称药、上账，核对无误方可出库。按这个提出库的单子，三个月内再将细料入库补齐，这是二老太太立的规矩。既可免偷工减料，又防了贪污腐败，所以多年来，各房头相安无事，弟兄们齐心合力，把老铺搞得红红火火，甚是兴旺。

二老太太整天除了打牌就是看戏，还养了一只巴狗大顶子，爱如掌上明珠，只是缺个抱狗的丫头。自打新宅建成，二老太太一直没过来看看，新宅的总管是当年帮过白家忙的宫里太监王喜光。溥仪被赶出紫禁城，他也流落街头。二老太太念在当年的情分，二话没说收留了他。新宅落成便叫他跟了七爷，当了新宅的总管。王喜光自是感恩戴德，尽心尽力地当差，可七老爷这个人，压根儿不过问宅子里的事，日久天长，总管的权势可就越来越大了，王喜光比当年在宫里过得还风光，又有二老太太罩着。谁要找七老爷办事，得先过总管这关，王喜光渐渐地就没了规矩了，也不是没有，他就是规矩了。

这天，老太太高兴，说去老七的新宅子看看，王喜光忙陪了老太太过来。看门房的秉宽已进去报信了，景琦、敬业闻讯都迎了出来。

二老太太边走边问秉宽，跟着老七到这边儿来了？秉宽说，七老爷这新宅子总得有个老人儿看着，就把他弄过来了。景琦说，他在这儿看门房留着辫子可不行。秉宽摇摇头说，不铰，如今这世道看不顺眼，还是老佛爷、皇上那会儿好。二老太太说，王总管在宫里侍候了老佛爷半辈子，辫子都铰了，他怎么还留着？秉宽奚落着说，当太监的都没良心。王喜光上前指着秉宽的鼻子说再胡说就抽他。大家一起都笑了。

走到北屋门口，黄春忙迎了出来说，正收拾西里间呢，预备着老太太过来住。“等我高兴了，过来住几天。”二奶奶说罢，看了景琦一眼，故意试探着问：“你那位姨奶奶呢，不接回来？”景琦没料到有这么一问，忙惶恐地说：“派人去济南接了，这两天该到了。”二老太太言不由衷地说：“行！你成了家立了业，盖了新宅子，爱接谁接谁，我就管不着了。”说着又向前走，大家忙跟上。

景琦奉承道：“哪儿的话，老太太该怎么管就怎么管，听妈的。”二老太太突然站住板起了脸，两眼瞪着景琦问：“听我的？”景琦惶惑地忙避开她的目光。“当年要听我的，把九红留下来，那孩子就不会在火车上小产！”二老太太越说越气愤，景琦吓得忙低下头。大家忽然感到气氛紧张，黄春在一旁更不知如何是好。王喜光见状赶忙上前打岔说：“二老太太，您再去三厅看看，大少爷住三厅！”敬业也走上前叫奶奶去看看，孩子都在那儿等着呢。二老太太说，那就去瞧瞧！众人簇拥着二老太太远去。

景琦无言以对，他能说什么？跟老太太讲道理吗？看见了嘛，十多年前的事儿老太太还记在心里。当年七爷在火车站放走了杨九红，他知道这场祸事非同小可，早已横下一条心，杀剐留存任凭母亲发落了。他怎么也没想到回到家中，老太太正眼都没看他一眼，竟对此事一字不提，从此没了下文。这等着判刑比判了死刑还难受，十年了，这成了七老爷的一块心病。今天老太太突然重提旧事，敢情没忘啊！分明是自己另立门户，老太太深知鞭长莫及了。为父为母莫不盼儿女成家立业，一旦独立自主，做父母的除去欣慰则全都是失落。

景琦也四十出头了，无论内外，一呼百诺，可是在二老太太跟前，始终是个听话的乖孩子。二老太太辛苦操劳了一辈子，不能再叫她老人家有一丝半毫的不顺心。景琦还特意在海淀买了一块地，要盖个大花园子，二老太太歇暑纳凉也有个好去处。工程不小，无数的营造商都找上门来揽活。王总管自然又忙了起来，这是个美差、肥差，哪个不惦记？一直闲着没事儿，只靠点宅门里的份例钱过日子的贵武一下子盯上了这个差事，几次三番地约王喜光见个面。毕竟是七老爷的丈杆子，王喜光溜溜达达地来见贵武了。

范记茶馆已改成饭馆了，老掌柜早去世了，如今是他的儿子掌管，还叫范掌柜。此地民居密集，生意人居多，小商小贩居多，卖苦力的也多。饭馆虽说不大，生意兴隆，从早点到夜宵，人流不断，一到了晌午，卖菜的、拉车的、找活儿的、谈事的，就挤得满满的了。外边街上往东一看，是一溜的空洋车；往西一看，是一辆辆盖着苫布或席子的菜车，车主们都在歇晌吃饭。那都是一顿斤半的炸酱面或两斤烩饼的吃主儿，四两猪头肉、半斤白干，吃完了拿手巾擦擦汗，往脸上一盖，靠墙闭眼能拿一觉。

饭馆门口专门放个伙计帮着看车子，您要买菜，到哪个车前一招手，伙计就向饭馆门里大喊：“十条口颜料行门边的菜车，谁的？”立即有人放下面碗高喊：“我的！”便跑了出去。您要坐洋车，和伙计一招呼，伙计立即高喊：“北新桥大四条，两毛五，谁去？”立即有人会起身喊：“我去！”把酒盅一扬脖干了，出来跟着要车的主儿走了。还有没事的，喝茶抽烟聊天下棋，光着膀子的，穿背心的，披大褂的，什么人都有。靠饭馆最里间，有两个小单间，大的能摆一桌宴席，小的三两人对酌对饮品茶闲聊均可。这两个地方是为有点儿身份的人预备的，外边不管多挤，苦力们绝不进单间，宁可在外面屋檐下蹲着吃，都知道自己的身份。到这儿吃饭，绝大多数都是常客，见面都能叫个张三李四的。

王喜光就是这儿的常客，求他办事的多，绝不在宅门里招待，约到这么个不起眼的地方，办点什么事儿都方便，不显山不露水。今儿个，是受贝勒爷贵武之约而来，对这位七老爷的穷老丈人，既不逢迎，也不得罪，客客气气，见面点头的交情。王喜光一进饭馆，熟识的人都忙着打招呼，有的起身行个礼，王总管仰着脸，爱搭不理地意意思思地点点头，算是行了，知道了。范掌柜忙往里让，武贝勒已站在门口打起帘子迎接了。

王喜光没有吃的意思，冷淡地问贝勒爷什么事儿。贵武忙让座说，吃着聊着！王喜光摆摆手说不行，这就得走，七老爷叫他陪着去海淀呢！贵武忙说：“我来就为这事儿，景琦不是要在海淀盖个花园子吗？您把这个工程交给我办！”王喜光装傻充愣地说：“这算怎么回事儿？您是七老爷的老丈人，您自己去说就行了，怎么求我？”贵武苦着脸说：“老弟呀，您还不知道景琦那脾气？他快成我的老丈人了！”王喜光故意说得很为难：“哎呀，这事难说，谁都知道这是个肥差，多少人在这儿贼着哪！”贵武忙掏出一张银票递给王喜光，说道：“景琦面前您多美言几句，这是一点儿小意思！”王喜光斜眼假作不经意地瞄了眼银票，还行，一百两，说道："贝勒爷，太客气了吧！"贵武见王喜光松动了，忙知趣地说："咱们谁跟谁呀，事成之后，这点儿银子只算个零头儿！""我只能说试试看，办不成可别埋怨我！"话不能说满，留有余地，这是场面上的规矩。

常言道：隔墙有耳，没有不透风的墙。单间的隔扇墙外，是两张桌的散座，下棋的、歇晌图个清净的，都靠这边坐。一个仰头靠在隔扇上打盹的汉子一直坐在那儿，穿着一件破旧的汗衫儿，敞胸露怀的，头上扣个大草帽，盖住了大半个脸，没见过他的真模样，也没人跟他打过招呼。他一壶茶一坐半天，一动不动，像是闭着眼打盹。刚才单间里边，武贝勒和王喜光的话，他听了个真真着着，一字不漏，没等这两个人出来，汉子起身先走了。

王喜光深知花园子这个工程就是个无底洞，想做多深就多深，必得找个巨贪而又巨可靠的人，武贝勒乃不二人选。一是有黄春垫底，老丈杆子的身份；二是贝勒爷见过大阵仗，手笔自然了得；三是贝勒爷懂规矩，该怎么分配不会荒腔走板；四是最要紧的，只要七老爷不管，没人敢查，也没人敢过问，也用不着费多大劲。王喜光故意轻描淡写地跟七老爷提了一句："花园子工程包给武贝勒去办吧，给他个差事，别让他老整天没事吃闲饭。"七老爷想都没想就答应了："说好了下午去海淀，约上贝勒爷吧，把工程的事跟包工头说清楚了。"

吃过晌午饭，七老爷带着王喜光去马圈要车，走到门房发现秉宽靠在椅子上打上瞌睡了。七老爷动了坏心眼儿，把正在剪修冬青树的花把式叫过来，从他手里拿过花剪子，悄悄走进门房，蹑手蹑脚来到秉宽身后，轻轻将剪子张开来对着秉宽的辫子用力一铰……秉宽一下子惊醒了，回头看看景琦，不好意思地笑了："七老爷，我打了个盹儿！"

窗外的王喜光和花匠看得张大了嘴。屋里的秉宽起身扭脸儿觉得不对劲儿，忙伸手摸自己的后脑勺，发现辫子没了，大惊失色，喊道："嗯？我的辫子？""给你！"景琦顺手将辫子扔到桌上，转身撒腿向门外跑。秉宽大叫："我的辫子！我的辫子——"景琦和王喜光撒腿跑出大门，秉宽举着辫子追出来，带着哭腔大叫："我的辫子！我的辫子——我不活着啦！"景琦和王喜光得意地笑着走来。王喜光说："这下儿给他除了根儿了，七老爷，也就是您！"景琦坏笑着说："这可够他哭几天的！"

丫头槐花扶着二老太太和玉婷、佳莉从大门走出，景琦忙迎上去。二老太太说去听戏，问景琦去不去。景琦说今儿不行，得去趟海淀。二老太太拉着槐花叫她见过七老爷，说这是她新买的丫头槐花，槐花腼腆地叫了声"七老爷"。七老爷夸赞道，老太太有眼力。话音未落，忽然传来秉宽的喊叫声："二老太太，二老太太！"大家忙回头看，只见秉宽举着辫子哭丧着脸跑来。二老太太诧异地问，这是怎么了？秉宽说，七老爷把他的辫子铰了！景琦坏笑着说，嗬，还跑这儿告状来了。

二老太太嗔怪说，老七也是的，好模奄眼儿的铰他辫子干什么，他爱留就叫他留着吧。景琦打着哈哈说，行了，行了，赏秉宽几块大洋就是了。秉宽愤怒地喊，他不要，他要辫子。景琦装作无奈地说，都铰下来了，也长不上了。秉宽突然蹲在地上哭了起来，说他不活着啦。二老太太呵斥秉宽胡说八道，让他睁眼看看现在谁还有辫子？没辫子就不活着啦？秉宽不服地说，这是祖宗留下的。二老太太告诉秉宽，他祖宗才没辫子哪。景琦叫老太太甭理他，快看戏去吧。二老太太叫秉宽别哭了，等看戏回来结结实实打老七一顿给他出气。说着，拉着玉婷的手下台阶上车走了。秉宽无奈地拿着辫子往回走，悲惨地叫着："我的辫子，我的辫子呀——"

景琦来到海淀时，贵武早已经等在那儿了，眼前是一大片荒地，野草丛生，坑洼不平。景琦、武贝勒、王总管、包工头站在一个小土坡上看着图纸和荒地，景琦指点着说，把西河的水引过来，从这边儿过，拐个弯儿，两头安上闸。把活儿给他干好了，甭给他省钱。要是跟图纸上不一样，给他拆了重盖，一个大钱儿也不给。

贵武立即强调着说："听见没有？用不着给七爷省钱，七老爷有的是钱！"王喜光颐指气使地说："把活儿干好了，别给我脸上抹黑！"包工头满脸堆笑说："我长几个脑袋？七老爷盖花园子，我敢要花活？我先打个总数出来，您先过过目。"景琦摆摆手说："甭叫我过目，全都贝勒爷做主，有事儿跟王总管商量！"王喜光和贵武得意地交换了一下眼色。

有了七老爷这句话，贵武约上包工头立马来到范记饭馆的小单间。大堂里依然是坐满了卖苦力的，伙计吆喝着卖菜的车主，吃饭的，喝酒的，乱乱哄哄。靠单间的隔扇依然靠坐着那个戴草帽的壮汉，草帽依然压得很低，看不见面孔。

贵武和包工头正研究摆在桌儿上的预算清单。贵武有点不耐烦了："听明白了吗，你用不着给他省钱。"包工头点点头说："明白，我怎么不明白啊！我至少多打上两成去！"贵武不快地说："嗨——你真不开眼！你得把这总数至少往上翻一番！"包工头吓了一跳，忙说道："贝勒爷，这——忒邪乎了吧！"武贝勒不以为然地说："嗨，你哪儿知道我们这位爷呀，你问问他家里有多少银子？多少宝贝？多大进项？他一概不知，他花钱从来没个数儿。这个园子盖下来，咱俩后半辈子的吃喝就全有了。"包工头担心地说："可是万一……"武贝勒语气铿锵地说："没什么万一，听我的！"包工头放心了："我听您的，有什么事儿，您得兜着点儿！"武贝勒细心地嘱咐说："放心！王总管那边得打点好，舍不得孩子套不着狼……"两个人又重新打起了算盘。

杨九红从济南来了，终于名正言顺地住进了七老爷的新宅，红花、小福子正忙着搬行李，西厢房是专门留给她的。谁也没想到的是，杨九红把她娘家的哥哥杨亦增、嫂子陈玉芝也一起带了来。七老爷嘴上没说什么，可脸上没什么好颜色。杨九红虽已三十多岁，可风采依旧，显得更丰腴、妩媚，手里抱着一只波斯猫，见哥嫂还在忙活，便说这儿用不着他们了，他们住二厅北屋。

景琦叫小福子去帮着收拾一下，小福子和杨亦增、陈玉芝走出门去，红花忙着解箱子上的绳子。景琦不满地问九红，怎么把哥哥、嫂子也带来了。他们从小卖了她，她不是特恨他们吗。九红说，这都过去二十年了，早是陈谷子烂芝麻，恨不恨的也是她的娘家人。景琦哼了一声说，娘家人又怎么了，他打心眼儿里看不上这种人。九红说，没有娘家人就受人欺负，她早看出来了！景琦问道："谁欺负你了？谁欺负你了？"九红笑了，转过脸对红花道："红花，你去看看你的姐妹儿，我和七爷有话说，不叫你别来！""是！"红花忙走出屋子，关上了门。

九红转过身把猫往地下一扔，双手用力推了一下景琦，景琦一下子站不稳退到了里屋去，九红跟着跨进里屋，边推边说："你说谁欺负我了？你说谁欺负我了？"景琦笑着又往后退，"你欺负我了！"

杨九红含着笑向前走："就是你欺负我了！"景琦已退到了床沿，九红深情地望着景琦，双眼放射出热辣辣的光……景琦也动情地看着九红。九红用力把景琦推倒在床上，景琦就势仰面躺下了，九红趴到了他的身上，几乎脸贴了脸柔声问："你说，你是不是欺负我？"

景琦笑着说："怎么欺负你了？"

"这十年你才去两趟济南，是不是又有别的女人了？"

"天地良心！随你去打听，去问！"

"不，我就问你！"

"忙得我都顾不上女人了。"

"你就不想？"

"怎么不想，想得我五脊六兽、火烧火燎的！"

杨九红变了声音："爷爷，我可真想你呀！三年零一个月了！"

景琦猛一翻身将九红压在身下，两人互相解着衣服扣子，九红急促地喘着气，慌乱地解着景琦的衣服，呻吟道："噢，快点儿爷爷，我受不了！"……

忽然，门外传来了杨亦增的喊声："七老爷，有您一封信！"两人吓了一跳，忙停止了动作。“七老爷！”外面仍在喊。杨九红忙摆手，示意景琦不要说话。景琦无可奈何地一动不动地趴着，企盼杨亦增以为没人就走了，没想到他愈发大声喊：“七老爷，您的信！”他还不识时务地开始敲起窗户来。景琦扫兴至极，不得不答应了：“啊，来了！”杨九红狠狠地小声道：“真会挑时候！”“晚上我再弄你！”景琦贴着九红耳边说罢，下了床忙着整理自己的衣服，九红翻身趴在床上咯咯地笑个不停。

景琦走出门，边接过杨亦增递上的信边问，谁送来的？杨亦增说不知道，是秉宽在大门道里捡的。景琦拆开看信，杨九红仍忍不住笑地走了出来，叫杨亦增以后有信叫丫头送就行了，甭自己跑。景琦边看信边皱起眉头，骂道：“什么东西！”九红忙凑上前问：“怎么了，谁来的？”景琦理也不理，大步向北屋上房走去，边走边叫：“来人，把王喜光给我叫来！”

黄春从东里间走出来，景琦把信先给黄春看了，是告贵武想黑钱的信，黄春并不惊讶，淡淡地说：“早说过要紧的事不能让他办。”她说着把烟袋递给景琦。王喜光匆忙走进屋，景琦指着桌上的信叫他看，王喜光拿起信一看脸色大变，忙偷看了景琦一眼。景琦低着头抽烟，面无表情。王喜光察言观色地看着景琦，似乎是自言自语地说：“这事儿……真的假的，我可……一点儿不知道。”景琦一瞪眼，说道：“不知道？信上还写着你哪！”王喜光心虚地说：“是，是！可贝勒爷不至于这样吧？写这信的人会不会是……”景琦打断他，说道：“他这毛病就改不了，还没动工呢就想黑我的钱。信上写的时间、地方全都有，还能是假的了？愣把工程款子翻了一番，要黑也没这么黑的！”

王喜光显得无比顺从，马上说道：“是，是，太不像话！”景琦说：“我是花钱没数，可也不能拿钱往水里扔。”王喜光忙说：“是，是，我得去说说他。”黄春插嘴道：“赶紧换了人吧。”王喜光答应道：“是，是。”景琦厉声地质问：“信上写着呢，你拿了钱没有？”王喜光知道他要说没拿，七老爷肯定是不信的，还得往下问，便随机应变地说：“拿了，我拿了一百两！七老爷，我也用不着瞒您，这一百两，我垫了去年给姑娘们做衣裳的欠款了，我能做那黑心的事儿吗？”王喜光说瞎话是顺口就来，景琦果然不再追问，在铜痰盂上猛地磕了几下烟袋锅，当当一通山响，听得王喜光心里直发慌。景琦信手将烟袋锅往桌上一扔，说道：“算了，算了！花园子的工程另找人，叫贝勒爷歇着去吧！”王喜光忙说：“是，是，我这就去办！”

做梦也没想到，事情败露得这么快，王喜光和贵武神情沮丧又惶惑地互相看着对方。王喜光恼火地说：“这事儿你都跟谁说了？你小子一准儿是烧包儿！要发财了，绕世界胡吣！”贵武气急败坏地说：“我要跟谁说了，我他妈断子绝孙，不得好死！你也太小瞧我了，我使坏的时候，你还在宫里翻跟斗呢！我能干那没屁眼儿的事儿？”王喜光仍百思不得其解，这消息怎么漏出去的？贵武还不死心，问这事儿一点儿都没缓了。王喜光肯定地说：“这份差事你是甭想了，七老爷那脾气，还差点儿把我饶进去，这叫什么事儿呀！”贵武不知趣地又问：“那一百两银子……”王喜光气哼哼地说：“那一百两银子还往回要？我为你跑前跑后，担惊受怕的还不该花你点儿！”贵武只好点点头说：“得，得！我认倒霉，可咱们得查出这写信的人来呀！这是谁这么往死里刨我？”

为了庆贺新宅落成，景琦又在药行会馆办了个堂会。台上，万筱菊扮的东方氏在走马锣中正与王伯党对枪，玉婷坐在最靠台前的桌子旁，手里抱个首饰盒子。万筱菊举枪亮相，台下好声四起。“好！万筱菊！”玉婷边大喊着边从首饰盒中抓起把金戒指、金镯子往台上扔，兴奋得不可言状，二老太太也不住地叫好。身旁一客人看了一眼玉婷，问二老太太：“玉婷怎么还不出阁呀？”二老太太叹了口气说：“从十六岁提亲的人都踢破了门槛子，她一个都看不上，成了我的心病了。”客人问：“她想找个什么样儿的？”二老太太说：“老天爷才知道呢！这都成了老姑娘了，我也懒得管她了。快别提这个事儿，一提亲就跟要她的命似的，闹得鸡犬不宁，谁知道怎么想的。”

台上万筱菊扮演的东方氏咬下王伯党胸前的绣球亮相，玉婷狂呼：“好！万筱菊！万筱菊！”激动得把整个首饰盒子扔上了台。二老太太高喊一声：“赏！”三老太爷颖宇也跟着大喊：“赏！”景琦兜着底气地吼了一声：“赏！”万筱菊下了场，检场的上台捡首饰，玉婷仍在大喊：“万筱菊！”台上穿红官衣的老旦和不戴髯口的老生拉着金榜出台谢赏，金榜上写着各位的赏银数目。

万筱菊回后台刚坐下卸装，玉婷便匆匆赶来坐在一旁帮这忙那，卸装的师傅也不好说什么。玉婷亲热地问：“听见我叫好儿了吗？”万筱菊说：“那还听不见？数你叫得近，数七老爷叫得响。金少山说得好，只要一听叫好，前后台的就知道七老爷来了。他叫的好，都在裉节儿上，那叫内行！”玉婷忽然趴到万筱菊耳边说了句悄悄话儿，万筱菊惊讶地抬起头问：“是吗？”玉婷点点头说：“快卸装，你跟我来，我叫你看看！”

堂会的台上已经打了小锣上场，《请医》的丑角老黄“啊——哈——”一声出了台，这出戏是药行办堂会必点的戏，戏里要念出一大串中草药的名字。王喜光走到正在听戏的景琦身旁，悄声说了几句什么，景琦皱起了眉头说，叫她回来！王喜光扭身要走，又被景琦拉住说，还是他自己去吧！

自打新宅建成后，玉婷就在新宅的上房院东厢房安了个窝，经常过来住。其实她就是想离二老太太远点儿，她受不了那个管，两边来回住，自由了许多。

景琦转过垂花门进了过道，到屏门前刚上台阶，就撞见万筱菊从廊子上转过来，狼狈地出屏门要下台阶，二人碰了个对脸儿，都站住了。景琦奇怪地望着万筱菊，万筱菊惊慌地望着景琦，景琦忙问万老板怎么了。万筱菊的汗都下来了，说：“七老爷，没什么，实在是不敢当，不敢当！”景琦莫名其妙地问：“什么不敢当？是不是玉婷她……”景琦说了半句话，万筱菊擦着汗忙说：“惭愧！惭愧！得罪！得罪！”说着狼狈地下台阶跑了，景琦疑惑地目送他拐过垂花门。

景琦回身走进屏门，拐上东廊子，看见玉婷手里拿个花绷子，站在东厢房门口正望着这边发愣。见景琦走来，玉婷转身进了东厢房，景琦马上跟着进了门。玉婷坐在椅子上，低头玩儿着手里的花绷子，景琦慢慢走到她身边问：“你们……干什么了？”

“没干什么！”

“那他怎么跑了？”

“吓的！”

“你吓唬他干什么？”

玉婷站起身，说道：“哎呀，我都快三十的人了，用不着你管，听戏去！”

玉婷将花绷子往椅子上一扔，转身就往门外走，被景琦一把拉住：“等等！”玉婷站住了，两眼望着别处。景琦说：“我早看出来了！”玉婷回头看着景琦说：“看出来你还问！”景琦说：“你喜欢万筱菊这也无所谓，但不能当真。听听戏，扔点儿金子、银子就行了，你还想怎么着？”

玉婷毫不含糊地说：“我想嫁给他！”

景琦厉声说：“胡闹！人家有妻有妾，有儿有女，你算怎么回事儿？”

“给他当丫头，我都认了！”

“他是戏子！”

“戏子怎么啦？！”

“你想想，妈能答应这门亲事吗？”

“那你怎么娶了个窑姐儿？怎么，没词儿了吧？我就佩服杨九红，男人都比不上她！”这一问正戳了景琦的软肋，当时被噎得没了词儿，问玉婷到底想干什么，玉婷一本正经地告诉景琦，她也要学杨九红，赶明儿她夹个凉席去万筱菊家门口坐他三天三夜。别不信，她什么都做得出来。别看他喜欢杨九红，当着妈的面儿却永远不敢说喜欢她。她白玉婷就不这样，没她不敢做的，不信走着瞧。

景琦充满惶惑地望着玉婷说：“九红已经后悔了，你别毁了自己！”

“我愿意，我还告诉你，我快三十了没出阁，等的就是他！”玉婷拿起花绷子又坐回椅子上开始绣花儿，花绷子上是一朵未绣完的盛开的菊花。

近在咫尺的堂会，杨九红不能去，要回避二老太太。杨九红一人独坐，桌上放着一张古琴，她随意地拨弄着琴弦，深深叹了一口气。丫头红花端着油盘，上面放着饭菜走进屋里，放到了堂屋中桌上叫姨奶奶吃饭，说是七老爷嘱咐冯厨子单给做的。杨九红两眼望着琴说，放那儿吧，随手又拨弄琴弦，发出单调的叮咚声。红花劝九红还是想开点儿，都已经搬这边儿来了，二老太太一年能过来几天？

红花自从跟了九红，几乎成了她唯一的知己。杨九红忽然抬头看着红花问：“你说……七老爷对我好吗？”红花笃定说：“那还用说，你心里还不明白？”杨九红又低下头，愤愤地说：“哼，我糊涂！忠孝节义本不错，可一走到了愚处，这人就变得没了是非，可忠孝有时候还不能两全呢！那怎么说？女人失了节，什么忠孝节义全没有了，你说是不是？咱们还是回济南吧！”“这刚来几天又想走？七老爷也不会答应！”红花刚说罢，门外传来几个男人的大声说话声，只见院里几个工人拉着电线走向上房，管事的跟着。杨九红问：“干什么的？”红花说：“刚才管事的说了，今儿来装电话。”杨九红站起身说：“咱们瞧瞧去！”

这会儿，药行会馆台上的《请医》到了尾声。每到此时，丑儿要现场抓哏，必要说几句吉祥话，讨主人个乐子，必有赏钱。

老黄说：“您说的这个药可没地方买去！”

刘高手马上接话：“怎么没地儿买去？去京城的百草厅白家老号啊！”

全场大笑，高声叫好。二老太太高兴地大笑：“赏！”她站起向槐花耳语几句，槐花忙到黄春跟前悄声说：“二老太太要小解。”

黄春起身说：“走吧，上房西里间准备着恭桶呢！”槐花扶着二老太太去了，佳莉也跟在后边喊：“奶奶，我也去！”一群女人簇拥着二老太太向新宅走去。

杨九红在上房院北屋正兴致勃勃地抱着波斯猫看工人装电话，好奇地问：“那能往山东打吗？”工人还没回答，忽听门外红花喊声：“姨奶奶！”杨九红忙回头，红花慌慌张张跑进门说：“姨奶奶，回去吧！二老太太来了。”九红一惊，忙起身向门外跑。这时二老太太等已拐过东廊子向上房走来，跟在红花后边的九红匆匆走出上房向西廊子快步走去。

二老太太走着，忽然回头叫：“佳莉，快走啊，磨叽什么呢？”正匆忙走着的九红，听到“佳莉”这个名字，脑袋里嗡的一声炸蒙了。十四五年未曾见过女儿的面，她日思夜想，从未敢向七爷提出看看女儿。九红从未奢想有一天她能看看女儿，她无数次在心中描画着女儿的形状，那眉毛、那眼睛、那一头黑发，怯怯地叫一声“母亲”，羞羞地叫一声“妈妈”，那声音，那神情，就在这一刹那，那似乎不是虚幻。她猛地回过头，在那一群丫头小姐太太中，她一眼便认出了佳莉。女儿，在心中描摹了千次万次的女儿，活灵活现就在眼前……

九红不知道这十几年来，女儿在二老太太跟前儿是怎么长大的，更不了解女儿的脾气秉性。只见佳莉赶上前扶着二老太太走，她抬头看见了九红。九红直直地望着佳莉，看呆了。二老太太和佳莉都看到了九红，神情奇怪地望着这个失态的女人。相视须臾，二老太太管自前行。九红忘记了一切，呆呆地望着佳莉，此时此刻，她眼里除了佳莉没有别人了。

二老太太奇怪地问黄春：“这是哪屋的女人？”

九红突然惊醒，回头向西厢房跑。二老太太一见来了气，大喝一声：“站住！这么不懂规矩！”

九红站住了，慢慢回过身。二老太太走了过来，站到九红前训斥道：“跑什么，你是哪屋的？”

黄春忙凑近低声说："这就是姨奶奶。"

二老太太也一愣，仔细打量着杨九红，佳莉则是一脸惊讶。杨九红颇紧张地低着头站着，一动不敢动。景琦和玉婷闻声已走出东厢房门外，远远地紧张地望着。

二老太太阴沉着脸说："抬起头儿来我看看。"杨九红仰起脸，眼睛仍望着地下，"真是个美人儿呀！你是哪路的姨奶奶，我怎么不知道？"

杨九红低声而坚定地说："我是佳莉的娘！"

二老太太冷笑一声，胡总管、景琦、玉婷都走上前来，紧张地看着这尴尬的场面，谁也没敢开口。只见二老太太扭脸儿问："是吗？佳莉，她是你娘吗？"佳莉竟狠狠地咬牙切齿说："不是，我没有娘！"

九红猛地抬起头来，惊恐而又惶惑地望着佳莉；佳莉却死盯着杨九红，目光中充满了仇视，所有的人都紧张地沉默着，静得可怕。

二老太太冷笑道："你听见了吗？啊？来人！"胡总管、景琦都忙挤上前来。三老太爷颖宇闻讯在王总管引领下也急急忙忙从东廊子上跑过来。二老太太狠狠地说："给我打这个不要脸的贱货！"

九红惊愕无助地望着眼前的人们，景琦不敢正视九红的目光，低下头去。

二老太太回过头看到了景琦，威逼道："听见没有，景琦！"景琦一惊，可怜巴巴地望着自己的母亲，二老太太目光严厉地逼视着他："嗯？"景琦举步维艰地走到九红面前，痛苦地在九红对面站定。没有一个人敢动敢劝，所有的人都紧张得连大气都不敢出。

九红目光凶狠犀利地逼视着景琦，景琦木然地望着九红，茫然而不知所措，他实在抬不起手来。

二老太太刚要发作，只见颖宇急急忙忙地挤上前来，一把拉住她，劝道："二嫂，二嫂！这是干什么，大喜的日子，高高兴兴的，走！听戏去！""你是没看见，不成规矩了……"二老太太忽然发现颖宇穿着戏装的水衣，脸上化着妆，不禁扑哧一下乐了，问道："你怎么这副德行就跑来了？”大家都笑了，气氛一下子缓和了。颖宇说道：“下边儿该我唱《战太平》了，我一瞧二嫂不在，我唱给谁呀？我说我非把你拉回来不可，你这不是搅我的戏吗，快走！”

颖宇不由分说，过来拉着二老太太就走，黄春、王喜光、胡总管也忙跟着起哄。二老太太笑着甩开颖宇的手说：“你拉我上哪儿呀，我要解溲！”颖宇也笑了：“哎哟，这可是大事儿，别耽误喽，别回头二嫂尿裤子！”大伙儿又全都笑了，二老太太笑着捶打着颖宇的肩说：“老三，你又拿我穷开心是不是？你个老不正经的！”颖宇大叫：“还不快扶老太太进去，真等着尿裤子哪！我扮戏去了啊！”大家乱哄哄地忙将二老太太搀进了上房，廊子上只剩下了景琦和九红，二人僵巴巴地立在那儿。

九红悲愤地望着景琦，景琦怜伤又无可奈何地望着九红。突然间，九红捂住脸跑回西厢房，一头扎在床上痛哭失声。红花拿着一块湿手巾无奈地望着，劝慰道：“别哭了，姨奶奶，给您擦把脸。”九红突然坐起东翻西找，拉开小柜子的抽屉，迅速拿出一把剪刀，抬手就要刺自己。红花大惊，扔了手巾，忙上前抢夺，两人扭在一起，红花终于夺过了剪刀，惊恐地向后退。红花大口喘着气说：“这可不行，姨奶奶，可不能这样……”九红又趴到床上痛哭。红花害怕了，忙拿着剪刀向外跑去。

大院的堂会唱得正热闹，压轴大戏三老太爷白颖宇的《战太平》。颖宇饰花云出台亮相唱“西皮原板”：“大将难免阵头亡，我主爷洪福齐天降……”二老太太已经十分高兴地听着戏，身后站着心神不定的景琦，景怡、胡总管和黄春小心地观察着老太太的神色。二老太太兴致很浓地说：“还别说，三老太爷唱得挺有味儿！”景琦忙躬身道：“是，他这岁数，还能有这嗓儿，真不易。”

红花惊慌地跑来，凑近景琦的耳边叫他快去看看吧，姨奶奶那儿寻死哪！红花举起剪子给景琦看，景琦、景怡都一惊。景怡悄悄地拉了拉景琦，叫他快去看看。景琦甩了甩手说，二老太太正闹脾气，这会儿刚好点，他哪儿能走。景怡只好摇头叹气地跟红花走了。二老太太高兴地听着戏，景琦心如油煎，表面镇定自若地侍立在后，黄春和胡总管都显得慌乱地嘀咕着。

三老太爷白颖宇扮的花云正唱着“原板”：“刘伯温八卦也平常，早知道采石矶被贼抢……”还别说，正经唱得不错。

景怡和红花急急忙忙来到西厢房，推门而进，抬头大惊。九红站在凳子上，已在门梁上拴了绳套儿，正要上吊。景怡抢步上前，一把将九红拦腰抱了下来，进到里屋放到床上，回头叫红花快去叫七老爷。红花应声急急奔出房门，九红仰面躺在床上，闭着眼不哭也不说话。

大院堂会，三老太爷的《战太平》终于唱完了，怀里抱着小巴儿狗的二老太太高声叫好，又高兴地对景琦说：“你三叔的功夫不减当年！”景琦忙附和道：“是！我三叔这两下子，好些内行还请他说戏呢！”红花急跑到景琦前焦急地说着，黄春、胡总管、玉婷都凑上前听着。二老太太回头发现了，问道：“什么事儿？”景琦忙上前掩饰道：“没事儿，我三叔说戏唱完了怎没听见老太太喊赏！”二老太太笑了：“就老三事儿多，他还要赏，赏！”景琦也大喊：“二老太太赏三老太爷，赏！”

红花用力拉了一下景琦，他一甩手头都没回地说：“去！”只见黄春、胡总管、玉婷已经扭头走了，二老太太扭头说：“老七，叫你给找个抱狗的丫头，你就抻着不办，老得我抱着！”景琦忙说：“一直办着呢，得给您找个合适的呀！”娘儿俩说笑着，好像根本没九红要上吊这么档子事儿。

九红仍闭眼躺在床上，景怡坐在床头不知如何劝解：“不好……真不好……不能往那边儿想，老太太……那脾气不好，可大伙儿不都对你挺好的吗……”九红翻身面朝里又不动了。黄春、胡总管、红花、玉婷一下子冲进屋进了里间，景怡忙站起，把胡总管、红花和玉婷推出外屋嘱咐道，打这会儿不能再离开人，千万不能出事儿，他又问老七呢，玉婷愤愤地说，她哥太不像话了，出了这么大事儿都不说回来看看，没良心！胡总管忙说：“他有难处，老太太刚哄高兴了……”玉婷一肚子的愤愤不平：“我妈也太过分了！抢了人家的闺女，还不依不饶地挤对人！”景怡忙制止道：“玉婷！不许派老家儿的不是！咱们得商量个办法，不能出了事儿……”

黄春正在劝九红，九红已经坐了起来，低着头一声不吭。黄春叹道：“你可是吓死我了，哪家过日子没个三波一折的，遇点儿事儿就想死还行了？日子长着呢！”九红十分平静地说：“你们都走吧，甭管我！我已经想过味儿来了，叫我死我都不死了！”黄春惊诧地望着九红。

乱哄了一天，一直把二老太太安顿好送回老宅，都半夜了，七老爷才回新宅。秉宽正上梯子拉电闸，景琦、王喜光站在下面看着，景琦说：“往后每天十二点拉电闸，各屋还是点蜡烛。”王喜光笑了，说道：“其实电灯比蜡烛还保险呢！”景琦假装内行，其实还是不放心，说道：“你没见满院子拉的都是电线，万一走了火儿，那还了得！”王喜光忙点头称是，不再解释。秉宽问道：“拉闸啦？”“拉！”景琦发令，秉宽拉了电闸，顿时大宅门里一片黑暗。“我回去了。”王喜光说着走出大门，秉宽关门上闩，门顶的大铃铛发出阴冷的叮当声。景琦和牵狗、提灯的听差走进院内。景琦高喊着：“拉闸了！各屋点灯，小心火烛！拉闸了，各屋点灯，小心火烛——”

“各屋点灯，小心火烛——”从三厅过道转进了四厅，景琦仍在喊着，忽然他发现北屋还亮着灯，便走到门口问道：“佳莉，还没睡？！”没有人应，景琦推门进了北屋，只见佳莉一人坐在桌前望着油灯垂泪。景琦心情复杂地望着她，轻轻走到桌前坐下，问道：“还为白天的事儿伤心？”佳莉怨恨地说：“人家的娘都是娘，我的娘怎么是这么个东西！”景琦忙训斥道：“你孩子家家的想这么多干什么？你奶奶不喜欢你娘，大宅门儿里这种事儿多了，何必往心里去。”佳莉气哼哼地说：“站在人前矮半截儿！”景琦不爱听了，说道：“你比谁矮？你是我的闺女！你是你，你娘是你娘！”“爸——”佳莉两眼困惑地盯着景琦。“嗯？”“你当年——干吗要去那种地方找了她？”

没想到佳莉会问出这话，景琦大窘，愣了一会儿才说：“你个小孩儿懂什么？这不是姑娘该问的。”佳莉发泄似的说：“你有钱有势，要个什么样的女人不行！”景琦发火了：“不许再说了！”佳莉趴到桌上又哭起来。景琦心又软了，劝道：“别哭了，眼都哭肿了。”他掏出手绢递过去，忽然看见桌上的凉饭，“瞧，晚上饭都没吃！”景琦转脸向外叫道：“傻二！”傻二在外应道：“在这儿呢！”景琦吩咐道：“把刘妈叫起来，捅开小灶，给小姐做夜宵儿，我也吃点儿！”傻二说：“知道了！”景琦回头看着佳莉说：“行了，不许再哭了。”

大宅门一片黑暗。景琦走进屏门吩咐听差：“去吧！”大丫头莲心提着灯笼站在门里关上屏门上了闩。景琦走上东廊子，放慢了脚步向西一看，西厢房仍亮着灯，转向西厢房走去。

一进屋，坐在卧室门口打盹的红花忙站起身，景琦打手势问里屋九红的情况，红花比画着，意思是九红未睡仍在哭。景琦走进了里屋，九红抱着猫坐在床上发愣，抬头看见景琦，忙将猫一扔，转脸朝里躺在了床上。景琦坐到床沿儿上，探头想看看九红的脸，九红忽地拉了条被子将头蒙住。景琦轻轻地推了推九红说：“往里点儿，腾个地儿，叫我躺下。”九红不动，景琦又推，九红突然伸手一巴掌将景琦的手打下去，蒙着被子哭了。

红花拿个温手巾进来递给景琦，景琦拉开九红的被子将毛巾递上，九红抢过来一把向身后扔去。红花和景琦无奈地相互望着，景琦又拿起茶几上的盖碗茶递给九红，九红头都没回，伸手一扫，盖碗飞出落地，摔了个粉碎。红花忙拾起碎碗走向屋外，景琦一筹莫展，也走了出来。和红花刚说了几句话，忽然九红从卧室冲出，不由分说将景琦向门外推。景琦招架着退到门口，死不出去，九红忽然拉住门框一抬脚，用力将景琦踹出了门，把门一关从里面插上了。

景琦摸着屁股，一时没反应过来，惊讶地望着房门，不知该不该走。他在原地转了一圈儿，终于走到门前拍了两下，低声叫道：“开门！”又用力拍了两下，没有回声。景琦泄气地转身要走，越想气越不打一处来，这辈子还没有人敢对他这样。他心里说，敢踹我？反了天了！他猛然回身抬脚用力一踹，房门一下子开了，发出门闩断裂的声音。景琦怒冲冲进来，红花上前拦挡，被他一把推开，冲进了里屋。

九红仍面朝里躺在床上一动不动。景琦气势汹汹走到床前，却一下子又泄了气，突然可怜起眼前这个女人了。他长叹一声坐在床沿儿上，红花担心地向里屋看了看，见没动静放了心，忙将门帘子放下。景琦将九红向里推了推，说道："往里点嘿！"九红一动不动，根本就不理他。景琦无奈，顺手从床上拉下了一条被子铺到了床前地下，一声不吭地躺到被子上，两手抱着后脑勺闭上了眼。

过了一会儿，不见任何动静，九红奇怪地回过头，发现景琦不见了，往地下一看，景琦闭眼躺地而睡。九红想了想，回过头躺好，不一会儿又欠起身往地下看，景琦依然如故。九红翻回身赌气似的向床里边挪了挪，床边空出了二尺多宽，分明是给景琦留出了空儿。景琦听到动静欠身往上望了望，心领神会忙站起上了床，躺了上去，用力一把将九红扳过来，二人对视着。

景琦用力将九红搂在怀里……

第二十九章

二老太太急着要找个抱狗的丫头，贵武觉得是个机会，能巴结到二老太太跟前儿，且轮不到他呢。他虚担了个亲家的名儿，这回还真是用了心了，找了一个服侍过王府小姐的丫鬟奴奴，二老太太一高兴还赏下来了。

秉宽来到范记饭馆找贵武，将一张二百两银票放到桌上给他，说这二百两银子是老太太赏的，给贵武一百两，那丫头家里一百两。秉宽话刚停，外面忽传来大喊声："武贝勒，七老爷找武贝勒！""哟，姑老爷来了！"贵武说着忙往外跑，秉宽也跟了出来，桌上的银票也没顾得收。

贵武跑出单间，东张西望，直跑到门口，外边儿一人儿没有。他奇怪地回过头，只见坐满了吃饭的、睡觉的、喝茶的人，人们都看着他。贵武仍然大叫："七老爷，七爷！"满屋子的人都笑了。七老爷根本就没来，贵武知道上当了，气咻咻扫视着大堂里的人，秉宽说了声："我走了！"管自离去。

大家伙儿又都忙自己的了，不再理会贵武。单间门口，三四个人围着下棋，靠隔扇仍坐着那个壮汉，草帽压得很低。贵武虎视眈眈地走了过来，问道："刚才是哪小子嚷嚷？拿我贝勒爷开涮。"无人理他，贵武愤愤地扫视着众人走向单间，骂咧咧地说：“活腻味了你们！”

贵武走进了单间，回到桌前愣住了，桌上的银票不见了。他忙上下寻找，桌上，桌下，连椅子垫儿底下都翻了，就是不见。贵武站在屋里发愣，嗯——银票呢？他叫来范掌柜问谁来这屋了，范掌柜忙说没人儿进来过。让他再找找，是不是放身上了。贵武急忙全身乱掏一气，根本没有，他记得清清楚楚，银票明明就是放桌儿上了。

贵武一撩帘又走出单间，站在门口扫视堂内的人，范掌柜也跟了出来。贵武冲满大堂的人大叫：“刚才谁进这屋了？”无人理睬，人们各干各的。贵武走到单间门旁正在下棋的一桌人前，死盯着几个下棋的人询问：“谁进那屋了？”大家低头看棋，仍没人搭理他。贵武推了推一个下棋的，问道：“看见谁进那屋了？”“你又没雇我给你看着，我管得着吗？去去去！”那人还挺横。贵武回身又环视众人，目光停在隔扇的方向，戴草帽的壮汉仍一动不动地倚靠隔扇坐着。

贵武走到那壮汉跟前问：“嘿！你小子是干什么的，整天坐在这儿？”壮汉一动不动，也不回话。贵武来了气：“说你呢，看见谁进这屋了？”壮汉也不搭腔，起身拉了拉草帽儿往外便走，贵武一把将他拉住，质问道：“你是聋子还是哑巴？我那银票准是你偷的！”壮汉挣扎要走，贵武死拉不放，侧身拦住道：“你天天儿这儿坐着，我留神你好些日子了，你是干什么的？”说着伸手摘壮汉的草帽儿，壮汉突然抓住贵武的手往怀里一拉，顺势重重地在他后背上一拍。贵武站立不稳向前冲去，一下子扑到下棋的桌子上，棋盘稀里哗啦冲出，棋子儿撒了一地。俩下棋的不干了，一个揪住贵武喊：“往哪儿趴，没长眼你？”另一个揪住贵武叫：“我们这儿赌着输赢呢，你赔我钱！”贵武狼狈地说：“我凭什么赔你钱！”俩下棋的嚷嚷道：“我这就赢了！”“是我赢了！两家都得赔，不赔打你丫挺的！”

范掌柜忙上前劝架，贵武终于挣脱，气急败坏地喊叫着：“等会儿再说行不行？”他忙回头四下里寻找那壮汉。大堂中的人仍各干各的，壮汉却已不见了踪影。范掌柜忽然指着贵武问："您后脊梁上贴的什么？"贵武一愣，忙问："什么？"他转着圈儿地向后看，又背过手抓，却看不见也抓不着。范掌柜将那东西揭下交给贵武，说道："这不是银票吗？！"贵武惊奇地说："嘿——什么工夫贴我后脊梁上了？"全屋人大笑，范掌柜也笑了，贵武接着又问范掌柜刚才那小子是干什么的，范掌柜说："常来，一句话没说过，是个卖菜的。"贵武悻悻地心想，这些日子怎么净出邪门儿事儿呀，放个屁都砸脚后跟！

一连几天没见佳莉的影儿，七老爷不放心了，知道她肯定不愿意和九红住在一个宅子里，便过老宅来看看。

二老太太正安闲地看着单先生教佳莉弹古琴，景琦走了进来，单先生忙站起打招呼："七老爷！"佳莉也站起喊了一声"爸"。景琦内行地点点头说："《沧海龙吟》。"单先生赔着笑："七老爷对琴谱真熟。"二老太太望着景琦问，有事儿吗？景琦说，没什么事儿，佳莉怎么好些日子不回家住了？二老太太不爱听了，问这儿不是她的家。佳莉绷着脸说，不回去，她学琴呢。二老太太站起身，叫景琦别在这儿捣乱，有事儿外边说。

到了廊子上，二老太太瞥了一眼景琦，问道："听说，我那天说了那位姨奶奶几句，她就寻死觅活的？"景琦惊讶道："谁这么多嘴，没有的事儿！"二老太太满脸不悦地说："有也罢，无也罢，以后你那个新宅我不去就是了，省得搅和你们的好日子！"景琦惶恐地说："妈说哪儿去了，妈再过去，自然叫她回避就是了。"二老太太警告地说："我可不担这个恶名儿，你自己掂量着办！"景琦忙打岔说："海淀花园子修得有点儿模样了，等哪天陪妈过去看看，我想靠西再修个鹿圈，自己养茸。"二老太太点头说："好！我早就想过去看看，一直腾不出工夫来！"景琦又说："还有个事儿，刚才在老号上，大伙儿都说该修个小学校，方便药行的子弟上学，想听听妈的意思。""这是好事儿，有那日子不富裕的家主儿，也不用交学费……”

二老太太正说着话，突然，甬道传来丫头的尖叫声。二老太太一愣，忙问：“出什么事儿了？”她向外走，刚上甬道，就见刚买来的丫头奴奴正在拿着根小木棍追着打小巴儿狗“大顶子”，吓得狗满院乱窜。二老太太大叫住手，胡总管、颖宇听见动静都跑了出来，奴奴哭咧咧地说：“它咬我！”二老太太说：“算了，算了，我看这孩子不行，没这个缘分，把她送回去吧！老七，叫你找个抱狗的丫头就这么难！”景琦惶恐地说，再去找，再去找！

贵武听说抱狗丫头被退回去了，老大的不痛快，好在没往回要钱，他在酒馆和朋友喝了点儿酒，搭朋友的车回家，路上已经没了行人。马车停在胡同口，贵武下了车，说道：“行了，我前边儿到家了。”车上的男人道：“不送了，贝勒爷！明儿茶馆见！”

贵武哼着京戏晃晃悠悠地往前溜达。路边儿靠墙放着一辆平板菜车子，上面躺着戴着草帽的壮汉。见贵武晃过来，壮汉抬起一点儿草帽望着贵武。贵武自得其乐地哼唱着走过，壮汉突然坐起，推着车朝贵武冲去。贵武闻声忙往边上躲，壮汉推车也朝边上来。贵武又往中间躲，车又向中间推来。贵武紧走两步回过头怒道：“存心是怎么着？你……”话未说完，平板车已冲到，贵武一下被撞倒在地。壮汉扔下车，上来就将贵武压住，用绳子捆绑住。贵武挣扎着大叫：“你干什么！来人哪——”壮汉将一块烂布塞到贵武嘴里，看四下无人，将贵武提到车前，揭开席子扔上车，又将席子盖好，推车离去。

壮汉推着平板车径直出了西直门，直奔了海淀，夜光下还能看得见路，奔西十几二十里到了西黄庄。这是一片有六七亩地的菜园子，离庄头儿得有两里路，一溜儿三大间挺像样的大瓦房。院子不小，靠西墙是一间放各种农具杂物的屋子，贵武被壮汉从车上提下来，直接扔进了杂物间。手脚被捆着，动也动不了，嘴里烂布也不知道什么时候没的，喊天呼地也没人应他。他始终想不明白这是惹了谁了。

谁呀？这壮汉不是别人，正是贵武亲生儿子、黄春的孪生哥哥黄立。二十年前，在永乐镇“仙客来”客栈谋了景琦一百二十两银子的就是他。

这段尘封了四十多年的老公案终于翻了篇儿了。冤家宜解不宜结，这话看怎么说了，血海深仇解得了吗？君子报仇十年不晚，这十年说是一辈子也不多，非结不可。有些人作恶多端从不认账，永远捂着盖着，以为撒个谎可以混过去，或时间久了，人们也就忘了。可对别人作的恶，却念念不忘定要牢记，贵武就是这种人。别人的仇，笔笔清楚常挂嘴边，自己作的恶，从不提及，讳莫如深。四十多年了，他真的以为别人都忘了，他被捆在小草屋里，闹不明白是谁跟他过不去。

天大亮了，门外传来摇辘轳打水的声音，黄立在浇菜园子。他从小被转卖了几道，后来终落到了西北镖局老掌门的门下，自幼练了一身好功夫，在走蒙古去俄罗斯的镖路上，找到了也在寻找他的母亲大格格。母子二人相依为命，又踏上了寻妹之路。直到庚子年，才有了黄春的下落，可教堂又被烧了，黄春竟落入了仇人之家。世上的事就好像老天爷跟谁商量好了似的，弄得你七弯八绕找不着北。大格格已经是奔七十的人了，四十年前的事她当然忘不了，可有了儿子、闺女的下落以后，她不再想了。她很庆幸女儿居然化解了詹白两家二十多年的恩怨，她知足了，她什么都认了。可她万万没想到，贵武又来了，骚扰到白家，那是自家女儿的女婿，大格格怒了，出手了！

堆草的西屋里，贵武被寒鸭浮水般捆着扔在草堆上，不停地大叫：“那小子，我招你惹你了？你想把我捆死呀，我这腿都快折了！”

黄立在井台边把水倒在槽内，又把柳斗放下井去。从北屋传来一个老太太的声音：“把他带来！”黄立走下井台，在衣服上擦着手走进西屋。

贵武喊道：“嘿！我说，商量商量行不行？”

黄立仿佛没听见，像提东西样一把提起贵武走向北屋。贵武不停地叫着、呻吟着：“我真受不了了，我都六十多岁的人了，咱们有什么仇啊？”

黄立将贵武提进北屋堂屋，把他扔在地上。贵武继续念叨着说：“你倒说说，叫我心里也明白明白，我怎么招着你了……哎哟，轻点儿，往死了摔我！你要绑票儿，要多少钱你说，我女婿有的是钱！”黄立看都不看贵武一眼，向着里屋喊：“带来了！”

里屋门帘一挑，走出了六十多岁老态龙钟的大格格，她看着地上的贵武慢慢坐到了椅子上。贵武趴在地上抬不起头，用力挣扎了几下，又低下了头，问道：“我说，怎么个意思？先给我松开行不行？”大格格语气沉重地问：“你是贵武？”“什么贵武，我是贝勒爷！”贵武的脸儿乎贴着地，说罢又忙改口：“贵武，贵武，我是贵武！”

“听说你欠了一笔债，至今没还？”

“欠债，欠谁的债？您弄错了吧？我谁的债也不欠！”贵武刚说完，就被黄立踢了一脚，于是大叫：“哎哟，妈呀！踢着了我了，悠着点儿行不行？”

“你好好想想！”

“我想不出来，您只要说出来，有那么回事儿，欠多少我都还！”

“怕你还不起吧？”

“还不起？我闺女嫁了个大财主，我还钱就是了，先把我解开！”

“四十年前你欠了詹王府一笔债！”

“四十年前？我不欠他们的，是他们欠我的……到现在我那儿子还没找着呢！我……”贵武话未说完，又被黄立猛踢一脚，疼得他呼号惨叫，“别踢了祖宗，我这肋条骨都折了！有这么要债的吗？”

大格格厉声地说：“你骗了詹王府的大格格！”

“怎么是骗？两相情愿嘛！再说这事儿你管得着吗？”

黄立蹲下身，一把揪住贵武的头发，掀起他的脸。

“干什么，撒手！你就说我欠谁钱不就结了，我还！”

“要是欠的银子，那债就好还了！”

“那我欠什么，啊？”

“大格格怀着孩子的时候，你跑到哪儿去了？”

“怎么问起这陈芝麻烂谷子来了？”贵武语音刚落，黄立“啪”地打了他一个大嘴巴。他只好答话：“我……我……在外头……”

“你躲起来了，怕引火烧身！”

黄立扬手又要打，贵武忙大叫，又可怜巴巴地说：“那我也是迫不得已呀！”黄立又抽了贵武一个嘴巴。贵武哀求道：“问明白了再打，成不成？”

“孩子生下来以后你又哪儿去了？”

“我……我是……”

“你又躲起来了！”

贵武大叫：“没有，没有！我找过她！”

“那是二月初十的夜里吧？”

贵武的神情越来越惊讶，想扭头看看讯问的人，但他头发被揪着，转不过去，只能惊恐地望着黄立回话。

“二月初十……二月初十？大概是吧，您……怎么知道？”

“你说你一妻一妾都不生养，只想要儿子、闺女！”

贵武惊恐得喘不过气来：“我……我……说过……”

大格格悲愤地质问：“你说，你连自己都保不住……哪儿还管得了大格格……”大格格已抽抽噎噎泣不成声。

黄立见母亲如此伤心，又狠狠地连抽了贵武几个嘴巴。

“别，别……求求你了……先别打，您怎么知道得这么细？您是……您……我明白了，您是……大格格！”

大格格咬牙切齿地宣泄几十年的痛苦与仇恨，怒斥道：“贵武！你这个无情无义的畜生！什么海誓山盟，什么同生共死，什么……”说着她又泣不成声了。

贵武哀求说：“大格格……饶了我吧！咱们都这么大岁数了……大

格格……”

“我一辈子最恨负心汉，伤天害理你不得好死！”

“饶了我吧……看在儿子闺女的分儿上你饶了我吧！”

“儿子？你还知道有个儿子？你睁大眼睛看看眼前的人是谁？”

贵武立即明白了，他震惊地望着眼前的黄立，老泪纵横了，哽咽道：“这就是我的……儿子？”

黄立没头没脑地打起来，贵武挣扎着喊：“别打了！别打了，你听我说……”

大格格悲伤地摇着头说：“你还有脸说？我一句也不想听！”

黄立又暴打贵武，他哀号般大叫：“别打了，我不说了还不行吗？”黄立心里头有千般苦万般恨，依然拳打脚踢……

贵武已经不支，两目失神，头歪向了一边。喃喃着说：“干什么这是……说也打，不说也打……这叫什么规矩……”

黄立大吼：“打死你都不解恨！”贵武已经气息微弱，说道：“儿子……你下这么狠的手……打你爸爸……”大格格充满哀怜地望着贵武，黄立突然向贵武后颈猛击一掌，贵武一声没吭重重地歪在地下不动了，黄立仍要打……大格格终究不忍心了，忙站起来扑向贵武，死命地拦住黄立扬起的手。

黄立失去理智般大叫：“妈，我打死这个畜生！”大格格哭喊着：“别打了，别打了……”黄立仍怒视着奄奄一息的贵武，大格格哆哆嗦嗦地给贵武解开绳子，他的手脚虽被放开了，但已趴在地上不能动。黄立不解地问：“妈，您这是干什么呀？”

四十年前的一段情缘，大格格还是难以释怀，无比心酸地说：“放开他吧，黄立……他是……他是你爸爸呀！”

黄立不由分说，愤怒到完全失控，用力一把将大格格推开，大格格向后一仰跌倒在地上昏了过去。黄立大惊，忙扑向大格格，跪在地上将她扶起，大声哭叫：“妈——妈——”大格格已人事不知，闭着眼，歪着头。贵武无力地睁开双眼，悲伤地望着大格格喊："大格格……"黄立惊慌地将大格格抱起，匆匆向里屋走去，嘴里喊着："妈——妈——"

贵武吃力地喘着气，艰难地抬起头无限哀伤地叫着："大格格呀……"

天刚刚亮，门道里还很黑，秉宽走出门房卸下闩，打开大门，门顶的铃铛发出叮当的声响。他刚推开大门，忽然发现门口有一堆东西，忙俯身察看，只见贵武嘴里塞着烂布，气息奄奄地被捆着靠在门框上。秉宽大惊，忙走出门四下张望，大街上一个行人也没有。秉宽忙将贵武口中的烂布拉出，连声呼唤："贝勒爷，贝勒爷！这是怎么了？"贵武昏迷不醒，秉宽忙将他弄到门房里，赶紧报告了七老爷。

七老爷匆匆走进门房来到床前，周围已站了一圈儿仆人，贵武满面伤痕衣衫破烂，无力地睁着双眼，已完全没了神儿。景琦吃惊地俯身叫道："贝勒爷，贝勒爷！"贵武费力地抬眼望了一下景琦，随即又把眼皮耷拉下去。"你这是让谁打的，得罪谁了？"贵武十分艰难地说："我这是……是……我儿子打的！"景琦还以为他在开玩笑，说道："贝勒爷，都这模样了，您就别骂人了，到底是谁打的？"贵武悲伤地说："就是我儿子，我的……亲儿子！老七，是你的大舅子呀！"景琦大惊道："黄春的兄弟？"贵武微微点了点头，露出一丝苦笑。

景琦更为惊讶，问道："你什么时候见着你儿子了？"贵武喘息着说："报应！你信不信？报应！……四十年前，二格格死在宫里，那是西太后下的毒手，可我呢……买通了寿药房里的人，在药里加了一味甘遂，改了方子……害得你们白家家破人亡……"景琦说："四十多年了，提那些老账干什么！"贵武说："老账？可有人要提那老账……大格格这不又来提老账了吗？！"景琦说："我更闹不明白了，大格格，怎么又出来大格格了？这都出了什么事儿呀？"

贵武挣扎着要起身，说道："七老爷，我得给你磕个头！"景琦死死将贵武按住，连声说："干什么，干什么？有话好好说！"贵武鼓起最后一点儿力气说："你得去找大格格，叫他们和黄春团聚，我是没那个福分了，可你不能不管他们！"景琦忙说："我管，我管，可大格格他们在哪儿呢？"贵武说："海淀西黄庄菜园子。你得认下他们，老七，我生了女儿不姓黄，找了女婿……也有丈母娘……"贵武凄惨地笑了。

景琦十分不忍心地说："我知道，我知道。""你别记恨我！我……我罪有应得！可我万没想到……我死在……我死在……自己亲生儿子的……手里……"贵武越说声越小，到后来只嘴唇微动，发不出声来，头一歪，终于咽了气。景琦回过头吩咐道："套车，去叫王总管来，安排好贝勒爷的后事！"

大格格终于有了下落，黄春迫不及待地催着景琦赶上车，奔了西黄庄。一路上黄春都心神不定，不知待会儿见了母亲说什么做什么，心里慌慌的。

马车一路疾驰，在西黄庄路边停下来，景琦、黄春下车走到园子边一看，登时傻眼了。菜园子已是一片凄凉，地里的菜全都拔光了，乱七八糟一地菜叶子。井台上，井绳已铰断，柳斗歪在石槽里。景琦、黄春缓缓走向北屋，神情疑惑地望着。院中一片狼藉，乱草、乱柴、破筐、烂盆儿散落四处。景琦、黄春走到门前，只见门上挂着一把铜锁。

黄春惶惑地四下张望着问："会不会找错地方儿了？"景琦说："是呀，怎么回事儿？连个街坊都没有？"黄春大声地向四下喊叫："妈！妈——"没有人应声。她观察着走到里屋的窗户前，将窗户纸捅破往里看。里边已空空如也，但见光光的炕席上放着一个小花包袱。黄春急忙回头叫："景琦，你快来看！"景琦走过来，黄春让开地儿，景琦趴在窗上往里看。"你看炕上！"黄春激动地说，"那不是在永乐镇仙客来客栈，咱们包银子的花包袱吗？"景琦回过头说："没错儿！那个人是你哥？"黄春说："快进去看看，把门砸开！"

二人走回门前，景琦一拉锁，门登时就开了。景琦道："你看！门是虚锁着的，这是知道咱们要来。"二人进屋，四下张望了一下，匆匆进了里间屋。炕上放着花包袱。黄春走上前将包袱解开，里面竟是那一百二十两银子！景琦惊奇而又感叹地说："这是怎么话儿说的，他跟了咱们二十年！"黄春懊恼地说："怎么就不认呢，这造的是什么孽呀！"

二人无语走出屋门，怅然地望着远山、田野，四面一片萧瑟。景琦感慨地说："你瞧见没有，这儿离咱们新盖的花园子也就二里多地，他们这是有意躲了！"黄春不解地问："躲什么呀？这是何苦啊！"景琦说："你替你妈想想，知道咱们愿不愿意认她？名不正，言不顺！"黄春一筹莫展地说："这咱们上哪块儿找去？"景琦说："既是躲了，就是不愿意见面儿，何必去找！我看就把贝勒爷埋在这菜地里，早晚他们还得回来！"黄春点头道："嗯！立个碑，把咱们名字都刻上，这样我妈不会再顾忌什么了。"景琦将门锁好，想了想说："得去和詹家打个招呼。"黄春说："詹瑜都死了，还打什么招呼。"景琦说："那也得和奎禧、香伶和大姑奶奶招呼一声。"

景琦赶上车进了城，太阳都偏西了。串门不能空着手去，京白梨下来了，七老爷买了小半筐，进了詹家住的大杂院，满院子都是烟。只见香伶正在忙着切菜，景琦招呼道："香伶，做饭哪！"香伶忙站起说："哟，七哥，七嫂，快屋里坐。"屋里传出奎禧喊叫声："别瞧我这会儿穷，我们老祖宗打进北京的时候，白家还摇着串铃子满街卖草药呢！"

景琦、黄春相视一笑，三人向屋里走去，香伶大声回了一句："行啦，你祖宗那点儿德行没传给你！"三人进了屋，香伶又喊了一声："来人啦！"奎禧正趴在床下往外拉靴子，问道："谁来了？"景琦调侃道："卖草药的来了。"奎禧提着满是灰尘的一双靴子站起来，身上居然穿一件带补子的马褂，斜眼看着景琦问："少见哪，你来干什么？"

香伶和黄春进里屋说话去了。景琦十分奇怪地上下打量着奎禧问："怎么意思？您扮的这是哪出戏，《铁公鸡》？"奎禧狂傲地撇着嘴说："大清又回来啦！宣统皇上要复位了！"景琦坐到椅子上不屑地说："你倒挺会哄着自己玩儿！溥仪往皇城里一圈，他狗屁不是！"奎禧大怒：

“住口！你要叫皇上！”“那是你的皇上，我叫不着！告诉你，你大姑还活着呢！”奎禧一愣，问道：“我大姑？”“你们家大格格！”奎禧不以为然地拍着靴子上的土，坐到床上穿靴子，说道：“活着活着吧，我也没见过，跟我说这个干吗？”景琦立即站起骂道：“什么东西！”他生气地走向里屋，“春儿，咱们走！”

景琦进了里屋，只见雅萍难受地倚着墙躺在床上，忙问：“哟，老姑奶奶怎么了？”黄春拉着雅萍的手说：“累得不行了，我看接回去吧，在这儿不是活受罪吗？！”雅萍无奈地说：“凑合活着吧！”“走，这就走！”景琦上前扶着老姑奶奶下了炕，说道：“守着这么个姑爷不够恶心的。香伶，你别多心！”香伶点点头说：“走吧，我也早受够了！”

七老爷子的花园子已经盖得八九不离十了，请二老太太先来过过目。在王总管、佳莉和丫头仆人们陪同下，二老太太缓缓走来。

王喜光介绍说：“往这边走是‘穿云’‘渡月’，后边那楼是‘十二琴馆’，往这边儿是‘稻香村’‘荷花坞’，沿那边儿的水道还能划船。”二老太太指着山石上的“穿云”二字问：“这是老七写的吧？”王喜光说：“七老爷写的！”小巴儿狗“大顶子”在地上前后跑着。二老太太问：“大概得什么时候完工啊？”王喜光说：“怎么也得明年开了春吧！”“嗯！到时候……”二老太太低头忽然发现大顶子不见了，“大顶子呢？”众人忙停下寻找，却不见影儿。玉婷道：“刚才还在这儿乱跑呢！”黄春吩咐丫头：“快找找去！”“我去，我去！”王喜光接过话忙跑去。二老太太说：“没个人抱还真不行！”

王喜光沿着荷花坞水边找过来，远远看见一个小丫头坐在石头上，怀里抱着大顶子，手里用鲜花编着一个圆圈儿，她低头看着小巴儿狗，说：“我给编个脖套儿啊！”

王喜光急忙跑过来大叫：“大顶子，大顶子！”并气势汹汹地问，“嘿！哪儿来的野丫头？这狗也是你能抱的吗？！”

小丫头满脸稚气地说："这狗真好玩儿，你们家的？"

王喜光伸出双手道："拿过来，二老太太看见不骂死你！"

小丫头将狗递给了王喜光，说道："我给它编脖套儿呢！"王喜光接过大顶子抱着要走，大顶子突然张嘴就咬，吓得王喜光"哎哟"一声惊叫，不觉松了手，小巴儿狗一下窜走了。"这他妈㞞狗，怎么咬我呀！"王喜光骂着，只见大顶子跑回小丫头脚下，一下子蹦到她怀里，小丫头把鲜花圈儿套在狗脖子上。

王喜光走上前，斥责道："你还乱掐花儿，你是谁家的丫头？这么没规矩，拿来！"王喜光说着上前又要抱狗，只见小丫头双手架着狗，冲着王喜光喊："咬他，咬他！"大顶子忽然龇开牙向王喜光叫起来，王喜光吓得不敢上前，威胁说："这是怎么了，咬我？我抽你！"

"王总管！"背后传来二老太太的声音。王喜光回头一看，只见二老太太笑容满面地和玉婷姑娘、丫头们站在不远处看着。

王喜光忙点头哈腰说："您瞧，也不知哪儿来的野丫头，这狗我抱不过来，它咬我！"二老太太开心地说："叫小丫头过来，让她抱着。"丫头银花在护栏上铺上垫子，二老太太坐下了，笑着问："叫什么？"

"香秀！"

"香秀，名字挺好的。十几了？"

"十四。"

"在哪儿住呀？"

"下洼子！"

"你爹妈呢？"

"我爸在那边干活儿呢！"

"你不怕这狗咬你？"

香秀抚摸着狗说："才不怕呢，它跟我好！"

二老太太高兴了："愿不愿意跟我回去，叫你天天跟这狗玩儿！"

王喜光着急地说："快说愿意，你的福气来了！"

“不愿意！”香秀把狗往地下一放，扭头就跑，谁知大顶子飞快追了上去。

二老太太十分惊讶地看着香秀的背影，感叹道：“缘分！王总管，过那边儿问问是谁家的孩子，这丫头我要了！”

“是，是！”王喜光忙追了上去。

正在凉亭内干活的李满福听王喜光一说，连连推辞着说：“那可不行，这孩子从小没离开过爹妈，再说一个乡下丫头，你们这大宅门儿……”王喜光不耐烦地打断说：“你别不识抬举，多少人想巴结这差使还巴结不上呢！”李满福说：“不行，不行，我就这一个闺女！”王喜光说：“告诉你，进了这大宅门儿就是进了天堂了！给你十块大洋行不行？”李满福说：“卖闺女呀？那更不行了！”王喜光说：“什么卖呀，你别叫我着急行不行？为了找这抱狗的丫头，我不知道挨了多少骂了，好容易老太太看上了，这事儿成也得成，不成也得成！”李满福一口咬定说：“不成！”王喜光急了：“你个乡下脑壳！”一想不对，立即又软了下来，“我叫你大爷！我求求你了，行不行？”

李满福想了想，问道：“那我往后还见得着闺女吗？”王喜光说：“什么话？进了大狱还叫探监呢！她还是你闺女不是？”李满福大惊：“进大狱呀？”王喜光气得摇头晃脑，叹气说：“你别叫我嘬牙花子了成不成，我那是比方！你说你要多少钱吧？”“我不要，我要闺女！”“三十大洋行不行？干脆点儿，五十大洋！你可一辈子也挣不了这么多！”李满福愣住了，似信非信地动了心，问道：“真的？”王喜光说：“可不是真的！明儿你把人送来，我就给你钱！”李满福说：“那我得回去和老伴儿商量商量！”王喜光站起身说：“商量什么，就这么定了！”

二老太太已上了马车，王喜光跑来站在车下禀报：“说定了，说定了，费了劲了，一张口就要五百大洋，一个大子儿不能少！”二老太太说：“人家就一个宝贝闺女，五百就五百吧！大顶子呢？”王喜光说：“不行，抱不回来，跟那丫头玩儿得欢实着哪！”二老太太说：“叫她玩儿吧，混熟了也好，明儿叫她过来！”王喜光连忙说：“是，是，是！”

穷了一辈子的李满福都没见过大洋什么样，第二天早早地到了老宅门房，和抱着大顶子的香秀坐在长凳上等着。王喜光在外面刚拉门，李满福立即站了起来，王喜光递过一张银票，李满福哆哆嗦嗦地接过去。王喜光叫香秀跟着他走，香秀忙站了起来，李满福怯怯地说：“这孩子要待不惯，您还叫她回去！要是有个灾儿啊病的……”王喜光急了，抱怨道：“我说你有完没完？你想累死我！老太太那儿还等着哪！”王喜光不耐烦地转身拉香秀出了门房，李满福愣怔了片刻，又追了出来，望着已走到影壁前的香秀，担心地大喊，想家了，就回来看看！

说起来就是个缘分，二老太太看香秀，怎么看都顺眼，而且难得大顶子那么乖乖地听话了，不用操半点心。香秀也是，天生的聪明伶俐，心又细，二老太太老了，爱忘事，她就成了老太太的记事本，把老太太服侍得刻刻都离不开她了。二老太太专门叫冯裁缝为香秀单做了衣服，叫梳头的李妈来给香秀做了个特别的样子，连吃饭都让香秀坐在下首陪着吃。

这天，王总管过来办事，二老太太高兴地叫住了他，说道：“王总管，我得赏你，去账房儿支两个份例红包儿！”王喜光忙不迭地说：“哎哟！老佛爷，只要您高兴，给您办事儿还要赏钱？我成什么了？再说这丫头是您自己看上的，我不过跑跑腿儿！”二老太太叫道：“银花，叫香秀出来，让王总管看看！”银花陪香秀从里屋走出，香秀抱着大顶子，已是油光水滑的头，一身簇新的衣服。王喜光一看着实吃了一惊，叫道：“哟！这是那孩子吗？”

屋里屋外的丫头、仆人、管事的都一愣，一个个窃窃私语。二老太太高兴地说：“叫王总管！”香秀忙叫：“王总管！”二老太太说：“咱们这边儿是胡总管，一会儿你也见见，王总管是新宅子那边儿的！”王喜光摇头晃脑地恭维着说：“嘿，我都不认识了，任什么人到了二老太太手里一调理，都跟那画儿里头画的似的！”二老太太点点头说：“哪儿还像个乡下丫头，亏她长得细皮嫩肉的！”王喜光忙说：“人家家里也娇着哪！”二老太太环视着众人说：“你们全都听着，香秀只管抱狗，别的杂活儿不用干。你们上上下下的少支使她，除了我，你们谁也管不着她！”众人答应：“是！”“知道了！”

说起香秀家，真是个苦人家，当年从贡家台逃荒进京，连个落脚的地方都没有，李满福的老伴马立秋有个八竿子打不着的远房姐妹，在天桥混事由，也就是缝穷摆摊帮个工。儿子朱伏跟一帮土混混儿瞎混，开了个营造厂，也就接一些修修补补的杂活，上不了大台面儿，日子过得窄巴巴的，难免就干点邪门歪道的事。朱伏倒腾点烟土，转手转卖个妇女孩子，无论如何，在社会上蹚过，三教九流见过。忽然听说李满福卖了闺女发了财，心里不痛快，手边的活儿一不留神跑了买卖！他心想，李满福还真有个主意。细一打听，不对了，五十大洋？这活做得也太离谱了！什么行市？卖孩子竟然把我绕过去，天理何存？

朱伏气势汹汹地来到李满福家，站在屋中大发脾气：“你去把孩子给我要回来！”李满福都不敢抬头地说：“人家都给了钱了！”朱伏瞪着眼嚷道：“五十块钱？你昏了头啦！见过钱吗你？十四岁的大姑娘五十块钱？”李满福辩驳道：“我又不是卖孩子！”朱伏更气了，叫喊道：“不是卖孩子，你把钱拿回来干什么？这就是卖！”马立秋忙说：“问过了，白家是个好人家，还周济过我们。”朱伏把眼一瞪说：“大宅门儿有什么好人家？都拿丫头不当人，你知道北京城里这会儿卖个丫头是什么价儿吗？”李满福怯懦地说：“我又没卖过！”朱伏狠狠地叫道：“两三百都不止！”

李满福和马立秋听了，惊愕得面面相觑。朱伏又道：“这事儿也不跟我商量商量，你们才来北京几天？”李满福灰心丧气地说：“行啦，我认倒霉了！”朱伏不依不饶地说：“姥姥！你把钱给我，我找他们去，要不多给钱，要不把孩子领回来！”李满福说：“别折腾了，人家有钱有势，再闹出个事儿来……”朱伏说：“有钱有势也拗不过个理儿来，快把钱拿来！”李满福和马立秋无奈地对看了一眼，马立秋起身去拿钱。朱伏拍着胸脯说：“别看你大我一辈儿，论经过的事儿，我过的桥比你走的道儿还多！”

朱伏拿了五十大洋的银票来找王总管，王喜光匆匆走过门道，门房罗头儿看见他忙走了出来，后面跟着朱伏。

罗头儿说：“王总管，有人找您，说是香秀的表哥！”

朱伏忙上前赔着笑脸：“王总管！您……”

“什么事儿？”王喜光斜着眼儿瞟了朱伏一眼，“香秀挺好的，老太太挺高兴，留下了！”说完大步走出门去。

朱伏在后面紧追着也出了大门。王喜光越走越快，离老宅大门有段路了才放慢脚步。朱伏追到王喜光身旁，掏出了银票说：“他爹妈一时糊涂，把孩子送了来，又后悔了，您这五十块大洋的银票我又给您带来了。”

王喜光站住了，不屑地望着朱伏问：“你当这是什么地方？这是白府的大宅门儿，不是关厢的大车店儿！也不打听打听，想来就来，想走就走？懂不懂规矩？”说罢回身便走。

朱伏追着喊：“五十块钱买个丫头，北京城里没这个价儿吧？！”

王喜光走了几步猛地停住了，慢慢回过头上下打量朱伏。朱伏也毫不示弱，死盯着王喜光。

王喜光拉下了脸，问道：“人家本家儿都认可了，你在这儿挡什么横儿？”

朱伏慢慢走上前，郑重其事地说：“我是香秀的表哥，是人家本家儿叫我来的！”

“你叫什么？”

“朱伏！”

“肥猪那个猪？”

“有姓那个猪的吗？朱元璋的朱！”

“福气的福？”

“伏天儿的伏。我是三伏天生的！”

“不好，这名儿不好！”

朱伏不解地问：“这名儿怎么了？”

“伏天的伏字，单立人一个犬字，这是狗人！”

朱伏一愣，说道：“您这是……”

王喜光冷笑着昂首说：“你要是福气的福加上前边儿的朱，那是洪福齐天！”

朱伏似懂非懂说：“是，是！”

“伏天的伏，前边加上朱那可真是肥猪的猪了，你成了猪狗人！”

朱伏知道上当了：“您，编派着骂我？”

王喜光厉声说：“骂你？你再敢在这儿胡搅蛮缠，我叫人来抓你！”

“我这儿好好跟您说话，您怎么……”

“去，去！撒泡尿照照，你也配跟我说话？舌头痒痒了，找个缸沿儿去蹭蹭！去去去！离我远点儿！”王喜光说完仰起脸儿扬长而去。

朱伏咬牙切齿地说：“行，大总管，走着瞧！”

第三十章

黄春最终和景琦商量定了，在西黄庄菜地将贵武下葬修坟立了碑，碑上落款分明刻着“立碑人婿白景琦，女黄春”。这就把大格格的名分落到了实处，黄春坚信母亲终有一天要回来的。不但如此，黄春吃过早饭，就带着一众人等赶着几辆大车奔了西黄庄，那两间破瓦屋已经修葺一新，仆人们把一应家具、用品，全都换过了。仆人请黄春验看过目后，将门上了锁。黄春带领敬业、占元磕头祭拜了贝勒爷，这恐怕是贵武生前想都没敢想的。

七老爷有睡午觉的习惯，哪怕睡个十来分钟二十分钟也好，要不下午没精神。所以每到午饭过后，新宅子里就特别安静，走路说话都轻轻的。照例，上房院的廊子都放下了苇子编的大堂帘，这时候您站在院子当间儿一看，四周一圈，全是堂帘，暑热就进不了屋。太阳下了山，才把堂帘卷起来。

二老太太的大丫头槐花抱着一个小包袱，转过了东廊子走来。景琦的大丫头莲心忙打起上房门的竹帘子，说道：“姐姐来了？”槐花忙说：“二老太太叫我给七老爷送点儿东西来。”二人进了北屋，莲心低声道：“七老爷还没起晌呢。”“等醒了，你交给七老爷吧！”槐花也悄声道，伸手将包儿递过去。莲心没有接，说道：“别价！老太太派来的人我不回禀一声，不是找挨骂吗？”莲心说罢忙走向里间。

槐花笑了，走到东偏厅坐下等。莲心走到东里间门口，轻声喊：“七老爷，槐花姑娘来了！”听到里面景琦“嗯”了一声，又道：“二老太太叫槐花姑娘送东西来了。”景琦在里面应道：“进来吧！”莲心忙回身招手，槐花走了过来。

景琦靠坐在床头，拿起盖碗茶习惯地先用手指蘸了蘸茶水，擦抹两只眼睛，高叫一声“茶能明目——”又漱了口。槐花忙将小包儿放下，拿起床头的小漱盂去接，景琦将水吐出，槐花又递上小湿毛巾，七老爷擦擦脸说：“大热的天儿叫你跑一趟。”槐花说，伺候七老爷是应当的，又问七奶奶呢，景琦说去西黄庄上坟去了。

槐花打开小包儿，是一个中号儿的四方长玻璃瓶儿，里面装的是鼻烟。槐花递上说，这是孟家送二老太太的鼻烟，英国的，叫七老爷尝尝。景琦接过看了看，叫槐花弄点儿出来尝尝。槐花忙解开小绳，拿下小布套，开了塞子，用小铜铲挖出一点儿，放在烟碟儿里递给景琦。景琦抹了一点儿深深一嗅，不错！上等的鼻烟儿。景琦放下烟碟儿，对门口的莲心吩咐道，去把昨儿姨奶奶买的凤梨拿几个叫槐花带走。莲心答应一声，忙退出屋去。景琦转过脸又问：“老太太挺好的？”槐花应道：“挺好的，就是精神不如前了。有一回打着牌愣冲上盹儿了，那三家儿都不敢言声儿，过了一会儿，老太太闭着眼睛问：‘该谁出牌了？’老姑奶奶说：‘我，红中！’老太太闭着眼睛说：‘碰！’”

景琦听了哈哈大笑，九红推门走了进来，莲心手里拿着一篮凤梨也走了进来。杨九红笑嘻嘻地问：“是谁要凤梨呀？”“七老爷，我走了！”槐花忙站起，低着头匆匆走向门口，与九红擦肩而过出了屋。景琦忙招呼着说：“莲心，去送送！”莲心忙跟了出去。九红不满地回头望了望，又回过头看看景琦：“怎么我一进门儿她就走？”景琦说：“她来送东西的。”九红气愤地说：“她瞧见我没有，啊？正眼儿都不看我！”景琦起身下了地，劝道：“嗨！老太太身边儿的人，你就别较真儿了！”

九红忙走过来帮景琦穿鞋，赌气说：“我偏要较真儿！在老宅她怎么都行，可这是新宅，她要再这么眼里没大没小，我可不客气！”景琦不耐烦地说：“没完了你，打狗还要看主人！”九红说：“这话是了，看你七老爷的面儿，她也不该这么着对我！”景琦不再理睬，叫莲心端水来，莲心答应着立即端着一盆洗脸水走进来，九红忙接过来放到脸盆架上。景琦低头洗脸，九红摘下手巾等候。景琦忽然停下手，歪头看九红：“你身上什么味儿？”九红愣了一下，冷笑道：“你轻易不上我屋里，还知道我身上什么味儿？”景琦一愣，知道九红气儿不顺，不再理睬，索性不说了，仍又低头洗脸。

七老爷想得很是，杨九红气儿不顺不是一天两天了。她说景琦轻易不上她屋更没说错，七老爷自己都没觉察到，一来二去的好像把杨九红都忘了。平常也没什么客人来往，四厅住着已经二十岁的女儿近在咫尺，如远隔天涯，一肚子的郁闷却没有一个人可以倾诉。丫头红花虽然贴心，可也三十好几早到了出嫁的年龄，九红以各种借口留下红花。这丫头能留到现在，也实在是从心里可怜这位姨奶奶。可有什么用？闷极了，姨奶奶开始偷偷地抽大烟，没多久就上了瘾，瞒着七老爷，日子久了也无所谓了，杨九红有点儿破罐子破摔了。

是的，杨九红说过只要能跟着七爷，什么罪都受得了，可她没想过还有母女分离之罪要受，这也能受吗？她痛！二十年了，越来越痛！她吞云吐雾却也能消磨些痛，那还怕什么？有娘家哥杨亦增里里外外张罗，还是娘家人好。大宅门里没有一个人是真心对待自己，只有娘家人没有二心。这想法不能细想，细思极恐，娘家人真靠得住？人世间这善善恶恶、好好坏坏本是这么颠颠倒倒的，想得头痛心更痛。

太累了，杨九红点上烟灯装好烟膏，刚往靠枕上一歪，红花丫头慌慌张张跑进来禀告：“姨奶奶，七老爷来了，快收了吧！”

九红竟然没动，不以为然地说：“来了就来了吧！”正说着，传来景琦进门声响，红花忙退身打起了帘子，景琦走进屋一下子愣住了，呆呆望着吸大烟的九红。

九红继续抽着烟，连招呼都没打。景琦走到床前，盯着九红，她仍一动不动地抽着。

“你怎么抽上这个了？”

“闷得慌！”

“别抽这个，抽上瘾不得了，这是败家的玩意儿！”

“这是我哥哥、嫂子给我买的，又没花你的钱！”

“我在乎那俩钱吗，你这是糟蹋自己！”

“我糟蹋我自己，碍着你什么啦！”

“就碍着我了！”景琦大怒，一把将烟灯扫在地上，趴在卧榻上的波斯猫吓得忙跳了下去。

九红冷冷地望着景琦，一副无所谓的样子，这彻底激怒了景琦，他又上前一把夺过九红手中的烟枪狠狠摔到地下，烟枪摔成了两截。

九红仍不动声色地冷冷望着景琦，景琦怒不可遏地瞪着九红。须臾，九红忽然冲外屋喊：“红花，把那套象牙的给我拿来！”

景琦意外至极，大为震惊，似乎不认识眼前的杨九红了。

红花站在房门口，胆怯地来回望着景琦和九红，没敢动。九红怒目圆睁，朝红花厉声喊：“拿来！”

红花刚回身，景琦大喝一声：“站住！”红花吓得一哆嗦，忙又站住了。

九红一下子坐了起来，拍着小桌子大叫：“你是谁的丫头，去拿！”红花忙跑了出去。

景琦惊讶地望着九红，眼中充满了不解的目光。九红低着头，满不在乎地理着自己的头发。景琦慢慢坐到了床上，望着九红说：“我说你身上有股什么味儿，敢情是大烟味儿！”

“难得你还能闻得出我身上有什么味儿！”

“你怎么变成这样儿了？你原来不这样儿啊！”

九红抬起头直盯着景琦，问道：“是你变了，还是我变了？”

景琦不解地问：“我变什么了？”

“你自己心里明白！”九红说完又愤愤地把头扭向一边。

景琦压下火气，尽量耐心地说：“九红，居家过日子图个清静平安，老打不起精神来还行？”

九红又火了，回头逼视着景琦质问：“说得好听！图什么清静？我还要怎么清静？有人理我吗？这一年你才来我屋里几趟，我还要怎么清静？”

景琦尴尬地望着九红，无言以对。

“平安吗？孩子快二十岁了，我都记不清什么模样儿了，还不平安吗？我打不起精神来……”九红突然呜呜地哭了，“打不起精神来……”

“你看，你看，我说什么了？哭什么？”

“你走吧……我老了……呜呜……”九红哭得极伤心。

“什么什么就老了。别哭了，你还不到四十就老了！等花园子修好了我陪你去玩儿。”

“你甭哄我，快走吧，叫我一人儿待会儿。”

景琦无奈地站起说：“得，又是一个‘嘣噔呛’，我走！”走到门口，正见红花已拿来烟枪，不知所措地站在那儿，害怕地望着，没想到景琦看着烟枪冷冷地说：“给她，叫她抽！”红花忙走上前，景琦出了屋，忽然又回身撩起帘子，“我今儿晚上过来啊！”说罢，放下门帘走了。

红花将烟枪递给九红，九红夺过来狠狠地摔到地下。烟枪又断成两截。波斯猫抬着头喵喵地叫，九红弯身抱起猫，偎在自己的脸上。

朱伏自打碰了王喜光的大钉子以后，就开始琢磨下一步怎么个弄法。毕竟在北京五行八作里混了多年，很学了一些嘎七马八的招数。撑死胆大的，饿死胆小的，朱伏是个宁可撑死的主儿，要捅就捅破天。

朱伏到白府直接先奔了马号，进了棚院只见车马不见人，正东张西望，陈三儿从屋中走出问：“找谁？”朱伏早打听好了：“请问陈三爷是……”陈三儿说：“我就是！”朱伏忙递上烟卷儿，陈三儿摆手止住了，摇摇头说：“不行，抽不了那洋烟儿，甭客气！”说着掏出烟袋。

朱伏硬塞给陈三儿一支烟，讨好地说：“抽根儿，抽根儿，抽个新鲜。”陈三儿将烟夹在耳朵上，问道：“有事儿吗？”朱伏说：“二老太太这两天出门儿吗？”陈三儿说：“二老太太……后儿个孟家有个堂会，派下车来了，后儿晌午吧。”朱伏说：“噢，后儿晌午。”陈三儿说：“什么事儿？”朱伏说：“没什么事儿，我表妹是老太太眼前抱狗的丫头，我想给她送两件儿衣裳。”陈三儿点点头说：“你搁对面儿门房儿就行了。我说还是趁早儿甭送，二老太太身边儿的丫头，一年四季的衣裳都是公中做好发下来，什么好衣裳没有？你送了也白搭，穿不上身儿！”朱伏很诚恳地说：“是，是，是！那就不送了，不送了。”

朱伏轻而易举地就打听到了二老太太出门的日子，到了这天，他早早地来到马号门口，两眼盯着大门，兴奋而又紧张地不停吸烟。陈三儿将马车停在了门口，王喜光从街口走来，忽然发现了朱伏，慢慢停住了，奇怪地望着他。朱伏也看见了王喜光，不阴不阳地点了点头。王喜光问：“你又来干什么？”“反正不是来找您！”朱伏奸笑着。王喜光哼了一声向大门口走去，二老太太在一群人簇拥下走出大门到了马车前。

朱伏见状忙扔掉了烟头儿跑过去，趁二老太太刚要上车，凑上前恭恭敬敬地给二老太太打了个千儿，说道：“给二老太太请安。”二老太太奇怪地望着他问：“哟，这是谁呀？”朱伏忙站起身侍立一旁禀告：“朱伏，我是香秀的表哥！”二老太太点头问道：“这个丫头挺好的，你有什么事儿吗？”王喜光感到不妙，紧张地看着，朱伏说：“真对不起，二老太太，香秀的爹妈想闺女，叫我来接她！”二老太太奇怪地说：“这刚来几天儿呀，就想了？”朱伏话锋一转说：“不是这个意思，接回去就不叫她再出来了。”二老太太更奇怪了，问道：“这是什么话？丫头是我买的，难道没给你们钱吗？”

王喜光大惊，急忙闪到了马车后面。朱伏说：“钱是给了，她爹妈是怕这孩子在这儿过不惯。”二老太太说：“这叫什么话？这事儿当初是怎么定规的，叫王总管来！”王喜光惊慌失措，悄悄转身就要走。朱伏忙说：“您甭叫他，我和王总管已经说过了，王总管也没答应。”王喜光没有跑，又侧着头仔细听，闹不清这朱伏想干什么。“朱伏，你是叫朱伏吧？”二老太太冷眼看着朱伏，朱伏忙答应道：“是！”二老太太说：“你们这些人的心思，我一看就明白，生个丫头恨不得当摇钱树，一辈子吃穿嚼裹儿，恨不得都从这丫头身上挤出来！你不就是想要钱吗？还想要多少你说！你满北京城去打听打听，我给了五百块大洋还少吗？”“五百大洋……”一直满脸堆笑的朱伏，惊骇得鼻子眼睛一下挤到了一块儿，“您给了五百大洋？那可真是……不少！”二老太太爽快地说：“还是的！告诉你，我如今离不开这丫头，你到底还想要多少？”王喜光吓得忙蹿到马车后面躲起来。

朱伏摸到了底儿，立即满脸又堆上了笑容：“二老太太误会了，我不是来要钱的，不是香秀的爹妈怕她受委屈吗？”二老太太环视着众人说：“你们听听，这丫头在我这儿受委屈吗？”众人七嘴八舌地数落朱伏：“你这人真不开眼，这是白府！”“白府对下人最仁义啦！”“丫头在你们家才受委屈哪！”“比别家儿的小姐还金贵！”……二老太太抬了抬手说：“都别说了，你都听见啦？告诉你，在我这儿她只抱狗，什么杂活儿都不干……”

躲在马车后边的王喜光心惊肉跳地听着，想不出下面还要出什么事儿，生怕姓朱的趁机上眼药。二老太太接着说：“我压根儿没拿她当丫头看，那么多丫头，就她一个人儿跟着我吃饭！”朱伏满脸堆笑地说：“哎哟，二老太太，您是活菩萨！您太抬举她了，我这儿谢谢了！”二老太太挥挥手说：“走吧，瞎耽误我半天工夫儿！”“您请，您请，我扶您上车！”朱伏说着伸手就要搀，二老太太忙举起手躲闪回避着说：“去，去，别碰我！齁儿脏的手！”众人一阵大笑。朱伏忙退后说：“对不住，对不住，我不懂规矩！”二老太太上了车，嘱咐道：“告诉她爹妈，什么时候想闺女了，就过来看看，叫他们放心！”朱伏点头哈腰地说：“放心放心，一百个放心，哪有不放心的那么一说儿啊！”

马车启动，向胡同口赶去，人们全散了，露出了藏在车后的王总管。几步远站着朱伏，两人一动不动地站着对视。王喜光两眼发直，余悸犹存地盯着朱伏。朱伏摆了一副胜利者的架势，带着嘲弄神色看着王总管。王喜光慢慢走到朱伏面前点点头说：“你行啊，你挺有手腕儿的！”朱伏故作谦逊地说：“差得远！我这点儿手腕儿在您跟前儿，不是忒寒碜了吗？”王喜光咬着牙说：“你想砸我的饭碗？”朱伏忙说：“我真想砸您的饭碗，刚才话都到那份儿上了，我说什么了没有？”“嗯——”王喜光上下打量着朱伏，“小瞧你了——”他忽然拍了一下朱伏肩头：“走，找个地方说说！”朱伏十分恭敬地说：“听您的！”二人向胡同口走去。

进了茶馆单间，朱伏忙着让座，殷勤地给王喜光倒茶。王喜光冷笑道：“那天我骂了你，你是咬着牙放着屁地恨我吧？”

“您错了！说句掏心窝子的话，我是一个心眼儿地想巴结您，可您瞧不上我！”

王喜光摇头笑道：“会说话，会说话！你巴结我干什么？”

“谁不知道大宅门儿里上上下下都王总管说了算！”

“甭给我戴高帽儿，大宅门儿是七老爷说了算！”

“甭管谁说了算，反正王总管我不敢得罪！”

“为什么？咱们井水不犯河水！”

“不能那么说！我今后要想有点儿出息，还全靠王总管提拔！”

“你赖上我啦！我可不吃这一套！我这一辈子不欠人情，不就四百五十块大洋吗？我给你，各走各的路！”

朱伏激动地站了起来，说道：“我要是那么眼皮子浅，刚才我就跟二老太太要了。王总管，说不定将来您还有用着我的时候！跑跑腿儿呀，出出力呀，只要是您交代下来的事儿，我要是干不漂亮，您把我脑袋拧下来当球儿踢！”

王喜光对朱伏刮目相看了，拖腔带调地问：“我还真是小瞧你了，你在哪儿发财哪？”

“跟人家合伙儿开了个营造厂，混不下去了。”

王喜光想了想说：“这样吧，七老爷要在甄家花园盖个药行的子弟小学，我跟七老爷说说，看看能不能把这差使包给你。”

“只要王总管一句话，那一准儿是包给我了！”

王喜光说：“猴崽子！上心着点儿，手别太黑！别弄得我下不来台！”

朱伏笑了：“说了半天，这刚说到正题儿上。”

过年开了春，就是二老太太七十大寿，这成了景琦心中一等一的大事。明年海淀花园子一修好，头一件是给老太太办这个七十整寿。还差好几个月呢，景琦心里就已经谋划上了，七十了，以后还能过几个整寿？老太太辛劳了一辈子，这回一定要办得轰轰烈烈的。先把这笔银子留了出来，告诉王总管专款专用，多大的排场，请什么人，堂会几天怎么出，方方面面的都得动起来了。

景琦每天都得往花园子跑一趟，有好多天没过来给老太太请安了。这么大的事儿，得先请老太太个示下，打好了招呼才行。胡总管陪着景琦一进老宅的门，忽然大顶子跑了过来，一下子蹿到景琦身上，他忙弯腰抱住了，突然传来一声喊：“放下！”

景琦和胡总管一愣，香秀跑了过来嗔怪道：“你是干什么的，敢抱二老太太的狗？”胡总管上前斥道：“怎么说话呢，这是七老爷！”香秀不服地说：“这狗除了我，谁都不许抱！”景琦惊讶地看愣了眼，问道：“好俊的丫头！哪个房头的？”香秀不由分说，从景琦怀中抢过小巴儿狗，撇撇嘴说：“你管不着！”扭头跑了。景琦仍两眼发直地望着香秀的背影，问道："这是哪个房头的，怎没见过？"胡总管说："二老太太刚买来的抱狗丫头。"两人转过屏门向北屋走来。

二老太太和颖宇、雅萍、客人孟太太在打牌。银花、槐花、香秀都站在一旁伺候着。二老太太看了半天，打出一张牌，说道："八万，给你和！""不和，我自摸！"颖宇摸了一张牌，"开杠，来个杠上开花吧！"拿起牌一看，"嗬，这叫臭，白板！"孟太太抓牌又打出道："三条！"雅萍抓牌刚要打，抬头愣住了，只见二老太太已然闭眼睡着了，众人皆不言声，静静地坐那儿等着。景琦和胡总管进来，大家忙摇手指指二老太太。

景琦走到桌边，悄悄看二老太太的牌，颖宇也凑过身偷看，压着嗓子问："谁那儿有幺鸡？"雅萍指了指自己的牌，景琦捅了雅萍一下说："打！"雅萍拿出牌，往桌上一拍："幺鸡！"话音儿才落，闭着眼的二老太太喊道："和了！"颖宇笑道："嘿——您是睡着了没睡着？"大家说着笑着忙又推牌，洗牌，抓牌。二老太太笑着出了牌，说道："睡着了，可听得见你们打什么牌！"雅萍说："有这么打牌的吗？发财！"景琦看着二老太太，劝道："困了就歇歇儿去。"二老太太说："不用，打完这八圈儿。我今儿得把他们三家儿全打得站起来，香秀！"香秀忙凑上前答应："哎！"二老太太说："赢了钱，你今儿抽大头儿！五饼！"香秀忙说："那老太太非把他们三家儿都打站起来不可！"景琦出神地望着香秀说："你比老太太还狠！"

二老太太回头说："香秀，见过七老爷呀！"香秀说："七老爷好！"景琦笑道："刚才还呲打我哪！"二老太太说："是吗？她不认识你，快给赔个不是。"香秀笑嘻嘻地说："对不起啦，七老爷！"景琦故意逗香秀，问道："光对不起就行了？"香秀笑道："我给您绣个烟袋荷包儿吧！"

景琦仍死盯着香秀看，就听耳边传来二老太太的声音："老七，有事儿吗？"景琦惊醒忙回头："啊？噢，明年开了春儿是妈的七十大寿，上上下下都憋足了劲儿，问怎么过呢。”二老太太说：“你跟胡总管商量着办吧！”胡总管说：“我老了，脑子糊涂，叫我儿子来吧！”二老太太伸手抓了张牌说：“行！你先带带他，往后就叫他接你的位。红中！”胡总管高兴地说：“谢谢老太太！”颖宇突然大叫：“红中，和了！”二老太太也大叫：“不许和！净顾了说话了，没留神你！不给钱！”

又一阵洗牌，抓牌。景琦说：“我想拜寿的正日子，到咱们新盖的花园子里去过。”二老太太说：“好啊！就上你的新园子里闹他一天！”颖宇忙问：“老七，有堂会吗？东风！”景琦说：“有，京城的名角儿都得请到，您和玉婷一人都得来一出！”二老太太忽然想起说：“正格的，玉婷整天干什么呢？给她说人家儿也不干，三十多的老姑娘都没人要了。我怎么听说她迷上了一个戏子。九饼！”

大家都一愣，偷偷儿地看着景琦。景琦忙替妹妹开脱，说道：“没那么回事儿，妈您甭听他们胡说。”二老太太说：“我说的呢，咱们家的姑娘要嫁个戏子，那成什么了？”颖宇有意打岔，说道：“行了，二嫂，操心的命！打不打，我可又要和了！”“等我看看，这不和了嘛！掏钱吧您！”二老太太说着将牌推倒。香秀兴高采烈地说：“老太太连他十把庄！”颖宇摇头晃脑地说：“干脆我们都甭玩了！”众人七手八脚地洗牌，乱哄哄地说着自己刚才的牌。景琦又回过头悄悄看香秀。香秀感觉到了，也抬头看了景琦一眼，不好意思地低下头，掩饰地轻轻地给二老太太捶肩。景琦大有深意地笑了。

有关白玉婷和戏子万筱菊的传闻早就在京城传得沸沸扬扬了，二老太太听说的这点儿闲话都算不上是新闻了，只要有万筱菊的戏，白玉婷是场场不落。戏班子的人、常看戏的人，包括戏园子里看座的伙计，哪个不知道白玉婷？她在好几个戏园子都常年订了包厢，只要有万筱菊的戏必到。有时候义务戏、大汇演，几十个角儿几十出戏，万筱菊的一出排到夜里一点，她就叫听差的等在戏园子，差不多快到了的时候，打个电话她才坐上牛黄的车去戏园子。她只看万筱菊这一出，戏一完起身就走，前后什么戏都不看。也不知为什么，经常地看着看着，眼泪就下来了。坐在身后的苦菊丫头也不知从何劝起。谁招着她了？日子长了，也就习惯了，那是看见万筱菊高兴才掉眼泪。

这天，中和戏园子晚上是河北赈灾义演，万老板贴了一出《开茶馆》，白玉婷又卡着时间到了。台上，万老板换茶壶有个亮相，台下给了个满堂彩，白玉婷的眼泪又下来了。

对面包厢坐的是已当了旅长的关静山和詹家少爷詹奎禧，詹奎禧拿着关旅长的望远镜四下乱看，忙把望远镜递给关静山说："快瞜嘿，白家的老姑娘擦眼泪呢。"关静山看了看，放下望远镜说："痴情女子嘛，玩戏子动上真格的了。"奎禧说："论辈分，你得叫她姐！"关静山说："我叫得着吗？我们关家与白家早断了来往！"

台上场面起了尾声，《开茶馆》已演完，万筱菊下场，戏园子内好声震天。玉婷起身，走出了包厢。詹奎禧忙指点着说："看见了吗，只要万筱菊的戏一唱完，她立马儿起堂。"关静山说："你跟他们家还有来往，我可听说了！"詹奎禧胡诌八扯道："屁！那天白老七找我来了，把我们家的蛐蛐罐儿碎了一大片！那都是宝贝，我说了他两句，你猜他说什么？他说连关家的儿子都敢摔，甭说你这蛐蛐罐儿！"关静山一愣，问道："真的？"詹奎禧狠狠地说："关旅长，你是段执政手下的人，就不能给他们点儿厉害瞧瞧！"关静山眯起了眼说："别着急，早晚的事儿！"

出了戏园子，白玉婷没走，坐在车上呆呆地望着戏园子门口，门口偶尔有一两人出入，里面传出热闹的锣鼓声。牛黄和苦菊无奈地坐在车后望着白玉婷，牛黄试探地问："小姐，回去吧？"玉婷一动不动，牛黄、苦菊二人对视了一下，不敢再作声。只见万筱菊和他太太带着七岁的小儿子走出戏园子上了马车，玉婷呆呆地望着。万筱菊马车刚跑起来，玉婷立刻叫道："快！跟上前边儿的车！"牛黄无奈地挥动鞭子，车子启动了。两辆马车相距不远，一前一后迤逦而行……

起风了。万筱菊的马车终于停住，到家了。万筱菊扶太太下了车，又抱下了儿子，一起走向大门。玉婷的马车在不远处也停住了，玉婷呆呆地望着万筱菊一家人进入大门，随着砰的一声，万家大门关上了。

夜风更大了，远处隐隐传来雷声。玉婷呆望着，牛黄小心翼翼地说："走吧！"玉婷似未听见，呆呆地望着万家紧闭的大门，她的眼里充满火热深情，这深情使她的眼前浮现出一幕幕让她陶醉的景象：她看到了万筱菊在戏台上演唱《大英杰烈》的英姿；看到了万筱菊在庭院里为她说戏，传授身段动作；看到了她梦寐以求的时刻——别出心裁地和万筱菊穿着戏装拜堂成婚，双双进入洞房，从此长相守不离分。哦，在万筱菊揭去她盖头的一刹那，是如此相近相亲！她还看到了婚后岁月里夫唱妇随，锣鼓声中她还看到了她和万筱菊的孩子，听到了孩子在他们相拥相抱时欢笑的声音……

一道闪电掠过夜空，接着是一声炸雷，下起雨来，雨点打在车篷上噼啪乱响。

玉婷被惊醒，依然呆呆地望着万家门口。同时从瞌睡中惊醒的牛黄和苦菊刚要说什么，玉婷已发话："走吧！"

牛黄忙挥鞭子，马车跑起来，到了老宅门口，玉婷坐着没动。牛黄奇怪，但也不敢问，过了片刻才说："到了，小姐，下车吧！"玉婷仍没动。苦菊说道："牛黄，你先去叫门。"玉婷突然说："等等！牛黄，去新宅！""这么晚了干什么去？""找我七哥有事儿！""没什么要紧的事儿，明儿再说吧！这雨可下大啦！"玉婷一瞪眼，说道："叫你去你就去！""得得，去去去！"牛黄挥鞭，马车掉头，向胡同口驶去。

新宅上上下下早都歇了，半夜三更还下着雨，听见叫门声，秉宽吓了一大跳，忙问："出什么事儿了？"他迷迷瞪瞪开大门一看，是牛黄，他说："玉婷小姐回来了，要见七老爷。"秉宽忙不迭地回门房里拿了钥匙，跑去二厅开铁栅门，又到垂花门院，叫醒了刘妈开了门，又到屏门叫曹丫头开了屏门。他这才急忙来到上房窗外，叫醒莲心。屋里灯亮了，只听莲心轻轻地唤道："七老爷，玉婷姑娘来了，找您有事儿。"景琦心想："坏了，这是出了大事了！"黄春身子骨一直不好，病病歪歪的，也忙起身慌慌地披上衣服。景琦不敢怠慢，走出卧室迎了出来，只见玉婷已经坐在堂屋的椅子上。

外面下起了大雨。景琦担心地望着玉婷，黄春神色十分紧张，莲心也凑过来。景琦提心吊胆地轻声问道："怎么了，出什么事儿了？"

玉婷神情庄重地说："七哥，我告诉你，我是非嫁给万筱菊不可！"

景琦一下子目瞪口呆，惊讶地望着玉婷，又回头望了望黄春和莲心，回过头道："就这事儿？"

玉婷绷着脸说："就这事儿！"

景琦松了口气，说道："我还当出了什么大事儿呢，你吓着我！"

玉婷把眼一瞪，问道："这不是大事儿？"

景琦连连点头说："大事儿，是大事儿！"又回头对黄春、莲心说道，"你们都睡去吧！"

黄春看了玉婷一眼，对莲心道："莲心，把那洋点心拿两块儿请小姐尝尝！"说罢二人离去了。

景琦拉个方凳坐到玉婷前，不敢置信地问："妹妹，不是当哥哥的说你，半夜三更把我们一院子的人都折腾起来，就为这事儿？明儿说不一样吗？"

"我等不得，这事儿你得管。"

"我怎么管，你说我怎么管？"

莲心用托盘把点心和咖啡放到桌上，景琦说："你歇着去吧！"莲心退下。

"我要知道，干吗还来问你？"

"我不早跟你说过了吗，妈那一关你就过不去！"

玉婷不耐烦地说："又是妈，又是妈！"

莲心躲到了东里间门口外的卧榻上，好奇地听着。

“你还甭不爱听，这一关你越不过去！”

“我就不叫妈知道，先跟万筱菊成了亲再说！”

“那你也得看人家万筱菊乐意不乐意，人家要不愿娶你呢？”

“那不会！我这么喜欢他，他会不喜欢我？”

“剃头挑子一头儿热，不是常有的事儿！”

玉婷两眼茫然地说：“那我……真要那样……我活着还有什么劲？我去出家，当尼姑！我就进深山老林……我就……”

景琦安慰道：“你就别胡思乱想了！死了这条心，嫁给谁不行啊！”

“我不，你不能不管！”

景琦着急地问：“我怎么管？”

“你去找万筱菊说！”

“我去说？我怎么说！”

“提亲嘛，该怎么说怎么说！你别逼我走绝路！”

“哎，是我逼你呢，还是你逼我？”

玉婷抓起点心吃，喝着咖啡耍赖说：“你不答应我就不走！”

外面风雨大作，玉婷自顾自吃着喝着，景琦愣愣地看着她没了主意。

“七哥，三十多年我求过你什么事儿？就这一回！”

景琦无奈地叹了口气：“唉！我知道你是真喜欢他，入了迷了，一个女人一辈子真能喜欢上一个男人，也是件不容易的事儿！可你喜欢的偏偏是个戏子，这太难办啦！”

玉婷又急了：“戏子不是人？”

景琦说：“当然是人！可谁都知道鹌鹑、戏子、猴儿，没人把他们当人，不过是个玩物！”

玉婷愤恨地说：“说这话的才不是人！”

“跟我争这个没用，你不该生在这个家！可惜了你这份情意，我答应你去找他，先不告诉妈，成不成的我可就说不准了。”

玉婷兴奋地说：“你明儿就去！”

景琦无奈地说："你得容我想想吧，这事儿急不得！"

玉婷笑了："七哥，我等你的喜讯儿！"

溜溜折腾大半宿，天蒙蒙亮，景琦才睡下，早饭也不吃了，想多睡会儿。挂在东里间门外墙上的电话铃响起来，莲心忙走到电话前大叫："电话，七老爷！电话！"

景琦在里屋说："你接一下问问是谁。"

电话铃又响，莲心伸了一下手，像是怕被电着，缩回手大叫："电话，电话！"

"接呀！"景琦在里屋说。

莲心急得直跺脚喊："电话，电话！"景琦忙走出来说："叫你先接一下！""我不敢！"莲心说着闪到一边，景琦只好拿下话筒，说道："你得学着点儿，我要不在家呢？"莲心说："我怕过电！"景琦举着话筒说："你看，你看，我就不怕过电啦？谁呀？噢，赵五爷呀……怎么了？不是改了下午上会吗？我下午去……出什么事儿了？怎么就都辞职了，都干得好好的……行行！我这就过去。莲心过来拿着！"景琦硬把话筒塞到莲心手里，指了指话筒说，"冲这儿说话！"莲心紧张地问："说什么？"景琦教她说："说赵五爷好！"莲心慌乱地说："啊，赵……赵大爷好！"景琦笑了："怎么变成赵大爷了！"莲心更为惊慌地说："他问我是谁！"景琦说："那你说呀！"莲心惊慌失措地答："我……我是……我……"景琦用力地说："莲心，哎呀！"莲心忙喊："莲心！"景琦夺过话筒挂上了，说道："这不行了吗？"莲心喘着粗气，摸着胸脯说："吓死我了！"

景琦匆匆忙忙喝了一小碗粥，就赶往了百草厅公事房。涂二爷、许先生、大头儿、二头儿，先生伙计站了一屋子，景怡正和敬业大吵。

景怡愤怒地大叫："你刚管了几天事儿，就敢这么胡来？"

敬业也不示弱，说道："门市上的'九转金丹'供不上了，我不是为了快点儿吗？"

景琦和赵五爷悄悄进了屋，没人注意，大家都在看吵架。

景怡嚷道："这叫快点儿？这叫偷工！"

敬业也急了："不就少了两道吗？这药就不能吃啦？"

景怡更火了："一道也不行！细料呢？你为什么克扣细料！"

"那多点儿少点儿谁知道？"

"你减了多少？"

"也就三成儿！"

一听这话，站在一边儿的人纷纷摇头议论起来。

"料呢？"

"卖给同德堂了，我给柜上省了一万多银子，我还有错儿了！"

"用减料的法子来省钱，这损招儿长个脑袋就会，你还有功啦？"

"我这好心成了驴肝儿肺了我，我……"敬业感到极大委屈，摊着两手环视大家。他忽然看见了景琦严厉的目光，一下不说话了。大家的目光都转向了景琦，气氛顿时紧张了。

景琦手中拿着两张辞呈，逼视着敬业。敬业顿时心虚了，忐忑地望着父亲。景琦慢慢走到涂二爷和许先生面前，拿着辞呈道："涂二爷，许先生，您二位这两张辞呈我看过了，我很佩服。换了是我，我也递辞呈不干了！"

涂二爷、许先生惊讶地望着景琦，屋中一片窃窃的议论声。敬业惶恐无措地呆望着父亲。

涂二爷深受感动地说："七老爷，谢谢您，谢谢您！"

"谢我干什么？我得谢谢二位给我提了个醒儿，要不然就出大事儿了！"

许先生忙解释道："七老爷，您可别误会，我们绝没有别的意思，我们……"

景琦打断道："您用不着说客气话，这两张辞呈二位先拿着。二位要是看我办事公道，您请收回，我办事不公，二位另请高就，我绝不挽留！”

涂二爷和许先生接过辞呈。景琦回过头来看儿子，问道：“敬业，抬头看看上边儿写的是什么？”

敬业扭头看墙上，大家也都抬起头。墙上挂着一个镶着镜框的横幅：修合无人见，存心有天知。

景琦大声命令道：“念！”

敬业很不情愿地念道：“修合无人见，存心有天知。”

“你还有什么可说的？白家老号上百年没出过这种事儿，差点儿栽到你手里！”景琦转身面对众人，“事儿出在敬业身上，今后敬业撤出配药房！可说到头儿是我的错儿，赵五爷！”赵五爷注意听着，众人注视着，景琦提高了声音：“我是药行行会的会长，这件事儿虽说是白家的事儿，可我不能压着瞒着。你去知会药行行会的所有东家，明儿一早儿在药行会馆上会……这事儿咱们要当众说个明白！”

赵五爷不敢怠慢，下帖子发通知。第二天一早，药行会馆大院子里已经站满了人。

白景琦和几位有身份的药行首领站在大殿前的台阶上，院中巨大的平安缸内装满了“九转金丹”盒药。景琦指着几个大缸说：“大家伙儿都看见了，我身为会长，教子不严，出了这种见不得人的事儿！要说错，我首当其冲，我先得自责！昨儿晚上有人劝我，这批药一烧，七万两银子没了，杀点儿价也能卖出去，也不亏心。”景琦环视了四周一遍，“不亏心可缺了德！这是药，这不是买鞋！买得不合适再换一双！这药是人吃的，还是病人吃的！弄不好就要出人命！”

站在院中的人们神情各异，有惊讶、有震动、有愕然，更有怀疑，不知道这位会长要干什么。

景琦激昂地说：“干咱们药行的出一点儿错儿，那就是草菅人命！白家老号绝不卖假药，药力不够都不能卖。甭说七万两……就是七十万两，把本儿烧光了，我关门歇业，回家吃窝窝头，也不能做亏心的事儿！”

白敬业木然地听着，一脸的无辜，涂二爷、许先生怎么也没想到白七爷有如此心胸如此魄力，激动地听着。

景琦声音越来越响亮：“那叫图财害命！还是那句话，修合无人见，存心有天知！白敬业，去药王神位前头焚香认罪！”

白敬业顺从地向大殿走去，人们让开了一条路，白敬业上了台阶，进了大殿，老老实实地跪在药王神位前。

景琦大喊一声：“赵五爷，点火！”

平安缸前站的人们向后退让，两个伙计向药堆上倒上煤油，赵五爷将火把投入缸中，火焰突起，熊熊燃烧。

人们敬佩地望着，大火升腾，白景琦庄严肃穆发誓：“今后如有偷工减料，坑蒙行骗，一经查出，均按此例处置！望药界同仁，以此为戒！”

涂二爷和许先生走上前，毅然将辞呈扔到缸里。

第三十一章

白敬业捅了大娄子，心里并不以为然，觉得父亲是小题大做没事儿找事儿，至于这样做吗？敬业也是快三十的人了，儿子占元都六岁了，媳妇唐幼琼也是大户人家的千金，本是敬业大学的同学，祖上在清朝做过四品大员，民国以后才门庭衰落了。敬业正经在燕大国文系毕了业，生生被白景琦留在柜上跟着景怡大爷学医术，他根本不上心。这次当着众人挨了训，又罚了跪，觉得丢尽了面子，没法做人了。他越发地灰心丧气，连家都不愿意回，在外面交了一些吃喝嫖赌不三不四的朋友，整天不干正经事，也没人敢跟七老爷说，又有二老太太护着，疼孙子嘛！谁爱管这种闲事啊？

景琦是一心想叫敬业撑起二房的门户来，想起自己年轻的时候跟着老先生走安国、闯关外，才慢慢开了窍，觉得敬业就是缺少历练。到下半年，安国又到了开市的季节，按照当年二老太太对自己的手段照方抓药，让敬业去安国。于是，景琦在便宜坊摆了一桌酒席，专门请这次去安国办药的许先生和涂二爷吃饭，捎带还请了赵五爷、大头儿、二头儿，一起聚一下。刚刚斟了一轮酒，饭馆掌柜的郝爷一掀帘进来了："七老爷，我这儿刚听说您大驾光临！"

景琦说："郝掌柜，坐下喝两盅！"

郝掌柜说："不啦，不啦！今儿太忙，改日，改日！"

景琦从怀中掏出一个大皮夹子钱包拍在桌上，说道："老规矩，拿去给大伙儿分分！"

郝掌柜也不客气，拿起了钱包，说道："我替他们谢七老爷，慢慢儿吃！"郝掌柜回身出屋喊道："七老爷有赏——"接着外面传出一片喊叫声："谢七老爷啦——""谢七老爷赏——"

许先生感慨地说："七老爷真行，您也不数数多少钱！"

景琦从来不数钱，皮夹子里装多少钱，一概不知道。每次出门都是黄春打点该带什么东西，皮夹子里整钱、零钱全都装满，交代给跟班儿的完事儿。景琦对这事儿从不过问，大省心。

景琦大咧咧地说，钱是王八蛋，数它干什么。大家一听，还有这个新奇说法，都笑了。

敬业也笑了，说道："人都说命是王八蛋，见了钱就不要命了！"

"敬业，我有话要说，你好好听着！"景琦转脸对着涂二爷、许先生说，"二位还记得庚子年，我妈托二位带我去安国、营口办药吗？今儿我照样有这么一托，我把敬业托给二位了。"

涂二爷急忙推托说："这不合适，大爷是大学毕业，学问比我们深！"

景怡先开了口："二位别客气了，那年景琦从营口回来，对二位佩服得五体投地！"

景琦转身对敬业说："敬业，这次办药，一路上要好好听二位爷的话，有学不完的本事！"敬业大出意料，愣愣地望着父亲，茫然地点点头。

一个伙计端碗汤走了进来说："七老爷，灶上敬您一碗鸡丝汤。"景琦笑问："哈头儿吧！"伙计答道："没错儿！"说着放下汤，回手拿出钱包打开给景琦看，说道："干干净净！"

伙计忙去了。景琦笑了笑，将空钱包揣回怀里。大头儿看着景琦，愁眉不展地说：“七老爷，年关难过啊！宣统皇上被赶出了宫，可紫禁城长春、储秀、乾清三宫，加上颐和园欠咱们的二十二万两药款打了水漂儿了。我去执政府问，说叫咱们去找溥仪，我上哪儿去找他去？”赵五爷说：“找到溥仪，他也不会给咱们银子！”二头儿说：“还有，八月南边往北京的铁路断了，咱们起运的药材改了水运，至今下落不明。”景怡叹气说：“里里外外几十万两，甭说那些小户，就是咱这大户也撑不住啊！”景琦望着大家，动情地说：“屋漏又遭连夜雨，百草厅又要渡难关了。诸位看在几代人交情的分儿上，咱们同舟共济！我拜托诸位了，我也给涂二爷、许先生送行！敬业，回去准备准备，后儿一早儿动身！”

酒席一散，敬业先跑了回家，找奶奶告状：“我不去！奶奶，我去干什么？跟着去买药，能学什么本事？我都大学毕业了，我不想弄这中医、草药！我是国文系毕业的，怎么能去买药卖药呢！”

二老太太对黄春说：“你瞧，咱们家出了逆子贰臣了。”黄春说：“是你爸爸叫你去，谁敢说个‘不’字！”敬业心中有数地说：“奶奶去说，奶奶说不叫我去，爸爸不敢不听！”二老太太忙说：“我不能说，了得了！这样吧，叫个丫头陪着去，一路儿伺候着。”黄春叫道：“妈，哪有这规矩呀？小孩子总得吃点儿苦，景琦当年要不是叫您赶出去，吃了那么多苦，他才没出息呢！”二老太太说：“敬业不是还小吗？”黄春说：“景琦出去的时候还没他大呢，一到孙子身上您这心就这么软了？”二老太太笑了：“嗨，我老了！就这样吧，叫槐花丫头跟着去，多带上点儿钱。告诉景琦，就说是我说的！”

二老太太发了话，谁敢不遵？景琦也没辙，上路吧。两辆马车紧跟着走在土路上。后面那辆马车是牛黄赶，车里铺着厚褥子，放着大靠枕，敬业满脸不高兴地歪在车里，槐花靠坐在车前；前面的马车由狗宝赶，涂二爷、许先生坐在车上愁眉不展，许先生悄悄回头看了看后面，回过脸儿发牢骚：“这算什么？办药还带个丫头！”

涂二爷摇摇手说："别说了，二老太太的主意，七老爷也没辙。"

许先生发愁地说："这趟差事怎么弄啊？"

涂二爷叹了口气："对付！对付着别出事儿就行了。"

许先生也长叹一声："唉——七老爷呀，一世英雄，后继无人！"

涂二爷说："难说，七老爷也是不争气，才叫二老太太赶出去的。"

许先生摇摇头说："不一样，不一样！他那不争气里就透着那么一股子争气，您再瞧瞧后边那位爷……"

涂二爷劝道："少说两句吧，咱们只管当差！"

后面车上，敬业睡着了，槐花轻轻拉了条夹被给敬业盖在身上。

两辆马车远去，扬起一阵尘土……

晓行夜宿，终于到了安国，涂二爷把敬业安排到最好的一家客栈里。正赶上第二天一早开市，槐花刚起床，正在北屋门口刷牙，见涂二爷、许先生走来，忙漱了口，小声地说大爷没起呢，涂二爷叫槐花去叫一声儿。槐花摇摇头说，她不敢。许先生拉了一把涂二爷，摇摇头说，算了吧，他俩去。涂二爷走了两步，觉得不对劲儿，不行，受人之托，忠人之事，回去怎么跟七老爷交代呀？涂二爷走过去叫门："大爷——大爷！"等了好一会儿，敬业终于懒洋洋地搭了腔，好像是刚醒，问有什么事儿。

涂二爷大声道："今儿开市，您得到药王庙上香！"

"坐这一道儿车，差点儿没把我颠散喽，叫我歇会儿行不行？"敬业在屋里发着牢骚。

涂二爷耐心地说："大爷，咱们百草厅人不到就开不了市，这是规矩！"

敬业却振振有词地说："哪儿那么多规矩，这都谁立的规矩？！白家的人要死绝了，这药材市场就不做买卖啦？"

这话也太难听了，涂二爷被噎得伸脖子瞪眼说不出话来，沮丧地回头看着许先生和槐花，槐花捂着嘴偷偷地笑。许先生拉着涂二爷摆手示意说，走吧，走吧！涂二爷仍不死心，又回头叫："大爷，话不能这么说……"许先生忙用力将涂二爷拉走了，涂二爷只好无可奈何自找台阶说："我……那开了市，我再接您来吧！"

二人刚走，敬业在屋里叫道："槐花！""在这儿哪！"槐花应着忙进了屋。"去问问，这儿有什么好玩儿的地方没有？"敬业吩咐道。

因百草厅的东家不在，涂二爷代为上香，这大概是安国药市头一回。开市了！药材市场依然火爆异常，叫声此起彼伏。一伙计在棚铺门口大喊："大黄五十斤，青岛德记药行——"另一门脸儿前伙计高喊："川黄连一百斤，深州济仁堂——"

许先生正与瑞记掌柜谈价钱，扒拉着算盘子儿；涂二爷回头看去，瞥见远处站着敬业和槐花。敬业戴着墨晶眼镜，无聊地站在街心四下张望，槐花抱着衣服、坐垫儿和一个小包袱站在旁边，涂二爷拉了拉许先生，一努嘴，示意他快瞧那位爷！许先生扭脸儿看了看，叹口气，摇了摇头，这哪儿叫来办药，整个儿一个逛蟠桃宫庙会！许先生知道，这回办药是用不着跟这位不敬业的敬业大爷商量什么了，该买的就买吧。

到了吃午饭的时候，还是老规矩，找了一家街边大棚下的小吃摊。

桌上一碟口条，一碟肚丝，四碗打卤面。敬业愣愣地看着问："这是什么东西？"涂二爷夹了一筷子给敬业，客气地说："您尝尝，口条！"敬业厌恶地说："这是人吃的东西吗？"

涂二爷和许先生都一愣，无言以对。敬业摆弄着筷子说："干吗吃这么苦？那边儿有好馆子。"

涂二爷说："出差在外从来都这样，不能给东家糟蹋钱。"

敬业不屑地说："钱是什么？钱是王八蛋！"

涂二爷一愣，遂又劝道："你还是留着给二老太太、七老爷买点儿东西什么的，表表孝心。"

敬业撇了撇嘴说："家里什么没有，用得着我买？走，我请二位！"

许先生忙拒绝说："别，别！这就挺好，当年你爸爸吃得香着呢！"

“那你二位吃吧。”敬业站起身，“槐花，咱们上那边儿吃去。这不是人吃的东西！”槐花忙拿上东西跟着走了，涂二爷和许先生惊讶地望着他的背影。

涂二爷无奈地点点头：“行嘞！许爷，今儿咱俩也阔一回，吃双份儿！吃完这碗吃那碗，反正咱俩也不是人了。”许先生苦笑着说：“花钱他倒学得挺快，钱是王八蛋！”

忙活了一天，按照采购单子，办了一小半儿了，一直到晚上也没见敬业、槐花的影儿。涂二爷和许先生回到客房，在电灯下打着算盘对账。过了一会儿，许先生撩开窗帘向外望，只见北屋里黑着灯，打吃完晌午饭到这会儿，一天就不见敬业的影儿，真有点不放心了。

忽然，院里传来吵吵嚷嚷的声音，许先生忙撩窗帘向外看，见一个五大三粗的汉子冲过来，槐花惊慌地抢上几步先进了门，说道：“大爷出事儿了！”涂二爷、许先生大惊失色，忙站了起来，涂二爷急忙问：“出什么事儿了？”随后进来的大汉说道：“我是聚源号赌局的伙计，你们大爷在我们那儿输了十二万两银子，拿不出现钱来，叫我找你们二位，哪位姓涂？”

涂二爷忙应道：“我是！”

大汉上下看了看涂二爷说：“拿银子吧！”

涂二爷冷笑道：“哪儿对哪儿就拿银子，大爷呢？”

“我们东家把人扣了，拿银子换人！”

涂二爷大怒：“我告你们去，没王法了！”

大汉满不在乎地说：“您告去吧！这赌局是县太爷设的，省长、督办都有股儿在里头，你敞开儿去告！”

涂二爷和许先生都傻了。许先生只好用商量的口气道：“我们是来办药的，拢共还有五万两银子，不够您这一半儿呢！”

大汉笑了：“你们不是百草厅白家老号吗？甭说十几万，百儿八十万也拿得出，这是你们大爷说的。”

涂二爷哭笑不得地说："我们大爷真会说！这样行不行？你们先放人，就是弄银子我也得回北京去弄。"

大汉不依不饶地说："没那规矩，一手交钱，一手交人！"

涂二爷又急了，嚷道："反了你们了！你以为没地儿告你们去，我们家四老爷是北京警察厅的厅长！"

大汉拍着胸脯说："那没用！他当他的厅长，管不着我们这一段儿！"

许先生忽然想起，还没问敬业人怎么样。大汉爽快地说，放心吧，好吃好喝好待承，滋润着呢。涂二爷责怪槐花怎么不在那儿盯着大爷，槐花忙解释，他们不让，那儿有人伺候。

涂二爷一肚子无名火，责问道："你带他去赌局干什么？"

"讲理不讲？我连赌局的门儿冲哪儿开都不知道！大爷非要去，我拦得住吗？"槐花说着说着哭了。

"涂二爷，碍着丫头什么了！你别不分青红枣儿都给一竿子！"许先生替槐花抱不平，又转头对大汉说，"你得叫我们见见大爷吧？"

大汉点点头说："那成！"

"快走，快走吧！大爷还不定吓成什么样儿了呢！"涂二爷担心地说道。

四人匆忙出了门，直奔聚源号赌局。进了赌局后院，院内石桌上，五六个打手在喝酒，大汉带着涂二爷、许先生直奔西屋。大汉推开门，二人一进门都愣住了，炕上一位姑娘正伺候着敬业抽大烟，敬业连头都没抬。涂二爷忍不住说道："大爷，您真自在，我俩都急死了！"敬业仍躺着，根本没当回事儿，漫不经心地说："急什么，我挺好！"涂二爷指着烟灯说："这东西可抽不得，一上了瘾……"敬业不耐烦地说："行了，行了，银子拿来没有？我不能老在这儿待着！"许先生说："没那么多，好家伙，十几万，得回北京取！"敬业把眼一瞪吆喝着说："取呀，快取呀！"涂二爷捺不住了，说道："七老爷那儿怎么说？您说我怎么说？"

一听到说七老爷，敬业猛地坐起说：“别，别跟我爸爸说！找我奶奶！”许先生担心地说：“二老太太快七十了，听说这事儿，要吓出个好歹来……”敬业这才感到不妙，忙说：“先跟我妈说，叫她告诉我奶奶，反正别叫我爸爸知道！”

涂二爷忍无可忍，说道：“大爷，我说句不中听犯上的话，出了这么大的事儿，您还没事儿人似的！您这是出来办药吗？我回去有什么脸见七老爷！”敬业满脸不高兴，无动于衷不理不睬地两眼看着别处。涂二爷又气又恨，说道：“我跟了你们白家三代人，我就服了您了！许爷，咱们走！”说罢，他愤愤地转身而去。许先生不知如何是好，有意缓和，忙转身对敬业道：“大爷放心，我们回去拿银子。”说毕也忙走了。敬业发了一会儿愣，忽然气愤地骂道：“什么玩意儿！喜儿，过来，亲热亲热！”

出了赌局，涂二爷警告大汉：“我可告诉你，好好儿待我们大爷，你们要敢动他一根毫毛，我砸了你们的赌局！”

“那银子呢？”大汉只关心银子。

“十天之内给你送来！”

“十天之内你要不来呢？”

“我人扣在这儿，能不来吗？”

“银子一到立马儿放人，银子不到……”

涂二爷截住大汉的话：“跑得了我俩，跑得了白家老号吗？！整个儿安国你打听打听！”大汉二话没说，转身走了，涂二爷和许先生对着脸儿发愣，真没辙了。涂二爷道：“咱们得留一个在这儿。”许先生说：“我留下吧，你把槐花也带走，留这儿也没用。”涂二爷要走却又站住了，一脸为难地说：“这事儿回去怎么说呀？”许先生说：“反正不能叫七老爷知道。”涂二爷摇摇头说：“我想的正相反！只能跟七老爷说，不能叫二老太太知道。至于七老爷怎么处置咱俩，那只好听天由命了。”许先生感叹说：“老了，老了，栽这么个跟斗！”涂二爷说：“我得连夜赶回去，大爷就交给你了。”

祸事一个连着一个，景琦吃完了早点，想趁今儿有点闲空，去戏班子找唱花脸的齐福天和唱武生的陈月升说说白玉婷的事，这二位是万筱菊台上的左膀右臂，是至交。他俩答应了替景琦问问，可还没出门呢，柜上来了电话，说有位国民军的关旅长找七老爷有要事商量，已经在百草厅公事房候着了。

没的说，先去柜上吧。一到了百草厅门口，就已经有七八个药行上管事的在等着了，原来是派下军饷来了。这帮人紧跟在景琦左右匆匆走进院子，七嘴八舌埋怨着说：“七老爷，这事儿您得给咱们做主！”“会长，派军饷也不能没结没完，我们承受不起了！”“您跟关家还沾亲，多多美言几句吧！”……

景琦回身抬手止住众人，说道：“诸位，你们先回去，等我问完了再说！”大家停住抱怨，景琦进了屋。一身戎装的关静山见是景琦，从椅子上站起，吩咐两个卫兵出去，他向景琦一拱手说，七老爷是名震京城啊。景琦不卑不亢地问，有什么事儿？

关静山竖起大拇指说：“一身正气执法如山，不愧药行的领袖！”

景琦笑了：“坐坐，这本是家丑，家丑！本来这家丑不可外扬，可这种风气一长，后患无穷！”

关静山有意捧景琦，说道：“说到头儿还是七老爷财大气粗，小本经营的来这么一下子就倒闭了，那可是七万两啊！我这军需官还得靠您这大财主啊！”

景琦觉出话里有话了，忙说：“别开玩笑了，关旅长才真是财大气粗呢！”

关静山收起了笑容，说道：“谈正事儿吧，段执政从天津到了北京，你看军饷又派下来了！”

景琦惊讶地说：“年初不刚派过吗？”

“多事之秋！打起仗来谁还管你年初年底？各行都派了，你们药行是五十万两。”关静山并不打算纠缠，说着站起身，“就拜托七爷了！”

景琦忙上来拦住，说道：“哎哎，关旅长，这太叫我为难了，连年的战乱，这几位大帅打来打去，药行生意不好做呀！”

关静山嘲弄地：“七老爷，七万两的药一把火就烧了，您跟我哭穷，谁信哪？这是军令！跟我说也没用，您也心疼心疼我们穷当兵的！”

景琦真为难了：“关旅长，不是哭穷，这不是我一家的事儿，我怎么跟药行的人说？”

关静山拉下了脸儿：“就说是执政府的命令。谁敢抗命违令，那可就不是在这儿见面儿了！”关静山不容景琦再说，拉门走了出去。

几位药行管事仍围在门口，见关静山和两个卫兵离去，忙把随后出来的景琦围住。“七老爷，五十万两，这不是要咱们的命吗？”“这个年是甭想过了！”“七老爷，我除了上吊别无出路！”“往上找找人，托托人情吧，这太不讲理啦！”……景琦无奈地说：“讲理？跟谁讲理？秀才遇见兵，有理你讲得清吗？”

景琦这儿正愁得嘬牙花子，急得火上房，王喜光又跑来找他，说涂二爷从安国回来了，请七老爷去范记饭馆见个面。景琦闹不明白，回来不到柜上见面，跑饭馆去干什么？王喜光说不清楚。他陪着七老爷从平安街口拐出来，看看快到饭馆，王喜光不走了，说他不进去了，涂二爷说只请七老爷一个人儿来。景琦更奇怪了，出什么事儿了，弄得神神秘秘。

景琦也不再问，挥挥手，几步进了饭馆，到了里边单间。正焦急不安的涂二爷一见七老爷，到了嘴边的话竟说不出来了，反而愣住了，槐花忙站起心慌意乱地望着七老爷。

景琦问道：“出什么事儿了，怎么跑到这儿来说话？”

槐花忙答：“涂二爷说不能回家，不能叫人知道我们回来了。”

景琦知道出了大事儿，忙问：“怎么回事儿，敬业呢，许先生呢？”

涂二爷不知如何说好，冲着景琦发愣，槐花则紧张地望着涂二爷。

景琦着急地问："说呀！碰上劫道的了？"

涂二爷悔恨交加地说："七老爷，我对不住您，我该死！我真没脸见您哪！"

景琦急得直跺脚，嚷道："急死我了，倒是说怎么回事呀！"

槐花不得不说了："大爷在安国赌钱……输了十二万，赌局把大爷扣了！"

景琦跌坐到椅子上半天没说话，涂二爷激动地说道："七老爷，从老太爷那儿起我当学徒，跟了白家四十多年，一辈子谨慎小心，没出过一点儿错儿！您把大爷托给我，叫我把人弄丢了，要打要罚，我都情愿！"

说罢，涂二爷老泪纵横跪了下去，景琦忙一把抱住涂二爷，痛心疾首地说："老前辈，老前辈！您是我叔叔辈儿的，您这是干什么？快请坐！"

涂二爷哆哆嗦嗦地掏出辞呈，哽咽道："我没脸再在白家干下去了，我知难而退，我也不去二老太太那儿辞行了，没脸见人！"

景琦一把抓过辞呈，看都不看就撕碎了，说道："别这么说，我知道您和许先生的为人。这么多年白家老号全靠几位老先生撑着呢，您要走了，不是拆我的台吗？再说敬业是大爷，你们哪儿敢管他……是敬业不争气，碍着你们二位什么了？别瞎想！"

涂二爷后悔不迭地说："我就不该叫大爷去呀！"

景琦说："别的好说，这事儿真不能叫二老太太知道。"

槐花着急道："赶快拿银子先把大爷赎回来再说！"

景琦气愤地说："赎什么？叫他死！自作自受，罪有应得！甭说十二万,一万二我都拿不出来。你算算，二老太太七十大寿，这十万银子不能动吧？老太太还有几个整寿？军饷又下来了，百草厅得出多少？得从济南、天津、西安、南京四家儿来凑，少说二十来万。上个月一把火烧了'九转金丹'七万两，宫里欠的二十二万银子打了水漂儿。你还不知道吧，水路起运的两船药材叫土匪劫了，里外里八十万银子没有了！我拿什么去赎他？”

真应了那句话：“人都有走窄了的时候。”这回，景琦真难住了。

吃过晚饭，杨九红把景琦叫到了西厢房，从小抽屉里拿出一摞银票，转身交给景琦，说道：“数数，十二万！”景琦惊讶地望着她问：“你哪儿来这么多钱？”“你甭问！”说完九红转身坐到了床上，景琦走到九红前，将银票放到床上说：“你不说明白了，我不要！”

“反正不是你们白家的钱，我又没偷没抢。”

“那是哪儿来的？”

“我说出来，你不许跟我瞪眼！”

“我瞪什么眼哪！”

“告诉你吧，这是我哥哥嫂子放的印子钱。”

景琦立即瞪起了眼。九红看着他说：“我说什么来着，瞪眼不是？”

“不是瞪眼，怎么干这缺德事儿！”

“又不是我干的！我跟他们说，钱也赚够了，过了年叫他们收手不干了。”

“还等过了年？打今儿起就不能再干了。印子钱没有不沾血的，这钱我不能用！”

“我可是一片好意，敬业是你的亲儿子。管他什么钱呢，先把人弄回来再说！”

“唉！这可真是有病乱投医了。”

“反正也不是我养的儿子，你自己瞧着办！”

“我过了年就还你，你哥哥嫂子也得管着点，别由他们性子干。”

景琦起身走向门口，九红在后面道：“是啦！七老爷……今儿在哪儿睡？”景琦犹豫了一下，又走回来，九红忙上前伺候景琦脱衣服……

入冬了，街上到处刮的都是黄树叶子，景琦和戏班子的齐福田、陈月升约在北海茶座见面，吃点心喝茶。

齐福田满面歉意地说："七老爷，这事儿我没办成，惭愧！"

景琦关心地问："万筱菊怎么说？"

"他说你妹妹是个尊贵的人，金枝玉叶，怎么能嫁个戏子，实在是高攀不上；再者呢，他孩子老大都二十好几了，不愿叫人说闲话儿。说到头儿吧，他太太也不会答应这件事儿！"

景琦笑了，跟他想的一样，试探地问："一点儿商量都没有？"

"一点儿商量都没有！"齐福田诚心诚意地说，"七老爷，我也是个唱戏的，这门儿亲不合适！甭说过来做个小，做个正儿八经的太太都不合适。陈爷，您说呢？"

陈月升调笑着："除非唱出《十三妹》，何玉凤碰上了张玉凤，可这不是那里的事儿啊！"

景琦举了举茶杯说："我明白了，谢谢二位。我本来也没打算成，经不住我妹妹死乞白赖地缠磨，这才硬着头皮求二位。行，有个准话儿就成了！"

景琦回家把这事儿跟玉婷一说，她就愣住了，惊愕地问，这是他自己说的？

"那可不是！我托的齐福田、陈月升，都是他们戏班儿的人，你也认识，不信问他们！"

"我又不想当太太，当个丫头还不行？"

"光你想当不成啊，人家不干哪！"

玉婷气愤地说："这年头儿上赶着当丫头都这么难！"

"行了，妹子！到戏园子里看两眼，过过瘾就得了，人家本家儿不乐意，这你该死了心吧。"玉婷忽然趴到桌上哭了起来，景琦慌了，劝道："别哭，别哭，一见女人哭我就没主意，你看这事儿我连劝都不知道怎么劝你！"玉婷哭得更厉害了。景琦有意哄玉婷："要不，咱打今儿起，再也不听他的戏，臊着他！不过，这你也不解气呀！"

景琦故意逗玉婷，出主意说：“要不，我找他去，臭骂他一顿，可这也没什么道理呀！”看着玉婷越加伤心地哭，景琦大声地装作十分气愤，“要不咱们找个好人家儿，咱还看不上他那臭戏子！嫁个年轻漂亮的小白脸儿，叫他眼馋，叫他后悔一辈子！”

玉婷忽然抬头，满面泪痕地嚷道：“人家心里这么难受，你还说这些个淡话，存心怄我！”景琦无奈地说：“我也不知道该说什么好了不是？你别哭了！”玉婷问：“你见万筱菊了吗？”景琦摇摇头说：“没有！”玉婷态度坚决地说：“那不行，得你自己去。你的面子大，他当面跟你说不行，我就死了这个心了！”景琦为难地说：“我？谁去不都一样吗？”玉婷擦着泪说：“不一样，你去就是不一样！”景琦无可奈何，只得应允道：“得得，我去，我去还不行吗？别哭了，歇着吧，都十二点多了。”

眼瞅着要冬至了，一过冬至，眨眼就过年了，那些个烂事再难也不能让二老太太知道，得让她高高兴兴过这个年。景琦每年都要亲自给老太太办些年货，一是老太太自己用，二是老太太要赏周边的人，别人办他不放心。景琦在大栅栏里转了一圈儿，吃的用的装了半车，他才往回走。

出了煤市街一拐弯，路口一家新开张的金龙糕点铺前边，围了不少人，还有一帮贺喜的举着鞭炮。景琦赶着车刚到铺子门口，鞭炮突然响起，驾车的骡子一下子惊了，扬头惊叫狂奔起来。景琦忙拉缰绳，大叫：“吁——”骡子根本不听喝，疯了一样向前蹿。过路的忙向路边躲闪，大叫：“跳车！”“快跳！”“别管车啦！”“惊了！”……

景琦拼命用力勒缰，大叫：“吁！吁！吁！——”但骡子仍奋蹄狂奔。景琦不能跳车，一是太危险，二是惊了的牲口，没人管，不定闯出什么祸来，他双腿勒住了车辕子，两手死拽着缰绳，一直到了永定门外才勒住大青骡子。

车慢慢地停下来。驾车的景琦仍不停地低声喊着：“吁——

吁——”景琦跳下车，上前拉住骡子，轻轻地拍着，抚摸着……沿路边一溜儿卖吃食的小摊儿，卖包子的搭着话：“好家伙，真悬！愣没把您颠下来。”景琦放下鞭子，大冷天愣是惊出一身汗来，他走到一个卖茶汤的小摊儿跟前说：“来碗热乎的！”“好咧——茶汤一碗——”伙计吆喝着冲好茶汤递上，景琦蹲在地下吃起来，边吃边和伙计聊着：“生意好？”

“好什么呀，瞎混呗，不来个糖油饼？”

“来俩。”

“您坐这儿吃。”

“蹲着舒坦。”景琦端着碗，只见几个卖苦力的大汉，在墙根下蹲了一溜儿，便凑过去蹲下，跟他们聊上了天。

突然卖包子的大叫：“嘿，那位爷！怎么了这是？”景琦忙回头。只见骡子把十几笼小包子拱翻在地，正吃得来劲。卖包子的大叫：“包子，包子！我的包子……”景琦忙站了起来，卖包子的大叫：“完了，完了！那位爷快拉住您的牲口！”景琦端着茶汤走过来说：“你嚷嚷什么你？”卖包子的说：“你没看见？我的包子！你这骡子吃包子呢！”

“吃就吃吧，我给你钱不就结了吗？”

“我这是卖给人吃的！”

“谁吃不是吃呀！一共多少笼？”

“八笼，好家伙，没见过骡子吃包子！”

景琦掏出一块大洋，说道：“开眼吧，小子，我这骡子就爱吃带馅儿的！甭找了。”说完扔下钱，端着茶汤就走了。卖包子的拿起钱惊诧道：“不找了？那位爷，您这骡子什么时候饿了，就上我这儿来。卖得真痛快，一下子就八笼！”

景琦看看大青骡子，确实没事了，这才赶上车往回走。上了护城河小桥，桥对面一个五大三粗的黑脸汉子赶着一辆大车也上了桥。桥窄只能走一辆车，黑汉子喊着：“嘿，让让，让让！”

景琦不满地说：“会说话吗，这‘嘿’是叫谁哪？”

黑汉子毫不讲理，叫道："叫你哪，让让懂不懂！"

景琦坐在车上没动，说道："懂！我叫你让让！"

黑汉子跳下车说："存心是不是，你把车捎捎不行啊？"说着来到景琦车前，拉住骡子的嚼子往后推："捎！捎！"

景琦立即跳下车来，嚷道："嘿，嘿！干什么，敢动我的牲口？"

黑汉子不客气地说："动了怎么着？"

景琦来了火儿："找碴儿打架？"说着一巴掌将黑汉子的手打了下去。

黑汉子来了劲儿，喊道："打人？谁怕谁呀？"他一把抓住景琦的衣襟，用力一甩想把景琦摔倒，却没摔动。景琦别腿儿用力，黑汉子险些摔倒，往后一仰，两个人一齐摔倒在地。二人扭打在一起，景琦终于将黑汉子压在下面，黑汉子伸手死死抓住景琦一绺头发不放。景琦将黑汉子顶在桥栏杆上，喝道："撒手！"

"你放开我！"

"你先撒手！"

"你先放开我！"

二人拗着劲儿，都不肯退让。七老爷斜眼看了看桥下，心想豁出这绺头发去了。不撒手？下去吧，小子！景琦突然用力将黑汉子扔下桥去，忙抬手捂住自己的脑袋，疼得直咧嘴："这小子，揪下我一绺头发！"

黑汉子落入水中，扑腾着忙站起。景琦坏笑着往桥下看，只见他从水中站起，水刚没腰，他连忙向岸边走，围观的人哄笑着叫着。

黑汉子一上岸便坐到地上大哭："我的鞋呀，我媳妇刚给我做的新鞋呀！完了，我的鞋——"景琦走到脱下鞋控水的黑汉子面前，说道："你小子还哭？连我的头皮都揪下一块儿！"黑汉子没理景琦，仍哭号着："我的鞋呀——"景琦笑着说："闹了半天哭鞋哪，我赔你一双！"黑汉子一下子站起，嚷道："你赔！这是我媳妇新做的！"景琦觉得好笑："赔你一双新的，走吧！"二人向坡上走去。

景琦正经地带着黑大汉进了大栅栏内联升鞋店，黑汉子进了门儿一看，站住不敢动了。见他一身泥水，一伙计忙走上来斥道："外边儿，外边儿，要饭上外边儿！"景琦闻声回过头说："叫他进来！不是我买鞋，是他买！"伙计忙客气地说："是喽，七爷！"伙计回头愣愣地看着黑汉子，"里边请吧您！"

另一伙计迎上来招呼景琦："七老爷，今儿怎么自己来了？不都按时给您送去吗！"景琦指了指黑汉子说："给他看双合适的！"说完转身向外走，"我走了啊！"黑汉子回头大叫："嘿，嘿！你走了谁给钱？"景琦一笑："反正不叫你给，咝——"景琦又觉头皮发疼，忙捂着脑袋出了鞋店，伙计跟着送出去。

先前那个伙计看着黑汉子说："这你就甭管了，闹了半天你不认识他？"

"刚才打架认识的！"

伙计奇怪地问："打架，跟他？"

"他拦着我的车不叫过，我揪了他一绺儿头发，他把我扔河里了！"

伙计大惊道："你揪他一绺儿头发，你知道他是谁？"

"谁呀？"

"说你也不知道，知道百草厅吗？"

"不是卖药的白家老号吗？"

"还真知道，难为你！刚才那位是白家老号的白七老爷！"

"那不是大财主吗？"

"你还算明白。你敢揪他一绺儿头发，明儿这太阳还不知道出得来出不来！"

另一伙计拿着鞋走过来说："伙计，你试试这双！"黑汉子刚要坐，伙计忙拦住了，"行啦，你站着吧！瞧这一身泥，脱了，脱了，擦擦脚！"

伙计帮黑汉子穿上了一只鞋，黑汉子说，鞋小了。伙计又换一双给他试，黑汉子走了两步说："行了，挺合适。"

"来几双？"

"一双还不够？"

"还不多买几双，家里几口儿人？"

"六口。"

"来六双！"

黑汉子吃了一惊，忙问伙计，谁给钱，你给钱呀？伙计笑了，说傻爷们儿，全记七老爷账上，反正他花钱没数。黑汉子有点惴惴不安，那不赚了吗？伙计说，一双你都赚，知道多少钱一双吗？黑汉子好奇地问，一双鞋多少钱？伙计告诉说，两块钱。

黑汉子大惊道："好家伙咧！一袋白面不才八毛钱吗？哎哎，你把我那鞋扔哪儿去？"一伙计正捏着黑汉子的湿鞋往门外走，说道："还不扔喽，还要呀！"黑汉子着急地说："我媳妇刚给我做的新鞋！"伙计笑着又拿了回来说："扔大街上都没有人要！"黑汉子十分感慨地说："有钱的财主就是不一样啊！"

回到家，景琦赶着车进了马号，陈三儿接过骡车，开始卸套。景琦吩咐道："车里全是过年的东西，先搬库里去，骡子甭喂了，今儿吃了足有五斤包子！"景琦回头向外走，转身看见了牛黄说："嗬，回来了！"牛黄说："回来了！七老爷，大爷挺好的，回家了！"一提起敬业，景琦顿时虎起脸向门外走去。

院里六岁的占先和七岁的占元正在玩儿，见景琦走进来忙叫"爷爷"。景琦没理睬，大步上了台阶，一脚踹开北屋门冲了进去，敬业正躺在床上抽大烟，少奶奶唐幼琼坐在床边伺候着。听到堂屋咣当一声门响，敬业正在诧异，景琦一撩帘进来了。敬业一惊，慌忙跃起跳下地，唐幼琼也吓得站了起来。

景琦喝令唐幼琼出去，这位少奶奶没敢说一个"不"字，赶紧出了屋。景琦咣当一声关上门，插上销子，只见敬业已光着脚站在里屋门外，战战兢兢地望着父亲。景琦怒目而视逼近敬业，他惊恐万状，手足无措，刚要张嘴说话，景琦突然扑上去拳打脚踢地暴打。敬业大叫：“爸爸，饶命啊！爸！”景琦根本不听，仍然劈头盖脸地猛打。敬业满屋乱窜，连滚带爬，惨叫求饶：“爸爸别打了，我不敢了，饶命啊！”敬业越喊，景琦打得越凶。

院里的唐幼琼听见敬业一阵紧似一阵的惨叫声，急得乱转，又不敢敲门，忙向院外跑去搬救兵。

一听到信儿，黄春就跟着唐幼琼慌忙跑来。刚踏上北屋台阶，只听里边传出敬业的哀告和惨叫声，黄春猛力地砸门，大叫景琦开门，别打了。景琦气喘吁吁住了手，看了一眼屋门，门被敲得乱颤，敬业哆哆嗦嗦地看着景琦，头发乱了，衣服也扯破了。景琦回过头望着敬业，突然扬起右腿抡圆了踢了敬业一个嘴巴，敬业砰然倒地，惨叫：“妈呀，饶命吧！”

黄春在外惊叫：“景琦——”这一声喊犹如火上浇油。景琦愤怒地回头望向门口，一眼看见了门闩，走过去一把抄起来，敬业绝望地大叫：“爸！妈，妈——”景琦举起门闩狠狠打下去，“咔嚓——”门闩打在敬业腿上，门闩齐腰断了，掉下半截，敬业一声惨叫，趴在地上不动了，也没了声儿。

景琦脸色铁青地走到门口，拉开了门闩，黄春、唐幼琼冲了进来，一看景琦凶神恶煞的样子，呆呆地站住了。等景琦将半截门闩往地下一扔，走出了门，她俩才扑向昏迷的敬业，失声喊着：“敬业！”“敬业！”

赶紧叫来人将敬业送去了医院，黄春是真的伤心了。敬业自幼缺少父爱，他的个性七老爷是一百个看不上，从来没给过好脸儿，所以黄春就更加溺爱儿子，难免就纵容了白敬业，这回是真惨了。

黄春回屋抽抽搭搭地哭着，景琦厌烦地说：“别哭了！”黄春哭诉道：“有你这么打人的吗？你把他腿打折了，大夫说，就是好了也得落个残疾！”

景琦恶狠狠地说："他活该！我本来想打一顿出出气就完了，他越喊我气越往上撞！"

黄春怒冲冲地喊："谁像你似的，打死了都不吭气儿！"

景琦也火冒三丈地嚷："谁叫他像猪似的瞎喊，你说他该不该打？"

黄春又哭了："我没说他不该打，人家都求饶了，你还下那么狠的手！"

"他还学会了抽大烟，我看白家气数已尽！"

"别的还好说，落个残疾，明儿见了妈，你怎么说？"

一提老太太，景琦就没主意了，缓了缓语气问，送哪个医院了。黄春说，万字医院。大夫说，少了也得躺仨月。

窗外传来听差的喊声："七老爷！该拉闸了！"景琦应了一声，起身向外走去。黄春划火柴点着了煤油灯，望着灯呆呆地发愣。片刻后，外面传来景琦的喊声："拉闸了，各屋里点灯，拉闸了，该睡觉了！"

黄春依然冲着灯不住地流泪，病情无形之中加重了几分……

第三十二章

夜里十二点拉闸，景琦必要亲力亲为，这是他自己定的规矩。从上房院走出来，景琦心里一直闹腾得慌，敬业要真落个残疾，是没法向二老太太交代。冬至这一关，就没法过。怎么说呀？宅门上下都在议论纷纷，年关难过呀。

景琦走到大门道，懒凳上坐等的四五个听差忙站了起来。景琦吩咐拉闸，秉宽上了梯子，拉开装电闸的木箱盖儿。景琦忽然感到一阵头皮剧痛，不禁捂住脑袋，直吸凉气："咝——嘀！""怎么了，七老爷？"刚爬上梯子的秉宽奇怪地回头问。景琦说今儿跟一赶大车的打架，那人揪下他一撮头发，连头皮都揪下一块！听差的说，太岁头上动土，打他狗日的。景琦说，他也没饶了那人，把那小子扔河里了。

俩听差提着灯笼引路，随景琦走进院里。刚刚走进二厅铁栅门，只见一个人影从垂花门急速走出去了后院，景琦忙喝道："谁？"那人并不理睬，径自向后院去了，景琦还要喊，被听差的止住了："别叫了，是姨奶奶！"景琦一愣，杨九红半夜三更满院子瞎溜达什么？其实听差们都知道，看惯了，早已不以为意。

可不是一天两天，已经持续好些个日子。杨九红渴望着见女儿，渴望着能疼一疼女儿，比如给她熬一小碗粥，给她剥一个橘子，给她洗洗衣服什么的。渴望着当一回妈，可那次二老太太当着那么多人的面儿，狠狠羞辱了她，佳莉的话更是伤透了她的心，女儿竟然说她没有娘。

杨九红明白，这是老太太常年教导的。景琦明明知道这样不对，可他一句分辩的话也不说，一句安慰的话也不讲，这让她感觉备受屈辱。杨九红不死心，真若是远隔千里也还罢了，可从上房走到四厅，不过几十步路，却比登天还难。她无数次地冲到四厅院，却没有勇气见女儿。

有一天夜深人静，她来了。女儿在屋内弹琴的影子映在窗上，她看呆了。不知过了多久，丫头冰片开门倒水，一眼看到了站在树下的杨九红，愣了好一会儿。杨九红突然转身快步走了，冰片连水都忘了倒，端着盆又回到屋里，立马告诉了佳莉，佳莉暗自伤心了好久。以后杨九红似乎发现了规律，每到夜深人静，佳莉都会弹琴，她都可以看到女儿映在窗上的影子。杨九红管不住自己的腿，站在树下忧伤地能看上半个时辰。

今天夜里，正巧叫景琦看见了。杨九红这回可不是在院里看看，她实在忍不住了，直接撞开门，进了北屋。煤油灯下正在弹琴的佳莉闻声回头，只见杨九红站在门口，两眼发直地望着她，心里突然感到慌慌的。佳莉避开了九红的目光，低头望着琴，慢慢地终于镇定了一下自己，又弹起了琴。九红走到佳莉跟前，看着佳莉弹琴，突然伸手按住了琴弦，佳莉的手也放在琴上不动了，神情木然地看着琴，九红逼视着佳莉喊："小红……"

"我不叫小红，我叫佳莉，奶奶给起的名儿！"

九红不情愿地改了口："佳莉，我有话要跟你说！"佳莉没有回答。

"我是你娘！"九红的声音有些颤抖。

"我没有娘！"佳莉的声音冰冷无情。

"我是你娘，你不能不认我！"九红的声音悲切。

"你走，快出去！"佳莉的声音突然提高。

“咱们不能好好儿说说吗？娘是从暗门子里出来的，可那由不得我，我当年生……”

佳莉猛地站起来，怒斥道：“真不害臊！你还有脸说？”

九红哑然，满面屈辱地望着佳莉；佳莉充满愤恨地瞪着九红。两人站在桌前，互不示弱地对视着……

“佳莉，还没睡？”随着问话，景琦推门而入，看见九红，一下子明白了。

九红、佳莉谁也没理会他，仍然怒目而视，景琦忙回头命仆人都出去，仆人退下将门带上。

景琦手足无措地没话找话道：“说……说什么呢，怎么都站着？”

九红突然回头说：“景琦，你告诉她，我是她娘！”

景琦尴尬地说：“谁也没说不是呀！”

“她为什么不认我？景琦，你说句良心话！当着我们娘儿俩，你把话说清楚！”

景琦为难了，慢慢走向桌前，含含糊糊道：“这还用说吗？”他忽然捂住头说，“我脑袋疼得厉害，这不明摆着的事儿。”

九红紧盯着景琦说：“不！你甭想蒙混过去，你说清楚喽！”

景琦知道这回是真躲不过去了，说道：“佳莉，你娘她确实挺不容易的……”

佳莉毫不客气地说：“爸！您这话大可不必对我说，您去跟我奶奶说，别在这儿充好人！”佳莉气呼呼坐回椅子上。

景琦严厉地说：“不许这么说话！”

佳莉低着头说：“我从小儿是奶奶带大的，我只听奶奶的！”

九红说：“你奶奶恨我，我也认了！可你奶奶说的就全对吗，连亲娘都不认也对吗？景琦，你说！我就听你一句话！”

景琦颓然坐到椅子上，低下了头，喃喃地说：“九红啊，天下无不是的父母！”

九红忍无可忍地说：“天下无不是的父母？二老太太是你妈，你不能说你妈的不是，可我不也是佳莉的妈吗？怎么到了我这儿‘天下无不是的父母’就说不通了？你说！”

凡事都要讲一个“理”字。景琦低着头，哑口无言，佳莉惶恐地看着他。

九红彻底失望了，悲愤地说：“景琦，你不敢说！我怎么进的白家门儿？我做过什么对不起白家的事儿？你们的心太狠了！景琦，人得把心摆到当间儿啊！”九红说完，转身走出了房门。

景琦低着头一动不动地坐着，佳莉失望地看着父亲，突然起身向里屋走去。

只剩景琦一个人呆坐着，他慢慢抬起头茫然四顾，抬手抚住琴弦，下意识地拨弄了一下，古琴发出一声沉闷的声响。

景琦郁闷至极，内忧外患、焦头烂额。他从四厅走出来，拐过弯就是厨房院的后墙，忽然从墙头飞下来一个大物件，砰地落在地上，正好落在景琦脚边。他忙低头看了看，竟然是一袋白面，正在纳闷，一抬头又飞出一袋，一连四袋。景琦知道有贼了，忙躲到墙角，墙头冒出一个人来，两手扒着墙头出溜下来，坐到地上。

七老爷眯起眼一看，身形像是厨子冯六，只见冯六起身开始一袋一袋往肩上摞。景琦瞅了半天，看清了的确是冯六，这才走出来，悄悄靠近。冯六扛上三袋儿，最后一袋怎么也提不起来，他正喘大气时，忽然伸过一只手帮他提起面袋放到了肩膀上。

冯六下意识地低着头说了声谢谢，站起身才感觉不对，他艰难地转过身，抬头见景琦站在面前，登时吓呆了。景琦一本正经地说：“往哪儿扛，我帮你扛两袋儿？”冯六忙扔了面袋，一下子跪倒在地，哀求道：“七老爷，我该死！七老爷！”景琦看着他，又抬头看看墙说：“这么高的墙，难为你这么一袋一袋弄出来，你有点儿功夫啊。”冯六不住地磕头说：“七老爷，我鬼迷心窍儿了，我这是头一回，七老爷饶了我吧！”“走，到马号去！”景琦说完转身，前边先走了。

到了马号院，冯六的一条腿被绑在马槽上，撅着屁股背着身，做金鸡独立状。景琦手里拿着一根擀面杖粗细的枣木棍儿坐在椅子上，旁边陈三儿、牛黄、狗宝等人站了一圈儿，景琦狠狠地敲了冯六踝子骨一下，冯六发出一声惨叫。景琦气愤地说：“我最恨偷，知道不知道？缺钱跟我要，我能不给你吗？”景琦又举起棍儿打下去。

冯六又惨叫一声：“哎呀——”

景琦斥责道：“不许喊，越喊我越打你！”

“我疼啊！”

“你张口要钱，我给你，我还搭个人情；偷了我的，你不但不支情，心里还骂我白景琦这傻王八蛋，偷了他都不知道！”

“我没骂您傻王八蛋！”

景琦把眼一瞪说：“还骂？”

“我是学您骂！”

“许我骂不许你学！”景琦狠狠地又敲了一下。

“哎呀，妈呀！疼死我啦——”冯六挣扎着大叫。

“疼也不许喊！你要不喊我早饶了你了，没出息！”景琦起身回头对站在旁边的人说，“明儿告诉王总管，给他结俩月的工钱，叫他卷铺盖滚蛋！”

“七老爷，我再也不敢了，别叫我滚蛋！”冯六哀求道。

景琦回身又狠狠敲了一下，冯六又大叫。

景琦骂道：“你个贼骨头！”随后将木棍儿一扔，转身离去。人们忙上前解绳子，把冯六放了下来。

第二天一大早，景琦就被二老太太叫了去。冯六战战兢兢地低着头，雅萍、胡总管、香秀、王总管全在，景琦走到二老太太身旁，凶狠地盯着冯六。二老太太来回看着景琦和冯六，最后不满地望着景琦说：“你甭瞪他，不是他告的状！昨儿夜里我都听见了，瞧这通鬼哭狼嚎，吵得我半宿没睡好。你打他干什么？”景琦嘟囔地说：“没打他，拿小棍儿敲了他几下！”二老太太比画着：“拿这么粗的枣木棍敲他的踝子骨，这不叫打叫什么？”

“他偷东西！”

“不就几袋儿白面吗，你就缺这几口袋面啦？他家里要有吃有喝，偷你这几口袋面干什么？”

“是不在乎这几袋儿面，缺什么他跟我说一声儿不得了吗？！”

“就你那阎王脾气，他敢跟你说吗？冯六！”

冯六忙答应：“哎，二老太太！”

“以后缺什么跟我说，不准再偷鸡摸狗的，听见了没有？”

“听见了！就这一回就够我记八辈子的了，我还敢偷！”众人都笑了。

二老太太又冲着景琦说：“厨子不偷，五谷不收！听说你还要辞了他？叫他一家大小怎么活？对待下人要宽厚，你的心就这么狠！我最看不惯了！”

景琦顺服地说：“是，妈教训得是！”又转对冯六，“你还站在这儿干什么，还不快回去上灶儿！”

冯六忙谢恩：“谢谢二老太太，谢谢七老爷！”

二老太太又吩咐道：“去账房儿领个红包儿，养养你那踝子骨！”大家又一阵哄笑，冯六红着脸忙退下。

“老七，这些日子一直不见敬业。”二老太太忽然话题一转，大家一下子都紧张了。

“他从安国回来就病了，一直住院哪！”景琦赶忙编个瞎话支应过去了。

二老太太叹了一口气：“在家娇嫩惯了，出那么远的门儿，还能不累病了？冬至要到了，今年得好好儿吃顿团圆饭。”

“妈放心，一直在准备着呢！”

“柜上伙计、先生的节钱、节礼、新衣裳都齐了吗？”

景琦忙说：“齐了，明儿我还要再过目。”这个传了几代人几十年的规矩，始终没变，逢年过节，上上下下都有红利。

冬至到了，厨房院里忙活起来了，一溜儿铜火锅擦得锃亮，女眷都在帮忙择菜、洗鱼、煺鸡毛，丫头、老妈子进进出出吵吵嚷嚷一片混乱，一帮孩子在抓鸡，连人带鸡满院子乱飞乱跑。

五张大圆桌摆满了敞厅，杯盘整齐。几十口子人，拥着二老太太转过活屏进了敞厅，二老太太见景琦不在，问道：“春儿，老七呢？”黄春答道：“还没过来。”二老太太兴冲冲地说：“去催！”听差忙答：“是！”

大家乱哄哄地让座，丫头们每人端一个冒着火苗的火锅鱼贯而入，每桌摆了一个。二老太太坐下，又看了一遍，问道：“三老太爷呢？”雅萍道：“他说不在这儿添乱，三房自己过冬至。”“胡说！走，咱们搅和他们去！”二老太太说着站起来，大家呼叫着奔出敞厅后门。

二老太太在众人簇拥下，一进院门即大叫：“老三，劫皇杠的来了！”颖宇忙迎出门，招呼道：“哟，二嫂！上我这儿热闹来了！”二老太太说：“叫你上我那儿热闹去！”颖宇忙说：“我不去了，这儿都摆好了。”二老太太一把揪住颖宇的耳朵说：“给我走！”大家欢呼起哄。颖宇歪着脑袋说：“我去，我去！二嫂，撒手撒手！去还不成吗！”二老太太没撒手，边揪着颖宇耳朵向门外走，边喊道：“孩儿们，把他那好吃的都搬咱们那儿去！”孩子们抢先冲进北屋，将七盘八碗尽皆搬出。

景琦一直没过来，是在家里被杨九红绊住了。两个人站在东里间门口电话旁，景琦满脸的不买账，九红满脸的不服气。二人正虎视眈眈对峙，屋外传来听差的喊声：“七老爷，二老太太催您过去吃饭！”

“知道了！”

九红执拗地问：“你打不打？”

景琦着急地说：“这电话我不能打！我得赶紧过老宅去，等着我呢！”景琦要走，九红横跨一步拦住去路，景琦无奈地瞪着九红。

九红坚决地说："这电话不打你甭想走！"

景琦责备道："我早跟你说过，放印子钱是缺德的事儿！叫你们别干了，为什么不听？"

"现在说这个还有什么用！我哥都叫人抓起来了，先把人弄出来再说！"

"我怎么跟我四哥说？"

"他是警察厅长，他一句话就能放人！"

"你哥这人心术就不正！从小儿就把你卖了，你还替他说话！"

"那十二万大洋还不是救了你的儿子！"

"过了年就还你，甭拿这个说事儿！"景琦说着侧身又要走，九红又横跨一步拦住说："我不要你还！"

"他逼死了人命，这不是小事儿，找我四哥也没用！"

"有用没用你打个电话试试！"

景琦赌气地说："要打你打！"

"打就打！"九红立即向电话走去，景琦要拦却没拦住。九红摘下电话说："喂！我要西局4369。"

景琦先是怒视，转瞬露出一丝冷笑，坦然看着九红打电话。

"喂，我找白景泗白厅长……哟，四哥呀，我是杨九红，老七有事儿要跟你说！"九红回身举起话筒，"快着！等你说话呢，快点儿！"

景琦无可奈何地接过话筒，瞪了一眼杨九红："啊，四哥呀，那什么……那不是……今儿冬至啊……"

景琦接着说："哎，那什么……嗨！有个杨亦增的案子在你那儿吗……对对！……对！这杨亦增啊，是杨九红的哥哥……"

九红面呈喜色，不禁拍了拍景琦，景琦却管自接着道："不不！我不是这个意思，我说，这案子该怎么办就怎么办！甭管是谁，杀人偿命，欠债还钱！这事儿跟我没关系！"景琦说完咔的一声挂断电话，九红大惊失色，呆呆地望着景琦，景琦挑衅地望着九红。

九红气得直喘大气："你这电话还不如不打呢！"景琦把眼一瞪说："是你非叫我打的！"九红气急败坏地喊："有你这样的吗？这不是火上浇油吗？！""就这样，你自己捣鼓去吧！"景琦向门口走去，九红泄气地坐到卧榻上说："这个年是没法儿过了！"

景琦急忙赶到老宅，进了敞厅，大伙儿都等得不耐烦了。五桌人坐得满满的，丫头们穿梭伺候，正中间一桌，小辈儿的只有敬功和七岁的占元坐在二老太太旁边，还有颖宇、景怡、景琦、景双、敬生，四世同堂。二老太太看着高兴，便道："老三，划拳！不划拳不热闹！"颖宇举起手问谁跟他来，二老太太指着景琦叫他跟三叔划，景琦一撇嘴说，三叔的拳不灵。

叫阵是不是，来！颖宇斗志昂扬，和景琦比画着叫起来："爷儿俩好啊……八仙啊……五魁首啊……"两人喊得震天响，占元吓得捂上了耳朵，雅萍和玉婷也吆喝着划上了拳，声音越喊越大。颖宇输了，不住地说臭臭臭！他端起酒杯喝了一口说："有长进了老七，再来！"一旁的敬功说，他跟三爷爷划拳！颖宇看着敬功问他会吗。敬功说会，大哥教过他。

二老太太忽然问道："正经的，你哥怎么还没出院，多少日子了？"

敬功大叫："妈，奶奶问我哥怎么还没出院？"

女人桌儿上的黄春愣了一下，忙撒了个谎："快了，过年就回来了！"

二老太太有点起疑心了："什么病？住这么些日子。"

景琦生怕二老太太问到自己头上，忙低头吃菜。殊不料，孙子占元可着嗓子冒出了一句："我爸爸叫爷爷打折了一条腿！"

"占元，瞎说什么？"黄春急忙训斥道。

厅里顿时没了声音，喝酒的，吃菜的，面面相觑。二老太太不错眼珠地盯着景琦，景琦忙掩饰道："您听小孩子胡说呢，没事儿！"

二老太太当然不信，问道："为什么打他？"

景琦装作轻松地说："在安国赌钱，输了十几万还不该打？"

二老太太摇摇头："真不懂事，那赌场都是设好了局叫你上他的套儿！可十几万也不至于打折一条腿呀！"

"没有，就伤了一点儿皮！"

"甭蒙我，你打人向来手黑！我也看出来了，你们现在什么都瞒着我，这年还过不过了？"

占元天真地学着大人的口气说："祖奶奶！年关难过啦！"

大家都吓了一跳，景怡、颖宇、景琦大叫："胡说！""打嘴！""大过年的说这种话！"占元吓得惶恐地望着大人们。

三老太爷颖宇忙劝道："二嫂，瞒着才好呢！眼不见心不烦，管那闲事儿呢！"

二老太太看着神色紧张的人们，心里明白了八九，口气顿时缓和下来道："怎么了，刚还挺热闹的……敬功，跟你三爷爷划拳，今儿非把他灌醉了不可！"颖宇又举起了手："来！把我灌醉了，我就往桌儿底下一出溜儿，逛四牌楼了我！来！"各桌又大呼小叫地划起了拳。景琦余悸未消，不时偷眼观察二老太太神色，二老太太若无其事，笑着给占元夹了一块火锅里的炉肉："这是炉肉，烤鸭炉里烤的猪五花儿，带熏肉味儿，一点儿不腻……"

宴席一散，二老太太把景琦叫到了上房屋。景琦坐在椅子上等，二老太太在里屋换衣服，槐花给景琦端上茶，香秀抱着狗站在一旁。

"香秀，你还欠我的啊！"

"欠什么？"

"装傻不是！"

香秀不好意思地说："那荷包儿我早做好了，不敢给您！"

"为什么？"

"绣得不好，怕您不喜欢。"

"给我看看。"

“不许说不好！”

“那我喜欢不喜欢都得说好？”

二老太太换好衣服从里屋出来道：“人家孩子整整绣了一个多月，熬了好几宿，拆了绣、绣了拆的……”她说着坐到椅子上。

香秀害羞地说：“哎呀，别说了！”景琦接过荷包故意问：“绣的是什么？”香秀说：“您猜。”景琦便说：“鸭子？”

“不是。”

“野鸡？”

香秀着急了：“哎呀，瞎猜，是鸳鸯！”

二老太太笑了：“他早看出来了，存心逗你呢，你们都出去吧！”香秀、槐花出屋后，二老太太脸上沉重起来，问道：“说，家里出什么事儿了？”

景琦强作镇静说：“没有啊，不就敬业太不争气嘛！”

“你就打折他一条腿？”

“您听小孩子瞎说呢！”

“那年关难过也是小孩子胡说？小孩子才说不出这种话来呢，一准是听了大人的话他学舌才说的，是不是？”

“妈，您就甭管了。”

“我不管，可我得知道！”

“其实您知道，原来宫里欠咱们二十多万，全都没了。”

“还有呢？”

景琦支吾着说：“还有……执政府又派了咱们一笔军饷。”

“多少？”

“咱替药行担了一半儿，二十五万。”

二老太太又问：“还有呢？”

景琦装得非常真诚：“没了，真没了！”

二老太太似信非信地望着景琦说：“还有，你不敢说了。”

景琦已镇定自若，确实也不能再多说了。

“妈经过的事儿多了，都是绝处逢生啊！不也闯过来了吗？唐僧取经还有九九八十一难呢，你一关一关地闯吧！我知道你的性子，难不住你！我老了，帮不上你的忙了，可咱这大宅门儿，不管到什么时候，你都得给我撑住！”景琦望着已是白发苍苍的母亲，其实心里酸酸的。

直到过了年，白敬业才出了医院，真真的落了残疾——瘸了！景琦也有些后悔，就很少再管他了，任由黄春纵容着他。敬业整天也没什么正经事可干，少不了那些花街柳巷烟馆赌场地乱跑。

这天，敬业拄着一根手杖一瘸一拐刚进云香阁，院儿里的“大茶壶”立即高喊“接客——”笑着迎上来。敬业还未说话，看见三老太爷白颖宇在老鸨珍儿和几个姑娘的陪同下走出花厅，忙着上前叫了声三爷爷。颖宇抬头看到了敬业，不禁一笑：“你小子来了！”几个姑娘也上前招呼着大爷，敬业打趣地说：“三爷爷，这么大岁数了，还行吗？”颖宇不服气地说：“还行吗？棒着呢！问问她们！”姑娘们都咯咯地捂着嘴笑。

哪壶不开提哪壶。颖宇指着敬业的拐棍儿问：“腿叫你爸爸打折了？你爸爸手真黑！怎么好些日子没见你来了？”敬业不好意思地说：“三爷爷，我是——囊中羞涩呀！”珍儿忙往里让，嘴上说：“别站着呀，屋里说。”颖宇摆摆手说：“珍儿，你们别在这儿乱，我们就这儿说两句。”说着把敬业拉到一边，“没钱花了？”“打安国一回来，我爸爸就不叫我再沾柜上的钱！”敬业很是沮丧。颖宇低声问：“有一笔大生意你做不做？赚一把够你三五年花不完！”

敬业眼睛一亮，忙问：“什么生意？”

“直系的军需处，要做冬天儿的军装，叫我包下来了，只要有五万块大洋的本儿，办两个被服厂，不出三个月能回来十几万，干不干？”

“我上哪儿弄五万大洋去？”敬业一听有些泄气。

“你呀——有一个人准帮你的忙！”

“谁？”

“你们新宅的大总管王喜光！”

“他行吗？”

“他管内账房儿，你得给他好处，懂不懂？”

“懂，懂！”

“人不知鬼不觉，三个月以后把钱再还给他，红利咱们对半儿分！”

有这么好的事儿，白敬业着急忙慌地找到了王喜光，王喜光当然信不过敬业，仨月？他还得上吗？敬业说只要被服厂一投产，钱立马儿就回来。王喜光担心地摇摇头，万一要回不来，他这蜡可就坐大啦！

“想吃羊肉就别怕膻！”

“我倒无所谓，万一七老爷知道了，您那条好腿可也就悬了！”

“王总管，钱一赚回来，咱们四六开，你拿大头儿还不行？”

“我不指望赚这个钱，白家对我不错，我知足。我可把丑话说头里，出了事儿别把我扯进去！”

“那不会！”

“现在只有你奶奶办七十大寿的一笔银子，我挪一半儿出来。大爷，也就是您，我可担着大风险哪！”

“你知我知，刀搁脖子上也不会说出去。仨月还不一眨眼儿的工夫，多少人贼着这批军装呢！我三爷爷算是手眼通天！”

仨月还不快，眨眼四个月了，春暖花开，花园子已完工了。假山、凉亭、楼馆、花厅错落有致，甚是讲究。包工头陪景琦边视察边走，景琦看了一圈儿挺满意，说活儿干得不错，明年二闸的老花园子也得修了，还交给他们。包工头忙说，谢谢七老爷了，是不是先把这边儿的账结了，俩月没发工钱了。景琦叫他去找王总管，包工头说找了好儿回了，推三阻四的就是不给。景琦一愣站住了，问王喜光来了吗，去叫他来。仆人忙跑了去。

王喜光站在鹿圈外围墙边的房顶上查勘鹿圈，看圈的站在一旁指点着，仆人跑来喊：“王总管，七老爷找您！”王喜光向下看着问：“什么事儿？”仆人说：“包工头找七老爷要账呢！”王喜光急忙从梯子上走下来，骂道：“这个王八蛋，这不是毁我吗？！你没见我这些日子老躲着七老爷吗？”仆人问：“出什么事儿了？”王喜光说：“别问了，是疖子就得出脓，这下儿可要‘嘣噔呛’了！”王喜光跑到晚香院一看，包工头正向景琦指点着说院里的情况。

王喜光硬着头皮匆匆来到景琦前问：“七老爷找我？”

“你怎么还不给他结账？”

“结，结！没说不结！”

“这就去吧！老太太的寿诞没多少日子了，得赶紧操办。李头儿，你跟王总管去！”

“是，是！”包工头走了，王喜光却没动窝儿。

景琦奇怪地说：“去呀，怎么啦？”

王喜光靠近景琦说：“我得跟您说个事儿！”王喜光把景琦推进晚香堂正厅，弄得景琦一头雾水。

“七老爷，我做了一件糊涂事儿！”王喜光一脸懊悔神色，“大爷拿了五万银子开了两个被服厂，给军队做军服，现在拿不出银子来！”

景琦大怒：“你混账，我他妈抽你！”说着摆出架势就要抬腿。王喜光深知“脚耳光”的厉害，慌忙后退两步。

“七老爷，七老爷！我还没说完呢！”

景琦忍住火儿：“说！”

“结果，大爷在军服里边絮的都是烂纸，叫人家查出来，把大爷下了军牢了！”

景琦傻了，问道：“这是什么时候的事儿？”

“一个多月了，没敢回您，一直上下打点，想把大爷先救出来，可这事儿犯到关家手里了，关静山一点儿面子都不给！”

景琦气得不知如何发泄，骂道：“你他妈的……混账……王八蛋！你他妈……什么东西！谁叫你把钱给他的？”

王喜光可怜巴巴地说：“他是爷，我虽说是总管，可还是个下人，大爷要钱，我敢不给？”

景琦瞪着眼说：“叫他找我呀！”

“大爷说仨月就能还上，我想不会出什么错儿，这事儿又是和三老太爷合伙儿干的！”

景琦恍然大悟道：“怪不得前些日子，三叔老往敬业那儿跑！哎，你得了好处了吧？”

王喜光十分虔诚地说：“不敢，大爷倒是说过。我说，我从宫里被赶出来，无路可走，是七老爷收留了我，白家对我恩重如山，我不能干那丧良心的事儿。不信您问大爷！”

景琦泄气地说：“这下儿可砸了，这老太太的寿诞还办不办了？”

“我看一切从简吧！”

“说得容易！那么一来，老太太能不起疑心？千万不能叫您知道！三老太爷呢？”

“躲了。我好些天找不着他，听说在韩家潭云香阁呢！”

景琦气往上撞，说道：“又躲到窑子里去了！得找他要钱，坏主意准是他出的，他倾家荡产也得赔出来！”

景琦真跑到云香阁找三老太爷算账来了，他心里憋了一大口气，可转了一圈儿，也没见白颖宇的影儿。景琦从花厅中走出，气冲冲地四下张望，珍儿、大茶壶、几个姑娘紧跟其后。珍儿劝道：“七老爷，您别找了，三老太爷真没来！”姑娘们也说：“好些日子没来了！”景琦不理，又冲向了西屋，转了一圈儿又出来了。珍儿把两手一摊说：“您瞧，没有不是！”景琦把眼一瞪说：“你们把他藏哪儿了？”珍儿一脸真诚地说：“您各屋都看了，还能往哪儿藏？”景琦骂道：“躲了初一躲不了十五，出了事儿当缩脖儿王八，总有碰见那一天！”说完，气呼呼大步走出了院子。

见景琦出了院儿，珍儿等人忙进西屋，走到一长卷挂画儿前，撩开了画儿，大茶壶打开一个暗门，颖宇从小暗房中钻出来问：“走了？”

珍儿奇怪地问：“怎么吓成这样儿，他不是您侄子吗？”

颖宇一点儿底气都没了，说道：“他是我侄子？我是他孙子！这位阎王爷，一棍子愣把他儿子腿给打折了，我这把老骨头经得住他折腾？珍儿，把那……”颖宇刚要坐下，突然院里响起景琦的大叫声：“你们听着，都给我出来！”

颖宇大惊道：“祖宗，怎么又回来了！”忙又钻进小暗室。

珍儿等人以为景琦发现了他们的猫腻，没敢应声，听了会儿。景琦并未近前，珍儿便推开屋门应声儿道：“七老爷，您有什么吩咐？”

景琦站在院内大叫：“我三叔来了告诉他，说我找他，叫他等着我！”

珍儿忙答应：“一定，一定！他来了我告诉他！”

目送景琦转身又出了院子，珍儿等忙进屋打开了暗门说：“出来吧，这回真走了。”过了一会儿却不见动静。

暗室里，颖宇坐在小凳上，两眼发直，不能动了。珍儿还以为他修炼什么呢，叫道：“出来呀！”

大茶壶探身一看，叫道：“坏了，闭过气去了！”忙上前连拖带拽把颖宇弄出来，放到椅子上。珍儿掐着颖宇人中。“三老太爷！”“老太爷！”颖宇两眼发直没有反应。

珍儿急了：“水！水！喷水！”

大茶壶慌忙端过茶碗，珍儿足足地含了一口，“噗——”照颖宇脸上喷去。颖宇醒了，眨着眼看着几个人，有气无力地说：“我真是他孙子……”

第三十三章

年关不管有多难，都得过，白家宅门总算凑凑合合热热闹闹过了这个年。

年前，杨九红的哥哥、嫂子就都放出来了。当然是警察厅四哥出的力，尽管景琦打了那个公事公办的电话，老四也只当是个客气话，杨九红的面子总要给的，九红至少过了个踏实年。

白敬业也是年前出的医院，可过了年没几天，又进了监牢，更不能叫二老太太知道了。黄春急得如热锅上的蚂蚁，托人求情，吃不下睡不着，眼看着身子骨越来越不行了，最后只能逼着景琦求关静山。毕竟老姑奶奶还在，还有个老亲家的关系。景琦被逼无奈，只好带了份重礼，拜会关旅长。

关静山把桌上的一堆礼物推回给景琦说，这礼不能收。他们家老大犯的是军法，军法无情！景琦问，两个被服厂充了公了，款也都罚了，为什么不放人？关静山冷笑一声，放人？犯了军法得按军法处理。法庭怎么判，就怎么执行了。景琦说，他不懂军队里头的事儿，是花钱还是托人，请关旅长指条明路。

关静山告诉景琦，这事儿已经闹到段祺瑞总理那儿去了，段执政拍了桌子。白敬业的命保得住保不住还难说呢，回去听信儿吧。景琦知道没商量只能公事公办了，关静山冷着脸望向别处不再理睬景琦。景琦无奈地站了起来，说："还有一句话，看在多年交情的分上，请关爷手下留情，日后一定重谢！"说完转身向外走去。

关静山高喊："拿着你的礼！"景琦头也不回地出了屋，边走边喊："劳您驾，麻烦您扔阴沟里去吧！"关静山冷冷望着景琦的背影，詹奎禧从屏风后幸灾乐祸地笑着走出来，真是解气，这回白景琦甭神气了。他指着桌上的礼物问关静山，这礼他不要？关静山干脆地说，不要，扔了它！奎禧忙走上前说，别价，他要！

景琦一向要强万事不求人，这回碰了这个硬钉子，心里甭提多窝火了，黄春呢？更是气火攻心，终于倒下了。景琦一人坐在堂屋椅子上抽烟袋，两眼无神地望着地。莲心远远坐着，从东里间传来隐隐的说话声。景琦在铜盂上当当地磕烟袋，又装了一锅儿烟，莲心忙过来点火儿。

黄春一脸病容，送姚大夫走出东里间。姚大夫回身请黄春留步，说太太的病不轻，积劳成疾，气闷所致，得好好调养，请七老爷看看方子，见笑了。大夫点头向门外走去，莲心跟着送出。景琦叫黄春快进屋躺着，黄春说："你还这儿一个人儿发愁呢？"景琦坐下说："没辙了！咱们把济南泷胶庄抵押了吧！"黄春惊讶地问："那以后日子怎么过？"景琦抽着烟说："还以后？先过了这一关再说吧！"黄春着急地说："敬业怎么办，还在牢里呢！""挺好，关着吧！坐坐大牢也好叫他长长记性！"景琦抽了几口烟，又在铜盂上猛磕烟袋，当当当声震四方。

景琦下决心抵押济南的泷胶庄换钱应急。第二天到了丰泰钱庄，一进大门，即被引入小客厅。

客厅不大，一桌二椅，一盆兰花。杜先生坐在一旁，看景琦从怀中掏出一个小布包打开，取出印章，在抵押契约上盖好章，便站起来说："得，两年为期。我去给您开银票。"

杜先生拿契约刚走到里间屋门口，帘子一撩，孙继田神采奕奕地走出，拿过杜先生手中的契约看了看，说道：“七老爷，别来无恙？”

“您是……”

“贵人眼高啊！济南府孙记泷胶庄的孙继田！”

景琦一惊，真忘了，二十几年前只在签字画押的时候见了一面，本来也没注意什么模样，这也太巧了：“噢——想起来了，孙老太爷？”

孙继田冷笑道：“去世了！叫你杀了个干干净净啊！”

景琦难堪地说：“别提那个了，您怎么也在这儿？”

孙继田坐到椅子上：“这个钱庄，是不才我开的！”

景琦万万没想到竟落在孙家手里，傻呆呆地也坐到了椅子上，喃喃地说：“真是无巧不成书啊！”

孙继田得意地说：“七老爷大概是碍于面子，才特意找了这么一家没人认识您的钱庄？”

景琦无比感慨地说：“你说得是，一晃二十多年了！”

“二十多年，七老爷怎么混到抵押铺面了？”孙继田有些掩饰不住内心的幸灾乐祸。

景琦逐渐恢复了精气神儿，两眼放光，说道：“人有不测，马有失蹄，花开花落年年有！”

孙继田露出一丝嘲弄地说：“可人过青春不再来呀！”

二人对视，互不相让，孙继田笑了，景琦也笑了，二人都开怀大笑起来。笑罢，景琦起身一拱手说：“告辞！”

孙继田也站起，将契约交给杜先生：“不送。杜爷，给七老爷开银票！”景琦和杜先生走出了小客厅。

孙继田得意地望着景琦离去的身影，说道：“没想到犯到我手上了，嘿嘿！杀他个干干净净！”

有了这笔伤筋动骨的银子，二老太太的七十大寿才得以在新盖的花园子里撒开了这么庆贺一番。头天晚上的暖寿酒就不说了，第二天一清早，老宅上房院里，已是挤满了人了，各房子弟、景字辈的、敬字辈的、占字辈的，男女老少四代全都打扮得光鲜靓丽，站在上房门外，喜气洋洋地等着二老太太起驾去花园子。景怡悄悄问景武：“你爸爸呢？”景武也悄声地说：“他今儿不敢来，还躲着老七呢！”景怡关心地问：“敬业的事儿怎么样了？”景武忙说：“我托着人呢！”景双问敬功：“什么时候回来的？”敬功胸前吊个照相机，正低头摆弄着回答：“前天。”

北屋厅里也挤满了各房的姑娘、丫头。二老太太正在对镜做最后的装扮，雅萍、槐花手忙脚乱伺候着。二老太太笑着说：“我成新媳妇儿了！”大家都笑了，太太、少奶奶、姑奶奶们也在挑着匣子里的绒花互相插着。景琦将一桃形大寿字绒花插在二老太太的头上，笑道：“老佛爷，咱们起驾御花园！”二老太太笑着站起身说：“走吧！”人们拥着出了北屋。院里的人忙闪开一条路，人们乱哄哄地说着祝寿的话，敬功举起相机拍照，镁光灯噗地一闪。二老太太一愣，叫道：“吓了我一跳！”

二老太太在人们簇拥下刚出大门就愣住了——门前停着一辆崭新的福特小汽车，后面跟着一大串马车、洋车、大车。景琦忙打开车门说：“銮驾预备齐多时了，请老佛爷上车，这是儿子孝敬老佛爷的寿礼！”众人欢呼叫好。二老太太高兴地在人们搀扶下上了汽车，又招呼：“香秀，跟我坐这车走。占元，你也上来。”香秀高兴地抱着大顶子上了车，占元也一起上了车，歪在二老太太怀里。景琦坐到了司机旁。大家纷纷奔向自己的马车、洋车。景琦吩咐司机：“大宝，开慢点儿，叫后边儿都跟上。”汽车启动，后面跟着长长的车队向胡同口驶去。

车队一路浩浩荡荡奔向海淀，停在花园子门口，景琦扶二老太太下车。祝寿的人们跑了出来，王喜光站在门口高喊：“二老太太驾到——”景琦扶二老太太进了大门，王喜光凑到二老太太面前说：“二老太太，您看这地下，铺的全是‘藏红花’，老太太福寿绵长——”二老太太的脚踩在满地的藏红花上，在人们簇拥下缓缓前行。

到了晚香院，景琦扶二老太太进了院内。二十名和尚列队恭迎，住持和尚躬身合十道：“二老太太千秋，多福多寿。”二老太太忙合十还礼：

“借您吉言。”又回身叫：“景琦！”景琦忙上前，后面跟着四个托着大方盘的仆人。景琦手持金钵道：“这是二老太太送各位高僧每人一身烫金的袈裟，这个金钵是专门敬您的。”住持和尚接过金钵说：“阿弥陀佛！老僧做三日三夜佛事，祝祷二老太太万寿无疆！”二老太太高兴地说：“高僧辛苦了。”

穿过东廊子，来到大敞厅，七十盆牡丹摆成一个大寿字，布在院当中。王喜光高喊：“七十盆牡丹仙子贺寿，二老太太寿比南山！”二老太太笑着点头，在人们簇拥下进了寿堂。寿堂内迎面挂着“释迦”“药师”“阿弥陀佛”三圣像，两排长条大案摆满了客人们送的寿礼。

见景琦、玉婷扶着二老太太走进，王喜光忙上前指着装有大米、小米、高粱米、黑米、鸡头米的五个小口袋解说道：“二老太太请看这五色米，这是大老太爷特意派六老爷从西安送来的，五谷丰登，四季兴旺！”二老太太感慨地说：“大哥看破浮华，超世脱俗了！”

其实，自打西太后归了西，大爷白颖园就没什么后顾之忧了。西安百草厅有景陆主持，自然对大老太爷照顾有加。二老太太多次劝大老太爷回京团聚，但大老太爷真的早已看破红尘，只想过清静日子。翠姑还带着敬生两次来户县接大老太爷，都被他拒绝了。如今，年已九旬的老爷子依然健在，依然为四方百姓看病。这是一般凡世俗人可以弄明白的吗？老人家九十三岁驾鹤西去，四里八乡送葬的人竟有上千，此乃后话。

景琦、玉婷扶二老太太入正座后，王喜光高叫：“本家儿给二老太太拜寿啦——”

以景琦、玉婷为首，白氏子弟站了一片，全跪下了，在王喜光司礼中，众人叩头拜寿。二老太太开心地笑着说：“赏！”景琦站起身高喊：“赏！”六个仆人端六个盖着布的大盘子走来，人们乱哄哄拥上。王喜光连忙喊外边儿领赏，外边儿领赏。人们纷纷退出。又进来丫头、听差、仆人、杂役，仍是黑压压站了一片。王喜光再喊三遍“叩首”，人们磕头后，又是喊“赏！”……

沿着水路，过了歇雨亭，只见稻香村的布招子迎风飘起，下面一队吹鼓手大奏喜乐，旁边站着一百多位祝寿人。二老太太坐在大红垫的太师椅上，高兴地环顾四周。不远处，三十几个鸟笼子一溜儿排开，少爷、丫头、仆人们站在笼子后跃跃欲试，景琦托着一个鸟笼在第一位。王喜光高叫："二老太太放生——"景琦托着鸟笼走到二老太太面前，二老太太笑吟吟打开鸟笼，两只黄雀飞出后，王喜光高叫："放生！"所有的人都打开了鸟笼子，鸟儿纷纷冲出，在空中乱飞。"七十只鸟给二老太太拜寿啦——"王喜光喊着，客人们纷纷拥上前拜寿，二老太太忙站起道："免了，免了，拜什么寿呀，今儿是请诸位来听戏的！"

各种仪式进行完毕，吃完了寿面，这才全都转到了大戏台，堂会早就在那儿准备好了。王喜光站在台前高叫："开戏！"顿时场面师傅们起"冲头"，锣鼓响起。

一圈儿"大喜棚"，上嵌烫金的大"寿"字。正中卧榻上坐着二老太太，香秀抱狗坐在她脚下的小凳上；左面聚宝盆中码着一人高五两一个的大金元宝，右面是银元宝，景琦站在二老太太身后。

二老太太既欣慰又有些不安地说："景琦呀，太破费了！太破费了！"景琦忙说："妈七十大寿，怎么破费都是应该的。"

台上开始了福、禄、寿三星"跳加官"！二老太太瞅了瞅，扭脸儿道："怎么没看见敬业？"景琦忙又撒了个谎："去南边儿办药，说是今儿赶回来。""三老太爷到！"王喜光突然一声喊，景琦闻声便迎了上去。三老太爷白颖宇从廊子上走来，景琦一脸官司地迎了上去。王喜光紧张地望着。颖宇害怕地直往后退，连声说："老七，老七！今儿大喜的日子，你小子不许犯浑！"景琦瞪着眼问："您干吗老躲着我？"

"今儿这不来了吗？！我要不来，你妈能不起疑心吗？"

"噢，那我还得谢谢您？！我儿子还关在大牢里呢！"

"正叫我们家老五托人办呢，一准儿放出来！你妈不知道吧？"

"刚才还问呢！"

“千万别说！”颖宇举了举手中的照相机，“我给老太太照相。”说着忙跑了。

玉婷凑上前来问：“哥！怎么没见万筱菊呀？”

景琦拿这个妹妹一点儿辙都没有，还得撒个谎：“他来这么早干什么？他的戏是大轴儿，早着呢！”玉婷噘起嘴，不高兴地走了。

王喜光凑上前低声地说：“七老爷，今儿可没请万筱菊。”

景琦皱起了眉说：“我知道，怕的就是她胡闹！”

颖宇走到二老太太面前，说道：“二嫂，给您拜寿，我给您磕一个！”二老太太笑了，叫他坐下听戏，颖宇举起相机不停地给老太太拍照。

远处敬功带着女友高月玲和同学何洛甫走到最后一张桌旁，桌前只坐着佳莉一个人。佳莉忙站起来，敬功向佳莉介绍了他的朋友高月玲和同学何洛甫。何洛甫奇怪地问，白小姐怎么一个人儿坐这么老远？佳莉敷衍着说，这儿清静。敬功拉着月玲去介绍别的堂兄去了，何洛甫拿起一个苹果削着说：“白小姐性格一定很孤僻！”佳莉笑了笑说：“也不是，我从小是奶奶带大的，很少和外人见面儿，一看人多就发怵！”何洛甫递上削好的苹果，佳莉受宠若惊地望着他，心里一颤。

堂会台上正演着一出武生戏《神亭岭》。二老太太忽然问道，今儿有万筱菊的戏吧？景琦说，今儿没请他。玉婷忙说请了，今儿他的大轴！景琦顺口胡说道，是请了，他不在北京。玉婷当即拆穿说，万筱菊在北京呢。玉婷当然知道万筱菊所有的往来消息、演出行踪，哪有她不知道的呀？二老太太却不明就里，说还想听听万筱菊的《虹霓关》呢！

景琦支支吾吾地说：“不是这些日子……本来是想……”眼见着要露馅了，颖宇忙打岔说：“想听他的戏还不容易，现成儿的！玉婷的《虹霓关》学万筱菊学得一模儿活脱。玉婷，你还不孝敬你妈一出！”二老太太认真了，问道：“真的？你会吗？”玉婷高兴地说：“会！”颖宇竖起拇指，赞叹道：“没错儿！整个儿一个万筱菊！”二老太太说：“去，唱一出我听听！”玉婷兴高采烈地跑去上妆。瞧嘿，还是三老太爷脑子快鬼点子多！景琦松了口气，冲着三老太爷点了点头。

景怡坐在二老太太的后面，胡总管跑来悄悄耳语了几句，景怡大惊问在哪儿呢，胡总管低声道在大门口，非要往里冲，他儿子正在那儿顶着呢。景怡忙站起走到景琦身后，悄悄捅了一下，示意他立即出去，二人忙向后走去。

走到廊子上，景怡才低声说：“军需处的来人说敬业的案子判下来了，叫咱们去个人！”“军事法庭判案，军需处的人来干什么？”景琦怀疑道。景怡说：“这是关静山手下的人，左不过敲竹杠来了！”景琦说：“今儿是老太太生日，他们是看准了日子来的！”景怡说：“怎么也得把他们对付走。老太太今儿特别高兴，千万别搅了！”景琦说：“我去看看！”景怡说：“咱俩一块儿去吧！”两个人忙向大门口走去。

戏台上《虹霓关》开始了，白玉婷扮东方氏正在和王伯党走“枪架子”，白玉婷伸手拧了王伯党脸蛋儿一下，又探头一口咬住王伯党胸前的绣球，往后一扯，右手将绣球高高举起亮相。二老太太在满堂喝彩叫好声中对颖宇说：“别说，玉婷的扮相儿真不错，身上也好。”颖宇忙说：“看怎么说了，您就说这做派、嗓儿，像不像万筱菊吧？”二老太太频频点头说：“还真有点儿像！”

戏台上热闹，花园子门口却有些乱套。七八个兵持枪侍立，谭副官阴沉着脸，景怡、景琦、胡氏父子都神情紧张地站在对面。

谭副官故意提高了嗓门说：“判了死刑啊！白景琦，你们得去个人儿，你这就得跟我走！”景琦一伸手说：“您把判决书给我看看！”谭副官一副无赖相地说：“没带着，到那儿你不就看见了！”景怡忙问：“请问军事法庭的人怎么没来呀？”谭副官把眼一瞪说：“怎么，我来还不行吗？”景怡忙低声下气地说：“行行，当然行！”“那废什么话呀！看这意思你俩都做不了主！”谭副官一挥手有意暗示道：“七老爷，这么大的喜事儿，没个十万八万怕下不来吧？七老爷有钱哪！”景琦想先把谭副官对付走，压着火气说："谭副官，您也看见了，我实在离不开，明儿行不行？"谭副官根本不买账，嚷道："不行，你这就得走！"景琦说："有话好商量！屋里请，咱里边儿说！"谭副官更来劲儿了："用不着，就这儿说吧！让过来过去的人也都看看！"秀才遇见兵，有理说不清。景琦、景怡相对无言，真是束手无策。

头本《虹霓关》唱完了，玉婷已脱了戏装，脸上的妆还没卸，就得意地跑到二老太太前坐下。二老太太高兴地说："唱得好！去，自己拿个金元宝。"玉婷忙跑开。颖宇夸奖道："怎么样？是不是跟万筱菊一个模子里刻出来的？"

玉婷拿元宝回来，二老太太问："你什么时候学的？简直就跟万筱菊是一对儿！"玉婷得意忘形，脱口而出道："就是一对儿嘛！妈，叫我嫁给万筱菊吧！"二老太太一惊道："你说什么？"她睁大眼睛盯着玉婷，玉婷也吓呆了，求救地看着颖宇。二老太太大怒，骂道："混账！我早听人说了，你要嫁个戏子，还当是传言呢，敢情真有这么回事儿！你懂不懂廉耻？"客人们闻声都好奇地往这边看，有的还站了起来，王喜光也慌了。

颖宇着急地说："二嫂——小点儿声！今儿这日子口儿不能发火儿。"玉婷低着头，一声不敢吭。二老太太越说越气："你听她说的是什么？要嫁戏子，要脸不要脸！你三十多了不嫁人，就等这戏子呢，是不是？"玉婷忽然捂住脸，呜呜哭着起身向后跑去。颖宇压低了声音说："二嫂，大喜的日子，要骂回家去骂！这是何苦！"二老太太怒气未消，抱怨道："这可倒好！儿子娶了个窑姐儿，女儿要嫁给戏子，这家可真要败了！"颖宇说："消消气儿，消消气儿，你看周围这么多客人。二嫂，消消气儿，我去唱一出。占元，占元！"占元跑了过来说："这儿哪，祖爷爷！""来，咱俩唱出《双怕婆》，叫你老祖奶高兴高兴！"三老太爷拉着占元去了后台。

花园子大门口，景琦、景怡仍和谭副官僵持着。谭副官等得不耐烦了，嚷道："你们到底想怎么着？"景怡低声下气地说："这些日子，家里连遭横祸，实在是拿不出钱来！"谭副官拉下脸来说："那我只好带人走了，要钱不要命啊！拿钱来，我放你儿子！"

景琦突然大怒："姓谭的，不就是判了死刑吗？不就是要枪毙我儿子吗？由着你去毙！"谭副官愣住了，没想到白景琦是个混不吝，不吃这一套。

景琦继续怒吼："毙几枪啊？我有钱给我儿子买枪子儿，就是不给你一个大子儿！这儿子我不要了，送给你们打靶子啦！"

景怡吓得忙制止景琦："老七，不许这么说话，老七！"

谭副官反倒软了，说道："说得好好儿的，你急什么？我也没跟你多要！"

景琦大叫："十万大洋还少啊？"

谭副官说："嫌多你划个价嘛！官场的规矩你知不知道？"

景琦犯起了浑，骂道："那好！知不道，道不知，给你俩小钱儿买屁吃！"

谭副官惊愕道："这都叫什么话，叫什么话吗！"

"七老爷，七老爷！"王喜光气喘吁吁地跑来，"快去瞧瞧吧，老太太发火儿哪！"

景琦大惊："为了什么？"

王喜光说："跟玉婷小姐急了，快去吧！"

景琦回过头叮嘱说："大哥，一个大子儿甭给他！"景琦说着忙与王喜光跑了进去。

景怡满脸歉意地说："谭副官，我七弟就这脾气，别往心里去。"

谭副官哭丧个脸道："这种脾气能办事儿吗？"

景怡客气地说："是，是！这事儿我做主了，我划个价儿，四万大洋，再多我实在拿不出了。说实话，只能从公中拿了，是今年办药材的钱！"

“四万？”

“要行，明儿派人去柜上取；不行，那只能由着你们枪毙了！”

“那就这样儿吧！我拿到钱，就放人！”

景怡做主，总算把这个烂摊子收拾了。

堂会上《双怕婆》已到尾声，颖宇扮不掌舵，占元扮石要，颖宇身后背着条长板凳道白：“我说兄弟！”占元头顶上绑了个小板凳说：“怎么着兄弟！”全场哄笑，二老太太也开心地大笑。景琦、王喜光忙跑到前边，望着二老太太说：“这不挺好的吗？”王喜光悄悄说：“刚给岔乎过去，您盯着点儿吧。”

台上，颖宇念白：“咱哥儿俩这媳妇儿是怕定了！”

占元接道：“怕定了！”

“走吧！咱们回家接着怕去吧！”

“我不回去了！”

“那你上哪儿啊？”

“今儿我老祖七十大寿，我得领赏去！”小占元竟然现场现挂，抓了个哏，惹得台下哄堂叫好。占元直接从台上蹦了下来，向二老太太跑去。二老太太一把抱住他，爱不够地搂着亲着，兴奋地笑着说：“赏！赏！赏个金元宝！”

香秀忙从聚宝盆上拿了个金元宝给占元。二老太太将占元头上的小板凳儿解下，把他搂在怀里，望着九岁的重孙子一切忧愁都抛到了九霄云外。

景琦忧喜交加地望着二老太太，谁也没有注意，混乱中一个人影儿在假山石后晃动着。夹缝里，久未见面的韩荣发用大手绢儿捂着半个脸正阴森森地望着这边儿。

百草厅的公事房里，景怡在看采购药材的单子。涂二爷、许先生、赵五爷坐在一旁等着大老爷拿主意。

景怡说："单子没什么错儿，这些药材都该进！可钱在哪儿呢，那帮兵痞把钱拿走了，也不放人。"涂二爷说："大老爷，这些药材今年是非办不可。去年大爷跟了去胡闹，耽误了进药。今年可不能不进了！"景怡着急地说："我没说不进哪，可我也得掰扯得开呀！"许先生说："要不这样，咱破个例吧！今年全都赊账，等秋天开市一块儿给！"景怡说："我看也只能这样儿了，可细料库怎么办？亏了不止十万二十万了！"赵五爷说："这事儿还得找七老爷商量！"景怡问："他哪儿去了？"赵五爷说："还在园子里，老太太一过了生日就病躺下了。"许先生摇摇头："那么大岁数了，哪儿经得住这么折腾，高兴过了头儿也不行！"景怡又问："孩子们呢？"赵五爷说："留在园子里了，说陪老太太多玩儿几天。"景怡着急地说："赵五爷，快叫老七回来吧。"赵五爷说："昨儿七老爷带话儿回来，说请您和二老爷、六老爷都过去一趟。"景怡一惊，问道："是不是老太太不行了？"赵五爷说："反正病得不轻。"

虽然二老太太七十大寿过完了，可孩子们都留下来要在花园子里玩两天。小河边，敬功带着一帮孩子在用一台手摇冰激凌机器摇冰激凌，一片混乱地吵吵着："加冰！""使劲摇啊！""我来吧！""兑奶油！""加糖！""别加了太甜了！"敬功正忙着给月玲照相。"敬功，你俩什么时候结婚哪。"瑞娴吃着冰激凌问。敬功笑道："我恨不得明儿就结婚！"月玲不好意思地说："净胡说！"敬功突然一转身，抬起相机给瑞娴拍了一张。瑞娴大叫："不好，不好，正张嘴吃东西呢，真讨厌！"敬功回头看水边，见佳莉和何洛甫正站在水边谈话，便大叫："何洛甫，过来吃冰激凌。"何洛甫笑着向这边摇了摇手。瑞娴扯了一把敬功说："瞎喊什么？没看人家俩那儿腻乎着哪！"敬功忙问："怎么，他俩……谈上了？"瑞娴悄悄说："你呀，不开窍儿！吃你的冰激凌吧！"

佳莉、何洛甫沿水边儿走着。

何洛甫说："我和敬功是中学同学，毕了业他进了燕京，我进了黄埔军校。我老家在广东。"佳莉惊讶地问："跑这么远来上中学？"

何洛甫说："我姑姑在北京，这回也是请假来看我姑姑，她住院了。"

佳莉有点遗憾地问："过几天你还得回去？"

"那当然，你有机会去广州玩儿吧，我招待你！"

"广州？想都不敢想。"

"老糗在家里有什么意思，外边儿的世界可大了。"

"我又何尝不想离开这个家。女孩子不像你们男人！"

"女的怎么了？小姐，大宅门儿里的事不能认真，将来不管男的女的，都得自立！我挺佩服你爸爸的，听敬功说他是自己闯的天下！"

"你多待些日子吧，跟你聊天儿特别长见识。"

"我常来北京，去年孙中山总理去世，我还来了一趟呢……"

二人正聊着，忽听敬功大喝一声："回头！"二人吓一跳，忙回头，身后的敬功咔的一声拍了一张照。

佳莉大叫："哎呀，你又胡来！"

热闹是孩子们的，这几天二老太太的身体确实不行了。住到晚香院想歇几天，可那天一帮大兵跑来闹事，风言风语还是传到二老太太耳朵里，就把景怡哥儿四个全叫了来。二老太太斜倚在卧榻上，怀里抱着大顶子，威严地扫视着诚惶诚恐站在榻前的景怡、景陆、景双、景琦，四人垂首侍立，香秀小心翼翼地站在一侧。

二老太太逼视着四人问："怎么都不说话？家里到底出了什么事儿？"景怡小心翼翼地说："不都跟您说了吗？！"二老太太将小狗递给香秀叫她先出去！香秀刚出屋，二老太太忽然挣扎着坐了起来厉声道："都给我跪下！"四人忙惶恐地跪到地上，二老太太叫他们把家里到底出了什么事儿说清楚，今儿要不说，谁也甭想起来。四个人互相看了几眼，不知如何是好。景琦鼓起勇气说："妈，这一年是出了不少事儿，因为赶上妈的七十大寿，就没敢回禀。"二老太太命令道："现在说吧！"哥儿四个老老实实一五一十地把这一年出的事儿全说了。二老太太乏力地靠在了卧榻上说："都起来吧！"四人站了起来，二老太太叹息道："这个家就这么败了？真快呀，兵败如山倒！”景琦忙劝道：“妈也甭着急，我们一定尽力想办法。”

二老太太摇摇头说：“世道不一样了，这个乱世也怪不得你们。今儿我给你们交个底儿，我在美国花旗银行存了十个保险箱，里边儿全是贵重的细料药材……尽可维持个七年八年的！”

四人不禁惊愕道：“二婶！”“妈！”

“我还在四大钱庄里存了九十多万银子，就是为了防备万一的，我全交给你们！”

景怡惶恐地说：“这不行，您老人家这么多年的……”

二老太太打断景怡的话：“不用废话！吃一堑，长一智，几次遭难，我长了心眼儿，没点儿底子就成了断了线的风筝！这笔银子，除了军饷一项补给老七，全部归到公中。山东胶庄抵押，是敬业胡闹的结果，公中不能出这笔钱！老七自己去想办法，还是先把敬业救出来！出来以后，永远不许他再管钱！我最不放心的是佳莉，她是个没娘的孩子，二十了，快给她找个好人家儿。我闭眼之前，要看到她成亲！”

景琦百感交集地倾听着，点头说是。大家忙说：“二婶儿！您这是说哪儿去了？”“妈，这点儿小病儿养几天就好了。”“您福大命大……”二老太太抬手止住哥儿几个的七嘴八舌，说道：“别跟我说这宽心的话，我自己的病，我心里最清楚……”院里传来孩子们的吵闹声，二老太太看着窗外，问谁在外头闹哪。胡总管在窗外回话：“孩子们给您送冰激凌，说再等就化了！”“叫他们进来！”二老太太话音才落，孩子们一下子拥了进来，占元端着冰激凌小碗来到二老太太面前说：“老祖吃吧，是我做的。”瑞娴撇嘴说：“什么你做的？你就端了端盆儿！”二老太太看着活蹦乱跳的孩子们，登时流下了眼泪。

为了早点实现二老太太的心愿，白景琦忙约了何洛甫及洛甫的姑姑何芸，到欧美同学会西餐厅见面。何芸说：“真是缘分，昨儿洛甫回来，一个劲儿地夸您的小姐人品好，性情好。这件婚事，我就可以做主！”

景琦看着何洛甫，担心他广东父母那方面，何洛甫忙说已经写信告诉爸爸妈妈了。景琦惊讶地问，这算什么，他自己就定了？何洛甫调侃地笑道，伯父娶了两房太太，据说事先也没跟父母说。

景琦一愣，服了，说亲家这小子嘴真厉害，在这儿等着他呢。何芸笑着说，洛甫从小就不听话，天不怕地不怕。景琦夸奖道："嗯，是个军官的料！"何洛甫也实话实说："伯父，我是个军人，军人嘛，无非是带兵打仗，我可是个顾不了家的人。""这怕什么，好男儿志在四方。"景琦担心地问："不过我们老太太着急得很，能不能等完了婚，你再回广州？"何洛甫忧心忡忡地说："不行，军队里没那么自由，恐怕要打仗了，什么吴大帅、段执政都长不了，时局的发展很难想象。"景琦发愁地说："那这婚事……"何洛甫说："等日子定了，我可以再来。"景琦说："那好，咱们一言为定……"侍者端个托盘过来上了三份鸡茸汤，托盘中还有个字条，景琦打开一看，只见上面写着"莫谈国事"四个字。

从欧美同学会出来，景琦急忙到晚香院，把这喜事告诉二老太太。二老太太接过景琦递上的红帖儿打开看着，景琦说这是刚合好的"八字儿"，挺好的。

"嗯！这孩子我见过，不是敬功的那个同学吗？"

"是！"

"人品模样都好，就定下来吧！择个日子。"

"定了，六月初十，何洛甫从广州赶过来。"

"以后家安到哪儿？"

"等他军校毕业以后再说吧！"

"哎呀！就是这当兵不好，打枪弄炮的。"

"他毕业了就是军官，总不至于冲锋陷阵吧。我还想把敬功和月玲的婚事一块儿办了。"

"好，喜上加喜！喜事儿办得别太张扬，给我做寿弄那么大排场，你说没钱，人家也不信。关起门儿把日子过好了，比什么都强，何必叫外人眼红！”说着，二老太太突然剧咳起来，她忙捂住嘴，血从手指缝儿流了出来，景琦忙上前搀扶，惊慌叫着：“妈！来人哪——”二老太太的病情加重了。

佳莉毕竟是杨九红的女儿，景琦也拿了二人的八字给她看，杨亦增和陈月芝也坐在一边听着。九红看完手中的“八字儿”红帖儿，往桌上一扔说，一定要见见姑爷，嫁给一个当兵的好吗？当兵打仗那不是好事！这话和二老太太说的是一样的。九红说罢见景琦低头不语，便走到他面前，说道：“我不点头儿，这亲事就不能定！”

景琦不客气地说：“甭说你，我说了都不算！这是老太太定的！”

九红反问道：“我这当娘的都不能管？”

景琦斩钉截铁地说：“不能！家有家规。姑爷人品不错，老太太已经看过，老太太说……”

九红急了：“老太太，老太太，什么都是老太太！老太太还能活多少日子，她不能事事都……”九红发泄地正叫着，景琦突然站起，猛地打了九红一个嘴巴，九红捂住脸弯腰坐在椅子上，杨亦增、陈月芝一下子站起来。

景琦愤怒已极，怒斥道：“你敢咒老太太，我看你没多少日子活头儿了！”杨亦增冲上前大怒：“你动手打人，也太欺负人了，还当着娘家人的面儿……”景琦猛地反手又打了杨亦增一个嘴巴，杨亦增吓傻了，也捂住脸。景琦厉声说道：“你放印子钱的事儿，我还没跟你算账呢！”九红仍捂着脸狠狠地叫道：“你俩出去，有你们说话的份儿吗？”

杨亦增真把自己当个人儿了，出门也没打听打听行市，白老七是个随便什么人敢惹的吗？闹了个大没脸，急忙灰溜溜地出去了。景琦知道下手重了，忙走到九红身边，九红仍弯腰低头一动不动地捂着脸。景琦拉九红的手，想看看她的脸，九红死捂住不放。

“打疼了吧？我这手没轻没重的！”

九红低头捂着脸说：“行了，活土匪！走吧，别管我！”

景琦叹了一口气，说道：“唉，老太太病得不轻！我看是不行了，我心里不好受，火气就大，我得赶紧去，这几天回不来……”

窗外黄春叫道：“景琦，快走吧，天黑出不了城了。”

景琦回头应道：“知道了！九红，我走了！”

九红没有理睬。景琦有些心疼九红了，却又无从说起，走到门口又回头语重心长地安慰道：“九红，想开点儿！你就忍了吧！”

景琦出了门，九红慢慢抬起头说：“我忍着，咱们看谁耗得过谁！”

杨九红再无所求了，只能忍！她做了一个女人应该做的一切，可她仍不是女人，不是妻子，不是儿媳，不是母亲。是什么？一个不是女人的女人。

第三十四章

海淀花园子整整热闹了三天，终于静下来了，只是鹿圈里还有轻微响动。看鹿圈的从房顶上下了梯子，进房门，关了灯。园子里除了星星点点的路灯，都漆黑一片了，只有晚香院还亮着灯，老太太已经离不开人了。景琦和黄春都住进了晚香院，两个人躺在床上也睡不着。

景琦心事重重地说："得赶快预备老太太的后事了。"

黄春说："我白天看着也是不行了，您这是老病又犯了。"

"是！你记得妈赶咱俩出门儿那年，她就吐了血。六十岁上又犯过一回，这是第三回了。"

"跟前儿可离不开人了。"

"要不怎么把你接来了。别人儿我也不放心，我不能老在这儿顶着，我看你这身子骨也够呛！"

"比前一阵儿好点儿，就是没劲儿！我觉着……"

院外突然传来小胡的大喊声："有土匪！来人哪，有土匪——"

景琦一下子坐起，忙从枕下拿出手枪，抄起大刀，直奔屋外，黄春也下了地。"快去看老太太！"景琦临冲出门喊了一嗓子。

东厢房门窗大开，四个土匪冲出来，几个看园子的冲上大打出手，金元宝滚了一地。景琦跑到北屋门口，左手持枪、右手持刀守住门口，黄春忙跑进了屋。二老太太叫道："出什么事儿了？"景琦大叫："别叫妈出来！"五六个听差的手持刀枪棍棒与土匪格斗，渐渐不支，小胡从东屋冲出来。景琦冲他喊："小胡，快去叫人来！都叫起来！"小胡忙跑出了院子去叫人，又有三四个听差的冲进来。一个土匪一刀将一个伙计臂部砍伤，他痛得惨叫着；格斗中，又一听差被土匪砍伤肩部倒在了墙根下。

景琦着急地四下张望，想下去帮忙，又怕有土匪进北屋，正手足无措之间，突然从墙头上跳下一个大汉，手持大刀与土匪大战。大汉一脚将一个土匪踢翻在地，土匪从地上爬起往门外跑，边跑边喊："老大风紧，有拐子，扯呼吧！"土匪头子模样的人持刀夺门逃出院子，小胡赶来大叫："快追，往东跑了一个！"土匪老大声吼叫："下海子分流儿，庙里合！"土匪们边战边退出院门而去，大汉紧紧追赶出院门。

黄春扶二老太太走到北屋门口，景琦回头大惊："谁叫您出来的？春儿，快扶妈进里屋去！"二老太太担心地问："土匪呢？"景琦忙安抚着说："跑了，跑了，没事儿了，您歇着吧！"景琦又回头警惕地四下张望。逃出院的土匪头子惊慌地跑着，忽然发现前面全是围墙，他看了看，忙顺梯子爬上了房顶。看鹿圈的从小屋中跑出，还不知道出了什么事，大叫："嘿嘿，干什么的？"

土匪头子不顾一切地向下跳去，看圈的大叫道："别跳！哎呀——怎么往鹿圈里跳，你不要命啦！"鹿圈内，土匪头子咚地一落地，鹿圈炸了，几十头鹿在圈内惊恐狂奔，吓得他乱窜乱躲。看圈的慌忙爬上梯子，上了房顶往圈里看，大叫："往槽子底下爬，往槽子底下爬，你这不是找死吗？！"

土匪头子已被狂奔乱窜的鹿撞翻在地上，只见无数鹿蹄从他身上乱踏而过。看圈的大叫："完了！"大汉持刀飞快奔来，抬头喊道："看见土匪了吗？"看圈的一惊，忙说："在这儿，在这儿，进了鹿圈了！

啊——土匪？”

满院子都亮起了灯。景琦站在东屋门口，把两个受伤的人扶进屋，叫人进村找大夫去了，几个仆人在里边收拾东西，捡起金元宝。景琦叹了一口气说：“看来土匪知道咱们这儿存着金子，看好路儿了。”一个仆人心有余悸地说：“都警醒着点儿吧，别睡了！”景琦说：“这会儿警醒还有什么用，土匪还敢再来吗？哎，刚才跳下一个大汉子是谁？”大家都说：“不认识！”“没见过！”“还真亏了他！”景琦说：“我吓了一跳，还当又来了一个土匪呢！”小胡慌忙跑进了院子说，在鹿圈儿抓住一个。景琦忙跟着小胡去了鹿圈。

逃进鹿圈的土匪头子已经一动不动了，大汉和看圈的正蹲在旁边看，见景琦赶来忙让开。仆人把灯笼凑近土匪头子的脸一照，只见他满脸是血，已经死了。景琦一看大惊道：“这不是韩荣发吗，这都多少年了，又找寻到这儿来了！”蹲着的大汉站起身看着景琦，景琦愣是没有认出他来，说道：“亏您解了围，怎么称呼您？”

大汉一笑道：“黄立！”

“黄立，怎么这么眼熟啊？！”

“光眼熟，就不耳熟？黄立、黄春，立春生的一对双伴儿！”

景琦大惊：“是你呀！”围观的人无不震惊，议论纷纷。

黄立笑道：“永乐镇仙客来客栈讹了你一百二十两银子！”

景琦也笑了：“菜园子小屋里你又给我送回来了。快走，快走，屋里请！”景琦拉着黄立往回走，“找了你多少年呀，你半夜三更跑这儿来干什么？”

黄立摆摆手说：“我妈听说你给贝勒爷立了碑，非要回来看看。一进门儿就病躺下了，怕是不行了，请你过去看看。”

景琦忙道：“赶紧走，这就去！”

黄立忙说：“叫上春儿吧，我妈可想她了！”

是啊，寻寻觅觅几十年，总算有了见面之日。黄春拖着个病身子，急着要见母亲，一见到哥哥就已经泪流满面了。

黄春上了车，抽抽噎噎地说："哥，在永乐镇你怎么不认我们！"

黄立说："认你们？我跟了你们一道儿，可不是为了认你们！"

景琦不解地问："那你跟着我们干什么？"

黄立说："我恨你！恨不得一刀宰了你！"

"那你怎么没下手？就你这一身功夫，我可打不过。"

"不是看你对我妹子挺好的吗，没忍心下手。我心想，妹子嫁了这么个人也不白活了。"

景琦劝道："我说兄弟，别满世界瞎闯了吧，跟你妈搬过来吧！"

黄立说："我除了种地、放马，别的什么都不会。"

景琦十分诚恳地说："上我那儿看个家，护个院，当个二总管还不行吗？总算一家人团聚嘛，你成家了吗？"

黄立说："孩子都老大了，在蒙古老家呢！"

黄春忙说："哥，都接了来吧！"

黄立高兴地一挥鞭说："行！跟妈商量商量，看看妈是什么意思！"

马车奔了西黄庄，到了大格格住的菜园子，已经五更天了，小北屋里亮着灯。"妈！春儿来了，我妹夫也来了。"黄立边喊边推开门，景琦和黄春随他进了外屋。一进屋，黄立又高兴地大叫："妈，妹子妹夫来啦——"无人应声，三人忙跑进里屋，一看都愣住了。

大格格躺在炕上，直挺挺地一动不动。黄立感到不妙，忙扑过去："妈——妈——"大格格闭着眼仍一动不动。黄立摇着大格格，惊慌地喊："妈，您怎么了？妈——"黄春也上前大叫："妈，妈！我来了，我来看您了！"黄春惊恐地回头望着景琦，"景琦！快看看这是怎么了？"景琦忙走到炕前，拉起大格格的手号脉。黄春、黄立紧张地看着，大气都不敢出。

片刻后，景琦沉默地回过头来，摇了摇头。"怎么了，啊？"黄春抓住景琦摇着问。景琦一言不发，将大格格的手放下顺好，起身向后退去。黄春一下子跪到了地上，拍打着炕沿儿哭叫：“妈——您怎么不等我呀！您都没看我一眼呀，妈——”

大格格平静地躺着，像睡着了一样。大格格就这样永远辞别了人世。黄春兄妹将她和武贝勒合葬，旧坟变新坟。尽管墓碑上刻下了他们的名讳和立碑人姓名，有谁知道这坟里埋着的是怎样的爱与恨呢……

二老太太的病体越发沉重了，行走困难，连吃饭、说话都费力了。二老太太要回家，一早儿备好了车，景琦把老太太一直抱到汽车里。福特小汽车在前缓行，后面长长地跟了一串马车、大车、洋车。

景琦嘱咐司机：“大宝，开慢点儿，别颠！”汽车后座上，二老太太横躺在景琦怀中，闭着眼。槐花蹲坐在座椅下面，手里托着宜兴小茶壶。香秀抱着大顶子坐在前座。“到了哪儿了？”二老太太声音微弱，才睁了睁眼又闭上了。景琦忙说：“快了，就到了。”

这年夏季天儿，天热得邪乎。大柳树，树条垂挂，纹丝不动，一点儿风都没有，知了叫得烦人。街两旁阴凉处坐着一个个赤膊的人，不断扇着蒲扇。有的人热得受不了，就用新提上来的井水从脑瓜顶上往下浇。卖冰盏的敲着铜盅，孩子们围着吃冰核儿。四个赤膊的汉子吃力地连拉带推，将一大排子车冰拉到白家大门口停下了，一群孩子跑来围着冰车转，手里拿着各式各样的盆儿、碗儿。拉冰的吆喝着掀开盖在冰车上的厚厚的草帘子，露出了一块块见方的大冰块儿，又从车帮上抄起大冰镩，在大冰块儿中间“咔咔”地镩了一道沟，大小冰碴儿四下飞溅。孩子们蜂拥而上，将碎冰碴儿往盆儿里胡噜。

“靠边儿，靠边儿，碰着啊！”拉冰的吆喝着，举起冰镩用力向沟儿中间一戳，大冰块儿顿时裂为两半儿，更多的冰碴儿飞得满车满地。孩子们愈发兴高采烈，欢呼着去抢。“留神，碰着碰着！”拉冰的用冰镩上的钩子往冰上一搭，将冰块儿拉到车边，两个拿着抬杠的汉子，将挂在抬杠上的铁钩子往冰块儿上一卡，抬起冰块儿向大门里走去。孩子们趴到车上抢冰块儿，互相推搡着，这几天冰窖厂的冰车每天都往老宅拉一趟冰。

两个汉子将冰块抬到厨房院，小胡指挥着说："放木盆里！"冰块儿入盆，俩汉子摘钩离去，早候在一旁的厨子、老妈子、仆人忙围过来蹲下身，用锤子、菜刀等将冰块儿敲碎，装到放了一圈儿的铜脸盆和各种小盆儿里。一会儿，两个汉子又抬冰进了院子。小胡吩咐道："抬到厨房去，放冰箱里！"当厨房里的大红木柜子的"冰箱"打开，大小冰块儿倒进了柜子上层时，在甬道上，已有丫头们每人端一盆冰块儿从厨房走出，向上房院匆匆走去。

丫头们端冰鱼贯而入，将一盆盆的冰摆在屋内的各个角落。随后进屋的小胡来到二老太太床边，轻声道："老太太，七老爷说今年天儿太热，每天多订了几百斤冰，放在屋里就凉快多了。"卧床的二老太太睁开了眼问："听说敬业放出来了？"小胡忙说："放出来了。段祺瑞倒台了，逃进了东交民巷，吴大帅、张大帅进了京，监狱里的人放了不少。"二老太太说："告诉老七，敬业坐了那么多日子的大牢，别再难为他了。"小胡忙应道："是！"

景琦的老二白敬功住在新宅上房院南屋，他从济南回来上了清华大学，正赶上闹学潮。他是校内的活跃分子，组织罢课、游行，全都冲在前面，被捕坐牢，没几天又放出来了，头上还受了伤。月玲正给敬功往头上缠白纱布，景琦将一堆丸药摊在桌上，嘱咐道："这药早晚各吃两丸儿。""先吃两丸儿吧！"月玲缠好纱布，去倒开水。景琦埋怨道："你们学生瞎起什么哄？"敬功说："怎么是瞎起哄？到底把段祺瑞给弄下来了！""好好上你的学，管这些事儿干什么？"景琦将蜡丸掰开。敬功义愤填膺地说："他卖国，我们就得管！"景琦不屑地说："他卖国用得着你管，那吴大帅、张大帅管什么的！"敬功说："是中国人就得管！"景琦说："等你当了总统、大帅再管吧，啊！"月玲将杯子递给敬功，敬功边服药边道："我要当了总统至少不卖国。"

景琦笑道："废话，我当了总统也不卖国！我当得了吗？！月玲，你得管着他点儿！"

敬功也笑了："她管我？上个月游行，她还去了呢！"

景琦惊讶地说："啊？怎么一个女孩子也掺和这事儿，多悬哪，听说抓了不少的学生？"

"有一二百吧。"

"上回怎么没把你抓去？"

"我跑得快，学校运动会，我短跑第三名，这回是受了伤才被抓住的。"

"六月初十结婚办喜事，你脑袋缠圈儿白布算怎么回事儿？打开我瞧瞧！"

"别瞧了，到时候我解下来不结了。"

敬业怯生生地跨进了门，站在门口没敢上前，说道："爸，您叫我？"

景琦回头，上下打量着敬业，讥讽道："嗬，快瞧嘿！坐监狱的大功臣回来了嘿！"

敬业不敢抬头，月玲和敬功扭脸儿偷笑。

景琦说："你也是跟学生起哄游行，叫人家抓起来了？"

敬业喃喃地说："不是。"

景琦故意问："那人家抓你干什么？"

"我……我不是……我是……我……"

"你倒沾了学生的光了，跟着一块放出来了。什么时候回来的？"

"好些日子了。"

"不敢见我是不是？"

"我病了。"

景琦站起大喝一声："你有屁病！"

敬业吓得忙作出一副可怜相，说道："我真病了！"忙又退到了门口。

王喜光走到门口说："七老爷，电话！"

景琦走到屋门口，怒视着敬业说："那就好好养病，再给我惹事儿，小心那条腿！"景琦忽然抬起腿，好像要踹敬业一脚，敬业忙向后退了两步，景琦收回腿和王喜光走了。

敬业赖皮赖脸、笑嘻嘻地回头说："我还当今儿非挨顿臭揍不可呢！"

敬功说："奶奶给你讲情啦！"

景琦回屋拿起电话，是胡总管打来的，他已为佳莉和洛甫买好了结婚用的新房。刚挂上电话，只听九红说："景琦，看看谁来了。"景琦一回身不禁愣住了，玉芬来了。她不停地扇着扇子说："老七，热死我了！"景琦忙走向电扇叫着："莲心，把信远斋那冰镇好的酸梅汤给姑奶奶拿来！姐，坐这边儿，吹吹电风扇！"

电风扇上套着黄布套儿，上面写着"风雷引"三字。景琦摘下布套儿，这是一个西门子大铜电风扇。景琦开了电扇，玉芬忙走过来，站到电扇前抖着衣服吹风，感叹道："好家伙，今年济南热死人，北京也好不了多少！春儿呢？"

景琦指指里屋说："歇晌儿呢，身子骨不好，一直病病歪歪的！"

"哟，那咱们小点儿声吧。"玉芬接过莲心端来的酸梅汤，一仰脖全喝了，"还得来一碗，真痛快！"

景琦问："什么时候来的？"

玉芬说："早上。听说老太太不行了，就赶来了。我今儿一见，老太太可真是不行了！"

九红故意说："别胡说，七老爷忌讳这个！"

景琦斜瞪着九红说："你甭拿这话说给我听，许我说，就不许你说！不行就是不行了！"

玉芬说："赶紧预备后事吧！"

景琦忙说："预备得差不多了。"

玉芬突然问道："九红的事儿怎么着了？"

景琦奇怪地问："九红什么事儿？"

玉芬郑重其事地说："老太太都这样了，闭眼以前怎么也得认了这个儿媳妇儿！"

九红忙拦住话头，说道："姑奶奶别说了，一人有一人的命，这事儿我早就不想了。"

玉芬看着景琦说："'鸟之将死其鸣也哀，人之将死其言也善'。你再去跟老太太说说，说不定就认了。"

景琦十分为难地说："这时候……我哪儿能说这话！"

九红有些烦了，说道："别说这事儿了，行不行？"

玉芬只好作罢，连声道："不说了，不说了，算我嘴贱……"莲心又送上一碗酸梅汤，玉芬边喝边说，"还有件事儿我想问你，你那济南的泷胶庄怎么盘出去了？"

"没有，是抵押出去了，还有一年才到期呢。"景琦诧异道。

玉芬诧异地说："这就不对了，倒给了一家儿姓严的，字号、牌匾都换了。"

景琦大惊道："这个王八蛋，他怎么敢下这黑手，抵押款还在我手里呢！"

九红说："他可以用比抵押款高得多的价儿盘给别人！"

景琦惊呆了："这可真是'看那面黑洞洞'了，他不怕我去找他？"

玉芬忙问："谁呀？"

景琦叹了一口气说："你知道我那泷胶庄抵押给谁了？让咱们赶出济南的孙家！我都签了契约才知道，叫他杀了这个回马枪！"

九红说："他也要杀你个干干净净啊！"

景琦想了想说："没那么容易，我得赶紧去找他，这事儿我一人儿办不了，姐，你公公……"

玉芬忙说：“公公去年死啦！广义在吴大帅的手下当参议，倒还说得上话儿！”

“求求广义，请吴大帅跟山东方面打个招呼，我就不信治不了孙家！”

玉芬一笑说：“你不是最讨厌结交官府，仗势欺人吗？”

景琦发狠道：“此一时，彼一时，这回我得让孙家瞧瞧，谁把谁杀得个干干净净！”

景琦来到丰泰钱庄门口，下车看了一圈儿，以为走错了地方。他抬头看，铺面上挂的匾分明是“明记杂货店”。景琦又回头看了看街两边，铺面林立，并无丰泰钱庄，姓孙的早卷包会跑了。

日子过得飞快。六月初十这天，在欧美同学会，为敬功、月玲、何洛甫、佳莉两对新人举行了婚礼，他们一起回到老宅，给二老太太道喜。香秀正站在院儿里捂着嘴哭泣，景琦忙走过去问：“怎么了，谁欺负你了？”

香秀说：“我爹死了。”

景琦忙问：“哟，什么时候？”

“今天早上，我想跟老太太请个假。”

“不行，老太太病成这样，你去说死了活了的，多不吉利，不是招老太太伤心吗？！”

“那我得回家。”

“回去吧，我准你的假，办丧事有钱吗？”

“有。”

“小胡，去账房按丧事的份例……给香秀支两份儿吧。香秀，有什么难处跟我说，我给你办。”“谢谢七老爷！”香秀跟小胡走了，槐花迎了出来。景琦忙走上前，低声问：“老太太干什么呢？”槐花说：“醒着呢，大老爷他们都在，今儿一天迷迷糊糊、时睡时醒的。”

景琦带着敬功等人忙进了北屋，屋里的人都退了出去，只见屋里到处摆满了冰盆，床周围的凳子上摆了一圈儿。王喜光颇有眼力见儿，抱着四个椅垫走了进来，侍立一旁。景琦走到床前轻轻地叫了声：“妈！”二老太太仰卧在床上，无力地睁开眼转头看着景琦。景琦凑近她耳边说：“洛甫、敬功他们来了，今儿是六月初十，喜事已经办完了，来给您道喜来了。”

二老太太微微点了点头，向四人望去。王喜光忙把垫子放到了地下。四个人一字排开，跪到垫子上磕头：“奶奶，给您道喜。”二老太太脸上露出了少有的微笑：“你们顺顺当当的。”四人一起磕头。二老太太又道：“你们和和美美的。”四人又磕头。“你们白头偕老。”四人磕完头站了起来。“预备了吗？”二老太太转过脸问。小胡应声带着两个仆人端来了盖红布的托盘，上前道：“预备好了。”二老太太点点头说：“拿着吧！”何洛甫、敬功二人接过托盘，是二老太太赐给的结婚礼物。景琦挥手示意了一下，四人忙退了出去。

景怡、景双、景陆又走了进来，侍立床边。二老太太对槐花招了招手说：“槐花！”槐花忙走到床前，二老太太拉住槐花的手，对景琦道：“老七，我不放心你。你媳妇儿身子不好，我看也不是长寿数的人，那位呢，又是那么块料！我做主把槐花给了你，早晚也有个贴心的人儿伺候你……槐花，你今儿就过去。”槐花低着头答应着。“还是等妈病好了再说吧。”景琦表情颇为顺从地听完，委婉应承道。二老太太管自吩咐道：“槐花今儿就过去，不必办事，今儿就圆房。我知道，我这病好不了了。”景琦忙说：“妈，别这么说！”景怡宽慰道：“等一入秋凉儿就好了！”

二老太太看了看几个晚辈，吩咐道：“你们几个都听着，我想过了，我走了以后，这个大宅门儿不宜再维持，各房头自立门户，可以自己开铺面，可不许用百草厅的名字，只能用白家老号的字号……公中的铺面永远不许分，居家要勤俭，少招摇！老七，那汽车卖了吧，太扎眼！”“是，妈！”景琦应着，又回头对王喜光，“听见了吗？赶紧把汽车卖了。”王喜光忙答：“是，听见了。”二老太太筋疲力尽地闭上了眼。

景琦等人互相看了一眼，示意退出。景琦轻声地：“妈，您歇着吧。”见二老太太仍旧闭着眼无反应，摆了摆手，四人悄悄退出屋。

景琦等人刚出北屋，一直等候他的何洛甫便迎上道：“爸，我后天就得回广州。”景琦惊讶地问：“怎么这么急，这刚刚成了亲。”何洛甫说：“没办法，我这次是悄悄来的，北伐要开始了，我必须回去。也许过不了多久，我就领着兵打进北京城了。”景琦一惊道：“军国大事，我不便多说。你旗开得胜吧，别忘了你媳妇儿等着你呢！”何洛甫一笑道：“那能忘吗？我先走了。”说罢离开了。

景琦正为洛甫的说走就走而暗自伤感，景怡凑到他身边道：“老七，老太太这儿可离不开人了。”景琦说：“我看也是，咱们分班儿吧。今儿我夜班儿，剩下的自敬业起往下排。哎，敬业呢？怎么老也没见他？”王喜光说：“大爷心里不痛快，大概闭门思过呢吧！”

思什么过呀？白敬业正在云香阁楼上和几个姑娘鬼混，三老太爷白颖宇也来到云香阁，一进院儿就遇上了珍儿。刚说了句寒暄话，楼上突然传来狂笑声。颖宇不禁抬头道：“嗬，真乐和！这是哪位呀？”珍儿忙说：“七老爷的大少爷，这位大爷见天儿来。”“这小子！他奶奶快死了，他还在这儿乐哪！”颖宇摇了摇头，跟随珍儿走进花厅。

大茶壶杂毛老大走了进来，抱怨道：“大爷那儿又叫我去庆云楼叫一桌菜呢！”珍儿阴着脸说：“甭理他！三老太爷，有这样儿的吗？见天儿来，俩月了，我一个大子儿没见着！没钱还往这地方跑……”珍儿数叨着，“明儿起我就不叫他进门儿！”

颖宇坏笑着说：“珍儿哟，我给你出个主意吧，可别说出去是我说的！”

“那哪儿能啊！”

这白老三真是一肚子坏水说来就来，他笑道：“你别不叫他进门儿啊，你不是想要钱吗？明儿你去七老爷新宅，往门房儿里一坐，堵着门儿找他爸爸要钱！”

珍儿怀疑地问：“行吗？”

“你瞧，还不信！你呀，拦住七老爷，嚷嚷得里里外外都听得见，七老爷准把钱给你！”

“就七老爷那脾气，还不给我一杠子，我这腿也折喽！”

“你这就不懂了，七老爷是什么人，要面子的人！沾乎花街柳巷这种事儿，他恨不得立马儿压下去。他准说，叫你账房支钱去。你呀，往海了要价儿，甭管大爷花了多少钱，你涨上个两三倍都不多……老七花钱没数儿，他又不查你的账，你可就大赚一笔！”

珍儿露出了笑脸儿：“这么说，我得把大爷留住？”

“多新鲜哪，这是财路！他没钱，可他爸爸有的是钱！”

珍儿忙回头说：“杂毛老大，去给白大爷要桌好菜！”

大茶壶听明白了，忙应道：“是喽！”

听了三老太爷的“教导”后，珍儿觉得这是个好主意。翌日一大早，她就跑到新宅找七老爷，大咧咧地往门房里一坐。

秉宽靠在小窗户前，愁眉不展地悄声问黄爷：“外边儿那位怎么办哪？”

黄立无所谓地说：“叫她等着去吧！”秉宽走到里屋门口，撩帘向外望。只见珍儿大模大样坐在外屋椅子上，扇着小折扇。听说窑子里来人讨妓债，听差的和丫头都好奇地跑来看，趴在窗户上边看边咯咯地笑着，叽咕着。秉宽忙走出里屋大叫：“看什么，看什么？去去去！”窗前的人一哄而散。见珍儿没事儿人一样地坐在那里，秉宽忍不住走过去说：“我说大嫂子，七老爷没在家，您老在这儿等着也不合适呀！”

珍儿一翻眼皮说：“我等我的，碍着你什么事儿了？”

秉宽绕着弯儿地说好话：“我是怕耽误了您的事儿！”

珍儿二郎腿一跷说：“我没事儿！”

秉宽仍对付着说：“您先回去，等七老爷回来，我叫他去找您还不行？不是云香阁吗？”又有几个人趴在窗户上向里看，嘁嘁喳喳议论着。

珍儿说：“我就在这儿等，我不能白来一趟！”

秉宽真有点急了，劝道：“您看都什么时候了？晌午了，也该吃饭了，您也不饿？”

珍儿故意提高了嗓门儿说：“饿又怎么样，你们家大爷欠我们钱，没钱我拿什么吃饭？你好好儿看你的门房儿，甭跟我这儿吊膀子！”

秉宽气急败坏地说：“我……我这么大岁数，跟你吊膀子？”

珍儿声儿更大了，嚷道：“岁数大怎么了？你们三老太爷都七十了，不整天往我们那儿跑！”

秉宽着急地说：“行了，别说了！”

听见窗外的人在咯咯笑，秉宽回过头大叫：“看什么看？滚！”扒窗户的人呼啦一下子全跑了。

秉宽气呼呼地进了里屋，坐到黄立旁说：“黄爷，这不像话！大宅门儿口坐个老鸨子，您出去给她两下子！”

黄立冷笑一声：“哼，好男不跟女斗！”

景琦终于回来了，和王喜光走进大门，秉宽拉开小窗户刚叫了一声“七老爷”，珍儿已蹿出门房，拦住景琦的去路说：“七老爷，等您半天了。”

景琦惊讶地问：“你怎么跑这儿来了？”

珍儿做出可怜的样子，说道：“实在对不起七老爷，您那位大公子见天儿上我们那儿去玩儿，可是呢，俩多月了一个子儿也没给。您想想，我们这种地方不容易，吃喝开销有多大……”

景琦和王喜光都听呆了，景琦慌张地望着四周，生怕别人听到这丑事，忙打断了珍儿的话：“行了，别说了，我知道了。王总管，带她去账房取钱。”

珍儿忙请了个蹲儿安：“我谢谢七老爷！”

“甭谢！你这是存心堵着门口儿恶心我来了，以后不许你到我这儿来！”

“哟，许大爷见天儿上我那儿去，怎么我就不能上这儿来？”

“往后他再上你那儿去，你别叫他进门儿！”

“我们那儿可没这规矩！”

景琦怒冲冲边向里走边大叫：“去把敬业给我找回来！”

王喜光对珍儿道：“走吧，支钱去！行，你有两下子！”王喜光皱着眉头说罢管自往里走，珍儿忙跟着他也进了院。

珍儿打心眼儿里佩服三老太爷，真个是足智多谋，这么容易就拿到了银票，抑制不住脸上的笑容，数着银票忙揣到了怀里说：“谢谢王总管！”

王喜光皮笑肉不笑地打量着她说：“你是狮子大开口！大爷拢共去你那儿多少回，你要这么多？”

“哟，王总管，现在一桌花酒就上千，我可没敢多要！”

“甭跟我来这‘里格儿楞’，我一眼能看穿你的心、肝儿、肺！”

珍儿不客气地说：“钱又不是你的，人家本主儿都不管，你这儿抖什么机灵啊！”

王喜光冷笑着说：“你摸准了七老爷的脾气了，他花钱没数儿，又顾着白家的面子，又不会一笔一笔跟着你去查账，你就瞒天过海赚这昧心的钱！”

珍儿暗暗吃惊，忙说：“你当这钱是好赚的？多大的场面撑着，多少姑娘陪着，这是拿姑娘身子挣的钱，容易吗？”

王喜光心中不忿，说道：“钱归你赚，你又没陪着！”

珍儿话里也不饶人，成心恶心王喜光：“哟，王总管赏个脸儿上我们那儿去，我陪着您！”

王喜光急不得、恼不得：“你拿我打哈哈儿，我没那福气！”

珍儿收了笑脸：“那您这儿较什么劲哪！”

王喜光最恨这种得了便宜还卖乖的主儿，上前拉住珍儿说：“走，咱们见见大爷，三头对面，把这笔钱掰扯掰扯！”

珍儿一愣，有点儿慌了，知道对手不善，两眼死盯着王喜光。王喜光诡诈且微笑地点着头。珍儿是江湖上的老手，一眼也能看穿王喜光的心肝肺，立即又满脸堆笑：“王总管，您想刨我，都是场面上的人儿，咱们好商量不是……”

这话说得既乖巧又贴心，常在江湖上走的人一听就懂，心有灵犀一点通嘛，王喜光眯着眼笑了，伸手捏了珍儿的脸蛋一把：“你精明……”

院里一片漆黑，只有西厢房亮着灯。

卧室里，九红正坐在床上缝制孝服。红花撩帘走进来说：“姨奶奶，歇了吧，夜深了！”

“听说老太太真不行了，就这几天的事儿了？”

红花走到床边拿起孝帽子看着说：“可不是，上上下下都在预备后事呢！”

“所以，我得赶紧把这孝服预备好了。”

“其实，您用不着自己做，公中一直赶着做呢，人人都有。”

九红真心实意地说：“那不一样，我得自己做，表表孝心。她几十年不认我，我也几十年没尽过孝，甭管怎么说，她是景琦的妈，人都要走了，我就尽这一回孝吧！”

红花十分感动地说：“老太太要知道您这份孝心，不定得怎么想呢。可惜人一走，什么也不知道了，您这份儿孝心也白尽。”

九红说：“我不图别的，说到头儿我也是白家的人，我不能对不起景琦！”

油灯的火苗跳动着，九红出神地望着灯花，陷入沉思。窗外，传来叫卖硬面饽饽的吆喝声。

第三十五章

从花园子回来以后，景琦就忙着操办起二老太太的后事了。消息一传出，动静可就大了，不光药行，各行各业有谁不知百草厅白文氏的？从皇上到百姓，哪有一个不吃药的？京城的人都在关注着白家的动态。七老爷命王喜光和小胡组了个办丧事的班子，还带着胡总管、敬业亲自到天寿寺看寿材。

偏殿内，一口金丝楠棺木架在几张长凳上，已经是上了几十道漆了。景琦看了看棺木内外，挥了一下手，小胡和两个小和尚轻轻将棺盖合上。胡总管对小胡说："认识吗？这寿材是金丝楠木，还是光绪三十二年我去定做的，七老爷亲自选的材。""一晃儿二十多年了。"景琦感慨道，和众人走出偏殿。

景琦下台阶走向寺门时，有意快走了几步，回身把敬业叫到身边，冷冷地说："你越来越出息了，弄个老鸨子堵咱家门口要妓债，丢人不丢人？"敬业惶恐地说："我没想到她来这一手！""世上有两种债欠不得！一是赌债，二是妓债。欠了赌债，输了人品；欠了妓债，失了德行……"

景琦站住了，两眼凶狠地望着敬业说："你是赌钱叫人家扣了，嫖娼叫人家堵着门儿找爸爸要钱，你这德行散大了！我看你活着都多余！”说完，景琦转身大步向寺门外走去。敬业忙跟上狡辩道：“我不是没钱吗，有钱我也不欠着。”景琦边走边呵斥：“没钱就别嫖别赌！”走出天寿寺，景琦问胡总管：“胡爷，咱们再去棚铺关照一下！都弄明白了吗？”胡总管忙说：“明白了，明白了！”

忽然，胡同口拐进了一辆福特小汽车，在一家小红漆门前停下，一个打扮入时的妖艳女人下了汽车去敲门……

“嗬，小姐够妖的！”景琦坏笑着边说边向前走，好奇地望了一眼福特车，有点眼熟，不禁问：“咱那辆车卖给谁了？”胡总管说：“不知道，是王总管卖的。”景琦等人快走到汽车前时，那妖艳女人进了红漆门，门又关上了。景琦扫了一眼车牌子，到了司机身旁，问道：“请问这是谁家的车？”司机说：“王老爷！”景琦又问：“哪个王老爷？”司机说：“王喜光王老爷都不知道？白家的大总管啊！”

景琦等人一愣，胡总管张了张嘴刚要说什么，景琦忙抬手制止，接着问司机：“刚进门儿那位小姐是他什么人？”司机说：“王老爷的姨太太！”

景琦等人面面相觑，愈发惊诧。景琦又问：“王老爷在家吗？”

“不在！在三星舞厅跳舞呢，我等会儿去接他。怎么，你们找他老人家有事儿？”

这是说王喜光呢？三星舞厅？还老人家？这也太离谱了！景琦顿时火冒三丈，狠狠地说：“我找他老人家没事儿！随便问问。”景琦说完大步朝前走去，众人忙跟上。景琦虎着脸边走边吩咐：“留个人在这儿，王喜光一回来，立马叫他来见我！”

胡总管指着儿子小胡道：“你留下，守在这儿别动！这下可有热闹了。”

景琦怒气冲冲地回到新宅北屋，命胡总管把仆人、厨子、老妈子、丫头、听差全部喊来问话。屋里屋外站满了人，大家都诚惶诚恐地望着景琦。景琦坐在太师椅上低着头抽烟袋，忽然抬起头，目光严厉地望着众人，大声吼道：“说呀！谁要不说，叫我查出来，就给我滚！”一个老听差壮着胆子说：“您这是才知道，其实我们早知道了。他不光这一个姨太太，他三个外宅呢，还有俩呢！”小听差的说：“有一回我在蒋家胡同撞上了，过后他打了我个半死儿，说我要说出去，叫我下大狱！”账房先生也说话了：“我两回请您查查盖花园子的账，您都说没工夫……”景琦仍吧嗒吧嗒抽着烟，面无表情，两眼望着地，仔细听着众人一桩桩地揭王总管的老底。

账房先生继续道：“您还说，不管那闲事儿！我就是想让您看看他黑了多少银子……还有盖那个小学校，连一半儿的钱都用不了！”小二房的丫头柳叶说：“就前几天，窑子里老鸨子要的钱，他也分了一半儿！”小听差的又说：“他还扣着我们仨月的工钱不发，拿去放印子钱！”景琦抬起头，已是满面怒容。花房的老钱说：“大爷做的好多事，都是他教唆的！”景琦愤怒地问：“你们早干什么去了，啊？为什么不说？”男男女女七嘴八舌：“谁敢说呀！”“我们这饭碗还要不要了！”“今儿您不问，我们永远也不敢说！”“大伙儿管他叫‘活阎王’‘骟驴’。”……景琦把烟袋在大铜盂上磕得当当山响，人们都不说话了，紧张地望着……

小胡一直蹲在天寿寺胡同口。

福特车开来，停在小红漆门口。王喜光下了车，油头粉面，西装革履。他刚要上台阶敲门，小胡匆忙走了过来说：“王总管，七老爷叫您立马儿回去哪！”

王喜光一愣，忙问：“什么事儿啊？”

小胡说：“说有要紧的事儿！”

王喜光答应着说：“嗯，等我换了衣裳！”他刚一转身忽觉不对，诧异地问，“哎，你怎么上这儿来找我？谁告诉你的我在这儿？”

小胡说了实话：“哎哟，刚才七老爷来看寿材，他全知道了！”

王喜光慌了：“都知道什么了？啊，知道什么了？”

小胡催道："别问了，快走吧！"

王喜光慌张地说："我得换身衣裳啊，我这扮相……"王喜光手足无措，忐忑不安地直转腰子。小胡连拉带推地说："来不及了！等了半天了，七老爷发火儿了！"王喜光顺手从车中抓出一件大褂儿，套在西装外面，边穿边走，仍问："到底都知道什么了？怎么会……"二人朝胡同口跑去。从天寿寺到新宅，不到一里路，没多一会儿就到了。

小胡喊着王总管来了，跑进了院，人们让开一条路。王喜光满头大汗地跑了进来，惊慌地望着景琦和周围的人，气喘吁吁地站住了。不待他开口，景琦突然起身离开椅子，快步上前给他打了个千儿："王老爷好，给王老爷请安！"

王喜光大惊失色道："您这是干什么？七老爷，这我可担不起呀！"

一瞬间，王喜光知道完了，慢慢回头，阴森森地望着站了一地的仆人，众人都惊慌地低下头。

景琦吆喝道："嘿！瞎踅摸什么你？大热的天儿，你穿这么些干什么？瞧这大褂穿得这窝囊，脱下来我瞧瞧！"

王喜光说："七老爷！我这不是着急忙慌的……"

景琦厉声地说："脱！"

王喜光慢腾腾地脱了大褂，露出西服，汗水顺着脸往下淌。景琦围着王喜光绕着圈儿上下打量，王喜光惊慌地低下头，眼珠跟着景琦的脚步乱转。

景琦嘲弄道："王老爷活得够累的，天天上舞厅跳舞还得扮上，回到我这儿来还得换行头。大伙儿上眼嘿，瞧瞧这位西服革履的王老爷！您这是发了大财了，哪儿恭喜呀您哪！"

王喜光突然给景琦跪下了，乞求道："七老爷，饶了我吧！七老爷！"

景琦问道："我凭什么饶你？"

王喜光十分诚恳地说："我是黑了不少钱，可我对七老爷忠心无二！”

景琦冷笑道：“黑了我那么多钱，你还忠心无二？我早说过，缺钱花跟我要，我能不给你吗？我最恨偷！饶黑了我的钱，还骂我白景琦是傻王八蛋！”

王喜光起誓发愿地说：“没有，没有！我从来没忘过七老爷的恩典！”

景琦声色俱厉地说：“你搂着娘儿们睡觉的时候，你还记得我的恩典……你他妈连鸡巴都没有，居然娶了三房姨太太！”仆人都忍不住笑了，丫头、老妈子都扭过脸儿捂住嘴笑。

景琦努力压着火说：“王老爷，我妈一再教导我，待下人要宽厚。今儿我也不打你，你黑了我多少钱，我也不要了。”景琦绕着王喜光边走边说，“今儿我就想弄明白一件事，你到底是真太监，还是假太监，你脱了裤子叫我瞧瞧！”人们一听立即骚动起来，惊奇地交头接耳小声议论。

王喜光惊慌地说：“七老爷！我娶姨太太，那不就是‘聋子耳朵，摆设’吗？”

景琦皱起眉头打量着王喜光问：“你脱不脱？咱们当着大伙儿验明正身，你要是假太监，凭着你长的那家伙儿，我就饶了你！人家那姑娘也不白跟了你！你要是真太监，我就把你赶出去，你不是拿人家姑娘开涮吗？”仆人们精神振奋，瞪直眼睛看着。

王喜光吓蒙了，愣着愣着，忽然磕起了响头：“七老爷，饶了我，我不就是图个新鲜吗？！给我留点儿面子，七老爷！”

景琦逼问着说：“你不脱是不是？”

“七老爷，对您的忠心，我对天可鉴！我是个奴才！奴才知罪了！”王喜光不住地连磕响头，脑门上渗出了血，立即一片黑紫。

“不脱？”景琦毫不理会他的可怜相，突然大喝一声，“来人！”

仆人们炸雷似的轰鸣：“啊！”有几个人忙挤上前来。景琦慢慢坐到椅子上，淡淡地说了一句：“把他的裤子给我扒了！”四五个人冲上前，不由分说将王喜光按在地上。王喜光挣扎着大叫："别扒，别扒！七老爷，饶了我吧！"

景琦低头抽上了烟。周围的人们紧张又兴奋地望着，几个壮汉按住王喜光，终于扒下他的裤子，露出了雪白的屁股。

围观的女人们跑的跑，捂脸的捂脸，有个丫头看直了眼。一旁的小胡捅了她一下说："嘿！你看什么哪！"丫头猛然醒来，忙捂住脸跑了。

小胡直起身说："回七老爷，他下边儿没有！"

景琦将烟袋又在铜盂上磕得当当响，说道："给我赶出去！"

几个仆人将王喜光拉起，连推带搡轰了出去。王喜光大叫："裤子，裤子！我的裤子！"一个仆人将裤子扔出去，王喜光用裤子裹住下身狼狈地跑了。

景琦叫道："小胡！"小胡应声上前说："我在这儿哪！"景琦说："打今儿起，你就是新宅的总管！"

老宅上房院里站满了人，静悄悄的没一点儿声音，三个房头的人全来了。

北屋卧室里，二老太太已奄奄一息，槐花站在一旁。景怡、景琦、景双、景陆、景武围了一圈儿，站在床前，注视着弥留之际的二老太太。

二老太太张了张嘴要说话，槐花近前仔细倾听，仍听不清。景怡等见状，全都探着身子听，景琦忙走上前，将耳朵凑近二老太太的嘴，歪着头道："妈，您说，我听着呢！"二老太太的嘴又动了动，景怡忙问："说什么？"

景琦摇了摇头，摆摆手，大家轻轻退出。景琦刚走出门口，槐花叫着："七老爷，老太太要说话！"

景琦等忙又回到床前，景琦再次俯身听："妈，我听着呢！"

二老太太鼓起了最后的力气，艰难地说道："我……我走了以后……不许……不许……"

景琦问："不许什么？您说！"

"不许……不许杨九红戴孝！"二老太太长出了一口气。

"知道了！"景琦起身向外走。景怡跟在景琦后面问："说什么……不许什么？"景琦有些不情愿地说道："不许杨九红戴孝！"

景怡愣住，诧异地喃喃道："怎么想起这么一句？！"

刚走到门口，只听槐花大叫："七老爷，不好！"景琦猛回头，二老太太脑袋一沉，去了……

景琦砰然跪地，景怡等也都跪下了，顿时哭声大作……哭声蔓延开去，院子里哭叫一片："妈！""奶奶！""二老太太！""二婶！"……

二老太太仰卧床上，安详地走了。

老宅门口搭起了丧事牌楼，影壁上全挂了白，穿着孝服的人进进出出。一队和尚鱼贯而入。景琦一身重孝，在穿孝的小胡、仆人簇拥下走进大门。敞厅院里，香秀正在给大顶子穿孝衣。人们穿梭往来，搬着丧事用的东西。敞厅中，人们在布置灵堂，棺木摆在正中，几个人将二老太太的一张巨幅照片挂在灵堂的正中上方，牌楼上赫然写着："女中豪杰巾帼英雄"。

新宅门口也搭起了丧事的牌楼，白布遮住了影壁上的红字。二厅垂花门全都用白布白花罩了起来。厨房院的屏门也挂上了白布围子，院里搭了白棚，秉宽正给大狼狗穿孝衣。上房院，各屋门口也挂上了白布白花，院内死一样地寂静。只有紧闭房门的西厢房没有挂孝，甚是显眼。

九红一人坐在床沿上发呆，一动不动。地下一片狼藉，打翻的碎盘、碎碗、饭、菜到处都是。九红木然地坐着，像木雕泥塑。床上整整齐齐放着九红做的一套孝服——孝衣、孝帽、孝带子、孝鞋。红花在门口蹲着，正在给波斯猫穿孝服。九红扭头望着床上的孝服，看着看着，突然拿起孝服用力地撕扯，一条条地撕下来往地下扔。红花吓得忙抱着猫站了起来，惊讶地望着不知所措。九红发狠地用手撕，用牙咬，将孝服撕得粉碎，很快满屋一地碎布条子。

九红没了力气，撕不动了，又抄起剪子铰，发泄着满腔屈辱、愤恨，红花无奈而又同情地望着她。看着满地的白布碎片，九红又一动不动地发起呆来，微微喘息着。波斯猫穿着孝走来，向九红“喵喵”地叫着。九红抱起穿孝的波斯猫，轻轻地将猫身上的孝衣脱下扔到了地上，又轻轻抚摸着猫，慢慢放到床上，突然拿起枕头将猫捂住。猫在枕头下挣扎，九红的手死死按住，直到那猫一动不动了，九红才慢慢抬起手，眼中射出一种从未有过的凶狠之气。她突然狂笑起来，笑着笑着眼泪就下来了……

从老宅门口到胡同口，整条平安大街涌动着望不到头的白花花的送葬队伍。三四十顶挂着白布的蓝轿子，一顺儿排开。长长的丧仪执事队伍，送葬的人们拿着伞、扇、雪柳、纸活、挽匾；中西丧仪乐队，分两列排在其中。

院子里挂满了挽联，挽幛。景琦打幡儿，敬业捧着盆儿，敬功抱着罐儿，玉婷站在一旁捂着脸悲痛地哭着，三老太爷白颖宇跌跌撞撞地跑了来，哀号着喊：“二嫂，二嫂啊！”景琦忙搬了张椅子扶三老太爷坐下了，颖宇是动了真情了，哭喊道：“二嫂哎，你就这么走了，扔下一大家子人，就这么走了！你是女中豪杰，叫我们这些大老爷们儿都没脸活在这个世上。二嫂哎，我年轻的时候不懂事，老跟你犯浑，处处跟你为难，可你呢？一次两次地救了我，我……我对不住你啊。我老想着有那么一天，郑重其事面对面地向你道个歉，说声对不起，可我拉不下这个脸来。如今我说了，可你又听不见了。我这张老脸值几个钱呢？我怎么这么浑哪！我活着干什么呀？活着还有什么劲呀！”三老太爷说着说着举手打自己的脸，景琦忙上前拉住，灵棚里的人都被三老太爷一番感人肺腑的话惹哭了。

敞厅内，二老太太的遗像被请了下来，几十个人在起灵抬棺木。小胡和玉芬匆匆跑到景琦前，玉芬着急地说：“老七，春儿的身子骨实在不行，就别叫她去了！”

景琦一脸的蛮横，说道：“她是二房的长媳，她不去像话吗？”

“她一步道儿都走不了！”

“坐轿，不用她走！”

“你讲不讲理，这么热的天儿，她躺到屋里都喘不上气儿来！”

“这是讲理的时候吗？还有点儿孝心没有？”

玉芬急了：“就你孝，别人都是狼心狗肺！”

“好好好！你去问她自己，叫她自己瞧着办！”

“我问她，她敢说不去吗？”

景琦把眼一瞪说：“那还废什么话呀！”

只听执事大喊：“起灵——”景琦等忙站好，玉芬摇头叹气地匆忙走了。

三十二人起杠，抬棺木出了灵堂。景琦等缓缓地后退，直退出大门到了街当中，再冲着大门口跪下迎灵……

新宅的门道中，三个老妈子抬着黄春匆匆走过，玉芬忙前跑后地照应着说：“春儿，行吗？”黄春无力地说：“行……我去……我得去！”几个人七手八脚将黄春塞入轿中，正要走时，雅萍一头白发痴呆呆走了出来。玉芬忙迎上前扶住她说：“老姑奶奶，您就别去了！”雅萍两眼发直，喃喃地说：“老太太，老太太，我跟了你去……老太太！”玉芬只好扶雅萍上了另一乘小轿，无奈地说：“这可怎么好！这么热的天儿，好人也受不了啊！”

景琦跪在地上高高举起盆儿，用力摔下去。盆儿摔在包了红纸的两块青砖上，啪地粉碎，顿时哭声大作一片哀号。

景琦执幡在前引路，棺木起行，送葬队伍浩浩荡荡出发了，足有好几里长。前队到了前门楼子，后面宅门口平安大街上还有没动窝儿的呢。

哀乐高奏，纸钱飞扬，杠头儿吆喝着，送葬队伍缓行。拐进一条街道时，一个老翁从围观的人群中挤上前来向棺木缓缓跪了下去，深深叩了一个头，老翁抬起头，这是老态龙钟的朱顺。

景琦执幡前行。才出街口，小胡跑过来说：“七老爷，前边儿是孟府的路祭棚。”景琦来到孟府路祭棚，白烛高燃，景琦叩拜……

景琦执幡出了鲜鱼口，拐上前门大街，小胡来报：“前边儿是药行公会的路祭棚。”凡药行有头有脸的人物都到了，黑压压站了一片，七爷忙率全家跪拜。

穿过一条横街，过了五牌楼，小胡回来道：“七老爷，前边儿是关府的路祭棚。”景琦一愣，问道：“关姑老爷家？”小胡说：“关静山没来，他儿子关佑年代祭。”景琦点点头说：“难得，难得！快叫香伶请雅萍姑奶奶过来！”小胡应声跑去。

香伶得信儿，逆着人流跑到雅萍轿前说：“快靠边儿停下！”抬轿的浑身早已让汗湿透了，忙靠了路边落轿。香伶打开轿帘，叫道：“妈，咱家的路祭棚，请您过去呢！”雅萍无声无息，她斜倚在轿里已经死了。香伶大惊，喊道：“妈——”

景琦执幡一直走到西单牌楼，小胡禀报：“前面儿是执政府的路祭棚。”说话间就到了，只见这祭棚甚是排场，供品丰盛，且有一个班的警卫站岗，持枪肃立于祭棚前。景琦上前跪拜……沿路上，还有个人的、铺面的路祭供桌数不胜数。

折腾大半天的送葬队伍到西直门门脸儿终于停住了，人们精疲力尽，都往墙根儿阴凉地方躲，坐得满地都是。小胡大叫本家儿的换车，客人们请回啦，本家儿多谢啦——玉芬跑着来到黄春轿前，撩开轿帘叫春儿下来换车，黄春已直挺挺地躺在轿子里。玉芬大惊摸了摸黄春的手，早已僵直了，没了热乎气。景怡正忙于向送葬的客人道谢，玉芬匆匆跑来，惊慌道：“大哥，春儿死在轿子里了！”景怡急得直跺脚，叹息说：“你看，你看！这算怎么回事儿？又陪上了一个！”玉芬急得眼泪也下来了，问道：“怎么办呢？”景怡十分痛心地说：“先别说出去，悄悄儿地把姑姑和春儿抬回去，等办完了老太太的丧事再说吧！”

白宅举丧这年，又应了老话儿“夏热冬寒”，果然这年冬天奇冷。一场大雪把北京盖了个严严实实，满城沉寂。天寒地冻，却没有阻住白家大分家。老宅大门口拥挤着一辆辆大车，各房的人和仆人、苦力，吵吵嚷嚷在搬东西、抬家具、装车。景武打开刚给三老太爷新买的福特轿车车门，扶颖宇上了车，来京城办年货的玉芬站在车前。颖宇从车里探出头说：“玉芬，有工夫上我那儿去看看，我们搬到什刹海后身儿！”玉芬道：“行，回济南以前我一定去一趟给您贺新居！”景武开车走了。被敬生扶着坐进黄包车的翠姑也大叫：“玉芬，上我那儿去啊，香饵胡同，别忘了！”“一定去！”玉芬回应着。

敞厅院月亮门前，景怡、景双、赵五爷、大头儿缓步走来。大头儿手拿钢笔，边走边在小本子上记着，搬家的人不时抬着东西过来过去。景怡叫先把这边大门儿堵死，一律走药场前门儿，敞厅以外全归上房，除了祖先堂，全归药场。景双也吩咐道，花房子全都改种上鲜草药，专供门市用。玉芬站在影壁前大叫：“大哥，我去看老七，你去不去？”景怡说：“我这儿正忙呢，不去了，叫老七好好养病，告诉他这边儿都安排好了。”玉芬答应着知道了，转身向大门口走去。

办完了二老太太的丧事以后，景琦就病倒了，也没什么大病，毕竟也是五十岁的人了，精气神远不如当年。

北屋堂屋里，大洋铁炉子上坐着一壶开水，旁边还烤着几块白薯。槐花和香秀坐在炉旁烤火，香秀不时地翻动着白薯，她已经留在新宅伺候七老爷，是一个标致的大姑娘了。香秀说：“姨奶奶！您说也怪啊，从老太太一闭眼，大顶子就一口也不吃也不喝，生生地四天饿死了。”槐花说：“它那是恋主，狗这东西可仁义了。”莲心端着茶盘走进来说：“香秀，水开了吗？”香秀忙走到桌前，往盖碗儿里倒了一点茶卤，莲心沏上了水。

东里间，景琦盖着被子躺在床上，玉芬和九红坐在床前。玉芬说，景琦这病就是累的，急的，成年累月这么操心还行？什么也别想，养一段时候再说。景琦说，躺到这儿心里也不踏实。九红说，他呀，天生就是操心的命！

香秀端茶进来，放到玉芬旁边。玉芬上下打量着香秀，问她跟了七老爷了。香秀点点头说：“啊，老太太一走我本想回乡下了，七老爷不叫我走！”“嗬，哪儿的烤白薯香啊？”景琦突然抽着鼻子说道。香秀高兴地说：“我烤的，给您拿一块？”九红忙阻止道：“不行！胃里不好，别乱吃东西！”香秀斜了九红一眼，撇着嘴走了出去。

玉芬是聪明人，看景琦有点不高兴了，赶忙打岔说：“济南的事已经办完了。你猜怎么着，孙家的人卷了银子躲到烟台去了，督军府下了一道令，把孙家底儿抄了！军阀做事真叫狠，钱全进了他们腰包了，把孙家扫地出门，要不是元祥护得紧，连泷胶庄都叫他们抢光。你用元祥真是用对了。”

景琦开始挺高兴，听着听着反倒懊悔了，说道：“这事儿也闹得太大了，收回铺子吓唬吓唬他们也就行了，何必斩尽杀绝呢？”玉芬奇怪地说：“哎，不是你要杀他个干干净净吗？”景琦感叹说：“这年头儿真是不能跟军阀打交道，孙家的贷款还在我手上呢！”九红说：“你呀，嘴上狠，动了真格儿的又心软。”景琦说：“姐，你把这笔贷款带回去还给孙家，让人家有个活路儿！”九红说：“好人坏人都是你当！”玉芬点点头说：“行，我带回去——那我后儿就走了，敬功跟我一块儿走？”景琦说：“告诉元祥，泷胶庄的事儿还是靠他管，敬功先打打下手。”玉芬说：“敬功媳妇儿不去？”九红忙说：“六个月了，把孩子生了再说。”玉芬点头道：“兄弟，你明年可要添人进口了，佳莉也六个月了吧？”九红高兴地说：“可不是。”

莲心端着油盘子进了堂屋说：“七老爷的粥。”槐花忙起身掀开上面盖的小棉垫子，将砂锅靠在炭火上。香秀帮忙盛出一小碗，盘里有一小碟酱菜，槐花接过油盘子向东里间走去。槐花将粥和酱菜放到床头的春凳上，九红看着槐花问，前儿翠姑从西安带回来的紫贡米给了厨房没有。

槐花说给了。九红把脸一沉，问道："那怎么还熬这白米粥？"槐花说："不知道。"九红埋怨道："你就不会去问问？"槐花说："我亲手交给冯六儿的！"景琦特别不愿意多事，忙说："行啦！就喝这白米的挺好。六必居的酱菜，挺好的！"九红毫不客气地说："就是懒！交给他就行了？得嘱咐他什么时候熬，每回熬多少……"

玉芬冷眼来回看着九红和槐花，九红分明是有意地在摆老大。玉芬已经察觉到九红变了，二老太太一走，九红终于解脱了，就像孙悟空脑袋上的紧箍咒一样，摘了一身松。这当然是个好事，难堪羞辱不会再突然落下来，可那紧箍咒的阴影是不会消失的！尽管玉芬一百个同情杨九红，可她绝对看不惯小人得志，这看不惯会把一切的同情全都无情地淹没掉。你受了太多年的委屈，老太太走了，你可以抬头，但不可以得意，更不可以忘形。

槐花说："赶明儿我告诉他。"九红更趁机发威，说道："还赶明儿？现在就去，把这白米粥给他端回去！"槐花不好发作，来回看着景琦和九红。景琦息事宁人地说："算了，大冷的天儿来回跑什么！"端起粥碗吃上了。九红仍不依不饶地说："去呀，还站在这儿干什么？"槐花转身走出屋。九红站起身，一把夺过景琦手中的碗，喊道："等着！喝紫米粥，别惯着他们！"景琦不满地说："你又没事儿找事儿！"

一个人有什么毛病都没关系，就是不能招人讨厌。比如形容一个人，说这个人各方面都挺好的，就是讨厌，完了，这个人你一定要离得远远的。七老爷最烦这种人，没事儿找事儿，整个儿一事儿妈，喝碗粥、吃块儿烤白薯都有人管着，浑身不自在。九红犯忌了，景琦的脸色越来越不好看，从小和景琦一起长大的白玉芬看得出来，有好戏要上演了。她冷笑着看景琦，想知道这种最难摆平的事儿，他会怎么处理。

槐花委委屈屈地从东里间走出，仍坐在炉边和莲心聊天儿的香秀扭脸儿问："姨奶奶叫你干什么去？"

"去厨房。"

“甭去，听她的还有完吗？七老爷都没说什么，就她事儿多！”东里间传来九红的声音：“谁在外头说话呢？”香秀故意回头大声说：“我，香秀！”九红在东里间喊道：“你说什么呢？！”香秀挑衅地说：“你不是听见了吗？”九红撩帘子走出东里间，直冲香秀走来，质问道：“你说谁事儿多？”香秀回过头，毫不示弱地说：“你！”

白敬业正推门走了进来，见状忙停在了门口。香秀打抱不平地说：“别净拣软乎的捏！”九红大怒道：“站起来，你还敢坐着跟我说话！”香秀全不理睬，像是没听见，竟然把白薯掰开吃了起来，槐花紧张地望着香秀。

九红把眼一瞪，嚷道：“你听见没有，我跟你说话哪！”

香秀吃着白薯说：“你这是跟我说话呢？老太太都没这么跟我说过话！”

九红说：“老太太宠你，那是在老宅！这是新宅，你这么没规矩就不行！”

香秀阴阳怪气地说：“哟——老太太活着的时候，你怎么不这么说呀？”

敬业唯恐天下不乱，这好戏就要开演了，他面带微笑，十分开心地望着。九红不客气地说：“老太太在与不在，你也是个丫头！”香秀突然狠狠地说：“丫头也比你强，连猫狗还戴了孝呢！”

九红一下子傻了，既屈辱又愤怒，这一下戳到了她的最痛处，她一时竟无言反驳。九红忽然见敬业站在一旁看热闹，顿时怒不可遏地大叫：“敬业，你就站在那儿看着，你听见没有？你是聋子！”

敬业调侃着说：“我不是聋子，我是瘸子！”

九红大叫：“丫头可以这样说话，这就是你们白家的规矩？”香秀悠闲地吃着白薯，拿起一块递给槐花说：“你尝尝，香着呢！”槐花根本没听见，惊恐得两眼发直，望着九红。九红下不了台，无比尴尬地站在那儿。

“都少说两句吧，啊？”景琦在东里间说。九红想找个台阶下，强撑着说：“今儿不说清楚了就没完！”“我倒想听听你给说清楚了呢，槐花是老太太跟前儿的人，也是姨奶奶，你凭什么吆三喝四的？”香秀突然站起面对九红，两人对视着，僵住了。

玉芬一撩帘子，怒冲冲走出来，说道：“都给我闭嘴，吃饱了撑的你们！七老爷那儿病病歪歪，你们不说消停一会儿，为了屁大的事儿在这儿吵，没了王法了，谁再吵给我滚出去！”宅门里只有姑奶奶才有这样的霸气。

众人都不说话了。敬业忙上前把九红往西里间推，劝道：“行了，行了。看我的面子，回您自己屋里歇会儿，消消气儿，犯得上吗？为这点儿小事儿生气多不值当……”九红有了台阶，就坡下驴地跟着敬业进了西里间。自从老太太去世后，西里间不必再留了，杨九红就从西厢房搬进北房的西里间了。

玉芬坐到炭火炉边说：“香秀，你这嘴太不饶人，小小年纪，这么大气性还行！”香秀板着脸说：“我就看不惯她那张狂样儿！”槐花忙说：“姑奶奶坐，我去熬紫米粥，都是因为我！”玉芬说：“熬什么熬，七老爷都吃完了。”

回到西里间，余怒未消的九红不满地说，敬业就会和稀泥。敬业很看得开，劝九红也想开点儿，这事儿本来就是一摊稀泥。那就是一个乡下丫头，跟她较什么真儿啊！九红可不这么看，说别小看了这丫头，以后麻烦事儿多了。

敬业掏出一封信递给九红，说道：“姨奶奶，出事儿了！您瞧，何家把信寄给我了，大概是怕我爸爸知道了伤心……何洛甫，您那位新姑老爷，北伐路上战死在湖南了。”

九红接过信一看大惊：“这可怎么好？佳莉怀着孕，这年纪轻轻的就守了寡了……”说着流下泪来。

敬业叹息道：“是啊，办完喜事儿两天他就走了，这叫什么事儿啊！”

九红难过地说：“这孩子命怎么这么苦？我早说过，嫁给个当兵的哪儿行。就是不听，就是不听！这可毁喽！”

“这会儿说什么都晚了，千万不能告诉佳莉！怎么也得等她把孩子生下来以后。”

“可这事儿不能不告诉你爸爸呀！”

“也得等我爸爸病好了再说。我说姨奶奶，母女相认了吧，佳莉以后就靠您疼她了。”

“我又何尝不想认，可她根本不理我。老太太都走了，她怎么还是这样儿啊？”

“姨奶奶，心诚感动天和地，您得找她多谈谈。”

“她不理我怎么谈？”

“越不理您越上赶着找她，老太太走了，姑爷死了，她又怀着孩子，您为了孩子也得委曲求全……”

“还要怎么委曲求全？我受了多少委屈了！”

“别泄气！眼下是佳莉最难过的时候，干脆把她接过来一起住。”

“老天爷啊，你睁睁眼吧！我就这么一个闺女呀！”

杨九红听了敬业的话，硬着头皮来找佳莉了。红花上前拍门，九红心绪不宁地望着门口，来开门的冰片见是九红，着实一惊，九红问佳莉干什么呢。“写信呢。”冰片答着慌忙向里跑，一边大声喊着，“大奶奶，姨奶奶来了！”佳莉正在北屋窗前的书桌上写信，听到叫声，惊讶地抬起头，不禁站起来，想了想又坐下了，低下头接着写信。

九红和红花走了进来，九红站定望着佳莉，佳莉仍在写信，连头都没抬。九红回头叫冰片和红花都出去，小心翼翼地说：“客人来了，不说让个座儿？”佳莉低头写着信冷冷地说：“那不有的是座儿吗？”九红脱了大斗篷，只好自己走到书桌前坐下，无限怜爱地望着佳莉问：“给他写信呢？”佳莉忙用手将信纸捂上。

九红又有意地问：“最近他来过信吗？”佳莉的泪水一下子涌了出来，九红也忍不住地哭了，佳莉忍住抽泣说：“你哭什么呀，你快走吧！”

九红恳切地说：“佳莉！搬回去住吧，回家吧，啊！”

“回什么家？这儿就是我的家！”

“你一个人儿，肚子一天天大了，过那边儿也有个照应！”

“谁照应，你照应？你死了这条心！等洛甫回来我就跟他走，永远不回北京城！”

九红悲伤地望着佳莉，她想告诉佳莉实情，断了佳莉的后路，但一张嘴却又犹豫起来：“洛甫……洛甫他……他不会……”

佳莉冷冷地望着九红，说出的话很是刻毒：“不会什么？不会不认你是吗？你以为我奶奶没了，你就得了意了！别忘了奶奶临死前都不叫你戴孝！”

九红一下子蒙了，一肚子话已无从说起，她愣愣地看着佳莉，激动地说：“佳莉，就算我不是你娘，你也不能这么伤一个人的心！”

佳莉更刻毒了，说道：“我的心伤成什么样儿了，你知道吗？我爸干吗要娶了你？干吗要生下我？瞎了眼，昏了头！”

九红慢慢站了起来，绝望地说：“佳莉，你别把我往绝路上逼！我没这么低声下气地求过人，这会儿，我都不知道我该恨谁！我就你这么一个亲骨肉，要这样，我真不如去死！”

佳莉突然也站起身，歇斯底里地大叫：“去死——你去死——”

两人相对而立，互相对视着；九红神情木然，佳莉激动不已。僵持片刻后，九红毅然转身向门口走去，到了门口又站住了，回头望着佳莉问：“佳莉，洛甫要是不回来了呢？”

“我去找他！”

“他要是死了呢？”

“我就一个人儿过！我把孩子养大，也不会认你！”

九红绝望地点了点头说："好！你既然这么绝情，也就别怪我无义！"

九红拉门而去。

门开着，风卷残雪吹了进来。佳莉忽然转身坐在椅子上痛哭失声："洛甫……快回来吧……把我接走……"

第三十六章

白家宅门一个叫白化的清客在门房里吃着西瓜闲聊天，说在大栅栏碰见王喜光王总管了。嗬，破衣拉撒的，没个人样儿了！大家奇怪，他有钱哪，七老爷没往回要一个大子儿。

白化说："你们没听说？王喜光去天津赌局玩了三天，回北京一看，仨姨太太卷包儿全跑啦！房子也卖了，王喜光人财两空！他还发狠哪，说总有一天，他要扒了白老七的裤子！"

秉宽嘲弄地说："瞎掰，人家长着那玩意呢，扒人裤子干什么！"

黄立吃了口西瓜说："我就纳闷儿，王喜光黑了那么多钱，七老爷愣不知道？"

白化清了清嗓子说："您还是来的日子不长，不知道七老爷的为人。昨儿下午，有个玩字画的老手拿了一张八大山人的画，转手卖给七老爷。七老爷看都没看，说留下吧，去账房结账，叫我拦下了。我一看什么八大山人呢，整个儿一蒙事儿，我当场点出他的破绽，七老爷这才没上当。七老爷上当太多了，哪是买画啊，整个一个扔钱玩儿呢。"

黄立点点头说："我也看出来了，这位爷花钱真是没数儿。"

白化继续说："您问问他有多少家产，一年多少进项，他准闹不清。

您问他一年有多大开销，一月花多少钱，他也说不明白。挣钱没数儿，花钱没边儿，财来如山崩海啸，财去如大海决堤，一辈子过了个糊里糊涂！”

秉宽自嘲地说：“我倒是想糊里糊涂呢，可我糊涂得起来吗？挣那俩钱儿，闭着眼都数得过来，活得倒挺明白，顶个屁用！”

白化调侃道：“您哪，秉宽叔，您财来如小孩子撒尿，财去如大便干燥！”

大家一下子哄笑起来，黄立笑得把嘴里的西瓜喷了一地。秉宽一扭脸，忽然瞅见一个背着捎马子的黑脸汉子进了大门，东张西望地往里走。秉宽忙拉开小窗户问，干什么的？黑汉子问，白七老爷住这儿吗？秉宽说，没错儿。黑汉子转身向头厅走去，秉宽见状忙开了门说：“嘿嘿！你倒不认生啊？进来，进来！”黑汉子站住，回过头说，他找七老爷。秉宽点点手说，知道他找七老爷，进门房说话。

两人进了门房，秉宽问黑汉子，找七老爷干什么？黑汉子拍了拍捎马子，告诉秉宽，他给七老爷送点儿吃的。秉宽问他认识七老爷吗。黑汉子忙说，认识，算是朋友吧！

秉宽不客气地说：“什么叫算是啊！走吧，走吧，这大宅门儿冲哪边儿开，你还没弄明白呢，别跟这儿哄！”

黑汉子把捎马子往地下一扔，瞪着眼发起脾气，说道：“干什么呀，我找七老爷碍着你什么了？你们大宅门里的人眼皮子浅，看不起我们穷人！”

“有你这样的人吗，直眉瞪眼就往里闯！”

“七老爷都没看不起我，你算什么东西！”

“客气点儿啊，七老爷认识你是谁呀？”

黑汉子忽然抬起脚说：“看见了吗，看见了吗？内联升的鞋，七老爷给我买的！”

秉宽撇齿拉嘴嘲弄地说：“你歇着吧！七老爷给你买鞋，美得你！瞧你那屄样儿！”

黑汉子大怒：“你骂人！”突然扬手打了秉宽一个嘴巴，黄立等忙上来劝架。

秉宽大叫：“黄爷，他打人！”

黄爷忙走过来说：“别动手，有话好好说。”

黑汉子说：“我好好儿说他不听！打他怎么了，我连七老爷的头发都揪下来一绺儿，我打他？他算个东西！”

秉宽大惊，一下子没了火儿，惊奇地望着黑汉子问：“等等！七老爷那绺儿头发是你揪下来的？”

黑汉子瞪起眼说：“怎么着吧你！”

秉宽笑了：“这事儿我知道，敢情就是你呀！”

黄立忙说：“快给他回禀一声儿！”秉宽忙跑出了门。

黑汉子又抬起脚，说道：“看看这鞋，七老爷买的！三年了我没舍得穿，今儿才穿上！”

秉宽慌慌张张地跑到上房院，给七老爷报信，景琦以为是来求助的，说给他点儿钱不完了吗。秉宽忙说，不是要钱，来送东西的。他说曾揪了七老爷一绺儿头发。景琦心里奇怪，他怎么来了。九红、槐花、香秀都围上来，说快叫进来呀，叫她们看看这人啥样，还没见过敢打七老爷的人呢……

大家都站在廊子上，像等着看奇珍异兽。小胡带着黑汉子来了，一见面儿，黑汉子怯怯地叫了声：“七老爷，您老人家好啊！”景琦笑着摸了摸自己的头说：“好，好，你挺好的？又打架来了。今儿你想揪我头发，可没那么容易！”大家一听都笑了。

黑汉子惶恐地说：“不敢了，不敢了，我不是不知道吗，买鞋的时候才知道您是白七爷！”

景琦笑着问：“你叫什么？”

“郑老屁！”

景琦一愣，又问："什么？"

黑汉子大声说："郑老屁！"

大家一下全笑了，老妈子、丫头笑得弯了腰。郑老屁并不在意别人怎么看，说是给七老爷送点儿乡下吃的。他说着打开捎马子，露出来花生小枣。景琦说了声谢谢，叫他下去领赏，吃了饭再走。

不料郑老屁忽然面色沉重地往地上一蹲，说道："我不走了，我是来投奔您的。老家活不下去了，闹大灾，死的人没数儿了。"说着忍不住地擦眼泪，景琦惊讶地问："怎么弄到这份儿上了？"

郑老屁叹道："这年月又是捐又是税，数乡下人苦啊！除了走不动的，都逃出来要饭了！我俩小闺女全饿死啦……"郑老屁说着说着呜呜地哭起来。

景琦回头说："你们瞧瞧，香秀，记得你们那年逃荒进城吗，也是这样！"

香秀同情地说："乡下人就怕灾年！"

郑老屁说："这么多年兵荒马乱的，就没过过安生日子，谁过来都抢一道呀——"

景琦想了想说："那你留下吧。小胡，叫他去马号把陈三儿替下来，陈三儿老了，看看门儿什么的就行了。"

郑老屁忙跪地磕头："谢谢七老爷，我一家子八口人谢谢七老爷！"

小胡总管带着郑老屁去了厨房吃饭，郑老屁将一卷腕子粗的大饼卷肉塞到嘴里，蹲在地下大吃，冯六等人都看傻了。郑老屁将最后一口塞到嘴里站了起来，冯六看着郑老屁狼吞虎咽的样子，不禁问道："饱了吗你？"

郑老屁不好意思地说："算了吧，就这么着吧！"

冯六忙说："别价，七老爷知道你没吃饱，我不找挨骂吗？干脆，再来一斤，把这肉全给你卷上。"

冯六又卷了一大卷递给郑老屁，他接过来蹲地下一口咬下了四分之一。老妈子大笑，冯六看直了眼，叫道，乖乖，两斤饼一斤肉，眨眼就造没了。这是几年没吃饭了，饿疯了吧！

这以后，景琦出门赶车的差事就交给郑老屁了。

眼瞅着半年过去了，宅子里真是添人进口了，月玲生了个儿子，起名占先，佳莉生了个闺女，一直就等着何洛甫给起名字。可这都一个多月了，何洛甫连封信都没有回，佳莉有点不踏实了，又听了一些北伐军的消息，更不放心了。实在不成，她就带着孩子去湖南找洛甫，便跑到新宅找爸爸拿主意。

一进屋，香秀忙迎上来，领着佳莉走进东里间。

这个杨九红啊，自从和佳莉闹翻了以后，一直就灰心绝望，她不知道自己活着干什么，二老太太死了，她也不知道该恨谁，慢慢地把这恨意全都落在了自己女儿身上。她想着各种恶毒的语言，各种狠毒的招数，她不能就这么过下去，她的全部恩怨、全部仇恨，想得她心似刀绞一样地痛。她想好了，唯一可以商量的人就是丫头红花，她们等待着机会。看到香秀把佳莉引到了东里间，两人急忙悄悄地走出了上房，到了二厅，叫上了哥哥嫂子，又在外面单雇了两辆洋车。九红和红花直接找丫头冰片，要把孩子抱走。

冰片抱着孩子奇怪地望着九红，不知她想做什么。九红说：“七老爷叫我把孩子抱过去，他想外孙女儿了。”冰片不解地问：“大奶奶刚过去找七老爷……”九红解释道：“是呀，问她为什么不把孩子带过来看看，就叫我过来接孩子。”冰片疑惑了，问道：“大奶奶为什么自己不……”九红打断了冰片的话，说道：“红花，快把孩子接过来！”冰片觉得哪儿不对了，忙说：“我送去吧！”九红说：“不用，一会儿叫莲心送回来！”

九红不由分说，动手将孩子抱过来交给红花，推着红花出了房门。九红和红花上了车，冰片不安地追了出来。九红丢下一句：“回去吧！”两辆车飞跑着去了。拐进胡同口，两辆洋车在路口停下了，早已等在胡同口车上的杨亦增和陈月芝忙从红花手中接过孩子。九红急促地说：“先拉到我原先住的小院，房子空着呢，奶妈请好了，快走！”望着杨亦增和陈月芝的洋车远去，九红长长松了一口气……

等九红和红花回到新宅上房时，正赶上佳莉走出来，她斜了一眼九红，扭头管自离去。九红和红花进了门，景琦正一个人在堂屋抽闷烟。九红走过来问佳莉来有事儿吗，景琦说：“好像何洛甫的事，她知道了点儿什么信儿！非要去湖南找洛甫，我只能说军队哪儿有个准地方，没脑袋苍蝇似的瞎撞不行。”九红说：“这事儿还能瞒多久，早晚得告诉她！”景琦也说：“我也在这儿发愁呢，这么年轻就守寡，怎么说呀？”

佳莉一进家门，发现孩子不见了，冰片急忙把九红来的事说了一遍。佳莉扬手打了冰片一个嘴巴，怒道：“谁让你叫她抱走的？”冰片哭丧着脸说：“我这儿心里也正嘀咕呢！”“糊涂！”佳莉匆忙转身向门外跑去，发疯似的跑回了新宅。

佳莉推门进了上房，一眼盯死了杨九红，九红若无其事地看着佳莉。景琦诧异地问，怎么又回来了？佳莉没理睬景琦，一步步走到九红跟前，凶狠地望着她。九红躲开佳莉的目光，扭头看着别处。

“我的孩子呢？”

景琦奇怪地问：“什么孩子？”

佳莉愤怒地逼问九红：“你把我的孩子抱哪儿去了？”

见九红东看西望像是没听见一样，佳莉带着哭声大叫：“我的孩子呢——”景琦赶忙站起看着九红，问道：“你抱了她的孩子？”

九红想了想，镇定自若地说：“我抱了！”

佳莉愤怒地说：“还给我！”

九红不动声色地说：“我的外孙女，我想抱就抱！”

佳莉气急败坏地说：“你藏到哪儿了？”

九红扭过头说：“这可不能告诉你！”

佳莉突然冲进了西里间，红花被吓得惊慌不已，赶忙低头溜了出去。佳莉见没有孩子，反身刚要出屋，九红一步跨了进来，冷冷地说：“甭找，不在这儿！”

佳莉充满仇恨地问：“你到底想怎么样？！”

“这孩子放你那儿，我不放心，我养着！我……”九红未说完，佳莉突然上前抓住九红肩头，拼命摇晃着喊：“你还我的孩子，还我的孩子！”

景琦忙跑进来，用力将二人分开，说道：“干什么，干什么！松手！有话好好儿说！”

佳莉大叫：“爸，她偷偷把我孩子抱走了，叫她还我孩子！”

九红向床前走去，恶毒地说：“休想！今后你休想碰这孩子一下！”佳莉发疯似的扑上前，被景琦死死地抱住拖开。九红不动声色地坐到了床上，佳莉狠狠地说：“杨九红，你等着！等何洛甫回来，他饶不了你！”

九红也恶狠狠地回道：“姑奶奶，别做梦了！何洛甫早死了！”

景琦厉声大叫：“九红！”

佳莉惊呆了，望了望景琦，又惊恐地回头望着九红，景琦泄气地低下头。九红苦笑道：“你不信？这么多日子，他来过信吗？你去的信有回音吗？不信去问大爷，他早接着信了，就瞒着你一个人儿！”

“爸——是真的吗？”佳莉扭脸儿看着景琦，声音颤抖着问，景琦轻轻拍着佳莉的肩叹了口气，什么也说不出来。佳莉绝望地大叫：“这都是怎么啦！怎么啦！”捂住脸大哭着跑出了屋。景琦回头看九红，充满了埋怨和不解。九红极力掩盖着自己的痛苦和不安，站起来又坐下了。景琦慢慢走到床前问：“你这是干什么呀？把孩子还给她吧！”

九红咬牙切齿地说：“我不！我也要叫她尝尝，女儿长大了，不认亲娘是什么滋味儿！”

景琦叹道：“何苦啊，九红！我知道你的心是伤透了，可佳莉是你亲生的女儿呀！”

九红低着头，一动不动地喘着粗气，景琦充满同情和怜悯地望着她。

九红突然抱住景琦的腰大哭，头不停地在他胸口上撞着喊：“我也不愿意这样啊——我不愿意呀——”

白玉婷在二老太太归天以后，以为没人能管她了，没有了任何障碍，又死灰复燃地想嫁给万筱菊。几番折腾以后，她终于知道，无论怎么努力，这已是根本办不到的事儿，万筱菊半点儿这个意思都没有。天热了以后，她就一个人住去了海淀花园子。这天，她忽然派人给景琦送了个信儿，说找他有事。七老爷叫郑老屁赶上车，吃过早饭就上路了。

郑老屁边赶着车，边吃着一卷大饼夹肉。坐在车前的景琦直瞪瞪地望着他从容地将大饼吃光，不禁问道：“一斤大饼，四口吃完了？这算是哪顿饭。”

“早饭！”

“晌午还吃吗？”

“一两也不少吃！”

“你这一天得照着两三斤吃？”

“五斤！”

景琦惊讶地说：“好家伙，这乡下就是不闹饥荒，照你这吃法，粮食也富余不了。”

郑老屁笑道：“我大小子比我还能吃。”

“郑老屁！”

“哎！”

“起个什么名儿不好，怎么叫个郑老屁呢？”

“我从小有个毛病爱放屁，又放不好，全是蔫儿的，我妈就给我起了这么个丑名儿。”

景琦忽然一翘身放了一个响亮的屁，路上的行人闻声都奇怪地往车这边儿看。

郑老屁十分惊诧地看着景琦问：“这是你放屁？”

景琦说："是啊！"

郑老屁赞叹道："好家伙咧！你这一个屁惊动了半条街，要不你家运这么好，听这放屁就是有福气的人。人比人气死人，我是不行啊！"

车过一个小酒馆，郑老屁轻轻拍了一下骡子说："慢慢走着。"他说完忙跳下车，奔进小酒馆儿里。郑老屁进去时，手里已拿好了钱，伙计亦端着一两酒走上前，一手接过钱一手将酒倒在他嘴里。郑老屁又喊："来块带筋儿的！"伙计从案上盘子里抓了一片酱牛肉扔到他嘴里，郑老屁转身又出了酒馆儿，紧跑几步赶上马车又跳了上去。景琦颇为欣赏地问："喝了一盅？""喝了一盅！"郑老屁十分满足。

到了花园子，玉婷早已在歇雨亭等七哥了。一见面，玉婷就说："有要紧的事和你商量哪，我想从你那儿搬出来！"

景琦一愣，忙问："干什么？住得好好儿的！"

玉婷说："我买了新房了。"

"是啊！你有钱了，别瞎花，咱们二房你一人占一大股！"

"你听我说，我要成个家，不能老一个人儿过。"

景琦大为惊奇，说道："这就对了。看上谁了，快告诉我。"

玉婷摇摇头说："我谁也没看上！"

景琦奇怪地问："那你要嫁给谁？"

玉婷十分严肃地说："万筱菊！"

景琦一下子又泄了气，说道："妹子，你这不要我的命吗！我亲自去过两回，不行！我不跟你说过了吗？"

玉婷一本正经地说："我知道不行！我谁也不求了，我跟他的照片结婚许不许？"

景琦完全没有在意，信口说："那你结八回也没人管你！"

玉婷说："那就这么定了！"

"什么和什么就定了，你这是说真事儿呢？"景琦刚觉出哪儿不对了。

“谁跟你闹着玩儿了！我都三十六了，女人嘛，总要嫁一回，也不枉来人世一遭。这世上我谁也看不上……”

景琦傻呆呆地听着，玉婷完全不是在开玩笑：“除了万筱菊我谁也不嫁，既然他不愿意……我就和他的照片结婚。”

景琦觉得不可思议，瞠目结舌地说：“你可真是痴情不改，可……这叫……什么事儿呀？你打算……怎么个结法呀？这怎么结呀？”

玉婷认真地说：“正正规规地结，你主婚，把我送到新房子里，拜天地，入洞房，花轿执事，成礼，一样不能少。”

景琦充满惶惑与不安，望着满脸十分真诚的玉婷，真想不出说什么话才好：“这是大事儿，儿戏不得！”

玉婷逼问道：“你帮不帮我这个忙吧？”

景琦真有点儿急了：“这忙怎么帮？啊，叫我怎么帮？”

玉婷十分坚定地说：“嫁鸡随鸡，嫁狗随狗，我嫁相片儿随相片，一辈子守着他，决不再嫁！”

景琦烦躁而又无奈地说：“新鲜！我怎么跟家里人说？”

玉婷理直气壮地说：“该怎么说就怎么说！”

“这不成笑话了！”

“谁爱笑话谁笑话，各人走各人的路！”

回到柜上，全体上会的时候，景琦郑重其事地向大家宣布了玉婷的婚事，众人全都傻了。景琦解释半天，大家伙儿才知道这不是闹着玩呢。

景怡着急地说，再劝劝她。景琦说劝不了，也不劝！谁愿意劝谁去！景双惊讶地问，那他就主婚了？敬业在一旁幸灾乐祸，说这个好，这多热闹！万筱菊糊里糊涂娶个媳妇儿。景琦申斥道：“你少在这儿瞎起哄！”敬业反唇相讥道：“是谁起哄呢，我起什么哄啊！有这样儿的吗？跟相片儿结婚？第二天北京城就能传遍了，白家大宅门儿入赘一相片儿，神经病！”

景怡认真地问，玉婷是不是神经真有毛病？景琦立即撑回去说，没有！大家一下子纷纷议论开了，赵五爷和胡总管不住地摇头叹气。景双说：“我看是有毛病，从古至今也没有这样的！”敬生说：“古时候也没相片呀！”敬堂说：“她爱跟谁结跟谁结，反正我不去。”敬业又起哄了，说道：“没法儿去，到那儿说什么？恭喜您哪，您跟相片白头偕老！”敬生说：“那大概咱们有毛病了！”

这些话听得景琦心烦意乱，他不耐烦地说：“行啦，行啦！我跟你们也商量不出什么来，可有一样儿，你们不去没关系，一人得送一份儿礼，人一辈子就这一回！”敬业站起身连说带比画：“送！送——我送她一拨浪鼓儿，来年生个大胖小子！”景琦把眼一瞪说：“我看你有神经病！”敬业撇着嘴说：“反正不是她有，就是我有。”景琦叹口气道：“你们哪，不知道当个女人有多难！她要不是真喜欢万筱菊，能这样吗？这就是情种，哎，情种！这是把她逼到绝路上了，她才做个样儿给你们看！”大家全听呆了。景琦感叹地说：“你们甭瞪眼，世上这种女人太少了，难得！”

白玉婷迁到了新居，一式的西式家具，景琦和玉婷坐在一张英式的软皮沙发上。景琦说：“我想过了，一个客人也别请，请他们来干什么？还不是来瞧稀罕儿！有几个真知道你这份儿情意的？犯不着叫他们来捡乐子！你要让我主婚，咱们就这么办！”玉婷默默地流下了泪，说道：“七哥！你是真疼我知我，我谢谢你！”景琦说：“我请了班吹鼓手，就是他们戏班儿的文武场。客人嘛，也有，也是戏班儿里的朋友。”玉婷担心地说：“他们不笑话我吗？”景琦感慨万分地说：“齐福田他们一听说这事儿，都佩服得不得了，说难得世上还有这么痴情的人，给我们戏子增了光！”玉婷感到无比欣慰地抬起了头，脸上有了神采。景琦递过合好“八字”的帖子说：“‘八字儿’我也合过了，吉日选定九月初九，妹子，我全给你操办好了。”

白玉婷嫁万筱菊照片的婚礼如期举行了，齐福田、陈月升等人作为迎亲的人来到新宅门口，花轿进了大门，全套执事齐备。上房院廊子四周站满了人，九红、槐花、幼琼和所有的女眷，连冯六、厨子、老妈子、丫头都在呆呆地望着这场面。

花轿停在大门口，玉婷披着盖头上了花轿，八抬大轿向街口走去，鼓乐喧天。坐在轿里的玉婷，听到鼓乐声中有她再熟悉不过的京戏《虹霓关》曲牌，感动得流下了泪。齐福田等迎亲的人拥着花轿缓缓而行，街道两边已是人山人海。

这桩亘古未有的婚事，大小报纸全都上了新闻，整个京城轰动了。

景琦站在门口看着，身旁站着苦菊，怀里抱着披着红绸子绣球的万筱菊大照片，几位女客站在一边。见齐福田等人拥着花轿缓缓而来，景琦等人迎上前。花轿停在门口落轿，在“四击头”的锣鼓声中，玉婷下了轿。戏班子接着奏起了《大开门》，苦菊抱着万筱菊的照片前引，玉婷在伴娘搀扶下徐徐进了大门。街道已被围观的人堵死了。

正式地拜堂成亲了，玉婷与苦菊抱的照片拜天地后，她俩同拜景琦，然后又互拜，景琦百感交集，心绪复杂地望着。齐福田、陈月升等人不住地擦眼泪……

入洞房。大红喜字下，高燃着大红蜡烛，万筱菊的戏装照和玉婷的照片并排挂在墙上。玉婷坐在与万筱菊行婚礼的大照片旁边，苦菊为玉婷揭了盖头，悄悄退了出去。玉婷欣然四顾，满屋放的都是盛开的菊花。床帐子、被子、枕头上面全都绣的是菊花，一个花绷子上面绣着一朵盛开的菊花。玉婷伸手拿起收针，用牙咬断线，拆了绷子一抖，是一个绣满菊花的大红兜肚。玉婷赤着上身将兜肚挂好，转身照着镜子，在镜子里，怅惘地望着自己。玉婷站起身，望着万筱菊的照片，缓缓走近，噘起嘴唇向前探身，慢慢贴近照片。已经要碰到照片了，玉婷忽然张嘴咬住缠在照片上的绸子绣球，向后一扯，拿在右手中，又伸出左手拿起花枪，在堂屋中走起“枪架子”。她耍了一个枪花，接着来了一个亮相，那绣球在手中颤抖着……

这天百草厅刚开门营业，三十来岁的日本人田木青一，带着妻子美智子和十岁的女儿田玉兰，走进了白家老号。田木一家在堂中慢慢走着看着，田木不时向妻女讲着什么。一伙计注意地看着，见他们在买药人的身后不时停停走走地看，忙走过去，来到田木面前问："先生，您要买什么？"田木礼貌地鞠了一躬，说他是从日本国来的，专程来拜访白景琦先生。伙计忙去打了电话，田木又向妻、女指指点点地讲起来。不一会儿，伙计来了，请他们去新宅见面。

在小胡的引领下，田木一家来到客厅等候。周围静悄悄的，不一会儿，传来一阵脚步声，小胡陪着景琦走进客厅，田木一家忙站了起来。景琦打量着他们，发现田玉兰怀中抱着刀。田木说："您记得三十年前，也就是贵国庚子年，光绪二十六年，公元一九〇〇年，您在百草厅结识了一位日本朋友吗？"景琦已明白了，点了点头说："记得，当然记得！"田木说："我是他的儿子田木青一。"又转身介绍道，"我的妻子美智子，我的女儿，我给她起了一个中国名字，叫田玉兰！"景琦惊奇地说："田玉兰？好，好！"玉兰忙走上前，双手将宝刀递给景琦。景琦接过宝刀一下子拔出半截儿看了看，但见刀鞘崭新，刀刃明亮。景琦感叹着说："三十年了！"他将刀入鞘，兴奋地说："稀客！贵客！怠慢了，请到上房院，请！"景琦先行领路，田木等跟了出来。

敬业从东里间拿着日本军刀走出交给田木，田木接过刀也拔出半截儿看了看，宝刀如初。田木将刀入鞘，说道："中国有句俗话，'不打不成交'。我称呼您伯父，敬业就是大哥了，我父亲一直非常想念您。"

景琦点点头说："我们两个发过誓，中国、日本国永远不再开战，做朋友！他为什么不来呢？"田木低下头说："已经故去五年了。"景琦叹息道："太可惜了。他答应我到日本去，帮我在日本开个百草厅。"田木忙说："这个遗愿由我来完成吧，我是学西医的，我父亲却一直在研究中医，还逼着我们一家学中国话，他还会唱中国戏！"景琦笑了："那是我教他的，'看那面黑洞洞'吧？"田木也笑了："对，对！没事儿就唱，可就会这一句。他要我学中医，临死前叫我务必来中国找您，向您学中医，我就带着全家来了。”

景琦问：“你这次来有什么打算？”

田木说：“我要开一个医院，研究中西医结合治病的方法。”

景琦摇了摇头说：“中西医虽说都治病，可治法相反，西医治标，中医治本，怎么可以结合呢？”

田木说：“结合起来，不是又治标又治本了吗？”

九红正和美智子在西偏厅聊天，九红怀中搂着四岁的外孙女，已经取了名字叫何祺。九红将何祺轻轻推向玉兰，叫她去跟姐姐玩儿。玉兰拉着何祺出去了。

美智子问：“这是你的孙女儿？”

“外孙女！”

“她的爸爸妈妈在吗，见一见好吗？”

九红尴尬地说：“啊——全都不在。”

美智子说：“啊，那以后见吧！”

九红说：“她爸爸北伐的时候死在军中了。”

美智子满怀歉意地说：“噢，对不起！”

九红没有提佳莉的事，佳莉无法忍受失去女儿的痛苦，一个人跑到济南找表姑玉芬去了，并且进了教会举办的一家护校学了西医。

田木本是有打算的，他期待地望着景琦说：“我这次把资金已经带来了，我希望能够在百草厅入股。”景琦一愣，没有搭话，忙掩饰地向烟袋锅里装烟。敬业在一旁察言观色地看着他们，田木看出了景琦的犹豫，说道：“将来可以把分号开到日本和东南亚一带。”敬业兴奋地不住说好，来个遍地开花！

景琦不悦地制止了敬业，说道：“这事儿恐怕不行，百草厅是我们三个房头儿的公产，我一个人儿说了不算！”景琦委婉地表了态。

田木更进了一步说：“大家可以一起商量嘛！有大的资本投入才可以

大发展，赚大钱！”敬业跃跃欲试，想说什么，又没敢说。景琦只好直说了：“白家祖传的规矩，也不许有外股。”田木胸有成竹地说：“可光绪十一年以后，白家也只是占了一半的股份。”

景琦十分惊讶地望着田木，说道：“你真是了如指掌啊！可那是迫不得已，光绪十七年又全部收回，也是遵从祖训！”

田木不死心地说：“难道就没有别的办法通融一下吗？”

景琦肯定地说：“恐怕没有！”

田木又绕了个弯儿：“伯父不妨谈一谈条件。”

景琦态度坚决地说：“这个事情不必再谈了吧！”

敬业已经按捺不住，说道：“老弟，你可以在别的分号入股嘛！”

田木十分感兴趣地问：“什么分号？”

景琦惊讶地皱起眉头瞪着敬业，敬业似乎毫无察觉地说分号都是各房头儿自己开的，不归公中管。田木立即感兴趣了，问各房都有吗。

“有！我在珠市口就开了一个‘中草堂’，也是白家老号呀！”

“这个‘中草堂’是大哥自己做主了？”

“那当然！”

“能不能到贵号去看看？”

“可以，可以！”

景琦忙阻拦道：“不必这么忙着去吧，这事儿以后再说。”

敬业固执地说：“先去看看怕什么的！”

景琦当着客人不好发作，只好压着火儿说：“已经吩咐厨房准备晚饭了。”

田木已站起身，有些迫不及待说：“不打扰了，我们先去看看！”

敬业态度积极地说：“走走，说走就走！”

景琦申斥敬业，说道：“敬业，懂不懂礼貌！先留客人吃饭，有事儿明儿再说。”

敬业振振有词地说：“礼数错不了，看完了我请他在外边儿吃！”

景琦泄气地坐回椅子上。只见美智子也站了起来，九红道："你们去你们的，我们这儿聊，我留她们吃饭了。"景琦无奈地望着田木和敬业出门远去，占元和田玉兰、何祺在院中追着，跑着，叫着。

又到了拉闸巡夜的时候，黄立拉着狼狗和景琦巡视着宅院，景琦吆喝着："各屋点灯——小心火烛！"敬业从三厅走出，一见景琦，忙又往回走，景琦立即把他叫住了，问他跟那日本人怎么说的。

"他要入股。"

"你知道这个人的来路底细吗？"

"他不是您朋友的儿子吗？"

"三十年了。知道他是来干什么的？日本人在关外闹得厉害，你知道不知道？"

"知道。"

"跟日本人打交道，你得留个心眼儿。"

"是！"

景琦极其严厉地说："别的还好说，咱们祖传的秘方儿，你要是泄露给他一张，我扒了你的皮！滚！"

真让景琦说着了。就在田木来访的第二年深秋，在关外闹腾的日本关东军终于发动了震惊中外的九一八事变。噩耗传到北京。大风呼号，尘土飞扬，落叶满街飞滚着；报童喊着："号外号外，小日本儿占了沈阳城。"

顿时，人心惶惶。白宅尤其是百草厅管事的人们，更是忧心如焚，担心到关外办药材的许先生、涂二爷的安全。过了两天，二位先生居然回来了。景琦马上传话，全体在百草厅公事房上会。公事房里，各房头管事的全都来了，赵五爷、大头儿等坐满了一屋子，无不紧张注视着刚回来的许先生和涂二爷。

许先生依旧胆战心惊，感叹说："九死一生……九死一生！一路上全有日本兵把着，不是哨所，就是岗楼。查得最紧的就是药，怕的是给抗日联军弄的药，查出来就活埋。我亲眼看见的，活活儿地埋了三个药材老客……唉，那都是正经的买卖人哪！”景怡关切地问：“往关里运药也不行？”许先生说：“他才不管你往哪儿运呢！就算到了山海关，也运不进来！”景怡作难了，说道：“总不能眼看着十几万银子的药材毁到关外吧！”敬生说：“许爷、涂爷二位都运不进来，我们就更不行了！”敬业说：“谁敢跟日本人碰啊！好家伙，活埋！”景琦不高兴了，说道：“总得去个人，想法子把药材弄回来呀！”涂二爷实话实说：“我不是推辞，再去一趟也行，可本家儿必得去一个人，不管出什么事儿，也好有个担待！”景琦扫视了一圈，点点头说：“那是当然。怎么着，这趟差哪位去？”

没一个人说话，有吐痰的、咳嗽的、看报的……景琦有些生气，说道：“哼！我早说过，都是窝儿里横，自家人打自家人跟上了弦儿似的，一对外全成了尿蛋包！敬业，你去！”敬业吓得站了起来，叫道：“哎哟！爸爸，我这条腿甭说出远门儿，从东屋走到西屋都费劲！”景琦怒斥道：“你想去我还不放心呢！”敬业赶紧顺杆爬，说道：“那正合适！”敬生推托道：“七叔，我是真想去，可您知道，我那铺子开张没多少日子，离不开呀！”敬谊说：“你离不开，谁那铺子不是刚开张！”敬生说：“那你去呀！”敬谊冷笑着说：“碰上这事儿叫我去了，好事儿怎么不想着我啊！”景泗很看不惯地说：“说什么哪，啊？难道叫我去吗？我这警察厅是公差，我一步也离不开！”

大家都不说话了，涂二爷、许先生相视了一下，暗暗摇头。景怡实在看不下去了，大声道：“我去！”景琦忙拦住说：“行了，大哥！柜上这摊儿离得开你吗？还是我去吧，这条路我也熟。”小爷们忽然热情地阻拦说：“不行，不行！您这岁数了！”“不就十几万银子吗，不能要钱不要命啊！”“还是我们哥儿几个去吧，哪儿能劳驾您哪！”“您一定要去，可得多带上几个人！”……

景琦实在听不下去了，愤怒地大喝一声：“你们这帮小王八蛋，都给我滚出去！”几个人一下子全愣住了，不知如何是好。景琦突然挥舞着长烟袋向他们几个人抡去，骂道：“滚！快滚！”敬业先一瘸一拐地跑了，敬生、敬堂、敬谊也都跟着跑了出去。景怡说：“老七，你不能去，家里一大摊子，你一走家中无主啊！”景琦反问道：“那怎么着？你们还有什么更好的法子？”一直沉默的景双喃喃地说：“老七，我是个大窝囊废，办不了外交，碰上日本人我更得猴儿拉稀！”景琦忙解释说：“二哥，我刚才的话可不是冲着您！就这么定了，我去！死到外头别忘了给我收尸！”

听说七老爷要去闯关东，这怎么行？九红心里打起了主意，问道：“你要出关去东北？”景琦说：“我不去谁去！怎么生了这么一帮东西，没一个成器的！”九红十分坚决地说：“你不能去！”

红花打来洗脚水，九红伺候着景琦脱鞋脱袜，景琦洗着脚说：“我不去？说得轻巧！你去！”“我去！”九红十分认真。景琦以为她在说笑：“行了，我够烦了，你还在这儿打哈哈儿！”九红郑重其事地说：“这种要紧的时候，我跟你打什么哈哈儿！你想想，现在家里这个样儿，跟军阀混战差不多，各自都要占山为王。有你在家还能镇唬得住，你一走非乱了套不可！”

景琦无奈地说：“那也只能等回来再说。”九红仍苦劝道：“你都过五十了，自打重病那一场，哩哩啦啦小病就没断，你吃不了这个苦了。”景琦说：“吃不了也得吃，十几万银子事小，药材接济不上，生意还做不做？”九红担心地说：“其实最叫人不放心的是你那脾气！出了关就是日本人的天下，万一你遇上日本人找麻烦，十有八九，你就回不来了。”

景琦确实对九红的预判心服口服，低头不语了。

“所以，我去！”九红再次说道。

景琦不耐烦地说：“就算我不适合，也轮不着你！”

九红平静地说：“一是家里有我没我无所谓；二是我比你们家那些爷心都细，保准儿不会出错儿；三是我这一年多跟美智子学了不少日本话，见了日本人我对付得了！”

景琦这才抬头仔细看九红，说道：“你这是说真事儿呢？”

九红特别认真地说：“我想了一天了，你也不用再为难，就我去吧！”

景琦泄气地说：“话是这么说，真要叫你去，我们白家这些爷们儿脸往哪儿搁？算了，睡觉！”景琦擦了脚往床里坐。

九红忙推挡着说：“去，去！过东屋睡去，我今儿不留你，还好多事儿要办呢！”景琦下地穿鞋，问道：“该睡觉了，你还有什么事儿？”九红说：“你甭管！哎呀，快走吧！”景琦奇怪地望着九红，猜不透她要做什么，只好去了东里间。

景琦抱着槐花躺在床上，槐花听罢景琦对九红要出关的感慨，醋意地说：“胡闹！一个女人家出去抛头露面，像什么话！”

景琦却没当回事，说道：“说说而已，你还当真了！”

“不过你不能去，这倒是实话。”

“只能我去，也不过个把月的时候，我就是不放心家里。”

槐花撒娇地说：“你还是别去吧！我不愿一个人儿留家里，要不，你带我一块儿去吧！”

景琦不想再说：“算了吧，别再给我添累赘了！”说着，景琦翻身压在了槐花身上。

东里间门外，正在睡觉的香秀被男人放肆的吼声一下子惊醒了，忙坐起来睡意蒙眬地茫然四顾，只听里面传出景琦杀人一样的号叫。香秀回过身嗔怪地笑着，皱起眉头自言自语地说：“老是弄得那么大声儿！”她突然躺回卧榻，一拉被子蒙住头，里屋又传出喘息声，香秀在被子里咯咯地笑着。

清晨，整个宅院醒过来了。香秀开门接过老妈子递过的水壶又进了屋，莲心端水而过。东里间门口外，红花走来，在门外叫：“七老爷，姨奶奶请您过去一趟！”

景琦很快走出来，说道：“小点儿声，小姨奶奶还睡着哪！一大早儿叫我干什么？”

红花笑着说：“您去了就知道了！”

景琦和红花走向西里间，红花打起帘子，景琦走进屋一下子愣住了，惊讶地望着屋里。出现在面前的竟是脸朝里的一个男人，头戴皮帽子，穿着马裤、马靴。

景琦正不知所措，那男人转过身，竟是九红装扮的。九红不无得意地说：“吓了你一跳吧，以为我招了野男人进屋了吧？”

景琦上下打量着九红，慢慢走上前问：“这是要干什么？”

九红把手一挥，豪迈地说：“女扮男装闯关东！”

景琦点着头说：“还真是个英俊小生！”

九红突然用日语说道：“我们这批药材是北平百草厅采购的，每年都要办一次，请你们放行吧！”

景琦看傻了，也听傻了。

九红说：“怎么样，这回可以放心叫我去了吧！”

景琦从心底里真服了，说道：“你是巾帼不让须眉呀！你一定要去就去吧，喳喳喳！羞煞我们家的老爷们儿！”

“哈哈！爷爷，你投降了！”九红高兴地摘下皮帽，扣在景琦头上，露出了一头长长的散着的黑发。

景琦不无担心地说：“一路上千万得小心，万一出了事儿……”

九红捂住景琦的嘴：“不许给我念丧！可有一样你得答应我！”

“说吧，我有什么不能答应的？”

“我得带槐花去！”

景琦惊讶地问：“为什么？”

“遇见点儿什么事儿，好有个商量的人！”

景琦讪笑着：“她懂什么？”

九红坚持着说：“总比丫头强！”

“涂二爷他们都去，你跟他们商量嘛！”

"也得有个女人，两人相互照应着点儿！"

景琦摆着手说："哎，不行，不行，太危险了！"

九红用手指戳着景琦的脑门儿说："说话不算数！刚才怎么说的？刚才怎么说的？她危险，我就不危险？别太偏心了，才一个多月就熬不住了？"

景琦没有更多想，让步了，说道："什么话！你真要用得着，就带她去！我怕她帮不了你的忙，倒给你添累赘！"

九红说："当然用得着！"

景琦终于答应了："这有什么，你说怎么着就怎么着吧！"

第三十七章

杨九红要闯关东办药，这一消息震惊了宅门里的男女老少。出什么事了？说出去既骇人听闻，又丢人现眼，白家那么些老爷们儿都干什么去了？白老七居然真想得出也做得来，叫自己的老婆去关外日本人脚底下搬运药材。可谁也不愿出面阻拦，因为没那份儿豪气和血性。您说丢人，九红不去了，您去？白家谁敢接这个茬儿啊！全族人都来了，田木一家人也都来了，景琦宣布了这件事，问问大伙儿有什么意见。办药毕竟是家族中的一件大事，没什么意见，今儿这顿饭就算为杨九红送行了。

半天没一个人说话，都低着个脑袋躲着景琦的目光。景琦望着大家说，要是都不说话，可就这么定了，此行烦劳黄立保驾！黄立口气坚决地说放心，怎么走的怎么送回来。出了差错，找他算账。景琦说他那儿有一支左轮、一支勃朗宁，把两支枪都带上。黄立挥了挥拳头说，放心，碰上日本鬼子，赤手空拳也能对付十个八个。田木坐不住了，说不要这样吧，怎么把日本人看得像洪水猛兽一样。景琦不悦地问田木，看没看见这些日子东三省有多少人逃进了关里。田木辩解说，日本人占了东三省并没有什么恶意。此话一出，桌上没人吃饭了，全都紧张地看着景琦。景琦克制着愤怒的情绪，说涂二爷亲眼看见日本兵活埋中国人。田木仍狡辩，那不过是暂时维持一下治安，再说这事儿是由中国挑衅才引起的。

“中国人没到你们日本去挑衅吧，你们日本兵跑中国干什么来了？我们中国的治安自己不会维持，要你们颠儿颠儿地跑来给中国人站岗？”景琦越说越激动。

田木振振有词地说：“友善邻邦嘛，不过为了通商共荣！”

景琦大怒，吼叫着说：“友善个屁，侵略！就是他妈的侵略！”

桌上的气氛一下子僵住了，死一样地沉寂。景怡咳了一声，轻轻道：“有话好好说，喊什么？”景琦早憋了一肚子的火，他再也无法抑制心中的愤怒，一下子将桌上的一大盆汤掀翻了，喊声更大：“就他妈喊了，怎么着！”

汤水四溢，人们忙往后躲，丫头们忙抢上前，连挪带擦收拾着桌面。田木两眼盯着桌面一动未动，任汤水流在他的身上。丫头忙过来边擦边说：“留神烫着！”田木一动不动地看着景琦说：“七老爷的爱国之心，我很理解，我也很钦佩！我的父亲和我讲过，当年在百草厅你们动过刀，而且，我爸爸打输了。他不但不生气，还对七老爷充满了敬仰之意，这才做了朋友！”

敬业忙调和说：“对，对！大家都是朋友嘛！”

景琦厉声训斥道：“闭上你那臭嘴！”敬业忙低下头不说话了。

田木终于缓和了语气，说道：“说实话，对东三省发生的事，我也不太清楚，我并不觉得光彩。可我，还有您七老爷，我们都无能为力……这次姨奶奶去东北，我愿助一臂之力，我可以写几封信，说明这是正常通商。请姨奶奶带在身边，万一遇到麻烦，会起到作用的！”景琦没有说话，将面前的酒一口喝干了。九红感到了气氛的缓和，便道：“那太好了，这也正是我今天请你来的意思。你吃完饭就得写，我明儿一早儿就上路了。”

谁也不是傻子，这趟差事分明就是踩在生死线上，杨九红一个女流之辈不怕死吗？她自有她的打算，她当然也怕死，可她也不想就这样活着。二老太太死了以后，她在家族中的地位并没有任何改变，没错儿，上上下下的人都对她客客气气、笑容满面的。她知道，大伙儿都在做表面文章，宅子里不管大小事，她说话都不算数，她的身份地位写在每个人的脸上。“不许戴孝”这个阴影始终阴魂不散地罩在她的头上，那是一种刻骨铭心的侮辱和不屑！

黄春也死了，七太太的位子空着，可七老爷从未提过一句将她扶正的话，她更是一句也不敢提。她抢走了佳莉的女儿，本想以此逼迫女儿回心转意，没想到离得更远了，还在宅子里留下了一个恶名声。这一切压得杨九红喘不过气来，她想证明自己是个女人，是和别人一样的立得住的女人，她有能力做任何事，她有能力撑起这个家。她始终在寻找机会，机会来了，她宁可冒着生命危险拼死一搏。她有能力、有智慧、有魄力、有胆量，就是粉身碎骨也比这样活着强。她必须带槐花走，自己出生入死，不能留下她捡这个大便宜，七老爷身边不许别的女人占先。没人关心杨九红在想什么、怎么想，既然有人愿出头，乐得个顺水推舟，至于七老爷，心中自然是有数的。

杨九红咽下了一切怨恨，坐上了北去的列车。九红躺在卧铺上，睁着两眼没有睡。槐花躺在对面的卧铺上，也睁着两眼没有睡。九红侧过身说：“槐花，把肩膀儿上的毯子给我掖掖！”槐花斜了九红一眼没有动。九红见没动静，语气中带了训斥：“你听见没有！”槐花没好气地说：“你自己不会掖？”九红蛮横地说：“我就叫你掖！告诉你，这回出来，你就得听我使唤，这是七老爷吩咐过的！”槐花忍气吞声起身走过去，没好气儿地给九红掖了两下。九红怒道：“你使这么大的劲儿干什么？”槐花抽手要走，被九红一把抓住手腕，逼问：“你不乐意，是吗？”槐花挣了一下没挣动。九红接着说道：“告诉你，出门儿在外，可没人护着你了！”

“你想怎么样？”

“不想怎么样，你得好好儿听话！”

“哼，我知道你为什么非要带我出来！”

“为什么？”

槐花扭头看着别处说：“你心里明白！”

九红欠起了身，直截了当地说：“哎，就是这么回事儿！我出生入死闯关东，把你留在七老爷身边儿得宠，办不到！”九红得意地将槐花的手一甩，又躺下了。槐花走回自己的铺前坐下发愣，停了片刻，突然说道：“你心术不正！”

九红冷笑道：“这个大宅门儿里哪个是心术正的，你倒跟我说说！”

槐花特别不解地说：“你也是过来的人了，何苦来呢！”

九红一下子坐了起来，回道：“正因为是过来的人，才知道过来得有多不容易！有我在，你就甭想得宠，不就仗着年轻吗？把水给我端过来！”

槐花起身把水端过去，用力往小桌上一放，水洒了出来。九红扬手打了槐花一个嘴巴，槐花吃惊地捂住脸问：“干什么？”九红声色俱厉地怒斥：“你敢跟我吊猴儿！我就给你点儿厉害看看！”槐花充满了屈辱失神地坐在铺上。

下了火车，杨九红、黄立一行马不停蹄地赶到药材集散地，将药材高高地装满了四辆大车，绕着山路往东奔了山海关。太阳偏了西，北风呼号，只见一队长长的运货车马，行进在山路上。黄立勒住了马，车队从他前面走过。这是几辆拉木材的车，黄立问车老板前边儿是豹子山吧，车老板高声喊着说，没错儿，翻过山天也就黑了，正好在豹子屯儿打尖儿！

黄立问：“山路好走吗？”

“还行，有一段陡坡费点儿劲。你们拉的什么货？”

“药材！”

车老板吆喝道：“嗬！胆子不小，碰上日本兵可就麻烦了！”

黄立未搭话，纵马前去，赶上了九红乘坐的第一辆车。九红靠坐在高高的麻袋前，不时四下张望，一身男装打扮，十分英俊。黄立骑马与车并行，说道：“翻过豹子山，天黑了在豹子屯儿打尖儿。”九红说：“嗯！还挺顺当的啊，上了大路大概就有日本兵了。”

第四辆车上坐着涂二爷和槐花，槐花一身男装不伦不类。涂二爷把麻袋拉了拉，说道：“累了吧，你躺会儿。”槐花说：“不累，就是心里不踏实。怎么一个日本兵也没看见？”涂二爷说：“看不见好，看见就麻烦了！”赶车的说：“我们走这条道儿绕点儿远儿，可保险，日本人还没往这边来呢！”

突然后边传来急骤的马蹄声。众人一惊，忙回头，只见有四骑快马飞奔而来，转瞬间，超过了长长的车队，又突然勒马原地转了个圈儿，四个骑马的汉子回头向车队张望着。九红注意地望着，直到四匹快马掉头向山口奔去，消失在山路上。九红若有所思地望着空空的山口，回头看了一眼黄立，黄立急催马向前赶了几步，九红警惕地对凑到车边的黄立道：“黄爷，还往前走吗？”

“您的意思……”

“歇会儿再走吧！”

“明白了，停了！歇会儿！”黄立对车队吆喝着下了马，九红也跳下了车，二人向路边走去。黄立低声说：“您是不是看前边儿过的那帮人不对路呀？”九红也悄声地说：“你也看出来了？”黄立张望着四周说：“可这儿前不着村儿后不着店儿，怎么办呢？”九红说：“前边坡儿上有座庙，我上去看看。”

山坡缓缓地向上，沿小路全是荒草，林木稀疏，杨九红警惕地四下张望着，慢慢走上了坡顶，只见一座庙宇，不大，是“灵仁寺”。

杨九红敲了庙门，知客僧引领杨九红进了偏殿，拜见了住持慧能和尚，两人对坐在蒲团上，彼此都露出不信任的目光。慧能很客气地问道：“施主是从哪儿来？到什么地方去？怎么会走到这荒山里来了？”九红顺口说道：“我从沈阳来，去四平办点儿事。”

慧能一愣，注意地打量九红，问道：“就一个人走这么远的路？”

九红忙说：“没法子，今儿又错过了站，我想在这儿打扰一宿。”

慧能又一愣，怀疑地望着九红，又问：“就您一个人？”

九红说：“一个人！”

知客僧端着点燃的蜡烛和端茶的小和尚走进来。“我来！”慧能忙站起来接过茶，弯腰将茶碗放九红身边的小桌上，故意一抖，茶水溢出，洒在九红身上。慧能忙放下碗慌乱地给九红擦身上的水，九红忙站起来说没关系，没关系。慧能直起身回头叫知客僧和小和尚都出去，到门口把门关上，回头审视地看着九红。九红问，她能在这儿打扰一宿吗？慧能没有回答，突然喝问九红是干什么的。

九红忙说：“做生意的！”

慧能厉声道：“为什么带着枪？”

九红大吃一惊：“你怎么知道？我是带着呢，不过这枪……”九红将手伸进怀里想拿枪。

“别动！”慧能突然将右手一抖，手中突然拿出一支镖，飞镖在慧能手中闪着寒光，“不等你掏出枪，我的暗器就到了！”

九红吓得忙缩回两手摊开，解释道：“别误会，别误会！我这枪不过是为了防身的！”

慧能神情凶狠地问：“你到底是干什么的？”

九红紧张得声音发抖了：“做……做生意的！”

慧能走上前，逼问道：“从沈阳到四平，应该往西，你怎么走到这儿来了？”

“我是瞎说呢，我要出关去北平！”九红吓得直往后退。

“你就一个人，不骑马不坐车，怎么去北平？”

“还有几个伙计都在山下，我真是正经的生意人。”

“那为什么要女扮男装？！”

九红惊讶地问：“您……看出来了？”

慧能冷笑道："听声儿都听出来了！快说实话吧，要不然你就甭想下山了！"

"我是从关里来办药材的，日本人占了东三省，交通断了，北平柜上的药材已经接济不上了。"

"你们柜上的字号？"

"百草厅！"

慧能怀疑地望着九红，问道："百草厅，难道是白家老号吗？"

九红惊讶道："您也知道？"

慧能更加怀疑了："中国人有几个不知道百草厅的，百草厅派个女人出来办药材？"

九红急切地解释道："家里老的老、小的小，实在没办法了，才出了这个下策。路上又乱，扮个男装，方便点儿！"

慧能的口气缓和多了："你干吗要住到我庙里？"

"到了豹子山口，有几匹快马先进了山，我看不像是好人，没敢往前走。上山来，是求助来了，不信，您可以到山下去问。"

"你的胆子可真不小，寺庙里就都是好人吗？"

"神佛总是保佑好人的吧！"

慧能惊奇地望着面前的女人，感觉她不简单。从门外传来小和尚声音："师父！"慧能忙转身向外走去，九红依然忐忑不安地望着门外。只见小和尚向慧能说着什么，慧能点着头，小和尚去了。慧能笑着走进来说，派人下山问过了，恕他失礼了。二人坐到蒲团上，九红大大松了口气说，住持可是把她吓着了。

慧能充满歉意地说："没法子，这个乱世人心不古。前些日子来过一回日本鬼子，还有不少汉奸，愣把一个小和尚抓走了说是通共，不能不小心啊！"九红问："土匪也不少吧？"慧能说："你说是土匪？没吃没喝怎么办，可不就抢吗？！"门外小和尚叫道："师父，斋饭预备好了。"

黄立、槐花他们只能在荒野中过夜了，黄立拿着枪来回巡视着，大家心里都不安，不知杨九红去庙里是吉是凶，真要出了事儿，回去怎么向七老爷交代！远处隐隐约约传来狼的嚎叫声，更让人觉得瘆得慌。拿出冰凉梆硬的干粮，咬一口就不想吃了，睡觉！赶车的人都捂着大皮袄躺下了，涂二爷他们哪还睡得着啊？四辆大车孤零零地停在路旁，真是没了一点儿抓挠。

忽然见山坡上下来了两个人，大家都紧张了，等走近了一看，居然是两个小和尚，抬着一大盆热热乎乎的高粱米粥。大家像见了真佛一样，七嘴八舌地问这问那，知道杨九红平安无事，都高高兴兴地大嚷大叫起来。这时候，一碗热乎乎的高粱米粥真胜似燕窝鱼翅啊，真没想到，高粱米粥会这么好喝。黄立叫大家能睡的都眯一会儿，只等天亮启程。

灵仁寺的偏殿内，九红与慧能对坐，侃侃而谈。二人无所不谈，非常投缘，一夜间，九红精神饱满，直聊到黎明。天亮了，知客僧打开了庙门，慧能送九红出了偏殿，从身旁刀枪架上拔下一面三角黄龙旗递给九红说，把这个插在车上，保他们一路平安，碰上日本鬼子它没用，不过沿途那些土匪都认识这个旗儿。九红深施一礼，谢谢了，谢谢了！

黄龙旗插在第一辆大车上。四辆大车启动了，黄立上了马，九红坐在第一辆车上，毫无倦意。车队在空寂的山中行进着，忽然前面传来马蹄声和哭叫声。九红一惊，连忙大叫："停了，停了！"车把式赶紧勒马停车，从山口狼狈地冲出几辆马车和几匹马，黄立在马上惊讶地看着，忙掏出了手枪。九红也一惊，把手伸向了怀里。七零八落的车马队冲了过来，正是昨夜进山的几辆拉木材的车和马驮子队，车老板哭咧咧地说，遇见土匪了，抢了货，还杀了他们三个人！

九红和车上的人都跳了下来，惊恐地望着车马队匆匆驶过，车上三具尸首都盖着被子，被边、车板上到处是血迹，一个小伙子坐在车上呜呜地哭着。

涂二爷直后怕，说乖乖的，亏了昨天没进山。槐花由衷地佩服了，说九红真是个有心计的人！

九红大叫：“走吧！天黑前咱们一定得赶到窦家店，后天就能上火车了！”四辆车又启动了。

虽然一路提心吊胆，但那面三角黄龙旗真起了大用，路上没遇见劫匪。杨九红一行终于上了去山海关的火车，药材全部妥妥地办了托运。九红和槐花仍躺在各自的卧铺上，各自想着心事。

九红突然说：“槐花，我这左膀子着了风，酸疼酸疼的，过来给我捏捏！”槐花翻身向里没有理睬。九红又说道：“听见没有？”

槐花厌恶地说：“你折腾我一宿了，叫我睡会儿觉行不行？”九红猛地坐起：“哟，谁折腾你了，你把话说明白喽！”

“我现在不说！”

“等回了家见了七老爷再说，是不是？”

“你猜对了！”

“你以为七老爷会听你的，做你的春梦吧！只要我把这趟差事办下来，你看以后这宅门儿里谁说的话算数！”

“那你也不能一手遮天！”

“走着瞧……有你的好日子过！”

槐花愤愤地说：“走着瞧就走着瞧！”

九红大怒，站了起来命令道：“起来！你敢这么躺着跟我说话，还背着脸儿！”

槐花不理，一动不动，九红冲过去猛拉槐花的毯子和胳膊。槐花一下翻身坐起推开九红，叫嚷道：“你干什么？！”

九红蛮不讲理地说：“你敢打我？”

槐花也瞪起了眼说：“谁打你了！”

九红上手打槐花，槐花忍无可忍，与九红撕扯在一起。九红大喊：“反了天了你！”槐花也大叫：“你这么欺负人就不行！”

两人又叫又打着，包厢的门一下子拉开了，黄立走了进来说：“干什么，干什么！住手，都住手！”二人全都松了手，气喘吁吁地望着黄立。

九红叫道："你给我教训这个贱货，她敢打我！"槐花忍住泪一言不发。黄立看了看九红，劝道："行了，姨奶奶！这一路上我都看见了，消停点儿行不行？"九红愣了，问道："你说谁呢？"黄立不客气地说："说你！"九红已完全失控了，骂道："你算老几？一个看家护院的！""我是你舅爷爷！走，小姨奶奶，上我们那边儿去！"黄立拉着槐花走了出去。九红走到门前猛地撞上了门，用力插上。她慢慢回过头靠在门上，两眼无神，疲惫地望着窗外。

没承想火车到了山海关出事了，日本兵把九红、槐花、黄立、涂二爷关到了关押室，几个人垂头丧气地坐在长凳上。黄立点上烟，回头看了一眼持枪在门口站岗的日本兵，槐花长长地叹了一口气。涂二爷无奈地抬头看了看三人道："这都一天一夜了，到底怎么着？"九红面无表情呆呆地坐着，也是一言不发。涂二爷满面愁容地说："三拜九叩就剩这一哆嗦了，到了山海关愣过不去了！"一个日本兵推门走了进来，冲着九红一指，做了个叫她出去的手势。九红忙站起身，镇定自若地跟日本兵走了出去，黄立忙上前跟着走，日本兵一把将他拦住。黄立只好站住了，回头对涂二爷和槐花说："不会出什么事儿吧？"

九红被带到了河野大佐的办公室，河野在桌前来回走着，九红坐在桌子对面，紧张地看着他。河野到桌前看了看桌上的信，抬起头问："你和田木青一先生是什么关系？"

九红流利地说着日语："朋友，田木一家和我们白家有三代人的交情，那是始于一九〇〇年了。"

"田木先生在你们白家老号有股份吧？"

"田木先生和我的长子合股经营着'中草堂'，也是白家老号。"

"你们为什么买这么多的药材？"

"这也只是一部分，每年我们要采购二三十万元的药材！"

"药材在关外是禁运的。你知道，有些中国人对我们很不友好！"

"我们采购药材只是为了做生意，这田木先生最清楚！"

“嗯，你说的都是实话，我们已经调查清楚了。很对不起，耽误了你们的时间，你们可以进关了。”

九红如释重负地站了起来，说：“谢谢了！”

河野点点头说：“问田木先生好！”

九红起身向外走时，河野叫道：“等一等！”

九红惊讶地回过头，河野笑了，夸道：“你的日语说得很好！”

终于又坐上了进关的火车，包厢内只有九红一人，她已经换好了女装，正对着镜子化妆。九红凝视着镜中的自己，愁绪万千，她发现了自己脸上的皱纹，摇了摇头，一下子把小镜子扣在桌上，出神地望着窗外。

京城自打民国以后特别流行一种去暑的日本药“仁丹”，销路极好，到处都是“仁丹”的广告，整面墙上画着一个留着八字胡的日本人，后来中国人干脆就管它叫“仁丹胡”。这种装成小袋儿的圆颗粒的药，携带方便，吃起来也方便，清凉解暑，止眩晕恶心、晕车晕船，市场上连中药店都代卖“仁丹”。多少年了，景琦心里头甭提有多别扭了，这种去暑的丸散膏丹是咱们拿手的活儿，愣叫小日本儿比下去了，这叫什么事儿啊！景琦决心研制个秘方，誓要比“仁丹”药力好效果佳。自打九红一走，景琦搬来了大批的药典医书，没日没夜地用上功了。

香秀整宿整宿地伺候景琦喝茶、宵夜、换蜡烛，景琦用上功简直就一拼命三郎，香秀经常要提醒他活动活动、歇一会儿。景琦则叫香秀学认字，好在香秀跟着二老太太的时候就学了不少字，景琦一钻进书堆就把什么都忘了，香秀正好乘机在一旁练起毛笔字来。刚刚换完一根蜡烛，香秀轻轻走回案头，拿起毛笔练字。景琦聚精会神地在看书，不时地圈点，加上纸条，拿书时，见香秀极认真地写着小楷，不禁注视出神。香秀歪着头看字帖，发现景琦在看她，瞭了他一眼，又低头写起来。景琦凑上前看，香秀突然用手捂住字纸不叫他看。

“我看看你写的字有长进没有？”景琦道。香秀拿开手转过纸给景琦看，景琦歪过头说：“嗯，不一样了，不像蜘蛛爬的了！”

香秀得意地刚哼了一声，景琦话锋一转说像猫爪子挠的了！香秀嗔怪地说：“哎呀，你怎么这么坏！”

景琦指着香秀写的字点评道：“你看你这一撇儿，到这儿就行了，撇那么长干什么？你这腿儿都伸到别人被窝儿里去了。”

香秀笑了：“伸到你被窝儿里去了！”

“那太好了，我求之不得！”景琦走到香秀身后，把住了她的手，“我告诉你怎么写！”边说边把着香秀的手写了一个“永”字，接着说道：“看见没有？这就好看了！”“懂了，懂了！”香秀说着要自己写，但景琦仍把着香秀的手没放，脸与香秀贴得很近。香秀笑着一回头，几乎碰到他的脸，忙往后一躲，不好意思地用力推道：“去去去，看你的书去！别跟我捣乱！”

景琦松了手走回来说：“教你写字，我倒成了捣乱的了！”他又坐下看书。

香秀呆呆地看着景琦，他感觉到了，抬头问道：“你不好好写字，看着我干什么？”香秀撒娇地说：“我愿意！”景琦顺从地说：“好，好！看吧，看吧！”香秀出神地望着景琦……

这些日子，景琦真没闲着，辛辛苦苦研制新药，这又是一宿没睡。方斗中蜡烛油已经快积满了，香秀又接上一支新蜡。景琦写完字将笔搁在砚上，向后一靠疲倦地闭上了眼，香秀走到景琦身后，轻轻地给他捏肩膀，景琦仍闭着眼，轻轻晃动着。

清晨的光从窗户射进来。香秀说，歇着吧，天亮了。景琦睁开眼说睡觉，拿起笔却找不到笔帽，嗯，笔帽儿呢？香秀也到处看着找，说道：“掉地下了吧？”景琦忙看地下，香秀蹲下身去找，景琦说着：“没有啊，看看桌底下！”香秀钻到桌下，景琦故意不让开腿，香秀一把扶着景琦腿靠了上去，一条腿跪到地毯上钻进桌下，后背的衣服掀起裸露出了腰。景琦坏笑地看着，伸手扶到香秀裸露的腰上顺势往下摸。

香秀大叫：“干什么？不许瞎摸！”

景琦抽回了手，笑嘻嘻地说：“睁着眼怎么叫瞎摸，好一身雪白的肉！”

香秀忙抽回身，仍跪在地上，嗔怪道：“睁着眼更不许摸！”

景琦问：“你找什么呢？”

香秀仍低头找，嘴里问：“笔帽儿呢？”

景琦张开右手，露出夹着的笔帽，笑着问：“这是什么？”

香秀板起脸说：“你坏，再这样我可不理你了！”

景琦装出一副可怜相：“哎呀，你不理我，我可怎么活呀？”

“快点儿，天都亮了，快睡！”香秀说着将笔帽儿套上。

景琦转着脑袋说：“脖梗子发怡，再给我捏捏。”

“你又想干什么？”

“真的，帮帮忙！”香秀又走到景琦身旁给他捏脖梗，才捏了两下，景琦的手就又伸向香秀的后腰，刚一摸上去却被香秀一把抓住。香秀慢条斯理地将他的手拿上来，嗔怪地看着景琦：“你又不乖了，是不是？”

景琦念着京戏韵白：“重门叠户，你关闭得紧！”

窗外响起脚步声，香秀突然大叫：“莲心！”景琦忙抽回了手。莲心哎地应了一声儿，香秀走到门口掀起帘子说：“伺候七老爷洗脸。”

莲心端着盆走了进来。香秀走到窗前，用长钩杆子将窗帘拉上，屋里又只剩了蜡烛光。

景琦洗脸，莲心站在一旁问，吃点儿东西吗？景琦说不想吃。香秀铺好床和莲心从里间走出，轻轻带上门。

时光如白驹过隙，差不多一个月，景琦成功了。书案上摆着十几个细瓷碟儿，每个碟里都有颗粒、颜色、大小不同的小丹药。景琦又看了一遍方子，放到了桌上，正在写字的香秀抬起头问，完了？景琦长出了一口气说，完了！香秀忙站起拿过笔，在笔洗中涮笔。景琦指着眼前的一个小碟儿说，他试尝了几种，这个最好！

香秀说："前儿个郑老屁闹嗓子疼，话都不爱说了，吃了这药睡一宿就好了。"景琦说："这药不但清凉去暑，还能治好些个病！'仁丹'哪，歇着去吧！"香秀充满崇拜地说："我就知道你行！"景琦得意地说："我还有两下子吧？"

香秀由衷地夸赞，看七老爷怎么有两下子。景琦笑呵呵说，得给这药起个名儿。香秀想都没想，说就叫"气死仁丹"。景琦笑了，说这叫什么名儿啊，不雅。他拿起笔在纸上写道："正好七味君药，就用我这七老爷的'七'，用你香秀的'秀'字，就叫'七秀丹'。"香秀忙凑到景琦身旁看，纸上三个大字"七秀丹"，香秀高兴地说她也上药名儿了。

景琦笑着说："这药是咱俩制的嘛！""我懂什么呀？"香秀掩不住高兴地捶了景琦一把，景琦把香秀的手抓住，欲火中烧地望着她，香秀紧张而又深情地望着景琦。景琦伸出另一只手搂住了香秀的腰。"又不乖了，是不是？"香秀说着挣了两下没挣开，忙抬头叫："莲心，莲心！"景琦坏笑着说："甭叫！天还没亮呢，我昨儿晚上就把莲心打发出去了。"

香秀趁景琦不备，突然挣脱向床铺走去，景琦两眼发直地望着她。香秀边铺床边说："快睡吧，这一个多月把你熬坏了……还洗洗吗？""不洗了。"景琦脱罢衣服又伸手搂香秀，被香秀把手抓住，说道："听话！乖乖儿地睡吧，啊！"景琦反手抓住了香秀的手，赖嘻嘻地说："哪儿走，就这儿乖乖地睡吧！"景琦用力一拉将香秀按到床上……

费尽千辛万苦，终于到家了。药材安全运到京城，杨九红立了大功，景琦大摆酒宴庆祝，族中人都来了，满满坐了三桌，田木当然坐了上座。景琦举起酒杯感慨地说，女人冲锋陷阵，男人缩头缩脑，白家门儿是阴盛阳衰啊！干啦，为女人干啦！全桌的人都笑了。

田木说道："真没想到，姨奶奶真是胆识过人。当初我估计，这件事未必能办得成！"

九红满脸兴奋地说："还多亏了你那儿封信，要不然我过不了山海关！”

田木说：“山海关要过不难，难的是夜宿荒郊，深山拜佛，免了一场大灾难呀！”

景琦赞道：“这回营交令，应该论功行赏。可这功劳太大了，不知道该怎么赏了！”

九红突然话锋一转，说道：“我可没什么功，要说这头功，应该给槐花。”

槐花惊讶地抬起头，猜不透九红的意思。

九红十分委屈地说：“一路上我净惹槐花生气了，有一回还气得槐花打了我……”九红举起酒杯，“来，槐花！这盅酒我得敬你，这一路有什么地方得罪了，可千万别往心里去！”大家都愣了，紧张地望着九红，这是怎么回事？槐花低着头，嘴里缓缓地嚼着东西却咽不下去。

景琦有些摸不着头脑地望着她俩。九红不依不饶地说：“喝呀，槐花，我这儿举着酒盅呢！”黄立忍不住了，说道：“姨奶奶，饭桌上用不着说这些个吧？”九红阴阳怪气地说：“舅老爷说得对，槐花一路上多亏舅老爷照应。有时候，槐花都不愿意在我那包厢里睡，得到舅老爷的包厢里……”黄立急了：“姨奶奶，你把话说明白喽！”九红揶揄地说：“哟，哪句话不明白？”景琦不明所以地来回看着他们，黄立真急了：“我眼里可不揉沙子！这儿还有涂二爷呢！”说着站了起来。景琦瞪起了眼说：“这是干什么？”

涂二爷忙打圆场说：“别，别，大风大浪都过来了，能活着回来就不易！”大家都“是啊是啊”地应和着。涂二爷何等精明？看这形势不对，他可不愿蹚这浑水，举杯站起说：“我先谢谢七老爷赏饭！说句心里话，我办了这么多年药，数这趟最难、最险！这趟要没姨奶奶，我准崴泥！我甘拜下风！”大家忙举起酒杯，涂二爷一口喝干，大家也都喝干了，黄立和槐花却没有动。九红十分得意地说：“涂二爷太客气了，您要不去，我真没个主心骨儿。”“得，今儿刚到家，我得回去看看。大伙儿都别动，我先告退了，失礼，失礼！别动，别动！”涂二爷说着连忙告退，溜了！

桌上没人动，也没人挽留他，都默默地坐着，各怀心事地吃着。槐花仍低着头，黄立忍着一肚子火，两眼直直地望着桌面，敬业坏笑着自斟自饮。香秀给景琦斟酒，趴在景琦耳边嘀咕着什么。九红疑惑地瞟了香秀一眼。玉婷和孩子们在第二桌却热闹得很，吵吵嚷嚷，嘻嘻哈哈地笑着。

只见香秀仍在景琦耳边小声说话，他又不住点头，九红忍不住了，皱起眉头叫道：“香秀！”香秀扭头看九红“啊”了一声，九红命令香秀给她斟酒，香秀不情愿地走过来给九红倒酒。田木感到气氛不对，忙出来打圆场，说道：“我刚学会中国的划拳，谁敢跟我来？”敬业接过话茬儿：“来，咱俩来！”两个人大声地吆喝起来。

景琦给九红夹了一筷子菜，放在九红的盘中，亲热地和九红说着话。一旁的香秀见了，脸上露出一丝冷笑。

这顿饭整个儿吃了个乱七八糟，各怀心事，七老爷很不高兴，杨九红有些失算了。红花在铺床，九红在一旁换睡衣，问道：“你叫七老爷了吗？”

“叫了。”

“怎么还不过来？”

“说这就过来，叫您先睡！”

“我走这些日子，家里没什么事儿吧？”

“没什么大事儿！玉婷姑奶奶过继了占明，七老爷新制了一种药‘七秀丹’，卖得可好了，把仁丹都顶了……”

九红奇怪地问：“七秀丹？这叫什么名儿呀。”

红花有意强调地说：“秀嘛，香秀的秀！”

九红一下子警惕起来，问道：“怎么用了个她的名儿？”

红花吞吞吐吐地说：“反正……七老爷现在什么都听香秀的！”

九红的脸色一下子沉了下来，又问："七老爷这些日子怎么过的？"

红花含含糊糊地说："啊？……挺好的！"

九红心里不踏实了："去，再去叫，叫七老爷过来。"红花忙向门口走去，一掀帘子又停住了。

九红看着她催道："去呀！"

红花没动，呆呆地站在门口向外望。

"看什么呢？"九红忙起身向门口走去，与红花一起向外看。只见堂屋里景琦和香秀站在门口靠得极近，正低声嘀咕着什么。

九红慢慢走过去，目光中已充满敌意。只见香秀趴在景琦耳边说了句什么，景琦嘿嘿地笑了，九红站在百宝阁后面大叫一声："景琦！"

景琦、香秀都回过头来，九红问他怎么还不来。景琦嘴上说，这就来。脚却没动，又回头与香秀说上了。外边仆人叫道："七老爷，该拉闸了！"景琦回应着走了出去。

九红的脸色越来越难看，她想了想，急步回了西里间。红花已点起了蜡烛，九红像审犯人似的盯着红花问："说呀，怕什么？"

红花为难地说："哎呀，没法儿说！"

九红感到不妙了："跟我说怕什么的，七老爷跟香秀到底怎么了？"

红花难以启齿地说："他们……他们早就那样儿了！"

"哪样儿了？"九红声音中已充满了惶恐。

红花急得直跺脚说："哎呀，就是那样儿了嘛！"

九红当然明白了，可仍不死心，接茬追问："你看见了？"

红花不情愿地说："您还不知道七老爷那毛病？他一那样儿就连喊带叫，跟杀人似的，天天夜里都听见他喊！"

九红气急败坏地说："你是傻子是怎么的，把你留在家里干什么？你怎么不看着点儿？"

"我怎么看着，我能进他屋里去不叫他……哎呀，真是的！"

红花羞得忙低下了头，九红跌坐在椅子上，两眼发直地盯着蜡烛，蜡烛的火苗跳动着。电灯突然灭了，屋里只剩了烛光。九红呆呆地喃喃自语：“哼！螳螂捕蝉，黄雀在后！”

红花说：“香秀比槐花可厉害多了。”

“这倒好，狼没轰出去，又进来一只虎。”九红失神地望着烛台，蜡烛流下了蜡油，她却无泪可流。外面传来景琦的喊声：“拉了闸了，小心火烛——”九红呆坐着，红花不知所措地站在一旁。

“拉了闸了，小心火烛——”外屋传来了开门声和走路声，景琦一撩门帘儿走了进来，问道：“还没睡？”红花连忙走了。九红打起精神起身迎上去说：“不是等你吗？！”

景琦说：“这一个多月你够累的，还不早点儿睡！”

“嗨，我累什么？我看这一个多月，你可是比我累！”九红说着帮景琦脱衣服。

“我……我累什么？”景琦随口答应着。

九红拿着景琦的衣服搭到床头，话中有话地说：“一个月就制了七秀丹，一宿一宿地熬夜也没个贴心的人儿伺候你。”

景琦听出了弦外之音，故意说：“有，怎么没有？疼我的人多着呢！”

九红突然转回头，两眼盯着景琦，充满哀怨和疑惑：“你还想我吗？啊？”

景琦尴尬了，装着漫不经心地说：“说实话，这些日子弄这七秀丹，弄得我昏天黑地，什么都顾不得想了！”

九红无比失落地说：“睡觉！”然后上了床，脸向里盖上了被子。景琦也躺到床上仰卧着，两眼望着屋顶。

东里间香秀在铺床，槐花撩帘走了进来，扫视了一下屋里，问七老爷呢。香秀直起身说，那位把他叫西里间儿去了。槐花叹了口气坐到床上，香秀看着槐花说，你可真窝囊，今儿在饭桌儿上，怎么不给杨九红几句？槐花哭丧着脸说，当着那么多客人，闹这事儿，多丢人。

香秀是个不怕事的主儿，她比画着说：“这要是我，上去‘啪啪’先给她俩耳刮子，要丢人咱们就一块儿丢到家！”槐花说：“总得给七老爷留点儿面子吧！”香秀不以为然地说：“她都不留，你留什么？”槐花沮丧地说：“她这是想把我折磨死！”香秀说：“甭怕她！人善被人欺，马善被人骑！”槐花叹了一口气：“我听好些人说，她原来不这样，怎么这几年变得这么恶……”

大宅门一片黑暗。夜幕中，黄立提着鬼头刀拉着狼狗在院中巡视……

清晨，宅门里还是那么静静的，和每天都一样。萍丫头提着一壶开水从屏门走进，穿过东廊；老妈子们在扫院子、倒脏水桶、擦痰盂；丫头们端盆、提水壶进进出出，几乎没什么声音。

红花在西偏厅正给九红梳头，香秀提着开水壶走进东偏厅，槐花一见赶快忙活沏茶。九红向香秀的方向瞥了一眼，脸色十分难看。槐花将盖碗儿和宜兴茶壶放在茶盘子里，端起向西里间走来。槐花走过红花身旁轻声问，七老爷醒了吗？红花说醒了，槐花刚要走，被九红叫住：“槐花！我那根玉簪子呢？”槐花回过头：“我哪儿知道！”九红说：“在火车上不是交给你了？”槐花说：“我当时就放你匣子里了。”九红说：“怎么没有了？”槐花说：“我不知道！”说罢转身要走，又被九红叫住：“等等！当丫头的说句不知道就完了！”九红瞪着槐花。槐花再也忍不住了：“我不是丫头！”九红高声说：“你是什么？蹬鼻子上脸就忘了自己的身份，当丫头就要守丫头的本分！”

香秀在门口把水壶递给老妈子，立即听出了弦外之音，冷眼看着。槐花语气强硬地说：“告诉你，我不是丫头！”九红不屑地说：“穿上龙袍，你也不是太子！烧成了灰你也不过是个丫头！”香秀耐不住了，嚷道：“大清早晨起来别瞎找寻，丫头怎么了？”

景琦一撩门帘从西里间走出来，斥道：“一大早儿没吃呢就全撑着了！闲着没事儿斗嘴皮子玩儿，累不累呀！”九红的怒火终于爆发了，叫嚷道："你没见这些丫头都成了精了，除了勾引爷们儿还会干什么！"香秀走了过来问："你说谁？"九红尖刻地说："我跟槐花说，你吃什么味儿呀？你又没勾引爷们儿！"景琦十分不安地望着。"对——你说得不错——勾引爷们儿？"香秀怒冲冲地说，"不会勾引爷们儿你就进了窑子了？"

此言一出，九红一下子愣住了，猛回头看着香秀说不出话来。景琦和槐花也都惊讶地愣住，只见香秀势不两立地瞪着九红，毫无惧色。九红勃然大怒，一把将梳妆的镜子、盒子横扫在地，起身看着景琦大叫："景琦，你听见了吗？"景琦大喝："不许再胡说了！香秀，你太放肆了！越说越出圈儿，今后谁要再敢提那些乱七八糟的事儿，我就把她轰出去！""我还不用您轰，我自己走，到哪儿不吃碗清静饭！"香秀转身出门而去。

景琦弄了个下不来台，自嘲地说："嘿，你们瞧嘿，冲我来了！"九红坐回椅子上，红花已收拾好梳妆匣子，接着给九红梳头。九红冷笑道："我倒不明白，一个丫头敢跟老爷这么张狂，究竟为了什么？"景琦斜眼看着九红："你说为了什么？"九红照着镜子说："你心里明白，别叫我说出来！"景琦走上前拱火说："别价，说出来吧！憋在心里多难受啊！"九红阴阳怪气地说："算了吧——大家都留点儿面子吧——"景琦的浑劲上来了，嚷道："用不着，面子值多少钱一斤哪！她所以敢跟我这么张狂，因为我喜欢她。"九红大出意料，反而窘住了，望着景琦反倒没法往下说了。"这回你明白了吧？其实你早明白了！"说完，景琦回身向东里间走去，槐花也忙端着茶盘子跟了去。九红咬牙切齿地骂道："活土匪！"

其实杨九红早该想到，功劳于命运无补，大宅门里并非事事都讲理，七老爷是个由着性子来惯了的人，香秀更是跟了二老太太十年之久的人，是个有城府的女人。香秀走自有走的道理，一着棋错满盘皆输，杨九红有些失去了方寸。香秀不是赶走的，是自己走的，至于七老爷身子往哪边歪，可由不得她了。

香秀出走这一步棋，到底会是个什么结果，她心中并无十分的把握。回到家里，香秀很是有些心神不定。她靠在窗前的桌子旁，托着腮冲着窗外发愣。蒸锅坐在火上，冒着热气，母亲马立秋在蒸窝头，喊道："听见没有？把灯点上，我这儿占着手呢！"香秀似乎没有听见，仍呆呆地望着窗外。"听见没有！这孩子，把灯点上！"香秀划火柴点上了煤油灯，继续发着愣。

马立秋埋怨着说："好好儿的差使叫你给弄丢了。"香秀没好气儿地说："我愿意！"马立秋仍唠唠叨叨地说："别当我不知道你心里怎么想的，你愣一天神儿了。你当人家还会赶着大骡车来接你，好好儿的差使愣是叫你给弄丢了。"香秀心烦意乱地说："行啦，行啦！人家这儿烦着呢，你还唠唠叨叨没个完！"马立秋说："不说了，我看你赶紧找个人家儿嫁了吧！老这么耽误着也不是事儿！"香秀拉下脸说："少跟我提这事儿啊！"马立秋说："你都多大了还不提，不能当一辈子丫头。正好，你也出来了，好些人来提过亲……"

香秀听不下去，生气地站起来，说："再跟我提这事儿我就走，我一个人儿回老家！"说着，怒冲冲走进了里屋。马立秋正在摆碗筷，问道："你不吃饭了？"香秀躺在里屋床上说："不吃！"她两眼睁得大大的，呆呆地望着顶棚。忽然屋外有人喊："有人在家吗？"香秀依然发着呆。

马立秋忙上前开了门，问道："谁呀？"景琦站在门口大声说："我，七老爷来了！"马立秋大惊，叫道："老天爷呀，香秀！"

香秀像被弹起来一样，一蹿下了床，趿拉着鞋就往外跑。马立秋紧张而慌乱地说："你看这屋里这么乱，快收拾收拾。"香秀刚要出门，景琦已走进堂屋。香秀兴奋莫名，叫道："七老爷！"景琦笑嘻嘻说："好大的脾气，小姐！"

马立秋关上门忙让座儿，说道："快坐吧！真对不住，不知道您来，瞧这乱，坐这儿！""妈，你别管！"香秀喊着忙跑进了里屋。景琦客气地问："还没吃哪？"

马立秋忙说："刚要吃。"

香秀抱个小褥子跑出来放在椅子上，说道："这是我的褥子。"忙又拿起茶杯去洗。景琦故意逗香秀："瞎忙活什么，香秀！今儿想我没有？"香秀洗着茶杯十分得意地说："不想，一辈子瞧不见也不想！"马立秋立马揭了底，说道："听她胡说呢，今天一天跟没了魂儿似的……"

香秀忙阻止道："不许胡说，不许胡说！"香秀拿着茶杯到桌前刚要倒茶，景琦拦住道："我不喝！"

"这是我的碗！"

"我还没吃饭哪！"

"我们也刚要吃。"

景琦笑着说："老太太赏顿饭吧！"

马立秋慌忙说道："哎呀，不行，不行！香秀！"香秀走了过来，马立秋掏出钱给香秀小声嘀咕着。景琦说："干吗？你们吃什么，我吃什么！"香秀回过头说："窝头！"景琦说："我就想吃窝头，端上来！"马立秋连忙摆手说："那可不成！"香秀转身拿过一个盘儿，忙从锅中捡窝头，说道："妈，你别管，他什么好的没吃过？买什么都不稀罕！"马立秋脸上有点挂不住了，自责道："你看看，这像什么话，弄得怪寒碜的。"景琦说："挺好，这不是还有六必居的酱菜吗？"香秀端上窝头，景琦拿起一个。香秀不客气地说："我们家吃得起六必居？大腌儿萝卜您哪，凑合着吃吧！"景琦咬了口窝头，咬了口咸菜："嗬，真他妈香！"

香秀笑了："富人生了个穷命，贱骨头！"

马立秋大惊，瞪着香秀说："嘿，这是怎么说话呢！"

景琦满不在乎地说："她跟我就这么没大没小的，来，一块儿吃呀！"

马立秋哭笑不得地说："老天爷呀！七老爷跑我们这儿吃窝窝头，这算怎么回子事儿！"

第三十八章

李香秀体体面面地回来了，宅门里炸了窝似的传开了，添油加醋说得神乎其神。只有一点说对了，七老爷去了香秀家，就大腌萝卜吃了窝头，这还了得吗？这得多大的面子？上上下下对李香秀都有些另眼相看了。杨九红表面却很平静，她深知白老七什么都干得出来，你越拗着他，他越来劲儿。杨九红隐忍着，忍得肝胆俱裂、灰心绝望。槐花却觉得挺解气，她和香秀都曾是二老太太跟前最受宠的丫头，是尊贵的，如今却处处受气。她不想住东里间了，不想和杨九红朝夕相见，七老爷也无所谓，由着她搬去西厢房。

新来的丫头乌梅和仆人正帮着槐花把箱、笼、椅、柜往西厢房里搬，九红站在北屋门口问乌梅，这儿原来放的两盆儿月季哪儿去了？乌梅忙说小姨奶奶搬西厢房住，把两盆花儿搬那屋去了。

九红有意挑剔，说道："这是分家呢还是怎么着？上房的东西也乱拿，去搬回来！"乌梅刚来，不知其中深浅，说道："姨奶奶，不就两盆花儿吗？！"九红训斥着说："轮不着你说话，叫槐花来！"

槐花正好走出门，沉着脸说："搬这两盆花儿我跟七老爷说过了，你到里屋问去。"九红蛮横地说："七老爷说没用，我叫你搬回来！"槐花不再忍让，反问道：“我不听七老爷的，反要听你的？”

九红挑衅地问：“你搬不搬？”槐花语气强硬地答：“我不搬！”九红愣住了，大出意料地望着槐花，槐花也毫不示弱地盯着九红。

九红撒泼了，叫道：“小姨奶奶脾气见长啊！有人撑腰吧，不就是个看家护院的吗？你还搬到他房里去住啊！”槐花忍无可忍，大怒道：“你血口喷人！我是丫头，可是老太太跟前儿的丫头！是老太太把我给了七老爷，就比你这个千人骑万人跨的窑姐儿强！”

“住口！”景琦不知什么时候已站在东里间门外。九红气急败坏地走过来告状：“景琦，今儿你要不处置她，我就死给你看！”景琦走到槐花前说：“槐花，我早立过规矩，谁也不许提过去乱七八糟的事儿，你跪下给九红赔个礼！”槐花没动，九红愤怒地看着她。“跪下！”景琦又说了一句，槐花仍不动……

窗外，香秀手里拿个蝈蝈笼子正从东廊子拐弯跑过来，厨子冯六头上顶着摆满盘碗的大油盘穿过廊子，屋里忽然传出景琦愤怒的喊声：“跪下！”香秀吓了一跳，忙跑进了北屋；冯厨子吓蒙了，也不能回头，听见喊声忙直直地跪了下去。香秀一进屋，慌忙靠边儿站着。景琦仍在威逼纹丝不动的槐花：“你跪不跪？”九红凶狠地瞪着槐花。忽然香秀手中的蝈蝈笼子里发出叫声，景琦回头瞪香秀，香秀忙捂住笼子向后退去。景琦回过头说：“你不跪就在这儿站着吧，站到愿意跪为止。”景琦说罢要走。

九红突然疯了似的大叫：“她不跪我就死！”说着猛然向大青花儿的瓷花盆扑去，一头撞在盆沿上，倒了下去。丫头、老妈子忙拥了上去，九红昏死了过去，红花忙将她抱起，血从九红脸上流了下来。

景琦回头怒视槐花，斥道：“你犯的什么轴！”说着突然抬腿抡圆了用脚面打了槐花一个耳光，槐花猛地倒下去。红花抱着九红大叫：“七老爷，姨奶奶不好了！”景琦忙走到九红前说：“快，抬里屋去。”人们乱哄哄将九红抬走，倒在地上的槐花慢慢爬起来，香秀站得远远的惊恐地看着这一切。

突然，槐花跌跌撞撞向门外跑去，香秀瞅她随时可能倒下去，忙过去搀扶，被槐花一把推开了。槐花跑向西厢房，香秀追出来，忽然发现了跪在地上的冯六，忙问他跪这儿干什么。冯六哭咧咧地说，是七老爷叫他跪的！香秀问他犯什么错儿了。冯六委屈地说不知道，香秀顾不上再问，忙又跑回北屋。

众人围在床前看着杨九红，这下撞得着实不轻，她分明是奔着死去的，景琦心情沉重地嘱咐："四个钟头给她换一回药。"香秀进了屋，在里屋门口把景琦叫了出来，问冯六怎么了，犯了什么错儿。景琦奇怪地反问，冯六，他怎么了？香秀问，为什么罚他跪在廊子上？景琦摇摇头说，没有罚他下跪。香秀让景琦去看看，景琦诧异地跟在香秀后面来到廊子上。

景琦转到跪着的冯六面前问："你跪这儿干什么？"

冯六战战兢兢地说："您叫我跪的！"

景琦神情奇怪地说："没有，我没让你跪呀！"

冯六说："您刚才不喊了一声'跪下'！"

景琦哭笑不得地说："我那是叫槐花跪下。"

香秀忙把冯六拉起说："起来吧，这是哪儿挨哪儿呀！"

冯六懊悔委屈地说："我没事儿捡这冤大头干什么？"冯六感觉膝盖疼痛酸麻，艰难地站起身来。

景琦说："别叫你白捡。去账房领个红包，上回两元钱是养踝子骨，这回两元钱养养磕膝盖儿！"

冯六挪了挪步说："谢谢七老爷！"他顶着油盘走了。忽然，香秀手中的蝈蝈又叫起来，景琦看了一眼问："怎么想起买蝈蝈？""槐花要，说挂到月秀花盆儿上。"香秀话音才落，从西厢房跑出了惊恐万状的乌梅，只听乌梅惨叫着喊："七老爷，小姨奶奶她——上吊了！"

景琦、香秀大惊失色，慌忙向西厢房跑去。

西厢房里，槐花吊在梁上，魂归西天了。香秀恐怖地望着，手中的蝈蝈儿又叫了起来，声音似乎格外大。景琦悔恨交加地望着槐花的尸体，他完全不知道槐花如此烈性，忽然觉得自己罪孽深重，一个一向与世无争而且是老太太亲赐的丫头，就这样毁在自己手中。

听到这事儿，最高兴的是王喜光了。他觉得机会来了，迫不及待地跑到槐花家。这是一个很破旧的大杂院，拉车的、卖菜的、挑担子的进进出出。院子里破破烂烂，满地脏水，破衣烂布挂得到处都是。

槐花家是一间西屋，又破又烂，王喜光大声向槐花母亲喊叫："你闺女叫白家逼死了！"槐花母亲两眼茫然地看着王喜光。王喜光着急地直跺脚，泄气地说："怎么嚷嚷半天，你一句听不明白？你闺女——槐花！"槐花母亲应声道："嗯，槐花她挺好的！"王喜光大喊着说："哎哟！好什么，死了！""谁死了？"槐花母亲仍然蒙蒙乎乎。王喜光大叫："槐花，白家把她逼死了！"槐花母亲耳朵背，听得云山雾罩，她说："嗯，白家是个好人家！"

王喜光沮丧地说："嗬——这个费劲！我嗓子冒烟儿了，有水没有？"他站起身自己找水喝，转一圈儿也没找到水，便走到水缸前掀开缸盖，缸里已见了底儿。"连口水都没有，瞧这日子过的！"王喜光又走到槐花母亲跟前，又叫上了："干脆，我也甭跟你废话了，你得告白家！"槐花母亲伸着头说："什么？你大点儿声儿，老嘀咕什么？"王喜光把嘴一咧，都要急哭了："嘿——我嗓子都喊哑了，我这叫嘀咕？哎哟，你得告白家，告白景琦——"槐花母亲也喊上了："什么皮？"

王喜光实在没辙了，从怀中掏出一张写好的状纸和印泥盒，摇头说："又成了什么皮！"接着大叫，"我把状子写好啦——你按个手印儿就行啦！"槐花母亲十分好奇地看着王喜光手中的状子。王喜光大喊："按手印儿——"槐花母亲问："谁没劲儿？"王喜光终于不想再做任何努力了，攥住槐花母亲的手指在印泥盒里一蘸，在状纸上按了手印，跟着把她手一甩，连忙收拾起东西转身向门外走去。刚走出院门，郑老屁拉着洋车正好停在门口，香秀下了车两人走了个碰头儿，一下都愣住了。

香秀奇怪地问：“这不是王……总管吗？”

王喜光知道香秀看不起他，皮笑肉不笑地说：“别价，不敢当！王喜光，叫七老爷赶出来的下边儿没有的王喜光！”

香秀满脸狐疑地又问：“您这是——”

“我这是来打抱不平！”

“这事儿跟你有什么关系？”

“这事儿也跟你没关系呀！”

“我来是给七老爷办事！”

“行啊，香秀，你现在得宠了！小心着点儿，槐花就是你们当丫头的下场！”

香秀确实吃了一惊，这话真是戳肺管子。她两眼直盯着王喜光说：“这不关七老爷的事儿。是杨九红造的孽！”

王喜光恶狠狠地说：“行了，香秀，还替七老爷遮溜子哪！白家门儿里，横行霸道，作恶多端！你回去告诉七老爷……”说着他又举了举手中的状纸，“奴才要得罪了，等着打官司吧！”说毕扬长而去。香秀惊愕地望着王喜光远去，忙转身向院里走去。

进了西屋一看，香秀真的惊呆了，家徒四壁，怎么穷成这样？槐花虽说就是个妾，可也不至于就这么寒酸，毕竟是大宅门里七老爷的妾，可见槐花除了每月的份例钱，是一丝一毫也没藏私心，从未向七老爷提过分外的任何要求。七老爷呢？但凡多用一点心思，也不会这样对待槐花。香秀直感到阵阵凄凉，心中愤愤地想：白景琦，白七爷，你太对不起槐花！你做了一件伤天害理的事！假如不是槐花死了，七老爷恐怕永远也想不到关心一下槐花的家。

香秀更把一腔的愤恨倾泻在杨九红的身上，没有她的挑唆，七老爷是绝做不出这种绝情绝义的事。香秀坐到炕沿上，拉起槐花母亲的手说：“七老爷叫我来看看您。”槐花母亲也拉起香秀的手，恍恍惚惚地说：“槐花回来了？”香秀忙说：“我是香秀。”槐花母亲指着水缸说：“缸里没水了……”香秀忽然发现槐花母亲的手指染满了红颜色，忙问：“您这是怎么了？”再拉起手仔细一看，分明是盖戳子的红印泥，不禁大惊：“您在状子上按了手印儿？”

槐花母亲又打岔：“我没事儿！”

香秀埋怨道：“您怎么能告七老爷呢？这事儿不赖七老爷！”

槐花母亲接着打岔：“邱二家的又闹上了？”

香秀着急地说：“这都什么跟什么呀！”

槐花母亲感叹道：“没事儿，还不是穷的！”

香秀大喊：“老太太！槐花死了还有我们哪！七老爷说绝不能不管您！”

槐花母亲伸过耳朵喊：“啊——”

香秀大声喊道：“明儿就雇个人来伺候您！”

槐花母亲瞪着眼说：“是啊——眼巴巴地看着她二小子叫巡警抓走啦！”

香秀哭笑不得地说：“哪儿跟哪儿呀！”香秀又拿起槐花母亲的手看了看，一跺脚，“急死人了，整个儿一糊涂妈！这下儿可坏喽！”

香秀知道说什么都没用了，七老爷摊上官司了。

王喜光干别的不行，歪门邪道是一把好手。他深知白家树大根深，人脉极广，这官司不好打，便率先向报纸爆料。这不，警察厅长白景泗办公室的茶几上就放了七八张报纸，他让人把景琦叫到警局，指着报纸说：“舆论对你不利，对我压力也不小！”

景琦说：“我请了有名的大律师肖炳南！”

“我认识，没用！他也惹不起新闻界，顶多减减刑。官司打不赢，人命关天知道吗？”

“新闻界知道什么，跟着瞎起哄！”

“肯定是得了王喜光的好处了。”

“真是宁伤君子，不得罪小人哪！”

“要不这样，这官司本来是杨九红惹的，叫她出面！”

“那哪儿成啊！出了事儿往女人身上推，还要男人干什么？”

“那你等着坐大狱吧！”

“坐就坐，又不是没坐过！”

“老七呀，我说你什么好！你这一辈子不时地总得惹出点儿事儿，要不你浑身难受。还有一条路，王喜光跟我谈过，话里话外的他还是要钱，你拿出个十万八万的给他，这官司也能了！”

景琦怒冲冲地说：“没门儿！我七老爷从来不心疼钱，也不是要钱不要命的主儿！可王喜光这种小人，休想拿一个子儿！我扔水里还听个响儿呢！坐大狱我认了！为了槐花坐大狱，我应当！我对不起她！”

景泗佩服地点点头说：“行！这是你的脾气，四哥服你这股子劲儿！”

景琦心甘情愿地坐了监狱，狱里管事的都笑脸相迎。好家伙，白厅长的七弟谁敢惹？香秀在家收拾好景琦所有要用的东西，在小胡的陪同下来到监狱，叫门口站岗的兵拦住了。小胡递上一个条子，岗兵看了看字条，说把东西放这儿吧，只能李香秀一人儿进去。香秀拿出一包大洋递给了岗兵老六，叫给弟兄们分分。老六惊讶地接过来，掂了一下手中的包儿，好家伙，真够沉的。他忙叫一班副儿来俩弟兄把东西搬进去，一副丧脸变得眉开眼笑。监狱里院小跨院的门口站着岗，香秀一点头儿进了门，后面跟着搬东西的兵。

景琦正和瘦条儿兵下象棋，香秀走到石桌旁说，还有心思下棋？家里人都哭成一团儿了！景琦满不在乎地说，哭什么？他又没枪毙。景琦想了想，又问把他的书带来了没有？香秀惊讶地说，没有，在这儿还有心思看书？景琦说，这儿多清静啊，正好还有俩方子没弄完，趁这工夫，得弄出两味新丸药。香秀忙答应着说行，明儿带来，又问想吃点儿什么。

景琦顾不上跟香秀说话，他骂下棋的瘦条儿兵臭棋篓子，不许他悔棋，真没出息，又不赢房子赢地。骂完，他扭脸儿对香秀说，叫她妈蒸一锅窝头，还有大腌儿萝卜。瘦条儿兵惊讶地说，这还往里送，狱里天天吃这个。景琦撇着嘴说，他们那窝头整个儿一砖头，秀儿家蒸的窝头那叫一个暄腾。香秀说，给七老爷叫只烤鸭。

“好！明儿把那好绍酒给我拿两坛儿来……”景琦话未说完，忽然从隔院传来惨叫声，听得瘆人，香秀吃了一惊。

景琦忙说：“行了，你回去吧，这大狱不是你待的地方！”

香秀说：“我不回去，今儿就住这儿了。”

景琦半信半疑地说：“行吗？”

香秀肯定地说：“行，跟典狱长说好了。”

瘦条儿兵说：“住吧，住吧！没事儿，白厅长也吩咐过。”隔院又传来阵阵惨叫声。

景琦正色地说：“你听，不瘆得慌？”

香秀说：“有你在这儿，我就不怕！”

景琦大笑说：“哈哈，我是犯人，你指望我？我连自己都保不住。哈哈哈——”

杨九红也来探监了，头上还缠着纱布，她和老六交涉，红花提着一个大食盒站在一旁。老六态度坚定地说，不行，上边儿交代了，除了李香秀谁都不能进。九红理直气壮地分辩道，她是白景琦的媳妇儿，怎么不能进？李香秀只是个丫头！老六显然是接到了什么指令，根本不买账，说她有什么话，可以替她传进去。九红没辙了，只好退一步说，把白景琦叫出来站门口说还不行？老六开了锁进门又关上了，九红问另一个站岗的兵丁，平常有人来过吗？

岗兵说：“有！你们大爷，二爷，还有位三老太爷，翠姑大奶奶，姑奶奶都来过。”

九红惊问：“都不让进？”岗兵一听就笑了。

九红奇怪地问：“你笑什么？”

岗兵掩饰地说："没什么，没什么！"

门开了，老六走了出来，随后跟着香秀，她冷冷地看着九红，问道："你有什么事儿？"

九红压着火儿说："我跟七老爷说。"

香秀板着脸说："七老爷不愿意见你。"

九红火了："是他不愿意见，还是你拦着不叫见？"

香秀不再理九红，对老六说，七老爷正做功课，打今儿起谁都不见，把门儿锁上。香秀砰地把门关上进去了，老六忙要锁门。九红急忙上前推门，被老六拦住，质问道："干什么？这不是你们家，这是大狱！"咔的一声老六锁上了门。九红转过身，眼泪一下子涌上来。红花忙上前拉了她一下，二人无奈地望着监狱大门。杨九红此来是要救七老爷出狱，王喜光和她说好了，只要七老爷拿出一笔钱，这官司就可以不打了，可连七老爷的面都见不到。

王喜光一个人儿坐在宅门过道的懒凳上等着见杨九红，秉宽走上前故意找碴儿："你在这儿坐起来没完了。"王喜光斜了一眼秉宽说："我等姨奶奶呢，碍你什么了？"秉宽说："你往这儿一坐，坏了我大门儿的风水！"王喜光说："没招你没惹你，别找寻我啊！"门口传来洋车的铃铛声，二人回过头，只见狗宝拉车停在门口，九红、红花下车进了门。王喜光忙站起身，迎上去说："姨奶奶，我听回话儿来了。"

九红冷着脸径直往里走，一眼都没看他，扔下一句："不知道！"

王喜光忙跟在后面问："七老爷怎么说的？"

九红愤愤地说："不知道！"

王喜光还追着问："您见过七老爷没有？"

九红厉声说："不知道！"

王喜光急了："怎么了这是？"

九红站住了，扭头看着王喜光说："告诉你，这大宅门儿里是李香秀当家，她不想叫七老爷出来！"说完转身走向里院。

王喜光呆住了，使劲琢磨着，李香秀？这老小子一肚子鬼心眼儿，大概琢磨出了一些意思，杨九红早就失宠了，求她已经没用了。他立即回身盯住了李香秀，在便宜坊烤鸭店街对面找到了七老爷的车，他认识。郑老屁上上下下地在掸车上的土，只见香秀走出上了车，跟出来的伙计将食盒放在香秀脚下。郑老屁扶起车把刚走两步，王喜光跑到车前叫道："慢走，慢走，香秀，大姑娘！跟您说两句话。"

香秀见是王喜光，脸一沉说："七老爷都下了大狱，官司你打赢了，还有什么可说的？郑老屁，走啊！"郑老屁使劲拉起车就走，王喜光在后紧追道："话别这么说，我认输！七老爷是顶天立地的男子汉，香秀，这事儿快了结了吧！"香秀说："不早就了结了吗？"王喜光说："香秀哟——我上上下下都疏通好了，只要七老爷拿出点儿钱来，槐花儿家这边一撤诉，一了百了！"香秀忙问："你都疏通好了？"王喜光说："没错儿！"

香秀揶揄说："你跟谁疏通好了？你这话去蒙那穿开裆裤的小孩子去吧！八成是你上上下下求了人，许了愿，官司打赢了拿不出钱给人家，你收不了场了，又跑这边儿讹钱来了，是不是？"王喜光已跑得气喘吁吁，满头大汗，被香秀问得大窘，不知说什么好了："你瞧，你说的……嘿，你真想得出来……就透着你精啊！我还有什么说的……我什么也甭说了！妈哟，跑死我！"

香秀冷冷地说："你在杨九红那儿办不成，又找我来了是不是？"王喜光上气不接下气地说："我说……我说……我说香秀，人活得忒明白了没什么好处……何必非把话说得那么白……我是为七老爷……好！"香秀说："你要真为七老爷好，咱们这样……"王喜光生起一线希望，忙说："您说……"

王喜光突然用力拽住车后的篷架子，大叫："郑老屁，你想把我累死！我跟……跟得上吗？"郑老屁回头骂道："呸！累死你老丫挺养的！"香秀侃侃而谈："你叫那些报社的人，原来在报纸上怎么骂的七老爷，再登一回报，把七老爷的名声补回来。是杨九红逼死的槐花，你们骂七老爷干什么？槐花妈这会儿还是七老爷养着，懂不懂？”王喜光不住点头说：“懂，懂！”香秀十分郑重其事地说：“事儿办成了咱们好说！老屁，快走！”车飞快走去。

王喜光大汗淋漓，喘着粗气蹲到地上，任凭行人、车辆从他身边过，他咬牙切齿地说：“行……香秀！有你的，我先叫你得意一时！等我……等我把钱拿到手……咱们再说！”

过了没两天，北平各报“社会新闻”栏里尽是关于白景琦的报道了，大字标题都是《白景琦代人受过，杨九红罪责难逃！》《槐花自杀真相》《大宅门悲剧之酿成：最毒不过妇人心》《大仁大义，白景琦抚恤孤寡老人》……

这个案子就算结了，槐花家也撤诉了，白七老爷还在大狱的跨院里忙活呢。铺天盖地的书，摆得到处都是，连地上都是一本本打开的书。景琦蹲在地下挪动着翻书，聚精会神地看着，全不管炕上小桌摆满了酒菜。

香秀走进屋叫景琦快吃饭，景琦叫香秀把今儿刚写的两张秘方带回去，和那些秘方放到一块儿。香秀走到炕前说，知道了，最烦他这样儿了，人家忙活半天把饭都摆上了，他非等凉了才吃，就跟不支情儿似的。景琦忙站起说，得得，吃饭，支情儿不成吗？景琦走到炕前往里推了推书坐下，香秀把已烫好的“绍兴黄”倒在酒盅里。

景琦心情很好，叫香秀也喝点儿。香秀没出声，给自己的酒盅儿也满上了酒。景琦忽然问：“你打算怎么打发王喜光？”香秀笑了：“给他个不认账！”

景琦拿起酒盅喝了一口，笑道：“好！逗逗这个狗日的！其实，我压根儿不在乎别人说什么，做一件事儿大伙儿都高兴，可我不高兴，我宁可不做！”

香秀也喝了一口：“对，凭什么叫他们高兴！”

“大伙儿都不高兴，就我一人儿高兴，这事儿我非做不可！”

“他们不高兴活该，管得着他们吗！”

“为了别人说我句好，违着心干我不愿干的事儿，我多余活着！”

“我就要气气王喜光！”

“把我骂成王八蛋，你们照吃窝窝头，我照吃我的燕翅席！”

香秀捽了景琦一句：“我们家的窝窝头你也没少吃！”

景琦大笑：“我吃窝窝头，那是大爷我高兴。”

这个案子终于走了个形式，开了一庭，白景泗厅长亲自拿着判决书来通知景琦。景琦、香秀见了，忙站起打招呼：“四哥来了。”“四老爷！”景泗站在门口看着满屋满地的书十分惊讶，问这是干什么呢，摆书摊儿呢？他走到炕前看了看桌上的酒菜，说景琦在大狱里比他在家过得还滋润。景琦笑着说，还不是四哥照应，来，喝一杯！景泗畅快地说，喝一杯，他们哥儿俩有日子没在一块儿喝了，竟然跑这儿喝来了。香秀忙拿了一个酒盅给景泗倒酒，景泗看了一眼香秀说：“你也跟着住大狱，委屈你了，一块儿吃吧！”香秀忙闪到一边儿说：“您吃，我伺候您！”

景泗把判决书交给景琦，问他看报了吗，这些日子报纸上忽然转了向。景琦说看了，又指了指香秀说，这事儿得问她。景泗疑惑地扭头问香秀，怎么回事儿？香秀淡淡地笑着说，没什么，他们理亏呗！景泗更加怀疑了，使了什么手脚？是不是使了钱了？景琦说，一个大子儿也没给！景泗没闹明白，王喜光也不闹了，那边儿也撤了诉，肖律师也纳闷儿，这事儿有点邪行。香秀说，以后四老爷就知道了。景泗也不再问，说景琦可以出去了，回去少出头露面，再避避风！今儿就回去吧，要不要给他派个车。

景琦惊讶地说：“今儿就回去？不不不！我不回去，我这方子还没弄完呢！”

“回家去弄嘛！”

“不行！家里多乱哪，这儿多清静！一点闲事儿没有，一点闲气儿不生！”

“有你这样的吗？这是北平大狱，不是六国饭店！”

“四哥，我求求你，再叫我住俩月，方子一弄完就回去。”

“行了，行了！不像话，没这规矩！”

“这‘保生丸’是我独创，这‘济生散’我是按宫里的……”

“把犯人放出去，犯人不走，简直天下奇闻！”

香秀忙插嘴：“七老爷说得是，这些日子七老爷天天用功，一天也就四五个钟头觉，回家哪能这么踏实。”

景琦两手一摊说：“听见没有？”

景泗没的说了，感叹说：“老七呀，老七！我也拿你没辙，你愿意住，那就住吧！”

景琦拱拱手说：“我谢谢四哥！”

景泗苦笑着说：“可叫人知道了，这算怎么回事儿呀！我这厅长还当不当了？”

景琦嘱咐道：“香秀，你就告诉王喜光，白厅长执法如山，依法办案，不到日子不放人！”

香秀坏笑着点点头说：“行，我会说！”

那边儿老也没有动静，王喜光坐不住了，又找上了门。他在门房堂屋与香秀对坐着，两人都没话。香秀轻轻摇着檀香扇，王喜光低头喝了口水，抬头偷眼看香秀。只见香秀两眼望窗外，若无其事地扇着扇子。王喜光放下茶碗，故意咳嗽了两声。

香秀仍看着窗外说：“今天可够热的！”

王喜光忙接话道：“够热的！”

香秀淡淡地：“晚半天儿还凉快点儿！”

“凉快点儿！”王喜光接完，两人又没话了。沉默片刻，王喜光又偷看香秀一眼，微微皱起了眉头。

香秀忽然扭过头说：“哎，那什么……”

王喜光面露喜色：“哎，您说！”

香秀说：“宣统皇上在满洲国登基了，你还不去满洲国找他！”

王喜光一下子泄了气，说道：“我倒想找他呢，他认识我是谁呀！”

香秀突然起身向门外走：“没什么事儿，我进去了。”王喜光忙起身拦住说：“嘿，等等！你跟我这儿扯了半天闲白儿，还没说正事儿呢！”

香秀故作惊讶地问：“什么正事儿啊？”

王喜光苦着脸说：“别装糊涂好不好？”

香秀故作糊涂地说：“我真不知道什么事儿！”

王喜光有点儿急了：“嘿——报纸您都看了吗？”

“看了！”

“状子可也撤了。”

“是啊！”

“那——咱不都说好了吗？”

“是呀，挺好的！”

王喜光看着香秀的脸色，终于猜到了，嘴角露出了一丝狞笑：“你……你是想赖账啊！”

香秀义正词严地说：“白厅长执法如山，七老爷可没放出来！”

王喜光急了：“那是他自己不愿意出来！我都打听明白啦，甭想唬我！”

香秀故作惊讶地说：“哟，你比我还知道？”

王喜光提醒着说：“你可是答应过的！”

香秀自然心中有底，问道：“你说说，我答应你什么了？”

王喜光一下子蒙了，他眨着眼使劲想着，知道自己上当了，喃喃地说：“你答应……答应什么来的？”

香秀逼迫地问：“什么？”

王喜光没有底气地回道：“你说，事儿办成了咱们好说。”

“对！这是我说的！”

“你倒说呀！”

“我不说了吗，事儿办得挺好的！”

“完了？”

“完了！”

“香秀！你耍我！把我耍得滴溜滴溜儿乱转，完了？”

“完了！”

王喜光憋着气，无奈地点着头说：“好——好！真是高手儿！”他竖起了大拇指，“我这么大岁数，栽到一个丫头手里！”

香秀调侃道：“您还栽，这回您在北平可是出了名儿啦！”

王喜光十分佩服地说：“不能说你手腕儿太黑，只能说我道行太浅！”

香秀说：“你知错改错，我不欠你什么！”

王喜光一肚子委屈地说：“耍猫耍狗还得喂点儿鸡骨头鱼刺吧，您这儿大耍活人。”

香秀站起身说：“天儿不早了，您也挺忙，我就不留您吃饭了。”

王喜光颇带些威胁地说：“香秀，别把事儿做绝喽！还是那句话，谁都有走窄了的时候，山不转水转！”

香秀回过头问：“那又怎么样？”

“虽说栽到你手里了，我服！一百个服！不愧是七老爷手下的人，七老爷都没你狠！”

“您这就不对了，答应的事儿我一定做到！我真没答应您什么！”

“搁着你的，放着我的！后会有期！”王喜光说完一拱手，越过香秀走出了屋门。

又多住了半个月，最后的两张秘方弄完了，景琦才张罗着出狱。

大宅门似乎又变得平静了。

卢沟桥事变发生了，平津不保，华北危急！听着从城外传来的炮声，白宅上下日夜惶惶不安。景琦从百草厅回家，正遇上九红和田木坐着谈话，二人闻声扭头看。景琦、香秀走了进来，田木忙站了起来，景琦怒冲冲地说："你来干什么？我现在看见你们日本人就恶心！"景琦不待田木说完话，劈头就是一句，"你以后少上这儿来！"景琦不再理田木，大步向东里间走去。田木被骂得目瞪口呆，望着大步走向东里间的景琦，大声道："七老爷，不管你愿意不愿意，日本兵一定会打进北平的！"

景琦站住回过头说："你个小日本儿，屁股大的地方还想打中国！北平城不是那么好进的！"

田木不客气地说："你们中国军队不行，挡不住的！"

景琦又走了回来，问道："你想说什么吧？"

田木十分诚恳地说："为了保存百草厅，赶快加入我的股本，日本兵进城就不会有危险！"

景琦大怒："放你妈了个巴子的拐着弯儿的罗圈儿屁，你想乘人之危……"

九红和敬业忙上前劝阻，景琦一蹦一蹦地大吼："我把百草厅砸了、烧了，也不给你们日本人。你小看了我白景琦，中国人没那么好欺负！"田木还想劝说什么，被九红拼命推进了西里间。景琦仍怒目而视，香秀忙递上烟袋，景琦接过烟袋气哼哼地坐下，香秀点火儿，他也没抽，却把烟袋当当地在铜痰盂上敲得山响，忽然又站起来对着西里间大叫："杨九红，你少跟他拉近乎！"

敬业忙走过来劝道："爸，何必呢，现在这时候可千万不能得罪日本人！"景琦突然扬手在敬业头上狠狠打了一烟袋，烟袋杆儿一下子折了，铜头儿飞落到了桌子上。敬业捂住脑袋往后退，景琦怒斥道："日本兵还没进城呢，你就想当汉奸！"敬业再不敢说什么，连忙捂着脑袋跑了出去。景琦余怒未消，狠狠地把半截烟袋杆向敬业后背扔过去，骂道："你个混账东西！"

最让景琦憋气的是，过了半个来月，田木的看法竟然成了事实，日本兵开进了北平城，胆大的行人靠着墙边默默地望着。一辆辆军用卡车上坐着杀气腾腾的日本兵，暴土扬尘，驶过胡同大街……一九三七年七月二十九日，北平沦陷了！

外边怎么变，宅门里的规矩不能变。又到了拉闸的时候，秉宽上梯子拉闸，两个仆人提着灯笼站在身后，景琦仰脸儿看着吩咐："拉吧！"

秉宽刚拉闸，突然拍门声大作。秉宽惊讶地回过头，忙下了梯子。景琦等都紧张地望着大门，秉宽走到大门前问："谁呀？"从门外传来熟悉的声音："我，占元！快开门，快快！"秉宽忙开了门，占元和四五个同学一下拥了进来，一个个灰头土脸、衣冠不整。景琦惊讶地问，出什么事儿了？占元慌张地说，没有，碰上日本兵了。景琦观察着几个人，问他们干什么了，弄成了这样儿？占元说没干什么！哎呀——没事儿！走。他招呼几个同学向里跑去。

景琦疑惑地望着占元一行的背影，秉宽关上了大门，黄立拉着狼狗，跟七老爷巡视院子，从过道儿走来进了厨房院。景琦低沉地喊着"拉了闸了，各屋点灯，小心火烛——"忽然发现厨房里亮着灯，忙走进去。

占元正在厨房里匆忙地搜罗吃的，装了满满一大油盘，抬脸儿见景琦正注视着自己，心虚地说他们都没吃饭呢！景琦走过来上下打量着，占元有些慌乱，景琦指了指占元的左臂袖子问，你们都干什么了？他让占元看看自己的衣裳，占元低头才发现袖口扯开了，衣服扣子也丢了，兜也撕破了。占元抬起头看着景琦，不知所措地干笑着。景琦严厉地叫占元老老实实地交代，占元只好惶恐地说，俩日本兵要带他们走，他们不肯就把日本兵打了！

景琦愣了一会儿，忽然嗬嗬地笑了，打了日本兵？这帮小子胆儿够大的。占元见景琦没有责备，也放心地笑了："跟您当年打田木一样，我们是仨打一个！"景琦兴奋地说："找没人的地方打，没叫人看见吧？"占元说："堵到死胡同里打的！"景琦高兴地说："我那儿有兰馨斋的好点心，跟我去拿点儿来！"占元说："这够吃的了。"景琦撇着嘴说："兰馨斋的大小八件儿，你那同学吃过吗？拿点儿去！”占元高兴地跟景琦向门口走去。

日本鬼子来了，半死不活的王喜光活了过来，千载难逢的好机遇呀！药行是日本鬼子最看重的地方，前边打仗，谁也离不开药，所以王喜光一找上门，就得到日本鬼子的重用，更何况曾经是药界首户白家大宅门的总管。王喜光有了权，有了势，有了靠山，也有了钱。他不再是他了，这个当了一辈子奴才的奴才，要尝尝当主子的滋味儿了。出来进去，喘气都喘得扬眉吐气，他通知小胡总管，叫七老爷白景琦到百草厅公事房见个面，谁都知道，绝没好事儿。

景琦刚走到大门口，黄立忙迎了出来说：“您去公事房，我陪您去吧！”景琦说：“不就王喜光找我吗？！我怕他干什么？”黄立说：“他投靠了日本人，现在是药行商会的副会长了，大摇大摆地出入宪兵队！”景琦说：“瞧日本人这点儿出息，找个太监当汉奸！我会会他，看他有多大的道行！”

景琦来到百草厅推门走进公事房，正和敬业聊天儿的王喜光忙站了起来叫了声“七老爷”。景琦一拱手，故意叫道“王老爷”，王喜光很有自知之明，说道：“您别骂我行不行？奴才王喜光！”

敬业望着景琦说：“他现在是新药行商会的副会长。”

景琦提高嗓门说：“哟，怠慢，怠慢！王副会长！”

王喜光说：“七老爷！我再巴结也巴结不到您这份儿上，日本人叫我来请您出山，荣任新药行商会的会长。今后我就给您打打下手！”

景琦也不让座，自己先坐下了，说道：“嗬，好大面子，日本人这么瞧得起我？”

王喜光忙上前说：“您是谁呀！您一跺脚，整个儿北平的药行都得乱颤！”

“别这么抬举我，我没这福气，王副会长还是另请高明！”

“我算个屁呀！这是日本人的意思。”

“那就更不能当了！药行的事儿是咱们中国人自己的事儿，日本人管这闲事儿干什么？”

王喜光一愣，说道：“现在北平不是日本人的天下吗？！”

景琦忽然站起走到王喜光身边，显得十分知心的样子，说道：“哎，王副会长，你还记得我妈活着的时候，养了一只小巴儿狗？”

王喜光十分认真地说：“记得，大顶子嘛！为了找个抱狗的丫头，没少折腾我！”

景琦感叹着说：“我妈去世以后，大顶子愣四天没吃东西饿死了，你说这狗多有骨气！”

“那是，一犬不事二主，那狗不是……”王喜光发觉上了当，“七老爷，您就说我还不如狗不就结了吗？”

敬业见不妙，忙上前打岔：“算了，算了！我爸不愿当就算了，再找找别人。”

王喜光的脸色不好看了，说道：“我无所谓，恐怕日本人那儿七老爷没法儿交代吧！”

景琦反唇相讥：“恐怕你在日本人那儿没法儿交代吧？”

王喜光故意躬身施礼，说道：“您有骨气，您厉害！我不过是传个话儿，告辞了！七老爷多保重！”王喜光黑着脸走了出去。

敬业担心地说：“这老小子手可黑着呢！”

景琦说：“不就一条命吗？！这个骟了的癞皮狗！”

王喜光果然下手了，两个汉奸在百草厅门市前堂里晃来晃去，故意把腰间的手枪露在外面。堂里一个买药的都没有，七八个伙计笔直地站在柜台里。一个买药的刚要推门进来，两个汉奸立刻回头怒视，买药的赶紧退出走了。两个汉奸走到窗前坐到椅子上，与坐堂先生坐了个脸儿对脸儿，坐堂先生胆怯地望着。景琦和赵大水站在通向前堂的门帘后，悄悄地看着。

赵大水是赵五爷的儿子，已经是前堂的领班了，悄声说：“打后半天儿起，没一个人敢进来抓药，那俩小子就坐那儿不走，您瞧！”大水掀开了一点儿门帘，景琦透过缝隙只见两个汉奸大模大样地坐着。门口进来一个抓药的人，刚走到柜台前，俩汉奸突然起身，走到买药人的身旁，一边儿站了一个，买药的人惊恐地两边看着，俩汉奸面无表情地打量买药的。

伙计小涂客气地上前招呼，先生抓药吗？买药的吓得没说话直往后退，俩汉奸跟着往前走，买药的转身跑了出去。俩汉奸又坐回椅子上……大水放下门帘，无奈地望着景琦。景琦冷笑道：“这是王喜光给我脸子看哪！赵头儿，关门上板儿，今儿咱们歇了。”伙计听见吩咐，往外搬板子。

外面有人在上板，屋里的光线一点儿一点儿地暗下去。赵大水走到俩汉奸跟前说：“二位先生对不起，今儿我们盘点，上板儿歇了，二位请吧！”俩汉奸东张西望了一下，向门外走去。景琦一掀帘子走了进来说：“往后只要有人捣乱，咱们就上板儿歇业！”

当天晚上，景琦召集各房头的人到公事房里上会，景怡看了看景琦说：“上板儿歇业这不是个办法，他反正没事儿，他要天天来呢？”

景琦干脆地说：“我就天天歇！”

大家一下子都不说话了。一阵沉寂后，景双说：“这不是长久之计，人家看病抓药的怎么办？”

景琦说：“北平又不是就咱们一家儿药铺。”

敬生说：“我看还是大事化小、小事化了的好，不就当个会长吗？不给日本人干坏事儿就行了……各家儿万一出点儿什么事儿，暗中还可以帮忙做点儿好事，总比叫王喜光在那儿瞎胡弄强吧！”

景琦说：“话不能这么说。我当了会长就给日本人长了脸，不管你做不做坏事！国难当头，谁家出了事儿都得自己顶着，为了怕出事，就非得推个汉奸出来，那你们谁愿当谁当！”

敬业说："其实想当会长的何止七八个，玉全堂的林掌柜，上下托人想当会长，日本人还看不上呢！"

景琦站起身说："所以了，日本人要的是我这个名分，我就更不能当。大哥，就这么定了！不管哪家儿，只要有人捣乱就上板儿歇业！"

景怡点点头说："定了吧！还是——尽量少惹事！"

一大清早，伙计们在下板儿，已经有十几个人等在门口，准备买药。板儿一下完，门开了，买药的都拥入前堂。

小涂在前堂里认真地看着方子，手拿戥子迈着方步开始抓药。买药的人都围在柜台前。景琦一撩帘子悄悄走出，在柜台里一个角落的椅子上坐下了。四个汉奸突然冲了进来，为首的是个胖子，大嚷大叫："叫你们掌柜的来，快点儿！快点儿！"景琦忙站了起来，见赵大水已跑了过去，景琦又坐到椅子上。

大水走到胖子跟前说："有话跟我说，我是大查柜！"胖子说："奉皇军的命令，要查你们的账！"大水说："几位请到公事房！"胖子蛮横地说："用不着！"他转身坐到了窗前的椅子上，大水忙跟了过去，"就在这儿查！知道不知道市面儿上都在限价！"大水说："我们的药价始终没变过，公平合理！"

景琦扫视着室内，只见买药的见势不妙，纷纷向外走。三个汉奸在堂里遛来遛去。胖子命令说："少废话！把账本都拿来，还有你们成药的方子，全都交出来，卫生部门要检查！"景琦暗自一惊。柜台里小涂仍目不斜视，迈着方步走向药柜拉抽屉抓药。赵大水不卑不亢地说："秘方都在东家手上，我们这儿只有一般成药的方子！"小涂取完药迈着方步走回，惊讶地发现买药的人已不在了。

二头儿拿了一包大洋悄悄放到桌上，胖子顺手揣到了怀里，口气缓和了些，说道："我们也是奉命而来，你去跟你们东家商量，我们在这儿坐等了啊！"大水小心翼翼地说："能不能到公事房去谈，这儿不是说话的地方。"胖子又瞪起了眼，说道："我们这已经是给你面子了啊，你也是场面上的人儿，别不识好歹！”大水没辙了，回头看了一下店内，除了站在柜台后的伙计，堂内已空无一人。景琦向小涂使了个眼色，小涂会意地和伙计们走了出去，胖子注意地看着堂内的动静。大水说：“那好，我去打个电话和东家商量一下。”胖子不耐烦地说：“快点儿，快点儿！”

伙计们搬着板子往出走。胖子一见忙站起来上前拦挡，问道：“等等！干什么？又要关门儿歇业是不是？”

大水说：“今儿我们盘点！”

胖子说：“告诉你，我们不走，你们就不许关门儿！”

景琦知道这回是真遇上硬茬子了，猛地从椅子上站起，双眼放射出愤怒的目光。景琦明白，这回还真不是走窄了的事儿，已经走到了绝路上，走到悬崖边儿了。

第三十九章

早就下了班，百草厅前堂已经空无一人，心情沉重的景琦一个人仍坐在角落的椅子上，二查柜毕云良从后堂一撩帘儿走了出来，告诉七老爷回去吃饭吧，家里来了两回电话了。景琦抬起头问他，怎么还没走？毕头儿说今儿值夜班，他边说边察看着门窗、药柜，埋怨这一天叫这帮汉奸折腾得精疲力尽，就这个查账法儿，一个月也查不完。景琦突然问毕头儿，咱们关门不干了，行不行？！

这个毕头儿是赵五爷的徒弟，和赵大水称师兄弟，为人精明，药行交际也广，去年升了柜上的二查柜。此人平时话不多，只闷头干活，可柜上出货进货，对外有些什么难处，都是他蔫不出溜地就处理了，谁也闹不明白他什么路子。他看见七老爷愁眉不展的样子，很有远见地说，关门也没用，这事儿也就刚刚开了个头儿，往后麻烦事儿还多着哪！

景琦点点头说："那我怎么办，咱们无还手之力呀！"

"要不怎么叫亡国奴呢，任凭人家宰！"

"毕头儿，你是二查柜，别光瞧热闹，出出主意！"

"您是东家，大伙儿听您的！反正光硬顶不行！"

"大不了一条命！"

“命可就一条，死也得死得值！”

“怎么着就死得值？”

“七老爷，别光蹲在大宅门儿里，您得留心外边的事儿！”

“外边儿什么事儿？”

“不愿当亡国奴的都变着法儿地跟日本人干呢，别钻牛犄角！”

“什么意思？”

“没什么意思！天都黑了，您快回家吧！”

景琦摸不透地望着毕云良，感觉他有些道行。

回到家，景琦见田木和九红坐在北廊子的藤椅上聊天，藤桌上放着茶点水果。景琦坐到一旁，抽起了烟袋，说起白天柜上的事。田木交了底，说道：“其实查账限价不过是个口实，皇军的目的有二，一是以你在药行的威望出任会长，可以安定民心；二是要你们百草厅的秘方！”

景琦坚决地说：“这两条儿我绝不答应！宁可叫他查账、限价，大不了赔上点儿钱，我认了！”

田木说：“事情要这么简单就好办了，你不答应，皇军会放过你吗？”

景琦十分反感地说：“别老皇军皇军的，日本鬼子！”

田木也不想争，说道：“咱们各叫各的好不好！”

景琦用力在铜盂上敲烟锅，骂道：“这就是他妈当亡国奴的滋味儿！”

九红紧张地说：“景琦，你别急，听听田木有什么主意！”

田木说：“这两条儿，你至少先答应一条，先缓和一下。我看你是不愿把秘方交给官方的，我可以出面。七老爷暂时把秘方交给我，我代为保存，你总该信得过我。我再去与官方交涉，风头一过，我再把秘方送回来。”九红不时观察着景琦的神色，景琦警惕地望着田木。九红忙说：“那敢情好，我看这主意不错。”

景琦低头不语，田木看了一眼九红，九红则不安地来回看他二人。

突然，景琦盯着田木，看得田木有些慌乱，忙辩解道："我完全是为了白家着想。"景琦磕了磕烟袋说："我做不了主，秘方不是我一个人的，这要族里各房一起商量。"

田木站起身说："那好！不过要快一些，皇军是没有耐性的！"

景琦恶狠狠地说："日本鬼子，太爷我也没有耐性！"

这天，新宅黑洞洞的大门道里，传来了轻而急促的敲门声。门房里亮起了灯，秉宽提灯笼出了门房，问道："谁呀？"

"我，齐福田！找七老爷有急事儿！"秉宽闻声只开了一个门缝，铃铛没响，齐福田和陈月升挤了进来。秉宽二话没说，连忙小跑着把七老爷找了来。原来是日本鬼子叫万筱菊唱堂会，万老板不干，今儿去火车站想到外地躲躲，叫汉奸认出来了。日本鬼子非要搜身，万老板不干，打起来了。他打了一个日本鬼子和汉奸逃出来了，没敢回家，鬼子正满世界抓他呢！

景琦忙问："人呢？"

齐福田说："在我家躲着呢。汉奸认出他来了，我们这几家儿他都不能待，就想到您这儿来了。没跟您招呼也不敢带来，您看您这儿要是不方便……"景琦想了一下说："我这儿是不方便，人太多，进进出出的不保险，再说日本人正盯着我呢！要不然，送到我妹妹那儿去，她那儿地儿偏，轻易没人去。这个忙我妹妹一定会帮！"

景琦跑去和玉婷一说，玉婷马上就答应了。深夜，院门外传来一阵敲门声，苦菊开了门，万筱菊和齐福田、陈月升匆匆走进。白玉婷已经站在门道里迎接，神态十分平静，轻轻叫了一声："万老板！"万筱菊十分不好意思地说："婷小姐，实在抱歉，给您添麻烦。"齐福田、陈月升都心绪不宁地望着他俩，玉婷十分热情地说："快进来吧，我七哥来半天了。"

几个人在西客厅的沙发上坐了一圈儿，苦菊忙着倒茶。玉婷说："我这儿最保险了，一年也来不了几个人。”景琦注意地观察着玉婷和万筱菊，觉得两个人真是天生的一对。万筱菊十分不安地说：“我二位师哥一说上您这儿来，我就说不合适。这是冒风险的事儿，怎么能叫您……”

景琦摆摆手止住说：“甭说客气话，请都请不来，唱了一辈子《打孟良》《打焦赞》《打耶律》《打韩昌》《打瓜园》，今儿又唱了一出‘打鬼子’，得犒劳您。”大家听罢都笑了。

齐福田感激地说：“玉婷姑娘见义勇为，拔刀相助，对万老板可真是没的说。”

玉婷大大方方地说：“这不应该的吗？总算给了我一个给万老板效力的机会。”

万筱菊忙欠了欠身说：“哎哟，这可不敢当！”

玉婷满面笑容地说：“住下吧，想住多少日子，就住多少日子。”

景琦心领神会地微微笑着说：“我说什么来着？不过老住这儿也不是长久之计，最好早点儿离开北平！”

陈月升说：“我们想法子，先去乡下躲躲。”

见时间不早，齐福田站起来说：“我们走啦！”

景琦和陈月升也站了起来，玉婷起身拦住，说道：“哪儿也不能去，这儿凑合一宿，天亮了再走。现在出去不是找挨抓吗？”

景琦忙说：“说的是。坐下吧，齐老板，今儿干脆给我说《锁五龙》。”

玉婷转过身抬起手说：“万老板，您住北屋，都收拾好了，您先看看。”万筱菊客气地说不忙，不忙。景琦撺掇着说，万老板，快去吧，别吓着就行了。万筱菊莫名其妙地问，怎么了？玉婷嗔怪地说，别听她七哥胡说，去看看屋子。玉婷先出了门，万筱菊忙跟了出去。景琦看他们出了屋，感叹说，他妹妹这回可遂了心愿了。

白玉婷带路进了屋，掀起门帘，万筱菊怯怯地站在门口没敢进。玉婷撩着帘子说：“进来呀！”万筱菊迟疑地走进了屋，玉婷心绪复杂地望着他。万筱菊不好意思地环视屋内，立即惊呆了，但见满屋菊花，墙上赫然挂着他和玉婷的照片。万筱菊很是惊慌地问：“您这是……”玉婷笑了：“吓着了不是？我七哥刚才不说了吗，叫您别吓着。”万筱菊诚惶诚恐地望着，屋里到处是菊花，种在盆里的菊花，绣在帐子、被子、枕头上的菊花……万筱菊惶惑地问：“您这菊花也是……”玉婷点点头说：“应您那万筱菊的‘菊’字。”“您这么抬举我，我做梦也没想到……”万筱菊充满了敬意地望着玉婷。玉婷向床边走去，说道：“怎么？没人告诉您？我和您的相片儿结婚已经十年了！”

万筱菊大惊失色，呆呆地说不出一句话。只见玉婷拿起床头的盖头嘲弄地看着，慢慢盖到了自己的头上。万筱菊痴痴地走到床前，坐到了玉婷身边，默默地看着。蒙着盖头的玉婷虽一动不动，但心里感慨万千，耳边似乎响起了十年前“结婚”时的京戏曲牌和锣鼓声……万筱菊无限伤感地望着。

这么多年了，每次见面他心里是有感觉的，听玉婷表白过，也听过不少传言，陈、齐二位师兄弟也传过话，可最终他都没往心里去，不过逢场作戏罢了。可今天见了这情景，他实实地动了心、动了情……眼里不禁涌出泪水，轻轻揭下了玉婷的盖头，玉婷仍低着头一动没动。

两人默默地坐着，万筱菊轻轻拉起玉婷的手，玉婷突然将手抽回，抬头望着万筱菊，万筱菊有些惶恐地向后挪了挪身子。玉婷看着万筱菊，眼中充满了陌生感和疑问。万筱菊不知所措地低下了头，玉婷慢慢站起身走出了房间，万筱菊低头流着泪坐着没有动……

白玉婷出了家门，坐上郑老屁的洋车。景琦追出来站在车边问妹妹，这是干什么？怎么刚见面一会儿就走了？玉婷面无表情地说：“你那儿是我的娘家，我回娘家住几天。”景琦奇怪了，问道：“你想了那么多年，今儿好不容易见面儿了……”玉婷十分认真地说：“七哥，我是和相片结的婚！”景琦愣了，不解地望着玉婷。玉婷吩咐老郑，走吧！

郑老屁拉起车走了，剩下景琦呆呆地望着。齐福田看着从外面回到屋里的景琦也十分不解，怎么就走了？闹什么不痛快了吧？景琦摇摇头也说不清，说玉婷不是那小心眼儿的人。万筱菊满腹心事地走了进来，低着头坐到沙发上，齐福田、陈月升、景琦面面相觑、无言以对。万筱菊低着头一言不发，四个人默默地坐着。刚才那一幕太震撼了，万筱菊心绪难平，双手抱头伏在膝上一动不动……

白七爷实在不给面子，王喜光决定给白家一点儿颜色看看。在王喜光的撺掇下，日本鬼子终于动手了。百草厅的门口停着三辆军用摩托车，一队日本宪兵和四五个汉奸站在门口，堵死了大半条街，百草厅里不时传出凶狠的吆喝声。十几个胆大的行人在路边看热闹，"南记"和几个铺面都在慌忙上板儿。

福特汽车慢慢开来，白颖宇坐在车里，车慢慢地停了。颖宇张望着问，前边儿干什么呢，出什么事儿了？司机探出头说，站着鬼子呢，好像是冲着百草厅。颖宇也探头看了看，说甭理他，开过去！

司机按着喇叭缓缓向前开，站在街上的鬼子和汉奸都回过头看。汽车缓缓前行，不停地响着喇叭。一日本兵大步向汽车走来，后面跟着汉奸翻译官，到了车前。

日本兵喝道："干什么的？下车！"翻译敲着车窗，说道："下车！"颖宇探出头说："我去前门，让让道儿！"日本兵说："见了皇军，为什么不下车？"翻译又道："太君问你，见了皇军，为什么不下车？"

颖宇反问道："见了皇军，我为什么要下车？"翻译向日本兵说着什么，日本兵大怒，一挥手。翻译喊："把他拉下来！"俩汉奸上前开门，将颖宇从车中拉了出来。颖宇大叫："干什么，干什么，我去前门，招着你们啦？"俩汉奸将颖宇揪到车前，将他死命往下按。"跪下！"颖宇挣扎着被汉奸死死按住跪在地上。

颖宇大叫："你们要干什么？我是百草厅的东家，你们敢这样对待我！"翻译声色俱厉地说："正合适，你们百草厅出了共产党！"从百草厅门口，两个汉奸押出了赵大水，二查柜毕云良焦急地跟着跑了出来，日本兵一挥手把赵大水推上车，又拉开汽车门坐到了前座。颖宇仍被死死按住跪在地上，他挣扎着喊：“撒手，讲不讲理你们？”

日本兵命令司机开车，只要一开车，就得撞上路中间被押着的三老太爷。司机犹豫着，日本兵突然拔出刀架在了司机的脖子上，司机惊慌地望着车前仍被按在地上的颖宇。日本兵瞪大眼睛叫司机开车，吓得司机慌忙向前开，同时猛打方向，但汽车仍是冲向了白颖宇。俩汉奸一见，忙松手跳开上了摩托车，颖宇倒在地上吓呆了。就在汽车即将撞过来的瞬间，毕云良猛地一个箭步冲上去，抱住颖宇向路边滚去。汽车轰地驶过，露出了躺在路边的颖宇和毕云良。围观的人“哦……”地惊叫着。

白颖宇抬起身大骂：“操你妈的小日本儿，想轧死我。”毕云良忙搀起白颖宇向厅里走去，白颖宇躺在沙发上，小胡忙着给他揉肩捶背，伙计忙着端水倒药，毕云良在角落里低声打着电话。景琦匆忙走进屋问，三叔没事儿吧？颖宇说要不是毕头儿，今儿他就见不着三叔了，他跟小日本鬼子没完。

毕云良挂上电话，叫三老太爷少说几句。儿子是国民党，叫日本人知道了也没好果子吃。颖宇坐了起来说，他儿子跟蒋委员长去了重庆，他能怎么着？景琦吩咐，赶紧送三老太爷回家，路上小心！几个人扶颖宇起来，向外走去。

景琦悄悄嘱咐着有关景武去重庆的事儿，少往外说。反正也这样了，这么活着还不如死了好，明儿他去重庆找儿子去……颖宇唠唠叨叨被伙计扶出了门。

屋里只剩了景琦和毕云良，景琦问道：“柜上怎么会弄出共产党来了？”毕云良笑了笑说：“赵大水是共产党，您信吗？”景琦说：“我当然不信，可总得有个缘由啊？”毕云良说：“前些日子卖了一批成药，是山西一个大户买走了，愣说这批货是运到陕北匪区的！”

景琦疑惑地问：“那到底是不是呢？”

毕云良又笑了：“是不是跟咱们没关系！咱们是买卖人，谁给钱就卖谁！”

景琦担心地说：“话是这么说，可真要是卖给八路的……”

毕云良收起了笑容，说道：“七老爷，我那天不说了吗？您不能老在大宅门儿里蹲着，您得知道知道外边儿的事儿！”

景琦自嘲地说：“家里都乱不过来呢，还管外边儿！”

毕云良有意开导着说：“您是明白人，八路是干什么的，打日本的！您忍心看着伤员没药治？”

景琦惊讶地说：“这么说是真的，你都知道？”

毕云良摆摆手说：“七老爷不用刨根儿问底儿了吧。您要害怕，咱往后不卖！”

这句话戳到了景琦的痛处，走南闯北几十年他白七爷怕过谁？可他对长期以来耳中传闻的共产党非常反感，更不知道他们是抗日的。如今听毕头儿这么一说，反倒有点急了：“我说不卖了吗，啊？我说了吗？我害什么怕？我恨不得把日本鬼子一个一个都挑喽！”毕云良说：“那咱们都睁一眼儿闭一眼儿。可我告诉您，赵大水绝不是共产党，您得救他！”

“闹到这份儿上了，我怎么救？”

“您还没看出来，这都是王喜光闹腾的，可他也是瞎猜，并不知底，无非是想敲您一笔竹杠！”

“花点儿钱无所谓，这汉奸不能当！”

“他这就是撒网呢，叫您一点儿一点儿地就范，这网会越收越紧，您躲不开！我倒觉着您不妨当这个会长，何不将计就计！”

“那你怎么不当？”

“我还真想当！我要是当了，叫日本鬼子寸步难行！”

景琦惊讶地问：“怎么个将计就计，寸步难行？”

毕云良笑了：“我不能再多说了，七老爷一世英雄，什么没见过？您甭跟王喜光顶着干，何不把他哄顺了，他拿了钱，决不会在赵大水的身上扯不清！”

景琦以异样的眼光望着毕云良，说道："看不出来你挺有心计的，我没白提拔你。"

毕云良语气坚定地说："只要咱们中国人抱成了团儿，日本鬼子斗得过咱们吗？"

景琦久久审视着毕云良，觉出了些什么，这个毕头儿不是凡人。

听了毕头儿的话，景琦来找王喜光了，药行会馆门上已挂上了伪药行商会的牌子。景琦走进大门，听差的把他带到会客室，王喜光坐在沙发上，两人对视着，忽然都笑了。景琦道："赵大水的事儿无论如何得请王会长帮帮忙。"

王喜光不无得意地说："七老爷今儿怎么这么客气，您也有求着我的时候？"

景琦尽量客气地说："当年你说得对，谁都有走窄了的时候，请王会长高抬贵手！"

"我抬手没用，赵大水是日本人抓的。"

"日本人还不是听你的！"

王喜光一下子蹦了起来，叫道："哎哟，祖宗！您想要我的命啊！"

景琦说："赵大水怎么会是共产党？他听都没听说过！"

王喜光笑了："我知道他不是共产党。"

景琦不解地问："那你抓他干什么？"

王喜光神秘地说："我就是想叫你知道，不论你们柜上还是家里，我想抓谁就抓谁。"

景琦立即说："那你抓我，把赵大水放了。"

"要放人也不难。"王喜光从桌上拿过一张委任令，"您在这上头签上个字儿！"

景琦急了："两码事！这跟当不当会长有什么关系？"

王喜光拉下了脸说："一码事！你只要一天不把名儿签上，我叫你一天不得消停！"

景琦压住火儿望着王喜光，他则嬉皮笑脸戏弄地看着景琦。

景琦强压怒火说："你先放人，咱们好说！"

王喜光仍笑嘻嘻地说："别来这套，我上过一回当了。什么叫'好说'，香秀害得我跑外地躲了两年多才敢回北平，那帮追债的差点儿要了我的命。叫一个门槛儿绊倒两回，那是傻子！"

景琦也笑了："咱们别在当不当会长上扯好不好？"

王喜光说："今儿我扯定了！"两人互相盯着，又僵住了。

景琦忍不住了，说道："王喜光，你跟了我这么多年，也知道我的脾气。今后，你爱抓谁抓谁，杀剐留存全由你，我一概不管了，你信不信？"

王喜光眨巴着眼，他的目的是敲竹杠，真惹翻白七爷，竹篮打水一场空可就崴泥了，他一下子含糊了，说道："我信，你什么都豁得出去，七老爷有种！咱们先说眼面前儿的事儿，放人也行，我得上上下下打点。"

景琦开诚布公不再啰唆，问道："说吧，得多少钱？"

王喜光狡猾地说："您甭想拿储币对付我，动点儿真格的吧！"

"两根条子！"景琦伸出了两个手指。王喜光握住景琦的手，把另三个手指也掰开了，说道："五根！"

景琦不再纠缠，果断地说："放了人拿条子！"

王喜光可不轻信了，坚持道："拿了条子放人！"

景琦站起身说："我不怕你赖账，就这么着！"

王喜光往沙发背上一靠，十分得意地说："七老爷，你自己坐大狱的时候，愣一毛儿不拔，别人儿坐大狱你倒挺大方。你呀，贱骨头！"

景琦怒不可遏地望着王喜光，他全不在乎，反而嬉皮笑脸地站起来，凑到景琦身边说："你说，你是不是贱骨头？你是老贱——骨——头！"

景琦一肚子屈辱，眼前这个奴才王喜光，这个下边什么都没有的王喜光，一向奴颜婢膝的王喜光，居然敢对七老爷这么说话。在人矮檐下怎能不低头，这不是为了救赵大水嘛！景琦安慰着自己。他终于泄气地说："是，我贱骨头！"

回到家时，大圆桌上饭已摆好，景琦哪有心思吃饭。一家十几口子站了一地等着开饭，都悄悄望着东偏厅。景琦还坐在东偏厅的椅子上抽着烟，香秀站在一旁催道："吃饭了，都等着呢！""吃吧！"景琦说完却坐着未动。香秀见孩子、大人都眼巴巴向这边望着，便埋怨道："真是的！进门就说饿，饭开上来了又抻着！"景琦突然站起来，发狠说："我他妈贱骨头！吃！"说着大步来到桌前，坐到了中间，杨九红才带着所有的人入了座。

景琦阴沉着脸，没一个人敢说话，都看着他。景琦望了望大家，拿起筷子和碗，所有的人才拿起筷子和碗。大家都低头吃着，只有轻轻的碗筷声，都小心翼翼的。

白美往嘴里扒饭，饭粒掉在了桌上。正在夹菜的景琦看见了，叫她把饭粒儿捡起来吃喽，白美怯怯地望着饭粒儿没动。景琦厉声吆喝着说，听见没有！香秀忙走到白美身后，把饭粒儿捡起来吃了。九红夹菜给白慧，白慧忙捂住了碗说，不爱吃这个。九红又夹给占安，占安也说不爱吃，把碗往怀里一拉，夹的菜掉到了桌上。

景琦突然大怒道："这叫吃饭吗，啊？有这样吃饭的吗？"白美吓得咧着嘴哭了。景琦训斥道："哭什么？不好好儿吃就别吃！刘妈，把郑老屁叫来！"站在门边的刘妈忙答应着走出屋去。白美还在哭，香秀附在她耳边轻声地哄着，景琦发着火儿："还哭！不想吃都一边儿站着去，起来，起来！听见没有？"孩子们吓得惊慌站起，在桌边站了一溜儿。

景琦愤怒地发泄道："这不吃，那不吃，想吃什么？饿你们三天，狗屎你们吃着都香！"九红埋怨道："干吗啊，你心里不痛快，别拿孩子撒气！"景琦拍着桌子说："我在外头受气，回家还得装孙子不成？"

郑老屁跟着刘妈从东廊拐进了北廊，十分紧张地问刘妈，犯了什么事儿啦？刘妈说不知道，反正七老爷在发脾气呢！郑老屁紧张了，没干什么坏事呀，冲着谁来的？两人嘀咕着来到门边，郑老屁忽然一把拉住刘妈，叫她露个底是谁把他告了。刘妈瞪着眼说，没干坏事儿怕什么，进去吧。她一把将郑老屁推进了门儿，郑老屁晃了一下站住了，惊慌地叫了声“七老爷”。景琦仍沉着脸问，吃饭了吗？郑老屁战战兢兢地说，吃了。景琦又问，还能吃吗？这是什么意思？总不会是叫来吃饭吧？郑老屁莫名其妙地说，能！还真是那么回事儿，景琦叫他过来，是让他把这桌子上的饭菜都给吃喽。

郑老屁惶惑地看着，闹不明白是真是假，站着没敢动，旁边站着的一屋子人都惊呆了。“吃！”景琦大声命令道。红花忙把一碗饭和筷子给郑老屁，郑老屁走到桌前胆怯地望了望周围。香秀、九红、孩子……所有人都在惊异地注视着郑老屁，他胆怯地看了一眼景琦，忙低头看菜，哆嗦着伸出了筷子。

忽然，郑老屁伸出的筷子又缩了回来。景琦奇怪地问，怎么啦？郑老屁说碗太小，景琦一下子笑了，叫人给他换大碗。刘妈端过一个大瓦盆给了郑老屁，景琦觉得过分了，简直胡闹，怎么洗碗的盆儿都上来了，丫头、老妈子们都偷笑。

没承想郑老屁忙接过盆儿说挺好，这盆儿合适。郑老屁动手将一盘盘饭菜全都倒在了盆里，蹲到地上，端着盆用大汤勺搅和着吃起来。孩子们看愣了，九红看着直皱眉头。景琦指指椅子叫郑老屁坐下好好吃，他动了一下说蹲着好。郑老屁说着话也没停嘴，大口大口地吃着。景琦探着头，认真而又开心地看着；香秀看着景琦，偷偷地笑了。一圈儿的孩子，瞪着眼，张着嘴，探着头，有点儿傻了。

景琦歪着头，咧着嘴，替郑老屁使着劲儿。郑老屁吃完了一盆饭菜，站起来抹着嘴，冲景琦傻笑了一下。景琦高兴极了，叫道：“哈哈——痛快！痛快！嘿！痛快！你们都看见吗？这才叫吃饭。郑老屁，去账房儿领个红包儿！”

其实，景琦心里并不痛快，想起柜上的事，他竟然一点招儿都没有。

入夜，景琦与黄立拉着狗在院中巡视。黄立问他今儿怎么一天都气儿不顺。景琦十分沮丧地说，他一辈子没这么窝囊过，王喜光竟敢当着他的面儿骂他白七爷是贱骨头。那狗奴才下三滥的样儿让人恶心。黄立十分感叹地说，他呀，当奴才当惯了，宫奴、家奴、亡国奴，一得势，还以为自己当了主子。七十岁的人了，不知有“羞耻”二字！景琦愤愤地说，王喜光以祸害人为乐儿，整天叫他这么折腾还行吗？不行！他想过了，不干了，关门儿停业，日本人不走他就不开张！他就不信日本鬼子能长久占着咱们老中国。

第二天在公事房前的院子里，药场和柜上的先生、伙计，足有七八十人站满了一院子，大家悄悄议论着，望着前面。台阶上站着景琦、景怡和柜上所有管事的。景怡高声地说：“打今儿起，所有白家老号一律关门儿停业！”景怡刚说了头一句，下面大乱。景怡大声地说：“不是我们愿意这样，这买卖实在是做不下去了，请诸位另谋高就……”

大家惊愕地听着，有点手足无措。景怡说：“时局艰难，今后，凡是找不到活儿干的，柜上还给每月开五块钱的份例，直到把咱们家底儿吃光了算。对不住大伙儿了。老七，你接着说！”景琦点点头说道：“国难当头，请诸位体谅我们的苦衷。有个汉奸说了，无论我们家里还是柜上，只要他高兴，想抓谁就抓谁。咱们大查柜赵大水虽说放回来了，保不齐今后还抓谁，我们不能连累了大伙儿！”

大家伙儿一下子议论开了：“哪个汉奸王八蛋说的，宰了他！”“关门儿不是个办法吧！”“还叫不叫人活着了？”景琦招了招手说：“诸位！我们也是迫不得已，以后只要有了转机，再请大伙儿回来！”

风声越来越紧，经常有那么两三个可疑的人在白玉婷家胡同口来回晃，万筱菊在玉婷家也藏不住了。

齐福田和陈月升决定把万筱菊送乡下去，二人往北屋看了看，陈月升说：“差不多了吧。”玉婷和万筱菊站在北屋门口依依惜别。玉婷满面惆怅地说："说实在的，我还真得感谢日本鬼子，没有他们横行霸道，做梦也想不到您会在我这儿住好些天。"万筱菊十分激动地说："再生之恩终生难报！"玉婷说："这话说得多不爱听！等日本鬼子走了，我陪您唱一出《大英杰烈》。"

齐福田在院里的喊声传了进来："万老板，马前点儿！"万筱菊深情地望着玉婷，玉婷苦笑望着万筱菊。"我先去乡下躲躲，风头儿一过就回来看您！"万筱菊深深鞠了一躬，玉婷点了点头，万筱菊转身走去。玉婷没有往出送，充满哀伤地一直望着万筱菊的背影消失在门外……

日本宪兵队出动了。

关静山和王喜光带着大队宪兵围住了百草厅，白家几个房头、管事的全都集中关在了公事房。公事房房门紧闭，外面有日本兵站岗，门玻璃后面，敬业向外望着，回过头来说："这是要把咱们怎么着啊？"白家爷们儿全被囚在屋内，个个垂头丧气地坐着，没人理敬业。景怡和景琦小声嘀咕着商量事儿。敬业看着外面小声说："嘿！关静山来啦，还有王喜光！"景怡、景琦忙抬头看，门开了，关静山和王喜光走了进来，大家都站起来。关静山不客气地走到沙发前坐下，王喜光坐在一边儿。

关静山开口道："出了这么大的事儿，我来看看诸位，我不怕你们骂我汉奸，我不当总得有人当。"景琦一听这开场白，也不客气地坐下了，其他人见景琦坐也都陆续坐下了。关静山接着道："我虽说给日本人办事，可心里处处都得为咱们中国人想，咱们两家儿又是几代人的交情，我不能见死不救！我劝诸位还是不要拿鸡蛋往石头上碰……光棍儿不吃眼前亏，您说呢？大老爷！"一直低着头的景怡一声不吭。关静山下令了："皇军说了，所有的白家老号三天之内必须开张营业。否则，药店和药场统统查没！七老爷，怎么样？"

景琦怒冲冲地说："我自己的买卖，想开就开，想关就关，这我都做不了主啦？"

"做不了主！"关静山蛮横至极地说，"皇军要让全世界都看到一个商业繁荣的北平，特别是百草厅，都关门儿了，这不是往皇军脸上抹黑吗？咱们也得替人家想想是不是？”

景琦怒视着关静山，只听他又缓和了语气说：“卫生部门儿要检查你们的药方子，都交出来吧，人在矮檐下，怎敢不低头……我只能说到这儿了。皇军那边儿我尽量维持，可你们也别逼得我走投无路。”关静山走向门口，又回过头来，“各家买卖开张以前，谁也不许离开这儿！”关静山出门而去，王喜光到门口，又回过头来叫七老爷出来一下。

王喜光由衷佩服地和景琦说：“今儿关爷可够给面儿的，人家是处处替你们想，人多厚道啊！“

景琦揶揄道：“我看还是不如王会长厚道。”

王喜光涎着脸说：“行了，行了，你心里骂我什么我都知道，别再要花招儿，你们的赵大水放回来了，他虽说不是八路，可您那位大孙子白占元已经在宪兵队挂上号了！”

景琦着实吃了一惊，忙问：“为什么？难道他会是共产党？！”

王喜光故弄玄虚地说：“是不是您自己问他去。还有，那位万筱菊万老板是谁放走的？”

景琦从心底里发慌了：“我怎么知道？！”

王喜光一脸的奸笑：“七老爷，什么事儿也瞒不过王喜光的眼睛。万筱菊躲到戏箱里边儿，车到永定门就把他抓起来了，没想到吧？”

景琦惊呆了，说道：“你何必跟一个唱戏的过不去呢？”

王喜光步步紧逼道：“你妹妹白玉婷的事儿，我这儿可还压着呢！”

景琦少有地慌了神儿，问道：“你到底想干什么？”

王喜光说：“五十年前，白家的长房长子判了斩监候，今天七老爷不愿再重来一回吧？”

景琦还想硬顶，说道：“有什么罪名儿我一个人顶着！”

“你顶不了！老佛爷要活着，你是满门抄斩灭九族的罪！你横什么？请你当个会长，你就鼻子不是鼻子脸不是脸的，害得我在皇军面前挨了好儿回骂！你对得起我吗？”王喜光说着，拍着景琦的肩。

景琦没想到这步棋的后面如此凶险，妹妹、孙子都搭进去了，心事重重地回到屋里。

敬业拉开公事房的门，和门口站岗的日本兵交涉说：“我要上厕所，你不能不叫我出去呀！”日本兵听不懂，呆望着他。敬业重点强调着说：“厕所——茅房懂不懂？”日本兵仍然愣愣地望着敬业。“哎哟，急死我了，我憋不住了，我要……我要……”敬业比画着撒尿的样子，“哗——哗——撒尿懂不懂？”日本兵不耐烦地把敬业往回推。敬业大叫：“什么规矩，不许人撒尿！”景琦走到门口说：“喊什么？都这份儿上了，就别瞎讲究啦，往痰桶里尿吧！”“对对对！”敬业忙进屋，端起痰桶往里屋跑。忽然，屋里的人都憋不住了，拥进里屋去，大家围成一圈儿互相挤着，尿得满地都是。

第四十章

眨眼就到了第三天，今儿个各号如果仍不开张，日本鬼子就真下手了。开张吧，谁也不敢顶个汉奸的罪名开这个口，大家都在看景琦的脸色。这两天景琦就没说过话，没时没晌地拿着烟袋抽个没完没了。吃饭就更甭说了，日本鬼子给的饭菜连猪食都不如，没法儿吃。这帮爷饿得脸都绿了，一个个垂头丧气、哼哼唧唧长吁短叹。景琦表面上沉寂无语，可内里心急如焚，自己一个人死呀活的也无所谓，可老少爷们儿一大家子人都陪在这儿，真真的陪不起呀。闯荡一生的七老爷到了这个节骨眼儿，也一筹莫展。

李香秀来了。

李香秀带着冯六、牛黄和提着大食盒抱着酒坛的仆人，给白宅的爷们儿送饭来了，门口站的日本兵伸出刺刀拦住。

香秀冲着日本兵比画着说，他们是送饭的。日本兵摆动着刺刀也叫唤着比画着，虽然听不懂他说的什么鸟语，可明白是不叫进。香秀耐心解释着，送饭的，给里边儿的人送饭……要命，他听不懂中国话。香秀叫冯六过来，冯六提着食盒怯怯地走上前。香秀指着提盒又比画着吃饭的动作，日本兵怀疑地望着食盒，又看看香秀。

香秀打开第一层食盒说："看看！送饭菜，懂不懂？"日本兵低头看，脸都快碰到食盒了，香秀用力推了一把日本兵，叫道："嘿嘿嘿，别把哈喇子流进菜里！明白了吧！"香秀一挥手说："进去了啊！"趁着日本兵还没明白过来，香秀大叫："快拿进去！"冯六和仆人小跑着进了大门，香秀对日本兵点了点头说："谢谢啊！"

饭菜已经摆到了桌上，七老爷没动，屋里的人都没敢动，垂头丧气地靠边儿坐着。敬业看了看大伙儿，忍不住坐到了桌旁说："吃吧，我可真饿坏了。"大家冷眼看着敬业，仍没有人动。香秀悄悄拉了一下景琦，两人走进了里间屋。敬业已大吃起来，问道："怎么都不吃呀？这两天我可饿疯了，吃吧！"景琦、香秀在里屋悄悄嘀咕。

片刻后，景琦惊讶地抬头看着香秀问，这是谁的主意？香秀并不回答，只是问，行不行吧？景琦低头沉思着说，以后还得出麻烦，眼下也没别的法子了。香秀的意思是，走一步算一步，先把人弄出去再说，不能老关在这儿。景琦愣了一会儿，终于点点头，二人走出里屋。

景琦坐到饭桌前，装作很不经意地说："吃吧，吃吧，我看就按日本人说的办吧！那么多先生伙计，家里都揭不开锅了，不开张哪儿行啊？"大家惊愕地望着景琦。

敬业得意了，说怎么样？还是他做对了吧，他压根儿就没关张。大家都惊讶地望着敬业，这小子也太不地道了，跟谁也没打招呼，当汉奸还当对了。现在七老爷都叫开张了，还没法骂他了。

景琦把眼一瞪说："糖醋鱼都堵不住你的嘴！"敬业不说话了。

景怡仍坚持着说："可咱们祖传的秘方不能交出去！"

景琦做出很痛悔的样子说："国都亡了，还要那秘方有个屁用！"没人敢再搭茬儿，谁不想早点出去呀，只是没想到七老爷变得这么快，也不知香秀都跟他说了些什么。

景琦大吃起来，叫道："香秀，给大伙儿倒酒！"香秀倒上酒，大家疑疑惑惑地陆续坐到桌边，闹不明白七老爷怎么忽然变成了这样，反正天塌下来有人顶着，不操这份儿心，挺好！

果然，日本兵很快就撤了，白家爷们儿各回各家，景琦正式地约田木见了面。两人坐在东偏厅，九红心情忐忑地坐在一旁。景琦将一个锦缎盒子交给田木，说这是一百四十二张秘方，他们君子协定，只交他保存，不能交给官方。田木面呈喜色说，七老爷有了这个举动，就好向官方交代了，反正交到了日本人手里，他们决不会再追究。九红高兴地张罗着吃饭，景琦、田木站起来走向圆桌。九红边招呼吃饭边夸赞田木的女儿玉兰越长越漂亮，田木说这女儿太调皮，一直想给她找个中国丈夫，能不能帮忙留心一下。九红爽快地答应了。

占元和田玉兰聊得火热，这个占元是一点儿都不像他爸爸白敬业，像谁？像他爷爷白景琦，从小聪明伶俐，爱看书，爱打架，堵在胡同口打了日本兵，就纯粹是学他爷爷，隔了代的遗传。他从小就崇拜这位七老爷的智慧才能魄力，已经上了大学的理工科，立志要做一个科学家，说只有科学可以救国，也崇拜七老爷的帅和野，甚至坏。他是有样儿学样儿，你看，见了田玉兰没说几句正经话，就跟她说起中国宫中的太监下边都没有……玉兰又羞又笑，两手捶着占元。景琦问他们聊什么呢，这么可乐。

玉兰说："占元说你们宫里的太监都没有……都……净胡说，他说你们原来的管家王喜光就是那样的。"九红嗔怪道："哎呀！占元，说点儿正经的好不好？"两人低头笑着。田木问："王喜光叫七老爷当会长的事儿怎么样了？"景琦不屑地说："我不当！王喜光算什么东西！"

田木很友好地说："我很同情七老爷，我也看不起汉奸！可硬顶不是个办法，最好是离开北平，躲一段时间再回来。"九红忙说："这个主意好，济南吧！我也十几年没回去了，我陪你去。"景琦不为所动地说："躲了初一躲不了十五，跑了和尚跑不了庙！"田木说："权宜之计嘛！"景琦不置可否地说："再说吧！"玉兰突然笑着将一口汤喷了，占元一旁坏笑着。田木板起脸责怪道："玉兰，像什么样子！"玉兰指着占元说：

“爸，你不说他还说我，他又胡说！”占元坏笑着说：“真的，真的！”玉兰狠狠捶着占元。景琦、九红、田木三人各怀心事地看着两个年轻人。

景琦掂量再三，眼前是一团解不开的乱麻，早晚出大事儿，还是躲一躲好。到了晚上，想和香秀商量一下，说是得出去躲躲。

香秀没好气儿地说：“杨九红不是要陪你去济南吗，你去呀！”

景琦说：“我不去济南。”

香秀推着景琦说：“哎呀，起来，起来，铺被窝儿呢！”

景琦忽然说：“我到你家里躲躲吧？”

“去我家？”香秀一愣，又低头铺床，“老爷开恩吧，我们家庙小，容不下您这么大的佛。”

景琦瞪着香秀说：“我偏去！”

“你们白家上百口子人，哪家儿不能躲？出了事都往后捎！”

“我哪也不去，就认准了你们家了，行不行吧？”

“不行！我还告诉你，我要告辞了。”

“告辞是什么意思？”

“这意思就是我得走了，离开白家，从此两分手！”

景琦大惊，问道：“你怎么想起来要走，谁得罪你了？”

香秀义正词严地说：“谁也没得罪我。我本来就是老太太买来抱狗的，老太太一去世，当时我就该走的。我都二十八了，总不能老死在你们白家！”

景琦强词夺理地说：“你本来就是买来的，你就不能走！”

香秀毫不让步地说：“我赎身，不就五百大洋吗？！窑姐儿还能赎身呢，我就该当一辈子丫头！”

景琦不解地问：“你今儿怎么了？”

香秀沉着脸说：“没怎么！”

景琦生气地说：“我不许你走！”

香秀执拗地说：“我就走一个给你看！”

景琦急了：“我……”

“七老爷，该拉闸了！”门外忽然传来听差的喊声。

景琦没好气儿地说：“知道了，喊什么！”景琦瞪着香秀还想说什么，香秀不理他径自向外走去，说道：“走吧，拉闸去！”景琦愤愤地跟了出去。

两个听差打着灯笼，景琦和香秀走出屏门。景琦一肚子火儿地叫着拉闸了——都他妈的睡觉！厨房里忽然传来老妈子和厨子们的调笑吵闹声，景琦站在门外大叫，几点了，还在那儿闹！一帮败家的玩意儿。俩听差吓得直看香秀，香秀也虎着脸，里面顿时没了声音。

景琦走进过道，出了垂花门，黑着个脸到门房叫秉宽拉了闸，还在发脾气：“没他妈一个好东西，都在那儿算计我，我也不是那么好惹的！”香秀已等在半路，忙跟在后面走，景琦也不看她一路发着邪火。听差吓得拿灯笼的手直发抖。景琦大叫，小心火烛！小心他妈的火烛！香秀边走边偷偷笑，景琦发泄地大吼着小心火烛——小心个屁！全他妈烧光了才好哪！香秀在后面捂住嘴不住地笑。

这一宿景琦都没睡安稳。第二天清晨，院内仆人们扫地的、倒水的、提壶的、端盆儿的，忙而不乱，声音很小。景琦出了房门往外走，也不知道往哪儿去。莲心端着脸盆儿拦住景琦说：“老爷上哪儿啊？还没洗脸呢！”景琦粗暴地说：“去去去！趁我还活着，你们该干什么干什么去，都给我走人！”他一把推开莲心走了。

香秀匆匆跑进了屏门，与景琦走了个对头儿，叫道：“哟，老爷子一大早儿上哪儿？”景琦撇着嘴说：“上哪儿？我能上哪儿，哪儿都不要我！我他妈找日本鬼子挨枪子儿去！”香秀咯咯笑道：“行了，老爷子，还生气哪？”景琦越发地来劲了：“我生气，我敢生气吗？谁拿我当人呀？”“行啦——走！”香秀拉景琦走。景琦没动窝儿，说道：“干什么，上哪儿去？我一个人儿活得挺自在，哪儿也不去！”“别打坠咕噜儿啦，车都备好了！”

香秀拉住景琦走出屏门，景琦边走边赌着气问：“谁叫你备车了？”香秀说：“您昨儿晚上不是吩咐上我家去吗？”景琦怪声怪气地说：“哎哟，别吓着我！您那庙小，容得下我这么大的佛吗？”香秀笑嘻嘻地说：“庙不在小，有佛则灵！走吧——”景琦故作不情愿地被香秀拉着走，出了垂花门，下台阶进了二厅院。景琦还故意发着牢骚：“哼——哈——我去济南府！哈——叫人给我脸子看，凭什么呀——我去济南府——啊？”

一到香秀家，景琦彻底放松了，忙着攒牌局，命人把玉婷也叫了来。景琦、古先生、玉婷和香秀妈马立秋打上了麻将。景琦要抓牌，在身后的香秀使劲扒拉他的手叫他吃，景琦捏着牌说不能吃。香秀不由分说帮七老爷吃了牌，打了个三万，古先生一推牌，和了！边三万！七老爷埋怨道：“你瞧，不能打三万。”马立秋抬头瞅了香秀一眼说：“你又不懂，别瞎捣乱！去厨房看看水开了没有？”香秀直起身说：“自己不会打，还说别人！”香秀抱怨着向门外走去。玉婷看着走出去的香秀，又回头看景琦，手里洗着牌说：“七哥！我看香秀不错，收了房吧？”马立秋、古先生都是一愣。

景琦立即来了精神，叫道：“说得好！孤正有此意！”玉婷问马立秋：“老太太，行不行啊？”马立秋惶恐地说：“不行，不行！给老爷当个丫头已经是福分了，哪儿还敢往上高攀！”玉婷又问：“你先说乐意不乐意吧？”马立秋吓得直摆手：“不敢，不敢！一个乡下丫头，又不懂事儿，饶了净惹老爷生气！”玉婷懂得七哥的心思，鼓励说：“七老爷都发了话了，你还怕什么？”景琦忙道：“老太太赏个面子吧！”马立秋惊喜而又胆怯地说：“那敢情好啊！”玉婷拍着手说：“得，定了！我做媒，我张罗！”古先生忙抱拳拱手说：“给各位道喜了，这杯喜酒我可喝上了！”景琦郑重地嘱托说：“玉婷，这喜事儿我可全交给你了！”

本来是件高兴的事，可李香秀一整天吊着个脸子，没了一点儿笑容，往床上一躺，两手垫在头下望着顶棚。景琦推门而进，慢慢走到床前，坐到了床沿儿上。香秀一动不动，也不看景琦。

七老爷不知香秀在想什么，关切地问："你心里到底怎么想的，跟我说说行不行？"

香秀仍望着顶棚说："说也没用！"

景琦说："怎么会没用？只要你说出来，我一定做得到！"

香秀一下子坐了起来说："这是你说的？"

景琦点点头说："我刚说完！"

香秀直视着景琦问："好，那我问问你，你还记得槐花是怎么死的？"

景琦意外地说："说这干什么，是我不好，我不该打了她！"

香秀愤愤地说："是杨九红逼死的。给你做姨奶奶，就要受杨九红那窑姐儿的气，我宁可回家种地！"

景琦大出意料，一下子明白了，惊奇地望着香秀。香秀咄咄逼人地望着景琦。

景琦试探地问："难道说，你还想当太太不成？"

香秀说："怎么不行？要当就当太太！绝不做小！"

景琦傻了，皱巴着脸直挠头皮。香秀冷笑道："怎么样，吓着了吧？刚才还说一定做到！"

景琦摆摆手说："别这样，你出的题目太大，得容我想想！"

香秀步步紧逼道："想什么？想你的儿子都比我大了；想这门不当，户不对；想你是阔东家，我是穷要饭的；你是老爷，我是丫头；想你们祖宗的规矩；想你们……"

景琦急了："你有完没完？我这儿一句话没说呢，你那儿倒嘚啵起来没完了！"

香秀一仰身又躺到了床上，两手又垫到头下，望着顶棚说："算了吧，七老爷！别把你吓出个好歹来，趁早儿死了这条心……"

景琦似乎根本没听，两眼望着别处寻思着。

香秀仍在絮叨着说："我呀，还是回乡下种我的地，咱们井水不犯河水……"

"他妈太太就太太！就这么定了！"景琦突然站起断然道。

香秀猛地又坐了起来，向前探过身，伸着头仔细观察着景琦说："想好了，别后悔！"

景琦回头看看香秀，斩钉截铁地说："我七老爷没做过后悔的事儿！"

香秀故意激将，说道："多想想，白家的人可要叫你得罪光了，他们容得下这事儿？你斗得过他们？这个马蜂窝不是好捅的……现在后悔还来得及！"

景琦冷笑着望着香秀说："你这是给我浇油点火？告诉你我想干的事，用不着浇油！我不想干的事儿，点火也没用！"

景琦说干就干，他开始筹备婚事了，一一通知了各家各户亲朋好友。

九红正躺在床上抽大烟，景琦撩帘进来，随随便便地说："嘿，跟你说个事儿，我要续弦娶位太太进门儿了啊！"九红立即放下烟枪坐了起来，怔怔地望着他。景琦笑了笑转身就走，说等着喝喜酒吧。九红知道是真的了，忙叫景琦等等，就说这么一句就走了。景琦回过身问，她还想听什么。九红惊奇地问，这是什么时候的事儿，怎么一点儿都不知道？景琦大咧咧地说，等她知道，黄花儿菜都凉了。九红立即关注地问，要娶的是哪家的千金？景琦漫不经心地说，她见过，香秀！景琦转身又要走。九红大惊，一下子站了起来，喊道："站住！白景琦，你真做得出来呀？你不是闹着玩儿吧？"

景琦极其认真地说："我这儿办喜事儿忙得三孙子似的，有工夫跟你闹着玩儿？"

九红走向景琦，说道："爷爷！您都六十了，顾点儿面子好不好？"

景琦把眼一瞪说："你这是劝我呢？我这人不识劝，我不是来和你商量，就是来告诉你一声儿！"

“我不是劝你，我都熬了这么多年了，没说过叫你把我扶正吧？凭什么她来了就当太太？”

“她怎么不能当太太？”景琦坐到椅子上，盯着九红。

“她是丫头！”

“当了太太就不是丫头了！”

“你的孙子都快赶上她大了，香秀才二十几！”

“对了，我娶个八十岁的，那不是媳妇儿，我管她叫妈！”

“你这不强词夺理吗？你跟家里人都商量过了吗？”

“我娶媳妇跟他们商量什么？娶你的时候，我爹妈都不知道！”

“你这是娶太太，不是娶姨太太！”

敬业一掀帘子走了进来，看见景琦忙垂手侍立一旁，九红连忙冲着敬业道：“好极了，快给你爸爸道喜，你爸爸要续弦了。”说着坐了下来。敬业惊奇地说：“是吗？那真得给爸爸道喜了。”九红挑唆道：“你也不问问娶的是谁？”敬业充满好奇地问：“谁呀？”九红故意激将景琦，催道：“七老爷说呀！”“这有什么，好像不能说似的，香秀！”景琦根本就不在乎，说着站了起来。敬业着实地目瞪口呆了，张开嘴合不上。景琦走到敬业跟前，轻轻拍着他后脑勺说：“怎么了？瘸儿子，吓傻了？以后见了香秀，你得叫妈！”

景琦转身走出了屋门，敬业仍傻愣愣地站着。

九红站起身说：“听见了吗？你要开得了口叫她一声妈，我情愿叫她一声太太！”

敬业说：“啊……啊！我的妈哟，我这不是做梦吧？”

九红说：“这不是咱们一个房头儿的事。去，把家里人都叫齐了。这件事儿，绝不能叫他办成！”

大老爷白景怡听到这个信儿吓了一跳，是真的吗？还没明白过来呢，七老爷亲自来送信儿了。听完了景琦的话，景怡不安地在屋里来回走动着。景琦抬头看着景怡说：“大哥，你为什么难？我就是来请你喝杯喜酒。”景怡停住了脚步，探过身冲着景琦恳切地劝道：“老七，你娶多少我都不反对，可这香秀，收个房算了！”景琦提高了话声：“她怎么就不能当太太？”景怡低头来回走，似自言自语地说：“咱们白家向来讲究个门当户对，丫头收房的不少，可从来没有过填房当太太……”景琦耐着性子听着。

景怡两手一摊说：“族中一向没这个先例呀！”景琦狂傲地说：“打我这儿起，这不就有了吗？！什么规矩不是人定的，我怎么就不能开个先例、定个规矩？”景怡哭笑不得地说：“你……你……这么大事儿怎么像儿戏一样！你不是小孩子了，上上下下这么多人，你怎么交代？”景琦说：“各人过各人的日子，我向他们交代得着吗？”景怡颓然坐到沙发上，说道：“我这个大哥说了也没用，你知道人家怎么说你们二房？”景琦问：“怎么说？”景怡指着景琦说：“说你们二房的人都有神经病，白玉婷到你都不正常！”景琦笑了：“他们才有神经病呢！不正常的人看见我们这正常的，他总觉着别扭！”景怡惊愕地望着景琦，无言以对。

经杨九红周密安排精心策划，终于把各房有头有脸的、能说得上话的人都召集在了一块儿，聚一聚吃个便饭。景琦没有阻拦，他知道杨九红要干什么，他与香秀这桩婚事，族中也没有一个人表示赞成。景琦也正好用这个机会，和大伙儿打个招呼。三老太爷白颖宇先到了，一头扎进东里间，和景琦聊上天了。

已经到了吃饭的时候，老妈子端着菜出出进进，小胡指挥着，门口两边站着各房的丫头。屋里坐满了人，没有一个人说话，紧张地等待着。莲心、红花等大丫头在帮着老妈子摆菜，大圆桌上杯盘都已摆好。九红凑到景怡耳边嘱咐道：“待会儿得您先说！”景怡谨慎地说：“看吧，看看再说！”敬业问敬功，佳莉在济南还好吗？敬功说她现在学西医呢，快毕业了。

东里间门口有了响动，大家都转头望去，景琦和三老太爷颖宇走了出来。颖宇说：“老七，我要喝你那四十年的老绍兴黄！”景琦说：“您敞开儿喝，管够……怎么着？我办个堂会，您还能来一出吗？”颖宇念着高宠的白口：“‘看那面黑洞洞！’嘿嘿，不行了，老胳膊老腿儿了，看你的！”敬功站了起来说：“爸，三爷爷！”景琦斜了他一眼问：“你什么时候来的？”敬功说：“今儿刚到。本来听说爸爸要去济南呢！”景琦故意问道：“改了主意了，你来办什么事儿？”敬功说：“听说爸爸要娶香秀，急着忙着赶来了。”景琦说：“等着喝喜酒吧！”

敬功是真没眼力见儿，还想劝谏：“爸爸，这事儿还是再商量商量！”景琦一下子翻了脸，质问道：“商量什么？我就知道你肚里没揣着好乜贴！这些年家里出了那么多大事儿，你也没说回来看看……”敬功一下子愣住了，局促不安地望着景琦。景琦厉声地说：“听说我娶媳妇儿，你颠儿颠儿跑回来啦，你小子在济南又娶了两房姨太太，别以为我不知道！趁早儿买火车票给我滚回去！胡总管，给他买票去！”敬功吓得忙低下了头。胡总管忙答应说：“是！”大家都愣了，没一个人敢插嘴。

颖宇见气氛不对，说道：“老七，你们吃吧，我走了。”九红忙站起来上前说：“三叔，您不能走！”颖宇向门口边走边推辞：“对不住，我这两天闹肚子，昨儿贪凉，多吃了两碗冰酪。”九红着急地说：“这事儿还没说呢！”颖宇突然捂起肚子，叫喊道：“哎哟，不行！说来就来，我对不住了啊！”颖宇向外疾走，俩丫头扶着去了。九红又气又急：“哎，三叔……”景琦走向圆桌嘲弄地笑着说：“甭叫三叔，他比你们精！怎么着，今儿来得够齐的，怎么这么巧都走到一块儿了？”景双怯怯地插了嘴：“听说你要办喜事儿，我们……”“没错儿！都来了好，省得我一个一个去请了，到时候都来喝喜酒，今儿就算都说到了啊，来吧！先吃饭。”景琦说着坐下了。

一屋子的人没有一个人动，大家的视线不约而同转向了景怡。景怡只好开口：“老七，我还是那句话，收房可以，续弦不宜！”话音一落，顿时人们像开了闸一样议论起来：“是啊，是啊，收个房算啦！”“咱们白家向来没这规矩！”“哪怕先收了房，过几年再扶正呢！”“大宅门儿里讲究的是个门当户对！”“这要是老太太在世，恐怕……”景琦不耐烦了，拍打着桌子说：“怎么啦，怎么啦，嘿！”大家都不说了。“是你们娶媳妇儿还是我娶媳妇儿？”他威严地扫视着众人，在座的人无一敢与景琦对视，都躲着他的目光。

“我自己的事儿，你们瞎操什么心？我娶个媳妇儿跟捅了你们的心肝儿肺似的！”

大家又都不说话了，视线又都集中到景怡身上。景怡也有些发怵，婉言说道：“老七，话不能这么说，大伙儿也是为了你好。”

一下子又像开了锅，纷纷劝阻：“是呀，还不是为了这个家吗？！”“为咱们白家想，你也不能这么做！”“这事儿传出去叫人笑话！”“不是为了宅门儿的名声，谁也不管这破事儿！”“什么事儿也越不过个理字！”“办事总要前思后想，不能由着性子来！”……

景琦终于忍无可忍，站起来回身从条案的架子上拿下鬼头刀，噌地拔了出来，顿时全屋一片死寂，都紧张地看着他。

景琦大叫：“白家门里，上上下下，里里外外，男男女女，大大小小，归了包堆，全他妈混账王八蛋！”他突然举刀狠狠向圆桌上劈去，“哐”的一声，桌上的汤菜乱蹦乱流，碟碗碎了一地，黑漆桌面裂了个大口子。

景琦持刀走到敬业、敬功面前用刀尖一指，说道：“谁敢再胡说八道，就照着我这口刀说话！”

敬业吓得扑通跪到了地上，敬功也忙跪下了。

景琦回头，用刀横扫着众人：“啊——”目光凶狠地望着所有人。

敬字辈儿的全跪下了，丫头仆人一下子跪了一片。

景怡吓呆了，九红忙低下了头。

景琦举刀大吼：“七老爷要娶媳妇儿啦！”

喜乐高奏，白宅门口披红挂花，双喜字迎门，鲜花怒放，迎亲的花轿执事堆在门口，仆人喜气洋洋，往外抬嫁妆。景琦和玉婷从北屋走出来，扫视了一下院内，皱起了眉头，西厢房上着锁，南屋上着锁，回头看看西里间，西里间也上着锁，景琦问各屋的人呢？小胡说一拨儿一拨儿的全走光了，姨奶奶昨儿晚上出去就没回来。景琦满不在乎地说，好，走了好！本家儿的一个都不来，挺好！省得碍眼，惹得七老爷心里不痛快！走！玉婷深深地佩服了，为了一个丫头，家都不要了。景琦大声吆喝着说，自个儿活得自在就行了，这家是他一个人儿的家！

到了大门口，玉婷上了迎亲太太的轿子。景琦一身新郎打扮，上了一辆新式马车。吹鼓手，八抬大轿，全套执事，开道锣，朝天镫，旗罗伞盖，迎亲的队伍出发了，喜乐大作。

香秀家门口围着里三层外三层看热闹的人，陪嫁的东西摆了有二三十米长。朱伏正在张罗，说迎亲的快到了，把陪嫁东西往边儿上靠靠，自己守着自己那一摊儿，不许乱跑！

新娘打扮的香秀还在照镜梳妆，雍容华贵，朱伏的老婆段大兰和两个丫头将香秀扶起穿衣，马立秋在一旁不住地擦着眼泪，古大夫的两个老婆抱着孩子在一边儿看热闹。大门口轿子落地，玉婷下轿向门里走去，围观的人踮着脚、侧着身、伸着头，堵了半条街。玉婷和大兰扶着蒙着盖头的香秀走向院门，马立秋激动地跟在后面。围观的大人孩子往前挤，朱伏不断地往后推着，叫大伙儿往后退退，帮帮忙，劳驾了您哪！

花轿停在门口，香秀出门上轿，景琦上了马，吹鼓手们卖力地吹打着，送亲的队伍出发了。马立秋站在门口禁不住地流泪，说不出是悲是喜，毕竟这位姑老爷比女儿大了三十多岁呀。

八抬大轿在新宅大门前落轿，景琦在前引路，进了花堂，景琦与香秀二人拜天地，三叩首。一片喜庆气氛。

晚上到了开席的时候，小胡匆匆跑来把玉婷拉到北廊子头儿上，火急火燎地说，姑奶奶，麻烦了！宴席摆好了二十桌，可一个客人也没来。

玉婷一惊，知道这是杨九红他们做了手脚，两个人忙转身出了屏门，只见厨房院里搭了喜棚，四面摆满了鲜花，院中整整齐齐摆着二十个圆桌，一个客人没有，仆人、老妈子、丫头站了一大圈儿，惶惶然地望着。冯六走上前问玉婷，说六个厨子全来了，倒是做不做呀？玉婷没有回答冯六，自言自语道："真够可以的，自己不来，也不叫客人来，这下可搅了！"

玉婷正愣着，景琦走出屏门问："怎么了？"玉婷指了指说："你看！"景琦也惊讶地看着，一下明白了，赌气说："爱来不来，我还犯不着请他们！"可这场面也太冷清了，景琦忽发奇想，上前两步，对院里的仆人、丫头、老妈子说道："你们都听着！不管是听差的，老妈子，厨子，丫头，拉车的……去把你们的亲朋好友，七姑姑、八姨儿、烂眼子、二舅母，有一个算一个，全都请来给我吃喜酒！"大家伙儿愣着，没一个人动，不知是真是假。

景琦大喊："还愣着干什么？这就去，越快越好，请得多我有赏！"玉婷着实兴奋了，大叫："听见了吗？快去呀！"大家像炸了窝，喊着叫着四散奔去。景琦开心地嘿嘿笑着说："哈哈，这下可更热闹了！"

白景怡家的客厅里坐满了白家的人，九红解气地说："今儿他这喜事就办不成，没一个客人去！"

景怡说："没人儿去，喜事他还不是照办！"

九红说："他那脸往哪儿搁？"

景双冷笑着说："他那个人才不管什么脸不脸呢！"

九红无奈地说："整个一个活土匪！"

敬生事不关己地说："唉，他老人家爱怎么着就怎么着吧！"

九红坚决地说："那不行！香秀是个丫头，谁也不许按太太的格儿称呼她，不能开这个先例！"

景怡说："你不要掩耳盗铃，她明媒正娶，你怎么能不认？"

九红心情沉重地说："要是老太太活着，景琦绝不敢！香秀也得不了逞！”

此言一出真是语惊四座，所有人都愕然地相互交流了一下，确认没有听错，都斜着眼看着九红几乎不敢直视。按常理化解怨恨需要宽恕、忏悔、包容、理解，这都不是啦，化解怨恨也可以用怨恨。九红不再怨恨二奶奶了，忘记了自己受过的一切苦难，而且希望这些苦难落在自己对手的身上，来解除自己心中的怨恨。宅门里的规矩一下子又变得至高无上了。

敬业故作惊讶地说：“哟！姨奶奶，这会儿您想老太太了！”

九红瞪着眼说：“你少跟我耍贫嘴！”

敬业不耐烦了，说道：“我说，咱们就老躲着，还回不回家了？”

九红改了口气说：“回！自己的家为什么不回？都不回去，香秀那丫头才得意呢！”

杨九红他们真是小看七老爷了，不到半个钟头，院子里一下子冒出了小二百人，朱伏、大兰、古大夫和俩媳妇，卖苦力的，拉洋车的，卖菜的，摆摊儿的，应有尽有，乱乱哄哄，孩子们奔来跑去。

饭厅里单摆了一桌，请三老太爷和田木一家，二房小一辈儿的也都来了，站在门里惊讶地向外张望着。景琦挽着香秀从屏门走出来到了厨房院，香秀显得有些紧张。人们都回过头去看，院里一下子静下来，前面的一桌人站了起来，后面也跟着陆续站了起来，景琦抬手招呼着叫大伙儿坐。没一个人坐，大家都局促地望着景琦。

景琦忙说：“今儿办喜事儿，大家伙儿来喝喜酒，是看得起我！我跟我太太给诸位道谢了！”有两三个人爹着胆子喊：“甭客气您哪！”“给您道喜了！”“得谢谢您赏饭哪！”景琦高声招呼着说，都别客气，别拘束，敞开了吃，敞开了喝，他和太太先敬诸位一杯！丫头忙端酒过来，景琦、香秀各取一杯。景琦举杯说：“谢谢诸位了！”香秀忙跟上说：“谢谢诸位了！”二人一饮而尽，客人中有人大声叫好！

景琦叫黄立给客人上白酒，帮着招呼一下。诸位，今儿要不喝躺下二三十个，就不是好样儿的。人们轰的一声笑了，气氛顿时热烈了，又开始乱乱哄哄。饭厅门口，田木等人看得目瞪口呆，景琦、香秀向饭厅走去，景琦边走边拱着手道谢，院子里吆三喝四乱成了一片。

景琦和香秀走进饭厅，大家忙起身，纷纷上前道喜。田木问景琦外面的都是些什么人？景琦骄傲地说朋友，都是他的好朋友。田木不大相信地问，朋友？颖宇始终脸色难看，没好气儿地说，开眼吧，日本鬼子！中国人的事儿，鬼子且弄不明白哪。桌上的人都一愣，紧张地望着颖宇。

景琦忙拉香秀举杯站起给大家敬酒，他有些担心地望着颖宇。玉婷带着占元等孩子走过来给景琦和香秀道喜，丫头忙在地上铺了垫子，占元高叫给爷爷奶奶道喜！景琦、香秀高兴地看着占元、占安、占平、白美、白慧跪地磕头，孩子磕完头，起来高兴地叫着“奶奶”“奶奶”。香秀的眼泪一下子涌了上来，连声叫：“赏，赏！”丫头端上垫着红布的托盘，上面放着大元宝，孩子们高兴地叫着一人拿了一个。

景琦低声和颖宇说着话：“怎么了？我五哥一直没来信？”

颖宇悲愤地说：“死了！”

景琦大惊：“死了？什么时候！”

“上个月，我没跟你说，省得给你添堵！”

“怎么死的？”

颖宇痛心地说：“日本飞机轰炸重庆，给炸死了！”

景琦惊愕地望着颖宇，不知该如何安慰他。颖宇说道：“别提这烦心的事儿，大喜的日子，我不应该说。”

景琦激动地说：“三叔，想开点儿，还有我呢，啊？想开点儿……”

颖宇的眼泪一下子涌了上来，骂道：“我操小日本儿的姥姥！”

“三叔，出去走走。香秀，走，到外边儿看看！”景琦忙将颖宇拉起，三人起身出了屋。

景琦和香秀结婚后的第三天，王喜光来了，穿着一身簇新的长袍马褂，慢悠悠走进了百草厅，景琦在公事房和颖宇、赵大水、大头儿、毕头儿正在上会。赵大水满面愁容地说，快过年了，柜上的伙计一个接着一个的病，前边儿快支撑不住了。景琦奇怪地问，这是怎么了？毕云良说，七老爷是饱汉子不知道饿汉子饥呀，大概还没吃过混合面儿吧？那东西吃着牙碜，吃下去胀肚，还拉不出屎来，人能不病吗？！

颖宇叹道，北京人什么时候受过这罪？连口干净的棒子面儿都吃不上。景琦当机立断、毫不犹豫地说，到新宅去看看，过年一人发二十斤白面，过了年再说。大头儿惊喜地说，这回大伙儿非乐坏了不可，有日子没见白面了！这个年算是抄上了。

颖宇说："族中辈数最大的主儿就是我一个了，老七，我今儿来就是和你商量过年的事儿，我要牵个头儿……"王喜光一推门走了进来，把三老太爷的话打断了："哟，谈公事哪？"几个人都回头冷冷地看着他。景琦挥挥手，叫大家都散了。管事的和伙计都走了，只有颖宇坐着没动。王喜光坐到了颖宇旁边，颖宇掏出烟卷儿说，请王副会长来一根儿。王喜光抬起手客气地婉拒，谢谢，不会。

颖宇嘲弄地说："烟都不抽？省钱干什么，再娶两房姨太太？"

王喜光干笑着说："老太爷又拿我开心！"他忙转向景琦，"我得先给七老爷道喜。"

景琦说："本来想请你喝酒，没找着你。"

王喜光也不绕弯子，直截了当地说："甭拿这话甜和我，您压根儿就没找！您既然不躲着了，我还是那件事儿，请您当会长！"

景琦说："你怎么说话不算数？所有的铺面都在营业，秘方儿也交出来了。还要怎么样？"

颖宇起着哄地说："干脆王副会长自己当会长得了！"

王喜光直打直地明说了："我还真没那福气。七老爷，不是我逼你，我不能不给你透个信儿，万筱菊在狱里供出了白玉婷……"景琦大惊失色。王喜光一摆手说："别误会，可不是我告的密！还有，宪兵队抓了几个学生，有一学生供出来，他和占元一块儿打过日本兵，还在大学里参加了抗日的地下组织。”景琦一惊，王喜光阴着脸故意神秘地说：“还有个事儿，我别不告诉您。您交的秘方，日本军方叫专家内行看了，假的！这可都是杀头的罪！”颖宇也惊呆了。

景琦紧张地试探着问：“那……我当会长就没事儿了吗？”

王喜光摇头晃脑地说：“您给我个面儿，我给您兜着，咱们公平交易，两不该该！”

景琦咬着牙说：“这么说，我要是不当会长，你就……”

“老七，老七！干吗不当啊？”三老太爷止住景琦，出人意料地说：“王副会长，你看这样行不行？你也别难为老七了，你看我成不成？”

王喜光惊讶地问：“您……当……会长？”

颖宇还吹上了：“啊！委屈你们啦？论辈数，我是他三叔；论年龄，我是药行的老大！论资历……我在北平干药行五十多年，我往那儿一站，比老七有影响力吧！”

景琦一直以为三叔在开玩笑，不经意地说：“三叔！您别为了我去背这个黑锅！”

颖宇反驳道：“什么叫背黑锅呀！我做梦都想当会长，也风光风光！”

王喜光半信半疑地说：“老太爷，您不是拿我开涮吧？”

颖宇郑重其事地说：“我快八十了，涮你干什么？人活一辈子不就图个升官儿发财吗？”

王喜光兴奋地站了起来，说道：“老太爷，有您这句话，我跟皇军一说准成！您可真给面儿！”

景琦疑惑不解地望着颖宇，知道这事儿不可能，也没往心里去。颖宇慷慨地告诉王喜光，给皇军办事儿，他白老三爷义不容辞，就这么定了。王喜光自然是喜出望外，说就这么定了，等皇军一点头儿，他把药行的人召集齐了，给三老太爷办个“登基大典”。

谁都没想到这事儿很快就定下来了，日本军方点了头，由王喜光主持，在药行会馆院内举行了新药行会长的就职典礼。院子里站满了人，不少人在悄悄地议论着。景琦站在后面，一副垂头丧气的样子。两廊上站着不少持枪的汉奸，颖宇坐在台上的一把太师椅上，旁边放个小茶儿。王喜光站在一旁弯着腰和颖宇说着话，颖宇不住地点头，一个听差用托盘送来一瓶洋酒两碟小菜儿放到了茶儿上。

王喜光直起身走到台中央说："好几年了，群龙无首，今儿白老太爷荣任咱们药行商会的会长，这是皇军点了头儿的……请白颖宇老先生给咱们训话！"王喜光说完带头鼓掌，颖宇笑着招了招手，下面有几个人稀稀拉拉地鼓了鼓掌，景琦羞愧地低下了头。

颖宇嗽了嗽嗓子，不紧不慢地开说了："训话不敢，对不住大伙儿，老了，只好坐着说，还离不开两口酒！"颖宇举了举酒瓶子，"我就倚老卖老了！"说着自己倒了酒。

下面的人开始议论："老牌儿的汉奸了！""瞧那副德行，透着他能！""他儿子还是国民党哪！""汉奸爸爸生个抗日的儿子！""这回白家可现了眼啦！"忽然有人发现了景琦，忙捅了一下旁边说话的人，景琦看着前面假装没听见。

台下站在离景琦不远地方的德寿堂掌柜于八爷高声喝彩："是老了，老牌的汉奸了！"

景琦一惊，扭头看着于八爷，不服地说："别站着说话不腰疼。"

于八爷也不客气："我腰不疼，我没弯着腰当汉奸！"

景琦怒道："各家有各家的难处，说风凉话谁不会啊？"

于八爷满脸不屑地说："那我该说什么呀，说恭喜七老爷了？恭喜白家又出了一个会长？恭喜白家出了个大汉奸？"

七老爷大怒："你知道个屁！"

于八爷冷笑道："我是不知道，我只知道你们白家老太太养了只狗，老太太一去世，那狗几天不吃东西饿死了，我怎么觉得三老太爷还不如狗呢？”

景琦狠狠地说：“三老太爷是为了我才背这个黑锅的！”

于八爷也凶狠地说：“那就是你不如狗！”这话是七老爷骂王喜光的，如今反过来了，七老爷如何受得了，猛地挥起了拳头，骂道：“我他妈抽你！”

于八爷也扬起手大叫：“我他妈抽你——”两个人一下子同时揪住了对方的衣领子，凶狠地怒目而视，景怡等人忙上前拦住。

于八爷两眼中充满了悲怆和疑惑，十分不解地说：“白老七，白七老爷！我一向敬重你，敬重你是条汉子，可今儿个，这是为什么，你们白家到底是怎么了？”

于八爷松开手用力一推，景琦也松了手，于八爷愤愤地转身走了回去。景琦再也受不了这侮辱，这羞耻，这份儿窝囊，突然大叫：“我今儿非把这会搅黄了不可！”说着就往台前冲，被景怡、小胡总管死死地抱住：“不能再闯祸了！”

王喜光听到下面的吵闹声，忙起身吆喝道：“安静！安静！谁在那儿闹呢？听白会长训话！”

台上，颖宇喝了一口酒，说道：“王副会长叫我说几句，我就来段儿二黄慢板。大伙儿瞧我往这儿一坐，心里准说，嘿！瞧这大汉奸嘿！那么大岁数了也不知个羞臊！是不是，王副会长？”

王喜光干笑着说：“没人敢这么说，您这是替大伙儿办事儿！”

颖宇从兜里掏出一个小纸包儿举了举，说道：“我这儿还有包儿酱驴肉。”颖宇打开包儿吃了一口，放到了茶几上，“人生一世图个什么？吃喝玩儿乐！诸位好些都是财主，有的是钱！人嘛，有了钱想干什么干什么！”

人们好奇地听着，还没明白这位三老太爷到底要说什么。

白颖宇侃侃而谈：“抽大烟，逛窑子，山珍海味，绫罗绸缎，干什么都行！”

王喜光应和道：“对！白会长说得对……”

颖宇没容王喜光说完，突然大声地：“可就是有一样不能干，不能当汉奸！”

下面轰的一声乱了，大家议论纷纷。景琦惊讶地看着三叔，王喜光愣住了。颖宇吃了块肉，喝了口酒，继续说：“我这个会长上台，得立几条儿规矩，谁要坏了我的规矩，谁他妈不是人养的！”王喜光十分不安地望着，下面的听众也感到了异样，屏息静气地听着。

“第一条，各号凡是代卖日本药的，都给我扔出去！别拿人家的拐子打自己的腿！”颖宇吃了一块肉，索性对着酒瓶子口喝了起来。景琦知道要出大事了，慌忙向前挤着走来。

颖宇接着说：“第二条，各家制药的秘方都收好了，绝不能落在日本鬼子的手里。”

王喜光惊慌地向两个汉奸耳语，俩汉奸点着头，随即跑去。

颖宇激动地说：“第三条，宁可挨千刀万剐，不当亡国奴！”

王喜光怒冲冲走到颖宇面前，说道：“白颖宇，你这是抗日宣传，惑乱人心！”

颖宇指着王喜光的脸大骂道：“王喜光，庚子年我当过汉奸，到现在想起来我还脸红，你小子就不知道脸红？”

王喜光气急败坏地回身招手，几个持枪的汉奸跑来。下面的人一下拥了上来把颖宇围住了。王喜光伸手抓颖宇，景琦一下子挤上前，一把推开王喜光，挺身将颖宇护住。

颖宇大叫：“别等到我这岁数再脸红！我儿子在重庆叫日本鬼子的炸弹炸死了，我要当了汉奸，对不住我儿子！”

王喜光喊着：“快来人！”几个汉奸用力往颖宇跟前挤，人们死死地挡着。

颖宇大吼：“站住！用不着你们抓我。老七，你看看。”颖宇指着茶几上的那包“驴肉”，“告诉他们，我吃的是什么！”

景琦将纸包儿拿起一看，大惊道：“三叔，你怎么吃了烟膏子？”周围的人也都大吃一惊：“三老太爷！”“您这是干什么呀？”……

颖宇微笑着说：“大烟膏子就酒，小命儿立时没有。我这么大岁数了，福也享了，孽也造了，死而无怨！”说着倒了下去。

景琦一把抱住颖宇，大喊：“三叔！”

颖宇无力地说：“老七，我不行了，有件事儿你得替我办了。”

景琦悲伤地说：“您说，三叔！”

颖宇说：“昨儿去香云楼逛窑子，一桌花酒没给人家钱，你得替我还，这妓债不能欠！”

景琦频频点头说：“放心，三叔！我一定还！”

颖宇吃力地笑了：“好小子！看那面黑洞洞，定是那贼巢穴……”

景琦与颖宇合上一起念：“待俺赶上前去……”颖宇的声音越来越小，“杀他个干干……净……净……”颖宇死在了景琦的怀中，人们悲伤地看着，擦着眼泪。景琦轻轻抱起颖宇向外走，人们让开了一条路，外面传来警车的叫声，王喜光和汉奸们向门外跑去，景琦抱着颖宇慢慢下了台阶，人们跟在后面走着，于八爷突然跪地磕了一个头，高呼：“三老太爷，您流芳千古啊！——”日本宪兵冲进大门，分开站住了。景琦抱着颖宇，从日本宪兵的刺刀面前走过，后面跟着长长的人群，于八爷走在前面。

景琦抱着颖宇向大门口走，轻轻地说：“三叔，咱们回家去，三叔！”

回到白宅，景琦让人把白家男女老少都叫到堂屋。供桌上摆着三老太爷的照片，桌前摆着三老太爷未喝完的半瓶洋酒和未吃完的大烟膏，桌边放着一把鬼头刀。

景琦站在桌旁，脸上呈现出从未有过的严肃。

堂屋里黑压压地坐满了白家全族的人，谁也闹不清这位七老爷又想干什么，人家静静地坐着没有一点儿声音。

景琦声音低沉地开口了："我，白景琦，光绪六年生，身板儿硬朗什么毛病都没有，一顿能吃一只烤鸭，喝一坛绍兴黄，离死还早着呢！可今儿……我要立遗嘱！"

全族的人都是一惊，嗡的一声议论起来。

景琦的声音盖住了大家："三老太爷走了，他走得惊天动地！他没向日本鬼子弯腰，他没有卖祖求荣。他为了我，为了咱白家大宅门的全族，顶天立地地走了……"

屋里又鸦雀无声了，目不转睛地望着景琦。

景琦激动地说："他给咱全族增了光，给咱们全北平的药行增了光！谁心里都明白，下一个该轮到我了，日本鬼子不会放过我，也就这三五天的事，不就是个死嘛！死，我不怕，可死了以后的事我不放心，我得立个遗嘱！敬业——"坐在人堆儿里的敬业吓了一跳，忙站了起来，怯怯地说："我在这儿哪！"

景琦不动声色地说："站到前边儿来。"敬业战战兢兢地走到了屋子中间。景琦从供桌上拿起刀，噌地将刀拔出了鞘。刀出鞘，寒光闪闪。景琦一声断喝："跪下！"敬业吓得扑通一声跪到了地下，惊恐而又茫然。全屋的人都紧张地望着。白景琦用刀尖指着敬业逼问："说！做了什么对不起祖宗的事？"敬业斩钉截铁地说："没有！"景琦凶狠地望着他。

敬业知道此时不能露怯，大叫："真没有！"景琦厉声说："你今儿要敢说一句瞎话，我就用你的脑袋祭奠三老太爷的在天之灵！"敬业心虚胆怯地说："爸，我到底做错什么了？""秘方！"景琦狠狠地说，"你把祖传的秘方给了日本人田木青一！"敬业大叫："我没有！天地良心哪！"景琦大喝一声："小胡总管！"站在门外的小胡忙走进门，惊慌地望着景琦，怯怯地说："大爷把秘方交给田木，是我……亲眼所见！"

景琦举起刀杀气腾腾地缓缓走向敬业，全屋的人都吓得站了起来，只有杨九红坐在角落里没动，闭着眼默默地数着念珠。敬业惊恐地趴到地上向后退，叫道："爸……爸……别……您听我说，我是拿了几张方子给田木，可后来我一想，万一叫您知道了，我就没命了，我……我又要回来了……"景琦站住了，怒斥道："胡说！他就乖乖儿地还给你了？"

敬业急忙说道："我说那方子是假的，试试他给多高的价儿，既然价钱合适，我明儿再给他送真方子过去，他上过一次当，所以还给我了，不信您问香秀！"

景琦把眼一瞪说："嗯，香秀是谁？这也是你能叫的吗？"

敬业忙抽了自己一个嘴巴，说道："瞧我这张臭嘴，不信您问我妈！"

一直站在景琦身后已经是太太打扮的香秀忙走上前说："敬业说的是实话，是我叫他编个瞎话要回来的！"

景琦垂下了刀，说道："你还算有一怕，可你动了这个念头这个宅门儿就不能容你，从今儿起，把你赶出家门，不混出个人样儿来，永远不许进家门儿！"

敬业傻了，叫道："爸，我以后……"

景琦不容分说，喊道："来人，把他赶出去！"

小胡和几个仆人生拉硬扯地把敬业架了出去，敬业杀猪般地号叫着，全族的人都目瞪口呆地望着，没人敢动。

景琦回身将刀放到了条案上，神色凝重地说："言归正传。"他看了一眼香秀，香秀忙从条案上拿起写好的遗书递给景琦。

景琦慢慢将遗书展开，一张黄表纸上整整齐齐地写着楷书，堂屋里响起了景琦低沉的声音：

"我，白景琦，生于光绪六年，自幼顽劣，不服管教，闹私塾，打兄弟，毁老师，无恶不作。长大成人更肆无忌惮，与私家女私订终身，杀德国兵，交日本朋友，终被慈母大人赶出家门；从此闯荡江湖，独创家业。一泡屎骗了两千银子，收了沿河二十八坊，独创'泷胶''保生’‘九宝’‘七秀’三十二张秘方，济世救民，兴家旺族；为九红，我坐过督军的大牢；为槐花，坐过民国的监狱；为香秀，得罪过全家老少。越不叫我干什么，我偏要干什么！除了我妈，我没向谁低过头，没向谁弯过腰！如今，日本鬼子打到了咱们家门口，逼死了三老太爷，我立誓，宁死不当亡国奴！我死以后，本族老少如有与日本鬼子通同一气者，人人可骂之！我死以后，如有与日本鬼子通同一气者，人人可诛之！我死以后……如有与日本鬼子通同一气者……”

景琦举起了鬼头刀，说道：“照着我这口刀说话！”景琦将刀狠狠地劈了下去，条案上的花盆被劈得粉碎。

景琦庄严地说：“立遗嘱人，白景琦！”

白七爷目光炯炯地望着前方……

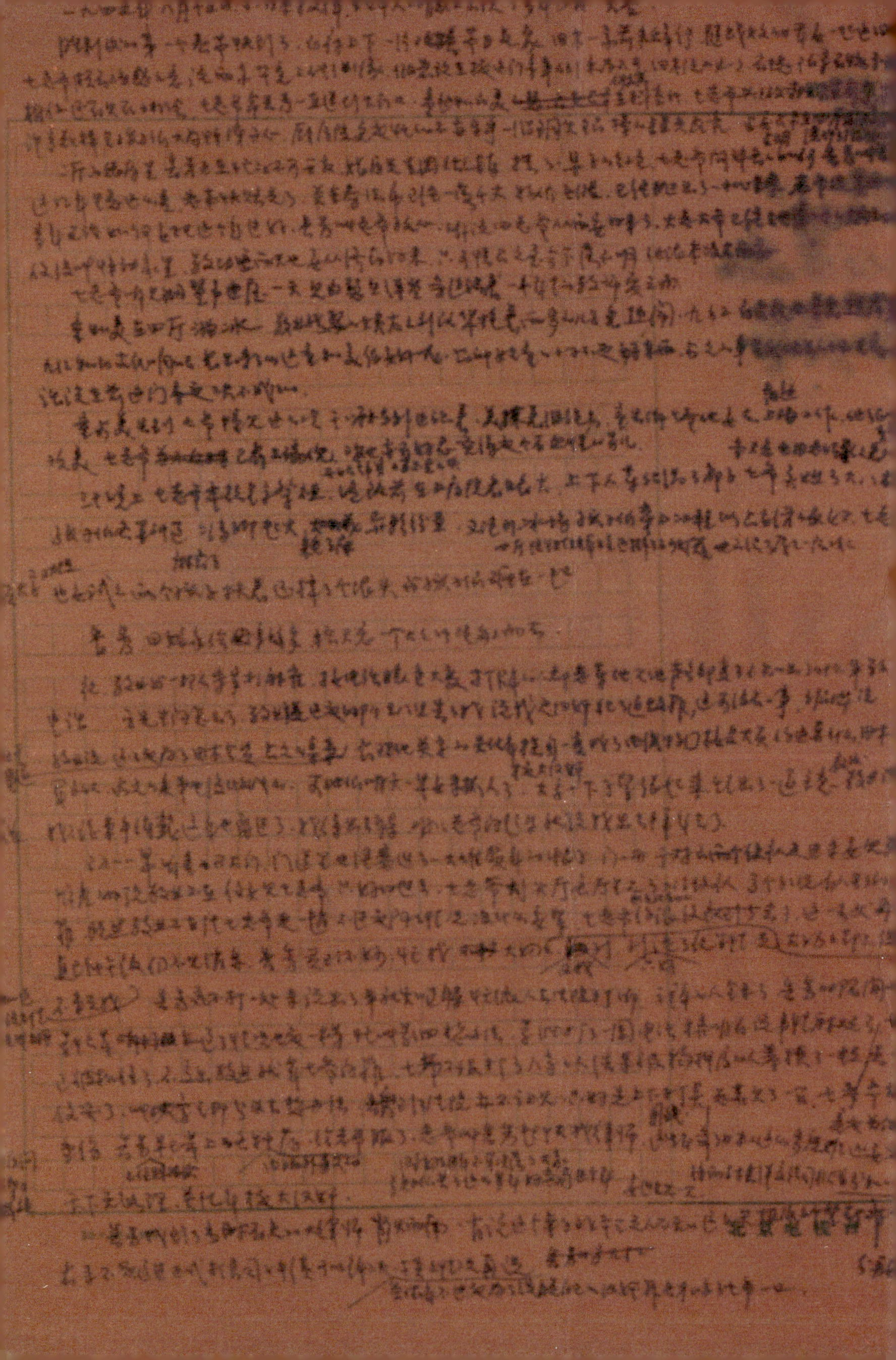